홈, 비터 홈

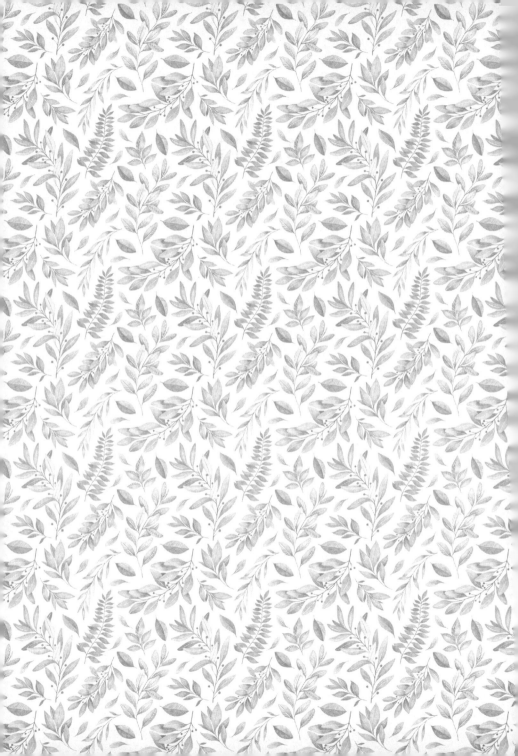

심윤서 장편소설

홈, 비터 홈

Home,
bitter
Home

가하)

홈, 비터 홈

지은이 심윤서
펴낸이 이형기
펴낸곳 도서출판 가하

초판인쇄 2019년 11월 12일
1판 2쇄 2024년 5월 20일
출판등록 2008년 10월 15일 제 318-2008-00100호

주소 서울 영등포구 양평로 67, 1209 (당산동5가, 한강포스빌)
전화 02-2631-2846 **팩스** 02-2631-1846

www.ixbook.co.kr

ISBN 979-11-300-4012-7 03810

값 13,800원

contents

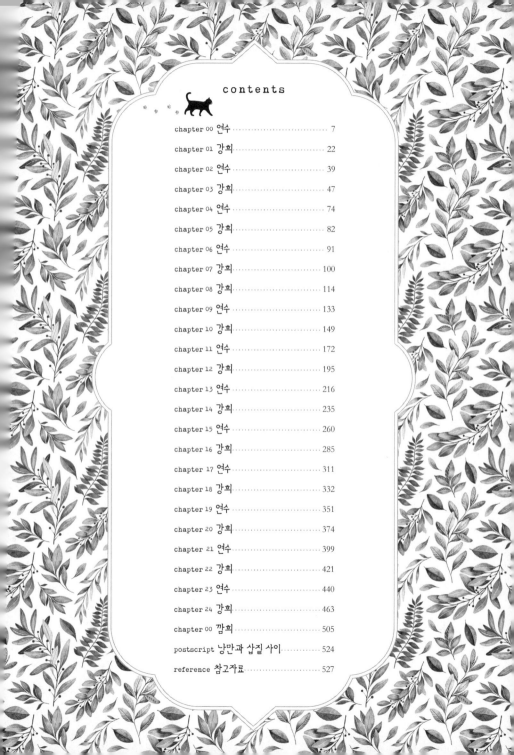

연수

"춘길 씨 귀는 습자지야."

온장고에서 캔커피를 꺼내는 춘길 아저씨를 바라보는데 문득 강희의 말이 떠올랐다. 편의점 알바생에게 천 원짜리 지폐를 건네는 아저씨의 귀를 유심히 바라보았다. 대한민국 중년 남성들의 기준보다는 긴, 회색빛 머리카락 아래 조금 드러난 아저씨의 귓불은 습자지가 아니라 송아지의 그것처럼 복스럽게 두툼했다.

그런데 대체 왜 그럴까?

"춥지?"

캔커피를 건네며 춘길 아저씨가 눈가에 주름을 잡았다.

"미안하다. 오늘 같은 날에 늙다리 아저씨가 불러내서."

늙다리라니. 겸손이 지나치시다.

아저씨는 연수가 알고 있는 남자 중 가장 멋진 남자다. 단순히 '잘생겼다'는 의미가 아니라 남녀노소 할 거 없이 사람들의 시선과 마음을 잡아채는 묘한 마성을 지녔다. 눈빛은 아늑하고 목소리는 부드럽고 행동은 우아했다. 아저씨는 H읍에서 처음으로 서울대 법대에 들어간 사람이었고, 반지의 제왕 안정환보다도 먼저 머리띠를 두른 남자였고, 유일하게 피아노를 치며 샹송을 부를 수 있는 남자였다. 작년 축제 때, 피아노를 치며 'Magic Boul'vard'를 부르던 아저씨의 모습이 아직도 생생하다. 읍 단위 작은 시골고등학교의 강당과 아저씨의 모습은 지극히 이질적이라 오히려 영화의 한 장면처럼 낯설고 아름다웠다.

"골 빈 여자들 낚으려고 배운 거지."

정작 춘길 아저씨의 무남독녀인 강희는 코웃음을 쳤지만 그 가을밤, 우리 고삐리들은 H고 전설의 선배인 춘길 아저씨의 '덕후'가 되어 열광했었다.

"폭설이 왔으면 좋겠다."

아저씨는 캔커피를 한 모금 마시며 중년 남자들이 제일 싫어한다는 폭설을 소망했다. 눈 때문에 차 막히고 허리 삐끗할까 봐 조바심 내는 춘길 아저씨는 상상하기 힘들다. 편의점 창밖을 응시하며 커피를 마시는 아저씨는 아련한 눈빛으로 혼자 커피 광고를 찍는 중이다. 낙타색 더플코트-우리 읍에서 더플코트를 입는 남자는 고삐리들 말고 아저씨가 유일하다-를 입고 캔을 감싼 손마저 그림이다.

"얘기는 해봤니?"

여전히 시선을 창밖에 둔 채로 아저씨가 물었다.

"완전 투명인간 취급해요. 아름이 말로는 벌써 고시텔까지 계약했대요."

"……."

아저씨는 느리게 눈을 한 번 깜빡이고는 말없이 계속 커피 광고만 찍었다.

"넌 괜찮아?"

아저씨가 창에서 시선을 떼고 물었다. 연수는 조금 전 아저씨가 건네준 캔커피를 만지작거리며 속으로 대답했다.

아뇨. 괜찮지 않아요.

"강희 서울 가면 남자애들 엄청 만나고 다닐 텐데?"

아저씨는 남의 집 아이 얘기하듯 했다. 그게 좀 속상했다. 다른 집 아빠들처럼 차라리 강희의 다리몽둥이를 부러트리니 마니 극성을 떨어주면 좋겠는데, 아저씨는 이런 면에서 지나치게 '쿨'했다.

"아저씬 괜찮아요?"

아저씨의 눈가 주름을 바라보며 물었다.

"상황이 상황인지라……."

손바닥으로 마른세수를 하는 아저씨는 피곤해 보였다.

"나도 우리 엄마 속을 징글징글하게 썩였잖아. 내 딸인데 어련하려고."

아저씨는 한숨 반, 웃음 반으로 강희의 서울행을 받아들이려는 거 같았다.

"이거 좀 전해줄래?"

아저씨가 더플코트 주머니에서 농협 마크가 찍힌 봉투를 꺼내 내밀었다.

"뭔데요?"

"강희 전해줘."

"아저씨가 직접 하세요. 저랑 눈도 안 맞추는 애한테 어떻게 줘요."

연수가 서울이 아닌 H읍에서 통학할 수 있는 K대학에 진학하기로 결정한 후, 강희는 연수를 거들떠보지도 않았다. 철저하게 무관심했다. 차라리 째려보거나 욕이라도 하면 마음이 편하련만. 배신자 낙인이 찍힌 연수는 그저 강희 주위를 어슬렁거리는 똥개일 뿐이었다.

"쑥스러워서."

"아저씬 쑥스러울지 모르겠지만 전 무서워요."

"그래도 넌 친구잖아."

아저씨는 그렇게 말하고 봉투를 연수의 코트 주머니에 쑤셔넣었다. 아저씨는 아빠잖아요, 라는 말을 삼키며 봉투를 꺼내려는데 다른 쪽 주머니에서 휴대전화가 울렸다.

"받고 나와."

서둘러 편의점을 빠져나가는 아저씨의 뒷모습을 지켜보며 폴더를 열었다. PC방에서 기다리고 있는 한우였다.

— 야, 왜 안 와? 애들 벌써부터 기다리고 있는데.

오늘 밤 옆 도시 W고와 스타크래프트 토너먼트 결승전을 치를 예정이라 한우의 목소리는 평소보다 빠르고 높았다.

"어. 금방 갈게."

— 짜식들이 깝죽대는 꼴 더는 못 보겠다. 빨랑 와.

"알았어."

폴더를 닫고 급하게 아저씨를 따라나섰다.

"아저씨."

편의점 앞, 먼지 쌓인 크리스마스트리의 반짝이는 무뚝이등을 바라보던 아저씨가 오른손을 내밀었다.

"연수야, 새해 복 많이 받아라."

"아저씨도요."

얼결에 아저씨 손을 잡았다.

"많이 받고 싶다. 정말."

한쪽 입매를 기울여 웃는 아저씨는 절벽에 매달려 버둥거리는 사람처럼 아슬아슬해 보였다. 복이란 게 게임 아이템 같은 거라면 연수는 자신이 가진 걸 아저씨에게 모두 주고 싶었다. 무언가 힘이 되는 말을 하고 싶었지만 무슨 말을 해야 할지 알 수 없었다.

"아저씨……."

아저씨 앞으로 한 걸음 더 다가가는 순간 연수의 휴대전화가 또 울렸다.

"친구들이 기다리나 보다. 얼른 가봐라."

아저씨는 연수의 어깨를 툭툭 치고 길가에 세워진 낡은 벤츠로 향했다.

"모텔로 안 가세요?"

"만날 사람이 있어서."

멀어지는 벤츠의 후미등을 바라보는 동안 주머니 안에서 벨 소리는 끊겼다가 잠시 후 다시 흘러나왔다.

"가고 있다니까."

PC방 쪽으로 걸음을 옮기며 전화를 받았다. 수화기 너머에서 킬킬 웃는 소리가 들렸다. 강희였다.

– 오고 있다고? 그래, 와라.

우뚝 걸음을 멈추었다.

"한우 만나기로 했는데……."

연수는 회전교차로 한가운데 세워진 황금소를 바라보며 갈등했다. 오늘 토너먼트는 단순한 게임이 아니라 H고와 W고의 자존심이 걸린 문제였다. 지난 여름방학 W시에서 치렀던 원정경기의 패배를 설욕해야 했다. 그런데 하필 지금 강희가 3개월 만에 먼저 말을 걸어주었다.

– 그래? 그럼, 지금 작별인사할게. 잘 살아, 천연수.

"뭐?"

멍했다.

– 오늘 마지막 차 타고 서울 가서 종각에서 새해를 맞을 거야. 그리고 두 번 다시 여긴 오지 않아. 그러니 잘 살라고.

잘 살라는 강희의 목소리가 무심하고 건조해서 연수는 순간 울컥했다.

"기다려. 지금 갈게."

연수는 주머니 속의 봉투를 움켜쥔 채 걸음을 되돌렸다.

– 뭐, 그러든가. 아, 뒷문으로 와. 엘리베이터도 안 되니까 비상계단으로 올라오고.

연수는 한우에게 못 간다는 문자를 보내고 휴대전화 전원을 꺼버렸다. 그리고 연말답게 알록달록한 조명을 받아 광대처럼 우스꽝스러운 황금소를 지나 회전교차로를 가로질러 모텔 캘리포니아로 달렸다.

모텔은 깜깜했다.

연말이라 어정쩡하게 들뜬 H읍의 다운타운과 달리 적막했다. 간판의 조명도 꺼져 있고 주차장 안내등도 꺼져 있었다. 여느 때의 연말이라면 꽉 채워졌을 주차장을 지나 모텔의 뒷문을 열었다.

끼기이익.

강화도어 힌지에서 금속이 긁히는 섬뜩한 소리가 났다. 가로등 불빛마저 닿지 않는 복도는 아무것도 보이지 않았다. 어둠에 눈이 익숙해질 때까지 기다렸지만 여전히 볼 수 있는 건 없었다.

"곰탱이."

한우한테 전화가 올까 봐 꺼두었던 휴대전화를 다시 켤까 고민하는데 비상계단 쪽에서 목소리가 들렸다. 강희는 보이지 않고 손전등 불빛과 목소리만 어른거렸다. 연수가 고개를 돌리자 강한 불빛이 눈을 파고들었다.

"하지 마."

심술부리듯 강희는 일부러 연수의 얼굴에 손전등을 비추었다.

"왜 이렇게 깜깜해?"

"전기가 끊겼어."

"정전이야?"

"끊겼다니까. 전기세 못 내서."

"어쩌다가……."

"춘길 씨가 호주에 있는 금광인가 은광인가에 돈을 다 써버렸겠지."

불빛이 천장으로 향하더니 강희가 2층 계단참에서 얼굴을 내밀었다. 눈앞에 떠다니는 오렌지빛 잔상 때문에 한참이나 눈을 깜빡인 후에야 강희를 제대로 볼 수 있었다. 오리털파카 모자를 뒤집어쓰고 눈만 내놓은 채였다. 전기가 끊긴 게 제 잘못도 아닌데 연수는 괜히 미안해졌다.

"지배인 아저씨는?"

"미스터 권은 처리할 일이 있다고 제주도에 갔어. 며칠 있다 올 거래. 춘길 씨도 누구 만난다고 오늘 못 들어온다나."

"그럼, 혼자 있었단 말이야?"

"언제는 아닌가?"

강희는 대수롭지 않게 대답하고 몸을 돌렸다.

이렇게 춥고 깜깜한 곳에 내내 혼자 있었을 강희를 생각하자 화도 났다. 천장을 향해 손전등을 비추며 앞서 걷는 강희는 옷을 얼마나 많이 껴입었는지 펭귄처럼 뒤뚱거렸다.

"이렇게 추운데 우리 집에라도 오지."

"뭐, 이제 곧 떠날 건데."

"야, 너는……."

떠난다는 말을 단물 빠진 껌처럼 쉽게도 내뱉는구나.

"뭐?"

"아니다."

연수는 깊게 한숨을 쉬었다.

방으로 들어선 강희는 손전등을 벽으로 향하게 내려놓았다. 하얀 벽에 달무리 같은 빛이 만들어져 방 안은 달빛이 내려앉은 것처럼 희미하고 창백했다. 바닥에 몇 개의 박스와 커다란 배낭과 트렁크가 놓여 있었다. 이별의 징표처럼.

강희는 침대에 털썩 주저앉아 숨을 몰아쉬었다. 숨을 거칠게 내쉴 때마다 하얀 입김이 피어올랐다.

"이것 좀 봐."

강희가 자신의 그림자로 어둑해진 어깨 뒤를 가리켰다. 금방이라도 강희를 덮칠 것처럼 커다란 무언가가 어둠 속에 있었다. 연수는 침대 쪽으로 한 걸음 더 다가갔다. 강희보다 훨씬 큰, 거의 1미터도 더 돼 보이는 시커먼 솜뭉치 인형이 침대의 절반을 차지한 채 당당하게 버티고 있었다.

"이게 뭐야?"

"춘길 씨 선물. 테디 베어."

"테디 베어?"

털북숭이 인형 위로 강희의 생일선물로 뭐가 좋을지 물어보던 아저씨가 오버랩됐다. 연수는 자신도 모르게 입을 떡 벌렸다.

"슈타이프[1] 오리지널이래. 독일에 사는 춘길 씨 후배한테 부탁했다나. 비행기 타고 온 귀한 녀석이야."

이렇게 큰 곰 인형이라니. 하지만 이상하게 춘길 아저씨다웠다.

"열라 어이없지?"

강희가 모자를 벗으며 코웃음을 쳤다.

"모텔이 경매로 넘어갔는데, 아니, 전기세 낼 돈도 없으면서 백만 원이 넘는 인형이라니."

"그건 아저씨가 널 위해서……."

연수는 애써 변명거리를 찾았다.

"차라리 노트북이었으면 이렇게 화나지 않았을 거야. 이 인형을 보여

1 Steiff, 1880년 설립한 독일의 완구 기업으로 테디 베어를 만들었다.

주면서 좋아하는 얼굴이라니."

강희는 털썩 드러누워 눈을 감았다.

"혼자 감격하고 혼자 감동받고."

상상이 되고도 남았다. 강희를 기쁘게 해주려고 서프라이즈 선물을 준비했을 아저씨의 들뜬 얼굴이. 그리고 그 면전에서 싸늘하게 콧방귀를 뀌었을 강희가.

"열아홉 살짜리 여자애가 인형 따위를 받고 좋아할 거라 생각한 그 뇌 구조가 의심스러워."

연수는 춘길 아저씨에게 "곰 인형은 어떨까요?"라고 추천했던 순간을 지우고 싶었다.

"에잇."

갑자기 누워 있던 강희가 벌떡 일어나 인형의 배를 마구 때렸다. 연수는 자신이 맞는 것처럼 배에 힘을 주었다. 강희가 강펀치를 날릴 때마다 테디 베어는 어둠 속에서 눈알만 멀뚱멀뚱 굴렸다. 나한테 왜 이러세요, 하는 얼굴로.

"그만해."

강희의 팔을 잡았지만 강희는 연수의 손을 뿌리치고 테디 베어 배에 헤딩을 몇 번 더 하고 제풀에 지쳐 푹 고꾸라졌다. 그런 강희를 독일에서 왔다는 테디 베어는 너그럽게 감싸 안았다.

"짜증나."

강희는 인형에 얼굴을 묻은 채 한참이나 씩씩거렸다. 그러다 잠잠해졌다. 잠이 들었나 싶을 만큼.

"열라 포근하네……."

한참 동안 그렇게 얼굴을 묻고 있던 강희가 분하다는 듯 웅얼거렸다.

"곰탱이. 마지막으로 묻는 거니까 대답해."

강희가 또 웅얼거렸다.

"뭘?"

"K대 원서 접수했어?"

"······미안하다."

강희가 원하는 대답을 해주고 싶었지만 그럴 수가 없었다. 고작 미안하다는 말밖에.

"미안할 필요 없어."

강희가 천천히 일어나 앉았다. 덤덤한 얼굴이다.

"너한텐 할아버지가 더 중요할 테니까. 야망도 없는 시키."

할아버지가 더 중요한 건 아니었지만 야망은 없었기에 변명하지 않았다. 변명을 한다고 달라지는 건 없으니까. 병든 할아버지를 홀로 두고서 H읍을 떠날 수는 없었다.

"일루 와봐."

강희가 자신의 옆자리를 손바닥으로 두드렸다. 연수는 미적미적 강희 옆에 앉았다. 매트리스가 삐걱거리며 푹 꺼졌다.

"곰탱이시키. 너, 살 더 쪘지?"

"아, 아니야."

"아니긴 뭐가 아니야? 더 쪘구만. 우와, 이 살 봐라."

강희가 손을 뻗어 연수의 옆구리 살을 한 움큼 쥐었다.

"야, 하지 마."

몸통을 비틀며 저항했지만 강희는 아예 두 손으로 움켜쥐었다.

"백 킬로 넘었지?"

"백, 백 킬로는 무슨!"

최근에 몸무게를 재어본 적은 없지만 괜히 뜨끔했다.

"하지 말라구."

부끄러워 강희의 양 손목을 확 잡아챘다. 가느다란 손목은 더 가늘어져서 엄지손가락에 힘이라도 주면 똑 부러질 거 같았다. 3개월 만에 처음으로 두 사람의 시선이 맞닿았다. 연수는 맑고 건조한 강희의 눈을 바라보았다. 덤덤한 척했지만 강희의 눈은 분명, 슬퍼 보였다. 어쩐지 숨을 쉬는 게 힘들어졌다.

"연수야."

강희가 조용히 연수의 이름을 불렀다. '곰탱이'도 아니고 '천연수'도 아니고 연수야, 하고. 가슴이 쿵 내려앉았다.

"나랑 잘래?"

"쿨럭."

대답보다 기침이 먼저 튀어나왔다.

"미, 미쳤냐?"

강희의 손목에서 황급하게 손을 뗐다. 손바닥이 덴 것처럼 화끈거렸다.

"너…… 자면서 내 생각 하는 거 알아."

"야!"

"생. 각. 만. 하는 거 아니라는 것두 알아."

"……."

"네 지갑 속에 콘돔 들어 있는 것두 알아. 그것도 두 개."

"그, 그건 네가 준 거잖아. 모텔 판촉물이라고."

연수는 괜히 억울했다. 지난여름에 연수 두 개, 한우 두 개, 승언이 두 개. 사이좋게 나눠 먹으라고, 아니 사용하라고 나눠준 사람은 다름 아닌 강희였다.

"우리가 헤어지고 나면…… 넌 누군가와 사랑도 하고 섹스도 하겠지. 나도 그럴 테고."

섹스라는 단어를 너무 아무렇지 않게 말하는 강희 때문에 연수는 혼자 벌게졌다.

"아, 아마도."

부끄럽긴 했지만 강희의 말에 부정할 수 없었다.

"너의 처음이 나였으면 좋겠어."

"……."

"왜? 너, 혹시 처음 아니야?"

처음이다. 한다면 말이다.

"네 반항에 동참하고 싶지 않아."

춘길 아저씨에 대한 반항심으로 비뚤어지고 싶어 하는 강희의 마음을 모르지 않았다.

"호기심도 반항심도 아니야. 그냥…… 처음은 제일 순수한 거니까."

강희는 순수를 얘기했고 연수의 몸은 순순히 달궈졌다.

"곰탱이, 살 빼지 마."

차가운 손가락이 연수의 뺨에 닿았다.

"다른 사람 앞에선 안경도 벗지 마."

강희가 연수의 안경을 벗겼다. 강희의 얼굴이 희미해졌다. 강희가 어떤 표정인지 알 수 없어서 답답했다. 창백한 뺨이 조금은 붉어졌을까. 아니, 안 보여서 차라리 다행이다.

"눈웃음치지도 마."

차가운 입술이 연수의 입술에 닿았다.

강희가 부스럭거리며 연수의 목을 꽉 끌어안았다.

연수는 질끈 눈을 감았다.

이제 정말…… 이별이구나.

모든 것의 끝에는 절박함이 있다.

이제 다시는 되돌아갈 수 없을 테니까.

십 대의 끝, 연수의 열아홉도 그랬다.

서툴러서, 강희의 마음을 되돌릴 수 없어서, 강희와 함께 갈 수 없어

서 절박했다. 그저 각자 알에서 깨어나려고 버둥거리며 통증 같은 추위
에 오들오들 떨었다.

"지강희."

호기롭게 훌훌 옷을 벗어 던질 때와 다르게 강희는 몹시 떨었다. 이가
부딪히는 소리마저 났다. 연수는 자신의 셔츠를 벗기려는 차가운 손을
잡고 불안하게 흔들리는 눈동자를 들여다보았다. 시선을 피하듯 슬쩍
내리까는 눈썹이 파르르 떨렸다.

"이러지 말자. 이러지 않아도 돼."

내 처음은…… 너야.

그게 언제든.

그러니까 기다린다고.

내가.

연수는 정작 하고 싶은 말을 삼키고 외로움과 추위가 내려앉은 야윈
어깨에 입술을 비볐다. 그리고 이것이 끝이라는 걸 거부하듯 끌어안았
다. 셔츠 위로 소름이 가득 돋은 강희의 맨살이 고스란히 느껴졌다. 갑
자기 울컥 목이 멨다. H읍을 떠나야만 살 수 있을 거 같다는 강희의 마
음을 받아들이려고 안간힘을 썼다.

종각에서 새해를 맞겠다던 강희는 모텔 캘리포니아의 5층, 그렇게나
싫어했던 자신의 방에서 새해를 맞았다.

"가야겠다. 잠깐. 아직 안경 쓰지 마."

첫차 시간을 조금 남겨두고 강희는 침대에서 내려와 부들부들 떨며
속옷을 입고 산더미처럼 벗어놓은 옷을 하나씩 껴입었다. 레깅스 두 벌
을 겹쳐 입고 그 위에 블랙진을 입었다. 티셔츠 두 벌과 터틀넥 두 벌, 그
위에 스웨터 두 벌을 입고 다시 오리털파카를 집어 들었다. 흐릿해도 보
일 건 다 보였다.

"무슨 옷을 그렇게 많이 입어?"

"짐 줄이려고."

강희가 옷을 입은 후 연수도 일어나 안경을 썼다. 바닥에 떨어져 있던 코트를 집어 들고서야 봉투가 떠올랐다. 아저씨의 부탁을 까맣게 잊고 있었다.

"이거 받아."

"뭔데?"

"아저씨가 너한테 전해달라고 하셨어."

강희는 파카의 지퍼를 올리다 말고 봉투를 받아 들었다. 침대에 걸터앉아 내용물을 꺼내보던 강희가 갑자기 푹 허리를 꺾으며 웃었다. 그 바람에 몇 장의 수표가 바닥에 떨어졌다.

"왜?"

수표를 주워 건네며 물었다.

"나, 효녀인가 봐."

"⋯⋯?"

"이것 봐. 춘길 씨가 이렇게 썼어. 애니웨이, 딸, 피임은 꼭 해라."

강희는 킬킬대며 아저씨가 쓴 편지의 한 부분을 읽어주었다. 연수는 갑자기 귓불이 화끈거려 손바닥으로 감쌌다.

"내가 춘길 씨의 실수로 태어났다는 걸 이렇게 또 새삼 확인시켜주시네."

딸꾹질을 멈추듯 웃음을 딱 멈추고 강희는 수표와 편지를 파카 주머니에 아무렇게나 구겨넣었다.

"터미널까지 데려다줄게."

연수는 강희의 트렁크를 끌었다. 빵빵한 트렁크가 울퉁불퉁한 보도블록에 걸릴 때마다 이대로 가방이 터져버렸으면 좋겠다고 생각했다. 벌어진 트렁크 앞에서 망연자실한 강희가 서울행을 포기할지도 모르니까. 일부러 요철이 심한 쪽으로 가방을 끌었지만 빌어먹을 트렁크는 끄떡도 안 했다.

시외버스 터미널까지 연수와 강희는 하얀 숨만 내쉬며 아무 말 없이 걸었다. 터미널에 도착해 자판기에서 캔커피를 뽑아 나란히 앉아 마실 때도 말없이 마셨다. 버스를 기다리며 연수는 태연한 척하려고 애를 썼다.

나는 괜찮다고.

네가 보고 싶은 세상을 보고 오라고.

나는 언제까지나 이곳에 그대로 있겠다고.

나는 너의 결정과 시간을 존중하겠다고.

"부탁 하나 할게."

버스가 도착하자 강희가 입을 뗐다.

"뭐?"

"곰 인형 팔아서 찰리 새끼 낳으면 산후조리 좀 해줘. 혹시 돈이 남으면 태어날 아깽이들 밥도 챙겨주고."

"이름은?"

"응?"

"고양이 새끼들 이름 지어주고 가."

"……."

강희는 대답 대신 춘길 아저씨처럼 입매를 기울여 웃었다. 그리고는 빈 캔을 연수의 손에 쥐여주고 서울로 떠났다.

스무 살의 첫날.

빈 깡통처럼 연수는 텅텅 비어버린 채 H읍에 홀로 남았다.

chapter 01

강희

녹록(碌碌).

세 번째 회사를 그만두어야 하는 순간, 정확히 말하자면 잘리는 순간
에 강희가 떠올린 단어였다.

열두 살. '돌 모양 록, 자갈땅 락, 푸른 돌 록'으로 쓰이는 한자를 찾아
본 적이 있다. 그 한자를 나란히 이어 쓰면 무슨 뜻이 되는지도. 인생이
란 게 녹록지 않다는 건 그때부터 알고 있었다. 그럼에도 불구하고 인생
은 언제나 강희를 녹록하게 대했다. 발에 채는 하찮은 돌처럼. 만만하고
호락호락하게.

"이유가 뭔가요?"

왜 이렇게 자신한테 야박하게 구는지 묻고 싶었지만 정작 누구한테
물어야 할지 몰라서 해고를 통지하는 목 실장에게 물었다.

"이유?"

"네."

이번만큼은 고분고분 당하고 싶지 않았다.

삼수까지 했지만 결국 원하는 대학에 들어가지 못했다. 노력이 부족
해서, 머리가 나빠서, 최선을 다하지 못해서라고 한다면 할 말은 없다.
독서실에서 소주 세 병을 깐 후 사수를 접었다.

3년제 실내디자인과를 졸업하고 백수가 될까 봐 허둥지둥 들어간 첫

번째 회사에서 말하기도 구차한 열정페이를 강요당했다. 일을 하러 왔는데 일을 가르쳐주는 거라며 생색을 냈다. '아프니까 청춘이다'라는 말로 강희의 청춘을 후려쳤다. 열정을 다했지만 1년 8개월 만에 강희가 얻은 건 취업 전보다 마이너스 폭이 커진 통장잔고와 대상포진이었다.

망할. 정말 아팠다.

두 번째 회사는 큰 회사의 프로젝트를 하청받아서 하는 시공업체였다. 육체노동의 강도가 센 회사라 힘들었지만 현장의 일머리를 파악할 수 있어서 나름 재미있었다. 강희는 제일 먼저 현장에 나갔고 가장 늦게 현장을 떠났다. 작업반장님들과도 친해졌고 보수도 나쁘지 않았다. 학자금 융자도 착실하게 갚아나갔고 천만 원짜리 적금도 들었다.

목수로 시작해서 열 명의 직원을 두게 된 사장은 자신의 회사가 '가족'적인 회사라는 것에 자부심을 가졌다. 직원들에게 '가족'이 되길 강요했다. 사장의 큰딸이 이사를 가면 '가족' 같은 직원들이 도와야 했다. 사장이 아내와 딸들을 거느리고 유럽여행을 가면 사장이 키우는 백구의 밥도 '가족' 같은 직원들이 챙겼다. 사장의 늦둥이 막내딸 미술 숙제도 '이모'라고 불리는 직원이 해줬다.

사장이 5층짜리 상가를 구입하면서 '가족' 같은 회사에 균열이 생기기 시작했다. 급여가 들쭉날쭉해졌다. 3개월 밀렸다 2개월 치가 나오고, 다시 2개월 밀렸다 한 달 치 급여가 나오는 식으로. 급여가 밀려도 '가족'인 사장에게 야박하게 독촉할 수 없다고 직원들은 믹스커피를 마시며 한숨을 쉬었다.

총 6개월의 임금이 체불되고 고시원을 탈출하기 위해 들었던 천만 원짜리 적금을 반도 붓지 못하고 해지한 날, 강희는 고용노동부에 임금체불 신고를 했다. 사장은 '가족'에게 뒤통수를 제대로 맞았다며 불같이 화를 냈다.

이런저런 아르바이트를 하며-그 와중에 아르바이트비도 조금 떼였다—6개월에 걸친 투쟁 끝에 밀린 급여와 퇴직금을 받아낸 강희는 보증금 천만 원에 월세 이십칠만 원짜리 반지하로 이사를 했다. 이삿짐을 풀고 컵라면에 소주를 마시며 피식 웃었다.

아…… 망할. 상처뿐인 승리였다.

그리고 지금 강희가 앉아 있는 곳이 세 번째 회사인 '모먼트'다.

모먼트는 강희가 다녔던 두 번째 회사의 원청사. VVIP들이 거주하는 고급빌라나 오성급 호텔의 프로젝트를 진행하는 업계의 메이저 회사다. 하청업체 직원인 강희를 눈여겨본 모먼트의 박 이사가 디자인실에 TO가 생겼다고 면접의 기회를 주었다.

"수습기간은 6개월입니다."

합격했다는 기쁨도 잠시 첫 출근부터 힘이 빠졌다.

디자인실 TO는 한 명. 최종합격자는 두 명. 6개월 수습기간 후에 한명이 탈락되는 살 떨리는 서바이벌 게임이 기다리고 있었다. 게다가 잘부탁한다고 악수를 청하는 경쟁자는 파슨스 출신의 유학파였다. 생긴거마저 매끈한 게 남방고추돌고래 같았다. 왠지 들러리가 될 거 같다는 불길한 예감을 떨쳐내며 상대가 내민 손을 맞잡았다. 모먼트에서의 경력은 부실한 강희의 스펙을 채워줄 기회였으니까.

"강희 씨 크리에이티브하고 성실한 건 알겠는데, 우리 회사와는 좀맞지 않다고 해야 하나? 이 시안만 해도 뭐랄까……."

목 실장이 표현할 만한 마땅한 단어를 찾지 못했는지 어깨를 으쓱이며 테이블에 펼쳐진 시안보드를 가리켰다. 지난 2주 동안 강희가 밤새워 준비한 디자인이다. 6개월 수습기간의 최종테스트임을 알았기에 열과 성을 다했다.

"개성 있고 재미는 있는데……. 투 머치야."

목 실장이 아이라인을 짙게 바른 강희의 잿빛 눈매를 바라보며 고개를 흔들었다. 너의 화장 역시 과하다는 표정으로.

"최종결과는 클라이언트 PT로 결정하신다고……."

"지강희 씨 시안은 빼고 PT할 거야."

목 실장은 도저히 내보일 수 없는 가족의 치부를 감추듯 강희의 시안을 뒤집어놓았다. 동시에 강희의 속도 뒤집혔다.

"제가 마음에 안 드시는 건가요? 아니면 시안이 마음에 안 드시는 건가요?"

"감정적으로 물으니까 나도 감정적으로 대답할게. 둘 다."

너도 알고 나도 아는 걸 새삼스럽게 왜 묻냐는 얼굴이다.

처음부터 목 실장은 강희를 마음에 들어 하지 않았고 그걸 숨기려 하지도 않았다. 직원의 대부분이 5년제 건축학과를 졸업했거나 4년제 디자인 전공 출신이었고 그중의 반 이상은 유학까지 다녀왔다. 하다못해 경리팀의 여직원도 어학연수를 다녀왔다고 했다. 목 실장에게 있어 강희는 회사의 클래스를 깎아먹는 존재일 뿐이다.

회사 내 파워가 큰 박 이사의 추천만 아니었다면 강희는 애초에 모먼트에 입사조차 할 수 없는 스펙이었다. 그랬기에 군말 없이 6개월의 수습기간을 받아들였다. 피똥을 쌀 만큼-과도한 스트레스로 인한 변비 때문에-최선을 다했다. 6개월 만에 몸무게도 3킬로나 늘었다. 강희는 극도로 힘이 들면 체중이 는다.

"지강희 씨가 오해하는 게 하나 있는데 뭔지 알아?"

목 실장이 느긋하게 몸을 젖히며 팔짱을 낀 채 강희를 바라보았다. 강희도 무표정하게 다리를 꼬고 턱을 들었다. 갑자기 건방져지고 싶었다.

"솔직하게 말할게. 나…… 편견 있어. 학벌, 집안, 스펙, 외모 그런 게 그냥 얻어진다고 생각하지 않으니까. 하지만 실력에 대한 편견은 없어. 그게 강희 씨가 나를 오해하는 부분이야."

학벌, 집안, 스펙, 외모에 편견이 있는 사람이 편견 없이 실력을 평가할 수 있을까?

강희는 터지려는 코웃음을 가까스로 참으며 '바브 드 트와쥬르'[2]라고 목 실장이 애지중지 가꾸는 수염을 바라보았다. 듬성듬성한 수염은 쥐상(相)인 목 실장을 파리지엔이 아닌, 피곤에 찌든 쥐처럼 보이게 했다.

"그 말이 그 말 같다고? 학벌, 집안, 스펙, 외모를 뛰어넘어야 진정한 실력이라고 할 수 있지 않을까? 강희 씨가 실력이 없다는 얘기는 아니야. 하지만 내 편견을 깨부술 만하진 않아. 고만고만한 실력이라면 나는 학벌, 집안, 스펙, 외모 좋은 사람과 일하고 싶어. 그게 내 솔직한 심정이야."

너무 솔직해서 코웃음 치려던 콧구멍이 막혔다. 그리고 그 말은 섬뜩할 만큼 노골적인 현실이기에 목구멍마저 막혔다. 목 실장이 말하는 4박자를 두루 갖춘 강희의 경쟁자는 이비인후과 의사인 큰아버지의 병원 리모델링 프로젝트를 물고 왔다. 강남 요지의 6층짜리 빌딩이었다. 강희가 모먼트의 경영자라면 당연히 남방고추돌고래를 뽑을 것이다. 백그라운드도 실력인 세상이니까.

"클라이언트가 제 디자인을 좋아할 수도 있잖아요."

자꾸만 더 오기를 부리고 싶었다.

"무슨 근거로?"

"클라이언트의 라이프스타일을 분석하고 원하시는 걸 최대한 반영했습니다."

"다른 사람들은 안 그랬을 거 같아?"

"프레젠테이션 기회마저 박탈하시겠다는 건가요?"

---

2 Barbe de 3 jours, 삼일째 기른 듯한 수염

미국에서 포닥을 마치고 귀국한 신혼부부가 리모델링을 의뢰한 빌라는 연면적 백 평이 넘는, 개인 정원이 딸린 빌리지였다.

"우린 이런 쪽으로는 감각이 정말 없거든요."

원하는 스타일이 있냐는 질문에 쌍둥이처럼 닮은 동갑내기 부부는 서로를 마주 보며 깔깔대고 웃었다. 도수 높은 안경을 쓰고 칙칙한 패딩점퍼와 흰 양말에 뉴발란스를 신은, 놈코어[3]의 진수를 보여주던 커플이었다.

"옷이 불쌍하게 느껴질 때도 있다?"

첫 미팅이 끝나고 목 실장이 고개를 흔들었다. 의류수거함에서 건진 것 같은 부부의 패딩점퍼가 몇백만 원짜리라는 걸 알았을 때 조금 놀랐다. 모 연예인이 그 패딩을 입고 있는 사진을 팀원 중에 한 사람이 보여줬을 때 조금 더 놀랐다. '같은 옷 다른 느낌'의 현실체험이라고 해야 하나.

"가구는 부모님이 물려주신 것들을 그대로 써야 해요. 어머님이 아끼시는 가구라서."

현장 실측 때 살펴본 부부의 세간은 80년대 중역실에서나 볼법한 중후하고 묵직한 앤티크 가구였다. 신혼부부가 사용하기에는 지나치게 근엄했다.

"음…… 좀 재미있었으면 좋겠어요. 편안하고. 가구 보셔서 알겠지만 우리 둘 다 재미없고 딱딱한 환경에서 자랐거든요."

"우린 그냥 사육당한 거야. 실험실 마우스들처럼."

"기숙사 생활도 오래 했고. 직장도 연구실이니까."

"막, 반항아의 아지트 같은 건 어떨까?"

"어. 만화책도 마음대로 보고."

---

3 Normcore, 노말normal과 하드코어hardcore의 합성어로 평범함을 추구하는 패션

"친구들 불러서 게임도 하고."

현장을 둘러보며 그럼 어떤 집에서 살고 싶냐고 묻자 어릴 때부터 영재교육을 받고 과학고를 나오고 생명공학을 전공했다는 부부는 희망사항을 늘어놓으며 즐거워했다. 아내는 DC코믹스를 남편은 마블코믹스를 좋아했고 둘 다 배틀 그라운드 마니아라고 했다.

"어머님이 뭐라 하시지 않을까?"

"뭐 어때? 우리가 살 집인데."

"비용은 부모님이 대주시는 거잖아."

"괜찮아. 내가 다 막아줄게."

"그럼, 너만 믿는다."

삼십 대 부부는 막 데이트를 시작한 십 대 커플처럼 해맑았다.

강희는 그들이 부러웠다. 그들의 능력과 신혼부부에게 커다란 집을 줄 수 있는 부모를 가진 백그라운드도 부러웠지만 찌들지 않은 그들의 투명함이 가장 부러웠다. 세파에 시달려 모서리가 닳아버린 둥글함과는 형태와 질감이 다른 둥글함이 그들에게 있었다. 어쩌면 태어날 때부터 그랬을지 모를 둥글둥글함은 어떤 가시에도 상처받지 않을 거 같았다.

"가구는 리폼을 하면 어떨까요? 패브릭만 바꿔도 분위기가 달라질 수 있어요."

"우린 그런 거 잘 몰라요. 알아서 해주세요."

"그럼…… 2세 계획은요? 만약 아이가 태어나면 아이의 공간도 있어야 하잖아요."

"……"

강희의 질문에 부부는 한참 동안 서로를 멀뚱멀뚱 바라보다 다시 강희에게 시선을 주었다. 강희는 그 부부의 입에서 아무것도 모르니 알아서 해달라는 말이 나올까 봐 조마조마했다.

"아직 계획은 없지만 아이가 생기면 인테리어 다시 하면 되죠."

"아······ 네."

이렇게 심플하게도 살 수 있는 거구나, 또한 부러웠다.

"강희 씨, 우리 잠시 실례할게요."

갑자기 아내가 남편을 주방 쪽으로 끌고 갔다. 그리고 두 사람은 서로의 안경을 벗기고 키스했다. 당황한 강희는 고개를 돌리다 피식 웃고 말았다. 이 상황 어느 포인트에서 달아올랐는지 모르겠지만 열심히 학구적으로 키스하는 부부가 마음에 들었다. 실험실 마우스처럼 자랐다는 그들이 키스하고 섹스하고 게임하고 만화를 보며 행복해하는 공간을 만들어주고 싶었다.

"디자인실 실장인 내가 만족할 수 없는 시안을 클라이언트에게 제안할 수는 없어."

예상했던 대답에서 토씨 하나 틀리지 않았다.

"보완하고 수정하겠습니다."

"입사할 때 고용계약서에 사인했지? 서로 힘 빼지 말자."

드라마에서는 부당한 대우를 받는 주인공들이 당당하게 들이받던데, 현실에서의 강희는 당당해지는 법을 알지 못했다. 강희가 할 수 있는 일이란 고작 주먹을 당당하게 쥐고 현실을 받아들이는 것뿐.

"강희 씨, 어땠어?"

회의실을 나오자 문 앞에 시안보드를 들고 서 있던 남방고추돌고래가 눈웃음을 쳤다.

음흉한 시키. 다 알면서.

"축하해."

강희는 처음 만난 날 남방고추돌고래가 그랬듯 손을 내밀었다.

"웬 악수?"

남방고추돌고래가 놀란 척 눈을 크게 떴다.

"연기하는 거 되게 서투니까 당황한 척하지 마. 이 게임이 어떻게 끝날지는 남석경 씨도 알고 나도 알았잖아."

"강희 씨. 우리 큰아버지 병원은 우연이었어. 내가 입사하기 전부터……."

"알아. 남석경 씨 좋은 사람까지는 몰라도 나쁜 사람은 아니라는 거. 뭐가 어때. 나라도 그랬을 거야. 우리 팀에서 내 뒷담화 안 하는 건 남석경 씨뿐이라는 것도 알아. 실력도 인정. 아니었으면 더 속상했을 거야. 그동안 페어플레이 해줘서 고마워."

맞다. 남방고추돌고래가 강희에게 잘못한 건 없다. 강희가 최선을 다했듯 그도 최선을 다했다. 강희는 내밀었던 손으로 남방고추돌고래의 어깨를 툭툭 쳐주고 뒤돌아섰다.

스물아홉.

또다시 백수가 되었다.

박탈감. 열등감. 무력감. 모멸감. 그리고 분노.

떠오르는 단어 하나하나가 강희의 몸을 꿰뚫고 생채기를 내며 지나갔다. 온몸에 뚫린 구멍과 상처에서 무겁고 검은 가스가 스멀스멀 피어올랐다.

쉭.

"개씹싸리."

쉭.

"겨울잠쥐 같은 쉐리."

쉭.

"조뱅이 헐떡이풀 같은 쉭키."

화장실의 자동 분사 방향제가 십 분에 한 번씩 라벤더 향을 토해낼 때마다 변기 위에 오도카니 앉아 있던 강희는 뜻이 모호한 단어를 씹어뱉었다.

조용한 화장실에 욕 같기도 하고 아닌 거 같기도 한 단어의 파장과, 진짜 같기도 하고 가짜 같기도 한 라벤더 향의 입자가 맹렬히 그러나 조용히 섞였다가 사라졌다. 라벤더 향에 머리가 아파올 즈음 변기의 물을 내리고 일어섰다.

손을 씻으며 거울을 바라보았다. 아이라인으로도 붉어진 눈가가 숨겨지지 않았다. 파우치에서 아이라이너를 꺼내 짙게 덧발랐다. 서울살이가 고단해질수록 강희의 화장은 독해졌다. 상처받을 때마다 눈매는 더 날카로워졌고 외로울 때마다 입술은 더 짙어졌다. 적을 만났을 때 가시를 부풀리는 짐승처럼. 아무도 건드릴 수 없게.

"으, 오줌 마려."

립스틱의 뚜껑을 여는 순간 요란한 발소리와 함께 누군가가 화장실로 뛰어 들어왔다. 인상착의를 살펴볼 틈도 없이 우당탕 화장실 문이 닫히고 세찬 소변 소리와 함께 변기 물소리가 났다. 꽤나 급했나 보다.

"엄마, 깜짝이야."

화장실 문을 열고 나오던 여자는 거울 앞에 서 있는 강희를 발견하고 움찔 놀랐다. 처음 보는 여자였다. 클라이언트거나 협력업체 쪽 사람인 듯했다.

"쌀 뻔했거든요."

여자는 거울 속 강희를 바라보며 씨익 웃었다. 이제 곧 겨울인데 하늘하늘한 핑크색 시폰 원피스에 화이트 캔버스를 신은 여자는 나이를 짐작하기 힘들었다. 스타킹도 신지 않은 검게 그을린 발목에서 가느다란 발찌가 반짝였다. 옷차림은 이십 대 같았고 얼굴은 삼십 대로 보였고 말투나 행동은 십 대처럼 느껴졌다.

"와우. 눈 화장. 대박! 스모키 메이크업이 그쪽처럼 잘 어울리는 사람

처음 보네요. 컬러렌즈 죽인다."

강희 옆에 서서 손을 씻던 여자가 또다시 말을 걸었다.

"그 배기팬츠. 릭 오웬스인가요? 예쁘다."

"……."

컬러렌즈도 아니고, 릭 오웬스도 아니었지만 강희는 대답하지 않았다. 서울살이에서 배운 것 중 하나가 거짓말하기 싫으면 아무 말도 하지 않으면 된다는 거였다. 인터넷 쇼핑몰에서 산 옷이라는 따위의 솔직함이나 겸손이 결코 미덕이 아니라는 걸 배웠다.

"지금 그 립스틱 바를 거예요?"

여자는 강희가 들고 있는 버건디색 립스틱을 바라보았다. 오지랖 넓은 여자가 슬슬 짜증나기 시작했다.

"이거 발라볼래요?"

여자가 자신의 클러치백에서 옅은 핑크빛이 도는 베이지색 립스틱을 꺼내 강희에게 내밀었다. 어이없다. 강희는 거울 속 여자를 바라보며 한쪽 눈썹을 치켜세웠다.

"괜찮아요."

신경 끄라는 말 대신 최대한 점잖게 사양했다.

"색이 예뻐서 샀는데 한 번도 안 발랐어요. 그쪽한테 더 잘 어울릴 거 같은데. 가져요."

여자가 립스틱을 한 번 더 내밀며 생긋 웃었다. 강희의 눈썹이 다시 씰룩거렸다.

"혹시…… 나한테 관심 있어요?"

"어머? 하하. 아니에요. 난 남자 겁나 좋아해요."

여자는 손사래를 치며 웃음을 터트렸다.

"여자는…… 아니, 사람은 강약이 중요한데 지금 그쪽은 너무 강, 강, 강이네요. 너무 강하면 부러져요. 부러지면 나만 손해지."

"……."

거울에서 시선을 떼고 고개를 돌려 여자를 바라보았다. 여자의 웃음 뒤에 숨겨진 진짜 표정은 어떤 걸까 생각하면서. 서울살이에서 배운 것 중의 또 다른 하나가 이유 없이 친절한 사람은 반드시 뒤통수를 친다는 거였다. 재수학원에서 만난 친구가 그랬고 사귀었던 남자도 그랬다.

"나, 이상한 사람 아닌데."

아니, 이상한 사람이다. 이상하지 않은 사람이 처음 보는 사람한테 립스틱 같은 걸 내밀지는 않을 테니까.

"어머, 늦었다. 만나서 반가웠어요."

"저기요."

사양할 틈도 없이 여자는 립스틱을 세면대에 올려놓고 들어올 때처럼 급하게 화장실을 빠져나갔다. 여자가 남기고 간 향수 냄새가 완전히 휘발할 때까지 강희는 멍하니 세면대 위의 립스틱을 바라보았다.

"지금 그쪽은 너무 강, 강, 강이네요."

거울 속, 검은 연기에 그을린 듯한 자신의 얼굴을 냉정하게 바라보았다. 그리고 지금 이 순간 자신의 남루한 퇴장을 기다리고 있을 팀장과 팀원들을 떠올리며 강희는 여자가 주고 간 립스틱을 집어 들었다. 최대한 꼼꼼하게 정성 들여 립스틱을 발랐다.

창백한 뺨.

강한 눈매.

부드럽고 은은한 핑크색이 도는 입술.

마음에 들었다. 상처 따위 하나도 받지 않은 도도한 얼굴이다. 아니, 상처를 극복한 얼굴이다. 감정적으로 누군가를 들이받거나 휘둘리지 않을 수 있는 얼굴이다. 만만해 보이는 건 질색이다. 강희는 거울 속 자신에게 고개를 끄덕이고는 사무실로 향했다.

"서운해서 어쩌지."

정말요?

"강희 씨한테 맞는 더 좋은 회사가 있을 거야. 기도할게."

뒷담화나 까지 마세요.

"가끔 놀러 와."

농담하세요?

"충원을 해도 시원찮을 판에……."

충원을 해도 지강희는 아니랍니다.

남방고추돌고래의 정식입사를 축하하며 파티를 여네, 회식을 하네, 떠들썩하던 사무실에 강희가 들어서자 팀원들은 서로 슬쩍슬쩍 눈치를 보며 아쉽다는 듯 한마디씩 건넸다. 손쉬운 위로에 강희도 영혼 없는 미소로 대답하고 자리에 앉아 오늘 중으로 넘겨줘야 하는 도면을 마무리하고 출장 중인 박 이사에게 메일을 보냈다. 기회를 주셨는데 죄송하다고. 그동안 감사했다고. 출장에서 돌아오시면 한번 찾아뵙고 인사드리겠다고.

컴퓨터의 전원을 껐다. 서랍의 물건들을 정리해서 버릴 건 버리고 가방에 넣을 건 넣었다. 가져갈 것도 별로 없었다. 스케치북과 머그컵과 칫솔과 치약 정도. 말끔하게 정리된 책상 위에 사원증을 내려놓고 의자를 밀어넣었다.

자, 이렇게 끝내면 되는 거다.

"그동안 감사했습니다."

"송별회는 해야지."

"해주실 건가요?"

립스틱 때문인 걸까. 미소가 자연스럽게 나왔다.

"그, 그래."

강희는 어색하게 구는 팀장과 팀원들에게 인사하고 노트북 가방과 숄더백을 메고 사무실을 나섰다.

"이거 괜찮은데?"

"이게?"

"독특하고 꽤 시크하잖아."

"시크? 황정구. 너, 감 너무 떨어진 거 아니냐?"

"너라니. 한참 누나한테."

"나이 많은 게 벼슬이야? 여하튼, 나 이거 본 순간 어디 읍내 시골 모텔인 줄 알았다."

"난 조나단 애들러가 디자인한 라스베이거스 호텔이 떠올랐는데? 색조합이 보통이 아니야. 가구도 이런 스타일로 리폼하면 멘디니 작품 못지않겠다."

"어이쿠. 멘디니? 조나단 애들러 같은 소리 하고 있네. 얘, 오늘 내가 자른 애야. 애가 시골 출신이라 그런지 촌스러워. 어쩔 수 없는 B급. 촌년이라구."

그래도 목 실장한테 인사는 하고 가려고 했다.

시골 모텔. B급. 촌년.

강희가 몸서리치게 싫어하는 3박자다.

회의실을 앞에서 주먹을 쥐고 어금니를 꽉 물고 있던 강희는 벌컥 문을 열어젖혔다. 당황한 듯 회의테이블에 올려놓았던 발을 내리는 목 실장을 노려보며 뚜벅뚜벅 회의실로 들어섰다.

"어? 아까 화장실……."

강희는 목 실장 맞은편에 앉아 있는 여자를 힐끔 쳐다봤다. 조금 전 화장실에서 마주쳤던 오지랖녀였다. 여자의 시선이 강희의 입술에 닿앉다 떨어졌다. 여자의 입가에 옅은 미소가 떠올랐다. 강희는 아무 말 없이 여자 앞에 펼쳐져 있는 자신의 시안보드를 챙겨 들었다.

"내가 B급이면 겨울잠쥐…… 아니, 당신은 F급 아닙니까?"

"뭐?"

"여기저기 남의 디자인 가져와서 짜깁기하는. F급."

목 실장의 얼굴이 일그러졌다. 강희는 가소롭다는 듯 피식 웃고 회의실 문을 쾅, 소리가 나게 닫았다.

건물을 나서자 미세먼지 가득한 대기에서 눈이 내리고 있었다.

첫눈이다.

고개를 들어 하늘을 올려다보았다. 이마에 느릿느릿 눈이 내려앉았다.

열두 살, 녹록이라는 글자를 찾아본 날도 이렇게 눈이 내렸었다. 강희는 주머니에서 휴대전화가 울릴 때까지 눈을 감은 채 눈을 맞았다. 독하고 시리고 씁쓸한 무언가가 필요한 날이다.

아…… 망할.

진짜 끝이다.

"네. 그냥 놓고 가셔도 돼요. 감사합니다."

통화를 마친 강희는 숄더백과 노트북가방과 시안보드를 들고 눈을 맞으며 논현역으로 향했다. 역까지 걸어가는 동안 스쳐지나가는 거의 대부분의 사람들이 통화 중이다. 첫눈이 내린다고. 뭐, 강희도 전화를 받긴 받았다. 택배기사님한테서. 눈이 오는데 문 앞에 택배상자를 그냥 둬도 될지 걱정하는 친절한 연락.

스티로폼 택배박스 위에 쌓인 눈을 손바닥으로 닦아내자 익숙한 이름이 드러났다.

한아름.

H읍과 연결된 마지막 채널.

강희는 삐걱거리는 새시 문을 열고 택배상자를 들어올렸다. 언제나처럼 묵직했다.

"지가 무슨 친정엄마야?"

상자를 열며 괜히 툴툴거렸다.

"……."

H읍의 곰탕집 상표가 찍힌 꽁꽁 얼린 곰국. 아기 주먹만 한 깍두기. 명란. 감태 김. 그리고 장날에 샀을 법한 무지개떡 같은 촌스런 수면양말. 강희는 스티로폼 뚜껑에 쌓인 눈이 흥건하게 녹을 때까지 꼼짝하지 않고 내용물을 바라보기만 했다.

"하여간 취향은 참…… 답이 없다."

폭신한 양말을 만지자 목구멍이 꽉 죄어들었다. 이런 게 정말 싫다. 마음이 말랑말랑해지는 순간, 혼자인 건 불완전하다고 세뇌당하는 순간 말이다. 큼, 기침을 하고 휴대전화를 꺼냈다. 아름이에게 메시지를 보냈다. 수면양말을 신은 발 사진을 첨부해서.

[겁나 촌스러움. 따뜻해서 열라 짜증남.]

갑자기 참을 수 없는 허기가 밀려왔다.

곰탕과 명란 사이에서 고민하다가 명란젓으로 결정했다. 지금 강희에게 곰탕을 해동할 인내심이 없었다. 수면양말을 신은 채 즉석 밥을 데우고 감태 김을 가스레인지에 구웠다. 김이 모락모락 나는 밥에 명란을 듬뿍 올리고 감태 김으로 싸서 한입 가득 욱여넣었다.

아…… 망할.

행복했다.

누군가 그랬다. '을'에서 벗어나는 유일한 방법은 일을 때려치우는 거라고. '오늘부터 1일'차 백수가 된 강희는 싱크대 앞에 선 채 즉석 밥 한 공기를 해치웠다. 그러다 집으로 돌아오는 길에 샀던 소주가 생각났다. 원래의 계획대로라면 벽지의 문양 같은 얼룩과 곰팡이를 바라보며 독하고 쓰고 차가운 소주를 마실 예정이었지만 아름이 때문에 망쳐버렸다.

그래도 을에서 벗어난 기념으로 한잔해야겠다. 뭐, 자발적인 건 아니지만 어쨌든. 가방에서 소주병을 꺼냈다. 감태 김에 명란을 싸서 안주 삼아 마셨다. 독하고 시리고 쓸쓸해야 할 소주가 달다.

한 손엔 안주를, 다른 한 손엔 소주잔을.

강희는 통장의 잔고를 떠올리며 소주를 들이켰다. 넉 달쯤 버틸 수는 있겠다. 눈에 젖은 시안보드를 벽에 기대놓고 다시 한 잔 들이켰다.

개쉽싸리.

"아무리 봐도 괜찮구만."

소주 한 병을 말끔하게 비우고 강희는 싸구려 라텍스 매트리스에 쓰러지듯 누웠다. 양치도 해야 하고 옷도 갈아입어야 하고 화장도 지워야 되는데 잠이 쏟아졌다. 배도 부르고 전원을 꽂은 전기매트도 따끈따끈했다. 온몸이 녹작지근했다.

아…… 나란 인간은 참 단순하구나.

강희는 눈을 감은 채 피식 웃었다. 원초적인 욕구에 너무 쉽게 만족하는 인간이라는 게 창피했지만 어쨌든 가성비는 우수하니까. 이불 모서리를 씹으며 강희는 잠 속으로 빠져들었다.

chapter 02

연수

순한 눈망울에 경계의 빛이 돌았다.

커다란 눈을 끔뻑이며 뒷걸음질 치는 녀석들에게 조심스럽게 다가갔다. 배설물과 톱밥이 엉겨 진창이 된 우사 바닥에 발목이 푹푹 빠져들었다. 연수는 미끄러지지 않으려고 다리에 힘을 주며 녀석들을 구석으로 몰았다.

"그래. 착하다. 착하지."

녀석들과 연수 사이에 팽팽한 긴장감이 차올랐다. 우사에서 제일 큰 녀석과 눈이 마주쳤다. 거세우인 녀석은 나머지 녀석들을 보호하려는 듯 맨 앞에 서서 연수를 향해 위협적으로 고갯짓을 했다. 희번덕거리는 까만 눈으로 경고의 메시지를 보냈다. 한 걸음만 더 다가오면 가만있지 않겠다고. 씩씩대는 녀석의 콧구멍에서 더운 김이 솟았다.

"천 쌤. 위험해. 농장주한테 하라고……."

"쉿!"

연수가 손을 들어 공방수(공중방역수의사)로 함께 근무하는 김 선생의 말을 잘랐다. 예민한 녀석들이다. 사람이 녀석들을 두려워하는 만큼 녀석들도 사람을 두려워한다. 자신들이 얼마나 크고 힘이 센지도 모르는 순한 녀석이 날뛰게 되는 순간 게임 오버다. 지난주만 해도 구제역 백신 접종에 나선 방역보조원이 녀석들의 뒷발에 채여 갈비뼈에 금이

갔다.

"안 아플 거야. 약속해."

연수는 천천히 눈을 감았다 뜨며 올가미를 조심스럽게 들어올렸다. 우두머리인 녀석만 말뚝에 묶으면 나머지 녀석들은 순순히 따라올 거다. 녀석과의 거리는 이제 2미터. 거의 다 됐다.

"좋아. 착하다……."

방심한 듯 연수를 따라 눈을 깜빡이는 녀석. 그 순간을 놓치지 않고 휙, 올가미를 던졌다. 됐다. 녀석의 양쪽 뿔에 올가미가 걸리자 연수는 재빠르게 밧줄을 조이고 녀석을 끌어당겼다. 얼결에 당한 녀석은 고개를 흔들며 저항했다.

"김 선생님! 아저씨!"

연수가 김 선생과 농장주인 오씨 아저씨를 불러 함께 밧줄을 잡아당겼다. 고집스런 녀석이다. 세 사람이 잡아당기는데도 끄떡도 하지 않았다.

"어어어."

균형을 잃은 김 선생이 진창에 엎어졌다. 김 선생이 넘어지자 녀석은 더욱 흥분했다.

"김 선생님! 빨리 일어나요."

김 선생은 배설물에 코를 박은 채 꼼짝을 하지 못했다. 저러다 녀석에게 밟히거나 뿔에 채이면 큰일이다.

"아저씨 잠시만 잡고 계세요."

연수는 엎어진 김 선생의 뒷덜미를 잡고 일으켜 밖으로 끌고 나왔다. 김 선생은 이미 패닉상태였다. 자포자기한 듯 양팔을 벌리고서 멍하니 앉아 있는 김 선생을 내버려두고 연수는 사료포대 옆에 굴러다니는 방한포를 집어 든 후 다시 녀석에게 다가갔다.

"어이쿠, 연수야!"

오씨 아저씨가 힘없이 녀석에게 질질 끌려갔다.

"아저씨! 조금만 더 참으세요."

연수는 투우사처럼 방한포를 펼쳐 녀석에게 다가갔다. 녀석이 연수에게 눈알을 부라리고 쉭쉭, 콧김을 내뿜었다. 앞발을 굴렀다. 큰일이다.

"연수야!"

"아저씨, 비키세요."

오씨 아저씨가 밧줄을 내던지고 도망쳤다.

돌진하는 녀석의 머리에 방한포를 뒤집어씌웠다. 당황한 녀석이 이리저리 부딪히며 뒷걸음질 쳤다. 연수는 방한포를 단단히 그러모으고 녀석에게 매달리다시피 끌려다녔다. 그 순간에도 연수는 녀석의 귀에다 대고 달래듯 속삭였다.

괜찮아. 괜찮아. 다 괜찮아.

녀석은 도대체 뭐가 괜찮은 거냐고 항변하듯 고개를 흔들며 다이아몬드 스텝을 야무지게 밟아댔다.

네가 괜찮아질 때까지 기다려줄게.

한 번 더 속삭이자 스팀이 빠져나가는 압력밥솥처럼 녀석이 서서히 수그러들었다. 마침내 체념한 녀석은 연수의 손에 순순히 끌려왔다. 우사 말뚝에 단단히 묶고 방한포를 걷어내자 녀석은 굴욕을 감내하듯 고개를 숙인 채 눈을 질끈 감고 있었다. 연수가 엉덩이에 바늘을 찔러넣어도 감은 눈을 뜨지 않았다.

착한 녀석.

연수는 녀석의 이마를 두어 번 토닥여주었다.

우두머리인 녀석을 묶자 나머지는 일사천리였다. 농장주와 방역보조원들이 마흔세 마리의 소들을 말뚝에 일렬로 고정시키고 연수와 나머지 두 명의 수의사가 재빠르게 구제역 백신을 놓았다. 지원 나온 축산과 공무원이 접종이 끝난 소 등에 푸른색 스프레이액으로 표시를 하고 귀에 찍힌 관리번호를 기재했다. 태어난 지 얼마 되지 않은 송아지들의 귀에 관리번호표를 달고 백신을 주사하는 걸로 마지막 농장의 구제역 백신 접종이 끝났다.

"아이고. 다 됐다."

오씨 아저씨가 마지막 송아지의 엉덩이를 철썩 두드리며 한숨을 쉬었다. 낯선 손길에서 풀려난 송아지가 어미에게로 겅중거리며 뛰어가는 모습이 귀여웠다. 태어나서 처음 당한 일에 놀랐는지 송아지는 어미의 옆구리에 달라붙어 어리광을 부렸다. 아팠다고 고자질이라도 하는 모양이다. 그런 새끼를 어미는 살뜰하게 핥아댔다.

후우.

연수는 길게 숨을 내쉬었다. 이로써 연수가 담당하는 H군의 돼지 오만팔천 두, 소 사만구천 두의 구제역 백신 접종을 마쳤다. 방역복을 벗는 연수의 몸에서 하얀 김이 솟았다.

"김 선생은 또 내뺐나?"

오씨 아저씨는 소통 범벅인 방역복만 벗어놓고 어디론가 사라져버린 김 선생이 몹시 못마땅한가 보다.

"하여간 도시 것들은 뺀질뺀질……."

"아저씨, 우사 청소가 급합니다. 날씨도 추워지고 이 상태면 애들 발굽에 안 좋아요. 송아지들 설사병도 생길 수 있구요."

연수는 김 선생이 사라진 것보다 우사의 열악한 환경이 더 마음에 걸렸다. 일흔이 넘은 노부부 두 사람이 꾸려가는 곳이다 보니 일손이 턱없이 부족하다는 건 알지만 오씨 아저씨의 농장은 상태가 심각했다.

"해야 되는데 트랙터가 말썽이라. 엔진 소리가 그렁그렁하더니 기어가 나갔는지……."

"승언이한테 시간 되면 한번 봐달라고 할게요."

아저씨 소유의 소는 몇 마리뿐이고 대부분 위탁사육이라 두 내외 인건비도 빠듯할 터다. 수리비도 한두 푼이 아니니 선뜻 부르기 힘들었겠지.

"그라면 좋지."

오씨 아저씨는 모자를 벗고 버석하게 메마른 이마를 벅벅 긁었다. 깊은 주름에서 고단함이 비듬처럼 떨어졌다.

"선생님들 추운데 고생 많았어요. 커피 한잔들 들어요."

"감사합니다, 아주머니."

농장의 안주인이 때가 꼬질꼬질한 쟁반에 김이 나는 종이컵을 받쳐 들고 다가왔다. 관절염으로 절룩이는 걸음이 불안해서 연수가 얼른 다가가 쟁반을 받았다.

"선배님들, 드세요."

지원 나온 수의사들이 연수가 내민 쟁반에서 종이컵을 하나씩 집어 들며 웃었다. 그 웃음의 이유를 아는 연수도 따라 웃었다. 오늘 연수네 팀이 백신 접종을 마친 농장은 총 여섯 군데. 싫다 소리 못 하고 수의사들과 연수는 여섯 잔째 걸쭉한 믹스커피를 마셨다. 오늘 밤도 잠을 설칠 것만 같다. 안 그래도 호르몬 과다로 밤이 무서운 연수였다.

"아이고, 우리 연수는 어째 이리 듬직하고 싹싹하나?"

꾸부정한 허리를 펴는 아주머니의 몸에서 뚜둑뚜둑 소리가 났다. 추워지는 밤, 축사 지붕이 얼어붙는 소리처럼 노동의 나이테가 새겨진 여윈 몸피에서도 겨울이 왔음을 알리는 소리다.

"사구는 사람 없나?"

"예."

스물아홉 살의 연수가 하루에 한 번 이상 듣는 말이다. 오늘은 네 번쯤 들었나 보다. 가축을 키우고 교배를 시키고 다시 새끼를 번식시키고, 이런 일들이 일상이어서 그런지 농장주들은 연수의 짝짓기에 관심이 많다.

"허우대가 아깝다야. 이 허벅지 봐라."

"가슴팍이 떡 벌어져서 얼마나 사내답나?"

연수를 '씨수소' 보듯 이리저리 뜯어보기도 한다.

"우리 둘째네 사돈처녀가 아주 참한데……."

또, 암소를 선보이듯 조카딸이나 처제나 여동생이나 딸들을 들이민다. 이번에는 사돈처녀.

"좋아하는 사람은 있습니다."

이 말도 오늘 네 번쯤 한 거 같다.

"곰방 사구는 사람 없다더니?"

"그게……."

연수가 머뭇거리자 아주머니가 혀를 찼다.

"외사랑이가? 아이고 못났다."

이런 반응도 익숙하다.

"천 선생이 소로 태어났으면 어쩔 뻔했어?"

쪼그리고 앉아 커피를 마시는 선임 수의사가 연수를 올려다보며 킬킬댔다.

"그러게요."

제대로 된 짝짓기도 한번 못 해보고 얼굴도 모르는 자손들만 퍼트렸겠지.

연수는 익숙한 반응에 익숙하게 대꾸하고 낮게 가라앉은 하늘을 바라보았다. 올해는 첫눈이 유난히 늦다.

11월.

모두 다 사라진 것은 아닌 달.

북아메리카 원주민인 아라파호 족은 11월을 그렇게 부른다고 한다. 때때로 이런 것들이 좋다. 스물아홉 살. 연봉 이천만 원. 아파트 서른

평. 자동차 2,000cc. 숫자에 불과한 것들로 환치되는 삶보다 본질에 더 다가가는 그런 것들에 마음이 끌린다. 밤꽃이 필 때쯤 서리태를 파종하고, 배롱나무에 꽃이 피면 토마토 모종을 심고, 첫서리가 내린 후 참돌배를 수확하고, 첫눈을 기다리는 삶…… 말이다.

모두 다 사라진 게 아니라면 남아 있는 건 무엇일까?

연수의 물음에 대답이라도 하듯 종이컵 속으로 눈송이 하나가 떨어졌다.

첫눈이다.

모두 다 사라진 것들 위로 그리움처럼 쌓이는 눈.

연수는 고개를 들었다. 젖은 솜처럼 물기 많은 눈이 이마를 적셨다. 연수는 눈을 감고 아이처럼 혀를 내밀었다. 차가운 결정체가 혀끝에 날아들었다. 누군지 기억나지 않지만 누군가가 그랬다. 첫눈을 먹으면 첫사랑이 이루어진다고. 아니다. 짝사랑이었던가? 뭐, 어쨌든. 연수는 지금 열 번째 첫눈을 받아먹는 중이다. 열 번을 꽉 채운 후에는 이 짓도 그만두리라.

"눈이 오시네. 슬슬 철수하자. 천 선생, 뭐 해?"

"눈 먹어요."

"애처럼 눈은. 맛있나?"

연수를 따라 선임 수의사가 입을 벌렸다.

"선배님은 형수님이 첫사랑이셨어요?"

"아닌데."

"그럼 드시면 안 됩니다."

"왜?"

"큰일 나요."

연수는 심각하게 경고했다. 이미 유부남인 남자의 첫사랑이 이루어진다면 그건 모두에게 불행이니까.

"그나저나. 우리 델리킷한 김 선생은 대체 어디로 사라진 거야?"

선임이 으그그, 소리를 내며 자리에서 일어섰다.

"호랑이네. 저기 온다."

또 다른 선임 수의사가 연수 뒤로 고갯짓을 했다. 어디 가서 오바이트라도 하고 왔는지 김 선생이 해쓱한 얼굴로 다가왔다. 연수가 커피를 내밀자 힘없이 고개를 저었다.

"천 쌤 휴대전화가 계속 울려서 내가 받았다. 바닥에 떨어져 있더라."

김 선생이 연수의 휴대전화를 내밀었다.

"차에다 떨어트렸나 보네요."

연수는 바지 주머니를 더듬어보고서야 휴대전화가 없다는 걸 알았다.

"얼른 가봐. 병원이더라."

"병원……이요?"

선뜻 휴대전화를 집기가 겁이 났다. 김 선생에게서 휴대전화를 건네받는 순간에 벨 소리가 또다시 울렸다.

초록색 화면에 뜬 병원 이름.

연수는 올가미에 묶인 거세소처럼 질끈 눈을 감았다. 굴욕이 아니라 무서워서.

chapter 03

강희

벨 소리에 잠을 깼다.

"한아름······. 이쁜 시키. 누가 요래요래 이쁜 짓 하래?"

강희는 더듬더듬 휴대전화를 찾아 들고 눈을 감은 채 웅얼거렸다.

– 강희야.

강희를 부르는 아름이의 목소리가 평소와 다르게 젖어 있다.

"왜 울어? 누가 또 가슴 크다고 놀리디?"

– 그게 아니구. 연수······ 할아버지 돌아가셨어.

강희는 눈을 뜨고 윗몸을 일으켰다. 알딸딸했던 취기가 말끔하게 사
라졌다.

"······언제?"

– 오늘.

"······."

오늘······. 그랬구나. 오늘.

강희는 고개를 들어 누수로 얼룩진 천장 모서리를 응시했다.

– 그냥······ 너도 알아야 할 거 같아서.

"······."

– 나, 지금 장례식장이야. 연수는······ 덤덤해. 울지도 않고.

"······."

순둥이 천연수가 울지도 않는다고.

－뭐, 워낙 오래 편찮으셨으니까. 강희야?

"응. 듣고 있어."

－괜히 연락했니?

"아니."

－강희야.

"응."

－나중에…… 전화라도 한번 해줘.

"……그래."

통화가 끝난 휴대전화를 한참이나 들여다보다 눈을 감았다. 감은 눈
저 멀리 열아홉 살의 연수가 보였다.

열아홉 살의 연수는 트렁크를 끌며 덤덤한 척 앞서 걸으면서도 자꾸
만 돌아보았다. 가지 말라고 조르지도 못하고 그렇다고 쿨하게 보내주
지도 못할 거면서. 버스터미널의 차가운 플라스틱 의자에 커다란 몸을
구겨넣고 내내 벽시계만 바라보았다. 사람 손이 그리우면서도 선뜻 다
가가지 못하는 유기견 같은 눈을 하고.

스무 살 여름의 연수를 떠올렸다.

아르바이트를 하는 편의점 사장에게 깨지고 있는데 바보처럼 해맑은
얼굴로 찾아왔다. 녀석이 좋아하는 포도 맛 웰치스를 하나 꺼내 내밀고
조용히 말했다.

"가."

스물한 살 겨울의 연수가 기억난다.

수능을 며칠 앞둔 날이었다. 사흘째 감지 못한 머리를 질끈 묶고 독
서실 휴게실에서 컵라면을 먹고 있는데 뽀송뽀송하고 발그레하고 근심

걱정 없는 얼굴로 유리문을 열고 들어왔다. 호박엿을 사들고.

강희는 반가움보다 고마움보다 자신의 머리에서, 몸에서 나는 냄새가 더 짜증났다. 고삐리 시절에도 나지 않았던 코 옆의 여드름이 저주스러웠다. 섬유유연제 냄새 폴폴 풍기는 연수 앞에서 이따위 몰골을 하고 있는 자신이 너무 초라하고 한심했다.

"엿, 먹으라는 거야?"
"시험 잘 보라구."
"너나 먹으세요, 엿."
"강희야."
"왜? 사수하라고 고사를 지내지? 엿 같은 시키."
"지강희."
"너 이렇게 불쑥불쑥 찾아올 때마다 내 기분이 얼마나 엿 같은지 알아?"
"미안하다."

자존감은 바닥을 쳤고, 자격지심으로 똘똘 뭉쳐 있던 삼수생 강희는 잘못한 것도 없으면서 사과하는 연수에게 더 화가 났다. 그 화를 아름이에게 퍼부었다. 연수에게 자신의 거처를 한 번만 더 알려주면 절교라고 고래고래 소리를 질렀다. 절교한다고 한들 아쉬운 건 강희였지만 강희는 그렇게 생떼를 부렸다. 잔뜩 풀이 죽어선, 엿이 든 비닐봉지를 들고 터덜터덜 독서실 계단을 내려가던 연수의 어깨가 아직도 선명하다.

재수를 하지 않았다면, 삼수를 하지 않았다면, 원하는 대학에 갔더라면 연수와 그렇게 끝나지 않았을까. 아니, 아니다. 그날 머리만 감고 있었더라도 그렇게 연수를 보내지는 않았을 거다. 그토록 하찮은 이유 때문에 강희는 그 후로 연수의 얼굴을 보지 못했다. 화를 내는 이유의 9할은 상대방이 아닌 자신 때문이라는 걸 알았으니까.

강희는 느릿하게 일어나 화장을 지웠다. 짙은 아이라인을 지워내자 맨송맨송한 얼굴의 여자가 거울 속에서 자신을 바라보고 있었다. 거울에 비친 여자는 싱그럽지도 그렇다고 성숙해 보이지도 않았다. 그저 몹시 지친 것 같았다. 서울만 오면, H읍만 떠나면 새로운 인생이 펼쳐질 거라 패기 충만했던 계집애는 대체 어디로 가버린 걸까.

결국 오고 말았다.

강희가 H읍의 H병원 장례식장에 나타난 순간 장례식장 복도가 홍해처럼 갈라졌다.

야, 야, 저 사람 누구냐?
헐. 쟤 지강희 아니냐?
뭐? 지강희?
뭐냐? 서울 가더니 조폭 됐냐? 포스 죽인다야.

강희는 웅성거림을 헤치고 성큼성큼 걸었다. 일부러 문상객이 없을 늦은 시간에 맞춰 왔는데 실수였다. 깜빡 잊고 있었다. 여기가 H읍이라는 걸.

H읍 사람들은 죄다 모인 게 아닐까. 할아버지의 장례식이 아니라 팔순 잔칫집 같았다. 떠들고 웃고 마시고 흥청거렸다. 그 가운데 지춘길 씨가 단연 으뜸이었다. 상주를 대신해 장례식장을 전두 지휘하고 있었다. 조문객 맞으랴, 동네 아주머니들 상대하랴, 음식 주문하랴 정신이 없었다. 누가 보면 지춘길 씨의 아버지가 돌아가신 줄 알겠다. 강희는

검정색 트렌치코트를 벗어 들고 할아버지의 영정이 모셔진 곳으로 다가갔다.

대체 얘는 어딜 간 거야.

상주는 보이지 않고 웬 모델 같은 남자가 검정색 슈트를 쫙 빼입고 서 있었다. 단언컨대, H읍에 저런 인물은 없다. 삼베 완장을 찬 걸 보니 연수의 친척인 듯했다.

연수에게 내가 모르는 친척이 있었던가?

신발을 벗고 마루에 오르자 남자가 고개를 들었다. 눈이 마주쳤다. 섹시한 눈이다. 턱선이 죽인다. 할아버지의 영정 앞에서 할 만한 생각은 아니지만 그랬다.

"흐어……."

갑자기 남자의 야하게 생긴 입술에서 이상한 소리가 터져 나오더니 까만 눈에 그렁그렁 눈물이 고였다.

뭐지?

강희가 미간을 모으는 순간 남자가 성큼성큼 다가와 강희를 와락 껴안았다. 그리고 아이처럼 소리 내서 울었다.

"흐엉……."

이 시키. 이거 뭐냐?

강희의 팔에서 코트가 툭 떨어졌다.

"이, 이봐요……."

남자는 논둑이 무너진 것처럼 울었다.

"저기요? 이보세요?"

강희는 남자에게서 벗어나려고 버둥거리다 움직임을 멈추었다. 맞닿은 가슴으로 남자의 떨림이 고스란히 전해져왔다. 짙고 깊고 슬픈 진동이었다. 다 큰 남자가 이렇게 아이처럼 울 수 있다는 게 신기하기조차 했다.

복도 건너편에서 흥청이던 사람들이 일시에 강희와 남자를 바라보았다. 소주잔을 든 채, 낭창이는 돼지수육을 집은 채, 일회용 스푼에 시뻘건 육개장을 뜬 채. 왁자지껄하던 교실에 갑자기 침묵이 찾아든 순간처럼 그렇게 침묵이 찾아왔다. 일 초? 아니, 0.1초도 안 되는 그 찰나의 순간, 강희는 의심했다. 자신에게 치렁치렁 매달려 울고 있는 남자가 누구인지.

설마.

"천⋯⋯연수?"

"강희야⋯⋯."

남자의 젖은 목소리가 강희의 목덜미에 닿았다. 강희는 질끈 눈을 감았다. 데자뷔처럼 과거의 어느 한순간이 심장을 관통했다. 잊었다고 생각했던 익숙한 아픔에 심장의 판막이 부르르 떨렸다. 18년 전의 그날도 이랬다. 이 자식은 그때도 강희에게 매달려 징징 짰다. 그 바람에 강희는 울 틈도 없었다.

"할아버지가⋯⋯."

짠한 시키.

가슴 한구석이 구겨졌다. 부둥켜안고 같이 울어주고 싶었지만 바라보는 눈이 한두 개가 아니다.

목을 길게 뺀 중년의 여자와 눈이 마주쳤다. 강희의 기억이 맞다면 H읍의 뺑덕어미로 통하는 라라미용실 사장이다. 뺑덕어미의 강력한 어금니에 걸리면 오지게 씹히고 뜯기고 갈린다. 여자는 '썩은 고기를 찾아 어슬렁거리는 하이에나'처럼 호기심을 숨기지 않고 이쪽을 바라보고 있었다. 라라미용실 맞은편에는 용수철물 사장이다. 라라미용실 못지않은, 철근을 잘근잘근 씹을 만큼의 턱을 자랑한다. 참고로 두 사람은 부부다.

"비켜. 할아버지한테 작별인사는 해야지."

강희는 10년의 공백을 무시하고 마치 늘 만나왔던 사람처럼 최대한 태연하게 굴었다.

"미안……."

연수가 팔을 풀자 사람들도 슬금슬금 시선을 돌리고 소주를 마시고, 수육을 새우젓에 찍고, 육개장을 후르륵거렸다.

남자를, 그러니까 연수를 밀쳐내고 할아버지 영정 앞에 섰다. 온몸이 오그라들도록 모질게 아팠으면서도 할아버지는 환하게 웃고 계셨다. 이곳을 떠나게 돼서 몹시 행복하다는 듯.

향을 피워올리고 재배를 하는 동안에도 온몸의 신경은 등 뒤로 쏠렸다. 뒤통수에 맺힌 시선을 느낄 수 있었다. 강희는 꿋꿋하게 무시하고 할아버지의 주름진 얼굴만 바라보았다. 18년 전 그날, 울고 있는 연수와 강희를 안아주셨던 할아버지가 오늘은 저렇게 멀찍하게 떨어져서 내려다보고만 계셨다. 눈가가 따가웠다.

할아버지, 이제 연수 데려가도 돼요?

할아버지의 부자연스럽게 가지런한 틀니를 바라보며 물었지만 할아버지는 아무런 대답이 없었다. 그저 하회탈처럼 웃기만 하셨다.

데려는 가고 싶은데…….

영정에서 물러나 강희는 남자, 그러니까 연수를 바라보았다.

데려갈 수 있을까?

멀뚱하니 서 있는 강희에게로 연수가 한 걸음 다가왔다. 젖은 눈이 야릇하게 반짝였다. 격한 감정이 채 가시지 않았는지 가끔씩 들썩이는 가슴근육이 재킷 안에서 꿈틀거렸다. 강희는 연수를 위아래 좌우로 훑었다. 아무래도 요상하다. 눈앞의 남자가 연수일 수는 없다. 조금 전에는 얼결에 안겨서 확인을 제대로 못 했다.

지독한 근시인 녀석이 안경도 없이 저렇게 자신을 뚫어져라 보는 게 낯설었다. 강희는 연수의 눈을 기억한다. 안경을 벗으면 초점이 제대로 안 맞아 약간 멍해 보이던 까만 눈. 송아지처럼 처진 긴 속눈썹이 천천히 오르내릴 때마다 너무 귀여워 아무에게도 보여주고 싶지 않았던 눈. 두꺼운 안경알 뒤에 감춰둔 채 자신만 보고 싶었던 그 눈 말이다.

천연수, 도대체 무슨 짓을 한 거니?

연수에게 무슨 일이 벌어진 건지 모르겠다. 골든 리트리버처럼 커다랗고 말랑말랑했던 녀석은 어디로 가고 색스럽고 요사스런 남자가 연수인 척하고 있다.

"*호박엿을 먹고 연수가 죽을 만큼 아팠대. 그러더니 애가 잘 먹질 못하더라.*"

문득 아름이가 했던 말이 떠올랐다. 저녁을 먹고도 라면 두 개는 끓여 먹어야 숙면을 취하는 연수였다. 아무리 잘 먹지 못한다고 해도 기준이 애초에 일반인과 다른 녀석이다.

너, 진짜 천연수 맞아?

어…… 맞구나. 맞네.

혼자 묻고 혼자 확신했다. 연수인 척하는 남자는 연수가 맞았다. 남자의 목울대 바로 옆에 짜장소스가 튄 것처럼 찍힌 하트 모양의 '짜장면 점'은 남자가 연수라는 걸 증명했다.

18년 전 그날, 할아버지가 사주셨던 짜장면을 먹다가 강희는 냅킨으로 연수의 목을 닦아주었다. 원래도 질질 잘 흘리고 다니는 녀석이라 짜장면도 얌전하게 먹질 못했다. 닦아도 닦아도 지워지지 않던 그 점을 보고 할아버지와 강희는 웃었다. 엄마와 아빠를 떠나보내고 온 열한 살의 강희와 연수는 짜장면 점 때문에 웃었다. 죽음과 삶의 경계는 그렇게 얄팍했다.

아, 이젠 뭘 해야 하나?

미치게 어색했다.

그래, 상주에게 절을 해야지.

운 좋게도 강희는 스물아홉 살이 되도록 문상을 가본 적이 없었다. 문상을 드라마로 배운 강희는 연수에게로 다가가 다짜고짜 절을 했다. 당황한 연수도 허겁지겁 맞절을 했다. 두 사람은 맞절을 하고 벌을 서듯 무릎을 꿇고 마주 앉았다.

꼴깍, 침 넘어가는 소리가 울렸다. 짜장면 접도 미세하게 움직였다. 믿고 싶지 않지만 강희는 긴장했다. 다른 사람도 아닌 연수 앞에서. 무릎 위에 올려놓은 손이 딸려온 물건처럼 거추장스럽다. 연수에게서 한 번도 느낀 적 없었던 야릇한 기운이 뿜어져 나왔다. 커다란 자석에서 나오는 자기장 같은 강한 에너지였다.

이 시키, 혹시 신 내린 거 아니야?

모텔 캘리포니아 오른쪽 산기슭에는 폐가나 마찬가지인 집이 한 채 있었다. 그곳에 알록달록한 몸뻬바지와 보풀이 핀 보라색 스웨터를 입고 언제나 웃고 있는 뚱뚱한 언니가 홀로 살았다. 언니는 산길과 마을길이 만나는 곳에 있는 바위에 걸터앉아 늘 건빵을 먹었다. 강희와 눈이 마주치면 언니는 건빵을 한 움큼 덜어 강희에게 오라며 손짓했지만 강희는 한 번도 다가간 적이 없었다. 강희가 고개를 흔들면 언니는 쉽게 단념하고 히히, 웃고는 건빵을 우적우적 씹었다.

그런 언니가 언제부턴가 밤낮으로 걷고 또 걸었다. 뭐, 머리에 꽃을 달거나 그러진 않았지만 무언가에 사로잡힌 사람처럼, 보이지 않는 줄에 끌려가는 인형처럼 그렇게 걸었다. 몇 달 동안 잠도 자지 않고 먹지도 않고 걷기만 하던 언니는 살이 빠져 아주 딴사람이 되어버렸다. 커다란 바위가 풍화되어 아름다운 여인의 형상을 드러낸 것처럼 언니는 비현실적으로 아름다웠다. 아름다워진 언니는 더 이상 웃지도 않았다. 눈빛만 시퍼렇게 형형했다. 마을 사람들은 언니가 내림굿을 할 거라고 했다.

들판에 꽃다지가 흐드러지게 핀 날, 언니는 신엄마라는 사람을 따라 H읍을 떠났다. 언니의 마지막 소식은 동해 어디쯤에서 작두를 탄다는 이야기였다. 그 소식을 들었을 때, 강희는 언니의 건빵을 거절했던 게 마음에 걸렸다. 언니는 작두를 타야 할 만큼 외로웠던 건 아니었을까.

강희는 연수의 눈을 들여다봤다. 어쩐지 눈빛이 그때 그 언니와 비슷했다. 묘하게 반짝이고 고통과 결핍의 입자들이 떠돌았다.

"잠은 자니?"

이 자식이 작두를 타게 둘 순 없다.

"어?"

"너 말이야. 잠은 잘 자냐고?"

"요즘은 통 못 잤어."

"뭐? 왜?"

"그, 그야. 뭐…….

말꼬리를 흐리며 연수는 배시시 웃었다. 눈동자가 젖은 속눈썹 속으로 사라지고 반달 모양으로 휜다. 갑자기 온몸의 솜털이 일어나 바스락거렸다.

이 시키가 어디서 웃음질이야.

"뱁, 아니 밥은 잘 먹고?"

말이 씹혔다.

"밥이야 잘 먹지."

"그래? 근데 몸이 왜 그 모양이야."

"그냥 뭐…….

또 웃음질이다. 이 상황에서 웃었다는 게 겸연쩍었는지 연수는 포동포동함은 사라지고 단단한 뼈와 푸른 혈관이 도드라진 주먹으로 입술을 가리고 작게 헛기침했다.

"너…… 올 줄 몰랐다. 고맙다."

낮게 가라앉은 목소리가 제법 어른스럽다.

다시는 돌아오지 않을 거라 박차고 떠났지만 어쩔 수 없었다. 명란과 소주를 고스란히 다 토해내고, 꼴딱 밤을 새우고, 밀린 빨래와 청소를 하고, H읍으로 가는 마지막 버스를 기다리는 순간까지 고민했지만 오지 않을 수 없었다. 할아버지니까. 천연수니까.

"와야지. 그동안…… 고생했다."

강희도 어른스럽게 대꾸했다. 왠지 그래야 할 거 같았다. 강희와 연수는 이제 더 이상 낄낄대는 고삐리가 아니니까. 강희의 말에 연수는 고개를 푹 숙였다. 우아하게 뻗은 콧등이 다시 붉어졌다. 살이 빠지면 코도 날씬해지나 보다.

"천연수……."

발가락을 꼼지락거리며 뭔가 위로의 말을 찾으려고 애를 쓰는데 갑자기 주위가 소란스러워졌다. 요란한 구두 소리와 여자의 울부짖음이 들렸다.

"아이고 아버지이이. 연수야아아아. 우리 아버지 불쌍해서 어떡해에에……."

장례식장에 어울리지 않는 화려한 크림색 트위드 투피스에 정수리를 과하게 부풀린 헤어스타일의 중년 여성이 10센티는 될 법한 하이힐을 신고 달려왔다. H읍의 퀸인 순자, 아니 수지 아줌마였다. 첫 번째 결혼이 실패로 끝나자 아줌마는 순자에서 수지로 개명했다. 아줌마는 다시 태어나고 싶은데 그럴 수 없으니 이름이라도 바꾸겠다고 했다. 이름을 바꾸면 인생도 달라질 거라고.

"아버지이이."

헐레벌떡 달려온 수지 아줌마는 구두를 벗으려다 중심을 잃고 모양새 사납게 고꾸라졌다. 건너편 H읍 사람들은 또다시 소주잔을 든 채, 낭창이는 돼지수육을 집은 채, 일회용 스푼에 시뻘건 육개장을 뜬 채 아줌마를 바라보았다.

"엄마!"

연수가 벌떡 일어나 수지 아줌마에게 달려갔다.

"순자야!"

건너편에서 슬리퍼도 신지 않고 양말 바람으로 춘길 씨가 뛰어왔다. 연수와 춘길 씨가 동시에 수지 아줌마를 일으켜 안았다.

"엄마!"

"순자야!"

연수의 품에 안긴 수지 아줌마는 눈을 뜨지 않았다. 붙인 속눈썹이 파르르 떨리는데도.

"정신을 잃었나 보다."

춘길 씨의 말에 수지 아줌마는 드라마틱하게 고개를 떨어뜨렸다.

"순자야, 연수 엄마! 안 되겠다. 연수야, 엄마 방으로 모셔라."

연수가 풍만한 수지 아줌마를 번쩍 안아 들고 상주들의 휴식공간인 작은 방으로 들어갔다. 아줌마의 발끝에 대롱대롱 매달려 있던 하이힐이 툭 떨어졌다.

춘길 씨가 수지 아줌마의 구두를 나란히 모아 정리하는 모습을 강희는 여전히 무릎을 꿇은 채로 고개만 돌려 바라보았다. H읍 사람들의 시선은 좀처럼 소주와 돼지수육과 육개장으로 돌아가지 못하고 이곳에 꽂혀 있다. 지금 이 순간, 강희의 마음속을 그림으로 표현한다면 단연 뭉크다. 절규.

"형님."

강희가 마음속으로 귀를 막고 입을 벌린 채 절규하고 있을 때, 보기 드문 스트라이프 더블슈트와 깃 세운 트렌치코트를 빼입은 남자가 춘길 씨에게 아는 체를 하며 다가왔다. 2대 8 가르마의 남자는 '장군의 아들' 세트장에서 막 빠져나온 엑스트라 같았다.

"오느라 고생 많았지?"

"아닙니다, 형님. 고생은요. 신혼여행을 망친 게 아쉽긴 하지만 괜찮습니다, 형님."

말끝마다 형님을 붙이는 남자는 아름이가 말했던 수지 아줌마의 네 번째 남편, 그러니까 연수의 세 번째 스텝파더인가 보다. 아줌마보다 여덟 살 연하라는.

"그래도 티켓이 빨리 구해졌나 보네."

"티켓은 연수가 구해줬습니다, 형님. 이코노미라 좀 불편하긴 했지만 뭐 나름 괜찮았습니다, 형님."

춘길 씨의 표정이 미세하게 일그러졌다.

"여행이야 또 가면 되지."

"맞습니다, 형님. 여행이야 또 가면 되지만 돌아가신 장인어른이 또 돌아가시는 건 아니잖습니까, 형님."

남자의 독특한 화법에 춘길 씨가 한숨을 쉬었다. 수지 아줌마는 도대체 저런 남자를 어디서 만난 걸까?

"수지 씨는요?"

"방에. 들어가봐. 옷도 갈아입고."

남자가 수지 씨를 부르며 미닫이문 안으로 사라지자 닫힌 문 너머에서 수지 아줌마의 폭풍 오열이 시작되었다. 춘길 씨는 영정을 바라봤다, 천장을 올려다봤다, 깊은 한숨을 쉬었다 했다. 강희는 그게 꼴 보기 싫어 가방과 코트를 집어 들고 벌떡 일어섰다.

"나, 가요."

가방에서 봉투를 꺼내 춘길 씨에게 내밀고 신발에 발을 꿰었다.

"저녁은 먹었니? 한술 뜨고 가라."

"저기서요?"

미쳤어요? 신발을 마저 신으며 코웃음을 쳤다. 저 사람들 틈에서 시뻘건 육개장을 먹으라고? 강희는 한시라도 빨리 소주와 돼지고기와 육개장을 마시고 씹고 떠먹는 사람들의 시선에서 벗어나고 싶을 뿐이다.

"모텔로 갈 거지? 네 방, 베딩 해놨다."

등으로 춘길 씨의 목소리가 달라붙었다. 내가 안 왔으면 어쩌려고?

"아빠는 알지. 네가 올 거라는 걸."

딸의 마음을 다 안다는 투다. 괜히 아니꼬웠다.

"됐어요. 아름이네서 잘 거야."

"미스터 권이 너 온다고 하루 종일 난리도 아니었는데?"

"지배인 아저씨가 왜요?"

"왜긴, 너 오니까 좋아서 그런 거지."

"됐구요. 크리스마스에나 봐요."

강희는 투명망토를 두르듯 코트를 입고, 달라붙는 시선들을 털어내며 복도를 성큼성큼 걸었다. 코트 자락이 휘날릴 때마다 수군거리는 소리도 함께 부유했다. 듣고 싶지 않아도 들리는 소리들.

어릴 때는 튀기 표시가 확 나더니만 크니까 모르겠네.

머리카락도 놀므리해서 이상했잖아.

요샌 일부러 저렇게 염색도 하잖아요. 돈 안 들어서 얼마나 좋아.

지 엄마 똑 닮았네.

막말로 연수랑 쟤가 무슨 죄야. 어른들이 잘못한 거지.

순자야 뭐, 재혼이라도 했지. 춘길 오라버니는 뭐야.

그러게. 뭐니 뭐니 해도 불쌍한 건 춘길 오라버니지.

삑.

슬립온 바닥에서 날카로운 마찰음이 났다. 강희는 복도 한가운데서 걸음을 멈추고서 아름이에게 전화를 걸었다.

"소주 한잔하자. 이리로 와. 어디긴, H장례식장이지."

그래. 여기까지 왔는데 H한우로 끓인 육개장에 소주 한잔 안 하면 할 아버지가 섭섭해하시겠지.

휴대전화를 주머니에 쑤셔넣고 강희는 걸음을 되돌려 H읍 사람들 틈에 자리를 잡았다. 사람들이 강희의 눈치를 보며 슬금슬금 자리를 옮겼다. 식당 한가운데 덩그러니 앉아 테이블에 미리 준비해놓은 종이컵에 소주를 따랐다. 그리고 장례도우미가 가져다준 육개장에 공기밥을 말아 푹푹 두 번쯤 떠먹고 소주를 들이켰다.

싸구려 비닐을 깐 상 위에 오른 발포접시가 너무 초라해서 견딜 수가 없었다. 혓바닥에 닿는 플라스틱 스푼이 너무 가벼워서, 눅눅한 종이컵에 담긴 소주는 너무 달아서, 귀퉁이가 말라가는 동태전은 너무 비려서 슬펐다.

춘길 씨가 미간을 찌푸린 채 강희를 바라보고 있다. 강희는 보란 듯 종이컵에 소주를 가득 따라 원샷으로 마셨다. 종이컵 너머로 상복을 입은 수지 아줌마의 어깨를 다독이는 연수가 보였다. 라라미용실과 용수철물이 다가가 위로하자 수지 아줌마는 더 크고 구슬프게 목 놓아 울었다.

"불쌍한 우리 아부지이이……."

하!

그렇게 불쌍한 아버지를, 몸이 오그라드는 병든 아버지를 어린 연수에게 맡겨두고 나 몰라라 한 사람 치고는 울음소리가 과했다. 코웃음을 치는 강희와 연수의 눈이 마주쳤다. 촌스러운 데코타일이 깔린 장례식 복도의 중간 어디쯤에서.

강희야…… 하고 부르는 눈빛이다.

강희는 연수를 외면하고 소주를 마셨다. 저기 저렇게 서 있는 연수가 낯설었다. 갑자기 포동포동하고 귀여웠던 강희의 연수가 몹시도 그리웠다.

눈물 한 방울 안 보이던 자식이…… 지강희 오자마자 울었다며?
완전 펑펑.
안 올 줄 알았는데 왔대?
다른 사람은 몰라도 쟨 와야지.
왜? 쟤네 뭐 있냐?
지강희, 천연수. 원래 뭐 있던 사이잖아?
언제 적 애길.
뭔데?
모름 됐어.
쉿. 들리겠다.

들으란 건지 말란 건지.
강희는 제 뒤편의 수군거림을 안주 삼아 묵묵하게 소주를 마셨다. 정작 강희는 덤덤한데 맞은편에 앉은 아름이가 안절부절, 강희의 눈치만 살폈다.
"강희야, 그만 가자."
뒤쪽 테이블에 자리 잡은 동창들과 강희를 번갈아 바라보던 아름이가 만지작거리던 나무젓가락을 내려놓고 강희의 코트를 집었다.
"괜찮아. 앉아 있어. 마저 마시고 가자. 아깝잖아."
강희가 반쯤 남은 소주병을 집어 드는데 또다시 목소리가 들렸다.

정말 몰라? 지강희네 엄마랑 연수네…….

야야. 그만해라.

지강희 봤냐? 누가 데리고 살지 모르겠지만 쟤 데리고 살려면 강심장
이어야겠더라. 거시기에 힘들어갔다가 쟤 눈 보면…….

어우야.

뒷말은 들리지 않았다. 대신 장례식장이라는 게 무색할 만큼 경망스
러운 웃음이 터져 나왔다. 강희는 후우, 앞머리를 불어 올린 후 벌떡 일
어섰다.

"강, 강희야."

아름이가 급하게 강희의 팔을 잡았다.

"괜찮다니까."

강희는 아름이의 손을 떼어내고 소주병을 움켜쥔 채 뒤쪽 테이블로
걸어갔다. 금방이라도 누군가의 머리통을 박살낼 것처럼 소주병을 움
켜잡은 손마디가 하얗게 도드라졌다.

"다들 오랜만이다. 나, 누군진 알지?"

강희가 다가가자 몇몇 동창이 엉거주춤 일어섰다.

"합석해도 되나? 내 이름 들리는 거 같아서 와봤는데."

"어? 어."

허를 찔린 듯 동창들은 당황했다. 설마 이렇게 대놓고 들이댈 줄 몰랐
나 보다.

"앉자. 왜들 그렇게 서 있어? 아름아, 너도 이리 와."

누군가 비켜준 방석에 자리를 잡고 탁, 소리 나게 소주병을 내려놓았
다. 보호자처럼 옆자리에 억지로 끼어 앉은 아름이가 소주병을 멀리 치
웠다. 그 모습을 지켜보며 강희는 입꼬리를 끌어올렸다. 예전의 지강희
가 아니다. 차가운 도시 여자의 처세술이 뭔지 보여줄 때다.

"다들 잘 지냈어?"

강희는 열 명쯤 되는 동창들의 얼굴을 하나하나 뜯어보았다. 사냥감을 노리는 암사자처럼. 네가 무슨 소릴 했는지 다 안다는 표정을 굳이 숨기지 않고서. 눈이 마주치면 동창들은 어색하게 웃었다. 얼굴이 그대로인 아이도 있었고 누군지 모를 만큼 변해버린 아이도 있었다.

누구부터 조져볼까. 그래, 일단 저 새끼부터.

"김용수, 넌 하나도 안 변했다?"

"그, 그래. 오, 오랜만이다 지강희."

조금 전 뒷담화에 열을 올리던 김용수는 말을 더듬었다. 진짜 하나도 안 변했다. 라라미용실과 용수철물의 아들답게 학창시절에도 녀석은 떠버리였다.

"혹시…… 조진아?"

없던 쌍꺼풀이 생긴 여자 동창의 얼굴을 보자 여기가 정말 H읍이구나 싶었다.

"넌 더 예뻐졌다."

"알아보긴 하네? 기집애, 이럴 때야 얼굴 보는구나. 좀 자주 내려와라."

예뻐졌다는 말에 조진아는 눈에 힘을 주어 쌍꺼풀이 도드라지게 만들며 호호 웃었다. 어제 본 사람처럼 살갑게 강희의 어깨를 때리는 손길이 밉지 않았다.

"그리고 넌…… 최민구 맞지?"

"오랜만이다. 10년 만인가?"

그래. '벌써 1년'이 아니라 10년이나 됐다. 동창들의 변한 듯 변하지 않은 얼굴을 하나하나 바라보며 생각했다. 빌딩 숲을 헤매다 초라한 반지하방으로 돌아와 눈물을 삼키며 보냈던 청춘의 그림자를 동창들의 얼굴에서도 발견했다. 적당히 나이 먹었고, 적당히 세월의 때도 낀. 서울이건 H읍이건 청춘들에게 관대하지 못한 건 마찬가지였나 보다. 저기, 저 혼자 찬란해진 천연수만 빼고.

"서울 물이 별론가 보네?"

테이블 한가운데에 앉은 남자가 불쑥 내뱉는 말에 강희가 고개를 돌렸다. 뭐가 그렇게 못마땅한지 남자의 이마에 주름이 잡혀 있었다.

"그쪽은 누구신데요?"

이마에 깊게 패인 주름으로 김헌열이라는 걸 알고 있었지만 모르는 척 시치미를 뗐다. 초등학교부터 고등학교까지 부모 '빽'을 등에 업고 징글징글하게 거들먹거렸던 놈이었다. 연수와 승언이를 못 잡아먹어서 안달이었던 자식. 아름이 말로는 삼수 포기하고 어학연수인지 유학인지를 갔다가 사고 치고 돌아와 제 아버지가 차려준 골프연습장을 한다고 했다. 돈도 많은 놈이 이마에 보톡스라도 맞지.

"헌열이잖아. 김헌열 몰라?"

"김……헌열?"

강희가 잘 기억나지 않는다는 듯 고개를 갸웃거리자 김헌열이 똥 씹은 얼굴을 했다. 강희는 주름진 이마 한가운데에 찍힌 흉터와 부리부리한 눈을 뚫어지게 바라보다 과장되게 아아, 소리를 냈다. 이제야 기억났다는 듯이.

"아아, 그 김헌열."

강희가 '그' 발음을 길게 빼며 고개를 끄덕였다. 그러자 단순한 관형사에 많은 의미가 덧칠해졌다. 초등학교 때 여자애들 치마나 들추던 '그' 김헌열. 애들 못살게 왕따시키고 기어이 승언이 학교를 떠나게 만든 '그' 김헌열. 고등학교 때 이미 인근 W시의 술집들을 섭렵하고 여대생을 임신시켰다는 '그' 김헌열 말이다.

"자자, 다들 한잔씩 하자. 지강희, 받아라. 근데 넌, 서울에서 뭐 하나?"

김용수가 종이컵에 소주를 따라주면서 물었다.

"뭐 하긴. 돈 벌지."

종이컵에 든 소주를 한 모금 마신 후 대답했다.

"그러니까 뭐 하면서 돈 버냐고?"

이번에는 조진아가 물었다.

"회사 다녀. 디자인 회사."

비록 잘렸지만.

"무슨 디자인?"

그냥 좀 넘어가면 좋으련만 조진아가 쿰쿰한 냄새가 나는 진미채를 씹으며 조금 집요하게 파고들었다.

"명함 줄게."

강희는 소주를 한 모금 더 마시고 가방에서 명함지갑을 꺼내 동창들에게 한 장씩 돌렸다. 제대로 써보지도 못한 명함, 이렇게라도 써버리자 싶었다. 설마 명함 보고 찾아오는 애는 없겠지.

보통 명함보다 곱절은 두꺼운 수입지에 심플하게 형압으로 눌러 찍은 명함은 한눈에도 '뽀대'가 나고 '있어' 보였다. 무슨 사대주의인지 모르겠지만 대표이사가 영문 명함만 고수해서 명함은 영자로만 인쇄되어 있다.

"모⋯⋯먼트? 디자이너 지강희?"

명함을 요리조리 살펴보는 조진아의 입술이 조금 삐죽거렸다고 느낀 건 술 때문이겠지.

"외국계야?"

"영국 쪽 지분이 좀 있는 걸로 알고 있어."

"큰 데야?"

"요즘 핫하다는 M호텔 알지? 거기 리노베이션도 우리 회사가 했어."

'우리 회사'라는 말이 목에 걸렸지만 소주로 밀어 삼켰다. 잘린 주제에 이렇게 허풍을 떨고 이죽거리는 자신이 너무 지질해서 소주 맛은 더욱 썼다.

"연봉도 세겠다?"

모두의 시선이 자신에게 꽂혀 있는 걸 알았지만 강희는 긍정도 부정도 하지 않고 입술로만 웃었다.

"그런 걸 뭘 물어?"

듣고만 있던 아름이가 겨우 한마디 했다.

"한 일억 되냐?"

아름이의 말을 무시하고 김헌열이 입을 뗐다. 말투에 '네까짓 게' 하는 아니꼬움이 덕지덕지 묻어 있었다.

"어우야. 일억이 뉘집 멍멍이 이름이니? 진아 넌 뭐 해?"

김헌열이 거들먹거리며 안주머니에서 명함을 꺼내는 게 보였지만 강희는 일부러 고개를 휙 돌려 조진아에게 물었다.

"나? 요양병원에서 일해. 사회복지사."

"맞다. 너 사회복지학과 다녔지? 용수 너는?"

"내 이름이 뭐냐? 김용수 아니냐. 당연히 용수철물 후계자지."

"김라라였으면 미용사가 됐겠다?"

"뭐, 미용사도 고민해봤는데, 난 기계 만지는 게 더 좋더라. 가게 이름도 바꿨다. 용수기계로."

"어울린다. 너 원래 맥가이버였잖아. 예초기랑 엔진톱 같은 것도 잘 고치고. 거기, 최민구. 넌 왜 아까부터 한마디도 안 해? 넌 뭐 하니?"

김헌열을 건너뛰고 아무 말도 없이 듣고만 있는 최민구에게 물었다. 최민구는 학창시절에도 있는 듯 없는 듯 조용한 아이였다. 농번기에 가끔 결석을 해도 알아채는 사람도 없었다.

"나야 뭐, 농사짓지."

최민구는 곱상한 얼굴과 달리 마디 굵어진 손가락으로 뒷머리를 긁적였다.

"무슨 농사? 너 학교 다닐 때는 원예부였잖아. 꽃 키우니?"

"꽃은 무슨. 그때그때 다른데, 올해는 쪽파 농사로⋯⋯."

"푸하하하. 쪽파. 쪽팔리게 쪽파 농사란다. 그래, 넌 쪽파 팔아서 얼마 벌었냐?"

김헌열이 최민구의 말을 자르면 끼어들었다. 보란 듯이 손목을 흔들자 롤렉스가 번쩍거렸다.

"뭐⋯⋯ 그냥 농약 값, 비료 값 제하고 먹고살 만큼 벌었어."

"그래서 얼만데?"

'그'지같은 김헌열.

"남이 얼마 버는 게 왜 그렇게 궁금해? 난 내 동기 연봉도 몰라. 능력껏, 협상껏 받는 거지. 요즘은 누가 얼마 버는지 묻지도 말하지도 않아. 촌스럽잖아."

"뭐? 촌스러워?"

김헌열이 눈을 부라렸다.

"아니, 뭐. 그렇다고."

슬쩍 꼬리를 내리자 김헌열이 소주를 한 잔 털어 넣고 눈썹을 치켜세웠다. 이마에 주름이 더 깊게 패였다.

"너, 웃긴다? 서울 산다고 너도 서울 사람인 거 같지? 서울살이 하는 것들 야, 말도 마라. 말이 서울이지 어디 변두리 하꼬방 같은 고시원에서 컵라면이나 먹는 것들이 겉멋 들어서 스타벅스 커피 마시고, 인스타에 별 거지같은 사진들 올리고. 같잖아서. 속으로는 학자금 융자에 밀린 방세에 카드 값에 곪아 터지면서도 겉으로는 곧 죽어도 서울 사네, 시건방을 떨지. 야, 서울에 산다고 서울 사람들이 너, 서울 사람 취급할 거 같냐?"

반은 맞고 반은 틀리지만 그다지 반론하고 싶지 않았다. 김헌열이 열

68

변을 토하다 죽게 그냥 내버려두었다. 강희는 소주잔에 찍힌 자신의 입술 자국을 바라보며 피식 웃었다. 이상하게 '오지랖녀'가 준 이 립스틱을 바르면 차분해진다. 아껴 써야겠다.

"야, 돈 있으면 대한민국, 아니 전 세계 어딜 가나 대우받는 거고, 돈 없는 것들은 서울이 아니라 더한 델 가도 개거지들이야."

"김헌열. 난 네가 그렇게 말할 줄 알았어."

강희는 소주잔에서 시선을 떼지 않고 딱 잘라 말했다.

"뭐어?"

강희의 차분한 반응에 김헌열은 더 짜증이 나는 모양이다.

"애 지금 뭐라는 거냐? 내 말이 틀렸다는 거야? 어?"

예전의 지강희라면 물불 안 가리고 니킥을 날리고 욕을 퍼부었을 테지만 강희는 어디까지나 '차도녀'이고 싶었다. 적어도 지금 이곳 H읍에서는.

"아니. 그런 식으로 말하는 게 너답다고."

"그런 식?"

"응. 그런 식."

"······."

반론을 제기한 것도 아니고 그렇다고 맞장구친 것도 아닌, 모호한 강희의 말투가 심히 못마땅한지 김헌열의 얼굴이 검붉게 달아올랐다. 무언가 반박하고 싶지만 반박할 수 없는 엿 같은 상황에 빠진 표정이다. 모욕을 당한 거 같기도 하고, 무시를 당한 거 같기도 한데, 딱히 트집 잡을 건수가 없어 약이 바짝 오른 듯했다. 김헌열은 습관처럼 손목을 흔들며 제 롤렉스를 쳐다보고는 입술을 삐죽거렸다. 드디어 김헌열의 심술보가 터졌다.

"자고로 여자랑 접시는 내돌리는 거 아니라고 우리 모친이 그러더라. 내가 도시로 나간 기집애들 잘된 꼴을 못 봤다. 아무 남자랑 동거하고,

함부로 몸 굴려서 임신하고, 중절수술하고. 결국 그렇게 너덜너덜해진 몸으로 어떤 골 빈 놈 하나 잡아서 죽네 사네 하면서 살더라.”

“…….”

김헌열의 말에 흘린 술과 육개장 국물로 지저분해진 테이블 위가 썰렁해졌다. 열 명쯤 되는 동창들이 서로를 바라보며 멀뚱멀뚱 눈알을 굴렸다. 침묵을 깬 건 강희였다.

“그 기집애…… 니네 누나 얘기 아니야?”

강희의 시큰둥한 대꾸에 아름이가 헉 하고 숨을 삼켰다. 이번에는 장례식장 전체가 얼어붙었다.

“뭐? 이 썅!”

광분한 김헌열이 소주잔을 내던지고 이를 부득 갈았다. 아름이가 겁에 질려 강희의 옆구리에 바싹 달라붙었다.

“그만들 해라. 남의 장례식장에서.”

옆에 앉았다가 애먼 소주세례를 받은 최민구가 김헌열의 팔을 잡고 말렸다.

“넌 찌그러져서 쪽파나 팔아, 새꺄.”

김헌열이 최민구의 팔을 털어내며 소리를 질렀다.

“야, 김헌열. 내가 진짜 쪽팔리는 거 알려줄까?”

강희가 양손으로 머리카락을 천천히, 일부러 약 올리듯 여유롭게 쓸어넘기고 고개를 들었다.

“쪽파를 파는 게 쪽팔린 게 아니고 부모가 돈 좀 있다고 깝죽대는 게 더 쪽팔린 거야. 지가 번 돈도 아니면서.”

“야이, 씨발년아.”

김용수와 최민구가 말릴 틈도 없이 김헌열이 테이블 위에 놓인 접시들과 종이컵을 던졌다. 아름이와 조진아의 비명과 함께 강희의 하얀 셔츠에 육개장 국물이 낭자했다.

"딱 김헌열스럽네."

"씨발, 이 튀기년이!"

"좆도 없는 새끼가."

결국 김헌열이 폭주했다. 테이블 위로 몸을 날려 강희의 멱살을 잡고 롤렉스가 번쩍이는 팔을 치켜들었다. 이러다 진짜 한 대 맞겠구나, 눈을 질끈 감았다.

빡!

'퍽'도 아니고 '철썩'도 아니고 '빡Q나무'가 번개에 맞았을 때 났던 그 소리가 났다. 턱이 아니라 두개골이 쪼개질 만큼 큰 소리가 났는데도 아프지 않았다.

이상했다.

천천히 실눈을 뜨자 누군가의 커다란 등이 강희를 지켜주듯 가로막고 있었다. 검은색 재킷 아래 성난 등근육이 꿈틀거리는 게 선명하게 보였다.

천……연수?

강희가 고개를 들자 두 남자, 그러니까 강희의 소꿉친구 멤버였던 류한우와 차승언이 김헌열을 양쪽에서 붙잡고 있었다. 김헌열은 눈알이 쏟아질 듯 커다랗게 뜨고 입술을 벌린 채 꺽꺽거렸다. 찢어진 입술에서 피와 침이 쭈르륵 흘러내렸다.

"야, 야. 김헌열. 숨 쉬어. 숨."

호흡곤란에 빠진 김헌열의 등을 한우가 두들겼다.

"커어억. 쿨럭."

김헌열이 겨우 숨을 내쉬자 한우와 승언이 김헌열을 던지듯 내려놓았다.

"가라. 김헌열. 와줘서 고맙다."

여전히 강희를 가리고 있는 등으로부터 목소리가 진동해서 전달되었다. 목소리 끝에 짐승이 낮게 으르렁대는 소리가 났다. 소름이 돋았다.

"지강희. 괜찮아?"

천천히 몸을 튼 연수가 강희의 팔을 잡았다.

강희는 자신의 팔을 잡은 손, 포동포동한 손이 아니라 길쭉길쭉한 뼈마디가 도드라지고 혈관이 솟은 손을 바라보다 고개를 들었다. 순하게 처진 속눈썹 사이로 강희를 내려다보는 까만 눈동자를, 숨을 쉴 때마다 미세하게 수축했다 이완되는 홍채를 홀린 듯 바라보았다. 홍채의 주름 사이사이에 삭이지 못한 분노가 가득 차 있었다. 또다시 소름이 돋았다.

천연수, 너…… 왜 이렇게 변했어?

강희는 연수의 눈을 보며 소리 없이 물었다.

너, 천연수잖아.

지하 200미터에서 솟아나는 암반수같이 순수하고 착하고 맑은 천연수. 김헌열한테 두들겨 맞고 올 때마다 내가 저 자식 때려줬잖아. 주먹 같은 거 한 번도 써본 적도 없잖아. 천연수 옆에 있는 지강희만 언제나 되바라지고 싸가지 없는 계집애였잖아. '아이고, 연수나 되니까 강희 저 가시나를 데리고 놀아준다'고 다들 그랬잖아.

"지강희."

연수가 팔을 잡은 손에 조금 힘을 주었다.

"어? 어……"

멍하게 고개를 끄덕이자 연수는 오돌오돌 떨고 있는 아름이를 돌아봤다.

"아름아, 강희 데리고 가. 용수 넌, 헌열이 데려다주고. 승언아, 미안한데 한우랑 여기 좀 정리해주라. 어른들 오시기 전에."

그러고 보니 지춘길 씨와 수지 아줌마가 보이질 않았다. 수지 아줌마의 새남편만 목을 빼고 이쪽을 바라보고 있었다.

"할 얘기가 있다고 나가셨어."

강희의 시선을 좇던 연수가 대답했다.

"무슨 말?"

"……."

연수는 대답 대신 바닥에 떨어져 있는 코트를 집어 강희의 어깨에 둘러주고 다시 자신의 자리로 돌아가 묵묵하게 할아버지의 영정을 지켰다. 김헌열이 김용수에게 끌려 나가는 모습을 지켜보던 동창들은 군기 바짝 든 군인들처럼 움직였다. 접시와 종이컵을 치우고 바닥에 뒹구는 음식물을 모아 버리고 물티슈로 육개장 국물을 닦아냈다. 그제야 주위가 눈에 들어왔다. H읍 사람들의 시선이 모두 강희에게 쏠려 있었다.

망할.

한시라도 빨리 이곳에서 벗어나고 싶었다.

"강희야, 가자."

아름이가 다가와 강희의 손을 꼭 쥐었다. 강희는 여전히 낯선 연수를, 냉정해 보이기까지 하는 옆얼굴을 한 번 더 바라보고 장례식장을 나섰다.

아이고, 내 저럴 줄 알았다.

저 가시나가 사달이야, 사달.

쟤 없으니 동네가 다 조용하더니만.

10년 만에 왔음, 어른들한테 와서 인사를 해야지 오자마자 쌈질이야.

얼마나 약을 올렸으면.

어릴 때부터 바락바락 대들고. 어른들 뒤통수 때리고 그랬잖아, 왜.

등에 꽂힌 말들을 주렁주렁 달고서.

chapter 04

연수

"집에 안 가?"

"......."

아이들이 떠난 운동장에 노을이 찾아왔다. 축구하던 6학년 형들도 모두 돌아갔는데 강희는 철봉에 거꾸로 매달린 채 꼼짝도 하지 않았다. 강희는 이상하게 집에 가기 싫어한다. 세상에 학교가 좋은 아이는 강희뿐일 거다.

"먼저 가."

길게 늘어진 머리카락이 바람에 날릴 때마다 강희의 그림자도 따라 흔들렸다. 노을빛이 닿아 귤색 불꽃처럼 보이는 강희의 머리카락을 황홀하게 바라보다 연수는 짧게 한숨을 쉬었다.

"나, 진짜 간다."

저렇게 고집피울 때는 답이 없다. 연수는 책가방을 추켜올리고 등을 돌렸다. 여느 때 같으면 툴툴거리면서도 따라와주었는데 오늘은 꼼짝하지 않았다.

또 뭐 때문에 저렇게 골똘해진 걸까?

교문을 벗어날 때까지 절대 뒤돌아보지 말자 마음먹었는데도 자꾸만 등이 따가웠다. 강희의 긴 그림자가 중력처럼 연수를 잡아당겼다. 결국 연수는 교문까지 가지 못하고 느티나무에 몸을 숨기고 강희를 지켜보앉다. 연수가 떠나자 철봉에서 내려온 강희는 아무렇게나 던져놓은 가방에서 늘 가지고 다니는 분필통을 꺼냈다. 그리고는 바닥에 무언가를 그리기 시작했다. 만화 캐릭터나 사방치기 따위를 그리는 거 같지는 않았다.

한 걸음, 두 걸음, 세 걸음.

보폭으로 무언가를 재듯이 왔다 갔다 하는 게 꽤 심각했다. 궁금해서 좀이 쑤셨지만 꾹 참았다. 간다고 큰소리쳐놓고 되돌아간다는 게 쪽팔리기도 했지만 그보다는 지금의 강희를 방해해서는 안 될 거 같은 기분이 들었다. 그냥 그랬다. 강희가 무언가를 그리는 동안 노을은 더 짙어졌다. 마침내 무릎을 펴고 강희는 분필을 내던졌다. 그리고 꽤 만족스러운지 조금 웃었다.

이제 가방을 찾아 메고 집에 가겠지, 생각했는데 강희는 운동화를 벗고 낮은 담장을 뛰어넘듯 깡충 뛰더니 어이없게도 그대로 운동장에 누워버렸다. 마치 연수의 눈에만 보이지 않는 공간으로 들어간 듯했다. 갑자기 강희가 어디론가 사라질 거 같다는 불안이 연수를 달리게 만들었다. 쪽팔림이고 나발이고 연수는 헐레벌떡 강희에게로 뛰어갔다.

"강희야."

강희는 노란색 분필로 그린 직사각형 위에 웅크리고 누워 있었다.

"지강희, 뭐 해?"

"들어오지 마."

"뭐?"

연수는 분필로 그린 선들을 바라보았다. 강희가 누워 있는 노란색 직사각형을 파란색 정사각형이 둘러싸고 있었다. 파란색 정사각형 위에 그려진 분홍색 삼각형은 비늘 모양으로 채워져 있는데 아마도 지붕의 기와인가 보다.

그러니까 강희가 그린 건 집이었다. 지금 강희가 누워 있는 노란색 직사각형은 침대처럼 보이기도 했다. 파란색 사각형 밖에는 꽃들을 그려 놓았다. 고양이도 있는데, 배트맨 무늬로 봐서 올봄에 갑자기 사라진 춘식이 같았다.

"내 방이 있었으면 좋겠어."

강희가 눈을 감은 채 말했다. 방이 서른두 개나 되는 모텔에 살면서 방이 필요하다는 강희가 이해되지 않았다.

"어른이 되면 이런 집에서 살 거야. 거실도 있고 부엌도 있고 마당도 있는. 고양이랑 강아지도 키울 거야."

여전히 눈을 감은 채다.

"내가 지어줄게."

강희가 원하는 집을 지어주고 싶었다.

"아니. 내가 지을 거야. 나만의 집."

강희가 눈을 뜨고 '나만의 집'이라고 말할 때 연수는 알 수 없는 소외 감을 느꼈다. 집에 홀로 남은 강아지처럼 울적해졌다.

"나는?"

"넌 뭐?"

"놀러 가도 되냐?"

"……."

강희는 바람에 날리는 머리카락을 귀 뒤로 넘기고 연수를 말없이 바 라보았다. 강희는 가끔 저렇게 어른스러운 얼굴을 할 때가 있다. 그럴 때마다 연수는 갑자기 부끄러워지곤 했다.

"네 방도 하나 만들어줄게. 가끔 와도 괜찮아."

"고마워."

연수는 통 큰 강희가 고마웠다.

"강희야. 나, 지금 들어가도 될까?"

"신발 벗고 들어와."

"응."

연수는 강희의 운동화 옆에 자신의 운동화를 벗어놓고 조심스럽게 파란 선을 넘어 노란색 사각형 안에 앉았다. 노란색 사각형 앞 동그라미 안에는 주전자와 컵도 그려져 있었다. 갑자기 목이 말랐다.

"물 마셔도 돼?"

"응."

콸. 콸. 콸.

연수는 입으로 물 따르는 소리를 냈다. 강희가 웃었다.

그림자가 길어지는 계절이었다.

붉어진 하늘 어디에선가 홀딱벗고새가 울었다.

"연수야."

"응."

"천연수."

"응⋯⋯."

"좋은 꿈 꾸나 보네? 실실 웃는 걸 보니?"

"⋯⋯?"

강희의 목소리가 이상하다.

연수는 흠칫 눈을 떴다. 눈앞에 강희 대신 춘길 아저씨가 웃고 있었다. 벌떡 일어나 주위를 둘러보았다. 분홍색 지붕도 파란색 담장도 노란 침대도 사라졌다. 주전자도. 그리고⋯⋯ 강희도.

"꿈꿨니?"

"⋯⋯그런가 봐요."

목소리가 탁하게 갈라져 나왔다.

"무슨 꿈?"

"기억 안 나요."

"오늘 뭐 할 거냐?"

춘길 아저씨는 침대 옆에 기대놓은 커다란 테디 베어와 테디 베어 품에서 자고 있는 새까만 고양이를 부담스러운 눈으로 바라보고는 옷장을 열어 연수의 옷을 뒤적거렸다. 연수는 제 옷장을 뒤지는 춘길 아저씨를 잠이 덜 깬 눈으로 멍하니 바라보았다. 할 수만 있다면 다시 꿈속으로 돌아가 강희와 파란색 집에서 잠들고 싶었다.

"옷이 이거밖에 없나?"

"왜요?"

"승언이 녀석은 안나푸르나에라도 가려는지 온통 등산복뿐이고. 아니래도 녀석 옷은 어차피 안 맞을 테고……. 어이쿠. 장대하다."

"헉!"

침대에서 내려선 연수는 춘길 아저씨의 시선을 따라 자신의 아랫도리를 보고 허겁지겁 욕실로 도망쳤다. 회색 트레이닝복이 텐트를 쳤다. 그것도 한 6인용.

끙끙거리며 소변을 보고 양치를 하고 세면대를 닦고 한참을 미적거린 후 욕실을 나왔지만 춘길 아저씨는 여전히 연수의 패딩점퍼와 청바지와 후줄근한 스웨터 앞에서 고개를 흔들고 있었다.

"뭐 하시는 건데요?"

"엄마 결혼식 때 입었던 슈트는 어딨어?"

"아, 그거……. 선배한테 빌린 건데."

"그랬냐? 장례식 때 입었던 건?"

"그것도 상조 회사에서 빌려 입었던 건데요."

"안 되겠다. 아침 빨리 먹고 W시에 가서 쇼핑이라도 해야겠다. 백화점이 몇 시에 문을 여나? 쇼핑 먼저 하고, 이발도 좀 하자. 그나저나 시간이 될까?"

춘길 아저씨는 혼자 묻고 혼자 답하고 또다시 혼자 질문했다. 도대체 뭐 때문에 이렇게 아침부터 숨이 넘어가는지 모르겠다.

"연휴라 오늘은 모두 휴무 아닐까요?"

"그런가? 그럼 어쩐다…….."

아저씨가 연수의 옷장 앞에서 고민에 빠져 있는 동안 연수는 이유도 모르고 아저씨 옆에 서서 함께 고민했다. 그러는 사이 잠에서 깬 깜희가 냐아아, 울며 다가와 연수의 다리에 얼굴과 몸을 문질러댔다. 깜희의 길고 부드러운 꼬리가 연수의 발목에 휘감겼다.

"잘 잤니?"

연수는 깜희를 품에 안아 눈곱을 떼어주고 호박색 눈을 들여다보았다. 그리고 가만히 눈으로 속삭였다.

깜희야, 춘길 아저씨가 대체 왜 저러실까?

똑똑.

노크 소리가 들리고 모텔 캘리포니아의 '총' 지배인이자 모텔 캘리포니아에서 제공하는 레지던스 서비스, 말하자면 장기투숙객을 위한 서비스를 총괄하는 미스터 권이 들어왔다. 짧게 자른 머리카락, 움푹 팬 뺨, 창백한 뺨을 가로지르는 붉은 흉터를 가진 키 큰 중년의 남자는 무표정한 얼굴로 두 사람을 바라보며 한마디 했다.

"식사들 하시죠."

20년 넘게 미스터 권을 알고 지냈지만 연수는 미스터 권이 웃는 모습을 한 번도 본 적이 없다. 두 마디 이상 하는 것도 들은 적 없었다. 신중하고 과묵했다. 단단한 직각의 어깨는 보는 사람마저 긴장하게 만들었다. 미스터 권의 과거도, 미스터 권의 이름도 아는 사람이 없었다. 어쩌면 춘길 아저씨조차 모를지도. 감히 이름을 묻는 사람도 없었지만 어쩌다 통성명을 원하는 사람에게 미스터 권은 "권입니다."라고만 대답했다.

H읍 사람들은 모텔 캘리포니아에 파리만 날리는 이유가 미스터 권

때문이라고 했다. 강희의 증언에 의하면 모텔에 들어왔다가 미스터 권을 보고 그냥 나간 손님도 있다고 하니 그 말이 아주 틀린 건 아니다.

춘길 아저씨에게 지배인을 바꾸라고 조언 아닌 조언을 하는 사람도 있는 모양인데, 그럴 때마다 춘길 아저씨는 미스터 권이 모텔 캘리포니아의 마스코트라며 웃어넘겼다. 하긴, 매일 놀러만 다니는 춘길 아저씨에게 미스터 권이 없었더라면 모텔 캘리포니아는 진즉에 망했을 거다.

"아침 메뉴는?"

춘길 아저씨가 허리를 숙여 연수 품에 안긴 깜희를 들여다보며 물었다.

"어제와 같습니다."

간결한 대답과 함께 미스터 권이 문을 닫고 사라졌다.

어제 메뉴는 그제와 같았고 그제 메뉴는 엊그제와 같았다. 부연설명하자면 모텔 캘리포니아의 조식은 언제나 한 가지라는 말이다. 계란 프라이를 넣은 토스트와 커피 또는 우유. 그리고 사과 반쪽. 그런데도 춘길 아저씨와 미스터 권은 매일 똑같은 대화를 새로운 느낌으로 나눈다.

"메뉴는 왜 물어보시는 건데요?"

"혹시나 해서."

춘길 아저씨가 심드렁한 손길로 깜희의 콧등을 툭 건드리자 깜희가 하악, 날카로운 이빨을 드러내며 아저씨에게 반항했다.

"넌 아무리 봐도 강희 아바타다."

춘길 아저씨가 쩝, 입맛을 다셨다.

"굿모닝."

날씨도 추운데 굳이 나가겠다는 깜희를 모텔 밖으로 내보내고 식당－오래전 모텔 캘리포니아에서 운영했다가 망한 라운지카페－으로 들어섰다. 이어폰을 꽂은 채 토스트를 먹고 있던 승언이 말없이 고개만 끄덕였다. 승언은 오늘도 어딘가 멀리 떠날 사람처럼 올 블랙 등산복 차림이다. 검정색 비니에 검정색 플리스. 검정색 등산화에 검정색 등산바지. 아침을 먹고 나면 저 위에다 검정색 패딩을 걸치고 검정색 배낭을 메고 출근을 한다. 연수는 승언의 오른쪽 귀에 꽂힌 이어폰을 빼서 자신의 귀에 대어보았다.

– ……사랑은 어떻게 증명해야 하나요? 1992년 1월 19일, 슈퍼문이 뜬 겨울밤에 아버지께 물었다. 무섭도록 커다란 달을 지켜보던 아버지가 망원경에서 눈을 뗐다. 아버지는 달과 내 얼굴을 번갈아 바라보시더니 나를 꼭 끌어안고 내 이마에 축축한 입맞춤을 하시며 말씀하셨다. 준아, 달을 바라보는 사람이 아무도 없다고 하더라도 달은 저곳에 떠 있단다. 사랑은 그런 거야. 증명하지 않아도 존재하는 거……

이어폰에서 높낮이 없이 단조로운 목소리가 흘러나왔다.

승언은 미간을 조금 찌푸린 채 테이블에 떨어진 빵부스러기를 응시하며 빨대로 우유를 마셨다. 연수는 승언의 귀에 이어폰을 다시 꽂아주고 자신의 토스트를 먹었다. 오늘따라 빵은 더 눅눅했고 소금 덩어리가 들어갔는지 계란 프라이는 군데군데 짰다.

토스트에는 손도 안 대고 커피만 마시던 춘길 아저씨가 이제 막 자리에 앉아 포크와 나이프를 집어 드는 미스터 권을 바라보았다. 아저씨의 눈이 미스터 권과 연수를 바쁘게 오갔다.

"지배인이랑 연수랑 덩치가 거의 비슷하네?"

"무슨 말씀입니까?"

"지배인 옷장 좀 보자."

춘길 아저씨는 미스터 권과 연수를 남겨두고 재빠르게 식당을 빠져나갔다.

chapter 05
강희

"예약자분 성함이 어떻게 되십니까?"

"지춘길 씨요."

이름에 '봄' 자가 들어간 남자는 어딘가 모르게 바람 냄새가 난다. 어릴 때 돌봤던 길고양이 춘식이도 바람이 나서 어느 봄날 강희를 떠나버렸다.

"아, 지춘길 님 말씀이십니까?"

오늘같이 바쁜 날에도 호텔 직원의 미소는 흐트러짐 없이 프로페셔널했다. 공기청정기에서 걸러진 공기처럼 무미무취한 미소였지만 감정이 들어가지 않아서 오히려 편했다.

"자리 안내해드리겠습니다."

호텔 직원을 따라 레스토랑을 가로질러 서울의 야경이 한눈에 내려다보이는 창가에 앉았다. 크리스마스 시즌답게 골드와 레드로 세팅된 테이블은 화려했다. 강희의 맞은편은 아직 비어 있다. 3시에 체크인을 하고 라운지의 티타임을 즐긴 후, 수영을 하거나 사우나를 하고 항상 먼저 와서 기다리던 춘길 씨는 웬일로 아직 나타나지 않았다. 턱을 괴고 야경을 바라보다 눈두덩을 꾹꾹 눌렀다. 새벽까지 선배가 맡긴 CAD 아르바이트를 했더니 눈이 뻑뻑했다. 아무리 돈이 궁해도 밤새우는 일은 이제 하지 말아야겠다.

"연말에 사람 뽑는 데가 있겠냐? 조급해하지 마."

선배 말처럼 조급해하지 말고 제발 괜찮은 회사에 들어가 일다운 일을 해보고 싶었다. 다시 턱을 괴고 별 하나 없는 하늘을 올려다보았다. 미세먼지인지 안개인지 뿌옇고 탁했다. 눈이 내리지 않는 크리스마스는 좀 손해를 보는 듯하다. 춘길 씨가 서울 오기는 더 낫겠지만.

"딸. 아빠 생일도 12월 25일이고 네 생일도 크리스마스잖니."
"지춘길 씨는 음력으로 12월 25일이잖아."
"그냥 크리스마스로 정했어. 기억하기 편하게."
"그건 낳아준 할머니에 대한 예의가 아니지."
"할머니는 아빨 낳았다는 것도 잊고 싶었을 거야."
"그래서 뭐요?"
"아빠 소원은 말이야. 우리 딸 스무 살 되면 근사한 호텔에서 근사한 생일과 근사한 크리스마스를 보내는 거야. 예수님과 강희와 아빠의 생일을 서로 축하하면서. 근사하지 않냐?"

근사하다는 말을 네 번이나 반복하던 춘길 씨가 너무 행복해 보여서 어린 강희는 차마 거절할 수 없었다. 엄마가 떠나고 처음 보는 아빠의 웃음이었다. 그런 약속을 했다는 것도 까맣게 잊고 있었는데 H읍을 떠나왔던 스무 살, 낡은 벤츠를 끌고 춘길 씨가 고시원으로 찾아왔다.

"딸, 메리 크리스마스."

지배인 아저씨의 도움으로 모텔 캘리포니아를 경매에서 겨우 건져낸 춘길 씨는 지쳐 보였고 늙어버렸다. 춘길 씨의 회색 머리카락을 말없이 바라보다 강희는 남산의 호텔로 따라갔다. 생일이 뭐라고 이따위 것에 돈을 쓰냐는 말은 차마 할 수 없었다.

"선물은 안 줘요?"
"선물은 한 방에 줄게. 나 죽으면 모텔 너 가져."
"하. 빚이나 남기지 마요."

그 뒤로 매년 지춘길 씨는 호텔 크리스마스 패키지를 예약했고, 한 해에 딱 한 번 부녀가 만나 저녁을 함께했다. 서로의 근황에 대해선 아무것도 묻지 않기로 합의했다. 그런 걸 묻기 시작하면 결국 싸움으로 끝나기 때문이다.

"난 내 앞가림 할 테니, 춘길 씨는 춘길 씨 노후나 걱정해요. 춘길 씨한테 손 벌릴 생각 없으니까, 춘길 씨도 늙어서 나한테 기댈 생각 마요."

춘길 씨도 강희의 학업, 취업, 학자금 대출 따위에 대해서 묻지 않았고, 강희도 춘길 씨의 일상, 건강, 모텔 경영 문제, 새로 사귀는 아줌마들에 대해서 묻지 않았다. 대신 그림이니, 음악이니, 영화니 그런 영양가 없는 것들에 대해서 떠들었다.
그렇게 떠들다 부녀는 악수를 하고 내년 크리스마스를 기약하며 헤어졌다. 강희는 도시의 초라한 골목으로. 춘길 씨는 모텔 캘리포니아로. 세상 심플했다.
이런 면에서 춘길 씨와 강희는 죽이 잘 맞는 편이다.
가문비나무인가?
춘길 씨를 기다리며 강희는 주위를 꼼꼼하게 둘러보았다. 이 호텔의 크리스마스트리는 구상나무가 아니라 길쭉길쭉한 솔방울이 달린 가문비나무였다. 하나뿐인 혈육의 정에 이끌려 마지못해서 춘길 씨와 크리스마스를 보내고는 있지만 강희에게도 이 시간은 도움이 됐다. 호텔의 역량이 집약된 크리스마스 시즌장식들, 가구들, 조명들, 플로리스트들이 정성들여 꽂은 꽃들. 모든 것이 강희에게는 자료였다.

이번 호텔은 작년의 S호텔보다 나았다. 뭐, 벤치마킹이라며 서울 시내에 있는 호텔을 두루 섭렵하고 있는데, 모텔 캘리포니아에서 크리스마스 패키지를 런칭하는 건 H읍의 황금소가 투우를 하는 것만큼이나 웃긴 일일 거다.

왜 이렇게 늦지?

헬레보러스로 장식한 센터피스를 바라보다 시간을 다시 확인했다. 이 호텔 어메니티 브랜드가 맘에 든다더니, 혹시 거품목욕이라도 하는 게 아닐까? 거품목욕하다 잠이 든 춘길 씨를 상상하자 식욕이 가셨다. 강희는 휴대전화를 들고 춘길 씨의 번호를 눌렀다. 신호는 가지만 받지 않았다. 객실로 연결을 해봐야 하나? 한숨을 쉬고 휴대전화를 내려놓으려는 순간 춘길 씨가 전화를 받았다.

– 딸. 서프라이즈 했지?

"뭐가……요?"

뭐가요, 라는 말을 채 내뱉기도 전에 강희의 시선이 한 남자에게 꽂혀버렸다. 호텔 직원의 안내를 받으며 가문비나무를 지나 자신이 앉아 있는 테이블로 성큼성큼 걸어오는 남자를 멍하니 바라보았다. 연회색 터틀넥에 짙은 잿빛 슈트를 입은 남자는 혼자 슬로모션으로 움직이고 있었다. 남자의 긴 팔과 긴 다리가 우아하게 움직일 때마다 어디선가 유리스믹스의 '스위트 드림즈'가 흘러나오는 거 같았다.

"설마……."

남자는 이런 분위기가 낯선지 꽤 긴장한 듯했다. 광대뼈 부위가 붉다.

아니면 조명 때문일지도. 남자와 시선이 마주쳤다. 휴대전화 저편에서 춘길 씨가 뭐라고 계속 떠들고 있었지만 하나도 들리지 않았다. 남자가 웃었다. 그러자 조금 붉어진 광대에 움푹 우물이 팼다. 강희는 휴대전화를 꺼버리고 테이블 앞에 선 남자를 올려다보았다.

"천연……수?"

"안녕, 지강희."

호텔 직원에게 가볍게 미소 짓고 자리에 앉는 연수를 현실감 없이 바라보았다. 연수의 머리 뒤로 크리스마스트리에 장식된 금빛 오너먼트가 잉걸불처럼 반짝였다. 자른 지 얼마 되지 않은 커다란 가문비나무가 말라가는 냄새가 났다. 천연수와 후광처럼 반짝이는 오너먼트와 나무 냄새가 한데 엉켜 현기증이 났다.

"어떻게 된 거야?"

"아저씨가 발목을 접질려서 대신 내가 온 거야."

"그런 말 없던데?"

"너 걱정……할까 봐."

아니, 춘길 씨는 그럴 사람이 아니다. 세상에 둘도 없는 엄살쟁이니까.

"언제?"

"오, 오늘 아침에. 아, 이거."

연수는 강희의 시선을 피하며 부산스럽게 주머니에서 빨간 상자를 꺼내 내밀었다.

"이게 뭔데?"

"네 선물. 아저씨가 대신 전해달라고 하셨어."

믿을 수 없다.

"춘길 씨가 이걸 전해달랬다고?"

"어……."

강희는 한쪽 눈썹을 올리고 연수와 상자를 번갈아 바라보았다. 이번에는 연수의 귀가 조금 붉어졌다.

"넌?"

"어?"

"네 선물은 없는 거야? 오늘 내 생일인데?"

"미, 미안. 갑자기 오느라⋯⋯."

천연수는 절대 포커 따위를 하면 안 되겠다. 당황한 표정이 고스란히 드러났다. 입술이 마른지 연수가 입술을 핥았다. 강희는 입술선이 또렷한 연수의 입술에서 좀처럼 시선을 뗄 수가 없었다. 10년 전 연수의 입술이 어떤 느낌이었는지 기억해내려고 애쓰는 자신을 발견하고 흠칫 고개를 흔들었다.

"어쨌든 고마워."

입술에 침이라도 발랐으니 거짓말은 넘어가기로 했다.

"고맙기는 내가 고맙다."

"뭐가?"

"네가 와줘서 할아버지도 기뻐하셨을 거야."

자신이 할아버지였다면 볼기짝을 걷어찼을 거다. 떠나시는 마지막까지 편하게 못 보내드리고 쌈박질을 했다. 그렇게 장례식장을 빠져나와 모텔에도 아름이네도 가지 않고 버스터미널 옆 편의점에서 캔커피를 세 개나 마시고 첫차를 타고 서울로 돌아왔다. 빌어먹을 H읍에 다시는 오지 않겠다고 혈서를 쓰듯 다짐했다.

"덕분에 할아버진 잘 보내드렸어."

"덕분은 무슨."

"아저씨 아니었음 막막했을 거야."

"김헌열 아버지가 연수를 폭행으로 집어넣는다고 난리 치는 거, 아저

씨가 겨우겨우 말렸어. 쌍방 과실이라고."

아름이에게서 소식을 듣고 습관처럼 휴대전화를 들여다봤다. 연수에게 미안했다고 사과라도 할까 하는 마음과, 그래도 와줘서 고맙다는 전화 한 통은 해줘야 하는 거 아니야 하는 서운한 마음 사이에서 갈등하면서.

"그날은……."

"그날 뭐? 무슨 일 있었나?"

연수는 반달눈이 되어 웃었다.

"나 때문에 괜히 고생했다며. 미안했다."

"됐고. 이거나 받아."

강희가 멀뚱히 상자를 바라보기만 하자 연수는 촛대와 센터피스 사이로 아슬아슬 팔을 뻗어 강희 앞에 상자를 내려놓았다. 강희는 상자보다 길고 튼튼해 보이는 연수의 손가락을 바라보았다. 아무리 봐도 연수의 손가락은 낯설었다.

"엇!"

어째 불안하다 했는데, 아니나 다를까 센터피스를 피하려던 연수가 촛대를 건드렸다. 촛대를 바로잡으려다 기어이 물잔을 쓰러트렸다.

"아, 이런."

물잔을 세우려다 다시 커트러리를 떨어트리고 연수의 귀는 새빨개졌다.

"안 주워도 돼."

바닥에 떨어진 스푼을 주우려는 연수를 말렸다. 호텔 직원이 재빨리 다가와 새로운 스푼을 세팅해주고 떠났다. 붉어진 귀와 허둥대는 모습이 열아홉 살의 연수 같았다.

"풉."

강희가 웃자 연수가 머리를 긁적였다.

"그러니까, 천연수 같네. 흘리고 묻히고 잃어버리고."

"요즘은 안 그래."

"그래? 네가 잃어버린 우산이랑 옷이랑 신발만 해도 한 트럭은 될걸."

"그 정도는 아니야. 한 리어카면 모를까. 안 열어봐?"

"나중에."

강희가 상자를 옆으로 밀어놓자 연수의 눈썹이 축 처졌다. 아주 조금 귀여웠다.

대강의 인사가 끝나버리자 다시 어색해졌다. 첫 코스가 나오기까지 연수는 주위를 둘러보며 연거푸 물을 마셔댔고 강희는 휴대전화를 들여다보는 척했다.

"음식이 꽤 늦네. 기다리는 동안 춘길 씨 선물이나 열어봐야겠다."

처졌던 연수의 눈썹이 제자리로 올라왔다. 강희는 조금 들뜬 마음으로 리본을 풀고 뚜껑을 열었다. 생일이나 기념일 따위에 그다지 큰 의미를 두지 않는 강희였지만 빨라지는 손을 어쩔 수는 없었다.

와아.

강희는 속으로 탄성을 질렀다. 메달이 달린 초커였다. 조심스럽게 초커를 들어올렸다. 금빛 메달이 대롱거렸다. 강희는 아무 말도 하지 않고 반짝이는 메달을 들여다보았다. 메달 안에 회색을 띤 청색—강희가 좋아하는 보티첼리 블루였다—보석 다섯 개가 박혀 있었다. 별 같기도 하고 박공지붕 집 같기도 했다.

"문스톤인가?"

"러프다이아몬드래."

말해놓고 아차 싶었는지 연수가 입술을 꾹 다물었다. 못 들은 척 강희는 초커를 목에 둘렀다.

"어때? 괜찮아?"

강희의 물음에 연수는 긴 속눈썹을 휘며 웃기만 했다.
왠지 고요하고 거룩한 밤이 될 거 같았다.

chapter 06

연수

"일은 재밌어?"

다한증 환자처럼 자꾸만 손에 땀이 나서 연수는 냅킨에 손바닥을 문질렀다. 음식이 나오자 레스토랑에서 강희를 발견했을 때보다도 더 긴장됐다. 자신도 모르게 아랫배에 힘이 들어가고 어깨가 굳었다.

"재미로 일할 나이는 아니잖아."

강희는 고개도 들지 않고 너무 익혀서 퍽퍽해 보이는 스테이크를 썰었다.

H읍에서 호텔로 오는 동안 마음속으로 수없이 시뮬레이션했던 것과는 전혀 다르게 상황이 흘러가고 있었다. 강희가 반색을 하리라고는 생각하지 않았지만 적어도 도란도란 이야기를 나눌 수 있으리라 여겼다. 연수는 물잔을 들어 꿀꺽 삼키고 포크와 나이프를 집어 들었다. 물을 너무 많이 마셔서 벌써 배가 불렀다.

"그럼…… 어떤 나인데?"

"재미없는 일도 해야 하는 나이."

강희의 서울살이도 저 스테이크처럼 퍽퍽했던 걸까?

"너는? 공방수는 할 만해?"

"응. 할 만해."

공방수로 일하는 게 재미있어서 강희에게 괜히 미안했다. 어쩐지 그랬다. 백신을 맞고 암소가 유산을 했다는 민원을 처리하거나, 유기동물을 보호하고 법규에 따라 처리해야만 할 때는 어쩔 수 없이 힘이 들지만 그래도 연수는 지금의 일이 좋았다. 연수는 은퇴할 때까지 재미있게 일하고 싶었다. 재미가 없으면 재미를 만들어서라도.

"서울 생활은 어때? 아름이 말로는 좋은 회사에 다닌다고……."

"한 달 전에 잘렸어. 그러니까 제발 아무것도 묻지 말아줄래?"

강희는 여전히 고개를 들지 않고 고기만 잘라댔다. 강희의 기분이 급격하게 가라앉고 있다는 게 고스란히 느껴졌다.

"미안하다. 캐물으려던 건 아니야. 너무 오랫동안 못 봤잖아, 엇……."

결국 소스가 잔뜩 묻은 스테이크를 떨어트렸다. 하얀 테이블보 위에 고깃덩어리가 심술 맞게 뒹굴었다.

"그냥…… 조용히 먹자."

강희가 피곤하다는 듯 한숨을 쉬었다.

유리창이 있는 줄도 모르고 돌진하다 충돌해버린 박새가 된 기분이다. 연수는 입을 다물고 퍽퍽한 고기를 씹었다. 그것 말고 연수가 할 수 있는 건 없었다. 씹어도 씹어도 삼켜지지 않는 고기를 삼키려고 급하게 물을 마시다 사레가 들려 쿨럭거리자 강희가 또다시 한숨을 쉬었다. 강희는 호텔 직원을 불러 빈 잔에 물을 채우게 했다.

"너야말로 몸이 왜 그래? 뺀 거야? 빠진 거야?"

심문하듯 강희가 물었다.

"빠진 거야. 쿨럭."

"어쩌다?"

"모르겠어. 쿨럭."

사레가 들린 데다 살까지 빠져버린 연수는 또 왠지 미안했다.

"살 빠지면 목소리도 변하나? 네 목소리 좀 변한 거 같다."

기침이 잦아들자 강희는 접시로 시선을 내렸다.

"어떻게?"

"뭐, 살 빠진 목소리야. 눈은? 수술했어?"

"어. 신체검사 때문에."

질문을 했으면 좀 쳐다봐야 하는 거 아닌가.

"약속은 하나도 안 지켰네."

"응?"

"아니야, 아무것도."

서둘러 매듭을 짓고 강희는 입술마저 다물었다.

감질나게 담긴 음식들이 차례로 나오고 빈 접시가 치워지는 동안 연수와 강희의 대화는 요리만큼이나 빈약했다. 음정이 맞지 않는 노래처럼 10년의 공백이 두 사람 사이에서 불편하게 맴돌았다. 그러는 동안에 마지막 코스인 디저트와 커피가 나왔다. 연수는 12시 오 분 전의 신데렐라처럼 초조해졌다.

"생각났다."

한입에 털어 넣기에도 작아 보이는 밤 밀푀유를 조심스럽게 4등분하는 강희를 보다 문득 어떤 기억이 떠올랐다.

"뭐가?"

강희가 고개를 들었다.

"우리가 왜 널 대장으로 인정했는지."

"날 대장으로 인정했다고? 언제?"

꼬꼬마 시절, 강희는 단연 대장이었다. 몸집은 연수가 제일 컸고, 싸움은 승언이가 잘했고, 똘똘한 건 한우였는데도 이상하게 연수를 비롯해 승언이와 한우는 강희의 말이라면 끔뻑했다.

"기억나? 도넛. 할아버지가 사다 주신 팥도넛 말이야."

"팥도넛?"

고개를 갸웃하는 강희는 귀, 귀엽다.

"더덕공판장 옆에서 팔던 거."

아마도 장날이었던 거 같다. 할아버지가 친구들과 나눠 먹으라고 설탕을 듬뿍 묻힌 팥도넛을 사오셨다. 연수와 승언이와 한우와 강희는 따뜻한 도넛을 하나씩 들고 신나게 달렸다.

"한우가 까불거리다 한입 베어 먹지도 못하고 흙바닥에다 떨어트렸잖아. 그때 네가 도넛을 나눠줬어."

"그랬었나?"

기억이 잘 나지 않는지 강희는 어깨를 으쓱이고는 디저트를 입가에 묻히지도 않고 깔끔하게 먹었다. 원래 베푼 사람은 기억 못 하는 법이다.

도넛을 떨어트린 한우는 울기 일보 직전이었고, 연수와 승언이는 자신의 도넛을 한우에게 선뜻 나눠주지 못했다. 그때 강희가 나섰다.

"이렇게 하면 다 먹을 수 있잖아."

강희는 자신의 도넛을 4등분해서 울먹거리는 한우의 입에 넣어주고 연수와 승언에게도 물려주었다. 그리고 자신도 먹었다.

"다음 천연수."

연수도 강희를 따라 기꺼이 도넛을 네 쪽으로 나눠 각각의 입속으로 넣어주었다. 승언이도 연수를 따라 했다. 세 개의 도넛을 넷이서 맛있게 먹었다. 사이좋게. 똑같이. 만족스럽게. 도넛을 다 먹고 설탕이랑 기름 묻은 입술로 깔깔대면서 괜히 여기저기 막 쏘다녔다.

"근데, 그게 대장이랑 무슨 상관이야?"

강희는 몰랐겠지만 그날 이후, 연수와 승언이와 한우는 암묵적으로 강희를 대장으로 대했다. 그건 로봇장난감이나 높은 데서 뛰어내리는 호기나 힘자랑 따위로 서열을 가리던 또래 사내녀석들이 경험하지 못했던 신세계였다. 평화롭고 따뜻했고 서로가 대견했다. 아마도 '우정'이란 개념의 시작이었던 거 같았다. 나중에 강희가 까칠해져서 못되게 굴어도 연수와 승언이와 한우가 모두 받아주었던 건 그 경험 때문인지도 모르겠다.

"그런 게 있어."

"뭐래? 난 기억도 없는데, 멋대로 대장 시켜준 거야? 말로만?"

강희가 어이없어했다.

"하긴 너희들, 내 밥이긴 했다. 내 앞에서 바지도 막 까고 그랬잖아."

"미쳤지."

실소가 나왔다. 강희를 쫄래쫄래 쫓아다니며 기꺼이 똘만이 짓들을 했다.

"왜 그런 짓을 했을까?"

그 시작점이 무엇이었는지 기억나지 않지만 연수와 승언이와 한우는 엉덩이를 까고 누가 더 멀리 오줌을 누나 시합을 했었다. 심판관은 당연히 강희였다. 강희가 "시작!" 하고 외치면 셋은 엉덩이에 힘을 주고 배까지 내밀어가며 오줌을 갈겼다. 그러면 강희는 옆에 서서 누구의 오줌 발이 가장 멀리까지 포물선을 그리는지 엄격하게 심사했다. 1등을 한다고 해서 상이 있었던 것도 아니었는데, 사내아이 셋은 강희 앞에서 그렇게 고추를 내놓고 기를 썼다. 나름 자존심을 건 시합이었다.

"우린 성추행 당한 거다."

"난 바지 까라고 한 적 없었는데? 심판 봐달라고 한 건 너희잖아."

"어쨌든."

"하하. 나중에 늬들 와이프한테 다 말해야지."

웃었다. 강희가. 드디어.

강희가 웃자 가느다란 목에 두른 초커가 반짝였다. 연수는 짙은 속눈썹에 가려진 강희의 눈동자를 멍하니 바라보았다. 기분이 좋을 때, 강희의 눈동자는 더 밝은 빛을 낸다. 금붕어의 비늘처럼 반짝였다.

"뭘 그렇게 봐?"

"……."

만질 수 없으니 바라볼 수밖에.

강희는 연수의 시선을 피하며 괜히 물잔을 들었다 커피잔을 들었다 했다.

"일어설까? 넌, 여기서 자고 갈 거지?"

강희가 커피잔을 내려놓고 무릎 위의 냅킨을 치웠다.

"벌써?"

"우리가 제일 늦었어."

강희는 드문드문 비어 있는 주위의 테이블을 둘러보았다.

"강희야······."

이렇게 헤어지기 싫었다. 수박 껍질만 핥은 기분이다. 쓸데없는 이야기만 늘어놓다가 정작 하고 싶은 말은 한마디도 하지 못했다.

"샴페인 꼭 마시자고 해라. 강희, 샴페인 좋아한다."

남자는 벨트가 자존심이라며 차고 있던 벨트까지 풀어주셨던 춘길 아저씨의 목소리가 떠올랐다.

"샴페인 한잔하고 갈래?"

수박을 쪼개듯 단숨에 말해버렸다. 강희가 고개를 돌리고 연수를 빤히 바라보았다. 아주 오래전 파란색 분필로 그린 집에서 연수를 바라봤던 것처럼. 연수는 자신의 귀가 붉어지고 있다는 걸 느꼈다.

"어디서?"

"……."

그건 말씀 안 해주셨는데.

"……키 줘."

"어?"

순간 무슨 말인지 알아듣지 못하고 연수는 당황했다. 그런 연수를 말끄러미 바라보며 강희가 말없이 손을 내밀었다.

"아아! 키……."

연수는 하얀 손바닥에 룸 키를 올려놓았다. 검정색 매니큐어를 바른 가느다란 손가락이 천천히 네모난 카드키를 감싸 쥐는 걸 연수는 눈도 깜빡이지 않고 지켜보았다.

"십 분 있다가 올라와."

"……."

연수는 고개만 끄덕였다. 여기서 왜냐고 물었다간 강희는 키를 집어 던지고 가버릴지도 모르니까.

노크를 하려다 말고 주먹을 꾹 쥐었다.

노크를 하기 전에 생각을 정리해야 했다. 정말로 강희에게 하고 싶은 말이 뭔지. 아니, 강희랑 하고 싶은 게 뭔지. 10년 동안 어떻게 살았는지 안부를 묻자고 여기까지 온 건 아니다. 지난 10년 동안의 안부라면 연수가 심어놓은 완벽한 스파이들이 있었다.

장례식장에서 강희를 본 순간부터 연수는 희망과 절망 사이에서 놀아났다. 가슴속에 움튼 희망을 확인하고 싶다가도 강희에게 아무것도 해줄 수 없다는 걸 절망하며 휴대전화를 내려놓았다.

강희는…… 연수의 삶을 버티게 해주는 판타지였다.

할아버지의 병간호를 하면서도, 사기를 당한 엄마의 빚을 갚느라 병원 건물을 넘겨야 했던 순간에도 연수는 저 푸른 초원 위에 강희가 그린 것과 같은 집을 짓고 함께 늙어가는 삶을 꿈꾸었다. 그래서 버틸 수 있었다. 하지만 얄짤없는 현실이 연수를 삼켰다 뱉어낼 때마다 연수의 꿈은, 연수의 판타지는 뭉개지고 희미해졌다. 이제 연수는 보증금도 없는 모텔 캘리포니아의 장기투숙객일 뿐이었다.

"뭐 해?"

갑자기 방문이 벌컥 열렸다. 문 앞에 우두커니 서 있던 연수가 천천히 고개를 들고 강희를 바라보았다.

뭐 하냐고?

계속 생각했어.

너를.

그리고 우리를…….

입안에서 맴도는 말을 삼켰다. 두 사람의 시선이 판타지와 현실의 경계에서 부딪혔다. 코트를 벗은 강희의 하얀 목을 바라보았다. 강희가 숨을 쉴 때마다 초커에 매달린 메달이 떨리듯 반짝였다.

"천연수, 그런 표정 짓지 마."

강희가 한 걸음 다가왔다. 잿빛 눈매가 조금 더 짙어졌다.

"안 덮칠게……."

말은 그렇게 하면서도 강희는 키스라도 할 거처럼 가까워졌다. 연수는 자신도 모르게 강희의 뺨을 머뭇거리며 쓰다듬었다. 강희가 '이 새끼, 뭐야?' 하는 눈으로 바라봤지만 멈추지 않았다. 조금 더 용기를 냈다. 아니, 용기를 낼 필요 따위 없었다. 손가락이 제멋대로 움직였으니까.

뺨을 쓰다듬던 손가락을 움직여 말랑하고 보드라운 귓불을 만져보았다. 엄지와 검지 사이에 여린 살이 닿는 순간 연수는 자신도 모르게 눈을 감았다. 판타지가 현실이 되어 연수를 덮쳤다.

꽁꽁 얼 만큼 추웠던 열아홉 살의 마지막 밤이 떠올랐다. 그날…… 연수는 벌벌 떠는 야윈 몸을 끌어안고 잠이 들 때까지 귓불을 만져주었다. 강희가 떠나고 수많은 밤들을 지나는 동안 연수는 이렇게 눈을 감고 부드럽고 연약했던 그 촉감을 떠올리곤 했다.

쿵.

연수의 등 뒤에서 현실의 문이 닫혔다.

chapter 07

강희

첫 키스를 기다리는 소년 같다.

눈을 감은 채 잔뜩 긴장하고 있는 연수에게서 마른 풀 냄새 같기도 하고 옥수수 볶은 냄새 같기도 한, 고소한 내음이 났다. 바르르 떨리는 연수의 속눈썹과 살짝 벌어진 입술을 바라보다가 강희는 자신도 모르게 꿀꺽 침을 삼켰다. 기억나버렸다. 오래도록 꺼내보지 않았던 책을 펼치다 자신도 모르게 꽂아둔 스냅사진이 툭 떨어지듯 그렇게.

10년 전 그날 밤, 연수의 입술은 수줍고 따뜻했고 말랑했다.

"건빵 냄새가 나."

강희가 장난스럽게 픕, 웃으며 한 걸음 물러났다. 어색함을 털어버리려고 장난을 쳤는데 너무 진지하게 받아들이는 연수 때문에, 더구나 느닷없이 자신의 귓불을 쓰다듬는 바람에 오히려 당황했다.

"건빵 냄새?"

미적미적 귓불에서 손을 뗀 연수가 조금 멍한 눈으로 강희를 바라보다 재킷의 앞섶을 들쳐 킁킁거렸다.

"난…… 모르겠는데?"

짙은 슈트를 입은 채 조명을 등지고 서 있는 연수의 몸은 육식동물처럼 날렵한데 눈은 초식동물처럼 순했고 조금 부어오른 듯한 입술은 야했다. 그 언밸런스가 강희의 신경을 묘하게 자극했다.

"디너는 별로였는데 샴페인은 좋은 거다."

애써 태연한 척 강희는 몸을 돌려 아이스 버킷에 담긴 샴페인병을 들어올렸다.

"샴페인 따본 적 있어?"

"없는데……."

"그럼, 마셔는 봤어?"

"음…… 샴페인 막걸리는 먹어본 적 있어."

어이구, 촌놈시키. 마셔본 적이 없다니 따본 적도 당연히 없겠지.

"해보지 뭐."

강희가 래핑 포일을 벗기려는데 연수가 스윽, 소리도 없이 다가왔다. 그것도 낯설었다. 쿵쿵거리며 커다란 덩치로 존재감을 드러내며 걷던 녀석이었는데 말이다.

연수는 주머니에서 휴대전화를 꺼내 샴페인 따는 법을 꼼꼼하게 검색하더니 휴대전화를 내려놓고 병을 집어 들었다. 강희는 연수가 병을 떨어트릴까 봐 조바심이 났다. 곰탱이가 환골탈태는 했어도 허당끼는 못 벗어난 거 같은데, 저래서야 동물들 치료는 제대로 하고 있으려나 모르겠다.

"류한우도 부를까?"

연수가 신중하게 래핑 포일을 벗기고 와이어 머즐을 푸는 걸 보면서 물었다. 아름이가 있었다면 이 어색함이 사라질 거 같은데, 아쉬운 대로 한우라도 부를까 싶었다. 한우라면 지금쯤 서울 어디엔가 있을 테니까.

"여자친구랑 있을 거야."

"류한우, 여자친구도 있어?"

"사귄 지 꽤 됐어."

"그래?"

퐁.

코르크 마개가 경쾌한 소리를 내며 열렸다. 연수는 병 입구에 하얀 김이 잠시 머물렀다 사라지는 걸 지켜보다가 샴페인을 따랐다.

"오늘 프러포즈한다던데?"

"그럼…… 류한우의 프러포즈 성공을 위해 건배라도 해줄까?"

"그러든가."

"너는? 너는 여자친구 없어?"

대수롭지 않게, 지나가는 말투로 물었다.

샴페인을 따르던 연수의 손이 삐끗 어긋나고 목이 긴 잔을 따라 황금빛 액체가 흘러내렸다. 닦을 생각도 없이 솟아오르는 탄산 기포만 바라보던 연수가 샴페인잔을 들고 강희에게 다가왔다. 내리깐 속눈썹이 답지 않게 새치름했다.

"있어."

"있……어?"

아름이 말로는 없다던데? 건네받은 강희의 샴페인잔이 조금 출렁거렸다.

"건배하자. 한우의 프러포즈 성공을 위하여?"

연수가 강희의 잔에 자신의 잔을 살짝 부딪치며 시선을 맞춰왔다. 갑자기 명치가 답답했다. 아무래도 체한 거 같다.

"위하여."

강희는 샴페인을 단숨에 삼켜버렸다. 활명수를 마시듯.

"아, 내가 할게."

샴페인을 다시 채워주려는 연수를 말리고 강희는 자신의 잔에 샴페인을 가득 따라 소파에 앉았다.

"와아, 진짜 어색하다."

샴페인을 한 모금 마신 후, 농담인 양 일부러 큰 소리로 킥킥대자 연수의 눈썹이 꿈틀 움직였다.

"나 솔직히 너한테 적응 안 돼. 길에서 만났으면 몰라보고 지나쳤을 거야."

"그렇게 이상해?"

"이상하다기보단 낯설어."

"낯설……다고?"

"천연수 아니고 탄산수 같아."

연수가 피식 웃으며 강희의 옆에 털썩 앉았다. 연수의 무게로 강희의 몸이 기우뚱 기울고 서로의 어깨가 닿았다. 샴페인이 조금 더 출렁거렸다.

"춘길 씨 때문에 이게 무슨 꼴이냐. 너야말로 오늘 같은 날 여친이랑 같이 있어야 하는 거 아니야?"

"……."

닿은 어깨가 신경 쓰였다. 아니, 솔직하자면 여자친구가 있다는 말이 조금 더 신경 쓰였고, 아무런 대답이 없다는 건 그렇다는 뜻 같아서 진짜 거슬렸다.

"이것만 마시고 일어날게……."

"한 달 내내 지강희 생각만 했다."

푸훗.

강희가 샴페인을 뿜었다.

"뭐어?"

"열아홉 살 때처럼…… 네 꿈도 꿨어."

기습공격을 감행한 연수가 '어쩔래?' 하는 눈으로 강희를 바라보았다.

시선과 시선이 잠시 접촉했다 떨어졌는데, 강희의 심장 어디에선가 충돌하는 소리가 났다.

"야, 이, 이 시키가……."

검정색 울 원피스에 떨어진 샴페인을 닦아내며 강희는 허둥거렸다.

지강희. 진정하자. 이까짓 거로 당황하지 말자. 저 시키 고추도 봤고, 10년 전엔 알몸도…….

아, 그건 아니다. 어쨌든.

"너 때문에 옷 다 버렸잖아."

궁색하게 쏘아붙이자 연수는 슬쩍 강희의 시선을 피했다. 그리고 한다는 말이.

"미안. 그냥 네 얼굴 보니까 장난……치고 싶었어."

뭐? 장난? 장난이라고? 천연수 많이 컸다.

"지금 장난이라고 했냐?"

연수는 선물상자를 내밀 때처럼 눈을 휘고 가만히 웃기만 했다. 이 시키는 이 와중에 잘생기고 난리다.

"요즘 H읍에선 이딴 식으로 장난치나 보다? 여자친구도 있다는 자식이. 내 귀도 막 만지고. 어? 하긴, 옛날부터 문란한 동네긴 했지."

"강희야……."

갑자기 연수가 살 빠진 목소리로 강희를 불렀다.

"나, 갈래."

"우리…… 얘기 좀 하자."

강희를 붙잡는 연수의 눈에서 웃음기가 사라졌다.

"너랑 장난칠 기분 아니야."

연수의 손을 털어내려고 했지만 연수는 쉽사리 놓아주지 않았다. 팔을 잡은 손의 힘이 장난이라 하기에는 지나치게 강했다.

"뭐 하냐, 지금?"

강희가 연수를 노려보았다.

"이 샴페인 비우는 동안만 같이 있자. 오랜만이잖아, 우리."

우리…….

목소리 내리까는 연수가 이제는 겁이 났다. 갑자기 진지해진 연수 때문에 방 안의 공기가 급속도로 무거워졌다. 두 사람의 숨소리와 샴페인의 기포가 솟아올라 터지는 소리만 들렸다.

"지강희, 넌 나 안 보고 싶었냐?"

"아니."

"난 너…… 되게 보고 싶었는데."

"……."

말문이 막혔다. 미쳤다. 지강희, 왜 설레고 난리니.

"내 소꿉친구는 서울에서 뭐 하나…… 궁금했다."

소꿉친구? 이 시키가 아주 사람을 들었다 놨다 한다.

"뭐, 그러자. 소꿉친구랑 샴페인 한잔 못 할 것도 없지."

못 이기는 척 강희가 소파에 앉았다. 강희는 구두를 벗고 테이블에 발을 올린 채 서울의 야경으로 시선을 돌렸다.

"그래, 얘기해봐."

정작 이야기를 하자던 연수도 말없이 강희를 따라 서울의 밤을 바라보기만 했다. 10년째 봐도 여전히 어색한 풍경을.

"서울 생활은 어때?"

잔 속의 탄산이 다 빠져나갔을 때쯤 연수가 물었다.

"아까도 물었잖아."

"대답을 못 들은 거 같아서."

"먹고사는 일이 다 그렇지 뭐."

그저 '먹고사는 일'이라고 간단하게 말했지만 그건 너무 길고 복잡한 시간들이었다. 저 많은 불빛 속에 유연하게 스며들지 못했던 시간을 뭐라고 말해야 할까. 네가 없었던 10년을 어떻게 표현해야 할까.

"어땠는데?"

"빌어먹을 건빵 같았어."

"또, 건빵이야?"

연수가 피식 웃었다.

"가끔 건빵 아저씨가 생각나더라."

삶이 녹록지 않을 때 특히나.

연수와 강희가 다녔던 학교 앞에 건빵을 파는 아저씨가 있었다. 큰 도로변이나 교통이 정체되는 국도에서 팔면 잘 팔릴 텐데, 행인이라곤 학생밖에 없는 좁은 골목에 파란색 트럭을 세워놓고 건빵을 팔았다. 마치 어딘가에 숨고 싶은 사람처럼. 정작 아저씨는 건빵 파는 것엔 별 관심도 없었고 춘길 씨가 챙겨준 코카콜라 판촉물인 빛바랜 파라솔을 펴놓고 플라스틱 의자에 앉아 두꺼운 책만 읽었다. 한쪽 알이 깨져 금이 간 뿔테안경을 끼고 말이다.

"장마철이 되면 걱정이 됐어. 아저씨 건빵이 눅눅해져서 잘 안 팔리면 어쩌나. 황사가 불면 아저씨 건빵에 먼지가 많이 쌓이겠다, 목이 턱턱 막히는 한여름이면 이 더위에 누가 건빵을 사 먹을까, 한겨울이면 아저씨는 또 얼마나 추울까."

"……"

"서울살이가 그래. 장마철의 건빵 같고, 한여름의 건빵 같고, 한겨울의 건빵 같고, 황사 부는 봄날의 건빵 같아. 아, 요즘은 하나 더 있다. 미세먼지 심한 날의 건빵."

"난 어떤 건빵이야?"

"……?"

"나한테서 건빵 냄새 난다며?"

넌…… 외로운 날에 몰래 꺼내 먹는 건빵.

대답 대신 목을 젖혀 샴페인을 단숨에 마셔버렸다. 연수가 자신의 목을, 샴페인을 삼킬 때마다 반짝이는 초커의 메달을 바라본다는 걸 공기의 진동으로 느낄 수 있었다.

"아저씬 잘 계셔? 아직도 건빵엔 관심도 없이 책만 읽고 계시나?"

강희는 못 들은 척 화제를 돌렸다. 그리고 건빵 아저씨의 근황이 궁금하기도 했다.

"아저씬…… 재작년에 뇌출혈로 쓰러지셨어. 지금은 요양원에. 가족도 보호자도 없고 주민등록도 말소되어서 춘길 아저씨가 등록도 다시 해드리고 복지혜택 받을 수 있게 이것저것 돌봐드렸어."

"……."

강희는 다시 서울의 밤을 응시했다. 어느 추웠던 오후, 아저씨가 쥐여주셨던 건빵이 떠올랐다.

"가을이 끝나고 겨울이 시작될 무렵이었던 거 같아. 빡Q나무에 단풍이 다 떨어졌었으니까. 사람들이 춘길 씨 뒷담화 하는 걸 들었어. 연구대상이라고. 제 앞가림도 못 하면서 남의 일이라면 물불 안 가린다고. 그럴 시간에 마누라 단속이나 할 것이지, 눈 뜨고 다른 놈한테 마누라 뺏기고도 웃고 다니는 쓸개 빠진 놈이라고. 춘길 씨를 별로 좋아하지도 않았는데, 무지 속상하더라. 나도 모르게 울면서 걸었나 봐. 그날 첫 눈이 내렸어. 눈이 섞인 바람을 맞으니까 젖었던 뺨이 찢어질 듯 아팠던 게 기억나. 그때 건빵 아저씨가 나를 부르더니 건빵을 한 봉지 쥐여주시더라. 그러면서 그러셨어. 아가, 인생이란 원래 녹록지 않은 거란다."

"……."

"나는 녹록이 눅눅하다는 걸 말하는 걸까, 생각했어. 녹록이란 말이 뭔지도 모르면서 그 말이 왜 그렇게 위로가 됐던지. 물론 춘길 씨 뒷담화 했던 사람들은 내가 다 앙갚음했지만."

샴페인 때문인지, 아니면 건빵 아저씨 때문인지 강희의 코끝이 붉어졌다.

"곰탱이. 아니다. 이제 곰탱이도 아니네. 천연수 너는? 너는 공방수 끝나면 뭐 할 건데?"

"취직해야지."

연수도 강희처럼 고개를 치켜들고 잔을 비웠다. 연수의 목울대가 움직일 때마다 강희는 발가락에 힘을 주었다.

"어디에?"

"알아봐야지."

수지 아줌마가 투자사기를 당해 할아버지의 병원 건물이 넘어갔다는 얘기는 아름이한테서 들었다. 그나마 할아버지가 연수 앞으로 남겨주신 읍내 아파트도 수지 아줌마가 재혼하면서 연수가 분가 아닌 분가를 할 수밖에 없었다고. 그래서 연수는 개털이라고.

"서울에서 취직할 수도 있잖아."

"대동물 전공이라……."

"H읍 말고는 소 돼지가 없니?"

"월등하게 좋은 조건이 아니라면 고향에서 일하고 싶어."

연수의 입에서 흘러나온 '고향'이라는 단어에선 왠지 모를 애틋함이 느껴졌다. 강희가 생각하는 고향과는 너무 다른 정서의 결이었다. 그때부터였다. 강희의 마음속 무언가가 어긋나기 시작했다.

"넌, 애초에 거길 벗어나고 싶은 생각이 전혀 없었던 거야. 할아버지가 아니었대도."

배알도 없는 시키.

연수와 더 이상 대화를 나누고 싶지 않았다. 연수와 얘기할수록 제자리를 맴돌듯 가슴만 답답했다.

"건빵 아저씨 건강을 위하여 한 잔 더 마셔야겠다."

강희는 소파에서 일어나 연수의 잔에 샴페인을 따라주고 자신의 것도 가득 채워 원샷으로 들이켰다. 한 번. 두 번. 세 번.

"자, 말끔하게 비웠다. 됐지? 나, 간다."

구두를 신고 코트를 집어 들었다. 이러면서 무슨 얘길 해.

"잘 살아. 네 여친이랑. 그딴 촌구석에서."

"지강희."

연수가 강희의 팔을 붙잡았다.

"나는 네가 왜 화를 내는지 모르겠다."

"정말 몰라서 물어?"

아니, 천연수는 모를 수가 없다. 지강희가 무슨 말을 하는지. 아직도 강희는 인생의 어느 한 부분을 생각하면 섬뜩해서 손을 댈 수가 없다.

"난 안 피할 거야."

연수의 대답이 단단했다.

"지긋지긋한 소문. 눈길. 손가락질. 나도 싫다. 그래도 나는 피하고 싶지 않아. 우리 잘못이 아니야. 죄를 지은 것도 아닌데 죄지은 사람처럼 도망치기 싫어."

"안 말릴게. 넌 그렇게 살아. 나한테 강요하지 말고."

"강요한 적 없어. 피하지 말라는 거지."

"누가 무서워서 피해? 더럽고……."

"무서웠던 게 아니고? 윽."

연수의 말이 끝나기도 전에 강희의 주먹이 연수의 가슴팍으로 날아갔다. 예전처럼 '철퍽' 하고 밀가루 반죽을 내리치는 소리가 아니라 '찰싹' 하고 다부진 찰흙을 때리는 소리가 났다. 이 와중에 연수의 맷집 소리 따위에 신경을 쓰는 자신이 어이없어서 강희는 더 크게 소리쳤다.

"니가 뭘 알아?"

"아니라면 무시해버려."

"무시? 장례식장에서 못 봤어? 10년 아니, 20년이 다 되어가는데도 수군거리는 거?"

"그런 말들에 상처 입자면 끝도 없어."

"이게 우리의 차이야. 넌…… 살 만한 거야. 난…… 도저히 살 수 없는 거고."

"……"

"하! 이제 와서 이게 무슨 소용이니. 넌 너고 난 난데. 다 귀찮다."

강희가 머리카락을 쓸어올리며 허탈하게 웃었다.

"내가 서울로 오면?"

"……그걸 왜 나한테 물어? 네 여자친구한테 물어야지."

"대답 피하지 마. 여자친구 따위 없다는 건 너도 알잖아. 내가 서울로 오면? H읍이 아닌 다른 곳으로 가면? 니가 나 책임질 거냐?"

연수는 아예 강희의 양팔을 결박하듯 붙잡았다. 강희가 대답하기 전까지는 절대 놓아줄 기세가 아니다.

"난……"

네가 서울로 온다면 난…….

목소리가 떨려 잠깐 침을 삼키는 순간 테이블에 올려놓았던 연수의 휴대전화가 울렸다.

"받아."

"네 대답 먼저 듣자."

그러는 동안에도 벨은 계속 울렸다.

"계속 울리잖아."

마지못해 강희의 팔을 놓아주고 연수는 거칠게 휴대전화를 집어 들었다. 발신자를 확인하는 연수의 등이 한숨으로 크게 부풀었다 내려앉았다.

"네. 엄마."

– 연수야!

버튼을 누르자마자 튀어나오는 수지 아줌마의 목소리는 얼핏 듣기에도 많이 취해 있었다.

"왜 그러세요? 무슨 일이에요?"

— 연수야! 엄마 죽을 거 같아…….

전화기 너머에서 무언가 부서지고 깨지는 소리가 났다. 연수가 급하게 욕실로 사라졌다. 그리고 오래도록 나오지 않았다.

강희는 멍하니 방 한가운데 서서 연수를 기다렸다. 연수를 기다리며 연수가 남긴 샴페인을 모두 마셨고 플로어 스탠드의 스위치를 다섯 번쯤 켰다 껐다. 서울의 야경은 강희와 상관없이 아름다웠고 어디선가 폭죽 터지는 소리가 났다.

연수야, 연수야, 연수야.

착해빠진 저 시키는 평생 자신을 불러대는 목소리를 거절하지 못하고 저 순한 눈을 끔뻑이며 끌려다닐 게 뻔했다. 천연수는 춘길 씨와 닮았다. 친구라면 몰라도 내 남자로는 싫다. 그런 남자와 삶을 함께하다간 엄마처럼 되겠지.

"강희야……."

욕실을 나온 연수의 얼굴에 열아홉의 마지막 밤에 보았던 포동포동한 얼굴이 겹쳐졌다. 잘못한 것도 없으면서 미안함이 가득했던 그 얼굴.

"대답할게."

강희는 코트를 여미고 가방을 찾아 든 후 연수를 올려다보았다.

"넌 절대로 그 촌구석에서 벗어나지 못할 테고, 난 너 책임 못 져. 한때는…… 그래, 철없던 열일곱 살 때는 너랑 서울에 가는 게 꿈이었고 소원이었어. 우릴 알아보는 사람 없는 곳에서 같이 대학 캠퍼스도 거닐고, 도서관에서 공부도 하고, 예쁜 카페에서 차도 마시고 싶었어. 그렇게 우리가 함께할 수 있을 거라고……. 네 포근한 몸을 끌어안고 잠드는 상상을 했어. 뭐, 어렸으니까."

"강희야."

연수의 속눈썹이 젖어들었다. 강희는 열아홉, 버스터미널에서 그랬던 것처럼 연수의 눈을 외면하며 남아 있던 말을 마저 쏟아냈다.

"그런데, 어쩌냐. 나는 이제 속물이 다 됐는걸. 너랑 나 같은 애가 엮이면 무슨 시너지가 있겠니. 게다가, 널 보면 잊고 싶었던 일들이 자꾸 떠오를 텐데. 그냥…… 우리 고향 친구로 서로 잊히자."

망연하게 서 있는 연수를 지나쳐 입구 쪽으로 걸어갔다.

"그리고, 연수야."

문고리를 잡은 채 강희는 자신이 낼 수 있는 가장 다정한 목소리로 연수를 불렀다.

"괜히 아름이랑 한우 시켜서 내가 어떻게 지내는지 알려고 하지 마. 걔네들도 스파이 노릇 하느라 귀찮았을 거야. 앞으론 택배도 보내지도 마. 그동안 챙겨줘서 고마웠다. 잘…… 살자."

강희는 묵직한 문을 꾹 눌러 닫고 카펫이 깔린 복도를 또박또박 걸었다.

연수야.

정말 무서운 건 이런 걸지도 모르겠다. 이 복도가 끝나면 지강희는 더 이상 천연수를 생각하지 않을 거란 거. 지강희 인생에서 이제 천연수는 없다는 거. 너와 함께할 거라고 한 번도 의심한 적 없었던 우리의 이십 대가, 아름답지도 찬란하지도 않게 이렇게 끝나버린다는 거.

소중한 것을 유기해버린 거 같다.

낯선 호텔방에 멀뚱히 혼자 남아 있을 연수를 생각하자 목구멍에 삶은 계란을 욱여넣은 것처럼 답답했다.

바보 같은 시키.

눈가가 따끔했다. 당황스럽게 시야가 일렁이며 흐려졌다. 강희는 고개를 치켜들고 엘리베이터의 CCTV를 노려보았다. 호텔의 보안직원이 지금 강희의 모습을 모니터로 보고 있다면 꽤나 섬뜩할지도 모르겠다.

아, 젠장.

급하게 마신 샴페인 때문인지 엘리베이터가 로비에 도착한 순간 꾹꾹 눌러왔던 눈물과 함께 토기가 치솟았다. 강희는 급하게 화장실로 뛰어 들어가 눈물과 함께 연수와 먹었던 모든 걸 토해냈다. 목구멍이 찢어질 듯 아팠다.

지강희, 지금 이 눈물의 의미가 뭐야? 그래서 어쩌자고. 연민 따위, 가당치도 않다. 책임지지 못할 거면 짠한 자식 더 불쌍해지지 않게, 더 고생하지 않게, 행복하게 살라고 기도나 해줘라. 그래. 피차 희망고문당하느니 차라리 이게 낫다. 그냥 야박한 년 되고 말자.

강희는 미련을 씻어내리듯 변기 물을 내리고 일어섰다.

"어머?"

입을 헹구고 화장을 고치는데 어마어마하게 부풀린 핑크색 페이크 퍼를 입은 여자가 강희를 스쳐지나가다가 갑자기 걸음을 멈추었다. 강희가 바라보는 거울 속으로 새빨간 립스틱을 바른 여자가 불쑥 얼굴을 내밀었다.

선명한 입술에 찰랑거리는 처피뱅 컷을 한 여자가 낯익다고 생각하는 순간, 강희는 들고 있던 립스틱을 내려다보았다.

"맞죠? 코코 레베즈."

여자는 강희가 들고 있는 립스틱을 바라보며 활짝 웃었다.

chapter 08

강희

"공간이 도저히 안 나와요."

모텔 내에 수영장이 딸린 파티룸을 만들어달라는 클라이언트의 요구는 불가능해 보였다. 좁은 땅에 높게만 올린 건물이라 제약이 많았다.

"이러면 어떨까요?"

모텔의 측면도 위에 스케치 페이퍼를 펼치고 강희는 귀에 꽂은 플러스펜을 빼냈다.

"루프탑 풀을 만들면요? 맨 꼭대기 층을 파티룸으로 하고 옥상과 동선을 이어서 파티룸을 연장하는 것도 고려해볼 만해요. 이렇게 데크와 연결되게……."

강희는 스케치 페이퍼 위에 거침없는 손길로 데크와 풀을 그렸다. 흘러내리는 머리카락을 쓸어올릴 때마다 초커의 메달이 반짝였다. 황정구는 팔짱을 낀 채 강희의 스케치를 꼼꼼하게 살펴보다 금색으로 물들인 눈썹을 치켜올렸다. 마음에 든다는 표시다.

"연면적이 작은 대신 층수가 되니까 그건 나름 장점이죠. 그래서 재즈바의 위치도 파티룸 바로 아래층으로 변경해도 좋을 거 같아요. 뷰를 포기하기가 아깝잖아요. 그리고 다시 그 아래층에 로비를 두는 거죠. 하얏트파크처럼 위층에……."

지하와 1층에 위치한 바와 로비를 동그라미로 묶어서 위로 끌어올리는 화살표를 그리다가 강희는 말을 멈추었다. 정구가 스케치가 아니라 강희의 얼굴을 빤히 바라보고 있었다.

"왜 그렇게 보시는데요?"

어릴 때부터 자신을 바라보는 시선에 민감했다. 조금 다른 눈동자, 조금 다른 피부, 조금 다른 머리카락을 발견한 시선들은 호기심부터 비웃음까지 다양했지만 결국은 부정적이었다. 다름이 아닌 틀림이라는.

"강희 씨야말로 왜 그렇게 열심인데? 모텔 따위는 싫다며?"

또 뭐라고.

"오성급 호텔을 디자인한다고 별 다섯 개짜리 인간이 되는 건 아니라고 하셨잖아요."

"내가? 내가 그런 어록을 남겼다고?"

"어록뿐이겠어요?"

정구의 말에 강희가 핏 웃었다.

"나랑 일해볼래요?"

3년 전, 호텔 화장실에서 만난 황정구는 언제나 그렇듯이—3년 동안 함께 일하면서 알게 된 사실이다—다짜고짜 들이댔다. 강희가 다른 회사에 다니고 있을 수도 있다는 가정 따위는 아예 없나 보다. 그렇게 백수 티가 났나?

"네?"

"혹시 퇴사한 뒤로 목 실장이랑 연락한 적 있어요?"

잠시 고개를 갸웃하던 정구가 물었다.

"아니요."

"그래요? 일단 연휴 잘 보내고 새해에 우리 산뜻하게 만나서 얘기해요."

정구는 클러치에서 휴대전화를 꺼내 또다시 다짜고짜 내밀었다.

"우리 꼭 만나야 돼. 찍어요. 번호. 깜짝 놀라게 해줄 테니까."

구토 뒤라 기진맥진한 강희는 엉겁결에 정구의 휴대전화에다 자신의 번호를 찍어주었다.

"이름이?"

"지강희."

"오케이. 지강희 씨. 연락할게요. 메리 크리스마스."

정구는 새빨간 입술로 농염한 웃음을 날리고 사라졌다. 구미호에 홀린 기분이었다.

그해 크리스마스는 새드 크리스마스였다. 한파로 세든 다세대주택의 수도가 동파되었다. 주인 할머니는 얼지 않게 수도를 졸졸 틀어놨어야 했다며 세입자를 탓했다. 그러면서 무조건 기다리라고만 했다. 빨래는 밀렸고, 화장실도 쓸 수 없었다. 화장실을 가기 위해 먹고 싶지도 않은 떡볶이와 어묵을 사고 분식집 건물의 화장실을 쓰거나 꽁꽁 싸매고 지하철역까지 걸어갔다. 찜질방이라도 갈까 하다가 포기했다. 낯선 사람들과 같은 공간에서 하루 종일 있을 자신이 없었다.

연휴 내내 제대로 씻지도 못하고 화장실 가기가 무서워 먹지도 못하고 아르바이트에 매달렸다. 크리스마스부터 새해가 시작되는 그 텅 빈 시간을 감당할 수 없었다. 마음은 미치도록 공허한데 머릿속은 온통 빌어먹을 천연수와 취직과 얼어버린 수도와 수시로 차오르는 방광 때문에 터져버릴 거 같았다.

꼬박 일주일을 노숙자처럼 지낸 강희가 CAD 도면을 전송하고 아침 일찍 목욕탕에 다녀온 날, 기다렸다는 듯 황정구에게서 전화가 왔다.

─ 생각해봤어요, 나랑 일하는 거?

'더 옐로 프로젝트 그룹'.

신뢰하기에는 어딘가 모르게 께름칙하고 규모에 비해 지나치게 거창

한 사명이었다. 혹시나 하는 마음에 이력서와 포트폴리오를 가져왔지만 '더 옐로 프로젝트 그룹'이 어떤 회사인지 감이 오질 않았다. 더구나 앞에 앉아 있는 정구는 더 아리송했다. 오지랖에 조금 푼수기가 있어 보였던 모습은 사라지고 지극히 사무적인 얼굴이었다. 강렬한 스칼렛 레드 슈트를 입고 강희의 포트폴리오를 넘겨보는 정구는 '포브스'의 표지 모델 같았다.

"언제부터 일할 수 있어요?"

일이야 지금 당장이라도 할 수 있지만 어떤 회사인지 연봉은 얼마인지 아무런 정보도 제안도 없었다.

"연봉은 삼천으로 시작하죠. 어때요?"

정구가 제시한 연봉은 3년제를 나온 4년차 디자이너인 강희에겐 나쁘지 않았다.

"대신 프로젝트별 인센티브가 있어요."

인센티브. 그건 안 줄 수도 있다는 얘기니까 패스.

"주로 어떤 일을 하는지 궁금합니다."

"레지던스, 커머셜 모두. 최근 3년간 주 종목은 모텔이에요."

모텔? 하필!

"숙박어플 시장이 급성장하면서 리노베이션 시장도 커졌어요. 당연히 경쟁도 치열해졌고. 객실의 사진까지 검색할 수 있는 상황에서……."

"말씀 중 죄송하지만 저랑은 맞지 않는 것 같습니다."

서로 시간 낭비할 필요 없었다. 강희는 단호하게 마음을 접었다.

"그렇게 생각해요?"

정구가 빨간 입술을 끌어올렸다. 겨울 햇살이 사무실 깊숙하게 들어와 정구의 목덜미를 비추었다. 매끈한 뺨에 비해 목은 탄력이 없어 보였다. 어쩌면 황정구는 생각보다 나이가 많을지도 모르겠다는, 상황과 어울리지 않는 생각을 했다.

"난, 강희 씨 디자인 보고 딱 우리 회사랑 맞는다고 생각했는데?"

칭찬 같지는 않다.

"미학적 부조화[4]라는 말 알아요?"

"······."

"진짜로 아름답다고 느끼는 것과 느끼도록 강요받는 것 사이의 괴리를 말하죠.[5] 강희 씨 포트폴리오 보면서 그런 괴리를 봤는데?"

강희는 턱을 들고 다리를 꼬았다. 누군가가 공격의 신호를 보낼 때 본능적으로 나오는 방어자세였다.

"강희 씨 디자인은 강희 씨가 정말 좋아하는 게 아니라 좋아해야만 하는 것들, 아닌가요?"

무슨 차이가 있는지 모르겠다.

"디자이너의 취향보다 클라이언트의 취향이 우선되어야 한다고 생각하는데요."

"맞는 말이에요. 압도적으로요. 하지만······."

정구는 잠시 말을 끊고 강희의 포트폴리오를 다시 들여다보았다.

"뭐랄까····· 쉽게 말하자면 뽕짝을 좋아하지만 클래식을 좋아해야만 한다는 강박관념 같은 거라고 해야 하나? 그래야 잇. 어. 보이니까."

"제 디자인이 촌스럽다는 말씀을 돌려서 하시는 건가요?"

정구의 말이 강희의 자존심을 긁고 지나갔다. 정구의 시선도 거슬렸다. 맑은 눈동자가 강희의 속을 꿰뚫는 거 같아서 불편했다.

"노노노. 절대 그런 뜻이 아니에요. 취향이 품격을 나타내는 건 아니

4 피에로 페루치 저, 윤소영 역, '아름다움은 힘이 세다', 웅진지식하우스, 2009년

5 피에로 페루치 저, 윤소영 역, '아름다움은 힘이 세다', 웅진지식하우스, 2009년

잖아요. 논쟁의 대상[6]이 아니듯.”

맞는 말이다. 하지만 취향이 품격을 대신할 때가 더 많다는 걸 부정할 사람도 없을 거다.

“고객도 만족시키고 디자이너 스스로도 만족스러워야 된다고 생각해요. 그 황금비율을 찾아내는 디자이너가 정말 행복한 디자이너겠죠?”

“낭만적이시네요. 어쨌든 전 모텔 쪽은 관심 없습니다.”

강희가 딱 잘라 말했다.

“왜? 호텔은 괜찮고 모텔은 싫어요?”

“모텔은 삼류 같잖아요.”

“헐. 전국 삼만 모텔 사장님들 들으면 기분 나쁘겠다. 좋아. 삼류라고 쳐. 삼류가 왜 나빠? 어째서? 오성급 호텔 디자인한다고 별 다섯 개짜리 인간이 되는 건가?”

“그건 아니지만…….”

“아니지만?”

“모텔집 딸이 아니면 모르실 거예요.”

다그치듯 묻는 정구를 향해 언어중추를 거치지 않은 말이 불쑥 튀어나왔다.

당연히 모르겠지. 아버지가 모텔을 한다고 하면 친구의 부모가 어떤 표정을 짓는지. 친구는 또 어떤 눈으로 바라보는지. 호텔과 모텔. 자음 하나가 얼마나 큰 차이를 만들어내는지.

“쿨럭.”

커피를 마시던 정구가 커피를 뿜었다.

---

6 피에로 페루치 저, 윤소영 역, ‘아름다움은 힘이 세다’, 웅진지식하우스, 2009년

"뭐야, 모텔집 딸이야? 대박!"

십 대들이나 쓸 법한 감탄사가 정구의 입에서 튀어나왔다. 그러더니 하하하, 웃음을 멈추지 않았다.

"강희 씨 나랑 일하자. 너무 탐난다, 당신."

"거절할게요."

"아니, 아니. 그렇게 단정 짓지 말아요. 강희 씨는 절대 거절하지 못할 테니까."

정구는 자리에서 일어서려는 강희에게 검지를 흔들며 비장의 카드를 꺼내듯 회색빛 봉투 하나를 내밀었다.

"이게 뭔데요?"

"열어봐요. 강희 씨 거니까."

봉하지 않은 봉투에 들어 있는 건 수표였다. '0'이 여섯…… 아니 일곱 개가 달린.

이게 내 거라고?

강희가 수표에서 시선을 떼고 정구를 바라보았다. 최대한 태연한 척하려 해도 눈이 동그랗게 커지는 걸 막을 순 없었다.

"내가 그랬죠? 깜짝 놀라게 해준다고."

"……."

"내가 목 실장한테 빅엿을 먹여줬죠."

이 상황에서 목 실장이 왜 나오는지 모르겠다. 게다가 '빅엿'이라니.

"목 실장이 그 프로젝트 때문에 골치 꽤나 썩였던 건 모르죠?"

정구는 커피를 홀짝이며 꽤 고소해했다.

"그 프로젝트라 하면……."

"서초동 빌리지요. 아무것도 몰라요, 알아서 해주세요, 해맑던 그 커플이 보여주는 시안 족족 거절했다네요. 이건 아닌 거 같다, 우리랑 안 어울린다, 예쁜데 부담스럽다, 재미없다 등등."

원래 그렇다. 알아서 해달라는 클라이언트가 제일 골치 아프긴 했다. 알아서 가려운 데를 긁어주길 바라는데, 대개 자신이 어디가 가려운질 모른다. 그렇다 보니 자다가 남의 다리 긁는 것처럼 기운만 빼기 일쑤였다.

"이것도 아니다, 저것도 아니다 하다가 최근에 오케이해서 이제 곧 시공 들어가거든요."

"그런데요?"

"그 시공을 우리가 맡았어요. 내가 그 시안 보고 얼마나 놀랐게요?"

"왜요?"

"왜긴요. 강희 씨 디자인을 고대로 베꼈더라구요."

"네?"

"내가 뻔히 알고 있는데도 말이죠. 호텔에서 강희 씨 만난 이후에 내가 목 실장을 좀 괴롭혔죠. 처음엔 딱 잡아떼던데요. 강희 씨랑 합의됐고 디자인 피도 줬다고."

디자인 피라니. 새 발의 피도 없었다. 피가 솟구쳤다.

"공사비의 2퍼센트 업해서 견적서 올리는 걸로 합의 봤어요. 그 2퍼센트가 그 수표죠. 기본설계 표준요율 정도로 받아냈어요."

믿을 수가 없었다. 강희 입장에선 충분히 억울한 상황이지만 목 실장이 선선히 돈을 내어줬을 거 같지는 않았다.

"목 실장 입장에선 클라이언트나 윗선이 알아서 좋을 건 없으니까요."

강희의 생각이 읽혔는지 정구가 어깨를 으쓱했다.

"목 실장한테 빅엿을 날린 건 통쾌하지만 날려도 제가 날려야죠. 황 대표님과는 상관없잖아요."

분해서 목소리가 떨렸지만 냉정하려고 애썼다.

"상관있어요. 그 새끼 입사 동기였는데, 진짜 썬 오브 비치거든요. 게 다가 강희 씨를 낚으려면 미끼가 필요하니까."

역시 오지랖이 맞는 모양이다.

"자, 결정해요. 이 손 잡으면 강희 씨는 강희 씨 디자인으로 데뷔하는 거고, 황정구는 모텔업계를 평정하는 거지."

정구는 자신만만하게 웃으며 손을 내밀었다.

"하나만 여쭤볼게요."

정구의 손을 잡기 전에 묻고 싶은 게 있었다.

"왜 저한테 립스틱을 줬는지 궁금했어요. 처음 보는 사람인데."

"……."

정구는 잠시 생각에 잠긴 듯 말이 없었다.

"18년 전 어리바리 황정구가 상사에게 개박살 나고 화장실에서 울고 있을 때, 생판 모르는 여자분이 그러셨죠. 연약하면 사람들은 보호해주는 게 아니라 아예 꺾어버린다고. 그러면서 새빨간 립스틱을 쥐여주고는 휙, 바람과 함께 사라졌어요."

정구가 그리운 눈을 하고 빨간 입술로 웃었다.

강희는 자리에서 일어나 코트 자락을 여미고 정구의 손을 잡았다.

정구의 손을 잡은 뒤, 강희가 디자인한 서초동 빌리지는 비록 모먼트 이름으로였지만 인테리어 잡지에 실렸고, 지금 눈앞에 서 있는 정구는 '모텔의 여왕'이 되었다.

"옥상에 그만한 공간이 나오겠어? 냉각탑이랑 시설물들이 있을 텐데."

"가능할 거 같아요. 오늘 확인해볼게요. 거기서 바로 퇴근할 거니까 말씀하실 거 있으면 지금 하세요. 오늘 6시 이후론 휴대전화 꺼놓을 거예요."

"데이트야?"

"네."

정구의 호기심 가득한 시선을 모른 척하며 강희는 스케치 페이퍼를 말았다.

"강희 씨, 나 이거 좀 골라줘 봐."

테이블을 정리하는데 회의실 문이 열리고 금 실장이 컬러칩을 잔뜩 들고 뒤뚱거리며 걸어왔다. 임신 7개월 차에 들어선 금 실장은 의자에 무너지듯 앉으며 후우, 깊게 숨을 내쉬었다.

"무리하시는 거 아니에요?"

"이 나이에 임신 자체가 무리였어."

이제 곧 마흔을 앞둔 금 실장은 남자친구와 헤어진 후 용감하게도 싱글맘의 길을 선택했다.

중절수술을 받으러 가는 날, 어쩌면 자기 인생에 처음이자 마지막으로 찾아온 아이일지도 모른다는 생각에 불법유턴을 해서 집으로 돌아가다가, 정작 이런 엄마한테서 태어날 아이의 인생은 뭔가 싶어 다시 불법유턴을 해서 병원으로 가다가, 영원히 엄마가 될 수 없을지도 모른다는 생각에 슬퍼져서 또 한 번 유턴을 하다가 접촉사고가 나서 그냥 아이를 낳기로 결심했다고 했다.

"강희 씨가 골라줘야 해. 저번에 골라준 핑크 말이야. 그 룸이 대박이 났잖아. 그 방에만 들어가면 비아그라도 필요 없다나? 그 방만 고집하는 고객이 그랬대."

웃어야 할지, 말아야 할지.

"이상해. 강희 씨가 골라준 컬러들은 언뜻 보면 좀 안 어울리는 거 같은데 그게 먹힌단 말이야. 한 끗 차이로 촌스러운 게 레트로가 된단 말이지. 더 이상한 건 사진발이야. 사진발이 기가 막혀요. 그래서 업주들이 좋아하잖아."

"그거 칭찬 맞죠? 포스트잇 붙인 게 실장님이 골라두신 거예요? 여기서 고르자면……."

강희가 컬러칩을 꼼꼼하게 살폈다.

"개인적으로 전 이게 좋을 거 같아요. 마운틴 모스. 가구랑도 그렇고. 음…… 피부색이 더 예쁘게 보일 거예요."

"어우야."

금 실장이 킬킬 웃음을 터트렸다.

"그럼, 저 먼저 퇴근하겠습니다."

강희는 페인트 컬러를 골라주고 가방을 챙겨 회의실을 나섰다.

"참, 대표님. W시 모텔 김 사장님한테서 연락이 왔는데요. 최근에 H에 있는 모텔을 낙찰받았다나? 그래서 W시 모텔 리노베이션을……."

문을 닫으려던 강희가 'H'라는 지명에 걸음을 멈췄다.

"왜?"

뒤돌아보는 강희를 정구가 바라보았다.

"지금 금 실장님이 H읍이라고 하신 거 같아서……."

"읍? 아닌데."

"잘못 들었나 보네요. 대표님, 현장 가서 전화할게요."

강희는 정구와 금 실장에게 인사를 하고 사무실을 나섰다.

옥상으로 난 비상문을 열고 모처럼 맑은 서울 하늘을 올려다보았다. 코끝에 닿는 바람결이 완연히 달라졌다. 가을이다.

"냉각탑은 파티션 같은 구조물을 설치해서 공간을 나누면 될 거 같고……."

통화를 하면서도 강희는 카메라를 들고 꼼꼼하게 옥상 구석구석을 살폈다. 강희는 냉각탑 쪽으로 시선을 옮겨 사진을 찍다 잠시 말을 멈추었다. 냉각탑을 고정시킨 스틸프레임 위에 앉은 잠자리를 발견했다. 투명한 날개가 햇살에 반짝였다. 고추잠자리 꼬리에 실을 묶어 놀던 퉁퉁한 사내아이가 환영처럼 스쳐지나갔다.

"……네? 못 들었어요."

잠깐 사이에 상대방의 말을 놓쳤다.

"아, 하중이요? 안전진단해봐야 알겠지만 어차피 보강은 필요한 부분이에요. 너무 크게 말고 분위기 낼 수 있는 정도면 괜찮을 거 같은데."

강희는 잠자리를 잡으려고 뒤꿈치를 들고 가만히 손을 뻗었다.

"네. 지난번 J모텔에 설치했던 사이즈의 반 정도."

잠자리 따위 잡아서 뭘 어쩌려는 생각도 없으면서 셔츠가 바지에서 빠져나와 허리가 드러나도록 안간힘을 썼다. 날개에 집게손가락이 막 닿으려는 순간, 당연하게도 잠자리가 날아갔다.

"아……."

자신도 모르게 안타까운 소리를 냈다.

"아, 아무것도 아니에요."

강희는 잠자리가 날아간 하늘을 물끄러미 올려다보았다.

"실측은 다 끝냈어요."

비상계단을 내려와 어둑한 모텔 복도를 걸으며 강희는 목소리를 조금 낮췄다. 어중간한 시간이라 빈 객실이 많을 테지만 혹시나 데이유즈(Day use)가 있을지도 모르니까.

룸메이드가 트롤리를 끌고 오다가 강희를 보고 슬쩍 시선을 빗겼다.

"그만 퇴근하겠습니다. 네, 대표님도 주말 잘 보내시구요."

강희는 통화를 끝내고 엘리베이터를 기다렸다. 마음이 급했다. 벽도 마저 칠해야 하고 액자도 찾아와야 하고 마트에 들러서 장도 봐야 한다.

띵.

엘리베이터가 도착하고 문이 열렸지만 강희는 선뜻 엘리베이터에 올라타지 못했다.

"아응……."

문이 열린 줄도 모르고 끌어안고 있는 남자와 여자 때문에 곤욕스러웠다. 코앞에서 바라보는 남자와 여자의 키스는 로맨틱하지 않았다. 게다가 남자의 손은 여자의 블라우스 속을 더듬고 있었고 여자의 손은 남자의 지퍼 안에 들어가 움직이고 있었다.

"뭐야!"

"뭘 봐요?"

강희를 발견한 여자가 짜증을 부렸고 남자는 고개를 들어 강희를 위아래로 훑었다. 보란 듯이 그러고 있던 사람들이 할 말은 아닌 듯싶었지만 강희는 아무 말 없이 옆으로 한 걸음 비켜섰다. 급한 거 같은데 빨리 나오기나 하시지.

"가, 오빠."

여자는 강희를 빤히 쳐다보는 남자의 팔을 잡고 재촉했다. 남자가 엘리베이터를 빠져나오며 강희의 어깨를 툭 쳤다. 다분히 의도적인 행동이었다. 강희가 쏘아보자 남자는 피식 웃고는 여자의 어깨를 감싸고 복도로 사라졌다. 눈과 눈 사이가 유난히 좁은 남자의 얼굴을 어디선가 본 듯했지만 기억나지 않았다.

강희는 엘리베이터의 닫힘 버튼을 누르며 남자의 얼굴과 불쾌함을 말끔하게 지워버렸다. 지금, 강희에겐 빨리 돌아가야 할 공간이 기다리고 있다.

완벽해.

낸터킷 브리즈(Nantucket breeze)는 옳았다. 이토록 낭만적인 이름의 색상을 선택한 자신도 옳았다. 잠시나마 드라이드 파슬리(Dried parsley)와 비교했던 순간이 미안해질 정도다. 말린 파슬리라니. 당치도 않다. 바닥에 털썩 드러누워 이제 막 페인트칠을 마친 공간을 바라보는 강희의 눈동자는 비로소 사랑을 확인한 연인을 바라볼 때처럼 애틋했다.

세로 4미터, 가로 6.8미터, 높이 2.4미터.

강희는 지금 이 작은 공간과 사랑에 빠졌다.

세로로 다섯 걸음, 가로로 여덟 걸음을 채 걷기도 전에 벽과 코를 맞대야 하는 직육면체 공간. 이 작은 공간을 차지하는 데 꼬박 10년이 걸렸다. 10년에 걸친 노동의 대가가 보증금 육천에 월세 삼십이라는 숫자로 치환된다는 건 여전히 부당하고 납득할 수 없는 일이었지만 강희는 잠시 접어두기로 했다. 그건 대한민국에서 이십 대를 보내야 하는 대부분의 청년들이 감수해야 할 불공정거래이니까.

찬란하다면 찬란한 이십 대를 오롯이 쏟아붓고 얻어낸 불공정거래이긴 했지만 육천에 삼십이라는 숫자는 빨래를 햇빛에 말릴 수 있다는 걸 의미했다. 더 이상 취객의 오줌 테러와 오바이트 세례를 당하지 않아도 된다는 의미였고, 장마철에 하수구가 역류하지 않는다는 뜻이기도 했다. 무엇보다.

"하늘을 볼 수 있잖아."

굼벵이처럼 몸을 굴려 천장부터 바닥까지 닿는 발코니 창으로 다가갔다. 네모난 틀에 갇힌 초가을 하늘이 파랗다. 혼곤하게 잠든 금붕어처럼 구름 한 조각이 움직이지도 않고 떠 있다. 열린 창으로 바람이 불어왔다. 텁텁하고 무심한 도시의 바람이었지만 강희에겐 매사추세츠에 있다는 낸터킷 섬에서 불어오는 산들바람이었다. 강희는 눈을 감고 낸터킷의 연둣빛 바람을 만끽했다.

"장하다, 장해. 지강희, 기특하다. 칭찬받아 마땅해."

강희는 누운 채로 자신의 어깨를 토닥이며 스스로에게 격한 칭찬을 퍼부었다. 자존감이 지붕을 뚫고 탱천했다.

오롯이 자신의 힘으로 자신만의 공간을 갖는다는 건, 강희에겐 완벽한 사치였다. 온전한 은신처였고 눈물겨운 위로였고 기꺼이 수용할 수 있는 외로움이었다.

기꺼이.

강희는 마룻바닥에 들어찬 네모난 빛을 바라보다가 현관에 세워둔 액자를 가져왔다. 포장지를 벗겨내고 침대에 앉아 있는 여자의 그림을 오래도록 바라보았다. 네모난 아침 햇살이 방 가득 들어왔는데도 오렌지 빛 슬립을 입은 여자는 무기력하게 창밖만 바라보고 있다. 오래전 엄마처럼.

기억 속 엄마는 언제나 침대와 함께였다. 엄마는 침대에 앉아 있거나 침대 위에서 밥을 먹거나 침대 위에서 텔레비전을 봤다. 난파돼 구명보트를 탄 사람처럼 모든 생활을 침대에서 해결했는데 엄마의 시선은 수평선을 보는 것처럼 아득하고 공허했다. 때때로 숨 쉬는 걸 깜빡한 사람처럼 깊은 한숨을 한꺼번에 몰아서 쉬곤 했다.

어떤 것도 엄마의 관심을 끌지 못했다. 강희가 아무리 울고 떼를 써도 엄마는 아주 작은 목소리로 울지 마, 할 뿐이었다. 색도 냄새도 없는 무언가가 엄마를 야금야금 부식시켰다. 그렇게 부식되던 엄마가 어느 비 오는 밤, 갑자기 침대에서 내려왔다. 모텔 주차장에서 어미를 잃고 울고 있는 새끼 고양이 때문에.

강희는 액자를 벽에 기대놓고 생각을 털어버리듯 자리에서 일어섰다. 이러고 있을 때가 아니다. 마스킹 테이프도 떼어내야 하고 뒷정리도 해야 하고 요리도 해야 한다. 오늘 강희는 생애 첫 집들이를 한다.

"대박!"

구두를 벗기도 전에 아름이는 입을 딱 벌렸다.

"이 타일, 너무 예쁘다."

벌집 모양의 현관 타일을 내려다보며 아름이는 아이처럼 발을 굴렀다.

"맞선은 어쩌고 벌써 와? 저녁때나 올 줄 알았는데."

"나, 조금만 더 기뻐하면 안 돼?"

아름이는 싱글침대가 겨우 들어가는 좁디좁은 침실에서 춤을 추듯 빙그르르 돌다가 자신이 집들이 선물로 사준 침대에 풀썩 쓰러져서 발을 동동거리며 온몸으로 기쁨을 표현했다. 그러다 벌떡 일어나 욕실에 들어가서 차곡차곡 쌓아놓은 수건을 보고도 감탄하고 반짝반짝 닦아놓은 세면기와 수전에서 쏴아아 쏟아지는 물을 보고도 황홀해했다.

"하아…… 좋다. 새집 냄새."

아름이는 통통한 제 뺨을 감싸고 눈을 감은 채 콧구멍을 벌름거렸다.

"그중에서도 페인트 냄새에 섞인 고기 냄새! 차돌박이야?"

과연 한아름이다. 절대 후각의 소유자. 장금이가 미각을 잃어도 맛을 그릴 수 있는 것처럼 아름이는 감기에 걸려 코가 막혀도 음식의 냄새를 알아맞혔다.

"배고파? 선남이랑 점심 안 먹었어?"

"선남의 선 자도 꺼내지마. 식욕 떨어지니까. 하아, 답답해. 숨을 쉴 수가 없다. 맞선 보다가 호흡정지 올 뻔했어."

아름이가 입고 있는 트위드 재킷의 단추가 금방이라도 튕겨나갈 것처럼 팽팽하긴 했다.

"옷 갈아입고 얼른 먹자."

아름이가 옷을 갈아입는 동안 강희는 상을 차렸다.

마음에 드는 접시에 동영상을 보고 따라한 차돌박이숙주볶음을 소복하게 담았다. 묵은지등갈비찜은 캐서롤째 올렸다. 무순을 돌돌 말아 이탈리안 드레싱을 뿌린 연어 샐러드까지 준비하고 강희는 자신의 식탁을 물끄러미 바라보았다.

집밥이다. 내가 만든.

살아오면서 집밥이란 걸 먹어본 적 없었던 강희였다. 언제나 모텔에 딸린 식당에서 춘길 씨나 지배인 아저씨와 배달음식을 먹거나 읍내식 당을 전전했다. 학창시절, 아름이네 놀러 갔다가 아름이 엄마가 차려준 밥상 앞에서 강희는 선뜻 수저를 들 수 없었다. 기껏해야 뚝배기에서 보 글보글 끓는 된장찌개와 메추리알과 함께 조린 장조림과 노릇하게 구 운 동그랑땡인데, 강희도 다 먹어본 것들인데 낯설게만 느껴졌다.

"와아, 지강희. 완전 요섹녀네. 맨날 요리 동영상만 본다더니, 장난 아니다. 와인까지."

화장을 지우고 아기처럼 순둥순둥해진 얼굴로 아름이가 의자에 앉았 다.

"축하해, 내 친구. 훌륭해, 내 친구. 칭찬해, 내 친구. 사랑해, 내 친 구."

아름이는 와인잔을 들고 타령 같은 랩을 쏟아냈다.

"랩이 진심 구리다. 먹기나 해."

누가 알까? 한아름이 이렇게 애교쟁이에 사랑스런 사람이란 걸. 아름 이 부모님도 모르실 거다.

"아, 이젠 도저히 못 먹겠다."

3호짜리 치즈케이크의 절반을 해치운 아름이가 식탁 의자에서 내려 와 바닥에 털썩 드러누웠다. 동글동글한 몸이 더 동그래진 거 같다.

"일어나. 커피 내려서 산책 가자. 날씨도 좋은데."

"싫어. 그냥 여기서 마실래. 여기로 갖다줘."

아름이는 진흙목욕을 하는 새끼 하마처럼 뒹굴거리며 손만 내밀었 다. 어이가 없어 피식 웃고는 커피를 내려 아름이 옆에 앉았다. 아름이 를 억지로 일으켜 앉히고 하얗고 포동포동한 손에 머그잔을 쥐여주었다. 두 사람은 말없이 해가 지는 창밖을 바라보며 커피를 마셨다.

　이상했다.

　이따금 땅거미가 내려앉는 걸 바라볼 때면 매몰차게 떠나온 그곳이 조금은 그리워지기도 했다. 지금쯤 빡Q나무에도 어둠이 내려앉았겠다. 짙은 초록색도 조금씩 바래지고 있겠지.

　열린 베란다 창으로 바람이 불어들었다. 자동차 소리 사이사이 풀벌레 소리도 들렸다.

　"아, 이게 말로만 듣던 시티 라이트구나. 서울의 밤."

　창밖을 바라보는 아름이의 표정이 우울했다. 그 우울의 원인을 강희는 알 것 같았다.

　"승언이는 잘 있어?"

　"어. 너무 잘 있어. 언제나 한결같이, 변함없이, 그림처럼."

　아름이가 읊조리듯 대답했다.

　"넌 승언이가 대체 왜 좋은 거야?"

　"작고 소중해."

　"푸훗."

　알고 있었지만 다시 들어도 아름이의 대답은 귀여웠다.

　"웃지 마. 난 심각해."

　"그럼, 적극적으로 뭘 좀 해보든가."

　"뭘 어떻게 해. 걘 자기보다 큰 여잔 싫다는데."

　아름이는 자신의 큰 키를 줄여보려는 듯 등을 웅크렸다.

　"승언이가 그랬다고?"

　"어."

　"너한테 직접?"

　"아니. 들었어. 연수한테 말하는 거."

　아름이의 입에서 연수라는 이름이 튀어나오자 강희의 얼굴에서도 웃음이 사라졌다.

"연수…… 연애하는 거 같더라."

"……."

강희가 못 들은 척 일어서자 아름이가 강희의 뒤통수에 대고 말했다.

"내가 얘기했지. 연수 후배. 지난여름부터 연수네 병원에서 일한다는."

"잘됐네."

잘됐다. 연수도 누군가를 만나 사랑받고 행복해져야지. 강희는 식은 커피를 단숨에 비워버렸다.

"사실…… 오늘 연수랑 같이 서울에 왔어. 김헌열 결혼하잖아. 하필 오늘 내가 맞선 본 호텔에서."

쏴아아아.

더 이상 듣고 싶지 않아 물을 틀었다.

"10년 전에도 그랬고, 지금도 마찬가지야. 너랑 연수…… 너희 둘 사이에 거미줄처럼 쳐져 있는 무언가가 있다고. 난 그게 안타까워."

아름이의 목소리가 물소리를 비집었다.

"한아름, 난 네가 더 안타깝다."

강희는 모른 척하고 싶었다. 이제 와서 뭘. 어차피 누구나 손톱 밑에 가시가 하나쯤은 박힌 채로 산다. 계속 모른 척하다 보면 언젠가는 무뎌지고 잊히겠지.

chapter 09

연수

가슴을 토닥이는 손.

자장가를 부르는 느리고 나른한 목소리.

마시다 만 포도주스 캔에서 나는 달큼한 냄새.

감은 눈꺼풀 너머로 어른거리는 햇살.

맞닿은 어깨로 전해오는 강희의 온기.

그 모든 것이 한데 엉켜 연수를 감싸고 있었다. 포근하고 따뜻한 담요를 두른 듯 아늑했다. 오줌이 마려워서 진작부터 깨어 있었지만 연수는 눈을 감은 채 미적거렸다. 추운 새벽에 이불 밖으로 나가기 싫을 때처럼 깨어나고 싶지 않았다. 조금만 이대로 있자 싶은데 서벅서벅 풀잎을 헤치고 걸어오는 발소리가 들렸다. 연수는 살짝 눈을 떴다. 연수의 얼굴에 그림자를 만들고 있는 사람은 아버지였다.

"녀석들, 곯아떨어졌네."

아버지가 웃었다.

연수는 실눈을 뜬 채 아버지의 미소를 몰래 훔쳐보았다. 아버지의 미소는 기이하게 느껴질 정도로 낯설었다. 아버지는 결코 저렇게 웃는 남자가 아니었다. 깔깔대며 개그 프로를 보는 연수와 엄마 뒤에서 아버지는 늘 무심한 표정으로 앉아 있었다. 몸만 이곳에 두고 어딘가 멀리 떠나버린 사람처럼.

연수가 기억하는 한 아버지는 크게 기뻐하는 일도, 슬퍼하는 일도, 분노를 터트리는 일도, 흥분하는 일도 없었다. 기쁨도 슬픔도 분노도 체로 곱게 걸러내어 미지근하고 잔잔한 감정의 입자로 만드는 사람이었다.

눈부시게 웃고 있는 아버지는 젊어 보였다. 뒤춤에 무언가를 숨기고 선 소년처럼 들떠 있었다. 매일 보는 아버지인데 아버지 같지 않았다.

"덥네요."

날씨 때문인지 급하게 걸어와서인지 아버지의 말처럼 아버지에게서 열기가 느껴졌다.

"주스 좀 드실……."

아버지에게 주스 병을 건네던 아줌마가 말을 맺지 못하고 입술을 벌린 채 아버지를 올려다보았다. 아버지가 뒤춤에 숨겨 온 화관을 아줌마 머리에 올려주었다.

조팝꽃으로 만든 화관을 쓴 아줌마는 천사처럼 예뻤다. 옅은 갈색 머리카락은 햇빛을 받아 금색으로 반짝거렸고 블라우스 깃 사이로 드러난 창백한 목덜미가 점점 복숭앗빛으로 물들어갔다. 면도 자국이 선명한 아버지의 뺨도 상기되었다.

아버지와 아줌마는 서로의 눈동자에 서로를 새겨 넣으려는 것처럼 오래도록 마주 보기만 했다. 세상에 오직 아버지와 아줌마만 존재했다. 연수는 자신도 모르게 숨을 멈추었다. 조금 전과는 다르게 무겁고 짙은 공기가 연수를 내리눌렀다. 연수의 방광도 짓눌려져 금방이라도 터질 거 같았다.

바람이 불었다.

자두꽃 향기가 바람에 날려 왔다. 아버지가 손을 뻗어 아줌마의 뺨에 붙은 머리카락을 쓸어넘겨주었다. 아줌마는 차마 견딜 수 없는 무언가를 외면하듯 눈을 감아버렸다. 아버지의 목울대가 천천히 내려갔다 올라오는 모습을 몰래 지켜보았다. 알 수 없는 슬픔이 연수를 기습했다.

흐어엉.

와락 울음을 터트린 순간 연수의 가랑이도 축축하게 젖어들었다. 아버지와 아줌마만 존재했던 세상에 연수가 불쑥 끼어들었다. 그날의 마지막 기억은 젖은 바지를 입은 채 어기적거리며 아버지의 코란도가 세워진 곳까지 걸었던 걸로 끝났다.

생각해보니 그날 연수가 오줌 싼 걸 강희는 한 번도 입 밖으로 낸 적이 없다. 생각의 끝이 강희에게 다다르자 가슴 한구석이 기울어져 울렁거렸다.

"뭘 그렇게 넋 놓고 보냐?"

"어?"

어깨를 치는 손길에 연수는 신부가 쓴 화관에서 겨우 시선을 떼었다.

"다 먹었으면 나가자. 신랑 친구들 나온다. 사진은 찍어줘야지."

한우가 재킷의 단추를 채우면서 일어섰다.

"벌써 다 끝났어?"

여기저기 자리에서 일어나는 사람들과 식사를 하는 사람들로 홀은 어수선했다.

"어디 딴 데 갔었냐? 지루해서 질식하겠다. 2부는 빠지자. 연예인이야? 무슨 식을 1, 2부로 나눠서 해?"

툴툴거리는 한우를 따라 연수도 일어섰다.

"김헌열 저 자식, 평소 소행이나 승언이한테 한 짓을 생각하면 결혼식이고 나발이고 모른 척하고 싶은데, 춘길 아저씨 말씀처럼 한 고향에서 태어나고 함께 자란 것도 인연이니 어쩔 수 없다."

단상 쪽으로 나가자 신랑인 헌열은 연수와 한우를 보고 어색하게 웃었다. 이마에 보톡스를 맞았는지 주름이 쫙 펴진 헌열의 얼굴이 낯설어서 연수도 어색하게 마주 웃어주었다.

"자, 지금 오신 두 분 오른쪽으로 조금만 이동해주세요. 조금 더. 신부 친구분들 쪽으로. 네, 거기 겁나 예쁘게 생기신 여자분 옆으로 바싹 붙으세요."

포토그래퍼의 익살에 신부 친구들이 까르르 웃음을 터트렸다.

"아, 안경 쓰신 분 한 계단 내려오시고……."

포토그래퍼의 요구대로 이리저리 움직이던 연수는 또다시 신부의 화관을 바라보았다. 신부가 움직일 때마다 하얀 꽃잎들이 미세하게 흔들렸다. 아버지가 만들어주었던 그 화관의 꽃잎도 저렇게 떨리듯 흔들렸었다. 아줌마가 숨을 쉴 때마다.

"나, 지금 묘한 충동을 억누르고 있다."

연수의 시선을 따라 신부를 바라보던 한우가 복화술을 하는 양 입술도 움직이지 않고 뇌까렸다.

"뭘?"

"지금이라도 늦지 않았으니까 도망가라고 소리치고 싶다."

"누구한테?"

"누군 누구야? 신부지."

"축하하러 왔으면 축하만 하자."

연수가 한우의 옆구리를 팔꿈치로 쿡 찔렀다.

신부가 부케를 던지는 걸로 촬영이 끝났다. 단상을 내려오려는데 누군가가 한우를 불렀다.

"오랜만이다, 류한우."

"야, 오재훈. 여기서 본다?"

고등학교 동기 오재훈이었다.

"잘 지냈냐? 너 회사 때려치우고 소 키운다며? 근데 이분은 누구……?"

재훈은 한우 옆에 서 있는 연수를 바라보며 고개를 갸웃했다.

"이분? 천연수잖아."

"뭐? 그 돼지새…… 천연수라고?"

학창시절에도 그다지 친하지 않았고, 재훈이 서울로 진학한 뒤로 만난 적이 없었다. 재훈은 변해버린 연수의 모습에 꽤 놀란 듯했다.

"그래, 그 돼지새끼 천연수다. 잘 지냈어?"

연수가 얼빠진 재훈에게 악수를 청했다.

"야, 너……. 무슨 일 있었냐? 사람이 이렇게도 변하는구나……."

재훈이 연수를 위아래로 뜯어보며 말을 잇지 못했다. 연수는 오랜만에 만나는 사람들이 보여주는 한결같은 반응에 그저 웃기만 했다. 하긴, 할아버지도 돌아가시기 직전에는 연수를 잘 알아보지 못했다. 연수를 아버지로 착각했는지 "우진아……." 하고 아버지 이름으로 부르시곤 했다.

"야, 이럴 게 아니라 우리 어디 가서 한잔하자. 내가 쏠게."

재훈의 제안에 한우가 어쩔래 하는 얼굴로 연수를 돌아봤다. 늦더라도 오늘 중으로 H읍으로 내려갈 생각이었다. 윤 선생 혼자서 가축병원을 지키는 것도 그랬지만 춘길 아저씨 때문이라도 서두르려 했다.

아저씨 말로는 감기몸살이라고 하는데 너무 오래 끌었다. 경조사라면 아무리 바쁘더라도 열일 젖혀두고 꼭 참석하는 아저씨가 오늘 아침, 해쓱한 얼굴로 축의금 봉투를 대신 전해달라고 했을 때 서울에 갈 게 아니라 병원으로 모셔가야 하는 거 아닌가 고민했었다.

"왜? 춘길 아저씨 때문에?"

연수의 망설임을 읽은 한우가 재빠르게 휴대전화를 꺼내 미스터 권에게 전화를 했다.

"지배인 아저씨, 저 한웁니다. 춘길 아저씬 좀 어떠세요? 아, 그래요? 다행이네요. 친구들끼리 한잔하려는데 연수가 하도 걱정을 해서요."

한우는 통화를 하면서 손가락으로 오케이 모양을 만들어 보였다.

"괜찮으시대?"

"어. 죽 드시고 약 드시고 '미녀와 야수' 보고 계신대. 가자."

'미녀와 야수'를 보신다니 컨디션이 괜찮은가 보다.

"그런데 왜 늬들이 모텔 아저씨 걱정을 하나? 딸은 뭐 하고?"

재훈이 자주 간다는 이태원 쪽 이자카야에 자리를 잡고 이것저것 안주를 시킨 후였다.

"우리 둘 다 아저씨 모텔에서 살잖아."

"연수야 그렇다 치고 넌 왜?"

재훈이 재킷을 벗으며 물었다.

"뭐, 그렇게 됐다."

하나밖에 없는 아들이 넥타이 매고 양복 입고 번듯한 직장에 다니길 소원했던 한우의 어머니는 회사를 그만두고 낙향한 한우를, 그것도 소를 키우겠다는 한우를 받아들이시지 못했다. 한우의 어머니를 설득하다 포기한 춘길 아저씨는 본가에서 쫓겨난 한우를 어쩔 수 없이 모텔 캘리포니아로 데리고 왔다. 그러고 보니 아저씨의 취미는 버림받은 남자아이들을 주워다 키우는 건가 보다. 승언이도. 한우도. 연수도.

"야, 그런데 이건 뭐냐?"

말을 돌리고 싶었는지 한우는 마침 잘됐다는 표정으로 재훈의 셔츠에 찍힌 립스틱 자국을 가리켰다.

"뭐? 아이 씨발. 얘는 꼭 이러더라."

자신의 셔츠를 내려다본 재훈이 별거 아니라는 듯 피식 웃었다.

"누구?"

"있어. 요즘 만나는 애."

"여자친구?"

"여자친구는 무슨. 그냥 꼴릴 때 만나는 애."

재훈이 또다시 입술을 비틀어 웃었다. 연수는 하이볼을 한 모금 마시고 한우를 쳐다봤다. 한우의 입꼬리도 처진 걸 보니 유쾌하지 않은 모양이다.

"기집애들은 좀 잘해주면 왜 그렇게 앵겨붙는지. 소유욕은 또 좆나쩔어……."

"명함 하나 주라."

연수가 다분히 의도적으로 재훈의 말을 끊었다. 이 대화는 여기서 끝내고 싶었다. 이름도 얼굴도 모른 채 욕설과 비웃음의 대상이 되어버린 여자에 대한 최소한의 예의라고나 할까. 상대방도 재훈과 같은 생각이라면 어쩔 수 없겠지만, 그렇더라도 이런 건 두 사람 간의 문제니까 말이다.

"내가 뭐 하고 사는지 알고 싶다?"

재훈이 습관처럼 피식 웃고는 재킷에서 명함지갑을 꺼냈다.

"차 필요하면 얘기해. 잘해줄 테니까."

재훈의 명함에 고급 외제차 로고가 박혀 있었다. 호텔에서 이곳으로 이동할 때 탔던 재훈의 차도 이 브랜드의 것이었다.

"소 키워서 언제 이런 차 타겠냐?"

한우가 재훈의 명함을 들여다보며 웃었다.

"그러게 왜 회사를 그만둬. 너 실적 무지 좋았다면서."

"그걸 니가 어떻게 알아?"

한우의 얼굴에서 웃음기가 가셨다.

"내 고객 중에 니네 회사 브로커도 있었어. 이름이 김…… 아, 여기 있다. 김관수. 같은 지점에서 근무한 적 있다며? 게다가 학교도 선배라면서?"

재훈이 휴대전화를 꺼내 고객명단에서 김관수라는 이름을 찾아내자 한우는 연거푸 잔을 비웠다.

"재작년인가 풀옵션 세븐 시리즈로 뽑았지."

"관심 없고. 너 잘 살고 있다니 됐다. 마시자."

한우가 재훈의 잔에 제 잔을 부딪쳤다.

"짜식. 까칠하기는. 그나저나 천연수, 넌 왜 그렇게 살이 빠졌냐? 어디 아팠냐?"

연수도 자신이 왜 이렇게 살이 빠져버렸는지 알 수가 없었다. 말하자면 전설이나 재미없는 전래동화 같은 얘기다.

멀고 먼 어느 겨울이었다. 서울에 갔다가 H읍으로 돌아오는 버스 안에서 비닐봉지에 든 호박엿을 먹었다. 먹지 않을 수 없었다. 엿이라도 먹지 않으면 눈물이 터져 나올 거 같아서. 꿀 먹은 벙어리가 아니라 엿먹은 벙어리처럼 끈적끈적한 엿으로 울음을 봉해버렸다.

그렇게 철근을 씹듯 씹어 삼킨 호박엿이 결국 사달이 났다. 체해서 사흘을 고생했다. 그 후로 아무리 맛있는 걸 봐도 먹고 싶지가 않았다. 치킨도 피자도 불짜장도 탕수육도 삼겹살도 족발도 더 이상 연수에게 소울푸드가 되지 못했다.

"일부러 뺐다."

"새끼, 독하네. 긁지 않은 복권이라는 게 널 두고 하는 말인가 보다. 내 고객 중에 연예인들도 꽤 있는데, 니가 더 낫다."

연수는 그냥 웃을 수밖에 없었다. 독한 건 연수가 아니라 연수의 마음이었다. 아무리 지우려 해도 지워지지 않는 마음 말이다.

"참, 개원했다며? 옛날 너희 병원 자리에. 그 건물이 모텔 아저씨 거라고 그러던데? 진짜야? 그 아저씨 옛날에 모텔 경매로 넘어가고 막 그러지 않았냐?"

고향에 자주 내려오지도 않는 재훈이 H읍 사정에 빠삭했다.

"아저씨가 투자했다던 호주 금광인지 은광인지가 진짜 터졌잖아. 말그대로 잭팟."

한우가 대신 대답했다.

"대박. 옛날부터 느낀 거지만 그 아저씨 진짜 모 아니면 도구나."

그렇다. 춘길 아저씨 인생에 미지근한 건 없다. 극과 극으로 이어진 외줄을 타는 게 아저씨의 삶이다. 딱히 아저씨는 그런 삶을 원하지 않는 거 같은데 아저씨의 세상은 언제나 극단적이었다.

"야, 지강희 잡은 놈은 땡 잡는 거네?"

듣기에 거슬렸다. 더구나 '잡은 놈'이라니. '잡는 놈'이 미래형이라면 '잡은 놈'은 현재완료형 아닌가.

"내가 오늘 낮에 누굴 봤는지 알아?"

"……."

재훈은 예의 그 썩은 미소를 흘리며 잔을 비우고 꼬치 한 줄을 천천히 빼 먹었다. 궁금해서 죽으라는 건지.

"오늘 여기 오기 전에 시간도 어중간히 뜨고 꼴린 김에 얘랑 모텔에 갔거든."

재훈이 자신의 셔츠에 묻은 립스틱을 가리켰다.

"엘리베이터에서 내리려고 하는데 앞에 웬 여자가 서 있는 거야. 딱 보자마자 알았다. 화장을 빡세게 해도 알아보겠더라. 아, 씨발. 걔 여전히 쌔끈하더라."

"누구……?"

"여자애가 대낮에 모텔이나 드나들고, 참 내."

누구냐고 묻는 한우도 무시하고 재훈은 고개를 흔들었다. 의심할 여지없이 알아맞혀봐, 하는 얼굴이었다.

"너도 대낮에 모텔에 갔잖냐."

연수가 한마디 했다.

"뭐?"

"남자는 되고 여자는 안 된다…… 뭐 그런 얘기 하고 싶은 거냐, 지금?"

연수는 재훈이 말하는 '여자애'가 누구인지 알 것 같았다. 지금 이 자식이 이렇게 능글맞게 웃으면서 자신을 바라보는 이유도.

"야, 천연수. 너 페미니스트였냐?"

"너도 꼴려서 갔다며?"

연수의 말에 한우가 얘 봐라, 하는 듯 눈썹을 치켜올렸다.

"아 씨발. 남자랑 여자랑 같냐?"

"뭐가 다른데?"

"이 새끼, 어디서 고상 떨고 지랄이냐. 야, 니 와이프 될 애가 대낮에 모텔 드나들고 그랬던 애라면 너 좋겠냐?"

"너랑 결혼할 여자도 니가 그렇게 순전히 꼴. 려. 서. 대낮에 모텔 드나든 거 알면 기분이 좋지만은 않을 거 같다."

"허. 미친놈. 내가 꼴려서 대낮에 떡을 치든 뭘 하든 니가 무슨 상관이야?"

"그러니까. 너도 남 일에 신경 꺼라."

연수는 눈을 내리깔고 하이볼을 꿀꺽꿀꺽 삼켰다.

"와씨. 류한우, 얘 원래 이런 애였냐? 완전 벽창호네."

재훈이 왁스를 발라 가지런히 넘긴 머리카락을 흩트리며 콧김을 내뿜었다.

"왜들 그래. 좋은 날 오랜만에 만나서. 자, 그만하고 마시자. 야, 오재훈. 잔 받아라."

한우가 재훈의 잔에 술을 따라주고 하이볼 한 잔을 더 주문했다.

"이래서 가정환경이 중요한 거야. 모텔집 애가 뭘 보고 자랐겠냐. 살림집도 없이 걘 모텔방에서 먹고 자고 했잖아. 모텔 아저씨도 정상이 아니야. 딸을 그런 데서 키우는 게 정상이냐?"

즐겁자고 만든 자리에 오재훈은 아주 재를 뿌리려 작정한 모양이다.

"그만해라."

연수가 어금니를 꽉 깨문 채 술잔을 소리 나게 내려놓았다.

"뭘 그만해? 내가 틀린 말 했냐? 아하? 가재는 게 편이다, 그건가. 동병상련. 너 걔한테 애틋했잖아."

"뭐?"

"엿 같네, 진짜."

재훈이 들고 있던 꼬치막대를 거칠게 던져버리고 지갑을 꺼내 들었다.

"야, 연수 앞에서 엿 얘긴 꺼내지 마."

한우가 연수의 눈치를 살피며 유리컵을 슬쩍 옆으로 치웠다.

"넌…… 살 만한 거야. 난…… 도저히 살 수 없는 거고."

이 순간, 왜 이 말이 떠오르는 걸까.

연수는 주먹을 꽉 쥐고 테이블을 응시했다. 그래…… 강희는 도저히 살 수 없었던 거였구나. 난 살 만했던 거고. 피해자인 척하면서. 달콤한 동정과 연민들에 둘러싸여서.

"오랜만에 고향 친구 만나서 반가웠던 내가 등신이다."

재훈이 오만 원 권 지폐를 몇 장 던져놓고 일어섰다. 연수는 테이블 위에 아무렇게나 떨어진 지폐를 보고 하, 웃었다.

"야, 이게 뭐 하는 짓이야?"

한우의 목소리에도 화가 번졌다.

"내가 산다고 했잖아. 나 먼저 간다."

"이 자식이 형편없어졌네."

한우가 던져진 지폐를 그러쥐고 재훈을 따라 일어섰다. 연수는 그런 한우를 도로 앉히고 지폐를 뺏어 들었다. 그리고 유리문을 밀치는 재훈을 붙잡았다. 연수의 강한 악력에 재훈이 움찔 어깨를 움츠렸다.

"오재훈."

연수가 재훈의 주머니에 지폐를 쑤셔넣었다.

"너…… 별로 친하지는 않았지만 괜찮은 녀석이라고 생각했다. 서울 생활이 많이 힘들었나 보다. 건강 잘 챙겨라. 또 보자."

연수는 멍해 있는 재훈의 어깨를 다시 꽉 잡았다 놓아주었다. 사실은 턱주가리를 날리고 싶었지만 재훈에게 했던 말은 진심이었다. 순진까지는 아니었지만 나름 순수했던 시골 소년의 모습을 잃어버린 재훈에게서 연민과 비슷한 감정을 느꼈다. 세상의 소년들은 다 어디로 가버리는 걸까. 소녀들은 또 다 어디로 사라져버리는 걸까. 그 순순했던 시간들은 모두 어디로 흘러가버리는 걸까.

재훈에게서 가시를 잔뜩 세우고 있던 강희의 모습도 보았다. 뒤집혀 버린 동전처럼 언제나 피해자인 척했던 자신의 비겁함도 드러났다.

"그만 마시자."

재훈이 가버린 후 한우와 연수는 꽤 많은 술을 마셨다. 하이볼을 마시다 성에 안 차 아예 스트레이트로 마시기 시작했다.

"바우어새 아냐?"

연수는 비워낸 스트레이트 잔을 꽉 쥔 채 물었다. 딱히 한우의 대답을 듣고자 던진 질문은 아니었다.

"뭐 바이어새?"

한우가 손바닥으로 얼굴을 쓸어내리며 되물었다.

"아니, 바우어새. 암컷을 위해 예쁜 정원이 딸린 집을 짓는 새."

새틴바우어새는 암컷을 유혹하기 위해 정자를 짓고 파란 깃털과 파란 페트병 뚜껑과 파란색 끈 따위로 아름다운 정원을 만든다. 보겔콥바우어새는 도토리를 정원석처럼 깔아놓고 그 위에서 암컷을 위해 춤을 추기도 하고 화려한 깡통과 과자봉지를 주워다 장식하기도 한다. 그 작은 새들이 지은 정자와 정원은 놀랄 만큼 예뻤다. 빨간 클립을 물고 있는 작은 새가 사랑스러워서 연수는 가슴이 뭉클했었다.

하찮고 귀여운 것들. 연수가 사랑하는 것들.

"새나 사람이나 남자는 힘들구나."

한우가 풀린 혀로 대꾸했다.

"일어나자. 지금 일어나야 심야버스 탈 수 있겠다."

주섬주섬 몸을 일으키는 한우를 부축하며 연수도 자리에서 일어섰다.

"기사님, 이 주소로 가주실래요?"

술집을 빠져나와 힘들게 택시를 잡은 연수는 버스터미널로 가자는 말 대신 충동적으로 휴대전화 메모장을 내밀었다.

"성수동이요?"

"야, 성수동은 왜? 아닙니다, 기사님. 버스터미널로 가주십시오."

취해서 뒷좌석에 널브러져 있던 한우가 몸을 벌떡 일으켰다.

"아뇨. 성수동으로 가주세요."

연수는 이 밤에 꼭 가고 싶은 곳이 있었다. 꼭 가야만 했다.

"어디로 가실 겁니까?"

기사가 미터기를 켜며 몹시 귀찮은 목소리로 물었다.

"성수동요."

"에고, 모르겠다. 니 맘대로 하세요."

연수의 고집에 한우가 털썩 드러누웠다. 한우 옆에 연수도 등을 기대고 눈을 감았다. 감은 눈꺼풀 너머로 화려한 서울의 밤이 어른거렸다. 강희가 그토록 연수와 함께하고 싶었던 곳의 밤이 어지럽게 스쳐지나갔다.

택시는 성수동 골목을 몇 번 꺾어 지은 지 얼마 안 된 원룸 앞에 한우와 연수를 떨어뜨려놓고 떠났다.

"한우야, 류한우."

잠든 한우를 겨우 부축해 원룸 맞은편 화단에 앉혔다. 연수는 한우의 머리를 제 어깨에 기대놓고 주위를 살펴보았다. 지하철이 있는 큰길에서 가까웠고 원룸 주변도 조용하고 가로등도 밝았다. CCTV 카메라도 보였다. 내놓은 쓰레기봉투가 주차장 구석에 깔끔하게 놓여 있고 분리수거도 잘되어 있는 걸 보니 입주자들도 괜찮고 관리도 꼼꼼하게 되는 원룸 같았다.

연수는 고개를 들어 아직 불이 켜져 있는 3층을 올려다보았다. 방범창도 튼튼한 것 같다. 다행이다.

"너, 스토커 같은 거 알지?"

한우가 웅얼거렸다.

"너무 높은 곳이나 낮은 곳이 아닌, 고독을 즐길 수 있어야 하지만 지나치게 외롭지 않은 곳에 있는 집. 이웃이 있으면 좋겠지만 그들의 소리나 모습이 보여서는 안 되는 곳. 독창적이어야 하지만 불편하지 않는, 너무 크지도 작지도 않은 집. 중심과 멀리 떨어져 있지만 교통이 좋은 곳. 독립적이지만 근처에 상업시설도 있는 집."

연수는 3층 창을 바라보며 나지막하게 읊조렸다.

"그게 뭔데?"

"네루다 알지? 파블로 네루다."

"오늘따라 뭘 자꾸 아냐고 물어? 그래, 안다고 치자."

"네루다가 친구한테 편지를 썼대. 그런 집을 구해달라고."

"헐. 엄청 까다로운 양반이었네."

"강희한테 그런 집을 지어주고 싶었어. 바우어새처럼."

"미친놈."

한우가 고개를 들고 연수를 바라보았다. 어이없어하는 시선을 고스

146

란히 느꼈지만 연수는 무시했다.

"강희 따라서 서울로 올 걸 그랬나?"

연수가 10년이 넘게 숨겨왔던 후회를 털어놓았다.

"아니. 넌 또 그 시간으로 돌아간대도 H읍에 남았을 거야."

그랬을까?

3층에서 흘러나오는 불빛을 바라보며 연수는 아무짝에도 소용없는 질문을 스스로에게 던졌다.

"내가 3년 전 그 시간으로 돌아간다고 해도 결국 나는 이별을 선택했을 거니까."

"……."

"부모님도 이해해주지 못하는 일을 여자친구한테 이해해달라는 건 무리잖아."

3년 전 그날, 강희가 연수를 호텔에 남겨두고 떠난 그 크리스마스를 한우와 보냈다. 여자친구와 이별하고 연수를 찾아온 한우는 끙끙 앓듯이 눈물을 흘렸다.

"내가 민정이랑 헤어지고 제일 후회했던 게 뭔 줄 알아?"

"뭔데?"

"그 예쁜 애를 싸구려 모텔로만 데리고 다녔던 거."

"……."

"그렇다고 내가 걜 함부로 대했다는 건 아니야. 맹세코."

안다. 한우가 여자친구를 얼마나 사랑했었는지.

"걜…… 아, 젠장. 왜 눈물이 나고 지랄이야."

한우가 주먹으로 눈두덩을 문질렀다. 연수는 한우를 그냥 내버려두었다. 한우의 상처에 일회용 밴드 따위를 붙여주는 시늉은 하고 싶지 않았다.

"넌 괜찮아? 강희 말이야."

한우가 먹먹한 목소리로 물었다.

"뭐가?"

"진짜 남자친구 생긴 건가?"

연수는 고개를 들어 아무것도 보이지 않는 밤하늘을 올려다보았다. 어디선가 풀벌레 우는 소리가 들렸다. 누군가를 사랑하게 된다면, 혹은 사랑했었다면 눈물을 흘릴 각오쯤은 해야 하는 것 같다.

chapter 10
강희

"연수…… 연애하는 거 같더라."

모텔 로고가 잘 보이도록 객실 비품을 정리하던 손이 한순간 느려졌다. 머릿속 깊숙이 똬리를 틀고 있던 생각에 기어이 꼬리를 물린 강희는 손을 멈추고 스스로에게 되물었다.

그래서 뭐? 나이가 몇인데. 세상 남자 다 하는 연애를 걔들 안 하겠니? 걔도 연애하고 결혼하고 토끼 같은 애기들도 순풍순풍 낳고 그래야지. 그래…… 그래야지.

아름이 시키. 뭘 그렇게 시시콜콜이야. 누가 궁금하댔나?

연수가 연애를 하든 결혼을 하든 관심 없다. 강희는 머릿속 생각을 떨쳐내려는 듯 들고 있던 수건을 꽉 비틀어버렸다.

"지 대리님, 이거 한번 봐줘."

모텔 홈페이지를 제작하는 협력업체 장 대표가 강희를 불렀다. 강희는 자신도 모르게 비틀어놓은 수건을 펴서 정리하고 장 대표가 내미는 태블릿을 들여다보았다.

"사진발 죽이는데요? 역시, 장 대표님."

장 대표가 찍은 객실 사진을 한 컷씩 넘겨보며 강희는 엄지를 추켜세웠다.

"사진발이 아니고 이번 공사도 진짜 잘빠졌어."

"우리가 좋으면 뭐 해요. 유저들이 좋아해줘야지."

"우리 눈에 좋은 게 그들 눈에도 좋겠지."

장 대표가 느긋하게 웃었다. 중학교 2학년 남자 쌍둥이를 둔 장 대표는 13층 아파트 베란다에서 떨어질 뻔한 쌍둥이들의 뒷덜미를 붙잡은 이후로 웬만한 일에는 놀라지 않게 되었다고 했다. 이상한 낌새에 샤워를 하다 벌거벗은 채로 욕실을 뛰쳐나왔다던가. 가슴을 다 드러내놓고 양손에 아이들을 움켜쥔 채 울부짖었다던가. 어쨌든 워킹맘으로 살아가면서 쌓은 내공이 99단쯤 되어 보였다.

"앵글도 좋고 넓어 보이고 다 좋은데…… 생각보다는 쿨톤인 거 같아요. 색 온도만 보정해서 조금 더 따뜻한 느낌이 들었으면 좋겠어요."

모텔 객실을 촬영한 사진이 생각보다 창백했다. 청결하고 심플한 건 좋은데 다소 차가운 느낌을 풍겼다.

"아, 그리고 욕실 촬영은……."

강희는 휴대전화에 다운받은 사진 몇 장을 장 대표에게 보여주었다.

"이런 분위기 컷 어때요?"

"좋은데?"

"괜찮죠? 클라이언트가 욕실에 굉장히 신경 썼거든요. 돈 쓴 표시 팍팍 나게 찍어달라고 신신당부하더라구요. 도기랑 수전 브랜드가 보이게 클로즈업해서 찍어주시고 거울을 통해서 욕실 어메니티랑 배스가운이 간접적으로 보이면 좋을 거 같아요."

"오케이. 갑시다."

아들 둘을 키우면서 '득음'했다는 장 대표는 시원시원하게 대답하고 카메라를 들었다.

강희는 수전에 지문이라도 찍혔을까 꼼꼼하게 확인한 후 장 대표가 촬영하는 모습을 지켜봤다. 오늘 촬영을 마지막으로 꼬박 2개월에 걸친 모텔 리모델링이 끝난다. 강희는 자신이 만든 공간을 찬찬히 둘러보았다.

밝은 회색빛 벽−페인트 색상 이름은 거창하게도 '임페리얼 그레이'다−과 새하얀 침구는 청결하고 포근해 보였고 군더더기 없는 목재가구는 적당히 세련되었다. 강희가 가장 신경 쓴 화려한 조명은 다소 심심하다고 느껴질 공간에 확실하게 포인트가 되었다. 심플한 공간에 은은하면서도 비밀스러운 분위기를 더했다. 이곳에 숨어서 3박 4일쯤은 자고 싶을 만큼.

"아빠, 모텔이 나쁜 곳이야?"

어린 강희가 춘길 씨에게 물었다.

언제인지도 기억나지 않는 어린 시절이었지만 "우리 엄마가 너랑 놀지 말래."라는 충격적인 절교 선언을 들은 후였다는 건 확실하게 기억한다.

"딸이 보기에 모텔이 나쁜 곳 같아?"

"모르겠어."

"그런데 왜 그런 걸 물어?"

"애들이 놀리잖아."

"딸. 배고프면 식당 가서 밥 먹지? 차에 휘발유 떨어지면 주유소 가서 기름 넣지? 그럼 잠이 오는데, 집이 멀어. 어떻게 해야 할까?"

"……."

"모텔은 말이야. 배고파서 식당 가는 것처럼 잠이 고픈 사람들이 찾아오는 곳이야."

춘길 씨의 진지했던 표정도 기억난다. 더하자면 춘길 씨의 말은 어린 강희에게 꽤 설득력이 있었다.

"그럼, 우린 어떻게 해야 해? 그 사람들이 편안하게 쉴 수 있도록 깨

끗한 이불이랑 베개랑 수건이랑 준비해줘야겠지? 맛있는 밥 만들어주
듯이."

춘길 씨의 말에 고개를 끄덕였던가?

기억이 잘 나지 않지만 어린 강희에겐, 모텔 캘리포니아를 찾아오는
사람들은 잠이 고파서라기보다 어딘가에 숨고 싶어 하는 것처럼 느껴
졌다. 모텔 캘리포니아는 그런 곳이었다. 현실을 감당하지 못한 사람들
이 숨어들기 좋은 곳. 지배인마저 지명수배자처럼 생겼으니 말이다.

어쨌거나. 지금 이 방은 춘길 씨가 말한 대로 깨끗한 이불과 베개와
수건이 준비되어 있다. 이제 잠이 고픈 사람만 찾아오면 된다. 여기서
'잠'이 내포한 수많은 의미를 굳이 파헤치고 싶지는 않다.

"와아. 이 다크서클."

하품을 삼키며 강희는 휴대전화 카메라를 열고 화장도 제대로 못 한
얼굴을 들여다보았다. 눈 밑이 얻어터진 사람처럼 시퍼렜다. 클라이언
트 사정 때문에 갑자기 앞당겨진 모텔 오픈일정에 맞춰서 준공청소와
디스플레이를 하느라 일주일째 연장근무를 강행했다. 연장근무 불가라
는 '더 옐로 프로젝트 그룹'의 사칙까지 어겨가면서 말이다.

이 프로젝트가 끝나면 연장근무에 대한 페널티를 물어야 한다. '클라
이언트 사정'이라는 천재지변에 준하는 불가피함을 아무리 설명해도
설득 못 한 건 강희 책임이라는 게 정구의 궤변이다. 황정구 대표는 엉
뚱한 부분에서 엄격했다. 땡땡이를 치는 건 용납해도 자신이 만든 '나인
투 파이브'를 흔드는 건 허용하지 않았다. 만들기는 어렵지만 허무는 건
너무나 쉽다는 게 이유였다.

"장 대표님, 커피 드실래요? 캐러멜 프라푸치노죠? 다른 분들은요?
제가 쏠게요."

눈꺼풀은 들어올리기 힘겨울 만큼 무거웠다. 카페인이 필요했다.

"안 그래도 당 떨어졌는데. 땡큐."

촬영팀과 마무리 작업을 하는 직원들의 커피 주문을 받고 있는데 휴대전화가 울렸다. 황정구 대표였다. 강희는 후우, 하고 앞머리를 불어 올렸다. 제발 저녁 메뉴 골라달라는 따위의 전화가 아니길.

"네, 대표님. 무슨 일이세요?"

"대표님!"

목에 보호대를 두르고 팔에 깁스를 한 정구를 발견하고 안도의 숨을 쉬었다. 이마와 뺨에 생채기가 났지만 적어도 생명에는 지장이 없는 듯했다. 응급실까지 달려오면서 피투성이가 된 사람들의 모습이 불쑥불쑥 떠올라 몇 번이나 어금니를 앙다물었다. 강희가 알고 있는 교통사고는 그랬다. 형체를 알아볼 수 없을 만큼 망가진 차를 절단해서 꺼내야할 만큼 처참했던 모습. 생각만으로 부르르 몸이 떨렸다.

"왔어……?"

정구가 강시처럼 뻣뻣하게 침상에서 몸을 일으켰다. 부축해주는 강희의 시선을 피하는 게 수상했다. 주인 신발을 물어뜯고 혼날까 봐 잔뜩 주눅이 든 강아지 같다.

"괜찮으세요? 얼마나 다치신 거예요? 다른 사람들은요? 금 실장님이랑 박 과장님은요?"

몰아치듯 질문을 퍼붓자 정구가 깁스한 팔을 번쩍 들어올렸다.

"다행히 나는 금만 갔는데 박 과장은 발목 부러져서 수술실 들어갔고 금 실장도 지금 수술실 들어갔어. 아기 잘못되면 어떡하지?"

"금 실장님…… 많이 다치셨어요?"

금 실장은 곧 출산휴가에 들어갈 예정이었기에 더욱 걱정이 되었다.

"천만다행으로 외상은 없었어."

차를 폐차할 정도였다는데, 정말 기적이다.

"금 실장님 가족분들 다 외국에 계시잖아요. 보호자는요?"

"내가 보호자지, 뭐."

꼼짝 못 하는 보호자답게 정구는 무기력한 목소릴 냈다.

"수술실이 몇 층이에요? 가봐야겠어요. 혹시라도 긴급한 상황이 생기면……."

"가지 마. 지금 생물학적 애기 아빠가 와 있어."

"그……분이요?"

"음. 그분."

"다행……인 건가요?"

"그건 모르지."

"어쩌다 사고가 난 거예요?"

"출산휴가 들어가기 전에 보신 좀 시켜주려고 했지. 금 실장이 장어 먹고 싶다고 해서 장어 먹으러 갔거든. 장어 잘 먹고 서울로 올라오는 데……. 비보호 좌회전에서 어떤 놈이 우리 차를 박아버렸어. 아니, 비보호가 말이 되냐? 어떻게 보호도 안 해주는 신호 따위를 만들 생각을 했을까? 이건 국가의 미필적 고의 아니야? 위헌 아니냐구."

말이 길어지는 걸 보니 뭔가 켕기는 구석이 있는 게 분명했다.

"비보호 좌회전이면 직진 차가 우선이죠. 조심하셨어야죠. 더구나 임산부까지 탔는데. 대표님 혹시 음주운전하셨어요?"

"무슨 소리야. 운전은 금 실장이 했어……."

정구가 펄쩍 뛰었다.

"헐. 만삭인 임산부가 운전을 했단 말이에요?"

"그게…… 나랑 박 과장은 반주를 했거든. 장어 먹으면서 한잔 안 할 수 없잖아. 그 집 복분자주가 끝내줘서……."

정구의 음성이 점점 줄어들었다.

"장어에 복분자주에. 아주 기운이 뻗치신 김에 걸어오시든가, 차라리 대리를 부르죠. 오늘내일하는 임산부가 운전을 하면……."

"아아, 아야……."

강희의 눈치를 보던 정구가 갑자기 앓는 소리를 내며 깁스를 하지 않은 팔로 뒷목을 잡았다. 어쩐지 엄살처럼 보이기도 했다.

"의사 부를까요?"

"아휴, 아까비. 강희 씨 준다고 장어구이 포장해서 왔는데……. 차에서 못 꺼냈다. 대박 맛있는 집인데. 생강채도 직접 농사지은 거라 짱 맛있다구. 차보다 장어가 조낸 아깝네."

슬쩍 말을 돌리는 정구 때문에 어이가 없어 헛웃음이 새어나왔다. 마흔이 훌쩍 넘은 사람이 저렇게 십 대나 사용할 법한 말투를 쓸 때면 귀엽기조차 했다.

"그래서 말인데, 강희 씨."

정구가 관자놀이를 검지로 꾹 누르며 강희를 올려다보았다. 마스카라가 번진 정구의 눈을 보며 강희는 속으로 고개를 흔들었다. 정구가 저렇게 배고픈 판다 같은 눈으로 쳐다볼 때마다 뒷걸음질 치고 싶었다. 묘하게 춘길 씨와 닮아서 더 그랬다.

"박 과장 프로젝트 강희 씨가 마무리해줬으면 좋겠다."

"제가요?"

"강희 씨 이번 프로젝트 끝나고 휴가인 것도 아는데 부탁할게. 금 실장이야 어차피 산휴 들어가는 거고, 다리 부러진 박 과장 다리 붙을 때까지 클라이언트한테 기다려달라고 할 수도 없고, 내가 이 꼴로 내려갈 수도 없고……. 황금박쥐 중에 멀쩡한 건 쥐뿐이잖아."

"쥐 아니고 '지'라고요."

"그래. 황금박지. 박 과장 말로는 H읍이 꽤 괜찮대. 한우도 맛있고……."

155

"H읍이요? W시가 아니라?"

강희가 알기로는 박 과장이 진행하는 프로젝트는 W시에 있는 모텔의 리모델링이었다.

"강희 씨가 계속 현장에만 있어서 몰랐나? 지난달 전체 브리핑 때 얘기한 거 같은데? 원래는 W시에 있는 모텔을 리모델링하려고 했는데 클라이언트가 H읍에 있는 낡은 모텔을 경매로 낙찰받았다나. 갑자기 거길 먼저 해달라고 해서 급하게 변경됐잖아. 지금 철거 끝나고 배관공사 들어가야 하는데……."

"아니, 잠깐!"

강희가 양손을 짝 펼쳐서 정구의 말을 막았다.

"지금 H읍이라고 하셨어요?"

그러니까 대한민국의 여든 개의 읍중에 하필 H읍이란 말이지. H읍. 낡은 모텔. 경매. 익숙하면서도 낯선 단어가 머릿속에서 쓰리쿠션 맞은 당구알처럼 굴러다녔다.

"왜? H읍에 숨겨둔 애인이라도 있어?"

숨겨둔 애인은 없지만 숨겨둔 혈육은 있다. 강희가 H읍 출신이라는 건 정구도 모른다. 묻지도 않았고 말할 기회도 없었다.

"모텔…… 이름이 뭔데요?"

확인사살하는 심정으로 물었다. 설마 아니겠지. 춘길 씨 모텔이 경매로 넘어갔다면 아름이가 아무 말 안 했을 리 없다.

"부메랑."

부메랑. 모텔 캘리포니아와 도로를 사이에 두고 마주한 모텔이다. 모텔 캘리포니아만큼이나 한심한. 강희는 한숨을 쉬었다. 안심인지 젠장인지 구분할 수 없는 날숨이었다.

"죄송하지만 거절할게요. 프리랜서 구하세요."

H읍이라니. 말도 안 되는 소리다.

"지강희."

정구는 꽤나 섭섭한지 눈썹을 늘어트리며 성까지 붙여서 강희를 불렀다.

"그렇게 보셔도 소용없어요. 냉정하게 들릴지 모르겠지만 이런 건 어차피 대표님이 처리하셔야 할 문제잖아요."

"그래, 맞아. 그래서 강희 씨한테 제안하는 거잖아. 강희 씨 페널티, 인센티브 깎는 대신 이걸로 퉁치자."

"죄송해요."

"고민 좀 하고 대답해줄래? 인센티브 두 배로 올려줄게."

인센티브라는 말에 잠시 흔들렸지만 강희는 냉정하게 고개를 흔들었다.

"이제 곧 겨울이고 공정 빠듯한데…… 이러고 내가 내려갈까? 어?"

뒷목을 잡고 깁스한 팔을 들며 정구가 울먹였다.

"협박하지 마세요. 제가 일 마다하는 사람은 아니라는 거 아시잖아요. 이 상황에 거절할 수밖에 없는 제 입장도 생각해주세요."

"왜? H읍에 가면 안 될 이유라도 있는 거야? 곗돈 떼어먹고 도망쳤어? 사기 쳤니?"

"묻지 마세요. 대답하기 힘드니까."

"강희 씨……."

"잠시만요. 전화 좀 받고 올게요."

때마침 진동하는 휴대전화 덕분에 강희는 정구의 닦달에서 겨우 빠져나왔다.

"나이스 타이밍이다, 한아름."

―왜?

"귀찮은 일에 막 말려들 참이었거든."

병상이 길게 늘어선 응급실 복도를 지나 두꺼운 유리문을 열고 밖으로 나왔다. 병원 특유의 탁하고 건조한 공기로 가득 찼던 폐에 싸늘한 밤공기가 파고들었다. 강희는 화단 턱에 엉덩이를 걸치고 가로등 불빛에 비치는 단풍잎을 바라보았다. 겨울을 준비하는 잎은 붉디붉었다. 지금쯤 빡Q나무도 불타오르겠지.

"무슨 일이야? 주말이면 볼 건데?"

— 강희야. 나, 못 갈 거 같다.

"왜?"

— 아버지가 또 선남을 들이대시네.

프로젝트를 마무리하고 모처럼 아름이와 느긋하게 서울 구경도 하고 보고 싶었던 전시회도 갈까 했더니 그마저 그른 것 같다.

"이번엔 누군데?"

— 알고 싶지도 않아.

"선이 꼭 나쁜 건 아니잖아. 혹시 알아? 교장선생님이 괜찮은 남자 고르셨을지."

— 아버지가 괜찮다고 칭찬하는 남자는 하나같이 고추 달린 게 무슨 벼슬이야. 밥맛없어.

누군들 괜찮을까. 깐깐한 교장선생님이 아니라 그 누가 고른들 아름이 마음에 들지 못할 거다. 이미 누군가가 들어앉아 있는 마음을 탓할 수밖에.

"그럼, 차라리 들이받든가. 만날 그렇게 도살장에 끌려가듯 하지 말고."

— 그랬다가는 엄마만 죽어나지.

아름이 몰래 한숨을 삼켰다. 색 바랜 낡은 그림 같은 아름이의 엄마가 떠올랐다. 권위적이고 이기적인 남자와 평생을 산다는 건 광합성도 제대로 하지 못하고 시들어버리는 것과 비슷하다. 웃음도 잃고 자신의 색마저 모두 잃어버리고 나이 들어도 저렇게 곱게 물들지 못하고 푸석푸석 말라버린 낙엽처럼 말이다. 절대 엄마처럼 살지 않겠다고 문신을 새기듯 다짐하는 아름이지만 아버지의 독재에서 여전히 벗어나지 못하고 있다.

― 참, 도서관 아래 폐가 기억나? 예전에 무당 언니 살던 데.

"응."

― 그걸 연수가 샀대.

"귀신 나올 거 같은 집을 왜?"

그 낡은 집에 주인이 있었다는 게 더 신기했다.

― 집을 짓는다나? 다들 신혼집 준비하는 거 아니냐고 하더라.

"······."

― 뭉치 중이염 때문에 연수네 병원 갔었는데, 둘이 너무 잘 어울리더라. 연수가 그렇게 웃는 거 처음 봤어. 충격 먹었다.

웃었다고? 아름이가 충격 먹을 만큼?

강희는 습관처럼 초커의 메달을 만지작거리며 입술을 삐죽였다.

"걔가 폐가를 사서 신혼집을 짓든 움막을 짓든 관심 없다."

관심은 없는데 걱정은 됐다. 괜히 이상한 여자 만나서 고생할까 봐. 남자는 자신의 엄마 같은 여자에게 끌리는 법이니까.

"그······ 후배라는 애는 어떤데?"

― 예뻐.

"아니, 예쁜 거 말고 성격이나 인성이나 뭐 그런 거."

― 남자들은 예쁘면 끝이지.

"천연수는 외모만 보는 그런 부류는 아니지 않냐?"

― 연수는 뭐 남자 아니냐? 근데, 관심 없다면서 왜 물어?

"뭐······ 굳이 따지자면 시누이 같은 감정이랄까? 어쨌든 오누이처럼 자랐으니까."

― 하긴. 나도 그렇더라. 괜히 더 유심히 보게 되더라고.

"그치? 나만 그런 거 아니지?"

아름이도 그렇다니 이 감정에 정당성을 부여받은 거 같아서 안심이 되었다.

– 우리랑 같이 학교는 안 다녔지만 우리 학교 후배고. 아, 너 우리 2년 후배 중에 윤난아 알지?

"윤난아?"

– 그래. 얼짱에 공부도 잘하던 애. 왜 성질 까칠해서 일진들도 못 건드렸잖아. 독하게 공부하더니 결국 의대 간 애. 연수의 그녀가 걔 동생이래.

연수의 그녀라는 말이 강희의 심술보를 건드렸다.

"걔 동생이면 애도 싸가지 없겠네, 뭐."

– 언뜻 보기엔 상냥하던데.

"언뜻 봐서 어떻게 아냐? 사람은 겪어봐야 알지."

– 목소리가 쌀쌀맞다, 너?

자신도 모르게 불퉁한 소리를 냈나 보다.

"미안. 회사에 일이 좀 있었는데, 괜히 너한테 짜증부렸나 보다."

– 정말 그런 걸까요?

아름이의 목소리 끝에 장난기가 매달리기 시작했다.

"일단 알았으니까 들어가고 또 통화하자. 선 잘 보고."

– 욕을 해라.

"들어가. 감기 조심하고."

아름이와 통화를 끝내고 시든 국화꽃을 마구 잘라냈다. 딱히 대상도 없는 화와 짜증이 이유도 없이 치솟았다. 아니, 자세히 마음을 들여다보면 알 것도 같은데 지금은 그러고 싶지 않았다. 고양이 똥처럼 대강 덮어두고 싶었다.

[강희 씨, 어디야? 박 과장 수술 잘 끝났고 금 실장도 지금 막 수술 끝

났대. 금 실장도 아기도 모두 건강하대. 그리고 우리 모두가 바란 대로 딸이야.]

대강 덮어놓은 고양이 똥처럼 앉아 있는데 정구의 메시지가 도착했다.

"연수가 그렇게 웃는 거 처음 봤어."

휴대전화를 꽉 움켜쥐고 응급실 복도를 성큼성큼 걸었다. 복도를 걷는 사이 마음이 바뀔까 봐 거의 뛰다시피 했다.
"대표님."
강희가 숨을 몰아쉬며 정구에게 다가갔다.
"왜 그래? 무섭게. 눈 좀 깔아."
"인센티브 두 배라고 하셨죠? 분명?"
"그랬지."
"갈게요. H읍. 젠장."
강희는 풍선을 터트리듯 가슴속 말을 뱉어냈다.

"꼭 가실 거예요?"
강희는 뒷좌석에 앉아 있는 정구가 걱정되어 룸미러를 흘끔거렸다. 목 보호대를 끼고 깁스를 하고 환자복 위에 코트만 걸친 채 마스카라를 바르는 정구는 정작 태연했다.
"그래도 대표가 내려가서 상황을 설명해야지. 이러고 가야 클라이언트도 납득을 할 거 아니야."
마스카라를 바른 눈썹을 타조처럼 팔랑이며 정구는 대답했다.

"근데, 강희 씨는 그 선글라스 뭐니? 60년대 간첩 같다."

"대표님, 60년대에 태어나셨죠?"

"어우야. 나 70년대 생이야. 비유가 그렇다는 거지."

"눈에 다래끼 났어요."

강희는 얼굴을 거의 다 가릴 만큼 커다란 선글라스를 치켜올리고 운전에 집중했다. H읍에 내려가기 위해 치밀하게 준비했다. 야구모자와 선글라스. 공사현장이니 마스크를 껴도 누구도 뭐라 하지 않을 거다. 다행히 요즘 독감마저 유행이니까. 숙소는 좀 멀긴 해도 W시에 구하고 먹는 건 배달음식으로 때우면 된다. 공사현장에서 벗어나지 않으면 H읍 사람 누구도 알 수 없을 거다.

"그래? 어제까지는 멀쩡하더니. 대박. 저 들판 봐. 온통 황금색이네. 진짜 황금들녘이라는 게 저런 걸 말하나 봐."

소풍 나온 아이처럼 들면 정구는 창밖을 바라보았다. 강희가 정구를 좋아하는 이유 중의 하나가 저 순수함이다. 순진한 건 아니지만 순수를 간직한 사람이어서 더 좋았다.

"저건 기러긴가? V자로 줄 맞춰서 날아간다. 어릴 때 읽은 '닐스의 신기한 모험'이라는 책 생각나네. 난 거위 모르텐이 너무 좋았어. 로맨스를 아는 녀석이었지. 거기 나오는 소 이름도 예뻤지. 5월장미, 황금나리, 별점박이. 무엇보다 닐스가 착한 아이가 아니라서 좋았어. 지강희처럼."

"헐. 거기서 제 이름이 왜 나와요? 그리고 저 나름 착하거든요."

"지강희가 착하면 난 대천사장이다."

"잠깐 웃을게요. 하!"

강희가 코웃음을 치자 정구도 킬킬 웃음을 터트렸다.

"어쨌거나, 명작이야. 애니메이션도 꽤 재밌었는데. 내가 상상한 닐스보다는 못생겨서 좀 섭섭했지만."

"애니메이션 좋아하세요?"

"나 디즈니 덕후잖아."

디즈니.

선글라스 사이로 드러난 강희의 미간에 주름이 잡혔다. 디즈니 덕후라니. 뭔가 불길하다.

"강희 씨, 나 오줌 마려."

"이제 거의 다 왔어요."

톨게이트를 지나 촌스럽고 조악한 다리를 건너자 H읍이다. 멀리 가을 햇빛을 받은 황금소가 번쩍번쩍 빛을 발하며 다시 돌아온 강희를 맞아주었다. 3년 전에는 밤도깨비처럼 왔다가 떠나서 자세히 보지 못했지만 H읍도 꽤 많이 변했다. 적어도 10년 전보다는 번듯해 보였다. 하긴, 10년이면 강산도 변하는 시간이니까.

"어머, 햄버거집도 있다. 지난번에는 현장만 급하게 둘러보고 가서 몰랐는데 아이스크림 가게도 있네. 우와, 프랜차이즈 웬만한 건 다 들어온 거 같아. 박 과장이 있을 건 다 있다고 하더니 진짜네. 오, 한우축제 한다. 축제 할 때 내려올게. 강희 씨 고기 사주러."

정구가 가리키는 곳으로 고개를 돌리자 회전교차로 주위로 청사초롱을 응용한 배너가 가을바람에 펄럭였다. 한우축제를 알리는 배너였다.

"조심해서 내리세요."

공사 가림막 사이로 들어가 주차를 하고 차에서 내리는 정구를 부축했다. 주차장 여기저기 철거한 폐자재가 쌓여 있고 작업트럭 옆에 검정색 벤츠가 보였다.

"아이고, 전화로도 충분한데, 이렇게 내려오셨어요. 좀 괜찮으십니까?"

차 문이 열리고 골프셔츠를 입은 중년 남성이 다가와 악수를 청했다. 손목에 찬 금시계와 셔츠 깃 사이로 드러난 금목걸이가 번쩍거렸다. 지

방 유지들을 위한 패션스쿨이 따로 있는 걸까. 강희가 만나본 전국의 돈 좀 있다 하는 모텔 사장님들의 패션은 거의 똑같았다.

"무슨 말씀을요. 당연히 내려와야죠."

두툼한 손가락만큼 두툼한 금반지를 낀 손을 잡으며 정구가 마스카라 칠한 속눈썹을 깜빡였다. 강희는 선글라스 속에서 눈을 가늘게 떴다. 정구가 저렇게 애교를 부릴 때마다 부정한 어미를 바라보는 아이가 된 느낌을 떨칠 수 없었다. 정구의 말로는 '비즈니스용 애교'라고 하는데 강희가 보기에는 과했다.

"박 과장은 좀 어떻습니까?"

"발목이라 재활에 시간이 걸린다네요. 아 참, 사장님. 우리 현장 관리할 디자이너예요. 박 과장만큼 유능한 친구니까 걱정 안 하셔도 될 거예요."

"지강희 대립니다. 잘 부탁드립니다. 아, 죄송합니다. 눈병이 심해서."

강희가 선글라스도 벗지 않고 인사를 하자 남자는 움찔, 악수를 청하던 손을 거두었다.

"그래요. 잘 부탁합시다."

"크리스마스 오픈에 차질 없이 진행하겠습니다."

"아이고, 대표님이랑 그……."

강희의 이름을 잊어버린 부메랑 사장에게 얼른 명함을 내밀었다.

"그래요, 지강희 대리 보니까 이제야 마음이 좀 놓이네. 여기 내 명함도 하나 받으시고. 문제 있으면 새벽 2시라도 좋으니까 전화해요."

명함을 주고받은 뒤 강희는 모텔을 올려다보았다. 콘크리트 벽과 기둥만 남은 모텔을 바라보며 옛 모습을 떠올려보았다. 누런 장판지 같은 타일이 붙어 있던 건물은 저녁때만 되면 번데기를 탈피한 비단벌레처럼 반짝였다. 저녁노을을 받아 오렌지빛에서 보랏빛으로, 때로는 황금빛으로 물들었다. 강희는 자신의 방에 앉아 작은 창으로 찬란했던 빛들이 쓸쓸히 소멸하는 것을 바라보곤 했었다.

"대표님, 말씀 더 나누실 거면 저는 현장 한번 둘러보고 내려올게요. 배관팀이랑 스케줄 조정도 좀 해야 하구요."

선글라스를 벗고 먼지와 곰팡이 냄새가 나는 모텔로 들어섰다. 햇빛이 좋은 밖보다 모텔 내부가 더 쌀쌀했다.

"반장님."

"어이쿠. 지 대리가 결국 내려오셨구만."

배관팀의 반장님이 강희를 발견하고 반갑게 다가왔다.

"작업은 어떠세요?"

"아직까지는 괜찮아. 그동안 지하수를 사용해서 보일러도 그렇고 문제가 많았다는데, 이제 상수도 끌어오면 문제 될 건 없지."

"다행히 날씨가 덜 추워요."

"그러게 다음 주부터는 추워진다니 서둘러야지. 참, 묵을 곳은 정했어?"

"W 시로 나가려고요."

"에이, 뭐 하러. 전기팀이랑 우리 팀 다 저기서 묵잖아."

반장님이 가리키는 쪽으로 고개를 돌렸다. 새시를 떼어낸 네모난 창으로 모텔 캘리포니아가 보였다. 모텔의 'M'자가 떨어져서 'OTEL'로 읽혔다. 춘길 씨는 간판도 안 고치고 대체 뭐 하는지. 지중해 분위기를 낸다고 붙인 흰색 인조석 벽은 먼지가 끼어 거의 회색처럼 보였고 빨강색 어닝[7]은 비와 햇빛에 바래서 애초에 무슨 색이었는지 알 수 없는 오묘한 빛깔이 되었다.

"그다지 좋아 보이지 않는데요."

―――――

7 Awning, 경량의 차양으로 창이나 출입구 위에 설치

아, 이런 기분인가 보다. 욕을 해도 내가 한다는 말이. 내가 하는 욕은 괜찮아도 남이 내 혈육을 욕하는 건 참기 힘든 것처럼 후진 모텔을 후졌다고 타인에게 얘기하는 게 무척 힘들었다.

"겉만 봐서는 그런데 내가 가본 모텔 중 최고야. 침구도 깨끗하고. 조용하고. 게다가 조식 서비스가 있다니까. 밥맛이 기가 막혀요. 지방 돌 때마다 아침에 해장국집 기웃거리는 거 진절머리 났었는데, 와이프보다 더 잘 차려줘."

"저 모텔에서요?"

"그래. 지 대리도 멀리 갈 거 없어. 왜? 아저씨들 득실거려서 싫어?"

"그런 건 아니구요."

"그럼 뭘 망설여. 가깝겠다, 잠자리 깨끗하겠다, 밥값도 싸다니까. 거기다가 안전해. 지배인이 아주 짱이야. 까불면 아휴."

배관팀 반장님이 손으로 목을 베는 시늉을 했다.

"생각해볼게요. 아, 전기팀은 안 보이시네."

서둘러 화제를 돌렸다. 모텔 캘리포니아에 조식 서비스라니. 어이가 없어서 웃음이 나왔다.

배관팀과 전기팀과 간단하게 브리핑을 하고 계단을 내려오는데 주차장에서 진짜 웃음소리가 들렸다. 정구가 부메랑 모텔 사장이 아닌 다른 누군가를 바라보며 환하게 웃었다. 이쪽을 등지고 있는 남자의 뒷모습이 낯익다. 패딩조끼 깃에 닿을 듯한 긴 회색 머리카락을 바라보며 강희는 선글라스를 찾아 꼈다.

"아, 그러셨구나. 사장님 모텔도 저희한테 꼭 의뢰하세요. 진짜 잘해드릴게요. 아, 강희 씨. 이리 와봐."

젠장.

강희가 다시 계단으로 올라가 몸을 숨기려고 했지만 늦어버렸다. 강희를 발견한 정구가 빨리 오라고 손짓했다. 강희의 이름을 발설한 정구의 빨간 입술을 확 찢어버리고 싶었다.

아니나 다를까 춘길 씨가 휙 고개를 돌렸다. 춘길 씨도 놀랐는지 잠시 눈썹을 치켜올리더니 이내 느긋하게 팔짱을 끼고 말없이 강희를 바라보았다. 선글라스를 낀 강희의 속내를 간파한 듯 입꼬리를 끌어올리는 모습이 얄미웠다.

"여기 사장님이, 아, 저기 건너편 모텔 캘리포니아 사장님이신데, 우리 회사를 어떻게 알고 부메랑 사장님한테 소개해주셨대."

"나는 추천만 한 거고 선택은 부메랑 사장님이 하신 거죠."

"어쨌든요."

정구의 눈빛이 마음에 들지 않는다. 춘길 씨에게 빠져드는 정신 빠진 아줌마들의 눈빛이 분명 저러했다. 역시 불길하다.

"황 대표님, 괜찮으시면 우리랑 점심 함께 하시죠? 어차피 캘리포니아 사장님하고 한 점심 약속이라. 잘하는 고깃집 있는데, 투플러스만 취급하는 집이거든요. 제가 모시겠습니다."

부메랑 사장의 뜬금없는 제안에 강희는 정구를 향해 고개를 흔들었지만 정구는 이미 고개를 끄덕이고 있었다.

"아이, 저희가 사야죠. 여러모로 심려 끼쳐드렸는데."

"아이고, 무슨 말씀을."

주거니 받거니 눈물이 날 지경인데, 춘길 씨는 한 걸음 물러나 알 듯 말 듯한 얼굴로 웃기만 했다.

"아, 저는 눈이 이래서. 세 분이서 다녀오세요. 전염성이 있어서……."

"무슨 말이야? 다래끼라……."

"저는 스태프랑 먹을게요."

정구의 말을 막으며 선수를 쳤다.

"대표님 식사 끝나면 연락 주세요. 터미널까지 모셔다드릴게요."

"아니, 불편하실 텐데 버스 타고 가시게요?"

부메랑 사장이 걱정스럽게 물었다.

"아뇨. 택시 타고 가려구요"

애초에 내려오기 전부터 말렸건만 정구가 고집을 꺾지 않았었다.

"오늘 서울에 볼일이 있는데 괜찮으시다면 모셔다드리겠습니다."

갑자기 춘길 씨가 훅 치고 들어왔다.

"어머나, 괜찮습니다. 택시 타고 가면 되죠. 초면에 폐를 끼쳐서야……."

"서초동 쪽으로 갈 건데……."

"어머, 저 성모병원으로 가야 하는데……."

"전 상관없습니다만……."

두 사람이 남발하는 말줄임표에 매달린 끈끈한 여운 때문에 강희의 심장은 거미줄에 걸린 나방처럼 퍼덕거렸다.

"아이고 잘됐네."

부메랑 사장이 쐐기를 박았다. 아이씨. 될 대로 되라. 그냥 어서들 사라져줬으면 싶었다.

세 사람이 탄 벤츠의 뒷모습을 지켜보다 백미러로 강희를 바라보는 춘길 씨와 눈이 마주쳤다. 선글라스를 썼음에도 강희는 휙 고개를 돌려버렸다. 정말 돌아버리겠다.

"네, 다녀들 오세요. 비싼 장비랑 자재들은 제가 지키고 있을 테니까 천천히 맛있게 드시고 오세요."

밥맛이 뚝 떨어졌다. 배관팀과 전기팀이 점심 먹으러 떠난 후, 호러 영화를 찍으면 딱 좋을 거 같은 모텔 안을 서성였다. 프런트였을 공간에 쌓아둔 ALC블럭더미에 앉아 휴대전화를 꺼냈다. 숙박어플을 열어 장기투숙할 만한 곳을 검색했다. 두 곳을 체크해두고 창가로 다가갔다.

후우.

전형적인 가을 하늘에 전형적인 구름이 떠 있다. 강희는 창가에 기대어 회전교차로 너머 아이스크림 가게 간판을 바라보았다.

강희가 고삐리였을 때, 저 브랜드의 아이스크림을 맛보려면 W시로 가야만 했다.

"지강희. 아이스크림 사줄까?"

강희의 기분이 우울한 날이면 귀신같이 알아채고 연수는 아이스크림을 먹으러 가자고 했다.

"더블 먹어도 돼?"

"쿼터로 먹어도 돼."

그렇게 말해주는 연수는 통통한 뺨을 꽉 깨물어주고 싶을 만큼 귀여웠다.

삼십 분쯤 버스를 타고 W시로 가서 강희는 '다크초코나이트'를, 연수는 '민트초콜릿칩'을 먹었다. 프레첼 조각이 입속에서 바삭 부서지는 그 순간만큼은 달콤하고 행복했다.

"너 나중에 여자친구 생겨도 이 다크초코나이트는 사주지 마. 이건 나만 사줘야 해."

그건 미래에 생길 연수의 여자친구에 대한 질투와는 조금 다른 감정이었다. 어쩌면 연수에게만은 어떤 순간에도 언제나 소중한 무엇이고 싶었던 응석과도 같은 마음이지 않았을까.

"그건 또 무슨 억지냐? 그럼 너도 남자친구 생기면 민트초콜릿칩은 사주지 마."

"치약 먹는 남자 따위 사귈 일은 없어."

"치약? 너무 모욕적인데?"

"모욕이고 나발이고 얼른 약속해."

고개를 흔드는 연수의 손을 억지로 끌고 와 통통한 새끼손가락에 손가락을 걸어 흔들었다. 싫다고 고개를 흔들었지만 연수의 눈이 안경 속에서 웃고 있었다는 걸 알았다.

갑자기 다크초코나이트가 먹고 싶어졌다. 선글라스를 쓰고 회전교차
로를 건너 이끌리듯 아이스크림 가게로 달려갔다. 동전 몇 개를 들고 구
멍가게로 달려가던 꼬맹이가 된 기분이 나쁘지 않았다.

"주문 도와드리겠습니다."

"다크초코나이트 더블이요."

"결제 먼저 도와드릴게요. 포인트 카드 있으세요?"

고개를 젓고 직원이 아이스크림을 담는 동안 매장을 둘러보았다. 창
가에 젊은 한 쌍이 나란히 앉아 아이스크림을 먹고 있었다. 이쪽을 등진
여자는 무슨 아이스크림인지 모르겠고 남자의 손에 들린 건 '민트초콜
릿칩'이다. 선글라스를 썼지만 분명했다.

남자는 아이스크림을 든 채 멍하니 강희를 바라보고 있었다. 강희가
돌아보기 전부터 그렇게 보고 있었는지도 모르겠다. 어쩌면 '다크초코
나이트 더블'이라고 주문하는 순간부터. 아니, 교차로를 건너올 때부
터.

"선배, 왜요?"

여자가 남자의 시선을 따라 강희를 돌아보았다. 여자의 뽀얀 얼굴보
다 손에 들린 초콜릿색 아이스크림이 먼저 보였다.

"주문하신 다크초코나이트 더블 나왔습니다."

강희는 남자의 시선을 받으며 천천히 아이스크림을 한입 베어 물었
다. 그리고 느긋하게 몸을 돌려 가게를 빠져나왔다. 회전교차로 앞에 서
서 황금소를 바라보며 아이스크림을 먹었다. 바삭해야 할 프레첼이 눅
눅했다.

젠장.

아이스크림이 녹는 속도만큼 깨달았다. 강희는 초콜릿에 박힌 과자

조각이 좋았고 연수는 치약 속에 든 초코칩을 좋아했다. 얼핏 보면 비슷한데 자세히 보면 무척 다른 이유처럼.

chapter 11

연수

젖은 머리를 말리지도 못하고 의자에 주저앉자 기다렸다는 듯 깜희가 연수의 다리로 폴짝 뛰어올랐다.

"일어났어?"

냐아아.

예쁘게도 대답한다.

새벽에 범우농장의 소가 난산이라는 전화를 받고 출동했다. 첫 출산 인 소는 몸집도 작았고 산도가 좁아 수술을 할 수밖에 없었다. 송아지를 살려야겠기에 국소마취를 하고 송아지를 끌어냈다. 분만시간이 길었음 에도 다행히 송아지는 건강했다. 어미 소는 채 봉합도 끝내기 전에 절룩 이며 송아지에게 다가가 따뜻하고 긴 혀로 젖은 몸을 핥아주었다. 털이 부숭부숭 말라가는 송아지만큼 예쁜 생물은 없다. 송아지가 태어나서 처음으로 느끼는 세상은 어미의 혓바닥처럼 따뜻할 거 같다.

출산과 생살을 찢는 수술의 고통마저 이겨내고 새끼와 나란히 서 있 던 어미 소를 보고 온 후여서인지 한 번도 새끼를 가져본 적 없는 깜희가 측은해졌다. 중성화수술이 최선이라고 여전히 생각하지만 어쨌든 깜희 의 의사를 묻지 않은 일방적인 결정이었으니까.

"미안하다."

목덜미를 쓸어주자 깜희는 골골대며 눈을 지그시 감는다. 깜희를 따라 연수도 눈을 감았다. 이렇게 맥이 탁 풀려버린 순간이 오면 습관처럼 하얀 얼굴을 그리워한다. 문제는 연수가 이 그리움을 떨쳐내고 싶어 하지 않는다는 거였다. 지금부터 연수는 그리워할 시간이 된 거다. 지금쯤 강희는 메트로시티의 한구석에서 아침을 준비하고 있겠지.

"난, 내 몸을 지하수가 아니라 아리수로 채우고 싶어."

원하는 대로 아리수로 샤워를 하고 이어폰을 꽂고 좋아하는 음악—강희는 김윤아를 좋아했다—을 들으며 출근길에 별다방에서 들러 아메리카노 한 잔을 주문해서 뉴요커처럼 걷고 있을지도 모르겠다.

연수의 궁상맞은 그리움을 전화벨이 요란하게 몰아냈다. 한우였다. 졸고 있던 깜희도 불만인지 냐아아, 울었다.

"어, 왜?"

이틀 전에 새끼를 낳은 젖소가 쓰러진 채 거품을 문다고 말하는 한우의 목소리가 높고 빨랐다. 다리가 마비된 듯하다고.

"금방 갈게."

젖은 머리에 모자를 눌러쓰고 아침도 거르고 한우네 농장으로 달려갔다. 한우가 하얀 입김을 뿜으며 기다리고 있었다.

"어디에 있어?"

"동쪽 방목장에."

한우의 지프를 타고 방목장으로 올라갔더니 저지 종의 갈색무늬가 예쁜 암소는 주저앉은 채 다리를 떨고 있었다. 커다란 눈망울에 두려움이 가득했다. 자신에게 도대체 무슨 일이 일어난 건지 이해할 수 없다는 눈빛이었다.

"예쁜아, 어디 보자……."

하트 무늬가 있는 이마를 쓰다듬자 커다란 눈망울에서 툭 하고 눈물이 떨어졌다.

"밀크 피버(Milk fever)야."

분만 후 급속하게 젖을 생산하느라 혈액 속의 칼슘 농도가 떨어져서 발생하는 질병이다.

"칼슘주사 한 팩 정도 주입해보고 지켜보자. 옆으로 눕힐 수 있으면 눕혀봐."

다행히 '저지'는 고집 피우지 않고 한우가 시키는 대로 모로 누워 눈만 치켜떴다.

"착하다……."

유방과 연결된 밀크 베인(정맥혈관)에 링거를 연결하고 칼슘주사를 주입하는 동안에도 저지는 얌전했다. 자신을 도와줄 사람으로 온전히 인식한 듯했다.

"너무 늦지 않아서 다행이다."

치료시기를 놓치면 다리가 마비되어 혼자 설 수 없게 되는 경우도 있다. 연수가 지켜봐주는 게 안심이 되는지 저지는 몇 번이고 연수의 팔에 제 얼굴을 비볐다.

"삼팔광땡이, 애교 부린다? 이 녀석 엄청 깍쟁이라 내가 만지는 것도 싫어하는데, 고맙단다."

한우가 38번 이어태그가 달린 저지의 귀를 쓰다듬으며 웃었다. 까맣게 그을린 얼굴에 하얀 이만 도드라졌다. 여름 내내 초지에서 일한 한우의 까만 얼굴을 보며 한우네 엄마는 무슨 생각을 하실까. 한우의 하얀 피부에 어울리는 셔츠와 넥타이를 골라 입히는 게 소망이셨던 분인데 말이다.

"내가 일어설 때까지 지켜볼 테니까 일 봐. 오늘부터 윈터 반(Winter barn) 공사 들어간다며."

"안 그래도 지금 주머니에서 전화가 난리다."

방목을 하더라도 겨울이면 좁은 축사에서 지낼 수밖에 없는데 한우는 좁은 축사 대신 겨울에도 뛰어놀 수 있는 대형 윈터 반을 시공하기로 했다. 물론 어마어마하게 비용이 든다. 한우네 아버지는 절대 투자할 수 없다고 하셨지만 결국 한우의 고집을 꺾지는 못했다.

"아침은 먹었냐? 새벽에 나갔다며?"

한우가 물었다.

"아직."

"컵라면이라도 먹을래? 내가 가져다줄게. 햇반도 있는데."

"밥은 됐어."

한우가 가져다준 컵라면을 먹으며 오전 내내 저지를 지켜보았다. 컵라면을 먹고 있는 연수가 궁금한지 방목장 여기저기 흩어져 있던 녀석들이 몰려와 연수를 둘러싸고 구경했다. 77번 이어태그를 단 녀석은 대범하게 제법 가까이 와 코를 벌름거리기조차 했다. 77번을 따라 세 마리의 다른 녀석들도 바싹 다가왔다.

"닉들이구나, 동반 가출한 녀석들이."

소에게도 '절친'이 있다. 수십 마리의 무리 중에 유독 친하게 어울리는 녀석들이 있는데 한우네 농장에도 77번과 어울리는 악동 세 마리가 있다. 지난여름, 행동대장격인 77번이 다른 세 마리를 데리고 가출한 사건이 있었는데, 그 일로 녀석들은 블랙리스트에 올랐다. 비슷한 시기에 태어난 네 마리가 어울려 다니며 사고를 치는 모습이 어린 시절 자신들 같다며 한우가 킬킬댔다.

"칠땡이 말이야. 걘 꼭 강희 같아. 완전 돌격대장이라니까. 착유할 때도 어찌나 속을 썩이는지. 진짜 청개구리야."

홀스타인 종인 77번을 찬찬히 살펴보았다. 해리포터처럼 이마에 번

개 표시가 있는 녀석은 한우 말처럼 깡 있게 생겼다.

"예쁜이 아프니까 방해하지 말고 저리들 가서 놀아."

바싹 다가와 연수의 모자를 핥으려는 77번에게 경고하자 77번은 큰 눈을 끔뻑이더니 제 똘마니들을 데리고 떠났다. 77번이 떠나자 갑자기 저지가 일어서려고 발을 버둥거렸다.

"일어날 수 있겠어?"

불안했지만 지켜볼 수밖에 없었다.

일어서려다 주저앉기를 반복하던 저지는 결국 벌떡 일어나 연수를 안심시켰다. 절뚝거리며 연수에게 몇 발자국 다가오더니 옆으로 선 채 한참 그러고 있었다. 비록 옆으로 서 있지만 연수는 저지가 자신을 바라보고 있다는 걸 알았다.

"고생했다. 어서 네 새끼한테 가. 아가가 엄마 기다리겠다."

연수의 말을 알아들은 것처럼 '저지'는 예쁜 꼬리를 몇 번 흔들고는 몸을 돌려 이슬이 말라가는 초지를 천천히 걸어갔다.

"잘 지내라, 예쁜아."

가을빛에 반짝이는 갈색 털을 향해 손을 흔들었다.

올여름, 평생 좁은 축사에서 지냈던 녀석들을 3년간 준비한 이 초지로 데려오던 날 한우는 아이처럼 울었다. 축사에서 나온 녀석들은 처음에는 잔뜩 겁을 집어먹고 어리둥절하며 제대로 걷지도 못했다. 그러다 용감한 한두 녀석이 초지를 걷기 시작하자 운동장에 풀어놓은 아이들처럼 우르르 달려갔다. 어떤 녀석들은 500킬로그램이나 나가는 몸집으로 겅중겅중 뛰기도 했다. 그날의 모습은 그림처럼이 아니라 그림보다 아름다웠다.

연수는 모자를 벗고 따사로운 가을빛을 받으며 초지를 내려왔다. 길가에 핀 코스모스를 손으로 훑으며 음정 박자 따로 노는 콧노래도 불렀다. 이 순간만큼은 급한 전화가 오지 않길 바라면서.

"일찍 왔네?"

병원에 도착하자 난우가 병원 근처 길고양이들이 먹을 물과 사료를 채우고 있었다.

"어디서 한바탕하고 오셨나 보네요."

"오늘 빡셌다. 새벽부터 카빙 디피컬트[8]랑 밀크 피버 환자들이 콜을 해대는 바람에."

"시저리안[9] 하셨어요?"

"응."

"아깝다. 직접 꼭 보고 싶었는데."

난우의 실망한 얼굴에 연수는 피식 웃었다.

"기회야 또 있겠지. 점심은?"

"선배님 먼저 드시고 오세요. 저 지금 뭐 먹으면 탈 날 거 같아서요."

갔던 일이 잘 안 된 모양이었다.

"나도 한우네 농장에서 라면 먹고 와서……."

"그럼, 아이스크림 드실래요? 제가 살게요. 스트레스 받았더니 달달한 거 먹고 싶어서요. 선배님은 뭐 사다 드릴까요?"

"같이 나가자."

병원 입구에 연락번호를 걸어두고 두 사람은 천천히 아이스크림 가게로 걸어갔다.

"열량 제일 높은 걸로 먹을 거예요."

아이스크림 가게를 들어서며 난우가 킥킥댔다. 난우는 달달한 걸 꽤 좋아한다. 책상 위나 서랍 속에 초콜릿 바나 막대사탕 따위가 떨어지질

---

8 Calving difficult, 난산

9 Caesarean, 제왕절개

않았다.

매장은 생각보다 작았다. 예전에 강희와 갔었던 W시의 매장에 비하면. 이 가게가 생긴 지 3년이나 됐지만 연수는 한 번도 들른 적이 없다. 아니, 강희가 떠난 뒤로 한 번도 이 브랜드의 아이스크림을 먹지 않았다. 강희가 없는데 아이스크림을 먹을 이유는 없었으니까.

"선배님, 뭐 드실래요?"

난우가 허리를 숙여 냉동고를 바라보며 물었다. 연수도 난우를 따라 아이스크림을 쭉 훑어보다 '다크초코나이트'에 시선이 멈췄다. 아직까지 팔고 있었다. '민트초콜릿칩'처럼.

"음…… 나는 피스타치오 아몬드."

"오, 클래식하시네."

난우가 주문을 하는 동안 연수는 창가로 가서 자리를 잡았다. 턱을 괴고 회전교차로에 심어놓은 노란 국화를 바라보다 시선을 옮겨 교차로 너머 공사 펜스가 쳐져 있는 건물을 올려다보았다. 유치권 때문에 몇 번 유찰됐던 모텔이 낙찰됐다고 하더니 공사에 들어갔나 보다.

"새로운 거 시도하려고 마음먹었다가도 막상 또 닥치면 번번이 먹었던 걸 고수하는 이유를 모르겠어요. 초콜릿도 종류가 많은데 전 언제나 결국 그냥 초콜릿이에요."

난우가 피스타치오 아몬드를 건네주고 자신의 초콜릿 아이스크림을 못마땅한 듯 바라보았다.

"선택할 게 너무 많아서 그런가?"

"아니요. 제가 소심해서 그래요. 모험이 두려운."

소심하다니. K대 수의대가 생긴 이래 제일 큰 사건을 터트린 사람이 할 말은 아니다.

"우리 큰언니도 그래요. 언제나 결론은 설레임이죠."

"설레임?"

"네. 그거 있잖아요. 짜서 먹는 아이스크림."

"그거, 나도 좋아하는데."

"그래요? 병원 냉장고에 좀 사다 놓을까요?"

"아니. 그 정도는 아니고."

연수와 난우는 나란히 창가에 앉아 해바라기를 하며 아이스크림을 먹었다.

"힘들지?"

난우는 가만히 고개를 끄덕였다가 잠시 갸웃하다가 마침내 가로저었다.

"힘들지만 만약 고발하지 않았다면 더 힘들었을 거예요."

"졸업생들도 지금 성명서 준비하고 있으니까, 기다려보자."

"고맙습니다, 선배님."

"고맙기는……."

피스타치오 아몬드는 그다지 입맛에 맞지 않았다. 몇 입 베어 먹고 창밖으로 시선을 돌렸다. 그때 회전교차로를 가로질러 뛰어오는 여자에게 눈길이 갔다. 검정색 배기팬츠에 검정색 헐렁한 후드티와 검정색 야구모자를 쓴 여자가 얼굴을 거의 다 가릴 만큼 커다란 선글라스를 끼고 횡단보도도 신호도 무시하면서 대각선으로 달려오고 있었다. H읍에서 좀처럼 볼 수 없는 차림새의 여자가 돌진하듯 아이스크림 가게로 뛰어들어오는 걸 연수는 멍하니 바라보았다.

"다크초코나이트 더블이요."

주문하는 목소리에 연수는 아예 몸을 틀고 여자를 바라보았다. 여자는 주문을 마치고 카운터에 기댄 채 무심히 매장을 휘 둘러보았다. 여자와 눈이 마주쳤다. 선글라스를 쓰고 있지만 분명 여자는 연수를 바라보고 있었다. 아이스크림이 나올 때까지 여자는 연수에게서 시선을 떼지 않았다.

"다크초코나이트 더블 나왔습니다."

아이스크림을 받아 든 여자는 마치 약 올리듯 천천히 아이스크림을 한입 베어 물고는 다시 무심하게 고개를 돌리고 가게를 빠져나갔다. 조금 전 교차로를 가로질러 뛰어올 때의 기세와 달리 여자는 교차로 앞에 멈춰 서서 황금소를 바라보며 아이스크림을 먹고 있었다.

연수는 자리에서 벌떡 일어섰다.

"선배님?"

"윤 선생, 먹고 와라. 먼저 일어날게."

아이스크림을 들고 교차로로 달려갔다. 모자 밖으로 삐져나온 여자의 머리카락이 햇빛에 닿아 금빛으로 반짝였다.

"하아, 하아. 지강희?"

숨을 몰아쉬며 강희의 이름을 부르자 여자는 천천히 고개를 돌렸다. 여자의 입가에 초콜릿이 묻어 있었다. 이 와중에 몹시 귀여웠다. 여자는 한동안 아무 말 없이 연수를 바라보더니 초콜릿이 묻은 입술을 끌어올렸다.

"안녕, 천연수."

"맞구나……."

"쉿!"

강희가 연수의 말을 가로막듯 검지를 들어 입술에 댔다.

"나 여기 온 거 아무한테도 말하지 마."

"……?"

"일하러 왔다. 저기 모텔 공사."

강희가 건너편 부메랑 모텔을 가리켰다.

"공사 끝내고 아무도 모르게 조용히 사라질 거야. 그러니 제발 조용히 살자. 부탁한다."

그런 차림으로 돌아다니다간 아무도 모를 수 없을 거 같은데 강희는 지키기 힘든 부탁을 했다.

"언제…… 가는데?"

"크리스마스가 오픈 예정이야."

"크리스마스."

3년 전에 함께 보냈던 크리스마스가 갑자기 떠올랐다. 몹시도 암울했던. 초콜릿 묻은 입매가 처진 걸 보니 강희도 그날을 떠올린 모양이다.

"간다. 잘 지내."

미련 없이 휙, 등을 돌려서 몇 걸음 걸어가던 강희가 갑자기 발을 멈추더니 뒷걸음질로 다가왔다.

"왜?"

대답도 없이 강희는 고개를 숙여 연수의 손에서 녹아가는 아이스크림을 한입 베어 물었다.

"무슨 맛인지 궁금해서."

"……?"

"민트초콜릿칩 아니네?"

"어? 어."

"간다."

연수의 아이스크림을 왕창 베어 먹고 강희는 교차로를 가로질러 뛰어갔다. 연수는 회전교차로 한가운데 서서 아이스크림이 녹아 뚝뚝 떨어질 때까지 꼼짝하지 못했다.

강희가 돌아왔다.

하루 종일 무슨 일을 어떻게 처리했는지 기억이 나질 않는다. 수술할 동물이 없었던 게 다행이면 다행이랄까. 문득 정신을 차리고 보면 연수는 창가에 붙어 건너편 공사현장을 바라보고 있는 자신을 발견했다.

"강희 왔다는데?"

윤 선생을 퇴근시키고 깜희와 퇴근 준비를 하고 있는데 승언이 불쑥 병원으로 들어섰다. 이제 막 샤워를 하고 왔는지 머리카락에서 익숙한 샴푸 냄새가 났다. 모텔 캘리포니아 공식 어메니티인 ○○샴푸.

"누가 그래?"

"한아름이가 그러던데?"

"한아름?"

"도서관 들렀다가 오는 길이야."

승언이 도서관에서 대출한 '山' 잡지를 들어 보였다.

"아름이는 어떻게 알았대?"

"뭐야? 너도 알고 있었어?"

승언이 잡지를 내려놓고 케이지에 들어간 깜희를 억지로 꺼내 장난을 걸었다. 연수 빼고 모든 인간들을 싫어하는 깜희가 발톱을 세우고 하악질을 해도 승언은 꿈쩍하지 않고 깜희의 호박색 눈을 들여다보며 눈싸움을 시작했다.

승언이 손가락으로 하트 무늬가 있는 가슴을 만지려 하자 깜희는 드러누운 채 앙칼지게 승언의 손등을 할퀴었다. 승언은 요놈의 시키, 하더니 주머니에서 깜희가 죽고 못 사는 간식을 꺼내 코앞에 들이댔다. 깜희는 새침하게 앉아 받아먹을까 말까 고민했다. 받아먹자니 자존심이 상했는지 제 성질에 못 이겨 갑자기 병원 안을 미친 듯이 뛰어다녔다.

"그만해라. 스트레스 받잖아."

"모텔로 오면 한잔하려고 했는데, W시로 갔대."

"W시?"

"그쪽에 숙소를 정했나 보더라."

당연히 모텔로 오리라 생각했는데. 허둥지둥 퇴근을 준비했던 게 무색해졌다. 정말 H읍에는 정이 뚝 떨어진 모양이다.

"너, 다른 사람한테 얘기했어?"

"어. 오다가 용수 만나서."

연수가 머리카락을 쥐어뜯었다. 하필 용수철물과 라라미용실 아들인 김용수라니.

"아름이가 강희 왔다는 말 다른 사람한테 하지 말라는 소리는 안 하디?"

"……."

승언이 고개를 들고 형광등을 잠시 바라보더니 어깨를 으쓱했다.

"했던 거 같기도 하네."

"생각이란 걸 좀 하면서 살자."

연수의 말에 승언이 비딱하게 연수를 올려다보았다.

"뭐? 강희가 비밀로 해달랬다고? 그게 비밀이 되겠냐?"

하긴. H읍에 비밀이 있을 순 없다. 시간문제일 뿐. 그래도 강희가 그토록 싫어하니 최대한 지켜주고 싶었는데, 불과 다섯 시간 만에 김용수까지 알게 되었다. 이제 내일이면 H읍의 모든 사람이 알게 되겠지. 모텔 캘리포니아의 지강희가 왔다는 걸.

"춘길 아저씨도 알고 계실까?"

연수가 책장에 올라간 깜희를 구해내 케이지에 넣었다.

"아저씨한테서 들었다는데?"

"뭐?"

"아저씨한테서 전화 왔었대. 오늘 서울 가신다고 저녁때 강희 고기 좀 사주라고 하셨다나?"

아, 젠장. 무슨 동네가 이 모양인지 모르겠다.

연수는 창가로 다가가 블라인드 사이로 건너편 공사현장을 바라보았다. 모두 떠난 듯 깜깜하고 조용했다. 교차로 가로등 불빛에 한우축제 배너만 바람에 펄럭였다.

"가자. 한우가 게임 한판 하자던데?"

"됐다. 그냥 쉴란다."

"강희 왔다는데 왜 똥 밟은 얼굴이야?"

"강희 온 게 뭐? 어서 나와."

케이지를 들고 입구 쪽에서 승언을 재촉했다.

"모텔집 딸래미가 왔다며?"

연수의 예상이 맞았다. 강희가 도착한 다음 날, 그러니까 채 스물네 시간도 되지 않은 아침 7시쯤 골절한 송아지 뒷다리에 깁스를 하러 한일농장에 갔더니 농장주인 김씨 아저씨가 물었다.

"어떻게 아셨어요?"

"우리 집사람이 어제저녁에 라라미용실에서 빠마를 하다가 들었다는데?"

"……."

연수는 긍정도 부정도 하지 않고 깁스를 한 채 제 어미에게 절뚝절뚝 걸어가는 송아지를 지켜봤다.

"모텔집 딸이 모텔 공사하러 왔다고 웃기다고 미용실에 모인 여편네들이 깔깔거린 모양이던데."

"그게 뭐가 웃긴데요?"

"아니, 나도 뭐 그런 게 웃음거리냐고 야단은 쳤지."

"열심히 사는 애예요."

"그렇지. 요즘 취업도 못 해서 놀고먹는 애들도 많은데 제 밥그릇 챙기니 야무진 거지."

평소답지 않게 정색하자 김씨 아저씨가 겸연쩍어했다.

"지강희 왔다며?"

무사히 자연분만을 끝낸 어미 소와 갓 태어난 송아지를 지켜보던 H고 선배가 물었다. 연수는 낮게 한숨을 쉬었다. 오늘로 딱 열 번째다.

"지난번에 사산해서 걱정했는데 순산해서 다행이네요."

버둥거리다 비척비척 일어선 송아지를 어미 소가 핥아댔다.

"인테리어 회사 같은 데 다니면 연봉이 얼마나 되냐? 우리 처제도 인테리어 회사 다니는 거 같은데 박봉이라고 만날 때려치운다던데."

"날씨가 추우니까 방한복 입히는 게 좋겠어요."

질척한 축사 바닥이 걱정스러웠다.

"여자애가 벌면 얼마나 번다고 객지 생활이냐?"

"걔 디자인이 유명한 잡지에 실렸다나? 서울에 집도 청약받았다던가?"

연수가 작업복을 벗으며 흘리듯 말했다.

"그래?"

"가겠습니다. 문제 있으면 연락 주시고요."

선배의 떨떠름한 표정을 뒤로하고 가속페달을 꾹 밟았다.

자신도 모르게 속도를 내다 H댐 근처에서 서서히 속도를 줄였다. 연수는 차를 세우고 노을이 내려앉는 호수를 바라보았다. 고방오리가 자맥질을 하고 멀리 쇠기러기 한 무리가 날아와 날렵하게 물 위로 착륙했다. 연수는 시동을 끄고 꽤 오랫동안 철새들을 지켜보았다. 러시아에서 태어난 쇠기러기는 4,500킬로미터를 날아 이곳까지 온다. 새들도 살아가기 위해 고향을 떠나오는데 하물며 사람이야. 언젠가는 오염된 지구를 떠나 멀리 우주 어딘가를 철새들처럼 떠돌아다닐지도 모른다.

"난…… 도저히 살 수 없는 거고."

3년 전 크리스마스 밤, 강희가 했던 말이 다시 떠올랐다. 그래, 살 수 없으면 떠나는 것도 방법이다. 그날 밤에는 버려진 자신이 처량해서 강희를 온전히 이해하지 못했지만 시간이 갈수록 그 마음이 읽혀서 슬펐다.

연수는 시동을 걸고 병원으로 향했다. 병원 뒷마당에 차를 세우고 잠시 길 건너 펜스가 쳐져 있는 곳을 바라보았다. 연수는 진료가방을 내리다 말고 부메랑 모텔 쪽으로 걸어갔다. 열린 펜스를 통해 들어서니 작업등이 군데군데 켜져 있었다.

"무슨 일이십니까?"

작업등이 켜진 계단참에서 회색 작업복과 안전모를 쓴 남자가 내려왔다.

"아, 불이 켜져 있어서. 아직 작업 중이신가 보네요."

"작업은 5시에 이미 끝났지요. 저는 오늘 당직이라 뒷정리하고 있는데, 그쪽도 우리 지 대리님 찾아오신 건가? 오늘 우리 지 대리님 찾아오는 사람들이 왜 이렇게 많은지……."

남자는 작업용 전깃줄을 케이블릴에 되감으며 호기심 어린 눈으로 연수를 바라보았다. 연수는 고개를 꾸벅이고 현장을 벗어났다.

강희가 H읍에 출현한 지 꼭 일주일이 지났다.

일주일 동안 두 번의 서리가 내렸고 빡Q나무의 단풍은 유난히 새빨갛게 불타오르고 있었다.

연예인이 H읍에 떠도 이만큼 핫하지 않을 거다. 어딜 가나 강희 얘기였다. 강희가 돌아왔다는 소문은 무성했지만 정작 강희를 본 사람은 없었다. 오전 8시 십 분 전쯤, 강희의 차로 추정되는 은색 SUV가 펜스

안으로 들어갔다가 정확히 오후 5시 10분에 펜스를 빠져나갔다. 치킨집이나 시장 안의 메밀전병 가게와 족발집에서 새참 배달을 다녀왔다는 얘기만 들렸다.

모텔 캘리포니아에 묵고 있는 강희네 작업팀들은 시시때때로 늘었다 줄었다 했다. 혹시나 강희 소식을 들을세라 아침을 먹으며 귀를 쫑긋 세워도 봤지만 '지독한 지 대리', '얄짤없는 지 대리', '그래도 새참은 후한 지 대리'로 귀결되는 짤막한 몇 마디만 들릴 뿐이었다.

"강희 만났니?"

춘길 아저씨도 별다른 반응 없이 이 한마디만 물었다. 표정 없기로는 둘째가라 하면 섭섭한 미스터 권 아저씨는 무표정한 얼굴로 시집간 딸이 친정에라도 온 양 강희가 쓰던 방을 청소하고 베딩을 해놓고 매일 꽃도 꽂아놓고 부메랑 모텔이 보이는 창가에 서서 목을 빼고 바라보곤 했다.

─ 연수야, H곰탕집으로 좀 올래?

그렇게 일주일 동안 강희의 소식을 귀동냥하고 있었는데 아름이에게서 전화가 왔다.

"무슨 일인데?"

─ 와보면 알아.

연수는 소똥이 묻은 장화와 분비물과 피로 더러워진 작업복을 내려다보며 한숨을 쉬었다. 오늘은 정말 힘들어서 꼼짝하고 싶지 않다.

"미안한데……."

─ 어, 야. 야. 야. 빨랑 와.

누군가를 다급하게 부르는 아름이의 목소리를 끝으로 일방적으로 전화가 끊겼다. 연수는 작업복을 벗어 소각용 쓰레기통에 던져 넣고 병원에 딸린 샤워실에서 느릿느릿 몸을 씻었다. 새것으로 교체해야 할 모양인지 순간온수기가 순간순간 냉수를 쏟아내는 바람에 오한이 났다.

"얼른 나와."

샤워를 마치고 이중 새시 틈바구니에 기어 들어가 나오지 않는 깜희를 불렀다. 오후에 결막염 걸린 코커스패니얼이 왔다 간 후로 내내 저렇게 있다고 윤 선생이 걱정이었다. 사회성 없는 것도 저렇게 닮았다.

"깜희야. 아빠 오늘 진짜 힘들었어. 깜희가 '스윽' 한번 해주면 좋겠는데."

깜희 앞에 쪼그리고 앉아 노란 눈동자를 바라보며 하소연하자 깜희는 연체동물처럼 좁디좁은 틈바구니에서 빠져나와 연수의 다리에 제 몸을 스윽 부비며 냐아아, 하고 예쁘게 울었다.

"아이고, 고마워라."

연수는 깜희를 안아 들고 보드라운 털에 얼굴을 묻었다. 깜희에게서 11월의 냄새가 났다.

"집에 가자."

강희네 작업팀이 묵는 아래층이 시끌시끌한 것에 비해 연수가 장기투숙 중인 5층은 조용했다. 한우도 승언이도 귀가 전이었다. 깜희에게 밥을 먹이고 화장실 모래와 물을 갈아주고 점퍼 안에 두툼한 후드티를 하나 더 껴입고 느릿느릿 H국밥집으로 걸어갔다.

"여기."

연수가 곰탕집 문을 채 열기도 전에 아름이가 손을 흔들었다.

"왜……."

연수는 신발을 벗고 곰탕집의 작은 온돌방으로 들어서다 벽에 기댄 채 고개가 비뚜름하게 기울어진 검은 형체를 바라보았다. 코끝에 매달린 선글라스는 금방이라도 떨어질 듯 대롱거렸다.

"저녁 안 먹었지? 이모부, 여기 곰탕 하나 추가요."

무람없이 곰탕집 사장님을 이모부라 부르며 아름이가 묻지도 않고 곰탕을 시켰다.

"무슨 일이야?"

어느 쪽에 앉을까 잠시 고민하던 연수는 강희의 옆에 앉았다.

"내가 지은 죄가 있잖아."

아름이가 시무룩한 얼굴로 연수 앞에 수저를 놓아주었다.

"기집애가 쌀쌀맞게 전화도 안 받더니 오늘 뜬금없이 퇴근시간에 메시지가 왔더라. 속상했나 봐. 일주일 내내 동네 사람들이 돌아가면서 구경하러 왔대. 특히 라라미용실 아줌마는 오며 가며 매일 왔다나 봐. 그것까지는 참겠는데, 괜히 작업하는 사람들한테까지 강희 신상 털기를 했나 보더라. 이모부 말로는 곰탕 한 그릇 먹고 소주 두 잔 마셨다는데, 아주 곯아떨어졌어."

잠든 강희에게서 보람찬 하루를 마친 기분 좋은 피곤함이 아니라 고단한 하루를 겨우 넘긴 기진맥진함이 느껴졌다.

"오늘 추웠잖아. 공사장에서 꽁꽁 얼었다가 뜨뜻한 온돌에, 따뜻한 국밥에, 들큰한 소주에…… 녹지, 녹아."

또 시작이다, 한아름표 라임.

오늘 아침에는 살얼음까지 얼었다. 한데나 다름없는 곳에서 하루 종일 버텼을 강희를 생각하니 가슴 한구석이 짠했다. 연수는 힘들게 꺾인 강희의 목을 바라보았다. 저 상태로 계속 두면 내일 아침 근육통에 시달릴 텐데.

"강희 목 좀 바로 해줘. 선글라스 벗기려고 했더니 아주 잠결에도 결사투쟁이야."

연수는 강희의 머리를 감싸 똑바로 세워주었다. 그리고 선글라스를 조심스레 벗겨냈다. 미간만 찌푸릴 뿐, 다행히 저항하지는 않았다. 마스카라를 짙게 바른 속눈썹이 어쩐지 우울해 보였다.

"너…… 강희 여기에 왜 왔는지 알아?"

아름이가 깍두기 하나를 베어 물며 물었다.

"그야 공사하러……."

"뭐, 그것도 있는데, 내가 풀무질을 좀 했지. 아궁이에."

"풀무?"

"그런 게 있어. 어, 강희 쓰러진다……."

분명 몸을 바로 세워줬는데, 강희가 스르르 옆으로 쓰러지더니 연수의 다리를 베고 누워버렸다.

"지강희!"

강희가 눕자마자 곰탕이 나왔다.

"어차피 이렇게 된 거 먹고 가자. 내가 장담하건대, 예민한 애가 여기 내려온 후로 제대로 못 잤을 거야. 취한 게 아니라 졸린 거야, 쟤."

곰탕을 먹고 싶었지만 연수는 그럴 수가 없었다. 불편한지 뒤척이던 강희가 몸을 돌려버렸다. 바깥쪽으로 얼굴을 두고 자면 좋으련만. 강희가 숨을 쉴 때마다 연수의 아랫배에 야릇한 열기가 닿았다.

"그, 그만 가자."

몇 술 뜨지도 못하고 숟가락을 내려놓았다.

"더 먹지, 왜?"

뚝배기를 기울여 국물까지 살뜰하게 떠먹던 아름이가 아까운 눈으로 연수의 뚝배기를 바라보았다. 음식 남기는 걸 세상에서 제일 아까워하는 아름이었다. 옛날에는 연수와 죽이 잘 맞아서 각자 치킨 한 마리와 피자 한 판쯤은 가뿐하게 해치우는 사이였다.

"아니, 괜찮……."

말을 하다 말고 연수가 눈을 질끈 감았다. 강희가 얼굴을 바싹 들이밀었다. 강희의 코가 연수의 아랫배에 기어이 닿았다.

"왜?"

"속, 속이 안 좋아서."

안 좋은 건 속이 아니다. 연수는 어떻게든 몸을 뒤로 빼보려고 안간힘을 썼다. 그 바람에 강희가 눈을 떴다.

"으응. 곰탱이시키 왔네."

강희가 비척비척 일어나 연수를 바라보았다. 취했다기보다는 잠이 가득한 눈이었다.

"어……."

대답도 하기도 전에 강희가 연수의 뺨을 양손으로 잡아당겼다.

"이 시키. 완전 구라쟁이. 천구라."

"……."

"강희야, 연수한테 왜 그래?"

아름이가 눈을 동그랗게 떴다.

"살은 왜 빼. 안경은 또 얻다 팔아먹고."

"아프다……."

어디서 그런 힘이 나오는지 강희는 연수의 뺨을 뜯어져라 야무지게 잡아당겼다.

"아파도 싸, 시키야. 다크초코나이트 알아 몰라, 시키야."

말끝마다 욕이다. 이유 없이 당하는 연수는 억울했다.

"아이스크림 먹고 싶어? 사다 줄까?"

"아이씨. 이 시키 시침 떼는 거 봐. 너 나랑 약속했어, 안 했어?"

"뭘?"

지은 적 없는 죄를 자백하라고 고문당하는 기분이 이런 걸까.

"뭐어얼?"

강희가 갑자기 뒤통수를 얻어맞은 사람처럼 얼빠진 얼굴로 연수를 바라보았다. 그러더니 잡아당기고 있던 연수의 뺨을 천천히 놓았다. 세상을 잃어버린 얼굴이다. 믿을 수 없게도 강희의 양쪽 눈에서 커다란 눈물방울이 굴러떨어졌다.

"내가 누구 때문에⋯⋯."

"강, 강희야."

아름이만큼 연수도 놀랐다. 연수는 여태껏 강희의 눈물을 본 적이 없었다. 지강희는 그런 아이다. 눈물을 흘리는 대신 복수를 택하는. 반드시 자신의 기준에 합당한 응징을 해야만 두 발을 뻗고 편히 잤다. 얼룩말을 노리는 암사자처럼 집요한 구석이 있었다.

누군가의 스쿠터 백미러에 검정색 락카가 칠해져 있다거나, 새로 뽑은 트럭의 앞 유리에 야한 업소용 스티커가 공업용본드로 붙여져 있다거나, 낮잠 자고 일어났는데 끼고 있던 틀니가 없어지는 귀신이 곡할 사건들의 배후에는 강희가 있었다.

"아이씨. 쪽팔리게 내 입으로 어떻게 말해."

강희가 손등으로 눈두덩을 문지를 때마다 눈자위가 거뭇해졌다.

"미안해, 강희야. 입 싼 내가 미친년이야."

아름이가 테이블을 건너와 물티슈로 강희의 눈가와 손등을 닦아주었다.

"잠 좀 자게 해줘. 졸려서 미칠 거 같아⋯⋯."

강희는 잠투정하는 아이처럼 칭얼댔다.

"그래, 그만 가자."

아름이가 강희에게 패딩조끼를 입혔다. 입혀주는 대로 얌전히 있던 강희가 스르르 아름이의 품으로 쓰러졌다.

"강희 가방이랑 신발 챙겨."

아름이가 강희의 짐을 챙기는 동안 연수는 강희를 조심스럽게 업었다. 이번에는 등에서 목덜미까지 열기가 퍼졌다.

"나, 얘 어디에 묵고 있는지 모르는데."

곰탕집 앞에 세워둔 강희의 차 문을 열면서 아름이가 말했다.

"오늘은 그냥 강희네 모텔에서 재우자."

"기집애가 난리 피울 텐데……."

아름이가 망설였다.

"그럼, 버리고 가?"

"버리겠다는 애가 점퍼를 벗어서 덮어주니?"

연수의 속을 빤히 아는 아름이가 코웃음을 쳤다.

강희를 모텔로 데려오자 춘길 아저씨와 미스터 권과 승언과 한우가 모두 달려왔다.

"어떻게 된……."

쉿!

연수가 아무 말도 하지 말라고 고개를 흔들었다.

강희의 방에 강희를 내려놓고 일어서려다 도로 주저앉았다. 강희가 연수의 후드티를 꽉 움켜쥐고 놓아주지 않았다. 그 모습을 지켜보던 춘길 아저씨가 모두 몰아내고 쿵, 문을 닫아버렸다.

연수는 강희에게 옷자락을 잡힌 채 우두커니 앉아 빈 벽을 바라보았다. 블라인드 사이로 가로등 불빛이 새어들어왔다. 흐릿한 빛줄기 사이로 열아홉 살의 머슴애가 열아홉 살의 여자애에게 입맞춤을 한다. 오들오들 떨고 있는 여윈 어깨를 끌어안는다. 소름이 돋은 팔을 쓰다듬는다. 맥박이 뛰는 목덜미에 얼굴을 묻는다.

"강희야……."

강희는 여전히 잠들어 있다. 어느새 연수의 옷자락도 놓아버리고 아이처럼 모로 웅크린 채.

연수는 잠든 강희의 얼굴을 어루만지듯 바라보았다.

언제부터 널 사랑하게 되었을까?

볼록하게 솟은 가슴을 몰래 훔쳐보기 시작했을 때부터였을까?

송곳니가 빠진 자리로 보이던 분홍색 혓바닥이 귀엽다고 느꼈을 때부터였을까?

연수는 천천히 고개를 숙여 창백한 이마에 입맞춤을 했다.

"피곤했나 봐요."

밖에서 기다리는 춘길 아저씨에게 그렇게만 말하고 연수는 시계를 들여다보았다. 아직 아이스크림 가게가 문을 닫지 않길 바라며 계단을 뛰어 내려갔다. 다행히 포스기를 마감하기 직전에 아이스크림 가게에 도착했다.

"다크초코나이트 하프갤런 나왔습니다."

연수는 묵직한 아이스크림 통을 받아 들고 회전교차로에 서서 'OTEL CALIFORNIA'라고 반짝이는 사인을 올려다보았다.

다시 11월이다.

모두 다 사라진 것은 아닌 달.

chapter 12

강희

긴 꿈을 꾸었다. 아니, 꾼 것 같다.

눈을 감은 채 군데군데 뜯겨나간 메모장 같은 꿈의 내용을 더듬어보았다. 누군가의 등에 업혀서 차가운 밤길을 밤새도록 걸었던 거 같다. 옅은 세제 냄새가 나는 단단한 등이었다. 따뜻하고 커다란 손이 강희의 발을 꼭 감싸 쥐고 있어서 춥지 않았다. 그 온기가 생생해서 이불 속으로 손을 넣어 자신의 발을 만져보았다.

어라?

이상했다. 익숙한 수면양말이 아니라 발끝이 5센티미터는 남아도는 커다란 양말이 겉돌고 있었다. 거기다 양말목이 종아리까지 올라와 있다. 강희는 양말 한쪽을 벗겨 들어올리고 억지로 눈을 떴다.

뭐지?

큼직한 회색 양모양말이다. 양말의 아가일 패턴이 서서히 시야에 들어오면서 어제저녁의 일들도 또렷해졌다. 연수의 뺨을 쥐어뜯었던 순간이 떠올라 눈을 질끈 감았다.

아이씨.

이불을 푹 뒤집어썼다. 어제 곰탕집에 가지 말았어야 했다. 퇴근하자마자 W시로 날랐으면 지금 이렇게 이 방에서 이상한 양말을 신고 누워있지도 않았다. W시에도 널리고 널린 게 곰탕집인데. 추위와 허기와 H

곰탕집 깍두기의 유혹을 뿌리치지 못한 자신이 원망스러웠다.

"어릴 때부터 마음고생이 많았던 애랍니다. 잘 부탁드려요."

　배관팀 반장님에게 강희의 히스토리를 주절대다 강희에게 딱 걸린 라라미용실 아줌마가 가증스럽게 덧붙인 말이다. 당신이 뭔데? 라라미용실 아줌마만 아니었어도 소주는 마시지 않았다. 젠장. 강희는 수없이 가정법 과거 완료형 생각을 되뇌었다.
　변명을 하자면 일주일 동안의 불면 때문이었다. '싸고 좋은 건 없다'는 만고의 진리처럼 깨끗하고 조용한 모텔은 없다. W시에서 묵은 모텔은 지은 지 얼마 안 돼 깨끗했다. 깨끗한 만큼 손님도 많았다. 사람 많은 곳엔 언제나 사고도 많은 법. 커플 싸움에 경찰이 출동하고 내연남과 놀아난 아내를 찾으러 온 남자가 난동을 피우고 애인과 헤어진 남자의 자살소동까지. 이게 모두 강희가 묵었던 사흘 동안 일어난 일이다. '극한직업'에 모텔 운영이 왜 안 나오는지 모르겠다.
　어쩔 수 없이 조금 한적한 데로 옮겼더니 아, 젠장. 이불에서는 냄새가 나고 샤워기에서는 녹물이 나왔다. 머리카락을 말리는데 쇠비린내가 날 정도였다. 도어락도 변변찮아 복도에서 두런두런 목소리만 나도 움찔 눈이 떠져서 제대로 잘 수가 없었다. 그래서였을까. 어제는 소주두 잔에 잠이 쏟아졌다.
　지금 몇 시지?
　이러고 있을 때가 아니다. 이불을 확 젖히고 벌떡 몸을 일으켰다. 다행히 출근시간까지는 한참 남았다. 몰래 빠져나가야 한다. 프런트를 지키고 있을 미스터 권만 통과하면 된다.
　강희는 침대에서 내려와 누군가가 신겨놓은 양말을 마저 벗어버리고 침대 옆에 곱게 개어놓은 패딩조끼를 입고 조끼 위에 돌돌 말아놓은 자신의 양말을 신었다. 그런데 아무리 찾아봐도 신발이 보이지 않았다. 침대 옆 조명을 켜고 두리번거리며 신발을 찾던 강희의 눈에 그제야 방의 모습이 온전히 들어왔다.

어이없다.

금방이라도 고삐리 강희가 들어와 수능문제집을 푼다고 해도 이상하지 않을 만큼 그대로였다. 심지어 버리라고 박스에 넣어두었던 교과서와 문제집 따위가 고대로 책꽂이에 꽂혀 있었다.

하. 저 꽃은 다 뭔가.

유리컵에 꽂아놓은 새빨간 장미를 바라보자니 헛웃음이 나왔다. 혹시나 싶어 벽장을 열어보았다. 옷도 그대로였다. 교복도 있다. 역시 춘길 씨는 기대를 저버리지 않는다.

강희는 옷들을 뒤적였다. 청바지와 목이 누렇게 변한 흰 셔츠 따위를 들쳐보는데 걸어놓은 제습제가 바닥으로 떨어졌다. 쪼그리고 앉아 제습제를 줍던 강희의 눈에 벽장 구석에 딱 달라붙어 있는 종이 한 장이 눈에 들어왔다. 손을 뻗어 종이를 집어 들었다. 사진이었다. 엄마의 얼굴이 찍힌. 이 사진은 어쩌다 여기에 남아 있었을까. 엄마가 죽고 춘길 씨는 엄마의 사진을 모두 없애버렸는데.

사진 속엔 모두 여섯 명의 사람이 있었다. 볼이 미어터지게 치킨을 먹고 있는 통통한 연수와 그런 연수 옆에서 병나발을 불고 있는 강희와 한 손에는 치킨을 다른 한 손에는 피자를 들고 있는 손자의 모습이 웃긴지 파안대소를 하는 할아버지와 콤팩트를 들여다보며 빨간 입술에 립스틱을 덧바르고 있는 수지 아줌마와 기타를 치려는 건지 고개를 숙인 채 튜닝을 하고 있는 춘길 씨.

모두 저마다의 행위에 몰두하고 있는 사진 속에서 엄마만 관심 없는 얼굴로 정면을 바라보고 있었다. 사진을 찍고 있는 사람을 바라보는 것 같기도 했고, 무심하게 다른 생각을 하고 있는 것도 같고, 어딘가 멀리

다른 곳을 바라보고 있는 것 같기도 했다.

엄마는 알았을까?

엄마가 저런 표정을 지을 때마다 강희는 엄마가 자신을 버리고 떠날 거 같아서 잠을 잘 수 없었다는 걸. 졸린 눈꺼풀을 꼬집어가며 잠든 엄마를 지켜본 날도 있었다. 어떤 날에는 엄마의 발목과 자신의 발목에 실을 묶어두기도 했다.

강희는 확신을 받고 싶었다. 절대 널 버리지 않을 거라는. 널 지켜줄 거라는 믿음 말이다. 엄마도 춘길 씨도 강희에게 그런 확신을 주지 못했다. 춘길 씨는 언제나 너무 바빴고 엄마는 언제나 너무 무관심했다.

똑똑.

몰래 모텔을 빠져나가려 했던 것도 잊은 채 사진을 들여다보고 있다가 노크 소리에 깜짝 놀랐다. 강희는 벽장문을 닫고 사진을 패딩조끼 주머니에 넣었다.

"일어났니?"

미스터 권이었다.

"아저씨……."

미스터 권 아저씨는 흰머리만 조금 늘었을 뿐 하나도 변하지 않았다. 억세고 꼿꼿한 모습은 그대로였다. 칼같이 다린 하얀 셔츠를 입고 H읍 사람들의 놀림거리인 나비넥타이도 여전했다.

"이 꽃은 뭐람? 촌스럽게."

빨간 장미를 툭 건드리며 툴툴거리자 미스터 권의 흉터 있는 뺨이 아주 조금 씰룩였다.

"아침 먹자."

"……."

"방으로 갖다줄까?"

미스터 권이 망설이는 강희의 마음을 읽고 부드럽게 물었다. 강희는 고개를 저었다. 어차피 이렇게 된 거 될 대로 되라지.

오래전, 춘길 씨가 라이브 카페인지 뭔지를 하다가 망해서 방치해뒀던 라운지가 모텔 캘리포니아의 식당이 된 모양이었다. 커다랗고 낡은 그랜드 피아노 옆에 4인용 테이블이 모두 네 개. 피아노만 없어도 테이블 몇 개는 더 놓을 수 있을 거 같다.

세 개의 테이블엔 부메랑 모텔 공사팀이 식사 중이었고 나머지 한 테이블엔 남자 셋이 앉아 있었다. 천연수. 차승언. 류한우. 식당으로 들어서자 남자 셋은 수저를 든 채 강희를 바라보았다. 한우가 알은체를 하려다 냉랭한 강희의 얼굴을 보고 슬며시 손을 내렸다. 연수와 눈이 마주쳤지만 강희는 빛의 속도보다 더 빠르게 피했다. 어울리지 않게 목덜미가 화끈거렸다.

"어? 지 대리, 여기서 잤어?"

"네."

"거봐라. 괜히 멀리까지 왔다 갔다 힘들었지? 어서 와. 북엇국이 끝내준다."

배관팀 반장님이 의자를 빼주며 손짓했다. 라라미용실 아줌마한테 이런저런 얘기를 들었음에도 아무것도 묻지 않는 반장님이 고마웠다.

"여기서 묵는 줄 알았으면 어제 같이 한잔할 걸 그랬네."

전기팀 팀장도 한마디 거들었다.

강희가 배관팀 반장님이 빼준 의자에 앉자 한우와 승언은 고개를 돌리고 다시 식사를 이어갔고 연수만 강희를 바라보고 있었다. 고집스레 정면만 바라보고 있었지만 느낄 수 있었다.

"맛있게 드십시오."

미스터 권이 투숙객을 대하듯 강희 앞에 정중하게 식판을 내려주었다. 나무 식판에 하얀 도자기 그릇과 놋쇠수저라니. 정갈했다. 그러니까 모텔 캘리포니아와 너무 안 어울린다는 얘기다.

"먹어봐. 속이 확 풀린다. 깍두기도 기가 막히네."

북엇국에 밥을 말아 후륵후륵 떠먹던 반장님이 깍두기를 우적우적 씹었다. 아닌 게 아니라 한술 떠먹어보니 들기름 향이 구수하면서도 국물은 깔끔했다.

"아주 제대로 된 황태라니까요. 내가 용대리 출신이라 황태라면 좀 알거든요."

다람쥐처럼 앞니가 튀어나와 똘망똘망 귀엽게 생긴 전기팀의 막내도 거들었다.

물을 마시는 척 슬쩍 눈을 돌려 옆 테이블을 바라보자 연수가 주머니에서 휴대전화를 꺼내 들었다. 미간을 찌푸리는 게 심각한 내용 같다.

"아, 네. 그래요? 지금 갈게요. 온수 좀 넉넉하게 준비해주세요."

연수가 의자를 밀치며 급하게 식당을 빠져나갔다. 먼저 간다는 듯 한우와 승언에게 손짓을 하던 연수와 또다시 눈이 마주쳤다. 연수가 아주 살짝 코를 찡긋했다. 안경을 썼을 때의 버릇인데, 귀여워서 강희가 좋아했던 표정이었다.

"아이구야. 저 수의사 선생 저러다 쓰러지겠다. 내가 여기 열흘째 묵는데 아침 먹다 말고 뛰어나간 게 벌써 몇 번째야? 안 보일 땐 새벽 출장이라던데."

"그래도 돈은 많이 벌잖아요."

짠돌이로 통하는 막내가 부러운 듯 말했다.

"돈이 다냐? 돈 벌려면 도시에 나가서 동물병원 하는 게 더 벌겠지. 이런 시골에서 가축 수의사 하는 건 정말 사명감이 있어야지."

"에이. 그건 반장님이 모르는 말씀이세요. 제가 대관령에서 살았잖아요. 거기 수의사들 돈 얼마나 많이 버는데요."

"그러냐?"

"그럼요. 일이 빡세서 그렇지. 수의사는 힘들어도, 수의사 와이프는 좋을 거 같네."

"뭐가?"

"요즘 한국 여자들은 바쁘고 돈 많이 벌어오는 남자가 제일 좋다면서요? 지 대리님 그죠?"

"누가 그래?"

강희가 수저를 든 채 눈을 치떴다.

"아니이, 바람피울 틈도 없을 거잖아요오."

강희의 눈빛을 피하며 막내가 말꼬리를 길게 늘었다.

"피울 놈들은 바빠도 다 피워. 쓸데없는 얘기 고만하고 커피나 타 와라."

전기팀 팀장이 막내의 등짝을 장난스럽게 퍽 때렸다.

"막내야, 난 믹스커피."

"아, 그냥 좀 드세요. 여기 커피도 별다방 못지않구만. 그리고 셀프라는 거 모르세요? 저기 써 있잖아요. 셀프 서비스."

막내가 툴툴거리며 커피를 가져와 테이블에 죽 돌렸다.

"아, 맞다. 저 선생님 결혼할 분 있다면서요?"

확인을 해달라는 듯 막내가 커피를 마시며 옆 테이블의 한우와 승언에게 물었다. 승언과 한우는 밥을 먹다 말고 서로 얼굴을 마주 보기만 했다.

"어디서 들었습니까?"

한우가 물었다.

"어디서 들었더라. 아, 그저께 심부름 다녀오느라 혼자 늦게 점심 먹은 날 있었잖아요. 기억나죠, 팀장님?"

증인 요청까지 하며 막내는 자신의 말에 신빙성을 더했다.

"요 앞 막국수집 갔는데 수의사 쌤이 어떤 여자랑 점심을 먹고 있더라구요. 아는 얼굴이라 서로 눈인사만 했는데, 두 사람 나가고 나니까 식당 아줌마가 그러던데요? 둘이 결혼할 거 같다고. 애인도 수의사라고 하던데. 같이 일하는."

한우가 '너 들었냐?' 하는 표정으로 승언을 바라보자 승언이 어깨를 으쓱였다.

"아이고, 다람쥐야. 아침부터 웬 수다냐. 지 대리, 천천히 들고 와. 우린 담배 한 대씩 피우고 현장으로 갈 테니."

우르르 팀원들이 빠져나가고 강희만 홀로 남았다.

"야, 오랜만이다."

작업팀이 식당을 빠져나가자마자 한우가 다가와 강희의 어깨를 툭 쳤다.

"그래."

강희가 고개를 끄덕이다 점퍼를 입으며 일어서는 승언을 노려봤다.

"왔냐……."

강희의 테이블로 걸어오는 승언의 배를 주먹으로 퍽 쳤다.

"너 때문이야. 입 싼 시키."

"어차피 다 알게 될 건데……."

"아는 체도 하지 마, 시키야."

승언이 아픈 척 배를 감싸 쥐고 강희의 옆자리에 앉았다. 트레킹화에 위아래 속겉 할 거 없이 유명 아웃도어 브랜드로 쫙 빼입었다. 차림새로만 보면 여기가 모텔 캘리포니아의 식당이 아니라 히말라야의 베이스캠프 같다. 정작 H읍을 한 발자국도 떠나본 적 없는 시키가.

"왔으면 왔다고 우리한테는 얘기해야지. 서운하다, 야."

한우도 강희의 맞은편에 앉아 새까맣게 탄 얼굴로 웃었다. 소를 키운다더니 아주 그냥 촌놈이 다 됐다. 서울에서 봤을 때는 슈트발이 살아서 나름 봐줄 만했는데.

"넌 집 놔두고 왜 여기 있는데?"

"해미리마트 아줌마 밥이 더 맛있어. 우리 엄마, 음식 못하잖아."

"해미리마트 아줌마?"

"아줌마 마트 접고 여기로 오셨어."

강희가 고개를 돌려 주방 쪽을 바라보았다. 모텔 캘리포니아에서 아침을 먹는다는 반장님의 말을 들었을 때도 누가 주방을 맡았는지 궁금했었는데, 해미리마트 아줌마라니. 아줌마의 음식솜씨라면 익히 알고 있다.

학창시절 하굣길에 아줌마네 마트에서 사 먹었던 라면 맛이 가끔 그리울 때가 있었다. 청양고추 송송 썰어 넣고 국물 텁텁해진다고 꼭 계란은 지단으로 올려주셨던 매콤하고 칼칼했던 라면. 거기다 부추를 많이 넣은 겉절이김치까지. 멀리 제주도에서 왔다는 아줌마는 H읍이 너무 춥다고 꽤 늦은 봄까지 스웨터를 입고 계셨다. 그럼 다시 제주도로 가시면 되지 않냐고 하면 마음 붙이고 사는 곳이 고향이라며 흐릿하게 웃기만 하셨다.

"여기도 대형마트가 세 군데나 생겼는데, 구멍가게가 별수 없지. 어? 아저씨 그게 뭐예요?"

한우가 미스터 권이 들고 온 컵을 바라보며 물었다.

"디저트."

미스터 권이 아이스크림을 담은 유리컵을 강희 앞에 내려놓았다.

"우리 거는요?"

"없다."

"아침부터 무슨 아이스크림?"

강희가 미스터 권을 올려다보며 물었다.

"연수가 어젯밤에 사왔다."

"……."

강희는 커다란 유리컵에 듬뿍 담긴 초콜릿 아이스크림을 바라보았다. 쇳덩이에 눌린 것같이 명치가 답답해졌다.

뭐야, 곰탱이시키.

커다랗게 한 스푼 떠서 입안에 넣었다. 프레첼이 바삭, 씹혔다.

"기온이 갑자기 떨어져서 양생시간이 길어질 거 같은데, 괜찮을까요?"

"일주일이면 거의 다 굳어지니까 다음 주부터 다음 공정 들어가도 돼."

배관팀 반장님이 이쑤시개를 물고서 호언장담했다.

"아이고 배부르다. 얼른 가서 눈 좀 붙여야겠다."

날씨가 쌀쌀해지니 다들 따뜻한 걸 찾게 된다. 점심으로 한우내장탕을 먹은 작업팀들은 부른 배를 내밀며 H읍 다운타운을 느릿느릿 걸었다. 명색이 읍내 번화가임에도 사람은 별로 눈에 띄지 않았다.

오일장이 열리는 날만 빼면 거의 매일 이렇다. 얼핏 보면 평화롭지만 자세히 보면 나태함과 권태로움이 구불구불 스며 있다. 그래서일까. H읍 사람들의 지독한 오지랖은 권태와 나태를 견뎌내려는 몸부림 같은 건지도 모르겠다는 생각이 들었다.

"눈은 다 나았나 보네. 선글라스 벗은 거 보니."

오늘 아침부터 딱히 신경 쓰고 싶지 않게 되었다. 선글라스를 쓰고 있는 건 덤불 속에 머리만 숨기고 있는 꿩이나 다를 게 없었다. 어제만 해도 애써 외면했던 라라미용실 앞을 느긋한 마음으로 지나쳤다. 미용실 앞 건조대에 칙칙한-때가 타도 잘 보이지 않는-자줏빛 수건을 탁탁 털어 널던 라라미용실 아줌마가 강희를 빤히 바라보았다. 강희도 빤히 마주 보았다. 아니, 노려보았다. 무슨 말인가를 하려고 입술을 움쭉거리던 아줌마가 먼저 시선을 피했다.

"생각보다 배관공사 공기가 길어져서……."

"지 대리. 나랑 작업 하루 이틀이야? 공사기간 맞출 테니까 걱정 마. 아이구야, 저 단풍은 아주 그냥 무슨 횃불 같네."

작업현장 쪽으로 향하던 반장님이 웅장하리만치 큰 복자기 단풍을 향해 감탄을 쏟아냈다. 연수네 병원 뒷마당에 있는 단풍나무는 구름 한 점 없는 파란 하늘을 배경으로 붉디붉었다. 마치 병원을 집어삼킬 것처럼 위압적으로 붉게 타올랐다. 검은 용이 불을 뿜어내는 것처럼.

"빡큐."

영어학원에 다니기 시작한 같은 반 남자애가 어느 날 강희에게 가운 뎃손가락을 올리며 빡큐라고 소리쳤다. 그게 무슨 뜻인지 몰랐던 강희는 화를 내야 할지, 말아야 할지 멀뚱거렸다. 그 모습이 웃겼는지 그 아이는 더 신이 나서 외쳤다.

"튀기새끼, 빡큐."

'튀기'라는 말을 듣고서야 그게 좋은 의미는 아니라는 걸 알았다. 속은 상했지만 춘길 씨에게 말하지는 않았다. 다만 그 아이의 새로 산 닌텐도 게임기를 몰래 화장실 변기에 던져버렸을 뿐.

사건은 그다음에 일어났다. 장마가 길어진 어느 여름, 반짝 날이 갰다. 비 때문에 나가 놀지도 못하고 몸살을 앓던 동네 아이들이 연수네 병원 뒷마당에 모여 신나게 뛰어놀았다. 술래잡기도 하고 무궁화 꽃이 피었습니다도 하고 복자기 단풍나무에 기대어 말뚝박기도 했다. 여자아이 남자아이 가리지 않고 조금 거칠게 놀았다. 멀리서 뛰어와 말이 된 아이들의 등에 훌쩍 올라탔다. 와르르 무너지는 아이들. 깔깔대는 아이들.

앗!

누군가의 무릎이 깨졌다. 누가 딱히 잘못한 건 아니었다. 놀다 보면 흔히 일어나는 일이었으니까.

"빡큐."

넘어진 아이 중에 무릎이 깨진 녀석이 강희를 향해 빡큐를 날렸다. 닌텐도 그 녀석이었다. 기분이 나빴지만 어쨌든 녀석이 다쳤으니 참기로 했다. 강희는 피가 흐르는 녀석의 무릎을 보고 병원으로 달려가 할아버지한테 일회용 밴드를 얻어 녀석 앞에 쪼그리고 앉았다.

"튀기년이. 빡큐."

녀석이 강희의 어깨를 걷어찼다. 강희는 나동그라진 채 녀석의 적나라한 적의에 당황했다.

"빡큐."

"빡큐."

"빡큐."

조롱은 강렬했다. 녀석을 따라 녀석의 무리도 강희에게 가운뎃손가락을 날렸다. 연수와 한우와 승언이 말렸지만 수적으로 열세였다. 녀석들은 더 의기양양 멈추지 않았다. 우르릉. 번개를 품은 검은 구름이 몰려오고 있었다. 강희의 마음속에도 먹구름이 꿈틀거렸다.

"그만해. 그러다 벼락 맞는다."

왜 그런 말이 나왔는지 모르겠다. 며칠 전에 드라마에서 본 "내가 그랬으면 마른하늘에 벼락을 맞지."라던 대사가 갑자기 떠올랐다.

"벼락? 흐흐. 벼락이래. 벼락 빡큐."

"튀기새끼, 빡큐."

"뚱돼지새끼, 빡큐."

"돌머리새끼, 빡큐."

"해골새끼, 빡큐."

완벽한 도발이었다. 녀석들끼리 강희와 연수와 승언과 한우를 치켜세운 손가락으로 찔러대며 노래를 불렀다. 갑자기 하늘이 사납게 포효

했다. 응징의 시간이 다가온 거였다. 강희는 제우스 신이 번개를 던지듯 녀석들을 향해 돌을 던졌다.

빡!

그 순간이었다. 거대한 낙뢰가 복자기 단풍나무에 떨어진 것은. 나무 아래에 있던 강희와 아이들이 모두 쓰러졌다. 그 뒤로 기억이 없다. 강희가 눈을 뜬 건 연수네 병원이었다. 할아버지가 걱정스레 강희의 머리를 쓰다듬어주었다.

기적처럼 아이들은 모두 무사했다. 김헌열의 이마가 깨진 거 말고는. 어른들은 그 상처가 그저 넘어져서 다친 거라 생각했다. 강희가 던진 돌멩이 때문이 아니라.

강희는 일어나 쏟아지는 빗줄기 속에서 수증기를 내뿜고 있는 나무를 바라보았다. 낙뢰를 맞아 부러진 나무는 가운데 가지 하나가 삐쭉 튀어나와 진짜 하늘에 대고 빡큐를 날리는 모습이었다.

할아버지는 새까맣게 타버린 나무를 차마 베어버리지 못하고 그냥 두었는데 기적처럼 다음해 봄에 새싹이 돋았다. 그리고 무슨 영양제를 맞은 것처럼 무서운 기세로 무럭무럭 자랐다. 그리고 이름도 얻었다. 일명 '빡Q나무'.

실향민이었던 연수네 할아버지가 이곳에 뿌리를 내리겠다고 마음먹은 날 심었다는 의미 깊은 나무였는데, 강희는 그저 죄송할 뿐이었다.

"저기가 수의사 양반 병원이라던데?"

병원 창가로 얼핏 하얀 가운을 입은 여자가 보였다.

"애인도 수의사라고 하던데. 같이 일하는."

그 순간 맹렬한 호기심이 일었다. 제발 공부만 해서 못생기고 이상한 여자이길 바라는 찌질한 마음과 함께. 시계를 들여다보았다. 점심시간이 삼십 분쯤 남아 있었다. 병원 주차장에 연수의 차도 보이지 않았다. 그렇다면 지금 병원에는 여자 혼자라는 얘기다. 강희가 무리수를 두면서까지 H읍에 다시 오게 된 건 저 여자의 지분이 크다. 과연 저 여자가 연수의 짝으로 합당한지 아닌지 심사해야 했다. 누가 너에게 그런 자격을 줬냐고 묻는다면 물론 할 말은 없다. 굳이굳이 찾자면 시누이 같은 불알친구로서의 자격이라고 할까.

"먼저들 가세요."

"왜?"

"다들 차 안에서 낮잠 주무실 거잖아요. 점심시간 삼십 분쯤 남았으니까 저도 그동안 놀다 갈게요."

강희는 작업팀을 먼저 보내고 병원 앞에서 잠시 망설였다. 그러다 에라 모르겠다, 하는 심정으로 'H가축병원'이라고 시트가 붙은 유리문을 힘껏 밀쳤다.

"안녕하세요, 날씨가 춥죠?"

뽀얀 피부의 여자가 살갑게 눈웃음을 쳤다. 하얀 이가 가지런하다. 무방비하고 무해한 미소였다. 어쩐지 허를 찔린 기분이다. 강희는 저렇게 웃는 얼굴을 보면 어떻게 해야 할지 모르겠다. 적대적으로 나오는 사람에게는 대차게 나갔지만 기본적으로 다정하거나 친절한 사람에게 약했다. 강희는 쑥스러우면 이상한 표정을 짓는데 지금 분명 바보 같은 얼굴일 거다.

"어떻게 오셨어요?"

개나 고양이나 송아지 없이 혼자 온 걸 확인한 여자가 물었다.

"천연수 어디 갔'쩌'요?"

알면서 묻자니 혀가 꼬였다. 젠장. 입술을 꾹 깨물었다.

"아, 원장님이요? 지금 출장진료 중이신데…… 급하신 일인가요?"

눈웃음이 아주 그냥 녹는다, 녹아.

"아니…… 그냥 지나가는 길에."

"저…… 혹시 원장님 친구분이세요? 저쪽 모텔 공사하신다는."

강희의 한쪽 눈썹이 자신도 모르게 휙 솟구쳤다.

"그런데요?"

"그렇구나. 어떤 분인가 되게 궁금했었는데."

여자가 또다시 눈웃음을 쳤다. 저건, 그냥 타고난 거다. 꾸며서는 저렇게 안 된다.

"날…… 그쪽이 왜요?"

가운의 가슴께를 슬쩍 보니 초록색 궁서체로 윤난우라고 박혀 있다.

"원장님이 틈만 나면 저쪽 공사현장을 보시거든요. 서울에서 온 친구가 공사한다고 하시기에 전 당연히 남자분인 줄 알았어요."

"……"

"아, 차 한잔 드릴까요? 믹스커피랑 코코아랑 캐모마일 있어요."

"음…… 캐모마일 부탁할게요."

강희의 말에 여자는 맑게 웃음을 터트렸다.

"왜 웃어요?"

"왠지 캐모마일 드실 거 같았어요."

"그게 웃을 일인가요?"

"처음이세요. 우리 병원에 오신 손님 중에 캐모마일 드신다는 분은. 내내 기다렸거든요. 우리 언니가 텃밭에서 유기농으로 키운 캐모마일 티를 선택해줄 손님을요."

언니?

윤난아를 말하는 건가? 강희가 기억하는 윤난아는 텃밭에 유기농으로 캐모마일을 키우는 캐릭터는 아닌데.

"감기 걸리지 말라고 잔뜩 말려줬는데, 원장님은 믹스커피고 저는 코

코아를 좋아해서 도무지 먹을 틈이 없었어요. 다 먹었으면 더 가져가라
고 생각날 때마다 얘기하는 언니가 너무 딱하잖아요."

아이씨. 사랑스럽다.

말을 어쩜 저렇게 하나. 점심에 먹은 내장탕이 내장 안에서 요동치는
기분이다.

"아, 참. 저한테도 선배님이시니까 말씀 놓으세요."

"또 볼 일 있으면……."

"당연히 또 봬야죠. 선배님이신데. 잠시만 앉아서 기다리세요."

무슨 상냥 열매라도 따먹은 건가? 왜 저렇게 상냥한지 모르겠다.

여자가 차를 준비하는 동안 멀뚱하게 앉아서 병원 내부를 휘 둘러보
았다. 미닫이문이 달린 진료실과 수술실, 약품들이 쌓여 있는 약장이 한
벽면을 차지하고 있고 유리 밑에 초록색 부직포를 깐 테이블 위엔 신문
과 수의학 관련된 잡지 몇 권.

할아버지가 살아 계실 때와 별로 달라진 게 없어 보였다. 변한 건 수
의사 면허증 속 이름이 천연수로 바뀐 것뿐.

돈 세다가 잠드소서.

병원 개업식 때 들어온 화환리본을 걸어둔 게 보여서 피식 웃고 말았
다. 누가 보냈는지 안 봐도 알 거 같다. 한우 아니면 승언이겠지. 리본에
새긴 축사처럼 연수가 돈 세다가 잠이 들었으면 좋겠다.

냐아아.

그때 소파 구석에서 시커먼 무언가가 다가왔다. 황금빛 눈동자와 반
들반들 윤이 나는 까만 털을 가진 고양이였다. 까만 고양이는 강희의 다
리에 제 몸을 부비더니 폴짝 소파 위로 올라왔다. 귀부인처럼 우아하게
앉아 제 다리에 꼬리를 감고 눈을 깜빡였다. 강희도 고양이의 눈을 들여

다보며 몇 번 깜빡여주었다. 그러자 까만 고양이는 벌러덩 배를 보이며 드러누워 솜방망이 같은 앞발로 강희의 손을 톡톡 건드렸다. 마치 쓰다듬어달라는 듯.

헤픈 녀석이다.

하얀 하트 무늬가 있는 고양이의 가슴을 가만히 만져주었다. 그러자 고양이는 스쿠터가 지나가는 소리처럼 우렁차게 골골송을 불렀다.

"대박!"

머그잔을 들고 오던 여자가 못 볼 걸 본 것처럼 놀랐다.

"깜희야. 너 지금 배 깐 거야?"

이름이 깜희인가 보다.

"왜요?"

"얘가 보통 애가 아니거든요. 원장님 빼고는 다 싫어해요. 인간이든 동물이든."

"그래요?"

먼저 와서 만져달라고 하기에 개냥이인 줄 알았더니.

"얘네 엄마도 그랬대요."

"이 녀석, 엄마도 있어요?"

"네. 저는 못 봤는데…… 아, 사진 있어요."

여자는 진료실에 들어가 엽서크기의 아크릴 액자를 들고 나왔다.

"얘가 깜희 엄마래요. 도도하게 생겼죠?"

강희는 여자가 보여주는 사진을 들여다보았다. 코 밑에 콧수염처럼 점이 찍힌 고양이가 옆으로 드러누워 네 마리의 새끼들에게 젖을 물리고 있었다. 나른하게 뜬 호박색 눈은 행복해 보이기도 슬퍼 보이기도 했는데 어느 쪽으로든 아름다웠다.

찰리…….

찰리 채플린을 닮았다고 강희가 붙여준 이름이었다. 아름답고 슬픈 눈을 가진 찰리. 강희는 찰리가 당연히 수컷이라고 생각했었다. 아마도 콧수염을 닮은 저 점 때문이었을 거다. 찰리가 새끼를 가졌을 때 강희와 연수는 뒤통수를 맞은 느낌이었다.

강희는 사진을 내려놓고 찰리와 꼭 닮은 눈을 가진 깜희를 바라보았다. 찰리의 아기라니.

찰리는 바람이 나 도망가버린 춘식이—배트맨 가면을 쓴 녀석—의 손녀다.

춘식이로 말할 것 같으면 엄마가 비 오는 밤에 주차장에서 구해낸 검은 고양이, 레오의 아들이다.

"깜희야……."

황금색 눈을 들여다보며 눈으로 말했다.

나는 말이야…… 너의 엄마도, 너의 엄마의 할아버지도, 너의 엄마의 할아버지의 엄마도 알고 있어, 라고.

냐아아.

깜희가 알아들은 것처럼 사랑스럽게 울었다.

강희도 그랬으면 좋겠다. 누군가가 너의 엄마의 엄마를 알고 있다고. 너의 엄마의 아빠를 알고 있다고 말해줬으면 좋겠다.

네안데르탈인이 이동하다가 호모 사피엔스 무리에 떨어트리고 간 아이처럼 엄마는 강원도의 어느 고아원 앞에 버려졌다고 했다. 그 고아원이 생긴 이래 혼혈인 아이는 엄마가 처음이라고 했다. 혼혈인 고아는 철저하게 이방인이었다. 엄마는 결국 세상에 스며들지 못하고 떠났다. 엄마의 아빠는, 혹은 엄마의 엄마는 대체 어느 대륙에서 이동하다가 엄마를 떨어트렸을까.

강희는 자신의 허벅지를 톡톡 두드려보았다. 찰리가 그랬던 것처럼 깜희가 망설임 없이 강희의 다리로 올라왔다. 반들거리는 이마를 쓸어주자 깜희는 찰리처럼 나른하게 눈을 뜨고 강희의 허벅지에 꾹꾹이를 해댔다.

"와아, 이 배신감 뭐지? 저도 나름 동물들한테 인싸거든요. 그런데, 저 녀석이 냉정하게 굴어서 상처받았었는데. 진짜, 대박. 사진 찍어야 지."

여자가 가운 주머니에서 휴대전화를 꺼내 강희와 꾹꾹이 하는 깜희를 찍었다.

"원장님한테 동영상 보냈어요. 깜짝 놀라실 거예요."

"누구 마음대로?"

"네?"

뇌를 거치지 않고 튀어나온 말에 여자가 입을 딱 벌렸다. 재수 없게 일진 짱에게 덜미를 붙잡힌 얼굴이다.

"아, 죄송해요. 너무 예뻐 보여서 저도 모르게 그만……."

"농담이에요."

"아이, 난 또. 고소당하는 줄 알았잖아요."

여자는 진심으로 안도하는 얼굴이다. 강희가 피식 웃자 여자도 강희를 바라보며 해사하게 웃었다. 예쁜 게 착하기까지 했다. 한마디로 재수 없다는 얘기다.

아 잠깐. 지금 뭘 보냈다고? 동영상?

강희가 서둘러 깜희를 내려놓고 일어서는데 주차장에서 차 소리가 들 렸다.

"어? 원장님이다."

창밖을 바라보던 여자가 아이처럼 유리문을 밀치고 주차장으로 뛰어 나갔다. 나비처럼 팔랑팔랑 뛰어가는 여자의 뒷모습은 백점 맞았다고 자랑하러 가는 아이처럼 어딘가 신나 보였다.

강희는 일어나 창 너머로 주차장을 바라보았다.

시동을 끄고 차에서 내린 연수가 손가락으로 픽업트럭 뒷좌석을 가리키며 여자에게 무슨 말을 하자 여자가 깜짝 놀라며 뒷문을 열었다. 뒷문을 열자 털이 하얀, 어떻게 보면 때가 탄 회색 같기도 한 무언가가 불쑥 얼굴을 내밀었다. 커다란 개 같기도 하고 귀가 뾰쪽한 게 양 같기도 했다. 아니, 당나귀였다. 아주 작은. 아이라인을 짙게 바른 듯한 눈을 보니 당나귀가 틀림없었다. 강희는 창가로 더 바싹 다가갔다.

태우기는 어떻게 태운 거 같은데 녀석이 좀처럼 차에서 내리지 않고 고집을 피우는 모양이다. 여자가 줄을 잡아당기고 연수가 엉덩이를 밀어도 꿈쩍도 하지 않았다. 연수가 하는 수 없이 차 문을 열어둔 채 줄을 빡Q나무에 묶었다. 고집피우는 녀석이 스스로 나올 마음이 들 때까지 기다리기로 한 모양이었다.

"검사는 해봐야겠지만 링웜[10] 같다."

창문을 조금 열자 연수의 목소리가 들렸다.

"선배님, 발굽…… 이거 제엽염[11]인가요?"

"응. 영양상태도 지금 너무 안 좋아. 아사 직전이야. 한 녀석은 죽고, 아무도 없는 농장에서 혼자 버티다 줄이 삭아서 끊어지는 바람에 인가로 내려온 거 같더라."

"아무리 농장이 망했어도 이런 애를 그냥 버리고 가면 어떡해……."

"일단 데리고는 왔는데, 이 녀석 거처가 문제네."

"얘 눈 좀 봐요. 세상에…… 너무 예뻐."

키이익. 키이익.

자신의 처지를 아는지 모르는지 작은 당나귀는 쉰 목소리로 울었고 그런 녀석의 이마를 연수가 부드럽게 쓰다듬었다.

강희는 창문을 닫았다. 맑은 가을빛 아래 서 있는 남자와 여자는 제법

---

10 Ringworm, 전염성 피부염

11 蹄葉炎, 소나 말의 발굽에 발생하는 염증

잘 어울렸다.

"깜희야……."

어느새 따라와 발치에 앉아 있는 깜희를 들어올렸다. 그리고 황금색
눈동자를 바라보며 속삭였다.

"좋은 사람인 거 같다. 너는 매일 봐서 알 거 아니야? 그치?"

냐아아.

깜희가 속도 모르고 또다시 예쁘게 울었다.

chapter 13

연수

"어? 가셨나 보네요?"

모텔 공사하는 친구가 왔다는 말을 듣고 주차장에서 병원으로 뛰어가는 십여 초 동안 어떤 얼굴로 인사를 할까 수십 가지 버전을 시뮬레이션했는데, 강희는 가고 없었다. 재빨리 창가로 다가가 블라인드를 들추자 회전교차로를 가로질러 걸어가는 강희의 뒷모습이 보였다. 패딩조끼 주머니에 손을 찔러넣고 걷는 어깨가 어딘가 모르게 축 처져 있다. 오늘은 또 누가 심기를 건드린 걸까.

"무슨 일로 왔다는 말은 안 하고?"

하나 마나 한 질문을 하고 연수는 블라인드에서 손을 뗐다. 하도 들춰봐서 얇은 알루미늄 소재의 블라인드가 꺾여버렸다.

"그냥 들르셨대요. 점심시간이라 지나가다가 잠깐 들어오셨던 거 같던데. 어? 차도 다 안 드시고 가셨네."

난우가 식은 머그잔을 치우려다 소파 위에서 꾸벅꾸벅 졸고 있는 깜희를 힐끔 쳐다보았다.

"이, 배신자."

"배신자……?"

"아니, 애가 그 친구분한테 어찌나 애교를 부리는지, 깜희 아닌 줄 알았다니까요. 제가 동영상 보내드렸는데 못 보셨어요?"

"동영상?"

주머니를 더듬었지만 휴대전화가 없었다. 차에 두고 왔나 보다. 목걸이를 해서 걸고 다니든가 해야지, 휴대전화 찾다가 보내는 시간이 밥 먹는 시간보다 더 길었다.

"안 나올 거야?"

당나귀 녀석은 차에서 나올 생각이 없어 보였다. 불편할 텐데 좁은 뒷좌석에서 엉거주춤 서 있었다. 그사이 오줌을 쌌는지 차 안에 냄새가 지독했다. 빈말로라도 깨끗한 차라 할 순 없지만 지금은 최악이었다. 녀석을 끌어내고 세차도 해야 하고 소독도 해야 할 거 같았다.

운전석을 열고 음료홀더에 꽂아둔 휴대전화를 집어 들었다. 연수는 운전석에 앉은 채 십팔 초짜리 동영상을 백만 번쯤 되돌려봤다.

하얀 손가락이 깜희의 이마를 부드럽게 긁어주자 깜희가 눈을 게슴츠레 뜨고 꾹꾹이를 했다. 꾹꾹이를 하는 깜희의 얼굴은 무아지경이다. 연수도 깜희의 저런 얼굴은 본 적이 없다. 까칠했던 찰리도 강희 앞에서는 온갖 애교를 부려댔었는데. 이 녀석들은 지강희를 사랑해야만 하는 DNA를 가졌나 보다. 전동안마기 소리 같은 깜희의 골골송이 시끄러울 정도로 휴대폰 스피커를 타고 흘러나왔다. 뒷좌석에서 꿈쩍하지도 않던 당나귀가 깜희의 소리에 반응했다. 털이 부숭부숭한 귀를 쫑긋 세웠다.

"너도 볼래?"

동영상을 보고 있는데 의자 사이로 당나귀가 고개를 쑥 내밀었다. 눈화장을 한 듯 짙은 눈자위가 강희랑 닮았다.

"어때? 예쁘지?"

키이익.

목이 쉰 물개 같은 소리를 내더니 당나귀가 고개를 휙 돌려버렸다.

얼굴 좀 나오게 찍어주지.

동영상 속 강희는 고개를 숙이고 있어서 속눈썹과 코끝만 보였다. 연수는 그래도 강희의 속눈썹이 나온 화면을 캡처해서 갤러리에 저장했다.

"이제 나올 생각이 좀 들었어?"

연수가 알파파 한 줌을 들고 줄을 살짝 잡아당기자 녀석이 코를 벌름거리며 건초를 향해 고개를 내밀었다.

"그렇지. 먹고 싶으면 나와."

줄을 잡은 채 한 걸음 물러서니 녀석은 잠시 버티다 풀쩍 차 밖으로 뛰어내렸다.

"착하다. 물부터 먹자."

양동이에 물을 받아다 주자 목이 말랐는지 잘 먹었다.

"너도 걱정이고 나도 걱정이다."

물을 먹고 있는 녀석을 보며 낮게 한숨을 쉬었다.

할 일이 많다. 전염성이 강한 균이라 녀석을 일단 격리시켜야 했다. 입양을 보내더라도 다 나은 뒤에 보내야 마음이 놓일 거 같다. 당분간 당나귀를 보호해줄 곳을 찾지 못하면 연수가 데리고 있어야 하는데, 그러려면 녀석이 지낼 곳이 있어야 했다. 먹이도 구해야 한다. 결정적으로 당나귀를 치료해본 적이 없어서 선배 수의사에게 자문도 구해야 했다. 한쪽 무릎을 꿇고 앉았던 연수는 으그그, 소리를 내며 일어섰다.

"선배님, 제가 해볼까요?"

연수의 톱질이 영 시원찮은지 난우가 기어이 한마디 했다. 뒷마당에 잘 사용하지 않는, 천막을 덮은 간이용 차고에 당나귀의 임시 거처를 만들기로 했다. 기둥 사이에 펜스를 치고 문을 달면 된다.

펜스를 친다. 그리고 문을 단다.

아주 간단한 문장인데 연수는 땅거미가 지도록 톱질만 하고 있었다.

영 속도가 나지 않는다. 용수철물에서 주문한 자재는 도착한 지 세 시간이 훌쩍 지났는데, 아직 펜스 한 귀퉁이도 완성하지 못했다. 이럴 때 승언이라도 있으면 도움을 청할 텐데, 오늘따라 녀석이 전화도 안 받고 바쁜 모양이다.

"윤 선생, 퇴근해라."

"이거 보고 어떻게 퇴근해요."

톱질할 때마다 흔들리는 목재를 잡아주며 난우가 조그맣게 한숨을 쉬었다.

"끝내고 맛있는 거 먹자."

"네. 끝내면요."

밑 빠진 독을 언제 채우랴 하는 얼굴이다.

"어? 길이가 왜 짧지?"

분명 길이를 재서 잘랐는데, 나무의 길이가 기둥과 기둥 사이보다 턱없이 짧았다.

"그러게요. 분명이 1미터 40센티였는데……."

길이를 쟀던 건 난우다. 난우는 그럴 리가 없다고 고개를 갸웃거리며 다시 줄자를 집어 들었다.

"헉. 1미터 80센티네?"

난우의 말에 연수가 톱을 툭 떨어트렸다. 1미터 40센티에 맞춰 잘라 놓은 목재더미 위로 스산한 바람이 불었다. 땀이 밴 등줄기에 소름이 돋았다.

"죄송해요, 선배님……."

"……."

일부러 그런 것도 아닌데, 난우의 사과를 기꺼이 받아들이고 괜찮다고 말하고 싶은데 쪼잔하게도 입술이 쉽게 떨어지지 않았다.

맥없이 서 있는데 뒤에서 자갈 밟는 소리가 났다.

"아, 선배님. 퇴근하시나 봐요."

난우가 반갑게 손을 흔들었다.

선배님?

뒤돌아보자 퇴근하는 길인지 백팩을 한쪽 어깨에 걸치고 강희가 다가왔다.

"뭘 하는데?"

"저 녀석 집을 만드는데요……."

난우가 빡Q나무 아래에서 건초를 먹고 있는 당나귀를 가리켰다.

"제가 길이를 잘못 재서 원장님이 몇 시간 동안 잘라놓은 나무를 다 못 쓰게 됐어요. 그래서 지금 제 턱이 날아가기 일보 직전이에요."

난우의 말에 강희가 피식 웃었다.

"펜스 만들려고?"

강희가 연수를 힐끔 쳐다보더니 차고 쪽으로 다가갔다.

"어떻게 만들 생각이었는데?"

"아 그게요……."

난우가 강희를 따라가며 몸짓과 손짓과 표정으로 당나귀 집을 설명했다. 강희는 찬찬히 차고를 살펴보다가 어딘가로 전화를 했다.

"천연수, 같이 좀 가자."

통화를 끝낸 강희가 연수를 불렀다.

"어딜?"

"따라와."

강희는 연수를 부메랑 모텔로 데려갔다. 모텔 주차장에 있는 컨테이너로 다가간 강희는 이중 잠금장치를 풀고 손전등을 켰다.

"이거랑, 이거, 이거 내 차에 실어."

연수는 원형톱 절단기와 콤프레서와 케이블릴 따위를 강희의 차에 싣고 병원으로 돌아왔다. 강희는 레이저가 달린 줄자로 꼼꼼하게 실측한 뒤, 연수가 쓸모없이 잘라놓은 나무와 남아 있는 목재를 살펴보고는 나무판재 한구석에 설계도 같은 걸 스윽스윽 그렸다.

"전원 좀 연결해줘."

드디어 준비가 끝났나 보다.

전기가 연결되자 작업등이 켜졌다. 강희는 연장벨트를 매고 고글을 쓰고 손가락이 뚫린 가죽장갑을 꼈다. 그리고는 한 치의 흐트러짐 없이 원형톱 절단기로 나무를 재단했다. 잉여의 동작은 단 하나도 없었다. 효율적이고 능률적인 움직임이다. 최소의 에너지와 시간으로 최대의 결과치를 만들어내는.

나무를 절단할 때 날리는 톱밥가루 사이로 강희의 단단한 눈빛이 보였다. 섹시한 전사 같다. 에어 타카건을 들고 재단한 나무를 탕, 탕, 박을 땐 치명적인 스나이퍼다.

"이쪽 잡아."

잡으라면 잡았다.

"이거 세우고."

세우라면 세웠다.

"여기 좀 꽉 눌러."

꽉 누르라면 아주 힘껏 눌렀다.

차고의 기둥과 기둥 사이에 펜스가 세워질 때마다 난우는 아이처럼 박수를 쳤다. 전기드릴로 경첩을 달았다. 강희가 나사를 하나하나 박아 넣는 동안 연수는 멍하니 강희의 입술을 바라보았다. 입술 사이에 문 나사가, 아니 나사를 문 입술이 너무 섹시해서 부르르 몸이 떨렸다. 마지막으로 잠금장치를 달자 출입문이 완성되었다.

"와아. 진짜……."

난우는 강희가 작업하는 모습을 동영상으로 찍으며 감탄에 감탄을 했다. 존경과 찬사를 가득 담은 눈으로 강희를 바라보았다. 난우가 그러든지 말든지 강희는 무심하게 전기줄을 감고 연장만 정리했다.

"고맙다."

연수가 정신을 차리고 겨우 한마디 했다.

"고마우면 밥이나 사든가."

강희가 고글을 벗으며 엷게 웃었다. 그 모습이 연수에게는 슬로모션으로 보였다. 흘러내리는 머리카락 한 올 한 올이 촉수처럼 연수를 잡아당기는 거 같다. 현기증이 일었다. 연수는 자신도 모르게 눈을 질끈 감았다 떴다.

"어? 벌써 다 끝냈어? 도와주려고 서둘러 왔는데."

주차장으로 한우의 트럭이 들어섰다.

"바닥에 깔 건초랑 망아지용 사료 좀 가져왔다. 송아지 사료나 망아지 사료를 섞여 먹인다는데 아무래도 단위동물[12]이니까 망아지 사료가 더 나을 거 같아서."

"만지지 마. 링웜이야. 넌 멀찍이 떨어져 있어."

트럭에서 내린 한우가 당나귀에게 다가가려고 하기에 연수가 말렸다. 항생제 주사를 놓고 약물목욕을 한 상태지만 그래도 방심했다가는 다른 소들한테 피해가 갈 수도 있다.

"아이고, 녀석. 얼마나 가려울까."

한우가 멀찍이 떨어져서 당나귀를 안타깝게 바라보았다. 진심으로 가여워하는 눈빛이었다.

한우가 가져온 건초를 바닥에 두툼하게 깔고 당나귀를 밀어넣자 당나귀는 제집인 양 별 반항 없이 들어갔다. 한우가 가져온 사료도 먹고 물도 마시더니 건초 위에 앉아 꾸벅꾸벅 졸기 시작했다. 마스카라를 바른

---

12 單胃動物, 위가 하나인 동물

듯 까만 속눈썹이 측은하면서도 귀여웠다.

"인마, 화장 지우고 자야지."

한우가 웃으며 농담을 했다.

네 사람은 펜스에 팔을 걸치고 졸고 있는 당나귀를 바라보았다.

"생각보다 더 작네? 미니어처 종이라 그런가?"

소라면 자다가도 벌떡 일어나는 한우는 당나귀가 꽤나 마음에 든 모양이었다.

"크로스 종이 작은 편이데 애는 못 먹어서 그런지 유난히 더 작네요. 두 살 정도 된 거 같은데."

난우가 대답했다.

"저놈, 갈 곳은 있어?"

한우가 묻자 난우가 쉿, 하고 검지를 올렸다.

"쟤, 들어요. 어디로 또 보낸다고 하면 불안해하잖아요."

난우가 당나귀를 바라보며 속삭이자 한우는 난우를 신기하다는 듯 턱을 괴고 바라보았다.

"알아봐야지. 일단 피부병부터 낫고."

"그런데, 지강희. 너 대단하다. 인테리어하면 이런 것도 다 할 줄 알아야 하냐?"

한우가 탄탄하게 고정된 펜스를 손바닥으로 툭툭 치며 물었다.

"현장에서 배웠지."

아무 말도 없이 당나귀만 바라보던 강희가 별거 아니라는 듯 말했다.

"왜? 노가다라도 뛰려고?"

"뭐, 아쉬우면 노가다라도 뛰어야지. 그것도 있고 나중에 내가 살 집은 내가 지으려고."

여전히 시선은 당나귀한테 고정한 채다.

"직접?"

"응. 벽돌도 쌓고, 창틀도 만들고 타일도 붙이고."

"헐, 대단한데?"

오래전 강희가 운동장에 분필로 그렸던 집이 떠올랐다. 햇빛에 데워진 마사토 위에 누워 눈을 꼭 감고 있던 어린 강희도. 담장 밖에 그려진 꽃들도. 꽃밭에서 놀던 춘식이도. 그날…… 강희가 그랬다. 네 방도 하나 만들어줄게, 라고.

"와아. 꼭 보고 싶어요, 그 집."

난우가 또다시 존경의 눈으로 강희를 바라보았다.

"말이 그렇다는 거지……."

강희가 피식 웃었다.

새빨간 단풍잎 몇 개가 팔랑거리며 강희의 어깨 위로 떨어졌다. 연수가 손을 뻗어 단풍잎을 떼어주었다. 강희가 그제야 고개를 들어 연수를 올려다보았다. 분명 연수를 바라보고 있는데, 연수를 바라보지 않는 눈을 하고 강희는 한참 동안 말이 없었다. 연수의 심장이 툭 떨어졌다. 이 눈빛…… 분명 언젠가 본 눈인데.

"천연수, 밥 산다며. 배고프다."

강희가 펜스에 기댔던 몸을 일으켰다.

"야, 저거 너네 학교 얘기 아니냐?"

밥을 먹던 한우가 물었다.

배고프다던 강희는 정작 식당에 와서는 먹는 둥 마는 둥이다. 연수는 노릇노릇 잘 구워진 더덕구이를 한 점 들고 갈등하고 있었다. 이걸 강희의 밥그릇에 올려줘, 말아, 하던 참에 한우가 텔레비전을 가리켰다. 더덕구이를 든 채 고개를 돌리자 식당에 켜져 있던 텔레비전에서 저녁뉴스가 나오고 있었다.

   ─ 지난 5월, 지방의 한 국립대인 K대 수의대에서 지속적인 동물학대
가 자행되고 있다는 제보가 들어왔습니다. K대학 졸업생으로 추정되는
제보자는 A4 20쪽에 이르는 우편물을 보내 K대에선 출처가 불분명한
개를 실습에 사용한다고 고발했으며, 전국 대부분의 수의대에서 이러
한 동물학대가 일어나고 있다고도 주장했습니다. 제보에 따라 K대 수
의대를 찾은 동물보호단체는…….

   더덕구이를 내려놓고 난우를 슬쩍 바라보았다. 연신 맛있다며 야무
지게 먹어대던 난우의 얼굴이 눈에 띄게 굳어갔다.

   ─ K대 수의대 교수들은 해당 제보를 악의적인 해석이라고 반박했습
니다. 그러나 현장조사 결과, 제보의 상당 부분이 사실로 확인됐습니
다. K대뿐만 아니라 동물실험윤리위원회의 승인을 받지 않고 동물실험
을 자행한 대학도 여러 곳이었습니다.

   "아주머니, 여기 소주 한 병이요."
   난우가 반쯤 남은 밥공기를 밀어놓고 소주를 주문했다. 한우가 의외
라는 얼굴로 난우를 바라보았다.
   "언니도…… 한잔하실래요? 아, 선배님이시니까 편안하게 언니라고
불러도 되죠?"
   "그쪽한테 편안하게 언니라고 불리고 싶은 생각은 없는데, 한잔은 하
고 싶네."
   "에?"
   아무 생각 없이 강희에게 소주를 권하던 난우의 얼굴이 웃음 반, 울음

반 어정쩡하게 구겨졌다.

"야. 너는 농담을 해도 꼭 진담같이 하냐. 하여간……."

한우가 어색한 분위기를 무마하며 난우의 잔과 강희의 잔에 소주를 따라주고 연수의 잔과 자신의 잔도 채웠다.

"만나서 반가우니까 건배나 할까?"

한우가 잔을 들어 세 사람을 바라보았다.

"당나귀를 위하여!"

강희가 난우의 잔에 자신의 잔을 부딪쳤다.

"쿡. 무슨 영화제목 같다. 당나귀를 위하여."

난우가 금방 풀어져서는 강희의 건배를 받았다.

− 실험동물에 관한 법률 개정안에 따르면, 정식 공급업체에서 공급받지 않은 동물로 실험할 경우, 이백만 원 이하의 벌금에 처해집니다. 하지만 교육기관은 해당 법률이 적용되지 않습니다. 이에 동물보호단체들은 실험동물에 관한 법률 개정을 강하게 요구하고 있습니다.

"누군지 모르겠는데 용감하네. 자기 학교를 고발하고. 졸업생이면 수의사일 테고, 학연 지연 좁은 바닥에서 불이익도 엄청날 텐데. 용자다, 용자야."

한우가 그렇게 말하자 난우가 소주병을 집어 들고 강희와 자신의 잔에 또다시 소주를 따랐다. 주거니 받거니, 난우는 소주 한 병을 더 시켰다.

"저 잠시 화장실 좀……."

조금 비틀거리는 난우를 연수는 걱정스럽게 바라보았다.

"내가 나가볼게."

강희가 슬쩍 연수의 얼굴을 보더니 자리에 일어나 난우를 뒤따라 나갔다.

"그 용자가 윤난우다."

강희의 뒷모습을 바라보며 연수가 말했다.

"뭐?"

한우가 되물었다.

"저 뉴스의 내부 고발자가 윤난우 선생이라고."

"헐. 진짜?"

한우가 이미 다른 뉴스로 넘어간 텔레비전과 난우의 소주잔을 번갈아
바라보았다.

"나, 뭐 실수했냐?"

한우가 뒷머리를 긁적였다.

한우의 말처럼 좁은 바닥, 소문이 안 날 수 없었다. 난우는 결국 박사
과정도 포기해야만 했다. 참여했던 랩의 프로젝트에서 완전히 강제로
제외되어버렸으니 별수 없었다.

"나가봐야 하는 거 아니냐?"

강희와 난우가 나간 지 꽤 됐는데도 돌아오지 않았다. 연수도 그래야
하는 거 아닌가 하는 참에 두 사람이 돌아왔다. 울었는지 난우의 눈가가
붉었고 강희의 얼굴은 누군가를 울린 사람처럼 떨떠름했다.

"사장님, 여기 소주 한 병 더 주세요."

자리에 앉자마자 강희가 소주를 추가했다.

저녁식사 자리가 갑자기 술자리로 바뀌었다. 하루 종일 연락이 닿지
않던 승언이 도착했고 자려고 누웠던 아름이도 강희에게 불려나왔다.

"여태 어디서 뭐 하고 온 거야? 오늘 일도 안 나갔다며?"

"여기 사이다 한 병 주세요."

승언은 한우의 물음에 대답도 하지 않고 사이다를 시켜 소주처럼 쓰
디쓰게 마셨다.

"저녁은?"

"……."

연수의 질문도 씹는다. 뭔가 일이 있는 게 분명했다.

"아주머니, 혹시 계란찜 돼요?"

강희가 계란찜을 시켜 승언 앞으로 밀어주었다. 수저도 나란히 놓아주고 먹어, 했다. 승언은 강희가 시키는 대로 고분고분 사이다와 계란찜을 먹었다.

"사이다엔 맥반석 계란인데……."

아름이가 강희에게 귓속말을 하는 게 연수에게 다 들렸다.

"어? 그러고 보니 난우, 한우. 라임이 딱 맞네?"

그 와중에 아름이다웠다.

"자려고 양치질했는데……."

아름이는 늦게 자면 이것저것 먹어댄다고 아예 9시부터 잠을 잔다. 새벽 4시에 일어나서 라면을 먹는다는 게 문제라면 문제였지만. 아름이가 목마른 사람처럼 소주병을 바라보자 강희가 소주병을 멀리 치워버리고 아름이 앞에 놓인 소주잔도 테이블 위에 뒤집어두었다.

"넌, 마시지 마."

"왜?"

아름이가 불퉁거렸다.

"넌 운전해야지. 윤 선생 데려다주고 우리 모텔까지 바래다준 다음에 집에 가."

"야, 지강희. 몰래 빠져나오느라고 고생한 나한테 이러기냐……."

지은 죄가 있는 아름이는 크게 반항하지 못했다. 대신 "나, 황태구이 먹어도 돼?" 하고 승언을 힐끔 쳐다보고는 부끄럽게 물었다.

"어, 시켜. 오늘 연수가 쏜댔어. 그치?"

강희가 장난스럽게 눈을 반짝이며 연수를 바라보았다. 동공이 커져 짙어진 눈을 보니 강희도 꽤 취한 거 같았다.

"난우야……."

친해지고 싶지 않다고 냉정하게 잘라 말한 사람 치고 난우를 부르는 강희의 목소리가 다정했다.

"이거 먹어."

아름이 몫으로 나온 황태구이를 발라 난우에게 내밀었다.

"아니, 소주 일 잔 장착해야지."

강희가 고개를 흔들사 난우가 소주잔을 가득 채워 "장차 완료!" 하고 외쳤다. 소주를 단숨에 삼키고 인상을 쓰는 난우에게 강희가 황태구이를 먹여주었다.

"맛있어?"

"네. 맛있어요."

"잘 먹으니 보기 좋네."

강희가 난우를 보며 웃었다.

강희가 웃는데 연수의 가슴은 알 수 없는 불안으로 두근거렸다. 사람은 한 가지 이유로만 웃지는 않으니까.

넷이서 소주 일곱 병을 비웠다. 꽤 마셨다. 승언은 계란찜 뚝배기를 비우고 이어폰을 꽂은 채 자신만의 세상으로 들어가버리고 아름이는 빈 황태 접시와 무심하게 앉아 있는 승언을 번갈아 바라보며 폭, 한숨을 쉬었다. 나는 아직 배가 고프다, 하는 얼굴로.

"참, 선배님. 당나귀 이름 지어야 하지 않아요?"

난우가 물었다.

"이름……?"

이름은 있어야겠지. 하지만 자신이 지어주고 싶지는 않았다. 연수는 이름의 무게를 알고 있다. 그냥 길고양이가 아니라 '찰리'라고 이름을 붙여주는 순간, 싫든 좋든 보이지 않는 무엇으로 묶여버리고 만다. 이름을 지어준다는 건 자신의 일부분을 떼어주는 일이었다. 이름을 부른다는 건 마음을 주는 일이니까.

"나중에 갈 곳 정해지면 그 주인이 짓는 게 더 낫지 않아?"

강희가 연수의 생각을 읽은 것처럼 말했다.

"그만 일어나자. 너도 그만 마시고."

연수는 강희가 들고 있던 소주잔을 빼앗아 마셔버리고 자리에서 일어섰다. 강희의 시선이 고스란히 느껴졌지만 모른 척 지갑을 들고 계산대로 걸어갔다.

"모두 잘 자."

아름이가 모텔 앞에 네 사람, 연수와 강희와 한우와 승언을 떨어뜨려 놓고 떠났다.

"먼저 올라가라. 난, 당나귀 좀 보고 갈게."

세 사람은 모텔로 들어가고 연수는 병원 주차장으로 걸어갔다. 기온이 뚝 떨어졌다. 녀석, 춥지 않으려나. 연수는 점퍼의 지퍼를 올리고 발소리를 최대한 내지 않으려고 조심조심 차고로 걸어갔다. 까치발을 들고 간 게 무색하리만치 당나귀는 벌러덩 드러누워 깊게 잠들어 있었다. 말 그대로 '떡실신' 중이다. 처음 발견했을 때도 거지꼴을 하고 있었지만 어딘가 모르게 태평해 보이는 녀석이긴 했다.

"잘 자라."

연수가 속삭이자 하얀 입김이 피어올랐다.

하아.

긴 하루였고 긴 밤이었다. 아니, 긴 밤이다.

교차로에 서서 하늘을 올려다보았다. 어린 시절에 본 밤하늘만큼 별이 많지는 않지만 별은 여전히 차갑게 반짝였다.

"안 잤어?"

엘리베이터가 내려오길 기다리는데 강희가 식당 쪽에서 불쑥 나타났다. 가슴에 아이스크림 통을 안은 채로.

"천연수, 아이스크림 먹을래?"

강희가 밥숟가락으로 보이는 스푼을 들어 보이며 물었다.

"어?"

'라면 먹고 갈래?'의 업그레이드 버전인가 잠시 고민했다. 서울에서는 라면 대신 아이스크림일 수도 있지 않은가.

"술 먹고 나면 달달한 게 땡겨서. 먹을 거면 스푼 하나 더 가지고 오든가."

그렇게 말하고 강희는 내려온 엘리베이터 안으로 불쑥 들어가 연수를 기다려주지도 않고 닫힘 버튼을 눌렀다. 닫히는 문 사이로 얼핏 강희의 웃는 입술을 본 거 같기도 했다.

"가지고 오든가."

명백하게 연수에게 결정권을 주는 말이다. 어떤 선택을 하든 100퍼센트 너의 의지라는.

연수는 주방에서 자신의 의지로 밥숟가락을 찾아 들고 나왔다. 생각해보니 어디로 오라는 소리도 없었고, 연수도 묻지 않았다.

연수는 밥숟가락을 꼭 쥐고 어둑한 복도를 걸었다. 춘길 아저씨 방을 지날 때, 아저씨가 부재중임에도 이상하게 긴장이 되어 잠시 멈춰 섰다. 오늘도 춘길 아저씨는 서울에 가셨다. 요즘 들어 서울행이 잦다. 승언의 방을 지나고 한우의 방을 지나고 자신의 방을 지나쳐 강희의 방 앞에 섰다.

"들어와."

노루발을 내려 살짝 열어놓은 문틈으로 강희의 목소리가 흘러나왔다.

연수는 천천히 방문을 열고 한 걸음 내디뎠다. 붙박이장과 욕실이 나란히 마주 보고 있는 짧은 복도를 지나자—그래봤자, 연수가 머물고 있는 방과 구조가 똑같다—강희는 옷도 갈아입지 않고 침대에 책상다리를 하고 앉아 아이스크림을 먹고 있었다.

"먹자. 뭘 그렇게 멀뚱하게 서 있어? 너도 웃기지?"

"……?"

"이 방 말이야. 누가 보면 춘길 씨한테 고삐리 딸이 또 있는 줄 알 거야."

"그러게. 옛날 그대로네."

어제는 경황이 없어서 자세히 보지 못했다.

"응. 여기에 그 거대했던 테디 베어만 있으면 무서울 정도로 똑같을 거야."

연수는 그 거대한 테디 베어가 자신의 방에 있다는 얘기는 차마 할 수 없었다.

수능문제집 위에 내려놓은 아이스크림 통을 사이에 두고 연수가 침대에 걸터앉았다. 삐거걱. 매트리스가 주저앉는 소리가 났다. 이제는 100킬로도 나가지 않는데.

"찰리……는 언제 떠났어?"

강희의 목소리에 망설임이 묻어났다.

찰리는 깜희를 낳고 얼마 안 돼서 범백[13]에 걸려 죽었다. 깜희만 남겨두고 나머지 새끼 세 마리와 함께. 살려보려고 애썼지만 그렇게 되어버렸다.

---

13 범백혈소 감소증, 고양이의 바이러스성 장염

"찰리는 천수를 다 누리고 갔어. 행복하게."

"깜희 형제들은?"

"좋은 데로 입양 보냈지."

"정말? 다행이다. 고맙다, 천연수."

강희의 눈동자가 비에 젖은 조약돌처럼 반짝였다.

"빨리 안 먹으면 다 녹는다."

강희가 밥숟가락 가득 아이스크림을 떴다.

"이걸 다 먹겠다고?"

"이쯤이야."

커다랗게 뜬 아이스크림을 강희가 한입 가득 베어 물었다.

"배탈 나려고."

"나면 나는 거지."

그렇게 말하고 강희는 또다시 커다랗게 아이스크림을 떠서 먹었다. 강희의 입안에서 바싹, 쿠키가 부서지는 소리가 났다. 그 소리를 들을 때마다 연수의 몸 한구석에서도 부서지는 소리가 났다. 마치 강희가 자신의 어딘가를 바싹 베어 무는 듯.

"이거 왜 사다 놨는데?"

"……."

어쩐지 네가 삐친 거 같아서, 라고는 절대 대답할 수 없었다. 대답 대신 질문을 했다.

"내 방도 있는 거야?"

"네…… 방?"

"놀러 오라며."

"……."

강희는 밥숟가락을 든 채 연수를 바라보았다. 꽤 오래도록. 동공이 활짝 열린 눈은 다크초콜릿처럼 짙었다.

"아아, 난 또 뭐라고. 당연하지. 멋진 게스트 룸으로 만들어놓을게. 너랑 네 와이프랑 아이들이랑 다 와도 돼."

강희가 피식 웃었다.

어쩌면. 이런 대답을 할지도 모른다는 생각을 했다.

연수도 강희를 바라보며 피식 웃었다. 자신이 왜 웃는지 알 수 없었다. 알 수 있는 건 오늘 저녁 내내 불안했던 이유를 지금 막 깨달았다는 거였다. 열아홉 살의 마지막 밤, 강희는 오늘 같은 눈빛으로 연수를 바라보았다. 너를 포기하겠다는 눈빛. 네가 없는 세상으로 떠나겠다는 눈빛 말이다.

"지강희."

숟가락을 던지듯 내려놓고 연수는 강희의 머리통을 끌어당겼다. 그리고 아이스크림이 잔뜩 묻은 입술을 삼켰다.

흡.

강희가 숨을 들이켰다. 연수는 차가운 입술을 가만히 혀로 더듬어보았다. 달콤하고 쌉싸래했다.

좁은 방.

좁은 침대.

다크초코나이트.

강희가 연수를 갉아먹듯 자극하는 밤이다.

chapter 14

강희

미쳤구나, 지강희.

심장이 발랑발랑 뛰었다. 밀어내야 할 손이 연수의 점퍼 깃을 꽉 붙잡고 있었다. 따뜻하고 매끄러운 혀가 입술을 핥아왔다. 어미 소가 갓 태어난 송아지를 핥듯이. 키스가 아니라 위로를 받는 느낌이다. 연수의 키스는 열아홉 살의 마지막 밤으로 강희를 데려갔다.

추웠고, 외로웠고, 두려웠던 밤.

연수에게 잔인하게 굴었던 밤.

연수를 외롭게 만들었던 밤.

연수가 강희의 윗입술을 살짝 빨아당겼다. 자신도 모르게 연수에게 다가가 목을 감았다. 연수에게서 옅은 소독약 냄새가 났다. 다시 연수가 강희의 아랫입술을 빨자 강희의 가슴속 어딘가에서 그르릉, 소리가 들렸다. 마치 고양이가 골골송을 부르듯이. 그 소리에 자극을 받았는지 연수가 강희의 뒤통수를 꽉 움켜쥐고 입술을 더 세게 빨아당겼다.

강희도 혀끝으로 연수의 도톰한 입술을 더듬어보았다. 차가운 가을바람에 텄는지 각질이 일어나 까칠했다. 강희는 어루만지듯 연수의 각질을 핥아주었다. 움찔, 연수가 입술을 떼고 강희의 눈을 들여다보았다. 강희는 손을 들어 조금 전 자신이 혀끝으로 쓰다듬던 연수의 입술을 손가락으로 더듬었다. 손끝에 연수의 순하고 뭉툭한 마음이 느껴졌다.

연수가 제 입술을 더듬는 강희의 손을 꽉 움켜쥐었다. 길게 처진 속눈썹 사이로 연수의 눈빛이 흔들렸다. 애원하는 것 같기도, 갈망하는 것 같기도, 요구하는 것 같기도 한 눈빛이다.

"이따금…… 불현듯 네 꿈을 꿨어."

불쑥 튀어나온 말이다. 분명 자신이 내뱉은 말인데 타인이 하는 얘기를 듣고 있는 기분이다.

"무슨…… 꿈?"

"너랑 섹스하는 꿈."

소주 때문이라고 변명하기에는 너무나 적나라한 고백이었다. 급소를 맞은 사람처럼 연수는 아무 소리도 못 내고 입술을 벌린 채 강희를 바라보았다. 가슴을 들썩이는 게 몹시 숨이 가쁜 듯했다.

"꿈속에서 너는 너무 야하게 섹스를 잘하는 거야. 그 통통한 몸으로."

"컥."

숨이 막히는지 코가 막히는지 연수가 이상한 소리를 냈다.

"내가 여태 본 야동의 남주를 모두 합친 것보다 니가 더 잘했어."

"야, 지강희."

연수의 귀가 새빨개졌다.

"테크닉이 어우야. 막 벽치기도 하고, 식스티나인에……."

"그, 그만."

연수가 강희의 입을 틀어막았다. 강희는 몸을 비틀어 연수에게서 벗어나며 쿡쿡 웃음을 터트렸다.

"아니, 니가 그랬다는 게 아니고 내 꿈에서 니가 그랬다고……."

연수가 허리를 굽혀 자신의 머리카락을 움켜쥐었다. 호흡곤란에 이어 두통이 오는 모양이다.

"그래서?"

연수가 허리를 굽힌 채 물었다.

"뭐, 말하자면 섹스에 대한 내 기대치가 엄청 높다는 거?"

강희는 머리카락을 움켜쥔 연수의 손가락을 바라보며 대답했다.

"그걸 지금 이 순간에 말하는 이유가 뭔데?"

화가 난 목소리다.

"뭐, 그렇다고."

연수가 벌떡 일어나 잘 자라는 인사도 없이 방을 나가버렸다.

쿵.

밀폐된 방 안의 공기 때문에 문은 둔탁한 소리를 내며 천천히 닫혔다. 강희는 문이 닫히고도 한참 동안 꼼짝하지 않았다. 옆방에서 희미하게 물소리가 나자 강희는 수저를 들고 아이스크림을 먹기 시작했다.

곰탱이시키.

결코 말할 수 없었지만 꿈속에서도 연수는 다정했다. 새끼 고양이를 품듯 강희를 안아주어서 꿈에서 깨어나면 베개가 늘 젖어 있었다.

상동 행동을 반복하는 아이처럼 무표정한 얼굴로 아이스크림을 연거푸 떠먹는 강희의 머릿속에 난우의 목소리가 끼어들었다.

"선배님을 진심으로 존경해요."

등나무 낙엽이 쌓인 평상에 앉아 난우가 그랬다.

연수가 걱정스런 얼굴로 난우를 바라보기에 따라 나갔더니 난우는 화장실이 아니라 식당 앞 평상에 앉아 울고 있었다. 강희가 다가가자 급하게 손바닥으로 눈물을 닦고 배시시 웃었다.

"어릴 때부터 동물을 좋아했어요."

연수도 그랬다. 어릴 때부터 강아지, 고양이, 닭, 오리, 가리지 않고 좋아했다. 유치원에 다닐 때부터 할아버지와 아버지를 따라 가축들을 보러 다녔다. 웬만한 수의사보다 고삐리 연수가 임상경험이 더 많을 정도였다. 당연한 귀결이었지만 연수는 수의대를 선택했고, 의대로 진학하길 바랐던 선생님들과 할아버지 모두 아쉬워했다. 교장선생님까지 나섰지만 연수의 뜻을 꺾을 수는 없었다.

"그래서 수의대에 들어갔는데…… 꿈과 현실은 다르다는 걸 감안하더라도 극복하기 힘든 장벽이었어요."

강희는 난우 옆에 앉아 얘기를 들어주었다. 적어도 텔레비전을 켜놓은 채 혼잣말을 하는 것보다는 나을 테니까.

"네. 해부실습도 하고 동물실험도 해야 한다는 거 알고 있었어요. 언니가 잔뜩 겁을 줬었거든요."

윤난아라면 그러고도 남겠지.

"본과로 올라가면서 정말 심각하게 고민했었어요. 그러다 선배님을 알게 되었어요. 아니, 선배님이 만든 동아리를 알게 된 거라고 하는 게 정확하겠네요. 이미 선배님은 졸업하고 안 계셨으니까."

난우는 추워서인지, 울고 난 후여서인지 작은 새처럼 떨었다.

"실험견들을 산책시키고 목욕도 시키고 견사도 청소해주고 은퇴한 실습견들 입양프로그램도 진행하는 그런 동아리였어요. 비록 실험견이지만 녀석들이 처해진 상황에서 그래도 최소한의 행복을 누릴 수 있도록 돌봐주는 일이었어요."

천연수가 만들 만한 동아리다.

"처음 선배님을 만난 날 선배님이 그러셨어요. 반대할 수도, 찬성할 수도 없는 일이라면 중간이 아니라 그 상황에서 가장 고통받는 대상을 위해 최선의 방법을 고민해야 한다고. 동물실험을 안 할 수 있으면 제일 좋겠지만 어쩔 수 없다면 피해를 최소한으로 줄이자는 게 동아리를 만든 취지라고. 동아리를 하면서 동물복지에 더 관심을 갖게 되었구요. 그런 선배님을 진심으로 존경해요. 감정적으로만 치달아 불평하고 비난하고 상황을 악화시키지 않고 현실적이고 이성적으로 자신이 할 수 있는 방법을 고민하고 찾아내서 묵묵히 실천하세요. 그러면서도 따뜻한 가슴을 결코 잃지 않는 사람이죠, 선배님은."

반대할 수도 찬성할 수도 없는 일.

그 순간, 몹시도 추웠던 새벽에 강희의 트렁크를 끌고 묵묵하게 걷던 연수를 떠올렸다.

"아, 뭐라고 해야 할까. 현실적인 로맨티스트라고 해야 하나. 진짜, 어른 남자구나…… 하는 생각이 든 두 번째 남자였어요."

"첫 번째 남자는 누군데?"

"하하. 우리 형부요."

"형부?"

난우는 대답 대신 하늘을 올려다봤다.

하늘을 올려다보는 난우의 옆모습이 참 예뻤다. 웃을 땐 입술이 예쁘고, 진지할 땐 눈이 예쁘고, 말할 땐 목소리가 예뻤다. 곰탱이시키 옆에는 이렇게 예쁜 사람이 있어야 한다. 트러블메이커에 쌈닭같이 사나운 여자 말고.

진짜, 미쳤나 보다.

정신을 차리고 보니 아이스크림 한 통, 무려 하프갤런을 다 비웠다. 연수의 온기가 닿았던 입술은 얼어서 감각이 사라졌다. 턱이 덜덜 떨리고 오한이 들었다. 강희는 뜨거운 물로 샤워를 하면서도 부들부들 떨었다. 너무 추워서 눈물도 조금 흘렸다.

젠장.

어쨌든 H읍에 내려온 목적은 달성한 거 같다. 이제 부메랑 모텔 공사를 무사히 끝내고 H읍과 깔끔하게 굿바이 하는 일만 남았다.

예견된 참사였다.

강희는 새벽에 화장실을 들락거리느라 한숨도 못 잤다. 나중에는 아예 변기에 앉아서 꾸벅꾸벅 졸았다. 화장으로도 감춰지지 않는 퀭한 눈으로 출근 준비를 하는데 노크 소리가 들렸다. 아침 먹으라는 미스터 권이겠지. 식은땀이 배어난 이마를 티슈로 닦아내고 문을 열었다.

"룸서비습니다."

문을 열자 춘길 씨가 쟁반을 들고 들어섰다. H읍에 온 첫날 마주친 후로 처음이다. 미스터 권 말로는 서울에 일이 있다고 하던데, 제발 황정구 대표와 얽힌 일만 아니길 바랐다. 매일매일 작업보고 겸 정구에게 전화를 걸어 염탐했지만 걸려든 건 없었다.

"시킨 적 없는데요."

강희가 침대로 휘적휘적 걸어가 털썩 주저앉았다.

"얼굴이 그게 뭐냐? 에드워드 같다."

"에드워드?"

"가위손, 에드워드."

비웃어주고 싶었지만 기운이 없었다.

"춘길 씨야말로 왜 그렇게 삭았어요? 영락없는 홀아비 얼굴이네."

흰머리가 부쩍 늘고 체중도 준 거 같다.

"다이어트 했잖아. 배가 나오는 거 같아서."

청바지와 청보라색 터틀넥을 입은 춘길 씨의 배는 납작했다. 오히려 벨트를 매지 않은 허리가 낙낙해 보일 정도였다.

"그만해요. 늙어서 다이어트 하면 폭삭 맛이 간다구요."

"보톡스를 좀 맞아야 하나?"

춘길 씨가 야윈 턱과 뺨을 손바닥으로 쓱쓱 문질렀다.

"필러나 자가지방이식이 낫겠다."

"그래?"

10개월 만에 만난 부녀의 대화치곤 괜찮았다.

"언제 온 거예요?"

서울에 무슨 일로 간 거냐고 묻지는 않았다. 대답해줄 리도 없지만, 설사 대답을 듣는다고 해도 강희는 상관하고 싶지 않았다. 춘길 씨는 언제나 뜬구름을 잡으러 다니니까.

"어제 밤늦게. 그러고 보니 연수가 네 방에서 나오던데?"

이런.

갑자기 목덜미가 후끈해지려고 했다.

"같이 아이스크림 먹었어요. 연수가 사온 거."

"뭐 했는지 안 물었고, 뭘 했어도 안 궁금한데?"

이래서 싫다. 춘길 씨와 있으면 기가 빨리는 느낌이다. 강희가 무시하고 휴대전화와 백팩을 집어 들었다.

"노동자가 출근하려면 한술이라도 떠야지."

"도저히 못 먹겠어요."

"그래도 좀 먹어. 여기까지 가져온 사람 성의를 봐서라도."

춘길 씨가 캐서롤 뚜껑을 열자 게살 수프의 참기름 냄새가 후각을 자극했다. 갑자기 토기가 솟구쳐 가방을 내팽개치고 욕실로 뛰어갔다.

"딸…… 설마 아니지?"

위액까지 다 올리고 기진맥진 침대에 드러눕자 춘길 씨가 세상이 무너진 얼굴로 물었다.

"뭐가요?"

대답해주기도 힘겨웠다.

"내가 편지까지 써서 당부했잖니……."

편지? 무슨 당부?

춘길 씨가 강희에게 편지를 써준 건 단 한 번뿐이다. H읍을 떠나기 전. 이제는 내용도 기억나지 않는다.

"하고 싶은 말이 뭐예요?"

"임신…… 맞지?"

"하아…….'

사람이 어이가 없으면 말이 안 나온다는 게 이런 거구나 싶었다. 강희가 힘겹게 몸을 일으켜 춘길 씨를 바라봤다. 저 사람은 나이를 먹었는데도 어쩜 저렇게 해맑을까.

"맞아. 3개월이야."

"아아…….'

춘길 씨가 발연기하는 조연처럼 이마를 감싸며 의자에 주저앉았다.

"애…… 아버지는?"

상대를 묻는 목소리가 비장했다.

"몰라. 누군지."

내장의 어느 한 부분이 파열된 것처럼 춘길 씨가 신음했다.

"낳을 거지?"

"모르겠어."

"…….'

춘길 씨는 고개를 푹 숙인 채 한동안 말이 없었다. 걱정이 될 만큼. 설마 심장마비나 뭐, 그런 건 아니겠지, 라고 고민할 때쯤 춘길 씨가 고개를 들었다.

"아니다…… 차라리 잘됐다."

아니, 그러니까 뭐가 차라리 잘된 거냐고.

"낳자."

춘길 씨가 다가와 강희의 손을 꼭 잡고 동의를 구하듯 고개를 끄덕였다. 생기지도 않은 아이를 낳겠다고 약속하고 싶을 만큼 춘길 씨의 표정이 간절하고 또 간절했다. 농담은 여기까지로 해야겠다. 잘못하다간 애, 아니 춘길 씨 잡겠다.

"낳고 싶어도 못 낳아."

"왜……? 아빠가 키워줄게. 넌 너 하고 싶은 일 계속해. 아빠, 네가 생각하는 것보다 능력 있어. 그래, 네 소원대로 예쁜 집도 짓자. 정원도 만들고, 그네도 만들고. 강아지도 키우고. 우리 손녀, 할아버지가 풀코스로 밀어줄 거야. 유치원에서 유학까지."

요람에서 무덤까지는 들어봤어도 유치원에서 유학까지라니. 아니, 할아버지라는 말은 왜 저렇게 쉽게 나오는 건데.

"왜 손녀라고 단정하는데요?"

"아빠는 알아. 딸이야."

"춘길 씨……."

"감동 먹지 마."

"푸흐."

강희가 몸속에 남아 있는 에너지를 모두 긁어모아 웃음을 터트렸다. 저절로 허리가 꺾였다. 아, 제발. 춘길 씨를 누가 좀 말려줬으면 좋겠다.

"체한 거야."

"……?"

"탈 났다구요. 소주 마신 데다 아이스크림을 한 통이나 먹어서."

"……."

춘길 씨가 말없이 강희를 빤히 쳐다보다 손을 휙 뿌리치고 일어섰다.

"나쁜 자식."

정색하고 화를 내는 춘길 씨는 처음이다.

"아니, 나는 농담……."

"농담? 아빠라고 부르지도 마, 시키야."

열 살 이후로 아빠라고 부른 적도 없었는데, 춘길 씨는 싸늘하게 경고를 날리고 방을 나가버렸다. 생각해보니 춘길 씨는 단 한 번도 강희에게 화를 낸 적이 없었다. 언제나 강희의 기분을 맞춰주려고 애를 썼을 뿐.

강희는 아파오는 배를 양팔로 감싼 채 춘길 씨가 두고 간 쟁반을 바라보았다.

지구상에서 강희가 가장 오랫동안 알고 지낸 두 남자를 연달아 화나게 만들었다.

모텔 캘리포니아를 나서는 순간, 무언가 잘못되고 있다는 불길한 예감이 들었다.

하늘은 미세먼지 없이 파랗고 공기는 청량했고 황금소는 아침 햇살에 번쩍번쩍 빛나건만 H읍을 둘러싼 기운은 어제와 확연히 달랐다. 바닥이 닿지 않는 물속을 허우적거리는 느낌이랄까. 동네 전체가 붕 떠 있는 느낌이다. 아니, 흥청거린다는 표현이 더 적절하겠다. 무엇보다 자동차가 너무 많았다. 관광버스, 승용차, 트럭, SUV, 오토바이 할 거 없이 교차로와 도로를 꽉 채우고 있었다.

무슨 일이지? 장이 서는 날도 아닌데.

"한우축제라더니, 굉장하네."

현장에 도착하자 먼저 나와 담배를 피우던 배관팀 반장님이 서둘러 담배를 끄며 강희를 맞았다. 작업현장 내에서는 금연이다. 여느 때 같으면 잔소리를 해야 할 상황인데 지금은 그것보다 썰렁한 현장이 더 먼저 눈에 들어왔다. 작업할 사람들이 보이질 않았다.

"축제요?"

그제야 펄럭이는 파랗고 빨간 배너로 시선을 돌렸다. 나흘 동안의 축제가 오늘부터 시작이었다. 강희는 휙 몸을 돌려 H읍으로 진입하는 도로 쪽을 바라보았다. 상황이 더 나빴다. 서울의 러시아워처럼 꽉 막혀 있었다. 그리고 보니 군청 공무원들이 오렌지색 형광 조끼를 입고 호루

라기를 불며 차량을 통제 중이다.

"레미콘 기사님 아직 안 오셨어요? 방통팀은요?"

"그러게. 아직이네. 차가 막히는 거 같은데."

구조보강 후 방수공사와 배관공사가 끝났다. 어제 바닥 와이어메쉬 작업이 마무리돼서 오늘은 바닥에 콘크리트를 타설하기로 했다. 공사의 특성상 중간에 멈추거나 야간작업을 할 수 없기 때문에 최대한 아침부터 서둘러야 하는데, 이미 도착했어야 할 레미콘차가 보이질 않았다. 어제 분명 확인전화까지 했는데. 설상가상 타설작업을 해야 할 방통팀과 미장팀도 아직이다.

— 아이고, 차가 너무 막힙니다. 이러다 다 굳어서 되돌아가야 할지도 몰라요.

아니나 다를까, 레미콘 기사님의 짜증 섞인 목소리가 휴대전화를 타고 흘러나왔다. 이렇게 지체되면 레미콘이 도착한다 해도 콘크리트 불량으로 반품해야 할 판이다.

"축제기간인지 대리님은 몰랐어요? 우리야 스케줄대로 움직이는 사람들인데⋯⋯."

한 시간이나 늦게 도착한 미장팀의 팀장이 은근히 강희를 돌려 깠다.

정신을 어디다 흘리고 사니, 강희야. 좀 잘하자. 응?

강희는 자신도 모르게 손톱을 물어뜯었다. 어떻게든 현장을 수습해야 했다. 번쩍이는 황금소를 노려보다 승언에게 전화를 걸었다. 지푸라기라도 잡는 심정이었다.

"승언아, 레미콘 회사 아는 데 없어? 최대한 빨리 도착할 수 있는."

10년 넘게 공사현장에서 포클레인 기사로 일하고 있는 승언의 인프라가 절실했다.

"그래? 필요한 건 총 여섯 대. 배차 간격은 구십 분 정도. 오전까지 두 대가 먼저 필요해. 바쁜데 미안하다. 부탁할게."

승언에게 발주내용을 보내고 강희는 연거푸 화장실을 두 번 더 다녀왔다. 식은땀이 나고 죽을 맛이다. 전해질이 다 빠져나갔는지 한쪽 눈꺼풀이 부르르 떨리기조차 했다.

하아.

곰탱이시키. 갑자기 입술은 왜 부딪쳐서 사람을 이 꼴로 만드는지 모르겠다. 애꿎은 연수에게 화풀이를 하며 승언의 연락을 기다렸다.

"몰골이 그게 뭐냐?"

연락 대신 승언은 직접 현장으로 찾아왔다. 모자, 아노락점퍼, 바지, 트레킹화 할 거 없이 오늘도 K2를 정복할 만한 차림이다.

"레미콘은?"

"곧 올 거야."

"어떻게? 아니, 이렇게 빨리?"

"아는 형님이 S레미콘 관리과장인데, 부탁 좀 했다. 마침 오늘 물량 여유가 된다네."

구세주가 따로 없다. 아니, 잠깐. S레미콘이면 김헌열 아버지 회사인데. 그 자식이 알면 얼마나 생색을 낼까. 아니다. 지금, 볶음밥 눌은밥 가릴 처지가 아니었다. 강희는 고개를 흔들고 모른 척 질끈 눈을 감았다.

"차승언. 고맙다, 진짜. 오늘 일 끝나고 내가 맛있는 거 쏠게."

"됐다. 식구끼리."

식구.

강희가 질색하는 단어 중 하나다.

승언이 식구라고 말하는 순간, 강희는 승언의 얼굴을 새삼 다시 바라보았다. 새까맣고 커다란, 여전히 소년의 눈을 하고 있었다. 승언이 여자보다도 더 붉고 예쁜 입술로 웃었다. 아름이가 지금 이곳에 있었다면 비명을 지를 만큼 상큼한 미소다.

"레미콘만 오면 문제없는 거야?"

"응. 아직까지는."

"근데, 너 괜찮아? 어제 퍼마시더니."

"죽을 맛이야."

"좀 앉아라. 그러다 넘어져서 머리통 깨지 말고."

승언이 플라스틱 의자를 가져와 강희를 앉혔다.

"안 바빠? 너, 봄가을에 제일 바쁘잖아."

"……."

승언은 대답 없이 주머니에 손을 찔러넣고 현장 여기저기를 둘러보기만 했다. 강희는 의자에 앉아 승언의 작은 뒷모습을 바라보았다.

춘길 씨의 아픈 손가락, 차승언.

승언은 모텔 캘리포니아에 남겨진 아이였다. 아이와 함께 며칠을 묵었던 여자가 아이만 놓고 사라져버렸다고 했다. 아이와 함께 남겨진 낡은 가방에는 옷 몇 가지와 '차승언'이라는 이름과 태어난 날짜가 적힌 쪽지만 들어 있었다. 춘길 씨는 아이의 엄마를 찾으려고 백방으로 뛰어다녔지만 행방을 알 수 없었다. 아이는 출생신고도 되어 있지 않았다. 경찰과 동네 사람들은 고아원에 보내라고 했지만 춘길 씨는 언젠가는 애 엄마가 데리러 오겠지 하는 마음으로 아이의 보호자가 되었다.

다섯 살부터 아홉 살 여름까지 승언과 함께 살았다. 유치원도 함께 다녔다. 승언이 학교에 가야 할 나이가 되었을 때, 춘길 씨가 승언의 출생신고를 했다. 춘길 씨는 승언과 강희에게 똑같은 가방을 사주었다.

승언은 작고 예쁜 아이였다. 강희를 누나처럼 따랐다. 강희에 비해 키도 작고 몸집도 작았고, 손도 훨씬 덜 가는 아이였다. 장난은 쳐도 사고는 치지 않는 착한 아이였다.

생각해보니, 엄마는 강희보다 승언에게 조금 더 다정했던 거 같기도 했다. 학교에서 돌아와 엄마의 방으로 가면 엄마는 말없이 승언의 뒤통

수를 쓰다듬어주시곤 했다. 그게 샘이 나 강희는 또 되지도 않는 생떼를
부렸고.

초등학교 2학년 여름방학 때, 남루한 차림의 할머니가 승언을 찾아왔
다. H읍과 이웃하는 면소재지에 산다는 할머니는 자신이 승언의 친할
머니라고 주장했다. 그러면서 그 증거로 꼬깃꼬깃한 편지를 내밀었다.
무려 4년이나 지난, 승언의 생모로 추정되는 여자의 편지였다. 아이를
모텔에 두고 가니 거둬달라는 내용이 적힌.

사는 게 바쁘고 글까지 몰랐던 할머니는 누군가에게 편지를 읽어달라
고 놔뒀다가 깜빡했다고 했다. 그러다 최근에 그 편지를 발견했다나.

그날, 승언과 강희는 연수와 한우랑 수영장을 다녀와서 수박을 먹으
며 저 할머니는 왜 울고불고하는지 서로 궁금해했다.

"내 새끼는 내가 거둬야쥬."

춘길 씨는 승언을 보내야 할지 고민했지만 핏줄에 대한 할머니의 생
각은 단호했다.

승언이 모텔 캘리포니아를 떠나던 날은 비가 내렸다. 엄마의 우울은
심해져서 침대에서 내려올 수 없는 상태였고, 춘길 씨는 낡은 벤츠에 승
언의 짐을 챙겨 넣었다. 승언은 춘길 씨가 사준 책가방을 가슴에 안은
채 아무 말도 하지 않고 조수석에 앉아 커다란 눈만 끔뻑거렸다.

아홉 살의 강희는 이별이 뭔지 몰랐다. 헤어진 후에 밀려오는 감정들
이 어떤 것인지 그때는 알 수 없었으니까. 아마 승언도 그랬을 거 같다.
차가 출발하기 직전에 강희는 창문을 두드렸다. 승언이 창문을 내렸다.
열린 창문으로 자신이 가장 아끼던 포켓몬스터 피카츄 카드를 던졌다.
강희 나름의 이별선물이었다.

가끔 피카츄 카드는 오버였나, 생각하기도 했다. 그런 생각이 들 만큼

강희와 승언은 내내 같은 학교를 다녔다. 방과 후에는 연수와 한우와 함께 놀았다. 공부를 잘하진 못했지만, 아니, 솔직히 못했지만 승언은 조용하고 얌전하게 학교를 다녔다. 건들지만 않으면.

"내가 그때 저 자식을 보내지 말았어야 했는데……."

승언이 패싸움에 휘말려 퇴학 처분을 받았을 때, 춘길 씨는 울었다. 승언이 퇴학을 당한 건 승언의 잘못도 춘길 씨의 잘못도 아니었다. 모두 그 김헌열 개새끼 때문이었다. 이 부분만은 춘길 씨를 두둔하고 싶다. 엄마가 떠났고 투자했던 사업도 삐걱거렸고 춘길 씨에게 승언을 챙길 여력이 없었다.

승언은 할머니가 돌아가신 후, 그러니까 강희가 서울로 떠난 그해 봄에 모텔 캘리포니아로 다시 돌아왔다. 춘길 씨 곁에 승언이 있어주어서 강희는 고마웠다.

"다 필요 없고 약속대로 정산만 해주면 됩니다."

모텔의 필로티 주차장 쪽에서 승언의 목소리가 들렸다. 좀처럼 언성을 높이지 않는 녀석이 누군가에게 고함을 지르는 거 같았다. 강희는 의자에서 일어나 승언을 찾아 나섰다.

"지금 협박하는 겁니까?"

승언의 꽉 쥔 주먹이 부르르 떨렸다.

"그래서 40프로 꼬박꼬박 바쳤잖습니까."

승언이 모자를 벗어 앞머리를 거칠게 쓸어넘겼다. 뭔가 제대로 꼬인 표정이다.

"야, 차승언……."

"다음 주까지 시간 드리겠습니다."

강희가 다가가자 승언이 급하게 통화를 끝냈다.

"무슨 일이야?"

"아니야, 아무것도."

"아니긴. 너 이렇게 화내는 거 처음 본다."

"10년 넘게 얼굴도 안 보고 살았으면서 뭘. 레미콘은 아직이야?"

승언이 모자를 고쳐 쓰며 강희의 시선을 피했다. 슬쩍 말꼬리까지 돌리는 걸 보니 더 수상했다. 언뜻 들린 '정산'이나 '협박'이라는 워딩도 심상찮았다. 그러고 보니 어제 더덕구이집에서도 말 한마디 없었다.

"야, 식구끼리 뭔 비밀이야?"

"……."

승언이 말없이 강희를 바라보았다. 유난히 흰자위가 깨끗해서 상처받기 쉬워 보이는 눈으로.

"지 대리, 레미콘 왔다."

더 이상 물어볼 수 없었다. 갑자기 빵빵, 클랙슨 소리가 들리고 반장님이 빨리 오라는 듯 손을 흔들었다.

승언이 덕분에 야간작업 없이 무사히 콘크리트 타설이 끝났다.

"어차피 쉬는 날인데, 뭐."

승언은 손수 경광봉을 들고 복잡한 도로에 나가 진입 차량들을 막아주고 레미콘 주차와 배차를 도맡아 해주었다.

"야, 저 친구. 생긴 건 야리야리 계집애같이 생겼는데, 일을 아주 야물딱지게 잘하네."

현장 정리가 끝날 때까지 도와준 승언을 반장님이 흐뭇하게 바라보았다.

"저래 봬도 포클레인을 10년 넘게 한 친구예요."

"그래? 곱상해서 책상물림인 줄 알았는데."

강희는 마지막 레미콘 차량 기사와 얘기를 나누고 있는 승언을 바라보았다. 모자를 깊게 눌러썼음에도 옆모습이 또렷하게 예뻤다. 하긴, 고삐리 승언이 스키장에서 아르바이트를 할 때, 명함을 받아 온 적 있었다. 스키장에 놀러 왔던 유명한 엔터테인먼트 회사 실장이 명함을 주고 갔다나. 한우, 아름이 할 거 없이 다들 연락해보라고 호들갑을 떨었지만 정작 승언은 시큰둥했었다. 그 후로 실장이 두 번이나 승언을 만나러 내려왔지만 승언은 H읍을 떠날 생각이 없었다.

"아이고, 이제 좀 한숨 놓이네. 콘크리트 큐링될 때까지 지 대리도 푹 좀 쉬어라. 그래야 다음 공정 들어가지."

"네, 반장님도 그동안 수고 많으셨어요. 이건…… 오늘 회식비. 사우나도 하시고 맛있는 거 드세요. 술은 많이 드시지 말고. 영수증 좀 챙겨 주시고요."

"어이구야. 뭐 이런 거까지. 같이 가지 왜?"

"제가 껴봤자, 재미도 없잖아요."

"재미야 지 대리가 없지. 아저씨들 사이에서. 근데 두 사람 무슨 사이야? 저 친구도 모텔에서 사는 거 같던데."

반장님이 조심스레 물었다.

"승언이요? 제 동생이에요."

"뭐?"

반장님이 눈을 휘둥그레 뜨자 강희는 피식 웃었다. 아름이 말처럼 승언이는 작고 소중한 강희의 남동생이었다는 걸 지금 막 깨달았다.

"승언아, 배고프다. 밥 먹으러 가자."

승언에게 뭔가 맛있는 걸 먹여야겠다.

"속은 괜찮아?"

"다 풀렸어. 아름이도 부를까?"

"한아름?"

"왜, 싫어?"

"아니, 싫다기보다는……."

승언이 말꼬리를 흐리며 습관처럼 모자를 고쳐 썼다.

"도서관까지 슬슬 걸어가자. 그러면 아름이 끝날 시간도 될 거 같은데."

"연수랑 한우는?"

"오늘은 우리 셋이서만 먹자."

연수의 이름이 나오자 가라앉은 속이 또다시 울렁거리는 거 같았다.

"한우 사줄게."

"뭐? 한우를 먹는다고?"

승언이 썰렁하게 농담을 했다.

"축제가 언제부터 이렇게 요란해졌나?"

노을이 진 어둑한 하늘에 번쩍번쩍 조명이 요란했다. 도서관과 축제가 열리는 강변은 제법 떨어져 있는데도 음악 소리가 크게 들렸다.

"꽤 됐다. 이따가 밤에 초대가수 공연도 있고 불꽃놀이도 할걸."

"불꽃놀이?"

"볼만해."

"볼만해? 그럼, 저녁 먹고 불꽃놀이 보러 가자."

강희가 강변 쪽을 바라보며 말했다. 갑자기 호기심이 생겼다. 한우축제는 도대체 어떻게 생겨먹었는지.

"뭐, 그러든가. 그런데, 밤에는 꽤 쌀쌀할걸. 강가라……."

승언이 도서관 주차장 앞에서 갑자기 걸음을 멈추었다. 아름이가 도서관 계단 아래 서 있었다. 캐주얼한 재킷을 입은 키 큰 남자와 함께.

"선약이요? 아쉽네요. 축제라기에 일부러 들렀는데."

남자는 진심 아쉬운 얼굴이었다.

"연락을 하고 오시죠."

오오. 아름이가 제대로 튕긴다.

"아, 저는 뭐……."

"죄송하다는 말씀은 안 드려도 되죠? 연락 없이 오신 건 조……."

"조민성입니다."

사람 좋은 얼굴로 뒷머리를 긁적이던 남자가 자신의 이름을 상기시켜 주었다.

"네. 불쑥 오신 건 조민성 씨니까요."

"불쾌하신가 보네요."

"……."

아름이는 침묵으로 대답했다.

"책도 대출할 겸 온 거니까, 너무 나무라지 말아주십시오."

남자의 말투는 다소 진부했으나 생김새는 빠지지 않았다. 어른들이 좋아할 만한 이른바 '면접 프리패스'형이었다. 목소리도 이목구비도 반듯했다.

"누구지? 승언아, 너도 아는 사람이야? 조민성이라는데?"

"……."

승언에게 슬쩍 물어봤지만 아무런 대답이 없다.

"몰라?"

"교차로에 새로 생긴 안과 의사."

"안과 의사?"

안과 의사라. 그런데 저 오묘한 분위기는 뭐지? 아니, 언제부터 우리 아름이가 밀당의 고수가 된 건지 모르겠다.

"어? 왔니?"

강희를 발견한 아름이의 얼굴에 안도의 미소가 번지다가 함께 온 승언을 보고 급격히 굳어졌다. 아름이에게 저녁이나 먹자, 메시지를 보냈을 뿐 승언이도 함께란 얘기는 안 했다. 놀래주려고 했는데, 정말 놀랐나 보다.

"아직 안 끝났어?"

강희가 다가가자 남자는 아름이의 선약이 핑계가 아니라는 걸 확인해서인지 새삼 허탈한 표정이었다.

"십 분만 기다려줘. 저기…… 책 대출한다고 하지 않으셨어요?"

"네? 아, 네."

남자가 쫓기듯 도서관 유리문을 밀치고 들어갔다.

"기다리는 동안 뭐 좀 마실래?"

강희에게 물어보는 거 같은데 아름이의 시선은 승언에게 가 있었다.

"됐고, 얼른 정리하고 와. 우리 여기 있을게."

"승언아, 너는?"

"나도 됐어."

승언이 발끝으로 화단의 벽돌을 툭툭 치며 대답했다.

십 분쯤 지났을까, 남자가 책 세 권을 들고 터덜터덜 계단을 내려왔다. 강희와 승언을 지나칠 때, 살짝 고개를 숙여 인사하는 것도 잊지 않았다. 남자는 도서관 주차장에 세워둔 차─동그라미 네 개가 연결된 엠블럼이 달렸다─를 타고 사라졌다.

"누구야?"

"……."

한쪽 면이 적당히 익은 고기를 신중하게 뒤집을 뿐 아름이는 대답하지 않았다.

"누군데?"

"지난번에……."

아름이가 승언을 슬쩍 바라보더니 뜸을 들였다.

"지난번에 뭐?"

"선본 남자."

"교장선생님이 직접 골라 오셨다는?"

"……."

"괜찮아…… 보이던데? 매너도 있는 것 같고."

강희도 슬쩍 승언을 바라보았다. 아름이가 선을 봤다는데, 승언은 아름이가 굽는 고기만 뚫어지게 바라볼 뿐 별 반응이 없다.

"매너? 약속도 없이 불쑥 찾아오는 건 어디 매너니? 네까짓 게 선약 따위 있을 리가 없지, 이런 맘 아니냐고."

"야, 한아름. 너 되게 꼬였다. 겸사겸사 왔다잖아. 책 빌릴 겸."

"그 겸사겸사가 나쁜 거야."

"왜?"

"오롯이 목적이 하나여야 하는 거 아니야? 데이트 신청이면 데이트 신청이고, 책을 빌리러 왔으면 책을 빌리는 거지, 겸사겸사는 무슨……."

"헐. 이 독점욕 보소. 한아름 너 이런 여자였니?"

"의사면 다야? 의사면 뭐?"

시큰둥, 입술을 내밀고 아름이는 고기를 잘라 승언의 앞에 놓아주었다.

"승언아, 먹어. 지금 먹어야 맛있어."

"너…… 보러 온 거잖아. 책은 핑계고."

승언이 자기 앞에 쌓인 고기를 바라보다 불쑥 말했다.

"뭐……?"

아름이는 집게와 가위를 든 채 멍하게 입술을 벌리고 승언을 바라보았다.

"남자는 뭐, 안 창피한 줄 아냐?"

승언은 그렇게 말하고 고기 대신 청양고추를 양념장에 찍어 아싹 베어 물었다. 매운 향이 확 번지자 아름이가 부르르 몸을 떨었다.

"그리고 의사가 별거지. 무려 의산데. 꽉 잡아라."

승언은 그 한마디를 끝으로 아무 말도 하지 않고 밥만 먹었다. 그런 승언을 물끄러미 바라보던 아름이가 갑자기 재킷도 벗어 던지고 겨울 잠을 자려고 준비하는 곰처럼 전투적으로 고기를 먹기 시작했다. 공기 밥과 된장찌개도 뚝딱 해치웠다.

"냉면 먹을래? 안 먹어? 입가심해야지. 여기 물냉면 하나만 주세요."

천천히 먹으라고 말리려던 강희는 아름이의 붉어진 눈자위를 보고 그만두었다. 아름이가 선을 봤다는데, 아무런 반응도 없는 승언을 보자니 강희도 울고 싶었다. 꽉 잡으라니. 눈치 없는 시키.

"우와, 배부르다."

아름이가 냉면 그릇을 내려놓고 숨을 몰아쉬었다. 100미터를 뛰고 온 사람처럼 숨차 보였다.

"소화제 먹어야 하는 거 아니야?"

"이 정도로 뭘."

괜히 밝은 척하던 아름이가 다시 크게 숨을 들이켰고, 동시에 승언이 고개를 들어 아름이를 바라보았다. 그 순간, 팽팽하게 당겨진 아름이의 셔츠가 기어이 사고를 쳤다. 세 번째 단추가 탕, 하고 튕겨나가 승언의 뺨을 가격했다. 셔츠가 벌어지고 브래지어로도 다 감싸지지 않은 탱탱하고 새하얀 가슴골이 드러났다.

"어마."

아름이가 셔츠 깃을 잡아당겨 여몄지만 이미 늦었다. 승언의 광대가 순식간에 새빨개졌다. 이미 볼 건 다 봤다는 얘기다.

승언이 바닥에 떨어진 단추를 주워 테이블에 올려놓고 먼저 일어났다.

"아이씨. 죽고 싶어."

아름이가 재킷에 팔을 꿰며 울먹였다. 테일러 재킷이라 벌어진 셔츠를 감출 수도 없었다. 강희는 백팩에 넣어두었던 머플러를 꺼내 아름이의 목에 둘러주었다.

　"고마워."

　"그러게 작작 먹지."

　강희가 재킷 안으로 머플러 자락을 정리해주며 피식 웃었다.

　"나, 집에 갈래."

　아름이는 아이처럼 떼를 썼다.

　"불꽃놀이 안 보고?"

　"불꽃놀이가 아니라 승언이 얼굴을 못 보겠어."

　"승언이 못 봤어."

　"정말?"

　"또 보면 어때? 지가 어디서 이렇게 죽여주는 가슴을 보냐? 봤으면 걔, 오늘 잠은 다 잤다."

　"미친……."

　아름이가 킬킬 웃음을 터트렸다.

　강희와 아름이가 식당을 나오자 승언이 자신의 아노락점퍼를 벗어 아름이에게 내밀었다.

　"뭔데?"

　"입어."

　"됐어."

　아름이가 고개를 저었다.

　"추운데."

　"너도 춥잖아."

　"나야, 뭐……."

　승언이 어깨를 으쓱했다.

"안 입어. 아니 못 입어."

"……?"

"그게 나한테 맞겠니?"

아름이 휙 몸을 돌려 강변 쪽으로 걸어가버렸다. 승언이 자신의 점퍼와 아름이의 뒷모습을 번갈아 바라보았다.

"안 맞아?"

강희에게 묻는 승언의 목소리가 시무룩하다.

"아마도."

강희가 고개를 끄덕이자 승언은 난감한 듯 모자를 벗었다 다시 썼다.

"가자."

강희가 승언의 팔을 잡고 끌었다.

강변에 다가갈수록 주차된 차와 사람들로 북적였다. 물비린내 나는 싸늘한 바람이 불어와 강희는 패딩조끼의 지퍼를 잠갔다.

강변에 도착해 소 모양으로 만든 거대한 등을 바라볼 때였다.

휘이익.

휘파람 같은 소리가 나더니 튀기듯 요란한 굉음과 함께 까만 하늘에 팡, 불꽃이 터졌다. 앞서 걸어가던 아름이가 걸음을 멈추고 하늘을 올려다보았다. 강희도 멈춰 서서 불꽃을 바라보았다. 너무 예쁜 걸 보면 눈물이 난다고 했던 춘길 씨가 갑자기 떠올랐다.

"네 엄마를 처음 본 날, 눈물이 나더라. 아빠는 예쁜 걸 보면 괜히 슬퍼져서 눈물이 나거든."

"넌…… 어떤 여자가 좋아?"

하늘을 올려다보는 승언에게 물었다.

"……."

대답이 없다.

"있을 거 아니야. 왠지 끌리는 스타일……."

폭약이 터지는 소리 때문에 못 들었나 싶어 다시 물어보려던 참에 승언이 대답했다.

"책 좋아하는 여자."

강희가 고개를 돌려 승언을 바라보았다. 소년같이 깨끗한 뺨과 이마에 불꽃이 어른거렸다.

"야, 차승언……."

승언에게 한 걸음 다가가려던 강희는 우뚝 발을 멈추었다. 강희의 시선에 벤치에 나란히 앉아서 불꽃을 바라보는 남자와 여자가 들어왔다.

"와아, 너무 예뻐요. 그쵸, 선배님."

여자의 말에 남자가 웃었다.

팡.

또다시 불꽃이 터졌다.

남자가 시선을 돌려 강희를 바라보았다. 남자의 눈동자에 수없이 많은 별이 지는 걸 강희는 말없이 지켜보았다.

chapter 15

연수

왜일까.

불꽃을 바라보는 강희는 외로워 보였다. 그저 불꽃놀이를 바라보고 있을 뿐인데.

강희를 보고도 아무런 감정이 들지 않는 그런 순간이 찾아올까. 날짜가 지난 신문처럼 아무런 의미가 없는 그런 순간이 오기는 올까.

자신도 모르게 입술을 혀로 쓸었다.

혀끝에 새겨진 달콤하고 발칙한 감촉을 잊는 날이 진정 올까.

못 본 척 시선을 피하는 강희에게 의미 없는 질문을 던졌다. 어쩌면 자신에게 하는 질문인지도 모르겠다. 강희 없이도 살아갈 수 있을까, 하는.

강희가 서울로 떠나버린 후의 시간을, 강희의 부재를 연수는 인정하지 않았다. 강희가 첫차를 타고 서울로 떠나버렸던 그 새벽의 다짐을 신앙처럼 간직했다. 기다리겠다고. 간간이 아름이가 찍어서 보내주는 강희의 사진 몇 장과 한우가 전해주는 소식 몇 줄로 10년을 버텼다. 마시멜로 테스트에서 높은 점수를 딴 아이답게 연수는 만족지연능력을 최대한 발휘하며 하루하루 성실하게 살았다. 강희의 매일매일도 행복하길 바라며.

3년 전, 호텔에 남겨진 순간에도 연수는 이별을 받아들이지 않았다.

오히려 강희를 향한 자신의 마음이 조금도 희미해지지 않았다는 걸 깨달았을 뿐이었다.

연수에게 시간의 힘은 의미가 없었다. 연수조차 그 이유가 궁금했다. 시간이 지워내는 기억들, 시간에 잠식되는 추억들, 시간에 마모되는 감정들이 연수에게는 적용되지 않았다.

한우의 말처럼 때때로 자신은 스토커가 아닐까, 하는 생각조차 들었다. 정신과 상담을 받아야 하나. 한 대상에게 이토록 집착하는 건, 병이 아닐까 하는 생각도 했었다.

그런데 어젯밤 연수는 강희에게 매달리는 자신의 마음이 납작해지는 걸 느꼈다. 그리고 몹시 피곤했다. 만나면 서로 밀치는 두 개의 N극처럼. 연수가 원하는 삶과 강희가 원하는 삶의 모양에 교집합이 없었다. 연수는 자신의 모든 것을 버리고 강희를 따라나설 용기가 나지 않았다. 강희가 모든 걸 버리고 연수에게 오길 원하지 않는 것처럼.

"아, 저기 언니랑 조카들 왔다."

난우가 노부부―그렇게 보이는―의 손을 잡고 걸어오는 쌍둥이 소녀를 향해 손을 흔들며 벤치에서 일어섰다. 소녀들 뒤로 훌쩍 키가 큰 소년과 소년의 팔짱을 낀 폴라리스 식물원 원장님이 걸어오고 있었다. 연수도 자리에서 일어나 가볍게 인사를 건넸다.

"선배님도 어머니랑 데이트 잘하세요. 월요일에 뵙겠습니다."

"그래. 주말 잘 보내고."

"선배님도요."

난우가 뛰어가 조카들을 껴안는 모습을 지켜보다가 고개를 돌렸다. 강희를 찾았지만 보이지 않았다. 승언과 아름이도 어디론가 가버리고 없었다. 연수는 벤치에 앉아 시간을 확인했다. 약속시간에서 한 시간이나 지나 있었다. 전화를 할까, 하다가 관뒀다. 어차피 달라질 건 없으니까. 연수는 주머니에 손을 찔러넣고 하릴없이 팡팡 터지는 불꽃만 올려다보았다.

"연수야."

불꽃놀이도 다 끝나고 강 둔치에 고기를 굽는 냄새가 자욱해질 무렵 엄마가 연수를 불렀다. 빨간색 트렌치코트에 곱게 화장을 한 엄마는 지난번에 만났을 때보다 더 젊어졌다. 사십 대라고 해도 믿을 만큼. 엄마는 만날 때마다 조금씩 조금씩 주름이 펴지고 뺨이 통통해지고 있었다. 조금 더 있으면 연수의 누나라고 해도 믿을 거 같았다.

"많이 기다렸지?"

엄마는 하나도 미안해하지 않는 얼굴로 물었다.

"저녁은요?"

"먹었지, 얘는. 지금 몇 신데."

저녁 먹자고 했던 약속은 그럼 환청이었나? 연수는 속으로 한숨을 내쉬었다.

'일 표고, 이 능이, 삼 송이'.

보통 버섯의 효능을 얘기할 때 쓰는 말인데, H읍에선 '일 순자, 이 춘길' 혹은 '일 춘길, 이 순자'라는 말이 있다. 두 사람이 번갈아 사고를 칠 때마다 우선순위가 바뀌곤 했지만 1등과 2등을 놓친 적은 없었다. 말하자면 춘길 씨와 순자 씨는 H읍의 우등생이란 얘기다.

"저기 연수야……."

엄마가 이렇게 연수의 이름을 부르면 세 가지 중 하나다. 돈. 남자. 그것도 아니면 돈을 들고 튄 남자.

"너한테 소개해줄 사람이 있는데……."

오늘은 남자인가 보다.

엄마는 6개월 전 네 번째 남편과 이혼했다. 사유는 폭력과 무능력. 2년간의 결혼생활로 엄마는 할아버지가 남긴 마지막 아파트를 날렸다. 끈질기게 엄마에게 들러붙어 있던 남자를 억지로 떼어내고 겨우 이혼을 하게 된 건 춘길 아저씨 덕분이었다.

"순자야, 다음부턴 제발 혼인신고 하지 말자."

남자를 떼어낸 후, 춘길 아저씨가 엄마를 붙들고 한 얘기였다.

"만나볼래? 좋은 분이야."

"……."

언제는 안 좋았을까.

연수의 무응답을 긍정으로 해석한 엄마가 뒤로 돌아 누군가에게 손짓
했다. 엄마가 환하게 웃으며 손짓을 하는 모습은 진심으로 사랑에 빠진
사람의 그것이었다. 매번 저렇게 누군가를 사랑할 수 있는 엄마의 열정
이 놀라웠다.

"만나서 반가워요."

동그란 뿔테안경을 쓰고 염색을 하지 않은 남자는 마른 체격이어서
그런지 다소 예민하고 염세적으로 보였지만 인상이 나쁘지는 않았다.
악수를 청하는 목소리도 나름 점잖았다.

"처음 뵙겠습니다. 천연수입니다."

"어머니께 얘기 많이 들었어요."

"네."

"수의사라고."

"네."

"미안해요. 불쑥 찾아와서. 당황했나 보네요."

"……."

연수는 그렇다고도 아니라고도 대답하지 않았다. 연수는 더 이상 엄
마의 남자들에게 친절하고 싶지 않았다. 그저 엄마의 남자, 그 이상 그
이하도 아닌 관계로 선을 긋기로 했다. 엄마는 냉랭한 연수의 눈치를 보

며 코트의 벨트만 손가락으로 빙글빙글 돌렸다. 엄한 아버지에게 남자
친구를 선보이는 여학생처럼.

"다음에는 미리 연락할 테니 식사나 한번 합시다."

"아, 네."

강 둔치에서 불어오는 싸늘한 바람도 세 사람 사이의 어색한 공기를
몰아내지는 못했다.

"아!"

남자가 더듬더듬 재킷 안주머니에서 지갑을 꺼내 명함 한 장을 연수
에게 내밀었다.

"나도 이런 자리는 처음이라…… 내 소개도 못 했네……."

남자도 꽤 당황한 듯 횡설수설했다. 악수할 때는 경황이 없어서 몰랐
는데, 명함을 건네는 남자의 손은 지적인 얼굴과 달리 거칠고 뭉툭했다.
노동에 익숙한 손이었다. 할아버지와 아버지의 손처럼.

[청암조경 대표 이목원]

명함을 받아 들고 이목원이라는 남자를 찬찬히 뜯어봤다. 안경 너머
남자의 눈꺼풀이 파르르 떨렸다. 면접이라도 보는 것처럼 잔뜩 긴장하
고 있는 중년의 남자가 왠지 딱했다. 그동안 엄마가 데려온 남자 중에
이런 사람은 없었다. 연수를 귀찮아하거나, 무시하거나, 함부로 대하거
나, 뜯어먹을 대상으로 여긴 사람뿐이었다.

"그럼, 다음에……."

"어머, 춘길 오라버니."

한시라도 빨리 벗어나고 싶었다. 서둘러 인사를 꺼내는 연수의 목소
리보다 춘길 아저씨를 부르는 엄마의 목소리가 더 크고 빨랐다. 엄마가
손을 흔들자 누군가와 나란히 걷고 있던 춘길 아저씨가 마주 손을 흔들

며 다가왔다.

"오라버니 오랜만이네요."

춘길 아저씨와 함께 걸어오는 여자를 본 엄마의 표정이 갑자기 샐쭉해졌다. 여자는 한쪽 팔에 깁스를 하고 있었는데, 엄마와 같은 빨간색 트렌치코트를 입고 있었다. 나란히 서면 '홍방울 자매'처럼 보일 만큼 스타일이 비슷했다. 여자가 무려, 금발로 염색한 걸 빼면. 엄마의 눈이 여자의 코트와 헤어스타일, 메이크업, 피부상태, 핸드백과 구두를 샅샅이 훑었다. 상대방이 민망할 정도로. 여자는 춘길 아저씨 옆에 서서 그런 엄마에게 가볍게 목례했다. 행동도 표정도 여유롭고 세련된 사람이었다.

"이 대표님 아니세요?"

안면이 있는지 춘길 아저씨는 이목원이라는 남자에게 손을 내밀었다.

"아이고, 지 사장. 오랜만이야."

남자도 아저씨의 손을 반갑게 맞잡았다.

"네. 한 3년 되었죠? 그런데, 여긴 어쩐 일이십니까?"

"아 그게……."

남자가 엄마를 바라보며 쑥스럽게 웃었다. 쑥스럽게 웃는 남자의 얼굴이 언뜻 소년처럼 느껴졌다. 춘길 아저씨가 남자와 엄마를 번갈아 바라보더니 한쪽 눈썹을 치켜올렸다.

"근데 이분은……."

엄마는 여자에 대한 호기심을 숨기지 않았다.

"아, 이분은 모텔 손님."

춘길 아저씨는 그렇게만 말하고 여자를 소개시켜줄 생각이 없어 보였다.

"오랜만에 만났는데, 맥주라도 한잔할까요? 우리 지금 저쪽 수제맥주 카페로 가려던 참인데."

춘길 아저씨가 강 둔치를 따라 길게 늘어선 행사용 캐노피를 가리켰다.

"그러고 싶은데, 운전을 해야 해서……."

남자가 꽤 아쉬운 얼굴로 거절을 했다.

"무알코올 맥주도 있던데 함께 가세요. 저도 팔이 이래서……. 아쉽지만 오늘은 무알코올 맥주라도 마셔야 할 거 같아요. 별이 너무 예쁜 밤이잖아요."

춘길 아저씨 옆에 서 있던 여자가 자신의 깁스한 팔을 들어올리며 웃었다. "아름다운 밤이에요." 하고 수상소감을 말했던 배우가 떠오르는 미소였다.

"그럼, 전 이만……."

급하게 인사를 하고 자리를 벗어나려는데 춘길 아저씨가 연수를 붙잡았다.

"천연수, 어딜 가. 엄마도 오셨는데."

춘길 아저씨에게 억지로 끌려간 수제맥주를 파는 카페에는 강희가 있었다. 캐노피 안으로 들어서는 사람들을 바라보던 강희의 얼굴이 순간순간 변했다. 춘길 아저씨를 보고 심드렁한 표정을 짓던 강희가 아저씨와 함께 온 여자를 보고 한쪽 눈썹을 휙 치켜올렸다. 저럴 땐 춘길 아저씨와 정말 똑같다.

입을 벌린 채 놀란 눈으로 춘길 아저씨의 동행인을 보던 강희의 표정이 엄마를 발견하고는 급격하게 싸늘해졌다. 마지막으로 연수와 눈이 마주치자 강희는 아예 시선을 돌려버렸다.

"연수야, 네 친구들 저쪽에 있네. 넌 저기 가서 놀아라."

강희를 발견한 춘길 아저씨가 연수의 등을 강희 쪽으로 밀었다.

"다들 여기 있었냐?"

연수가 다가가자 승언과 아름이가 동시에 고개를 돌려 연수를 바라보았다. 승언의 입가에는 우유수염이, 어제 술을 못 마신 게 억울했던지 아름이의 입가에는 맥주 거품이 묻어 있었다.

"잠깐 나갔다 올게."

강희는 연수를 피하듯 휴대전화를 들고 캐노피 밖으로 나가버렸다.

"천연수, 너 뭐냐?"

승언이 강희의 뒷모습을 바라보는 연수에게 한마디 했다.

"뭐가?"

"윤 선생 말이야."

승언의 목소리에 어쩐지 뼈가 들어 있다.

"윤 선생이 뭐? 알아듣게 얘기해라."

"……."

승언은 대답 대신 연수의 얼굴을 빤히 바라보다가 어휴, 한숨을 쉬었다.

"누가 누굴 걱정."

승언은 혼잣말처럼 중얼거리더니 우유잔으로 시선을 돌려버렸다.

"연수 너 설마 윤난우한테 관심 있냐?"

"윤 선생한테? 내가?"

아름이의 뜬금없는 물음에 연수가 고개를 갸웃했다.

"그럼 왜 둘이, 나란히, 가까이, 다정히, 불꽃놀이, 를 본 건데?"

랩을 하듯 아름이가 다그쳤다.

그게 그렇게 보였던 걸까?

"윤 선생은 조카들 기다렸고, 난 엄마 기다린 건데?"

연수는 뒤쪽 테이블을 가리키며 자신이 왜 이런 변명 아닌 변명을 해야 하는지 알 수 없었지만 사실대로 말했다.

"그런 거였어? 난 또…… 아니, 잠깐. 대박. 저분은 누구시냐? H읍에서는 도저히 찾아볼 수 없는 비주얼이다.”

아름이 춘길 아저씨 옆에 앉은 여자를 바라보며 입을 딱 벌렸다. 아름이를 따라 고개를 돌리던 승언의 눈도 커다래졌다.

“저, 금발…… 실화냐? 눈썹도 금색이네. 엇? 연수야, 아줌마 옆에 있는 남자분은 또 누구시냐?”

“엄마의 새로운 보이프렌드.”

연수의 말에 아름이의 턱이 툭 떨어졌다.

“이제 그만 봐라.”

연수는 승언이와 아름이의 고개를 정면으로 돌려놓으려고 애썼다. 더 이상 새로울 것도 없는 엄마의 새로운 남자친구에 대해서 연수도 더는 생각하고 싶지 않았다. 엄마가 네 번째 남편과 헤어졌을 때, 연수는 제 살을 뜯어내는 심정으로 엄마와 자신을 분리하기 시작했다. 그러지 않고서는 도저히 살아갈 자신이 없었다. 엄마와 감정을 공유할수록 가여웠다가 원망했다가 다시 죄책감으로 귀결되는, 영원히 끝나지 않는 고리를 돌고 돌았다.

“어머…….”

뒤 테이블에서 여자의 목소리가 들렸다. 여자가 깁스하지 않은 손으로 핸드백 속에서 울리는 휴대전화를 꺼내려다 가방째 바닥에 떨어트렸다. 춘길 아저씨가 여자의 핸드백을 집어 올려 잠금을 풀고 휴대전화를 꺼내 여자에게 건네주었다.

“감사합니다, 통화 좀 하고 올게요.”

여자가 휴대전화를 들고 밖으로 나갔다.

“얘는 왜 이렇게 안 와? 어? 전화도 안 받네.”

연수가 300cc 맥주를 다 마시는 동안 강희는 돌아오지 않았다. 아름이 전화를 해도 받지 않았다.

"내가 나가볼게."

"그냥 있어. 내가 찾아볼게."

일어서려는 승언을 앉히고 연수는 캐노피를 빠져나왔다.

사방에서 고기 굽는 냄새가 진동했다. 올해는 그나마 품평회에 참가한 소들을 다른 곳에 전시했다. 축주들은 행사장과 너무 떨어져 있다고 항의했지만 연수가 축제진행위원회에 강하게 밀어붙였다. 아무리 가축이라지만 제 동료들이 구워지는 장소 바로 옆에서 그 냄새를 맡게 한다는 건, 잔인한 일이다

화려하게 장식한 조명들이 강 둔치를 대낮처럼 환하게 밝히고 있었다. 낮은 강을 가로질러 놓인 다리도 조명으로 반짝였다. H읍은 색동옷을 입고 잠들지 않으려고 떼를 쓰는 아이처럼 알록달록했다.

"설마 저 남자한테 관심 있으세요?"

꿀렁거리는 나무다리를 건너 천일홍이 가득 핀 강변 쪽 벤치를 지나는데 강희의 목소리가 들렸다. 꽃밭의 울타리에 걸터앉은 강희가 빨간색 코트를 입은 여자에게 따지듯 물었다.

"사생활이야. 왜 강희 씨가 나서는지 모르겠네."

빨간색 코트를 입은 여자가 깁스를 하지 않은 손으로 강바람에 흩날리는 금발을 쓸어넘겼다.

"잘 모르는 사람이잖아요."

"그러니까 알아가야지."

"내가 한 가지 알려줄게요. 저 남자, 애 딸린 홀아비라구요."

"난 이혼녀야."

"네?"

강희가 입을 딱 벌렸다.

"몰랐어? 내가 말 안 했나?"

"그럼, 한 가지 더 알려줄게요. 그 아저씨, 저래 봬도 나이 많아요. 거

의 할아버지라니까요.”

“강희 씨가 그걸 어떻게 알아?”

“…….”

강희가 벌떡 일어나 여자의 어깨를 밀치듯 지나쳤다. 그러다 멈춰 서서 희뿌연 연기가 가득 찬 하늘을 올려다보았다.

“저 남자 이름은 알아요?”

“아니, 내가 이름도 모르는 남자를 만나겠어? 지. 춘. 길. 이름이 클래식하면서 왠지 로맨틱해…….”

“지춘길, 지강희. 뭐 그려지는 거 없으세요?”

강희가 여전히 하늘을 바라보며 여자의 말을 잘랐다.

“설마…….”

깁스한 여자가 강희를 돌아보았다. 표정이 잘 보이지 않았지만 목소리만큼은 충격을 먹은 게 확실했다.

“네. 맞아요. 지춘길 씨의 무남독녀 지강희.”

강희는 여자만 남겨둔 채 다리 쪽으로 걸어오다가 연수를 발견하고 후우, 한숨을 쉬었다. 해쓱하고 피곤해 보였다.

“아는 분이야?”

“우리 회사 대표.”

“회사 대표라고? 저분이?”

저 대표라는 사람은 대체 어쩌다가 춘길 아저씨에게 꽂혀버린 걸까.

“그러니까, 미치겠다.”

강희는 그렇게 말하고 연수를 지나쳐 다리를 건넜다.

“내일은 지춘길 씨 연애운이 발달하여 빨간색 트렌치코트를 입은 여인이 빠른 속도로 다가오니 미리미리 대비하시기 바랍니다.”

“무슨 말이야?”

“인생예보 같은 거 있었으면 좋겠다. 일기예보처럼. 그럼, 뭔가 대비라도 할 거 아니야. 너무 뜬금없어서 가짜뉴스 같다.”

강희가 지친 목소리로 말했다.

연수도 고개를 끄덕였다. 때때로 인생은 언제 닥칠지 모르는 쓰나미처럼 연수를 덮치곤 했다. 아버지의 죽음이 그랬고, 엄마의 남자‘들’이 그랬고, 강희와의 이별이 그랬다.

“도저히 용서가 안 되는 게 뭔지 알아?”

다리 중간쯤에 멈춰 서서 강희는 ‘기대지 마시오.’라고 주의표시가 붙어 있는 다리 난간에 기대어 검게 반짝이는 강물을 내려다보았다. 물속에 빠트린 반지라도 찾는 것처럼.

“엄마가 그렇게 된 건…… 춘길 씨랑 수지 아줌마 때문이야.”

“우리…… 엄마 때문이라니?”

강희가 엄마를 좋아하지 않는다는 건 열 살 이후로 알고 있었다. 한 번도 그 이유를 얘기한 적도 없었고 연수도 묻지 않았다. 엄마를 좋아하기란 많은 인내심이 필요하니까.

“내 동생이 그렇게 된 밤에 춘길 씨는 수지 아줌마랑 있었어.”

“…….”

“엄마가 갑자기 배가 아파서 꼼짝 못 하고 아빠만 찾고 있을 때, 아빠가 정말 필요한 순간에 아빠는 오지 않았어.”

옛 기억이 너무 선명했는지 강희는 춘길 아저씨를 아빠라고 했다.

“사기당한 수지 아줌마를 위로하느라. 정작 내 동생이 죽어가는데…….”

기억난다. 주식투자를 잘못해서 살던 집이 날아가고 할아버지 집으로 이사했던 게 그즈음이었다. 강희의 동생이 죽은 채로 태어난 건. 그리고 그날 이후 강희는 춘길 아저씨를 더 이상 ‘아빠’라고 부르지 않았다.

“그때 엄마도 죽은 거나 마찬가지였어. 하루 종일 침대에 누워서 허공만 바라보던 엄마는 관 속에 누워 있는 사람 같았으니까.”

"……."

"그러다 어느 비 오는 밤에 엄마가 벌떡 일어나 아가…… 하면서 뛰쳐 나갔어. 한참 만에 엄마는 온통 비에 젖은 채로 돌아왔어. 다 죽어가는 까만 새끼 고양이를 품에 안고. 그러고는 계속 아가…… 아가…… 하면서 울었어."

아줌마가 새끼 고양이를 데리고 연수네 가축병원을 찾아온 걸 연수도 알고 있다. 아버지는 작은 주사기로 새끼 고양이에게 젖을 먹였고 아줌마는 바동거리며 젖을 먹는 새끼 고양이를 안고 울었다.

"레오는…… 엄마 젖으로 큰 애야. 엄마가 퉁퉁 부은 가슴을 열고 젖을 짜서 매일매일 레오한테 먹였어."

아줌마가 떠나고 레오도 어느 날 갑자기 사라졌다.

"너네 아빠가 우리 아빠였으면 좋겠다는 생각을 했어. 아저씨와 함께 있는 엄마는 살아 있는 사람 같았으니까. 가끔 행복해 보이기도 했고."

연수도 그런 생각을 한 적 있었다. 지나치게 사교적이었던 엄마는 언제나 너무 바빠서 아버지와 연수 곁에 있어주지 못했다. 그런 엄마보다 아줌마가 더 좋았다. 아버지를 웃게 해주었으니까. 어린 연수도 그런 은밀한 생각이 잘못된 것임을 잘 알았다. 그래서 엄마를 볼 때마다 죄책감에 시달렸다. 엄마를 진심으로 사랑하지 못해서. 엄마의 터무니없는 요구를 거절하지 못했던 이유이기도 했다.

"생각해보니…… 우린 공범자야."

강희의 말을 부정할 수 없었다. 아버지와 함께 아버지의 코란도를 타고 진료를 나가면 그곳에 아줌마와 강희가 있었으니까. 인적 드문 곳에서 네 사람은 행복했다. 연수와 강희는 뛰어놀고 아줌마와 아저씨는 나란히 앉아 그런 연수와 강희를 바라보며 웃었다.

"그래서 춘길 씨를 용서할 수도 없으면서 미워할 수도 없어."

강희가 난간에 기댔던 몸을 일으켜 연수를 바라보았다

"그런 너와 난데……."

진한 습기를 머금은 차가운 바람이 불어와 강희의 머리카락을 날렸다. 몸을 떨면서도 강희는 꼼짝하지 않고 연수의 눈동자를 응시했다. 가만히 응시하고 있어도 강희가 무슨 말을 하는지 알 수 있어서 연수는 고개를 흔들었다.

아니야. 우린…… 행복해질 수 있어.

다가가 강희의 뺨에 달라붙은 머리카락을 떼어주려 했지만 강희는 더이상 다가오지 말라는 듯 한 걸음 물러났다.

"가자. 아름이랑 승언이 기다리겠다."

훌훌 먼지를 털어버리듯 강희가 표정을 바꾸고 피식, 웃었다. 모든 게부질없다는 얼굴이다. 연수는 다리 한가운데 서서 주머니에 손을 찔러넣고 걸어가는 강희의 뒷모습을 바라보았다. 감당할 수 없는 일을 감당하는 방법은 망각밖에 없지 않을까, 라는 생각을 하면서.

"아니……."

강희가 갑자기 걸음을 멈추고 휙 돌아서서 연수를 바라보았다.

"아들이랑 딸은 연애 한번 제대로 못 하고 지지리 궁상인데, 춘길 씨랑 수지 아줌마는 무슨 능력을 타고난 거냐?"

"너…… 연애 못 해봤냐?"

진심으로 궁금해서 물었다. 연수가 아름이를 통해 얻은 정보에 의하면 강희는 재수학원에서 만난 녀석이랑 잠시 사귀었고-호박엿에 체한거 말고 연수의 살이 빠진 이유 중 5할은 된다-미팅도 했다고 들었다.

"넌?"

강희가 되물었다.

"나?"

물론 없다. 소개팅 아닌 소개팅 같은 소개팅을 강제로 몇 번 하긴 했지만, 그걸 연애라고 할 수는 없으니까. 하지만 사실대로 대답하고 싶지는 않다. 연수도 모르는 연수의 섹스 테크닉을 의심받는 상황에서는 더 더구나 말하고 싶지 않았다.

"뭐…… 한 두세 번?"

"한 두세 번? 어쩐지…….'"

강희가 비웃더니 몸을 되돌려 다리를 마저 건넜다. 강희가 쿵쿵거리며 발을 디딜 때마다 나무다리가 건너올 때보다 더 심하게 꿀렁거렸다. 어쩐지…… 기분이 상했다.

"강희야."

바람막이 캐노피를 젖히고 들어서자 아름이가 안도의 표정을 지었다. 언제 왔는지 H읍에 살고 있는 동기들이 잔뜩 몰려와 아름이와 승언의 자리에다 테이블을 죽 붙이고 있었다. 표정을 보니 승언이도 아름이도 동의하지 않은 합석을 시도하는 모양이었다. 남자 동기 다섯 명. 여자 동기 여섯 명. 그중에 한 여자 동기는 유아차에 아이까지 태우고 왔다.

강희가 입구 쪽 테이블에 앉은 춘길 씨와 뒤따라 들어온 금발머리 여자를 할 말 많은 표정으로 흘깃 바라보고는 아름이에게 다가갔다.

"다들 무슨 일이야?"

아름이는 강희와 연수들과 있을 때는 명랑하고 밝았지만 다른 사람들, 특히 동기들과 있을 때는 어깨를 움츠렸다. 학창시절 왕따를 당한 기억이 어른이 된 지금까지 아름이를 주눅 들게 만들었다.

커다란 덩치와 달리 소심했던 아름이는 우람한 몸집을 최대한 작게 보이려는 듯 잔뜩 웅크린 채 늘 혼자였다. 강희도 늘 혼자였지만 강희는 귀찮아서 혼자 놀던 아이였고 아름이는 놀아줄 친구가 없어서 혼자였던 아이였다.

"씨바, 어디서 돼지 냄새 나는 거 같지 않냐?"

그날도 따돌림과 괴롭힘을 당하던 많은 날들 중의 하루였다. 아름이가 혼자서 밥을 먹고 있는데 몇몇 아이들이 아름이를 둘러싸고 코를 킁킁거리며 킬킬댔다. 교장선생님의 딸이기에 물리적인 폭력을 가하지는 않았지만 선생님들의 눈을 피한 교묘한 따돌림과 언어폭력은 만만치 않았다. 지켜보는 아이들은 많지만 선뜻 말리는 아이는 없었다. 부끄럽지만 그 속에 연수도 있었다. 뚱뚱했던 연수도 아름이와 다를 바 없는 처지였으니까.

"양심이 있으면 저렇게 처먹지는 못하지. 니들 셀프 확대범이라는 말 들어봤냐?"

"비켜."

그때 식판을 들고 강희가 아이들 앞으로 걸어갔다.

"뭐래? 잡종새끼가."

교복 치마 밑에 체육복을 입은 아이가 코웃음을 치며 강희를 노려봤다.

"꺼지라고들. 밥 좀 먹게. 돼지 냄새 난다면서 굳이 여기 있는 이유가 뭔데?"

강희가 체육복의 어깨를 밀치고 아름이 맞은편에 앉았다.

"이 쌍……."

체육복이 비틀거리자 체육복 옆에 버티고 서 있던 김헌열이 강희를 후려치려다 움찔 멈췄다. 천하의 김헌열도 선뜻 행동으로 옮기진 못했다. 강희는 전설의 '벼락 지강희'였으니까. 잘못하다간 빡Q나무 꼴이 될지도 모르니 말이다.

강희는 딱히 아름이에게 살갑게 말을 걸지도, 함께 다니지도 않았다. 강희는 히말라야의 설표처럼 홀로 다녔다. 그저 식당에서 아름이를 보면 말없이 슥 다가가 같이 밥을 먹거나-강희를 따라 연수와 한우와 승언도 함께 먹었다—조 발표 과제가 있으면 아름이를 자신의 조로 데리고 오는 정도였다.

그 후로도 아름이는 여전히 왕따였지만 건들거나 놀리는 아이들은 없었다. 그저 아름이 옆에는 언제나 강희가 있을 뿐이었다.

"오랜만이다, 지강희."

동기들이 나란히 들어오는 강희와 연수를 번갈아 바라보았다. 대놓고 묻지는 않았지만 면면에는 호기심이 가득했다.

"야, 드디어 보네. 너 왔다고 해서 궁금했었는데."

"내가 그렇게 인기 있는 사람이었냐? 어쨌든 반갑다."

답지 않게 강희가 넉살을 부렸다.

맥주잔이 채워지고 건배를 하고 오랜만에 만난 동기들답게 화기애애했다. 강희도 아름이 옆에 앉아서 억지로 입꼬리를 끌어올리고 있었다.

"영국계 회사가 이런 촌구석 모텔도 공사하나 보다?"

유아차에서 낑낑대는 아이에게 휴대전화 게임을 켜서 쥐어주며 조진아가 물었다.

"설마. 그 회사에선 나왔어."

뜻밖에도 강희는 아무렇지 않은 얼굴로 대꾸했다. 연수는 자신도 모르게 안도의 숨을 쉬었다.

"잘렸냐?"

"김용수. 말 좀 가려서 하자."

"놔둬."

연수가 한마디 하자 강희가 피식 웃으며 연수를 말렸다.

"용수가 그렇지, 뭐. 그래, 잘렸다, 왜? 영국계 회사 다닌다고 내가 영국사람 되는 것도 아니고. 칠성급 호텔 공사한다고 내가 칠성사이다 되는 것도 아니고. 지금 회사가 규모는 작아도 나름 만족한다. 일도 재미

276

있고. 덕분에 H읍까지 와서 공사도 하고. 너희들 만나서 맥주도 마시고. 좋다 야. 건배나 하자."

강희가 맥주잔을 들고 분위기를 띄우자 동기들도 얼떨결에 잔을 들었다. 연수는 갑자기 너무 유해진 강희가 적응되지 않았다. 저 웃는 얼굴이 두려운 건 자신뿐인가 싶어 주위를 둘러보니 건배를 하지 않는 사람은 연수와 승언과 아름이뿐이다. 세 사람은 서로를 바라보며 무언의 경고를 보냈다.

우리가 강희를 몰라?

"재미들 좋구나?"

춘길 아저씨가 다가와 강희와 동기들을 둘러보았다. 생일파티에 초대한 초등학생 딸내미의 친구들을 바라보는 눈빛과 조금도 다르지 않다.

"딸, 이거 받아."

춘길 아저씨가 강희에게 신용카드를 내밀었다.

"먹고 싶은 거 다 시켜 먹어. 여기 메뉴가 괜찮네."

"우와아아. 아버님, 아니 선배님이 사주시는 거예요?"

동기들이 환호성을 질렀다. 강희가 떨떠름한 얼굴로 카드를 바라만 보자 춘길 아저씨는 카드를 연수에게 쥐여줬다.

"술은 적당히들 마시고. 딸, 아빠 먼저 간다."

"연수야, 엄마도 간다."

엄마가 조경 회사 대표라는 이목원 씨의 팔짱을 낀 채 손을 흔들었다.

연수가 자리에서 일어나 남자에게 고개를 숙여 인사했다. 남자가 한결 부드러워진 표정으로 연수에게 손을 들어 보였다.

'그래, 그래. 사이좋게 놀아라.' 하는 표정으로 춘길 아저씨가 연수와 승언의 어깨를 토닥이고 빨간색 코트를 입은 '홍방울 자매'를 데리고 떠났다. 동기들은 이것저것 양껏 안주를 시키고 맥주도 주문했다. 소시지

며 찹스테이크며 안주가 나올 때마다 강희는 어이없다는 듯 코웃음을
쳤다.

"한아름, 너 선봤다며? 로터리 안과 의사랑?"
3,000cc짜리 피처가 여러 번 채워진 뒤, 누군가 갑자기 아름이의 선
애기를 꺼냈다.
"진짜?"
"눈맑은 안과 말하는 거야?"
"그 의사 되게 젊고 잘생겼던데?"
아름이는 맥주잔을 쥔 채 긍정도 부정도 하지 않았고 동기들은 아름
이와 안과 의사를 테이블 위에 올려놓았다.
"한아름이네 돈 많냐?"
남자 동기 중 하나가 불쑥 내뱉었다.
"선생 집안이 돈은 무슨……."
아름이가 작게 웅얼거리자 아름이 앞에 앉아 있던 승언이 우유를 벌
컥벌컥 맥주처럼 들이마셨고 강희는 어디 얼마나 나가나 두고 보자는
듯 팔짱을 꼈다.
"야, 아름이 정도면 일등 신붓감이지. 요즘은 공무원이 최고야."
용수가 소시지를 질겅질겅 씹으며 아름이를 두둔하자 남자 동기 대부
분이 고개를 끄덕였다.
"엄머머, 애네들 좀 봐."
그런 남자 동기들이 못마땅한지 여자 동기들이 입술을 삐쭉거렸다.
"하긴 공무원이면 혼자 살아도 되지. 야, 한아름. 너 결혼하지 마. 능
력 있으면 혼자 사는 게 답이다. 나 봐라. 이 족쇄를……."
조진아가 고개를 숙여 까르르, 유아차에 앉은 아이에게 장난을 쳤다.
조진아의 표정만 보면 너무나도 달콤한 족쇄다.

"아름이 너, 살 좀 빼야겠다. 누가 보면 네가 애 낳은 줄 알겠다. 애 낳은 진아보다 어떻게 더 관리가 안 됐냐? 너무 미련해 보이는 거 아니야? 돈도 없다면서 뭐로 의사 잡으려고?"

여자 동기인 노인숙이 아름이의 가슴 쪽을 힐긋거리며 한마디 던졌다.

"그래도 학교 다닐 때보다는 많이 날씬해진 거 아니냐? 아름이 정도면 글래머지."

남자 동기의 발언이 아슬아슬했다.

"의사도 의사 나름이지."

유아차에 탄 아기를 안아 올리며 조진아가 가세했다.

"그 의사 이혼남이래."

"진짜?"

"어. 우리 엄마가 그 의사 어머니랑 같은 성당 다녀서 들었대. 이혼하고 병원 차리느라 대출도 꽤 받았다던데?"

"어쩐지……."

"어쩐지 뭐?"

아름이가 여전히 맥주잔을 꽉 쥐고서 노인숙을 노려봤다. 물론 아름이 성격에 그럴 리 없겠지만 여차하면 그대로 끼얹을 모양새였다.

"야, 한아름. 너 성깔 생겼다. 지강희 옆이라서 그래?"

노인숙이 코웃음을 쳤다.

"야, 노인숙. 말 돌리지 마."

아름이도 만만치 않았다.

"얘가 왜 이래? 아니, 뭐……. 솔직히 니가 아무리 공무원이라고 해도 그런 하자 있는 남자 아니면 니 수준에 무슨 의사……."

탁.

강희가 푸우, 머리카락을 불어 올리고 한마디 하려는 그 순간 승언이 우유잔을 소리 나게 내려놓았다.

"가슴도 없는 것들이 어디서 지랄이야?"

일순간 캐노피 안에 정적이 감돌았다.

"야, 야, 야."

남자 동기들이 승언의 발언에 할 말을 못 찾고 더듬거렸다.

"야, 차승언. 너, 이거 성희롱이다."

얼굴이 시뻘게진 노인숙이 승언에게 소리쳤다.

"고소하든가, 그럼. 한아름, 일어나."

승언이 놀라서 딸꾹질을 하는 아름이의 팔을 잡아 일으켰다. 연수와 강희가 말릴 사이도 없이 승언이 아름이를 데리고 나가버렸다.

"아이씨. 저 중졸새끼가. 하여간 끼리끼리라니까."

노인숙이 비아냥거리자 강희가 피식 웃었다.

"그래. 네 말대로 원래 '류류상종'이지. 너도 네가 어울려 다니는 인간들 잘 살펴봐. 그게 바로 너니까."

"야, 지강희."

"그만해라. 추하다."

강희가 노인숙에게 일갈했다.

"뭐?"

"들었잖아, 뭘 또 물어."

강희가 자리에서 일어서며 자신의 백팩을 어깨에 걸쳤다.

"하, 무슨 외국계 회사 다닌다고 뻥이나 치는 주제에……. 서울에서 어떻게 굴러먹는지 알 게 뭐야."

독이 오른 노인숙이 강희의 코털을 건드렸다.

"얘, 얘, 얘."

이번에는 여자 동기들이 노인숙을 말렸다.

"아이, 촌것들."

강희가 머리카락을 쓸어올리며 혼잣말처럼 중얼거렸다. 물론 앉아 있던 촌것들은 다 들었지만.

"뭐? 촌것들? 야, 말 다 했냐?"

"아니. 다 안 했다. 솔직히 너희들, 도시로 나가서 부딪히고 깨어지고 굴러볼 생각조차 없었잖아."

"깨지고 구를 짓을 왜 해? 웃기지도 않아. 도시에 나가는 게 무슨 벼슬이냐?"

"벼슬? 당근 아니지. 그냥 선택한 거지. 너희가 여기를 선택한 것처럼. 그게 자의든 타의든. 그러니까 제발 남의 인생, 남의 외모, 평가질하지 말고 늬들 인생 살아. 루저들처럼 자격지심으로 부들거리지 말고."

마지막 말은 하지 않는 게 좋았다.

"이 기집애가!"

노인숙이 맥주잔을 들어 강희에게 퍼부었다. 강희의 얼굴과 머리카락에서 맥주가 뚝뚝 떨어졌다. 순간 모든 사람이 말 그대로 얼어붙었다. 연수는 강희의 눈이 한밤중에 일어난 깜희의 눈처럼 번뜩이는 걸 보고 강희의 손목을 잡아당겼다. 다행히 강희는 순순히 끌려 나와주었다.

"잠시만."

연수는 캐노피 안으로 들어가 직원에게 아쉬운 대로 깨끗한 행주를 얻어 나왔다. 나오면서 힐끗 바라본 동기들은 초상을 치르는 사람들 같았다.

"강희야."

어디로 가버린 건지 강희가 보이지 않았다. 감기 걸릴 텐데. 연수는 일단 모텔 캘리포니아 쪽으로 뛰었다.

"지강희."

얼마 안 가서 후드티를 뒤집어쓰고 걸어가는 강희를 발견했다. 연수가 뛰어가 강희의 어깨를 붙잡았다.

"천연수. 너도 마찬가지야."

강희가 마스카라가 번진 눈으로 연수를 노려보았다.

"남의 인생 평가질하지 말라더니."

"뭐?"

강희가 어이없다는 듯 피식 웃었다.

연수는 자신의 점퍼를 벗어 강희의 어깨에 둘러주고 행주로 강희의 젖은 머리카락을 닦아주었다. 드라마에서는 손수건으로 닦아주던데 행주라서 미안했다.

"왜 이렇게 고분고분해?"

강희는 하늘을 바라보며 연수가 하는 대로 가만히 있었다.

"그냥 모든 게 다 귀찮아졌어."

전투력을 상실한 패잔병 같은 말투다.

"모든 게?"

맥주를 닦아내던 연수의 손이 느릿해졌다. 머리카락 사이로 반짝 금빛 메달이 보였다. 다섯 개의 별이 박힌.

"춘길 씨도 너무 늙었고, 수지 아줌마를 봐도 예전만큼 밉지 않고, 승언이 말처럼 애들이 지랄을 떨어도 한편으로는 이해도 가고, 너를 봐도……."

강희가 연수의 시선을 피하며 말끝을 흐렸다.

"나를 봐도?"

연수가 강희의 턱을 붙잡고 자신을 바라보게 했다.

"이제 시간이 된 거 같아."

강희가 연수의 눈을 바라보며 초커를 풀어 연수의 손에 쥐여주었다. 메달은 강희의 체온만큼 따뜻했다.

"……."

"잊힐 시간이 되어 잊힌다면 지극히 자연스러운 일인 거야. 그치, 천연수."

강희는 웃는데, 연수는 자신의 마음이 또다시 납작하게 짓눌러지는 걸 느꼈다. 감당할 수 없는 일을 감당하는 방법은 망각밖에 없지 않을까, 라는 생각을 했으면서 그 망각 속에 자신이 포함될 거라는 생각은 하지 못했다.

연수의 팔이 툭 떨어졌다.

연수는 강희를 남겨둔 채 모텔 캘리포니아까지 혼자 걸어갔다. 싸늘한 밤공기가 폐 속으로 들이칠 때마다 아팠다. 모텔에 도착했을 즈음에는 강희에게 화가 났는지 스스로에게 화가 났는지 알 수가 없었다.

쿵.

천천히 문이 닫혔다. 닫힌 문에 기대어 한참 서 있던 연수는 발치에 앉아 있는 깜희를 발견했다. 깜희가 노란 눈으로 연수를 올려다보았다. 술 냄새가 나면 깜희는 언제나 조금 떨어져서 연수를 지켜보았다.

냐아아.

무슨 일이야, 하고 묻듯이 깜희가 울었다.

"깜희야."

바닥에 털썩 주저앉던 연수가 바지 뒷주머니에 손을 넣었다. 무언가 딱딱한 게 배겼다. 뒷주머니에서 꺼낸 네모난 플라스틱을 내려다보며 연수는 허탈하게 웃었다.

춘길 아저씨의 신용카드였다.

"계산은 누가 했으려나?"

연수가 노란 눈동자를 바라보며 물었다.

냐아아.

깜희가 아무려면 어때, 하는 얼굴로 예쁘게 울었다.

젠장.

모르겠다.

연수는 깜희를 안고 방문에 기댄 채 눈을 감았다.

chapter 16

강희

네모난 창으로 강희가 키우는 선인장처럼 생긴 구름이 지나갔다.

강희는 침대에 누워 한 시간째 하늘만 바라보았다. 때때로 증오가 살아가는 힘이 될 때가 있다. 욕심은 사람을 움직이게 하는 원동력이 되기도 한다. 아침에 눈을 떴을 때, 강희는 자신의 내부에서 무언가가 사라졌다는 걸 깨달았다. 미움과 욕심을 버리니 내적인 평화가 아니라 갑자기 무기력상태가 찾아왔다.

선인장처럼 생긴 구름은 조금씩 일그러지고 흩어져 중절모처럼 보이기도 했고, 코끼리를 삼킨 보아뱀 같기도 했다.

강희는 손을 뻗어 휴대전화를 집어 들고 갤러리를 열었다. 옷장에서 발견한 엄마의 사진을 다시 찍어 엄마의 얼굴만 잘라내어 저장했다. 강희는 사진을 확대해서 엄마의 눈동자를 들여다보았다. 엄마의 눈동자에 비치는 게 뭔지 궁금했다.

"엄마의 눈에 아빠의 얼굴이 또렷하게 맺힌 순간 알았지. 아빠가 사랑에 빠졌다는 걸."

엄마는 춘길 씨가 대학 근처에서 하숙하던 시절 만났다고 했다. 엄마는 춘길 씨 선배의 애인이었는데, 어느 날 그 선배는 엄마에게 말도 없이 다른 여자와 약혼을 하고 유학을 떠나버렸다고 했다. 이별을 받아들이지 못했던 엄마는 매일 하숙집으로 찾아와 그 선배가 사용했던 방에 몇 시간씩 머물다 가곤 했다. 그 방에 새로운 하숙생이 들어오자 엄마는 망연해져서 하숙집 마당 한가운데 서서 울었다고 했다.

춘길 씨는 아름다운 것에 체질적으로 약한 사람이다. 또, 춘길 씨는 어려움에 처한 사람에게 본능적으로 약해진다. 하물며 상처받은 아름다운 여자라니. 춘길 씨가 사랑에 빠지는 건 당연한 귀결이었다.

눈동자를 확대하자 사진은 흐릿해져서 엄마의 표정은 더 알 수 없게 되고 말았다.

엄마의 아름다운 동공에 단 한 번도 온전히 맺혀본 적 없는 강희의 결핍은 때때로 연수에게서 보충받았다. 통통함을 넘어 뚱뚱했던 소년이 긴 속눈썹 사이로 강희를 바라볼 때면 강희의 뾰족한 마음이 조금은 유순해지곤 했다.

강희는 휴대전화를 침대에 던져버리고 습관처럼 메달을 만지려다 아무것도 잡히지 않자 허전한 목덜미를 괜히 긁적였다. 다시 가로와 세로의 비율이 애매한 직사각형 창으로 눈을 돌렸다. 구름이 모두 사라진 하늘이 새파랗다.

똑똑.

문고리에 '방해금지'를 걸어두었는데 대체 누군지. 강희는 무시하고 눈을 감았다. 오늘은 늘어지게 늦잠을 자고 오후에 서울로, 자신만의 방으로 돌아갈 예정이다. 환기도 시키고 선인장에 물도 줘야 한다. 겨울옷도 더 챙겨오고. 사람의 손길이 닿지 않는 공간은 쉽게 허물어진다. 사랑하는 사람의 손길이 닿지 않으면 망가지는 사람처럼.

던져두었던 휴대전화에서 메시지 도착 알람이 울렸다.

[나야.]

황정구 대표였다.

강희는 후우, 머리카락을 불어 올렸다. 지금으로선 가장 보고 싶지 않은 사람 중 하나다.

"나, 서울에 좀 데려다줘."

이미 짐을 다 꾸렸는지, 정구는 보스턴백을 들고 문 앞에 서 있었다. 빨간 립스틱을 바르지 않은 정구는 연약해 보였다. 강희가 거절할 수 없을 만큼.

"들어와서 잠시만 기다리세요."

강희가 세수를 하고 옷을 갈아입는 동안 정구는 강희의 책상에 꽂힌 교과서와 수능문제집 따위를 바라보았다.

"여기서 자랐나 보네."

여기서 태어나고 여기서 자랐다.

춘길 씨는 고시를 때려치우고 임신을 한 엄마와 함께 H읍으로 내려왔다. H읍에서 여관을 하던 할머니의 분노를 자세히 말하고 싶지는 않다. 하나뿐인 아들, 희망이고 보람이고 자랑이고 자긍이었던 아들의 귀향은 할머니에게는 치욕이었다.

엄마가 할머니에게 어떤 대접을 받았는지도 자세히 말하지 않겠다. 강희가 엄마의 배 속에서도 고스란히 느낄 수 있을 만큼 할머니의 분노는 대단했다. 춘길 씨가 고시공부를 계속한다는 조건으로 할머니는 엄마를 받아들였다. 춘길 씨는 작은 암자로 쫓겨났고 엄마는 작은 여관방에 고립된 채 몇 번의 유산 고비를 넘기고 강희를 낳았다.

춘길 씨의 고시공부가 길어질수록 엄마는 생기를 잃어갔다. 그러던 어느 날, 춘길 씨의 암자생활은 허무할 만큼 갑자기 끝나버렸다. 할머니가 돌아가시는 바람에.

할머니가 돌아가신 후, 춘길 씨는 할머니가 운영했던 여관을 허물고 새 건물을 올렸다. 이글스의 팬인 춘길 씨는 '호텔 캘리포니아'로 간판을 내걸고 싶었지만, 객실과 부대시설이 등급에 못 미쳐 모텔 캘리포니아가 되고 말았다는 슬픈 전설이 남게 되었다. 춘길 씨가 'OTEL CALIFORNIA'인 채로 간판을 고치지 않는 것도 어쩌면 '호텔 캘리포니아'에 대한 미련 때문인지 모른다.

춘길 씨는 H읍으로 엄마를 데려오면서 한 가지 다짐을 했는데, 엄마의 손가락에 물 한 방울 묻히지 않게 하겠다는 거였단다. 할머니가 여관을 하면서 고생하는 모습을 봐서라는데, 그 다짐은 결과적으로 지켜졌다. 엄마와 강희는 모텔 방에서 숙박객처럼 지냈다. 바로 이 방에서. 여관에서 태어나 여관에서 자란 춘길 씨가 선택할 수 있는 최선의 방법이었고, 다른 선택지의 존재조차 알지 못했다.

"대표님, 가요."

강희가 트렁크의 잠금 버튼을 누르고 정구를 바라봤다.

"그래…… 가자."

정구가 한숨을 내쉬듯 대답하며 힘없이 강희를 따라나섰다.

"대학을 졸업하자마자 결혼을 했지. 말 그대로 불타는 청춘들이었거든."

황금소가 있는 회전교차로를 지나, H읍의 다리를 건너, 고속도로 톨게이트를 빠져나올 즈음 정구가 입을 열었다.

"그렇게 사랑했는데 어느 순간 밥 먹는 것도 보기 싫고, 숨소리조차 소름 끼치는 사이가 되어 있더라."

정구의 목소리가 씁쓸했다.

"사랑을 할 때처럼 격렬하게 싸웠지. 그리곤 결혼식을 올릴 때처럼 급하게 이혼을 해버렸어. 온 마음을 뒤흔들고 몸을 꿰뚫을 것 같던 사랑도 저렇게 스쳐지나가는 구름처럼 과거가 되어버렸지."

조금 더 높아진 가을 하늘을 바라보는 정구의 눈이 회한에 잠긴 듯 아득했다.

"후회……하세요?"

강희가 물었다.

"응. 몹시."

정구는 그렇게 대답하고 눈을 감았다. 강희는 정구가 춘길 씨에 대해서 무슨 말을 할까 긴장한 채 기다렸지만, 휴게소에 들러 우동을 먹으면서도 아무런 말이 없었다. 그렇다고 강희가 먼저 물어볼 수도 없었다. 사춘기 애들도 아니고, 냉정하게 따지고 본다면 강희가 참견할 일은 아니니까. 하지만 적어도 사전경고는 해주고 싶었다. 지춘길이란 남자에 대해서.

"뭐 좀 먹고 갈래?"

정구의 아파트에 도착했을 때였다. 정구가 차에서 내리다 말고 강희를 돌아보았다.

"할 말씀 있으세요?"

"아니. 그냥……. 휴게소에서 우동 먹은 게 다잖아. 배 안 고파?"

"하실 말씀 없으면 집에 가고 싶어요. 월요일에 사무실에서 봬요."

"사무실 나올 필요 없고 콘크리트 양생될 때까지 좀 쉬어. 휴가도 못 갔잖아."

"연남동 프로젝트 PT 안 도와드려도 돼요?"

"연남동은 지선 씨가 도와주기로 했으니까 걱정 안 해도 돼."

지선은 더 옐로 프로젝트 그룹의 일이 과부하에 걸리면 가끔 도와주는 실력 있는 프리랜서 디자이너이다.

"그래도 되면 며칠 쉬었다 H로 바로 내려갈게요."

"그래, 그럼. 오늘 고마웠어. 저기…… 강희 씨."

"네?"

정구가 미련이 남은 얼굴로 다시 강희를 불렀다.

"아빠한테 잘해."

"헐. 춘길 씨가 뭐라고 해요? 싸가지 없는 딸이라고?"

"예쁜 딸이라던데. 딸로 태어나준 게 미안할 정도로."

정구가 눈가에 주름을 잡으며 웃었다.

"……."

설마.

정구를 내려주고 원룸으로 달려오는 동안 빨간 신호등에 걸릴 때마다 강희는 고개를 저었다. 춘길 씨가 그런 소릴 했을 리 없다.

드디어 왔다.

강희는 현관에 트렁크를 내려놓고 조그맣고 네모난 공간을 바라보았다. 그러다 피식 웃어버렸다. 박스에 집착하는 고양이 같다는 생각이 들어서. 열흘 가까이 비워둔 공간에서는 페인트 냄새와 먼지 냄새와 욕실 디퓨저로 사용하는 계피 향이 났다. 쓸쓸함과 안온함과 고즈넉함이 골고루 섞인.

베란다 문을 활짝 열자 차가운 바람과 함께 오토바이 소리와 짖어대는 강아지 소리와 생선 굽는 냄새가 들이찼다. 싱크볼에 선인장 화분을 넣고 물을 주었다. 손가락처럼 다섯 개가 옹기종기 붙은 왕백단 선인장은 가운데가 눈에 띄게 솟아서 빡Q나무를 닮았다. 강희는 바싹 마른 토기가 짙게 젖어드는 걸 지켜보며 습관처럼 목을 더듬었다. 허전한 손이 어색해서 또다시 목을 긁적였다.

청소를 하고, 먹다 남긴 반찬들과 시든 채소와 물러진 과일을 버리고, 장을 봐 다시 냉장고를 채웠다. 코인 세탁소에서 건조시킨 빨래를 찾아와 가지런히 정리하고, 속옷과 두툼한 양말과 H읍에 가져갈 겨울옷을 트렁크에 차곡차곡 챙겨 넣었다. 모든 일을 다 끝내놓고도 무언가 빠진 듯 허전했다. 커피를 한 잔 내려 벽에 기대고 앉아 맞은편 벽에 세워둔 호퍼의 그림을 물끄러미 바라보았다.

몇 모금 마시지 않은 커피를 개수대에 버리고 컵을 닦아 선반에 올려
놓고, 문단속을 한 번 더 하고 불을 끄고 침대에 누웠다.

내일은 그림도 벽에 걸고, 장 본 걸로 맛있는 걸 잔뜩 해 먹어야겠다.
그리고 콘크리트가 양생되는 일주일 동안 이 방에서 한 발자국도 나가
지 말아야지. 맛있는 걸 먹으며 뒹굴뒹굴 책이나 읽어야겠다고 다짐하
며 눈을 감았다.

"도시락 배달 왔습니다."

"어라? 서울 간 거 아니었어?"

모니터를 보며 문서작업을 하던 아름이가 도서관에 갑작스럽게 나타
난 강희를 보고 반색했다.

"어쩐 일이야?"

아름이는 열람실을 둘러보고는 목소리를 낮췄다. 서너 명의 사람들
이 책을 고르거나 테이블에 앉아 책을 읽고 있었다.

"승언이랑 사라진 네가 궁금해서 도저히 일을 할 수가 없더라."

강희도 묵직한 쇼핑백을 내려놓으며 속삭였다.

"이건 뭔데? 아니, 대답하지 마."

아름이가 눈을 감고서 코를 킁킁거렸다.

"김밥…… 그것도 불고기 들어간. 그리고 이 고소한 냄새는…… 잡
채?"

귀신이 따로 없다.

새벽까지 잠들지 못하고 뒤척이다 그냥 일어나는 게 낫겠다 싶어 김
밥을 말고 잡채를 만들었다. 김밥과 잡채에 들어가는 재료가 비슷해서

김밥을 말 때는 세트메뉴처럼 잡채를 함께 만들곤 했다. 사흘은 먹을 생각으로 잔뜩 만든 음식을 바라보다가 충동적으로 도시락을 쌌다. 그리고 지금 이렇게 H읍 도서관 종합자료실에 서 있다.

"너 그제 승언이랑 어떻게 된 거야?"

"그게…… 잠깐만."

책상 위 전화가 울렸다.

"네. 작가님. 안녕하셨어요? 네에. 그러셨구나. 지금은 괜찮으세요? 네? 갑자기 그러시면……."

아름이의 이마에 주름이 잡혔다.

"이미 포스터도 다 제작했는데요. 아니, 제작비용까지 부담하실 필요는 없고요. 스케줄 조정, 힘드실까요?"

통화를 하면서 아름이가 급하게 탁상 캘린더를 넘겨보았다.

"작가님 강좌, 저희 도서관 회원분이랑 지역 주민들이 고대하고 있었는데……."

통화가 길어졌다. 강희는 아름이가 통화하는 동안 신간 코너에서 책 한 권을 뽑아 설렁설렁 책장을 넘겼다.

"네. 작가님. 혹시라도 스케줄 조정이 가능하시면 꼭 연락 부탁드리겠습니다. 네, 들어가십시오."

통화를 끝내는 아름의 목소리에서 미련이 뚝뚝 떨어졌다.

"왜?"

강희가 책을 도로 꽂아놓고 물었다.

"분기별로 작가와 함께하는 강좌가 있거든. 이번 분기 섭외 작가가 갑자기 펑크를 내네. 너무 아파서 여행을 간다나?"

"아픈데 여행을 가?"

"마음이 아픈가 보지."

"포스터도 다 만들었다며?"

"아, 그건 뻥이고."

"야, 한아름 너, 어째 앙큼해졌다?"

"이 덩치에 앙큼은 무슨? 엉큼이지."

그렇게 말하고 아름이가 쿡쿡 웃었다.

"그럼 너, 힘들어지는 거 아니야?"

"다른 작가 섭외해봐야지. 아이, 짜증나."

아름이가 쇼핑백을 집어 들며 자리에서 일어섰다.

"점심이나 먹자. 우리…… 소풍 갈까?"

"소풍?"

"날씨가 너무 좋잖아."

아름이가 선택한 소풍 장소는 도서관과 붙어 있는 초등학교였다. 강희의 모교인. 아름이가 등나무 아래 벤치에 도시락을 푸는 동안 강희는 일요일이라 고요한 교정을 둘러보았다. 교정 곳곳에서 추억이 읽혔다. 연수와 낙서를 하며 놀던 운동장. 연수가 강희를 기다렸던 정글짐. 물장난을 쳤던 수돗가. 거꾸로 매달려 노을을 바라보던 철봉.

"몰랐었는데, 의자가 이렇게 낮았었나?"

시멘트로 만든 통나무 모양 벤치에 앉으려다 깔깔 웃고 말았다. 바닥에 앉은 거나 다름없는 높이다. 무릎이 가슴에 닿을 지경이었다.

"나한텐 초딩 때도 낮았어. 내가 좀 우월한 기럭지였잖아."

나무젓가락을 건네주며 아름이도 웃었다.

"시간 참 빠르다……."

"그러게."

아름이 그렇게 말하고 김밥을 손으로 집어 먹었다.

"어우야, 맛있다. 지강희 나랑 김밥집 차리자. 이거 뭐야 매콤한 거? 고추냉이?"

역시 아름이다. 고추냉이와 마요네즈에 버무린 게맛살을 넣은 김밥이 꽤 마음에 드는지 아름이가 연거푸 두 개를 집어 먹었다.

"넌, 먹을 때가 제일 예뻐."

"네가 그러니까 내가 살을 못 빼는 거잖아."

아름이가 먹는 걸 보고 있으면 없던 식욕도 생겼다. 복스럽고 깔끔하게 많이, 오래, 잘 먹었다. 나무젓가락을 내려놓고 괜히 아름이를 따라 손가락으로 김밥을 집어 먹었다.

"김밥은 손으로 집어 먹어야 맛있어."

아름이 말에 고개를 끄덕였다.

나란히 벤치에 앉아 가을바람과 햇살을 맞으며 김밥을 먹었다. 벤치에서 내려다보이는 언덕 아래, 노란색 포클레인이 개망초가 진 초지에서 작업 중이다. 포클레인이 움직일 때마다 검붉은 땅이 드러났다. 포클레인 기사는 강박증이나 결벽증이 있지 않을까 싶었다. 보이지 않은 선을 그어둔 듯 파놓은 땅이 시루떡처럼 반듯했다.

"참, 작가라고 하니까 생각나는데, 요즘은 시 안 써?"

매년 신춘문예에 응모해왔던 아름이지만 최근엔 시를 쓴다는 얘길 듣지 못했다. 예전에는 강희에게 자신의 시를 보여주곤 했었는데.

"쓰긴 쓰지."

김밥을 먹을 때와 다르게 의욕이 사라진 목소리로 아름이 대답했다.

"왜 그렇게 심드렁한데?"

"창피해서."

"뭐가?"

"그냥…… 어느 날 내 시가 너무 청승맞고 신변잡기 같다고 느껴져서. 내 세계관이란 게 고작 이 H읍이 다잖아."

"그게 어때서? 나는 생활이 묻어나는 시들이 좋아."

"정말?"

아름이가 김밥을 든 채 강희를 바라보았다.

"한아름, 넌 시인이야. 등단을 한다고 시인이 되는 게 아니라 시인처럼 사는 게 시인이야."

"뭐래?"

아름이가 부끄러운 듯 피식 웃었다.

아름이는 배가 고파서 일찍 눈이 떠진다고 했지만 매일 새벽 4시에 일어나 출근하기 전까지 시를 쓰는 사람을 시인이 아닌 다른 이름으로 부를 수는 없다.

"어? 쟤, 차승언 아니야?"

포클레인의 커다란 삽이 멈추더니 위아래 모자 할 거 없이 새까만 옷을 입은 남자가 포클레인에서 내려섰다. 눈에 익은 실루엣이다.

"어, 맞아."

"한아름, 소풍 가자더니. 너…… 일부러 여기서 먹자고 한 거냐?"

"응."

"여기서 몰래 승언이 훔쳐보고 있었다고? 엉큼하게?"

"몰래는 무슨…….'

아름이 얼굴을 붉혔다.

"공사 들어가는 거 같더라. 연수 말이야. 이제 정말 집을 짓나 봐."

그러고 보니, 포클레인이 작업하는 곳이 그 폐가가 있었던 자리 같다. 허물어졌는지, 허물어트렸는지 폐가가 보이지 않아 미처 알아차리지 못했다.

"언제까지 모텔에서 지낼 수는 없잖아."

강희는 태연한 척 대답하고 접시에 잡채를 덜어 아름이에게 건네주었다.

"승언이 부를까?"

"하지 마."

"왜?"

"창피해서."

오늘 아름이는 창피한 게 많다.

"뭐가 창피한데? 아니, 그날 정말 무슨 일 있었어? 승언이랑?"

"있긴 뭐가. 그냥 집 앞까지 데려다줬어."

"집 앞까지 데려다주는 동안 무슨 얘기 했는데?"

"아무 말도."

아름이 고개를 흔들었다.

아무 말도 안 하고 나란히 걸었을 한아름과 차승언. 상상만으로 어색해서 미칠 거 같다. 강희는 아름이의 동의도 구하지 않고 승언에게 전화를 걸었다.

"그래, 누나다. 점심 먹으러 와라."

"어우야……."

아름이는 말리는 척했지만 손은 이미 나무젓가락을 챙겨 들었다.

"서울 간다더니?"

수돗가에서 세수를 하고 손을 씻은 승언이 수건으로 얼굴을 닦는 척 아름이를 바라보며 다가왔다.

"현장 비워두는 게 맘에 걸려서."

"내가 오늘 아침에 한번 둘러봤어. 크랙도 확인할 겸."

"야, 네가 뭔데 그런 일까지…… 고맙잖아."

강희의 농담에 승언이 피식 웃었다.

머리카락이 젖은 승언은 더 앳되고 싱그러웠다. 수염도 나지 않는지 턱도 매끈했다. 도저히 서른이 넘은 남자로는 보이지 않았다. 그런 승언을 바라보는 아름이의 뺨이 복숭앗빛이다. 승언이 벤치에 앉자 아름이가 승언에게 나무젓가락을 내밀었다. 승언이 말없이 젓가락을 받아 들었다. 고작 나무젓가락을 주고받는데, 무슨 사랑의 징표를 주고받는 거 같다. 자리를 피해줘야 하나?

"마실 것 좀 뽑아 올게."

강희가 일어서려 하자 아름이가 제발 둘만 두지 말라는 듯 눈썹을 팔자로 일그러트리며 고개를 저었다.

"됐어. 물 마시면 돼."

승언이 가지고 온 생수 통을 들어올렸다.

"김밥엔 사이다지."

아름이가 선수를 치며 벌떡 일어나 도서관 쪽으로 뛰어갔다. 승언이 물을 마시며 아름이의 뒷모습을 바라보았다.

"아름이가 너 좋아하는 거 알아, 몰라?"

쿨럭.

승언이 물을 뿜으며 기침을 해댔다. 동그랗게 뜬 눈이 정말 상상도 못 해봤다는 얼굴이다.

"둔한 시키."

"……."

승언은 새빨개져서 괜히 생수 통만 만지작거렸다. 빈병이 힘없이 찌그러졌다.

"그게 뭐."

승언은 찌그러진 통을 던져버리고 퉁명스럽게 내뱉었다.

"너도 아름이 좋다며?"

"내가 언제?"

야, 이 시키 봐라.

"책 좋아하는 여자가 좋다며?"

"세상에 책 좋아하는 여자가 한아름 하나야?"

그건 그렇다. 세상에서 제일 쓰잘머리 없는 일이 연예인 걱정이랑 남의 애정 문제 끼어드는 거라던데, 괜한 말을 했나 싶었다.

"내가 한 말 못 들은 걸로 해라. 아름이 알면 나 죽는다."

"……."

승언은 아예 아무것도 안 들리는 척 대꾸도 없이 잡채만 먹었다.

"모르는 거다? 어?"

강희는 승언의 대답을 기다리며 당면 한 가닥을 입에 넣고 꼭꼭 씹었다. 대답 대신 승언의 주머니에서 휴대전화가 울렸다.

"어. 먹고 있다. 올라와라, H초등학교로."

"누군데?"

승언이 휴대전화를 내려놓고 강희를 바라보았다. 그리고 놀리듯 천천히 대답했다.

"천연수. 공사현장 보러 잠시 들렀대."

"뭐?"

픽업트럭이 학교 언덕을 오르고 있었다. 교문 앞에 주차를 하고 연수가 차에서 내렸다. 동시에 조수석 문이 열리고 작은 여자가 폴짝 뛰어내렸다. 찰랑거리는 단발머리가 가을 햇살에 반짝였다.

"어? 연수 왔네? 옆엔 누구야? 윤난우?"

사이다를 뽑아 온 아름이가 연수와 난우를 발견하고 흘끔 강희를 바라보았다. 연수와 강희의 시선이 부딪혔다. 연수는 눈을 피하지도 않았지만 알은체도 하지 않았다. 연수에게 저런 얼굴이 있었나 싶게 차가웠다.

"어머? 선배님, 안녕하세요."

난우가 강희를 발견하고 뛰다시피 다가왔다. 그냥, '안녕?' 하고 손 한번 들어주면 될 텐데 쉽지가 않았다. 입술을 끌어올리려고 할수록 입가가 굳었다.

"둘이 쫙 빼입고 어디 가?"

아름이 물었다.

헐렁한 면바지에 티셔츠 차림의 연수만 보다가 정장을 입은 모습을 보니 할아버지 장례식장에서 재회했을 때처럼 어색하고 낯설었다. 매일 청바지만 입던 난우도 화사한 원피스 차림이다. 지금 당장 약혼식을 치러도 될 만큼 두 사람은 잘 어울렸다.

"동문 결혼식."

연수는 강희 쪽은 아예 쳐다보지도 않고 대답했다.

"피크닉 나오신 거예요? 아름 선배님이 준비하신 거예요?"

"아니, 강희 선배님이 준비하신 거예요."

아름이 난우의 말투를 흉내 내 대답하자 난우가 놀란 듯 강희를 바라보았다.

"와아. 진짜요? 선배님은 못 하시는 게 없네요."

"먹어봐. 비주얼도 비주얼이지만 맛이 더 끝내줘."

아름이 난우의 입에 김밥 한 개를 넣어주었다.

한입 가득 김밥을 먹으며 난우가 양손 엄지를 치켜올렸다.

"완전, 쌍따봉. 결혼식 안 가고 여기 눌러앉고 싶다."

난우의 말에 피식 웃음이 나왔다. 섹시한 건 한순간이고 귀여운 건 영원하다는 아름의 말이 맞을지도 모르겠다.

"토목공사는 언제쯤 끝날 거 같아?"

연수가 승언에게 물었다.

"터 닦고 돌 쌓는 게 시간이 좀 걸리지. 한 3주쯤? 내년 봄에나 공사 시작한다더니 왜 이렇게 서두르는데?"

"언제까지 모텔에서 살 순 없잖아. 가자, 윤 선생. 늦겠다."

연수가 시계를 들여다보며 말했다. 불과 삼십 분 전에 자신이 내뱉은 말과 조금도 다르지 않은데, 배신감이 드는 이유를 모르겠다.

"선배님들, 맛있게 드세요."

난우가 아쉬운 듯 인사를 하고 연수를 따라갔다.

"선남선녀란 저런 걸 말하는구나."

나란히 걸어가는 연수와 난우의 뒷모습을 보며 아름이 낮게 한숨을 쉬었다. 강희는 한숨을 쉬는 아름이의 입술을 꼬집어주고 싶었지만 꾹 참고 시선을 돌렸다.

"너네 상상이나 해봤니? 천연수가 저렇게 모델 뺨치는 남자가 될 거라는 거……. 어머? 쟤네들 왜 저래!"

두 사람을 지켜보던 아름이 빨리 보라고 재촉하듯 강희의 팔을 흔들었다. 고개를 들자 연수와 난우가 걸음을 멈춘 채 마주 보고 있었다. 난우가 팔을 뻗어 연수의 넥타이를 고쳐주었다. 연수의 입가에 미소가 떠올랐다.

젠장.

그냥, 서울에 있을 걸 그랬다.

"잘 먹었다."

승언이 모자를 쓰며 자리에서 일어섰다.

"야, 차승언. 도시락은 내가 쌌는데, 왜 아름이한테 잘 먹었다고 그래?"

"네가 만든 거냐?"

어이가 없다.

"아까 아름이가 하는 얘기 못 들었어? 무슨 생각 하느라 듣지도 못했을까?"

강희가 은근한 목소리로 묻자 승언의 얼굴이 새빨개졌다.

"지강희, 잘 먹었다. 됐냐?"

승언이 모자를 고쳐 쓰고 서둘러 언덕을 내려갔다.

"어떡해. 너무 귀여워."

아름이는 승언이 떨어트리고 간 수건을 집어 들고서 폭, 한숨을 쉬었다. 아마도 저 수건은 폭폭 삶겨지고 깨끗하게 세탁되어 아름이 책상 속에서 고이 간직될 운명에 처해진 거 같다.

"간다."

"벌써? 도서관에서 좀 놀다 가라."

아름이 아이처럼 매달렸다.

"이래서 공무원들이 욕먹는 거야. 어디서 근무태만을 시도해? 얼른 일하러 썩 꺼져. 난 낮잠 자러 갈 테니까."

강희가 종이 백을 집어 들고 시답잖은 장난을 쳤다.

아차차.

모텔 캘리포니아 쪽으로 우회전을 하려다가 강희는 다시 유턴을 했다. 책 몇 권을 대출하려고 했는데, 깜빡했다. 언덕을 오르는데 승언이 누군가와 얘기를 하고 있었다. 키가 큰 남자가 승언의 머리를 툭 건드렸다. 다분히 상대방을 얕잡아보는 행동이었다.

차를 세우고 창을 내렸다. 다투는 소리가 들렸지만 자세히 들리지 않았다. 강희는 차에서 내려 남자가 타고 온 듯한 검은색 SUV로 다가가 몸을 숨겼다. 두 사람의 목소리가 조금 더 잘 들렸다.

"새끼야, 그렇게 왜 말을 안 들어?"

"씨발. 건들지 마."

남자가 승언의 턱을 잡자 승언이 거칠게 남자의 손을 쳐냈다.

"까칠하게 굴어봤자, 너만 손해야."

남자의 말투가 능글맞았다.

"손해는 지금으로도 충분하니까 긴말 말고 입금시켜요. 이번 주까지 입금 안 하면 고소할 겁니다."

"하, 고소? 새끼야, 넌 내가 신고하면 그날로 깜빵이야."

"깜빵? 까짓것. 해봅시다, 어디."

주고받는 말이 험악했다.

"이 새끼가."

남자는 협박이 먹히지 않자 주먹을 들어올렸다. 강희는 재빠르게 휴대전화를 꺼내 카메라를 켰다.

"차승언."

강희가 SUV 차량의 번호를 찍고 승언에게 다가갔다. 휴대전화를 일부러 보이게 들고.

"뭐야?"

남자가 휙 고개를 돌려 강희를 노려보았다. 삼십 대 후반쯤으로 보이는 남자는 운동을 꽤나 하는지 몸집이 다부졌다. 남자가 제대로 주먹을 휘두르면 승언이는 몇 군데쯤은 쉽게 부러질 거 같았다.

"애들 지금 다 여기로 온대."

승언은 '무슨 소리야?' 하는 얼굴이었지만 강희는 모른 척 남자를 꼬나보았다. 당신 얼굴을 내가 똑똑히 머릿속에 새겨두고 있다는 뜻으로.

"한우도 모처럼 온단다. 대한민국 경찰이 원래 그렇게 바쁘냐?"

"한우가 무슨……."

야이, 눈치 없는 시키야.

"야, 여기 넓다. 몇 평이나 하냐?"

서둘러 승언의 입을 틀어막고 괜히 공사현장을 둘러보는 척했다. 공사장을 둘러보는 강희와 남자의 눈이 마주쳤다. 강희가 남자의 시선을 피하지 않고 되받아쳤다. 오늘따라 아이라인이 날렵하게 그려진 게 다행이다 싶었다.

"차승언. 잘하자."

남자가 가소롭다는 듯 피식 웃더니 승언의 어깨를 툭툭 치고 몸을 돌렸다. 행동 하나하나가 기분 나쁜 남자였다.

"저 남자 뭐냐?"

남자의 차가 사라질 때까지 승언은 주먹만 꾹 쥐고 있었다.

"같이…… 일하는 사람."

"근데? 고소는 뭐고 깜빵은 뭔데? 저 남자랑 돈 거래했어?"

"아무것도 아니야. 신경 꺼."

포클레인에 오르려는 승언의 점퍼를 붙잡았다.

"어물쩍 넘기려고 하지 마. 내가 다 찍어놨어. 이거…… 춘길 씨 보여
줘도 되는 거지? 아무것도 아니니까."

강희가 휴대전화를 들어 보이며 승언을 압박했다.

승언이 신경질적으로 모자를 고쳐 쓰고는 포클레인에 올라타 쾅, 문
을 닫았다. 포클레인의 팔이 움직이기 시작했지만 강희는 꼼짝하지 않
았다. 허공에 치솟았던 포클레인의 팔과 버킷이 포기하듯 천천히 내려
와 멈추더니 승언도 포클레인에서 내려왔다.

승언은 예전에 무당 언니가 건빵을 먹던 바위에 앉아 바위가 쪼개지
도록 한숨만 쉬었다. 처진 어깨가 오늘따라 더 작아 보였다. 강희는 말
없이 승언의 곁에 앉아 승언이 입을 열 때까지 기다렸다.

"공사대금이 좀 밀렸어."

공사대금을 밀린 사람치고는 조금 전의 그 남자는 너무 당당했다.

"얼마나?"

"오천쯤."

"오천? 설마 오천만 원?"

오천이면 거의 1년, 아니 2년 가까이 밀렸단 얘기다.

"어쩌다? 너 개인사업자 아니야? 포클레인 기사들은 대게 그렇던
데."

"……."

승언은 또다시 입을 닫아버렸다.

"네 말처럼 고소를 하든가."

"나…… 무면허야."

"뭐? 무면허?"

승언은 포클레인으로 김밥도 집을 수 있는 실력의 소유자다. 아름이는 '생활의 달인'에 몰래 제보라도 할까, 심각하게 고민한 적도 있었다. 그런 승언이 무면허라니.

"왜? 음주운전 이런 걸로 취소된 거야?"

아니다. 승언이는 술은 입에도 못 대는 녀석이니 그럴 일은 없다.

"아니. 자격증 자체를 못 땄어."

"……?"

자격증을 못 따다니? 퇴학을 당한 뒤, 학업을 포기하겠다는 승언을 중장비 학원에 등록해준 건 춘길 씨였다. 어릴 때부터 다른 건 몰라도 트랙터나 경운기 따위는 빠삭한 승언이기에 괜찮은 선택이다, 모두가 응원했었다.

"너 분명히 땄잖아."

"거짓말했어."

"……."

"아저씨한테 죄송해서. 비싼 학원비도 다 대주셨는데, 필기시험조차 통과 못 했으니까."

"아니 그럼…… 여태 일은 어떻게 한 거야?"

"다른 사람 면허 빌려서."

"아까 그 남자?"

승언은 말없이 고개를 끄덕였다.

"어떻게 알게 된 사람인데?"

"중장비 학원에서 만난 형이야."

이제야 앞뒤가 맞는다. 지난번 부메랑 모텔 주차장에서 들었던 40퍼센트를 꼬박꼬박 바쳤다는 말도 이해가 됐다. 여태 차승언은 앵벌이 짓을 해왔던 거다. 분명 1, 2년 당한 일 같지 않았다.

"아니, 왜 그러구 살아, 바보야!"

답답한 마음을 넘어 분노가 치솟았다.

"나라고!"

승언이 벌떡 일어나 강희를 노려보았다. 노려보는 커다란 눈에서 눈물이 뚝 떨어졌다. 강희는 여태까지 그렇게 크고 맑은 눈물방울을 본 적이 없다.

"나라고 이렇게 살고 싶었겠냐."

"……."

"나도 이런 내가 미치게 싫은데……."

"다시 시험 보면 되지."

기껏 나온 말이 이거였다.

"못 해."

"왜 못 해. 그까이 거……."

"너한테 그까이 거겠지만 나한텐 불가능이야."

아니, 중장비 시험이 그렇게 어려운가? 아무리 공부에 재능이 없다고 해도 불가능까지는 아닐 거 같은데 말이다.

"차승언, 내가 도와줄게."

"도와준대도 못 해."

"왜 못 해? 답답한 시키야."

"글을 읽을 수 없다고."

"뭐? 읽을 수 없다니?"

"문맹이나 마찬가지라고. 읽어도 무슨 말인지도 잘 모르니까."

읽어도 무슨 말인지 모른다니.

"……언제부터?"

"언제부터? 처음부터."

"그게…… 말이 돼? 우리 어릴 때 같이 동화책도 읽었잖아."

믿을 수가 없었다. 분명 어린 승언과 강희는 나란히 앉아 동화책을 소리 내서 읽곤 했다.

"네가 읽었지. 나는 듣고. 네가 읽는 거 듣고 있었던 거야. 들으면 이해되니까."

승언이 손등으로 눈물을 거칠게 닦아내고 강희에게서 등을 돌렸다. 작은 어깨가 들썩였다.

"차승언……."

그냥 공부에 흥미가 없는 아이라고 생각했다. 늦되는 아이라고 말들 했다. 수업시간에 더듬더듬 책을 읽을 때도 승언의 특수한 환경 때문이라고 생각했다. 여태까지 승언의 난독을 알아차린 사람이 아무도 없었다. 모두가. 춘길 씨도. 선생님도. 친구들도. 진짜 웃긴 일인데, 웃을 수가 없다.

"바보야, 말을 해야 알지. 말을 해야……."

강희가 승언의 어깨를 꽉 끌어안았다.

미안하다, 차승언.

어떻게 해야 할까.

혼자 있고 싶다는 승언을 두고 돌아서는 발이 무거웠다. 부메랑 모텔에 들러 콘크리트에 크랙이 생겼는지 살피면서도 정신 나간 사람처럼 중얼거렸다.

"어떡하지."

승언의 말처럼 다행히 크랙 없이 잘 굳어가고 있었다. 주차장 쪽을 살피다 한 귀퉁이에서 고양이 발자국을 발견했다. 쥐새끼 한 마리도 출입

할 수 없게 꼼꼼하게 막아놨는데 어떻게 들어간 건지 모르겠다. 강희는 쪼그리고 앉아 꽃잎 같은 작은 발자국을 바라보며 또다시 혼잣말을 했다.

"어쩌면 좋을까?"

냐아아.

강희의 물음에 대답이라도 하듯 고양이 울음소리가 들렸다. 이 발자국의 범인 같다.

"너라면 어떻게 할래?"

주위를 두리번거리며 묻자 어디선가 냐아아, 하고 대답이 돌아왔다.

"그냥 확 찾아가서 반쯤 죽여버릴까?"

냐앙.

그건 안 돼, 라는 것처럼 고양이의 대답이 크고 단호했다. 소리 나는 쪽으로 고개를 돌리자 까맣고 반질반질한 털을 가진 고양이가 사뿐사뿐 다가왔다. 노란 호박색 눈이 깜희를 닮았다.

"네가 생각해도 그건 아니지?"

냐아아.

녀석이 겁 없이 강희에게 다가와 벌렁 배를 깔고 누웠다. 가슴에 하얀색 하트가 있다.

"너…… 설마 깜희니?"

냐아아.

"니가 왜 여기 있어?"

깜희인지 아닌지 모를 고양이의 목을 살폈다. 혹시나 네임 태그가 있는지. 고양이의 목덜미를 쓰다듬던 강희의 손에 무언가 잡혔다. 금빛 메달이었다. 청회색 다이아몬드 다섯 개가 반짝이는.

곰탱이시키. 그새 딴 여자한테 넘겨버렸냐.

"너한테 더 잘 어울린다, 샘나게."

냐아아.

흡족한 듯 노란 눈을 깜빡인다.

"가자, 집에."

강희는 깜희를 안고 모텔 캘리포니아로 돌아왔다. 뒷문을 열자 깜희
는 강희의 품에서 풀쩍 뛰어내려 익숙하게 비상계단 쪽으로 걸어갔다.

"깜희 왔니? 산책 잘하고 왔어?"

미스터 권이 저런 표정을 짓는 건 처음 본다. 깜희에게 잘 보이려고
아부 떠는 얼굴이라니. 그러거나 말거나 깜희는 미스터 권에게 야무지
게 하악질을 해주곤 우아하게 계단을 올라갔다.

"너도 왔니?"

미스터 권이 무뚝뚝한 얼굴로 되돌아와서 강희를 맞았다. 살짝 시무
룩해 보이기도 했다.

"쟤, 길 건너 부메랑 모텔 주차장에 있던데, 저렇게 돌아다니게 해도
되는 거예요?"

"자유로운 애야."

"위험하잖아요."

"자유엔 위험이 따르지."

미스터 권이 그렇게 말하고 조용히 주방으로 사라졌다.

엘리베이터에서 내리자 깜희가 조금 열어놓은 비상구 문틈으로 나오
고 있었다. 깜희가 다닐 수 있도록 일부러 열어둔 거 같았다. 신기하기
도 하고 궁금하기도 해서 깜희를 따라가보니 연수의 방문 앞에 앉아 강
희를 바라보았다.

냐아아.

"왜? 문이 닫혔어?"

문은 열려 있었다. 깜희가 나다닐 수 있을 만큼 아주 살짝. 아무리 훔
쳐갈 게 없다고 해도 이렇게 문을 열어놓고 다니는 게 천연수다워서 피

식 웃었다.

"들어가."

깜희가 쉽게 들어갈 수 있게 문을 조금 더 열어주었다.

냐아앙.

방 안으로 쏙 들어갔던 깜희가 다시 문으로 다가와 강희를 올려다보았다. 마치 들어오라는 듯.

"아니야. 남의 방에 함부로 들어가는 거 아니야. 큰일 나."

냐아아.

"안 된다니까."

말은 그렇게 하면서도 강희는 자신도 모르게 연수의 방으로 한 걸음 들어섰다. 깜희가 마치 안내를 하듯 꼬리를 살랑거리며 앞서 걸었다. 붙박이장과 욕실이 마주 보고 있는 좁은 복도를 지나자 제일 먼저 데스크톱 PC가 눈에 들어왔다. 요즘도 한우랑 스타크래프트를 하는지 궁금했다. 아니면 배틀 그라운드 같은 걸로 바꿨을라나? 책상 아래 깜희의 물그릇과 밥그릇이 놓여 있다. 목이 마른지 물을 먹더니 깜희가 냐아아, 강희를 바라보며 울었다.

"왜? 밥이 없어?"

밥그릇이 비어 있었다.

"너 뱃살 보니까 다이어트 해야겠던데…… 밥이 어디 있을까……? 아, 여기 있네."

책상 서랍 옆, 깜희의 밥이 담긴 밀폐용기가 보였다. 밥그릇에 밥을 덜어주자 깜희는 다가와 오독오독 밥을 먹었다. 깜희가 밥을 먹는 동안 주위를 두리번거리다 강희는 방 한곳에서 시선을 떼지 못했다. 깔끔하게 정리된 침대 옆에 커다란 봉제인형이 깜희를 향해 손을 흔들고 있었다. 오랜만이야, 하는 얼굴로.

천연수, 진짜 이 곰탱이시키를 어쩌지.

강희는 비스듬히 누워 있는 테디 베어에게 다가가 까만 코를 쿡 찔렀다.

"니가 왜 여기 있어?"

테디 베어는 '내가 뭘?' 하는 얼굴로 눈알만 굴렸다.

냐아아.

깜희가 다가와 자연스럽게 테디 베어의 배 위로 올라가 자리를 잡았다. 깜희의 보금자리인가 보다.

"밥 다 먹었어?"

깔끔하게 밥그릇을 비운 깜희는 그루밍을 시작했다. 강희는 커다란 곰 인형에 기댄 채 느긋하게 그루밍하는 깜희를 지켜보았다. 나른하고 우아한 동물 곁에서 강희도 나른해졌다.

"어떻게 하면 좋을까……."

냐아아.

강희는 깜희의 대답을 들으며 테디 베어 배에 얼굴을 묻었다. 고요하고 포근했다. 여기서 잠들면 안 되는데…….

잠결에 깜희가 강희의 머리카락을 핥는 게 느껴졌다.

하지 마.

강희는 웅얼거렸고, 깜희는 오래도록 강희의 이마와 머리카락을 핥아주었다.

chapter 17

연수

문이 닫혀 있었다.

깜희가 닫았을 리는 없는데. 아니면 저절로 닫히는 바람에 깜희가 들어가지 못하고 밖에서 배회하고 있을지도 모른다.

"깜희야……."

깜희를 부르며 방으로 들어서다 우뚝 멈춰 섰다. 어둑한 방 안에 낯선 향기가 났다. 적막한 공간에 타인의 숨소리가 떠돌았다. 곰 인형 위에 무언가가 널브러져 있었다.

"지강희?"

인형에 반쯤 몸을 걸친 채 잠들어 있는 건 강희였다. 강희의 품속에서 동그랗게 몸을 말고 자던 깜희는 고개를 들어 연수에게 눈을 깜빡였다. 마치 조용히 하라고 주의를 주듯. 잠에서 깬 깜희는 강희에게 바싹 다가가 강희의 머리카락을 핥아댔다. 깜희가 핥는데도 강희는 깨지 않았다.

어쩌라고.

이렇게 눈앞에 알짱거리면서 어떻게 잊어달라는 건지. 연수는 낮게 한숨을 쉬었다.

"으음……."

추운지 강희가 어깨를 웅크렸다. 연수는 담요를 꺼내 강희의 몸 위에 덮어주었다. 담요만 덮어주고 방을 나가려 했는데, 연수는 미적거리다 결국 강희의 곁에 주저앉았다. 잠든 얼굴을 바라보면서 생각했다.

사람의 마음도 멸치 똥 따내듯 그렇게 쉽게 떼어내 버릴 수만 있다면 얼마나 좋을까.

머뭇머뭇 손을 뻗어 강희의 입술에 붙은 머리카락을 쓸어넘겼다. 나쁜 꿈을 꾸는지 창백한 미간에 주름이 잡혔다. 낮에 학교에서 봤을 때도 그랬다. 덤덤한 척했지만 흔들리는 마음을 가까스로 붙들고 있는 눈빛이었다. 너무 아무렇지 않은 얼굴이었으면 상처받았겠지만 이런 모습도 보긴 싫었다. 강희의 미간을 엄지로 지그시 눌렀다. 주름진 마음을 펴주고 싶었다.

열이 있나?

손끝에 닿은 체온이 조금 높았다. 연수가 손바닥을 펴서 강희의 이마를 짚었다. 그때, 갑자기 깜희가 건들지 말라는 듯 연수의 손등을 제 앞발로 꾹 눌렀다. 다행히 발톱은 세우지 않았다.

"괜찮아. 아프게 하려는 거 아니야."

냐아아.

깜희가 허락하듯 제 앞발을 거뒀다. 어이가 없으면서도 궁금했다. 강희의 무엇이 깜희를 사로잡았는지. 깜희를 안고 강희 생각을 너무 많이 한 탓일까. 엄마의 감정이 태중의 아이에게 전해지듯 말이다.

다행히 열은 없는 거 같았다. 이마에서 손을 거두려는데 강희가 눈을 반짝 떴다.

"어어……."

연수는 이러지도 저러지도 못하고 바보 같은 소리만 냈다.

"오늘은 살 빠진 천연수네……."

설핏 웃는 강희의 눈빛이 몽롱했다.

"지금은…… 못 하겠어. 네가 아무리 섹시해도. 졸려……. 나중에…… 나중에…… 끝내주게 해줄게……."

도대체 뭘? 뭘 끝내줘……?

강희는 연수의 손목에 쪽, 소리가 나게 입맞춤을 하고 다시 눈을 감았다. 벌게진 연수만 내버려둔 채.

하아.

침대에 기대어 헛웃음을 터트렸다. 녹음을 하지 못한 게 한이다.

"깜희, 너 들었지?"

전기가 흐르는 듯 저릿한 손목을 감싼 채 깜희에게 물었다.

냐아아.

깜희가 힘내 바보야, 하는 얼굴로 대답했다.

눈을 감았다. 마치 오래전 강희가 운동장에 그렸던 집 안으로 들어온 기분이다. 춘식이 대신 깜희도 있고. 이대로 밤이 되었으면 좋겠다. 아픈 녀석들도 없고, 연수의 도움 없이 송아지들도 순풍순풍 태어나면 좋겠다.

냐아앙.

깜희의 울음소리에 움찔 눈을 떴다. 자신도 모르게 잠이 들었나 보다. 눈을 떴을 때, 연수는 어디에 있는 건지 잠시 어리둥절했다. 완전히 어두워졌고 어둠 속에서 깜희의 눈동자만 반짝였다.

"깜희야……."

연수가 몸을 일으키자 어깨에서 담요가 흘러내렸다. 강희가 덮어주고 갔나 보다.

"일어났어?"

어둠 속에서 들려오는 목소리에 연수가 흠칫 고개를 들었다.

"6시 조금 넘었어."

시간을 확인하려고 휴대전화를 찾아 더듬거리는 연수를 향해 강희가 말했다. 두 시간이 훌쩍 지나 있었다. 무슨 말부터 꺼내야 할지 모르겠다. 낮잠을 오래 자서인지 단어들이 멍멍한 머릿속에서 느릿느릿 유영했다.

"불 켜도 돼? 너 깰까 봐……."

연수가 깰까 봐 여태 불도 안 켰나 보다.

"어? 어."

연수가 일어나 침대 옆 스탠드를 켰다. 보드라운 불빛에 강희의 모습이 드러났다. 무릎을 껴안은 채로 검은 고양이처럼 오도카니 앉아 있었다. 얼마나 그렇게 있었는지 알 수 없었다.

"승언이…… 난독증 있는 거 알고 있었어?"

"승언이가 난독증이 있다고?"

강희가 역시나 하는 표정으로 한숨을 쉬었다.

"네가 몰랐으면 세상 사람 다 모르는 거지."

강희가 자조하듯 웃었다.

"무슨 말이야 그게?"

"그제 승언이가 누구랑 통화하면서 싸우는 걸 들었어. 돈 문제 같은데 아무것도 아니라고 얼버무리더라. 너한테 힘들다는 그런 얘기 없었어?"

없었다. 오히려 3년 전 연수가 병원 개업 준비를 할 때, 승언은 아무 말 없이 삼천만 원을 빌려주었다. 그 돈이 어떤 돈인지 너무나 잘 알기에 연수는 제일 먼저 승언의 돈부터 갚았다.

"오늘 너 가고, 공사현장에 어떤 남자가 찾아와 승언이를 괴롭히더라고. 전화로 싸웠던 그 남자 같았어. 승언이 돈을 오천이나 떼어먹은 새끼가 오히려 승언이를 협박하잖아. 신고하면 승언이가 깜빵 간다고."

"깜빵?"

"어. 승언이 무면허래."

"무면허? 그럴 리가……."

"그래. 세상에 그럴 리가다."

"……"

"필기시험에서 계속 떨어졌대. 그러니 포클레인을 그렇게 잘 다뤄도 실기시험은 아예 볼 수도 없었던 거고."

믿을 수가 없다.

"등신같이…… 춘길 씨한테 미안해서…… 합격했다고 거짓말한 거래."

"왜 그런 거짓말을. 천천히라도 따면 되지."

"승언이…… 글을 읽을 수가 없대. 읽어도…… 무슨 말인지 모르겠대. 처음부터 그랬대. 초등학교 때부터."

강희의 목소리가 드문드문 끊겼다 이어졌다. 침묵하는 사이사이 강희의 숨소리가 몹시 떨렸다.

연수는 침대에 털썩 주저앉았다.

학창시절, 승언은 수학문제는 곧잘 풀면서 책에는 도통 관심이 없었다. 책을 보면 멀미가 난다고 했다. 공부에는 흥미가 없는 녀석이라고 여겼다. 생각해보니 승언은 언제나 오디오북을 들었다. 포클레인을 운전하면서도 승언의 귀에는 늘 이어폰이 꽂혀 있었다. 도대체 무슨 음악을 듣나 이어폰을 빼서 들어보면 책을 읽어주는 단조로운 목소리가 흘러나왔다. 나름 괜찮은 독서방법이라고만 생각했다.

"그래서…… 여태 그 새끼한테 앵벌이를 당했더라고. 40퍼센트나 바쳐가면서. 처음에는 그나마 정산을 제대로 해줬대. 그러다가……."

"그러다가?"

"그러다가 씨발. 그 새끼가……."

독설을 날릴지언정 욕은 하지 않는 강희의 입에서 거친 욕이 튀어나와 놀랐다.

"승언이한테 들이댔대."

"남자……라며?"

"그러니까, 씨발이지."

뒤통수를 한 대 얻어맞은 기분이다.

"내가 지금 그 새끼 성적취향 때문에 이러는 게 아니야. 싫다면 찌그러져 있어야지, 왜 보복이냔 말이지. 비열하게."

"젠장."

승언이 퇴학을 당한 것도 따지고 보면 그런 이유였다. 김헌열 패거리가 승언이를 성추행했었다. 화가 난 승언이 한우네 트랙터를 끌고 와 전부 갈아엎으려고 했다. 그 와중에 여러 명이 팔이 부러지고 다리가 부러지는 사고를 당했다. 성추행은 묻히고 승언의 폭력만 남았다. 춘길 아저씨가 울고불고하는 바람에 겨우 소년원은 면하고 퇴학으로 마무리가 되었다.

"너, 승언이 우는 거 본 적 있어? 난, 처음 봤다. 아이씨, 불쌍한 시키. 예쁘게 생겼으면 덩치라도 크든가."

강희가 손바닥으로 눈가를 문질렀다. 눈 화장이 번졌지만 연수도 강희도 상관하지 않았다. 강희 말처럼 승언은 울지 않는 아이다. 어릴 때도 그랬다. 놀림을 받아도 무표정으로 일관했다. 심지어 퇴학당하던 날도 덤덤했다. 그런 승언이의 눈물을 딱 한 번 본 적 있다.

한우가 서울로 진학하게 되어 송별식을 하던 날이었다.

"방자 두고 가는 이몽룡 심정이다. 사고 치지 말고 얌전하게 기다리고들 있어라."

한우가 맥주 한 캔에 얼굴이 빨개져서 말했다.

"기다리면 뭐? 암행어사 출두하는 거냐?"

이별이 실감 나지 않는 머슴애 셋이서 맥주를 마셨다. 괜히 썰렁한 농담을 주고받으며 킬킬댔다. 십 대와 이별을 막 고한 스무 살짜리들의 막연한 두려움은 희망이라는 이름으로 애써 덮어둔 채로.

"기다리라는 말, 함부로 하는 거 아니다."

승언이 맥주 캔을 내려놓으며 불쑥 얘기했다.

"왜?"

한우가 되물었다.

"족쇄야. 기다리라는 말은."

"족쇄?"

"……엄마가 그러더라. 기다리라고. 꼭 데리러 온다고."

승언에게 엄마는 '볼드모트' 같은 존재였다. 함부로 꺼내서는 안 되는 금지된 이름. 그런 승언이 먼저 엄마 얘기를 꺼냈다.

"그래서 내가 어딜 못 가고 있잖아, 씨발."

승언이 피실 웃었다.

"쌩거짓말."

웃는다고 생각했던 승언이 주먹으로 거칠게 눈가를 문질렀다. 축축하게 젖은 주먹을 보고서야 승언이 울고 있다는 걸 알았다. 그리고 승언이 맥주 몇 모금에 취했다는 것도. 그날 이후로 승언은 절대 술을 입에 대지 않았다.

"천연수, 어떻게 복수하지?"

강희는 울고만 있을 아이가 아니다. 복수의 여신답게 눈을 번뜩였다. 눈 화장이 번져 전투를 앞두고 호기롭게 분장한 인디언 같았다.

"일단, 증거부터 확보해야지."

연수가 강희의 눈을 마주 보며 대답했다.

"춘길 씨한테 얘기해야 하나?"

"아니."

연수가 고개를 흔들었다. 지금 이 상황에서 승언이 제일 피하고 싶은 건, 춘길 아저씨가 이 일을 알게 되는 거다.

"큰언니가 당나귀를 키워보고 싶은가 봐요."

USB 메모리칩을 만지작거리며 고민하던 연수가 고개를 돌렸다. 당나귀에게 먹이를 주고 왔는지 난우가 바지에 붙은 건초를 떼어내며 말했다.

"원장님이?"

"네. 제가 당나귀 얘기를 했거든요. 사진도 보여주고."

폴라리스 식물원 원장님이라면 믿을 만했다.

"원장님이라면 믿고 보낼 수 있지만, 그래도 당나귀가 생각보다 고집도 세고 예민한 동물이던데……."

"그러니까요. 원래 언니가 당나귀를 되게 좋아하거든요. 당나귀 키우는 게 소원이었는데, 좋아하는 마음 하나로 무작정 데려오기에는 책임과 의무가 따르니까 고민인가 봐요. 나보다 더 오래 살면 걔 누가 돌보지? 이러더라고요."

당나귀는 오래 산다. 그만큼 오랫동안 돌봐줘야 한다. 가축의 삶이 그렇다. 전적으로 인간에게 의지할 수밖에 없는 불완전한 삶이다.

"한번 보러 오시라고 해."

"네. 안 그래도 조카들이랑 보러 나온대요. 어? 저기 강희 선배님이다."

검정색 비니를 쓴 강희가 교차로를 가로질러 병원 쪽으로 걸어오고 있었다. 미간에 주름을 잡고 성큼성큼 걸어오는 모습이 비장했다.

"안녕하세요, 선배님."

"그래, 안녕. 천연수 시간 돼?"

강희가 난우에게 손을 들어 보이고는 유리문을 닫고 나가버렸다. 없는 시간도 만들어내야 할 만큼 다급한 기색이다.

"내가 생각해봤는데……."

펜스에 기대어 당나귀를 바라보고 있던 강희가 연수를 돌아보았다.

"그 자식 뒷조사를 해보는 게 어떨까? 흥신소 같은 데."

"흥신소?"

"구린 데가 많을 거 같아서."

"합법적인 테두리 안에서 움직이자."

연수는 고개를 흔들었다.

"고소라도 하게? 고소하면 승언이 신고한다잖아. 알아보니까 징역 2년이거나 벌금 이천이더라."

"그건 승언이가 감당해야지. 어쨌든 불법이니까."

"야, 천연수!"

강희가 눈을 치켜떴다. 연수는 흥분하는 강희를 보며 문득 궁금해졌다. 만약에 연수에게 무슨 일이 닥치면 그때도 강희는 지금처럼 화를 내고 울어줄까, 하고.

"돈도 받아내고 승언이도 무사할 수 있는 방법을 찾아내야지. 그래서 말인데……."

연수는 주머니에서 USB 메모리칩을 꺼내 강희에게 보여주었다.

"이게 그 해결이 될 수도 있을 거 같다."

"이게 뭔데?"

강희가 메모리칩과 연수를 번갈아 보며 물었다.

"네가 돈을 못 받았다는 증거 같은 거 있어?"

연수는 어젯밤 늦게 모텔로 돌아온 승언에게 물었다.

"차용증이나, 뭐 그런 거. 고소를 해도 증거가 있어야지."

"없어."

없다는 소릴 당당하게 잘도 한다.

"그럼, 넌 그 사람이랑 어떻게 정산했는데?"

"현금으로만."

체한 듯 가슴이 답답했다. 연수는 팔짱을 낀 채 '안톤 잔코보이'가 찍은 히말라야 산맥의 사진을 바라보았다. 침대 맞은편 벽에 걸린, 승언이가 아침에 일어나 제일 먼저 바라본다는 엄준한 산맥은 지금 승언 앞에 놓인 장벽과도 같았다.

"업무일지나 뭐 그런 것도 없어? 정산하려면 네가 얼마만큼 일했는지 따져봐야 할 거 아니야."

연수가 캐묻자 승언이 책상 서랍에서 탁상 캘린더를 몇 개 꺼내 내밀었다.

"뭐야?"

"작업한 날짜랑 시간 체크한 거."

연수가 펼쳐보자 작업한 장소와 시간이 날짜별로 빼곡하게 적혀 있었는데 글씨는 상형문자 같았다. 승언이 이렇게 악필인 이유가 난독증 때문인지도 모르겠다.

"이건 뭐야?"

날짜 옆에 동그라미와 엑스 표시가 되어 있었다.

"정산 받은 거랑 못 받은 거."

꼼꼼하게 정리는 되어 있었지만 증거가 될 수 없었다. 이건 그냥 승언의 개인 기록일 뿐.

"이것만으로는 힘들어."

연수가 한숨을 쉬었다.

"그럼, 이건?"

승언이 점퍼 안주머니에서 무언가를 꺼내 연수에게 내밀었다. USB

메모리칩이다.

"혹시나 해서 정리해둔 거야."

승언이 준 메모리를 열어본 연수의 입가가 비로소 느슨해졌다.

"이걸…… 다 찍은 거야?"

승언이는 일기처럼 자신이 작업했던 곳의 작업 전과 후의 사진을 모두 찍어놨다. 게다가 포클레인 운행시간을 나타내는 계기판도 작업 전후로 찍어두었다. 계기판만 보더라도 하루에 얼마만큼 작업을 했는지 알 수 있었다.

완벽한 디렉터리였다. 연도별, 날짜별, 장소별, 작업별로 가지런하게 정리된 파일이 아름답게 보일 지경이었다.

연수는 승언이 저장해둔 사진을 토대로 엑셀 작업을 했다.

"너희 사무실에서 운행하는 포클레인이 총 몇 대야?"

"다섯 대."

"모두 너만큼 작업하냐?"

"내가 제일 많이 하는 편이고 나머지는 내 작업량의 3분의 2쯤."

"그렇단 말이지."

엑셀 작업을 끝내고 살펴본 공사대금과 매출규모가 꽤 컸다.

"그 남자한테 이거 보여줬어?"

승언이 고개를 흔들었다.

"왜?"

연수라면 이걸로 협박을 하든 어쨌든 돈을 받아냈을 거다.

"그래도…… 내가 힘들 때 손 내밀어준 사람이야."

"……."

연수는 승언의 어깨를 꾹 눌러주고 자신의 방으로 돌아왔다. 너한테 손을 내밀어준 게 아니라 널 이용한 거라고 차마 말할 수 없었다. 좀처럼 잠을 이룰 수 없는 밤이었다.

"증거자료."

"확실해? 어설픈 거면 안 돼. 악 소리 못 하게 한 방에 조져버려야지."

역시 강희는 과격하다.

"몇 가지 더 알아보고 담판 지어야지."

연수가 강희를 바라보며 씨익 웃었다. 연수는 웃는데, 강희는 못 볼 걸 본 것처럼 휙 몸을 돌려 당나귀만 바라보았다. 늘 창백한 뺨이 살짝 붉어진 거 같기도 했다.

"저 녀석, 어쩌면 입양 갈지도 몰라."

"그래? 잘됐네. 가봐야겠다."

강희가 당나귀에게 건초를 한 줌 집어주고 누가 붙잡기라도 할까 봐 겁내는 사람처럼 급하게 뛰어갔다.

올 때가 됐는데.

깜희와 퇴근을 하고 모텔 캘리포니아 주차장에서 승언을 기다렸다. 시간을 한 번 더 확인하고 핸들을 잡은 채 주차장 입구를 바라보았다. 모자부터 신발까지, 온통 검정색인 승언이 걸어오는 게 보였다. 그 뒤로 비니부터 운동화까지 검정색으로 무장한 강희가 뛰어왔다. 옷차림만 보면 뉴욕 뒷골목의 갱스터 남매 같았다. 주차장 입구에서 승언과 강희가 실랑이를 벌이더니, 강희를 몇 번 밀어내던 승언이 포기한 듯 연수의 차로 다가왔다.

"따라온대잖아."

승언이 한숨을 쉬며 조수석에 앉았다.

"순댕이 둘이 가서 뭐 하게."

강희가 뒷문을 열고 차에 오르려다 움찔 코를 막았다.

"이게 무슨 냄새냐? 세차 좀 해라."

"한 거야."

"후우. 도저히 못 참겠다. 내 차 타고 가자."

"그, 그럴까?"

강희가 차에서 내리는 순간, 연수와 승언은 서로 마주 보았다. 그리고 무언의 합의를 보고 고개를 끄덕였다. 강희가 자신의 차로 걸어가 운전석에 올라타는 걸 확인한 연수는 재빠르게 액셀러레이터를 밟고 주차장을 빠져나왔다. 룸미러에 황당한 표정으로 비니를 벗어버리는 강희가 비쳤다.

"뒷감당 어쩌지?"

승언이 걱정스러운 얼굴로 뒤돌아보았다.

"앞감당이나 하자. 지금은."

연수는 속도를 조금 더 냈다.

"퇴근 후에 단둘이 만나자고 말했지?"

연수가 조립식 2층 건물 앞에서 물었다. 승언에게는 미안했지만 남자에게 미끼를 던지기로 했다. 승언은 2층에 켜진 불빛을 말없이 바라보다 입술을 꾹 다물고 철제 계단을 올라가기 시작했다. 연수도 마른침을 삼키고 승언을 따라 계단을 올랐다.

"뭐냐?"

승언을 바라보고 비릿하게 웃던 남자는 승언과 함께 나타난 연수를 보고 급격하게 웃음을 거뒀다. 검정색 소파에 느긋하게 앉아 있는 남자는 연수쯤은 한주먹에 날려버릴 수 있을 만큼 억세고 다부져 보였다. 손에 땀이 차기 시작했지만 태연한 척 앞으로 걸어갔다.

"본론부터 얘기하겠습니다."

연수가 서류봉투를 내밀었다.

"이게 뭔데?"

남자는 봉투를 받아 열어보지도 않고 툭 던지며 승언을 노려보았다.

"형. 이렇게까지 하고 싶진 않지만, 형이 제대로 처리 안 해주면 소송하겠습니다."

"소송?"

남자가 다리를 꼰 채로 발을 까딱이며 봉투를 열어봤다. 프린트한 승언의 자료를 몇 장 넘겨보더니 휙 테이블에 던졌다.

"새끼야, 너 진짜 깜빵 가고 싶어?"

"가야 되면 가야죠. 굴삭기 무면허는 2년 이하 징역이나 이천만 원 이하 벌금이라는데, 별다른 전과 없으니 벌금형 받겠죠. 제 돈 받아서 벌금 내도 전 손해 볼 거 없습니다."

승언이 남자의 눈을 똑바로 쳐다보며 대답했다.

"해보든가, 새끼야."

남자는 막무가내였다.

"아직 이해를 못 하시나 본데요."

연수가 남자가 던져버린 프린트물의 맨 마지막 장을 펼쳐서 남자의 앞에 다시 내려놓았다. 연수가 오늘 알아본 세금 관련 자료였다.

"매출에 비해서 세금을 너무 적게 내신 거 같습니다. 동창 중에 세무사가 있어서 좀 알아봤거든요."

남자가 꼬았던 다리를 풀고 느긋하게 뉘었던 몸을 일으켰다.

"그동안 누락하신 매출신고에다 세금……. 어휴, 저라면 세무조사 받느니 승언이 돈 주고 말겠습니다."

"……."

남자는 어금니를 악물고서 승언을 노려보기만 했다.

"옵션을 드리겠습니다. 첫 번째, 정산해주시고 무면허 신고한다. 그러면 사장님도 세무조사 받으셔야 할 겁니다. 물론 무면허로 사업하신 사장님도 자유롭진 못하시겠죠. 두 번째, 승언이 정산해주고 조용히 마무리한다. 그러면 복 받으실 겁니다."

"이, 이 새끼들이 어디서 협박질이야."

"협박이 아니라 조금 전에도 말씀드렸듯이 선택권을 드리는 겁니……."

"이 새끼가."

남자가 연수의 얼굴을 갈겼다. 눈에서 불이 번쩍했고, 순간 정신을 잃었다. 누군가의 비명이 아득하게 들렸다. 연수가 머리를 흔들며 가까스로 정신을 차리자 눈앞에 강희가 보였다.

"세 번째. 정산도 안 해주고 무면허 신고한다. 그러면 너는 사는 게 지옥일 겁니다. 애 절친 중에 강력계 형사 하다가 그만두고 흥신소 하는 녀석이 있거든요. 원래 가족은 안 건드리는 게 이쪽 룰이지만 니가 내 가족을 먼저 건드렸으니 어쩔 수 없죠. 결혼도 하신 분이……."

강희가 연수를 보호하듯 가로막고 서서 남자에게 일갈했다.

"……."

승언에게 팔을 붙잡힌 남자가 황소처럼 숨을 몰아쉬며 강희를 무섭게 노려보았다.

"어떤 옵션으로 하실래요?"

강희의 목소리가 달콤하게 울렸다.

"병원에 가야 하는 거 아니야?"

화끈거리는 턱을 만져주는 손가락이 서늘해서 기분이 좋았다.

"아아……."

"아파?"

"무지."

참을 만했지만 연수는 엄살을 부렸다.

"그러게 왜 깐족대. 너 되게 얄밉게 말하더라."

강희가 퉁퉁 부은 연수의 턱에 얼음팩을 대주며 잔소리했다. 이런 잔소리라면 백만 년 동안 듣는대도 상관없다.

"일부러 그런 거야. 도발하려고."

"일부러?"

강희가 어이없다는 눈으로 연수를 보았다.

"남자가 주먹을 써야 우리한테 유리하니까."

"그럼 지금이라도 병원 가서 진단서 끊어놔야지. 일. 부. 러. 그랬다며. 일어나, 얼른."

강희가 연수의 팔을 잡아 일으키려고 했다.

"아! 아프다."

이번엔 엄살이 아니다. 넘어질 때 부딪혔는지 팔이 아팠다.

"어디 봐."

강희가 소매를 걷어 올리자 팔꿈치가 벌겋게 부어 있었다.

"진짜 엑스레이 안 찍어봐도 돼?"

강희가 고개를 숙여 팔꿈치를 들여다보았다.

"괜찮아."

연수는 팔을 이리저리 움직여보았다. 욱신거렸지만 참을 만했다.

"많이 부었네. 얼음팩 더 가져올게."

"됐어."

일어나려는 강희의 손목을 붙잡았다. 강희가 제 손목을 잡고 있는 연수의 손을 바라보다가 고개를 들었다. 짙게 마스카라를 바른 속눈썹이 미세하게 떨렸다. 갈색과 금색과 짙은 초록색이 섞인 오묘한 눈동자가 연수를 말없이 바라보았다.

강희가 이런 눈빛을 하고 계속 제 곁에 있다면 연수는 어쩌지 못할 게 뻔했다. 연수가 윗몸을 일으켜 손목을 잡지 않은 손으로 강희의 뺨을 쓰다듬었다.

"나중에…… 끝내주게 해준다며."

"……?"

강희가 무슨 말이냐는 듯 한쪽 눈썹을 추켜올렸다.

"기억 안 나?"

"뭐……를?"

"증인이 있는데."

"증인……?"

매끈한 미간에 주름이 잡혔다.

"깜희가 증인, 아니 증묘야."

연수가 침대 머리맡에서 식빵 굽는 자세로 졸고 있는 깜희를 가리켰다.

"무슨 말을 하고 싶은 건데?"

"내 생각에 넌 알고 있을 거 같다."

"……."

뺨을 쓰다듬던 손을 천천히 움직여 강희의 목덜미를 감쌌다. 강희의 눈동자가 흔들렸다. 가느다란 목덜미를 잡아당겨 멍하니 벌어져 있는 입술을 삼켰다. 턱이 욱신거렸지만 틈을 주지 않고 곧장 쳐들어가 말캉한 혀를 감쌌다. 강희의 몸속 어딘가에서 고르릉, 소리가 났다. 연수는 강희의 손목을 놓아주고 양손으로 작은 머리통을 단단히 감쌌다.

잠시 주저하던 강희가 연수의 혀를 부드럽게 휘감아왔다. 밀착된 혀와 혀 사이의 수없이 많은 돌기들이 모두 발기해서 서로에게 파고들려고 안간힘을 썼다. 연수는 강희의 허리를 바싹 끌어당겼다. 연수의 가슴에 강희의 가슴이 뭉클하게 짓눌러지는 게 소름 끼치도록 선명하게 느껴졌다.

젠장. 끝내주는 키스다.

뜨거운 온천에 몸을 담그는 것처럼 발끝부터 열기가 차올랐다. 연수가 성급한 손길로 강희의 가슴을 감싸려던 찰나에 벌컥, 문이 열렸다. 연수와 강희가 화들짝 입술을 뗐다. 그 순간 누구의 것인지 모를 침이 이불에 툭 떨어졌다.

냐아아.

깜희가 꼬리를 높이 흔들며 다가와 점점 번져가는 얼룩 위에 우아하게 꼬리를 말고 앉아 증거를 인멸했다.

"저기…… 너 걸을 수 있으면 아저씨가 좀 보재."

춘길 아저씨에게 끌려갔다가 돌아온 승언이 머뭇대며 말했다. 연수는 끙, 신음을 삼켰다. 걸을 순 있는데, 지금은 걸을 수가 없다.

"춘길 씨가 뭐래?"

강희는 언제 키스를 했나 싶게 말끔한 얼굴로 일어섰다.

승언과 강희가 턱이 깨진 연수를 부축하고 돌아오는 모습을 춘길 아저씨에게 들키고 말았다. 사건의 전말이 들통나고 승언은 아저씨 방으로 끌려갔다가 이제야 풀려났다.

"그냥 뭐……."

승언이 슬리퍼를 신은 제 발을 물끄러미 내려다보기만 했다.

"미안하다."

그리고는 몹시 쑥스러운 듯 웅얼거렸다.

"넣어둬."

강희가 승언의 어깨를 툭 치고 방을 나갔다. 강희가 나가자 승언이 숙이고 있던 고개를 들고 킬킬 웃었다.

"웃지 마, 짜식아."

연수는 승언의 목덜미를 손등으로 내리치고 춘길 아저씨의 방으로 어기적 걸어갔다.

"부르셨어요?"

아저씨는 트렁크에 짐을 챙기고 있었다.

"어디 가시게요?"

"응. 여행 좀 다녀오려고."

트렁크가 작은 걸 보니 긴 여행은 아닌 거 같았다.

"어디로요?"

"그냥 여기저기. 바람 좀 쐬고 싶어서. 앉아라."

아저씨는 트렁크를 닫고 의자에 걸쳐놓은 옷가지를 치웠다. 의자에 앉는 연수를 춘길 아저씨는 눈가에 주름을 가득 잡은 채 바라보았다.

"왜요?"

"대견해서. 우리 연수가 언제 이렇게 컸나 싶어서."

이런 소리는 기저귀를 뗐거나 초등학교 입학할 때나 듣는 말 아닌가? 연수는 어쩐지 쑥스러웠다.

"몸은 괜찮아? 병원 안 가도 되겠어?"

"안 좋으면 알아서 갈 테니 걱정 마세요."

연수가 부은 턱을 쓸어내리며 말했다.

"연수야."

아저씨가 침대에 걸터앉아 연수의 이름을 불렀다. 항상 연수야, 하고 다정하게 불러주시지만 오늘은 특별히 더 따뜻했다. 이상하게 가슴이 울컥했다.

"우리 애들…… 강희랑 승언이 잘 보살펴줘서 고맙다."

우리 애들. 그 안에 자신은 없는 건가, 싶어 조금 서운한 마음이 들었다.

"앞으로도 잘 부탁한다."

아저씨가 불쑥 악수를 청했다.

연수가 얼떨결에 아저씨의 손을 잡았다. 오늘따라 아저씨의 손이 몹시 뜨겁게 느껴졌다.

온몸이 욱신거려 뒤척이다 잠을 깼다.

턱도 턱이지만 팔꿈치에서 열이 많이 났다. 온몸이 땀투성이다. 아무래도 병원에 가봐야 할 거 같았다.

냐아아.

깜희가 걱정스러운 듯 침대로 올라와 연수를 바라보았다.

"괜찮아. 가서 자."

연수는 끄응, 신음을 흘리며 자리에서 일어나 냉장고를 열었다. 얼음이 없었다.

거의 다 녹아버린 얼음 팩을 들고 주방으로 내려갔다.

"같이 올라가서 챙겨드려야 하는 거 아니에요?"

"간병인을 쓰겠다고 고집하시니, 어쩔 수 없지."

낡은 그랜드 피아노 앞 테이블에 해미리 아주머니와 미스터 권이 마주 앉아 두런두런 이야기를 나누고 있었다. 작은 스탠드 불빛에 드러난 아주머니의 이마에 근심이 가득했다.

"항암치료, 그거 먹는 것도 잘 챙겨 먹어야 한다는데……. 어, 연수 내려왔니? 뭐 필요하니?"

아주머니가 당황하시는 게 수상했다.

"왜, 왜 안 자고?"

말을 더듬는 미스터 권은 더 수상했다.

"얼음 좀 주세요."

"아이고, 다 녹아버렸네."

아주머니가 얼음팩을 받아 들고 급하게 몸을 돌렸다.

"지금…… 누구 말씀하시는 거예요? 항암치료라니요?"

허둥지둥 주방으로 들어가는 해미리 아주머니의 뒷모습을 바라보면서 미스터 권에게 물었다.

"네? 누가 아파요?"

연수가 재차 묻자 미스터 권의 흉터 진 뺨이 꿈틀 움직였다.

그 순간, 춘길 아저씨의 이상하게 뜨거웠던 손이 떠올랐다. 연수는 욱신거리는 턱을 부여잡고 끄응, 신음을 흘렸다. 땀에 젖은 몸이 우들우들 떨렸다.

강희

"지 대리. 이 벽, 도면이랑 사이즈가 다른데?"

"지 대리님. 여기 핸드레일 설계한 대로 각도가 안 나오는데요?"

"지 대리, 여기 전기팀이 먼저 뽑아줘야 우리 팀이 들어가지."

"지 대리님. 자재가 잘못 온 거 같습니다."

바닥 양생이 끝나고 본격적인 공사가 시작됐다. 도면과 실제 공간이 다른 부분을 수정하고, 공정팀별 동선이 엉키거나 작업이 겹쳐서 공사가 지연되지 않게 스케줄을 조정하고, 공정에 맞춰 발주를 내고, 불량이나 샘플과 다른 자재를 반품하는 일들의 연속이었다. 그러는 사이사이 현장을 방문하는 클라이언트의 응대도 강희의 중요한 업무였다.

아이씨. 손 떨려.

잔뜩 흐린 하늘을 보며 강희는 초콜릿 바를 씹었다. 무전기를 들고 1층에서 5층까지 오르내리다 보면 하루에 이만 보는 거뜬히 넘겼다. 살이 죽죽 빠지는 소리가 들렸다. 이렇게라도 당을 보충하지 않으면 다리가 후들거리고 손이 떨렸다.

팔은 좀 괜찮나?

가림막 펜스 너머로 연수의 병원이 보였다. 괜찮다고 미련을 떨더니 결국 팔꿈치 인대 2도 염좌 진단을 받았다. 그나마 미세하게 파열돼서 깁스는 면했다. 압박붕대를 감고 보호대를 차고 2, 3주 안정을 취해야 된다는데, 오늘도 아침을 먹다 말고 난산인 소를 구하러 뛰쳐나갔다.

게다가 그날 이후로 강희를 피하는 눈치다. 키스를 당한 건 강희인데, 웃기지도 않는다. 뭐, 얼굴을 맞댄다고 해서 딱히 진도가 나갈 사이도 아니지만 말이다. 그건 그렇다 치고 곰탱이시키, 어디서 키스를 많이 해 본 솜씨였다.

흥.

콧방귀를 뀌고 가지가 드러나기 시작한 빽Q나무를 바라보며 초콜릿 바를 마저 먹어치웠다.

단풍도 다 졌는데 뜬금없이 무슨 여행이람.

춘길 씨는 말도 없이 여행을 떠나버렸다. 기분 내키는 대로 사는 사람인 건 알고 있었지만 강희가 이곳에 와 있는데 굳이 지금 여행이라니. 살뜰하게 챙겨주길 바란 건 아니지만 바람맞은 듯 기분이 울적했다. 초콜릿 바 껍질로 딱지를 접으며 강희는 입을 삐죽였다.

– 지 대리 나와라.

무전기가 또다시 강희를 불러댔다.

"네. 내려갑니다."

강희가 무전기를 들고 아래층으로 뛰어 내려갔다.

"고생 많으셨습니다."

작업팀들이 떠나고 옥상부터 1층까지 살피며 내려왔다. 날씨가 추워지는 만큼 화재의 위험이 높았다. 현장을 꼼꼼하게 정리하고 펜스에 자물쇠를 채우고 퇴근을 했다. 고단한 하루다. 뜨거운 물로 샤워하고 뻗고 싶었다.

"다녀왔습니다."

"퇴근하니. 수고했다. 쉬어라."

"네."

지켜보는 사람도 없는데 프런트 앞에 꼿꼿하게 서 있던 미스터 권이 강희를 무뚝뚝하게 맞아주었다.

"춘길 씨, 어디로 간다는 얘기 없었어요?"

엘리베이터 쪽으로 걸어가다 프런트로 되돌아가 미스터 권에게 물었다.

"언제 말씀하시고 다니시니?"

미스터 권이 깔끔해서 치울 것도 없는 데스크의 메모지며 볼펜 따위를 만지작거리며 강희의 시선을 피했다.

"언제 온대요?"

"오실 때 되면 오시겠지."

"근데, 아저씨 왜 내 얼굴 안 봐요?"

"바, 바빠서. 음료 재고가 얼마나 남았나……."

그렇게 말하고 미스터 권은 모텔 비품 창고로 가버렸다. 매사 초연하고, 잘 다려진 셔츠처럼 각이 잡힌 미스터 권이 왠지 허둥거린다는 느낌을 떨칠 수 없었다.

샤워를 하고 침대에 눕자, 이번에는 배 속에서 꼬르륵 소리가 났다. 무언가를 먹으러 나가야 하는데 꼼짝하기 싫었다. 퇴근하는 길에 붕어빵이라도 사올 걸 그랬다. 강희는 검정색 조거팬츠 위에 패딩점퍼를 껴입고 방을 나섰다. 아름이가 퇴근할 때까지 기다릴까 고민하다 고개를 흔들었다. 매일 불러대면 아름이도 귀찮을 거다. 오늘 저녁은 햄버거로 때워야겠다.

"아저씨, 햄버거 사올 건데 드실래요?"

프런트를 지나며 미스터 권에게 물었다.

"제대로 된 걸 먹어."

"에이, 아저씨 모르는구나. 햄버거가 완전식품인데. 타임지에도 나왔어요."

"……?"

미스터 권이 설마 하는 표정으로 강희를 바라보았다.

"아름다운 마음의 원천은 정크푸드라구요. 아름답고 넉넉한 것들은 다 탄수화물, 트랜스지방, 탄산음료에서 나오는 건데."

강희는 미스터 권을 놀려주고 땅거미가 내리기 시작하는 H읍의 교차로를 향했다.

황금소가 내려다보이는 패스트푸드 가게 2층에서 '한우스테이크버거'를 먹었다. 옆 테이블의 사내아이가 햄버거를 먹는 강희를 흘끔흘끔 쳐다보았다. 까무잡잡한 피부의 아이는 얼굴에 장난기가 가득했다. 아이가 포테이토칩을 바닥에 떨어트리자 아이의 엄마인 듯한 여자가 낯선 언어로 주의를 주었다. 여자는 한눈에도 이방인이었다. 여자와 강희의 시선이 마주쳤다. 지친 듯 무표정한 여자의 얼굴에서 엄마의 얼굴이 보였다. 강희가 먼저 시선을 돌려버렸다.

웃겼다.

여자는 그냥 쳐다보는 건데 자신의 감정에 매몰돼서 멀쩡한 사람을 불쌍한 사람으로 만들어버린 거 같아 미안했다. 여자는 이곳에서 행복하게 살고 있을 수도 있는데 말이다. 아니, 분명 행복할 것이다.

반쯤 남긴 햄버거를 쓰레기통에 버리고 햄버거 가게를 나섰다.

패딩주머니에 손을 찔러넣고 황금소를 바라보는데 문득 연수의 말이 떠올랐다.

"어쩌면 입양 갈지도 몰라."

당나귀 녀석. 입양 가면 이제 볼 수도 없을 텐데. 용수철물과 라라미 용실을 지나 H읍 다운타운 입구에 있는 마트에 가서 세척당근 한 봉지를 사들고 당나귀를 보러 갔다.

키이익.

강희를 본 당나귀가 네모난 이를 드러내며 다가왔다. 짙은 눈매가 어딘가 모르게 웃고 있는 거 같다.

"맛있니? 맛있어?"

녀석은 미식가임에 틀림없다. 음미하듯 눈을 감고 당근을 아삭아삭 씹어댔다. 태평한 성격이라더니 피부병도 빨리 이겨내고 있었다. 처음 봤을 때보다 살이 오르고 털 상태도 좋아 보였다.

"더 먹을래?"

강희의 손을 핥아대는 녀석에게 당근을 하나 더 물려주는데, 주차장으로 차 한 대가 들어왔다. 연수의 픽업인 줄 알았는데 낡은 레인지로버였다. 실망할 일도 아닌데 어이없게도 기운이 빠졌다.

레인지로버가 멈추더니 등판에 폴라리스 식물원의 심벌이 인쇄된 검정색 점퍼를 입은 사람들이 우르르 차에서 내렸다. 쌍둥이처럼 키가 똑같은 단발머리 여자아이 둘과 자작나무처럼 호리호리하고 늘씬한 남학생과 청바지에 카키색 레인부츠를 신은 여자였다. 몸은 소년처럼 날렵했고 정수리에 동그랗게 말아 묶은 머리와 콧등의 주근깨가 귀여웠다. 황 대표처럼 나이를 가늠키 어려웠다. 대학생처럼 보이기도 했고 얼핏 강희 또래 같기도 했다.

"수련아. 연우야. 우연아."

난우가 주차장으로 뛰어나와 소녀들을 끌어안았다.

"이모, 당나귀 어디 있어?"

당나귀를 보러 온 난우의 조카들인가 보다. 난우는 점퍼부대를 데리고 당나귀 쪽으로 다가왔다.

"꺄아. 당나귀다!"

"얘들아. 쉿! 소리 지르지 말고. 너무 갑자기 들이대면 당나귀가 놀라잖아."

뒤따라오던 카키색 레인부츠를 신은 여자가 주머니에서 울리는 휴대
전화를 꺼내며 주의를 주었다.

"어? 선배님 여기 계셨네요?"

난우가 강희를 보고 반색했다.

"얘들아, 인사해. 이모 선배님이셔. 아, 너희들 선배님이시기도 해. H
초등학교."

"안녕하세요, 선배님."

똑같은 얼굴을 한 소녀들이 똑같은 목소리로 인사를 했다. 너무 똑같
아서 놀라울 정도였다. 소녀들은 강희의 놀란 표정을 보더니 입을 가리
고 쿡쿡 웃음을 터트렸다. 이런 반응에 익숙한 듯했다. 발그레한 뺨이
사랑스러웠다. 소녀들 뒤에 선 남학생이 꾸벅 인사를 했다. 아름이가 봤
으면 한눈에 반할 만큼 분위기 있는 소년이었다. 많은 이야기가 담긴 듯
한 깊고 까만 눈동자가 아름다웠다.

"얘들아, 여기서 당나귀랑 데이트하고 있어. 엄마, 식물원에 다녀와
야 할 것 같아."

엄마라고? 헐. 강희는 여자의 화장기 없는 얼굴을 새삼 다시 바라보
았다.

"왜? 무슨 일이야?"

난우가 물었다.

"난방 시스템에 문제가 생긴 거 같아."

"걱정 말고 다녀오세요."

변성기가 온 소년의 목소리가 의젓했다.

"다녀올게."

놀랍게도 여자가 소년과 소녀들을 끌어안고 뽀뽀를 했다. 마치 몇 년
동안 보지 못할 곳으로 떠나는 사람처럼. 아이들은 그런 게 너무도 당연

한 일인 듯 뺨을 내어주고 잘 다녀오라고 여자의 등을 토닥였다.

"그럼."

여자는 강희에게도 눈인사를 하고 차로 뛰어갔다. 레인지로버가 주차장을 빠져나갈 때까지 멍하니 바라보았다. 어디에선가 '홈 스위트 홈'이 흘러나오는 거 같은 기분이 들었다.

"이모, 얘는 여자야, 남자야?"

"남자."

"하하. 남자애가 화장도 예쁘게 했네."

"몇 살이야?"

"두 살 정도."

"당나귀는 몇 살까지 살아?"

"음……. 보통 3, 40년 정도 산대. 기네스북에는 쉰네 살까지 산 녀석도 있다더라."

"우리랑은 육십 살까지 살았으면 좋겠다."

"진짜. 그럼 좋겠다. 엄마가 백 살 생일파티 할 때 얘도 같이 하면 근사하겠다."

천진하고 따뜻한 아이들이다. 강희는 자신도 모르게 미소를 지었다.

"언제 우리 집에 데리고 갈 거야?"

"아직. 엄마가 결정을 내리셔야지. 잠시만……."

난우가 가운 주머니에서 울리는 휴대전화를 꺼냈다.

"네, 선배님. 아, 그래요?"

땅거미가 지는 교차로를 바라보며 난우가 이마를 문질렀다.

"제가……요?"

난우의 미간에 주름이 잡히고 얼굴이 급격하게 굳어갔다.

"해야죠. 뭘 챙겨가면 될까요? 식용유랑…… 네. 최대한 서두르겠습니다."

통화를 끝낸 난우가 강희를 바라보았다.

"왜?"

"류한우 선배네 소가 쓰러졌다는데, 원장님은 출장 중이시라 도착하려면 한 시간쯤 걸린다고 하고, 구제역 백신 접종시즌이라 지금 읍내에 다른 수의사가 없대요. 그래서 제가 가야 하는데……."

휴대전화를 든 난우의 손이 부들부들 떨리기 시작했다.

"아, 뭐부터 해야 하지?"

난우가 허둥지둥 병원으로 뛰어가 진료가방을 가지고 나왔다가 무언가를 빠트렸는지 다시 뛰어갔다.

"아, 식용유 챙겨가라고 하셨는데……. 너희들은 또 어쩌냐. 이모 따라갈래?"

난우의 이마에 땀이 송골송골 맺혔다.

"우리가 가봤자 짐만 되지. 이모, 우리 걱정하지 마. 당나귀랑 놀다가 저기 햄버거 가게에서 저녁 먹고 엄마 기다리고 있을게."

소년이 침착하게 말했다. 잘생긴 녀석이 의젓하기까지. 남의 자식인데도 대견했다.

"그럴래?"

트렁크에 진료가방을 싣고 운전석으로 향하던 난우가 자동차 키를 떨어트렸다. 키를 줍는 손이 몹시 떨려서 강희가 다 불안할 지경이었다. 저러다 한우네 농장에 도착하기도 전에 사고라도 낼까 봐 걱정이다.

"내가 태워다 줄게."

강희가 난우의 손에서 자동차 키를 뺏었다. 난우의 손끝이 차디찼다.

"선배님……."

"얼른 타."

강희가 난우를 태우고 주차장을 빠져나왔다.

"제가 출장진료는 처음이라서. 게다가 대동물은……. 근데…… 여긴 왜요……?"

연신 **뻣뻣**하게 굳은 손을 비비던 난우는 마트 앞에 차가 멈추자 강희를 바라보았다.

"식용유 가져가야 한다며. 시동 안 끄고 있을 테니 얼른 사와."

"아, 맞다."

난우가 자신의 이마를 딱 때리고는 허둥지둥 마트로 달려갔다.

"보기보다 엄청 덜렁거리네."

그게 또 귀여워서 강희는 피식 웃고 말았다.

한우네 농장에 도착한 건 해가 완전히 져서 어둑해진 뒤였다.

한우와 한우의 아버지는 차에서 내리는 난우와 강희를 보고 난감한 표정을 지었다. 특히 한우네 아버지는 여수의사에 대한 불신을 숨기지 않고 혀를 찼다.

"선배님, 소는 어디 있어요?"

이미 반은 포기한 듯 한숨을 쉬며 한우가 자신의 지프에 올라탔다. 한우의 지프를 타고 올라가자 윈터 반 한가운데 소가 쓰러져 있었다.

바닥에 드러누운 소의 배가 비전문가인 강희가 보기에도 비정상적으로 부풀어 있었다. 소 모양의 애드벌룬 같았다. 희번덕거리는 눈빛이 애처로웠다.

난우의 전화가 울렸다.

"네, 선배님. 가스팽창 같아요. 잠시만요."

난우가 영상통화로 전환하여 연수에게 소를 보여주었다.

- 식용유를 먼저 먹여봐.

연수의 얼굴이 작은 화면에 비쳤다. 도로 갓길에 차를 세운 듯 연수 뒤로 차들이 휙휙 지나갔다.

"입을 최대한 벌려주세요."

한우의 아버지가 소의 머리를 감싸고 한우가 소의 입을 벌렸다.

"내가 들고 있을게."

난우에게 식용유 통을 건네주고 강희가 대신 휴대전화를 들었다.

– 어…… 그러니까…….

갑자기 강희가 끼어들어서인지 연수가 당황한 듯 머뭇거렸다.

"천연수, 그다음엔?"

강희가 재촉했다.

– 아, 그다음엔…… 윤 선생, 최대한 천천히 먹여.

난우가 소에게 기름을 먹였지만 흐르는 게 반이었다. 한우는 연신 소의 목덜미와 머리를 쓰다듬었다. 한우의 손길에도 소는 축 늘어져버렸다. 애처롭고 무서웠지만 강희는 그 모습이 잘 보이도록 휴대전화의 방향을 조절했다.

– 윤 선생. 긴장하지 말고 차근차근하자.

긴장하지 말라는 연수의 목소리가 오히려 잔뜩 굳어 있다.

– 아, 아저씨. 배 누르면 안 돼요.

보다 못한 한우의 아버지가 소의 배를 누르자 연수가 수화기 너머에서 소리쳤다.

– 위장 튜브를 삽입해보자. 식도를 최대한 벌리고 깊숙이 집어넣어.

한우가 소의 입을 억지로 벌리고 난우가 튜브를 삽입했지만 소는 그 와중에 격렬하게 저항했고 얼마 들어가지 못한 튜브는 맥없이 빠져버렸다.

"실패했어요. 선배님, 도저히 들어가지가 않아요.

– 안 되겠다. 위를 뚫어야겠어. 윤 선생, 제1위 위치 손으로 찾아봐.

마지막 수단을 설명하는 연수의 목소리가 다행스럽게도 차분해졌다.

"뚫자고요?"

연수와 반대로 난우는 거의 울부짖었다.

― 윤 선생. 서둘러.

난우가 부들거리는 손으로 소의 부푼 배를 짚었다.

― 아니, 조금 더 아래. 좋아. 거기 털 제거하고 소독해.

난우가 털을 밀고 소독약을 부었다.

― 강희야, 조금 더 가까이 가줘. 잘 안 보여.

강희는 소 다리 사이에 무릎을 꿇고 수술할 부위 가까이 휴대전화를 가져다 댔다.

― 자 이제 절개하고 찔러넣어. 절개는 최대한 작게.

난우가 메스를 들고 부들부들 떨기만 했다.

"아이구야."

한우의 아버지가 한탄하자 난우는 손을 더 떨어댔다.

― 윤 선생. 괜찮아. 안 죽어.

연수가 타이르듯 말했다.

난우가 부들거리며 절개했다.

― 잘했어. 이제 절개 부위를 벌리고 튜브를 꽂아. 5센티에서 7센티 정도 박아넣으면 될 거야.

절개 부위에 송곳 같은 것을 박아 벌리고 붉은색 튜브를 꽂는 난우의 눈에서 눈물이 떨어졌다. 강희가 손등으로 난우의 눈물을 닦아주었다. 난우가 고개를 들어 강희를 바라보았다. 강희가 가만히 고개를 끄덕여주었다.

난우는 숨을 몇 번 몰아쉰 뒤 손에 힘을 주었다. 붉은색 튜브가 박히자 부글거리는 노란 위액이 나오더니 지독한 악취를 풍기는 가스가 뿜어져 나왔다. 고개를 숙이고 있던 강희의 얼굴에 위액이 튀겼고 고스란히 그 가스를 들이켜고 말았다. 순간 독가스를 들이마신 것처럼 숨을 쉴 수가 없었다. 현기증이 일었다. 강희가 맥없이 소 위로 푹 고꾸라졌다.

― 지강희.

그 와중에도 꼭 쥐고 있던 휴대전화에서 강희의 이름을 부르는 연수의 목소리가 먹먹하게 들렸다.

더웠다.

강희는 티셔츠의 목 부분을 잡아당기며 뒤척였다. 등허리에 땀이 배어 눅눅했다. 목도 몹시 말랐다. 바싹 마른 혀로 입술을 축이는데 누군가 입가에 생수 통을 대어주었다. 강희는 눈도 뜨지 못하고 물을 삼켰다.

하아.

이제 좀 살 거 같다. 차가운 물이 위장에 도착하는 동안 강희도 잠에서 서서히 깨어났다. 눈을 뜨자 조립식 패널 천장에 볼품없이 붙어 있는 기다란 LED 등이 보였다. 눈을 감았다 다시 떴다. 이번에는 천장 한 귀퉁이에 쳐진 거미줄이 보였다. 조금 더 눈을 돌리자 난로에 장작이 활활 타오르고 있었다. 난로 옆으로 책상과 데스크톱 PC가 있고, 커다란 화이트보드에 알 수 없는 낙서와 소들의 사진이 덕지덕지 붙어 있었다. 생경한 풍경에 미간을 찌푸렸다.

"괜찮아?"

고개를 돌리자 연수의 얼굴이 보였다. 그제야 자신이 어디에 있는지 깨달았다. 한우네 목장에 있는 사무실 겸 임시 막사였다.

"언제 왔어……?"

"조금 전에."

기절은 강희가 했는데, 오히려 연수가 혼수상태에서 갓 깨어난 사람처럼 초췌했다. 면도도 하지 않았는지 멍든 턱이 까칠했다. 몸을 일으키자 몸 위에서 옷가지가 미끄러져 내렸다. 난로에 담요에 패딩점퍼까지. 이렇게 잔뜩 덮어놓았으니 더울 만도 했다.

"선배님, 괜찮아요?"

반대편으로 고개를 돌리자 난우가 걱정스레 쳐다보고 있었다.

"기절한 줄 알았더니 코를 골더라. 하여간 지강희, 못 말려."

난우 옆에 한우가 새까맣게 탄 얼굴로 웃었다. 하얀 이가 더 하얗게 보였다.

"소는?"

"벌떡 일어나서 뛰어놀고 있다."

한우가 밖을 가리켰다.

"다행이다."

"그러게. 윤 선생이 고생했지."

한우가 난우를 바라보며 따뜻하게 웃었다. 야윈 뺨에 보조개가 패였다. 강희는 한우의 웃는 모습이 좋았다. 따뜻한 성품과 철없는 장난기가 섞인, 닮고 싶은 미소이기도 했다.

"그런데 걘 왜 그런 거야?"

연수를 바라보며 물었다.

"보통 건초나 생초를 너무 급하게 많이 먹거나, 열량 높은 사료로 갑자기 바꾸거나 할 때 생기는 일인데, 아까 그 녀석은 아무래도 낮에 방목장에서 독초를 먹은 거 같다."

연수의 설명에 한우가 한숨을 쉬었다.

"왜?"

"아버지가 한바탕하실 거 같아서."

한우의 예상은 적중했다.

"방목이고 뭐고 다 때려치워라."

장갑으로 바지에 붙은 건초를 툭툭 털어내며 들어오신 한우 아버지의 첫마디였다. 한우처럼 까맣게 탄 얼굴에 근심이 가득했다.

"아버지!"

"동물복지? 아이구야, 동물복지 두 번만 했다가는 멀쩡한 소들 다 잡겠다."

"아저씨, 반추동물한텐 흔한 일이에요……."

"내가 소 키운 지 30년 됐다. 30년 만에 처음 있는 일이다."

한우 편을 들어주려던 연수는 한우 아버지의 말에 조용히 찌그러졌다.

"아버지……."

한우가 이 방목장을 만드는 데 꼬박 3년이 걸렸다고 했다. 첫해에 유전자 변형을 하지 않은 씨앗을 뿌리고 화학비료나 농약, 제초제를 사용하지 않고 흙을 살리는 데 심혈을 기울였다고 했다. 그렇게 유기농법으로 키운 사료를 소들에게 먹이고 소에게서 나온 퇴비를 다시 밭에 뿌리는 일은 지금도 진행 중이다. 하지만 한우의 3년은 30년의 경험 앞에서는 무력했다.

"지금 이 목장에 쏟아부은 게 얼마냐?"

"……."

"너 이러라고 아버지가 비싼 등록금 대준 거 아니고, 아버지 노후자금 털어준 거 아니다. 멀쩡한 회사 때려치우고 엄마 실망시키더니……."

답답한지 한우가 천장을 올려다보며 이마를 긁적였다.

강희는 한우의 손에 저절로 시선이 갔다. 평생 컴퓨터 자판만 두들길 것 같았던 손이 새까맣게 때가 끼고 거칠어져 있었다. 여기저기 밴드를 붙인 손가락이 그동안의 고생을 보여주는 거 같았다.

"저기 아버님……."

구석에서 눈만 깜빡이고 있던 난우가 조심스럽게 끼어들었다.

"제가 여태 본 소들 중에서 이렇게 행복해 보이는 녀석들은 없었어요."

"……."

한우의 아버지가 무슨 뜬구름 잡은 소린가 하는 얼굴로 난우를 바라보았다.

"우리가 살면서 단 한 사람을 행복하게 만들어주기도 힘든데, 한우 선배는 이렇게 많은 생명들을 행복하게 해주잖아요. 그건 아무나 할 수 없는 일이에요, 아버님."

"소도 받는 복지, 어디 나도 좀 받아보자."

한우 아버지가 무뚝뚝하게 내뱉었다.

"그리고 하고 싶다고 할 수 있는 일이 아니에요. 아버님이 계시니까 한우 선배가 엄두를 낸 거죠."

"……."

"어쨌든 아버님도 한우 선배의 꿈을 응원하시잖아요."

"사람이 어떻게 꿈만 꾸고 사나. 아니 저 꼴을 봐. 몸 고생. 마음고생. 그렇다고 돈이라도 많이 벌면 모를까."

아버지 목소리에서 노기가 80퍼센트 정도 빠졌다. 그 순간 강희는 한우가 난우를 쳐다보는 눈을 보았다. 그건 호모사피엔스가 출현한 이래로 사랑에 빠질 때 보이는 눈빛이었다.

어? 어. 난우는 연수 짝으로 찍어놨는데…….

"어쨌든 모두 고생 많았다. 어여들 돌아가."

한우 아버지는 모자를 깊게 눌러쓰고 밖으로 나가셨다.

"아, 배고파 쓰러지겠다."

난우가 강희의 옆에 털썩 주저앉았다.

"컵라면이라도 먹을까? 아니면 읍내 나가서 먹든가."

한우가 시간을 확인하며 물었다. 이미 8시가 지났다. 저녁 8시면 H읍의 웬만한 식당은 모두 문을 닫을 준비를 하고 있을 시간이다.

"컵라면 콜."

난우가 콜을 외치자 한우가 피식 웃으며 무선 주전자에 물을 채웠다.

첫눈이다.

라면을 먹고 밖으로 나온 강희가 낮게 탄성을 질렀다. 까만 하늘에서 눈이 날렸다. 고개를 들자 깃털처럼 커다란 눈송이가 이마에 내려앉았다.

"와아, 눈이다."

난우가 아이처럼 두 팔을 벌리고 빙글빙글 돌았다. 그런 난우를 보고 한우가 귀여운 듯 웃었다.

하아.

강희는 깊게 숨을 들이켜며 눈을 감았다. 몸은 피곤한데, 마음은 거뜬했다. 한 생명을 살리는 데 아주 작은 보탬이 되었다는 뿌듯함이라고 할까. 아니면, 자신의 자리에서 묵묵하게 최선을 다하는 친구들의 모습이 든든하다고나 할까. 그것도 아니면, 하루하루를 살아내는 건강한 삶에서 위로를 받았다고나 할까. 어쨌든 기분 좋은 피곤함이었다.

강희는 고개를 돌려 연수를 바라보았다. 연수는 아이처럼 입을 벌리고 눈을 받아먹고 있었다.

"맛있냐?"

강희가 피식 웃자 연수가 강희를 바라보았다. 조명이 어두워서인지 연수의 얼굴이 몹시 슬퍼 보였다. 아파 보이기도 하고.

"왜? 팔 아파?"

"지강희……."

고개를 젓더니 연수가 강희의 이름을 불렀다.

"왜?"

"……."

불렀으면 말을 해야 하는데, 연수는 가만히 다가와 강희의 손을 잡았다. 연수의 손은 늘 그랬듯이 따뜻했다.

"좀 걸을까?"

"어?"

연수는 강희의 손을 이끌고 눈이 쌓이기 시작하는 초지의 언덕을 올랐다. 별도 달도 없이 깜깜한 공간을 더듬듯 걸었다. 아주 오래전, 이렇게 눈을 맞으며 연수와 손을 잡고 걸었던 적이 있다.

폭설이 내렸던 그 밤, 강희는 춘길 씨의 차에 숨어 있었다. 따라가겠다면 분명 안 된다고 할 게 뻔했으니까. 춘길 씨가 경찰과 얘기하는 사이 연수와 함께 뒷좌석에 몰래 들어가 바닥에 납작 엎드렸다. 차가 덜컹거릴 때마다 강희와 연수는 손바닥으로 입을 꼭 틀어막았다.

마침내 차가 멈추었다. 춘길 씨가 쏟아지는 눈을 헤치며 걸어가는 모습을 차창으로 내다보았다. 어느 순간, 춘길 씨는 눈보라 속에 빨려들어가버린 듯 사라졌다. 멀리 사이렌 소리와 붉은 불빛이 번쩍이고 있었다.

"여기 있자."

차에서 내리려는 강희를 연수가 붙잡았다.

"넌, 여기 있어."

연수가 가지 않겠다면 혼자라도 가야 했다. 강희는 차 문을 열고 붉은 불빛과 사이렌 소리를 향해 걸었다. 종아리까지 눈에 빠져들었다.

얼마쯤 걸었을까.

강희가 도착한 곳은 지옥이었다. 경찰차와 소방차와 앰뷸런스와 사람들로 엉켜 있는 그곳은 형체를 알 수 없을 만큼 찌그러진 차들과 부서진 차들로 아수라장이었다. 119대원들이 부서진 차를 펴고 절단해서 그 속에서 차만큼이나 망가진 사람들을 꺼냈다.

"아이고 세상에 죽었나 봐……."

담요를 뒤집어쓴 아주머니가 끔찍하다는 듯 몸을 떨었다. 강희는 사람들을 헤치고 앞으로 나갔다. 강희가 절단한 차 속에서 본 건, 손이었다. 남자인지 여자인지 알 수 없는 피투성이의 손이 역시 여자인지 남자인지 알 수 없는 누군가의 손을 꽉 쥐고 있었다. 절박했던 순간이 고스란히 남아 있던 손.

"어머, 여기 애가 있네. 얘, 너희 엄마 어디 있니? 어느 차야?"

누군가가 강희에게 물었다.

그 순간, 강희는 울었었던가? 기억나지 않는다. 정신을 차렸을 때 강희는 연수의 손을 잡고 눈 속을 걷고 있었다.

"연수야."

"……."

지금처럼 강희의 손을 잡은 채 앞서 걷던 연수는 대답이 없었다.

"엄마가 죽은 거 같아……."

"……."

가지 말라고 애원했는데. 제발 버리지 말라고 그렇게 매달렸는데 엄마는 죽어버렸다.

"천연수."

그날처럼 연수를 불렀다. 도대체 이 심각한 분위기는 뭔지 모르겠다. 누가 죽기라도 했나.

"강희야."

언덕의 정상까지 올라온 연수가 마침내 걸음을 멈추고 강희를 돌아보았다. 강희와 연수는 눈을 맞으며 서로의 눈을 바라보았다. 숨을 쉴 때마다 하얗게 입김이 피어올랐다. 어둠에 표정은 지워졌지만 연수의 눈빛만은 선명하게 알아볼 수 있었다. 그날처럼 겁에 잔뜩 질린 눈빛이었다.

"뭔데? 뭐가 이렇게 심각해……."

강희의 말이 채 끝나기도 전에 연수가 강희를 와락 끌어안았다. 강희의 얼굴이 연수의 패딩점퍼에 푹 파묻혔다. 연수의 심장이 힘차고 빠르게 뛰었다.

"따뜻하니?"

연수의 품은 따뜻했다. 늘.

"잊힐 때가 돼서 모든 걸 잊게 된다고 해도 오늘 이 순간만큼은 잊지
마."

"······."

강희가 벗어나려고 버둥거렸지만 연수는 강희의 머리통을 꽉 끌어안
고 놓아주지 않았다.

"살다가 너무 힘들고 춥다고 느껴질 때······ 나는 잊어도 이 순간, 네
가 따뜻했던 순간만은 꼭 기억해라."

연수의 목소리가 첫눈처럼 아득하게 들렸다.

chapter 19

연수

"왜 말씀 안 하셨어요?"

"창피하잖아."

암을 발견한 지 3년이나 지났단다. 3년 동안 함구했던 춘길 아저씨가 서운한 게 아니라 대답이 너무 성의 없어서 서운했다.

"전립선암 정도만 됐어도 얘기했지. 근데 '거세 불응성 전립선암'이라잖아."

춘길 아저씨의 태평한 목소리에 그저 헛웃음이 나왔다. 의사 말로는 더 이상 호르몬치료에 반응이 없어 항암화학요법에 들어간다고 했다. 뼈로 전이되는 최악의 경우는 면했지만 이미 림프절까지 퍼진 상태라고. 매일 얼굴을 맞대면서 아저씨가 이 지경이 될 때까지 아무런 의심조차 하지 않은 자신이 한심했다.

"그냥, 전립선암이라고 하시면 되잖아요."

춘길 아저씨가 '아, 그런가?' 하는 표정으로 연수를 바라보았다.

"아니면 호르몬 불응성 전립선암이라든가."

"오, 그거 좀 있어 보인다."

어이가 없어 피식 웃자 아저씨도 눈가에 주름을 가득 잡고 웃었다. 그나마 다행인 건 항암주사를 맞은 사람답지 않게 별 부작용이 없어 보인다는 거였다. 적어도 지금까지는. 주치의도 아저씨의 항암제가 비교적

부작용이 적어서 2, 3년간 치료를 이어가는 케이스도 많다고 했다.

"정말 혼자 계셔도……."

"여긴…… 밤이 참 예쁘다."

아저씨가 창밖으로 시선을 돌리며 연수의 말을 끊었다.

"개똥벌레처럼 꽁무니에 불을 달고 흘러가는 차들을 보고 있으면 생각이 없어져. 흐르는 강물을 쳐다볼 때처럼. 아무래도 지강희는 나를 닮았어. 별보다 자동차 불빛을 더 좋아하는 걸 보면."

"……."

"어릴 때는 시간이 저렇게 흐르는 거라고 생각했는데, 나이가 드니 시간은 쌓이는 거더라. 해마다 떨어지는 낙엽처럼. 차곡차곡."

환자복 주머니에 손을 꽂은 채 창밖을 바라보는 아저씨의 뒷모습을 말없이 지켜보았다. 춘길 아저씨의 가슴에 켜켜이 쌓여 있는 시간의 9할은 외로움일 거 같았다.

결국 말하지 못했다.

아저씨를 만나고 H읍으로 돌아오는 고속도로에서 내내 고민했다. 강희에게 말을 해야 하나, 말아야 하나. 그 고민은 한우네 젖소 때문에 잠시 보류되었다가 눈 때문에 기회를 잃고 말았다. 언덕 위에서 강희가 무슨 기억을 떠올렸는지 알아버렸다. 그래서 더 말할 수 없었다. 그저 강희가 힘들 때 어제의 그 온기를 떠올려주길 바랄 수밖에. 절대 혼자가 아니라는.

"야, 왜 전화 안 받냐?"

갑자기 병원 문이 벌컥 열리고 한우가 들어섰다.

"왜, 무슨 일 있어?"

연수가 주머니를 뒤지다 한숨을 쉬었다. 또 차에다 전화기를 놓고 왔다.

"선배님 오셨어요?"

난우가 진료실에서 뛰어나와 반갑게 인사를 건넸다.

"어. 그래. 윤 선생……. 어제는 잘 들어갔지?"

난우에게 인사를 건네는 한우의 얼굴이 몹시 어색했다. 누군가를 강하게 의식할 때 나오는 부자연스러운 표정이었다.

"어제 그 녀석 어디 안 좋아?"

"그 녀석은 잘 있는데……."

한우는 전화기를 가지러 주차장으로 나가는 연수를 뒤따라오며 말끝을 흐렸다.

"그 차림은 뭐냐?"

한우는 작업복이 아니라 회사 다닐 때 입던 정장을 입고 있었다. 하얀 셔츠는 까맣게 탄 얼굴을 더 새까맣게 보이게 하는 착시현상을 불러일으켰고, 짙은 감색 슈트는 살이 빠져 남의 옷을 주워 입은 듯 엉성했다.

"뭔데?"

"민정이가 만나고 싶대."

한우가 초조하게 머리카락을 쓸어넘겼다. 덥수룩하게 자란 머리카락에 모자로 눌린 자국이 선명했다. 머리를 다시 감을 시간도 없었나 보다.

"왜?"

"몰라."

"언제?"

"지금 여기 와 있대."

"그런데 나를 왜 찾아."

보조석에 던져둔 휴대전화를 꺼내며 물었다. 연수가 알기로 한우는 지난 3년간 단 한 번도 헤어진 여자친구에게 연락하지 않았다. 가끔 술을 마신 뒤 차마 지우지 못했던 사진을 들여다보기는 했어도.

"그냥…… 민정이를 아는 사람이 너밖에 없어서."

"……."

드라마도 같이 봐야 재미있고 게임도 같이 해야 신난다. 추억도 함께 떠올리면 더 애틋해질 때가 있다. 어쩐지 이해가 되어서 아무 말도 할 수가 없었다.

"왜 왔을까?"

"너도 모르는 걸 내가 어떻게 아냐?"

"혹시 다시 시작해보자, 뭐 그런 얘기를 하려는 걸까? 그렇지 않고서 서울에서 여기까지 올 리가 없잖아."

한우가 바싹 마른 입술을 핥으며 말했다.

"그러자 하면 넌 그럴 거야?"

"……."

한우는 가만히 눈에 젖어 얼룩진 자신의 구두만 내려다보았다.

"모르겠다. 처음에는 내 처지가 그랬는데, 지금은 내 마음이 그렇다."

한우의 얼굴에 쓸쓸한 미소가 번졌다. 시간의 힘을 이겨내지 못한 자신의 사랑을 탓하는 자조였다.

"인숙이네 케이크 가게에서 만나기로 했는데, 같이 갈래?"

"내가 가서 뭘?"

"혹시나 내가 미쳐서 민정이 따라 서울로 간다고 하면 말려줘."

"네 꼴을 봐라. 민정 씨가 그런 소릴 할지."

"하긴."

한우가 거친 손으로 얼굴을 쓸어내며 한숨을 쉬었다.

"가봐. 기다리겠다."

한우를 보내고 병원으로 들어가니 난우가 허겁지겁 몸을 돌려 약품을 정리했다.

"다 정리한 거 아니었어?"

"그, 그게 새로 샘플이 들어온 게 있어서."

허둥거리던 난우가 약통 틈에서 자고 있던 깜희를 미처 보지 못하고 깨우고 말았다.

하악.

깜희는 난우의 얼굴에 대고 하악질을 날리고 약장의 더 높은 곳으로 올라가버렸다.

"저…… 선배님."

"왜?"

"류한우 선배…… 여자친구 있어요?"

덥지도 않은데 난우의 얼굴이 발그레했다.

"그건 왜?"

"아니 뭐, 사귀는 분 없으면 누굴 좀 소개시켜줄까 하구요."

"누굴?"

"그게……."

난우는 휴대전화를 꺼내 급하게 연락처를 찾는 척했다.

"나도 아는 사람이야? 우리 학교?"

"네."

"누군데?"

"……저는 어떨까요?"

난우의 얼굴이 터져버리는 게 아닐까 싶을 만큼 빨개졌다.

"뭐……?"

연수는 지금껏 난우와 나눴던 대화를 천천히 머릿속으로 복기해보았다. 그러니까, 윤난우 선생이 류한우에게 스스로를 소개시켜주고 싶다는 건데……. 연수가 한쪽 눈썹을 치켜세우고 난우를 다시 바라보았다.

"언제부터?"

"글쎄요. 그걸 저도 모르겠어요. 지난여름에 처음 만났을 땐지, 산딸

기를 모자에 가득 따서 가져왔을 땐지, 개망초꽃을 잔뜩 꺾어서 가져다
줬을 땐지, 산밤을 양손에 넘칠 만큼 쥐여줬을 땐지, 다래를 나눠줬을
땐지, 당나귀 건초를 가득 싣고 왔을 땐지······."

난우가 가운 단추를 만지작거리며 멍하니 중얼거렸다.

"윤 선생, 케이크 먹으러 갈까?

"네?"

병원 유리문에 연락처를 걸어두고 연수와 난우는 H읍의 유일한 수제
케이크집-모두 망할 거라고 여겼지만 꿋꿋하게 버티고 있는-으로 향
했다.

"선배님, 단거 안 좋아하시잖아요."

"윤 선생이 좋아하잖아."

연수는 눈이 녹아 질척거리는 거리를 성큼성큼 걸었다. 여동생이 짝
사랑하는 남자를 붙잡으러 가는 기분이 이런 걸까.

또로롱.

초콜릿색 어닝이 달린 유리문을 밀치자 청량한 차임벨 소리가 났다.

"어서 오세요······. 어? 오늘 무슨 날이야?"

하얀 셔츠에 어닝과 같은 색의 앞치마를 입은 인숙이 연수와 난우를
놀란 눈으로 바라보았다.

"왜?"

인숙이 대답 대신 매장의 단 세 개뿐인 테이블을 가리켰다. 창가의 테
이블에 베이지색 코트를 입은 여자와 짙은 감색 슈트를 입은 남자가 마
주 앉아 있었고, 그 옆 테이블엔 아름이가 케이크를 먹고 있었다. 한우
축제가 있던 날, 인숙과 그 난리를 피워놓고 여긴 왜 왔는지 모르겠지만
케이크를 먹는 아름이는 행복해 보였다.

케이크를 맛보고 만족스러운 듯 콧소리를 내던 아름이가 연수를 보고

눈을 동그랗게 뜨자 맞은편에 앉은 검은 야구모자를 쓴 여자가 고개를 돌렸다. 강희였다.

맥주를 뒤집어썼던 강희가 이곳에 있다는 게 더 놀랄 일이었다. 연수가 알고 있는 강희라면 이렇게 케이크를 먹고 있을 게 아니라 케이크를 인숙의 얼굴에 대고 으깨버려야 맞다. 어쩌면 저렇게 얌전히 앉아서 케이크를 먹고 있는 게 복수의 전조일 수도 있다.

복수는 복수고 강희의 얼굴이 어딘가 좀 이상했다. 하룻밤 사이에 강희의 시간만 거꾸로 돌아간 듯 고등학생처럼 앳되어 보였다.

"어, 선배님이다. 선배님."

난우가 손을 들어 인사를 하자 강희는 쉿, 검지를 세워 입술에 대더니 옆자리를 슬쩍 가리켰다.

"……?"

강희가 가리킨 쪽을 바라보던 난우의 얼굴이 굳어졌다.

"여기서 먹고 갈 거야?"

인숙이 물었다.

"응. 뭐가 맛있어?"

고개를 끄덕이고 케이크 쇼케이스를 바라보았다. 종류가 많지는 않았지만 먹기에 아까울 만큼 예쁜 케이크들이 깔끔하게 전시되어 있다.

"다 맛있지."

인숙이 자신만만하게 대답했다.

"너무 달지 않은 걸로."

"그럼 당근 케이크도 괜찮고."

연수는 당근 케이크를 난우는 쇼콜라 케이크를 주문하고 한우가 앉은 테이블 뒤쪽에 앉았다.

"강희 선배님 화장 안 하니까 딴사람 같아요. 완전 청순해요."

"……!"

난우가 몸을 숙여 속삭였다. 난우의 말을 듣고서야 비로소 깨달았다. 강희의 얼굴이 왜 달라 보였는지.

연수가 슬쩍 강희를 바라보았다. 마스카라도 아이라인도 그리지 않은 강희의 속눈썹이 햇살을 받아 옅은 갈색으로 보였다. 연수의 시선을 느꼈을 만도 한데 강희는 돌아보지 않았다. 어젯밤 언덕에서 내려와 연수의 차를 타고 모텔로 돌아오는 동안에도 그랬다. 신호에 멈출 때마다 연수는 강희를 돌아봤지만 강희는 고집스레 앞만 바라보았다. 그러고는 연수가 주차하는 동안 훌쩍 방으로 올라가버렸다.

"여기 케이크 맛있네."

뒤편에서 민정의 목소리가 들렸다. 케이크 가게에 들어올 때 눈이 마주쳤는데 민정은 연수를 알아보지 못하는 눈치였다. 이십 대 초반, 인생 최고의 몸무게를 찍었을 무렵 딱 한 번 봤으니 그럴 만도 했다.

"생각보다 동네가 좋다. 이 가게도 예쁘고."

민정은 연수의 기억보다 더 차분하고 여유 있어 보였다.

"오빠도 보기 좋고."

"너도 좋아 보인다. 그런데 여긴 무슨 일로……."

본론부터 꺼내는 한우의 목소리가 높고 빠르다. 긴장하거나 흥분했을 때의 버릇이다.

"그냥…… 오빠도 보고 싶고, 오빠 사는 곳도 한번 보고 싶고 그래서."

"회사는?"

"그만뒀어."

"왜? 힘들게 들어갔으면서."

"힘들게 들어갔더니 너무 힘이 들더라."

민정은 그렇게 말하고 까르르 웃었다. 힘든 사람의 웃음소리답지 않게 맑았다.

"나…… 오빠 블로그 들어가봤어."

"……."

"그 사고뭉치 사총사는 잘 지내?"

"사고뭉치 사총사?"

"친구들 데리고 가출했다던. 칠땡이었나? 이마에 번개무늬 있는 젖소 말이야."

"아아……."

한우가 바보처럼 웃었다.

"오빠가 일기처럼 매일매일 쓴 그 블로그 보면서 나 좀…… 울었다?"

연수는 속으로 끙, 신음을 삼켰다. 여자가 저렇게 나오면 남자는 마음이 흔들리게 마련이다. 자칫하다가는 한우를 빼앗길 수도 있겠다. 난우는 케이크에 포크를 찍은 채 멈춘 버튼을 누른 동영상처럼 꼼짝하지 않았다. 케이크를 먹는 척했지만 난우의 신경은 온통 등 뒤에 쏠려 있었다.

"왜 그때 오빠를 믿고, 오빠의 손을 잡아주지 못했는지 후회했어."

이런.

연수가 고개를 들어 한숨을 쉬는데, 대각선 쪽에 앉은 강희와 눈이 마주쳤다. 강희도 연수와 같은 생각인지 미간을 찌푸렸다.

"그때 난…… 오빠가 도망치는 거라고 생각했어. 경쟁에서 진 패배자 같다고."

"도망친 거 맞아. 경쟁에서 진 것도 맞고."

한우가 덤덤하게 말했다.

주식 브로커로 나름 잘해나가던 한우가 어느 날 회사를 그만두겠다고 했다. 실적 때문에 고민하던 입사 동기가 자살을 한 후였다. 그날 한우의 목소리는 지금처럼 덤덤했지만 그 덤덤함 뒤에서 한우는 오랜 시간 자책하고 후회했다. 동기가 힘들어하고 있다는 걸 알고 있었으면서 외면했던 순간을. 능력이 안 되면 도태되는 건 당연한 일이라고 생각했던 시간을. 동기가 죽음을 생각하는 동안 잘나가는 선배와 수입차 카탈로그를 들여다보았던 때를.

"아니야. 오빠는 다른 선택을 한 거야. 오빠답게. 오빠는 원래 그런 사람이니까."

"……."

"휴우. 오길 잘했다. 고민했었는데."

민정은 미뤄뒀던 숙제를 해치운 사람처럼 크게 숨을 내쉬고 가방에서 봉투를 꺼내 내밀었다. 연수도 강희도 아름이도 모두 테이블 위의 봉투를 바라보았다. 난우만 고개를 돌리지 못하고 끙끙거렸다.

"다른 사람 통해서 듣게 되는 것보다 내가 직접 말하는 게 더 나을 거 같아서."

"이게 뭔데?"

"청첩장. 나, 결혼해."

"……."

한우는 놀란 듯 한동안 아무 말도 하지 못했다.

"축, 축하한다."

비록 더듬긴 했지만 축하한다는 말이 진심임을 그 자리의 모두는 알 수 있었다. 한우의 목소리가 큰 짐을 덜어낸 듯 홀가분했다. 마치 가지런하게 정리한 앨범의 맨 마지막 장을 덮은 후처럼 말이다.

"어머? 오빠 너무 대놓고 좋아하는 거 같다?"

민정이 토라진 척 새침하게 굴었지만 눈은 웃고 있었다.

"오빠…… 고마워."

"……."

"사실은 이 말을 꼭 하고 싶어서 왔어."

"고맙긴 뭐가?"

"내 이십 대가 오빠 때문에 너무 예뻤던 거 같아. 누구도 오빠처럼 날 예뻐해준 적 없었어. 있는 그대로 괜찮다고 느끼게 해준 사람은 오빠가 처음이자 마지막이야. 고마워."

"그…… 남자친구, 아니 신, 신랑이 들으면 서운하겠다."

"그래서 잘하려고. 오빠가 나한테 해준 것처럼 나도 그 사람……한테 그렇게 해주려고."

"……"

"갈게. 바래다줘. 터미널까지. 그 정도는 해줄 수 있지? 전여친인데."

"그러자. 근데…… 결혼식엔 못 간다."

"어휴, 다행이다. 전남친이 와서 깽판 놓을까 봐 걱정했는데."

민정이 웃음을 터트렸고 한우도 민정을 따라 웃었다.

괜찮은 이별이다.

두 사람이 나란히 걸어가는 뒷모습을 바라보며 연수는 그렇게 생각했다. 민정도 예쁜 사람이고 한우도 괜찮은 놈이다. 그저 삶을 살아가는 방향이 달랐을 뿐. 세상에 아름다운 이별은 없다지만 이런 이별이라면 함께했던 시간을 후회하지 않을 수 있을 것 같다.

흑.

갑작스런 울음소리에 고개를 돌리자 난우가 포크를 든 채 눈물을 흘렸다. 포크 끝에 쇼콜라 케이크 조각이 떨어질 듯 말 듯 불안하게 덜렁거렸다.

"윤 선생, 왜 그래?"

강희와 아름이와 인숙도 무슨 일인가, 난우를 바라보았다.

"흐윽. 어떡해요."

"뭐가?"

좋아하는 사람의 옛 여자친구를 봤으니 기분이 좋지만은 않겠지만 이렇게 울 일은 아니다. 오히려 깔끔한 이별을 목격했으니 후련할 거 같은데 말이다.

"한우 선배가 더 좋아졌어요."

"……!"

울고 있는 난우의 정수리 위에서 강희와 시선이 마주쳤다. 무언가 몹시 못마땅한 듯 강희의 옅은 눈썹이 휙 치켜 올라갔다.

"전화나 받아."

강희가 연수의 점퍼 주머니를 가리켰다.

"어? 어."

난우 때문에 전화가 울리는 것도 몰랐다.

"여보세요. 네, 김 계장님."

김 계장은 공방수로 근무할 때 함께 일했던 군청 축산담당공무원이다. 구제역 백신을 맞고 임신한 암소가 죽었다는 말에 연수는 관자놀이를 문질렀다.

"백신 접종한 게 언제죠? 그럼, 2주가 지난 거네요."

공방수로 근무할 당시에도 비슷한 민원이 있었다. 그때는 송아지만 유산된 거였지만 이번에는 어미와 새끼가 한꺼번에 죽어버렸으니 축주의 항의가 거센 건 당연했다. 더구나 2주 내에 신고해야 하는 보상기간도 지나 있었다.

"그 건은 일단 검역본부에 부검을 의뢰해야 할 거 같은데요. 어디세요? 그럼, 저도 그쪽 농장으로 갈게요."

연수는 전화를 끊고 난우를 찾았다. 난우는 어느새 울음을 그치고 강희와 아름이의 테이블로 옮겨가 케이크를 먹고 있었다.

"이 쇼콜라 진짜 죽인다."

아름이가 인숙을 향해 '쌍따봉'을 날렸다.

"그쵸?"

"선배님도 좀 드세요."

강희에게 케이크를 권하는 난우의 얼굴은 언제 울었나 싶게 해맑다.

"어휴, 대놓고 서비스 달라는 말보다 더 무섭다?"

인숙이 웃으며 커다랗게 자른 쇼콜라 케이크를 접시째 들고 왔고, 난우와 아름이가 아이들처럼 박수를 치며 좋아했다.

살면서 때때로 당황스러운 순간이 있는데, 여자들의 무시무시한 회복력을 목격할 때였다. 매번 사랑에 빠질 때의 엄마가 그랬고, 승언이 때문에 우울해하다가 맛있는 음식 앞에서 행복하게 무너져 내리는 아름이가 그랬고, 달콤한 초콜릿 앞에서 되살아난 난우가 그랬다.

그 짐승 같은 회복력을 강희에게도 좀 나눠주면 좋으련만. 난우가 내미는 쇼콜라 케이크를 받아먹는 강희를 보며 낮게 한숨을 쉬었다.

"퇴근 안 했어?"

"퇴근하려는데 단미한 부위에 염증이 생긴 코기가 와서요."

"혹시, 그분?"

"네. 그분이요."

'그분'은 H읍과 맞닿은 면소재지에 사는 웰시코기 브리더다. 좋게 말하면 브리더고 엄밀하게 말하면 강아지 공장 주인이다. 교미를 시키고, 꼬리를 자르고, 주사를 놓고, 약을 먹이고 웬만한 건 불법으로 자가 진단과 자가 처방을 자행하는 사람인데, '고작' 염증 때문에 왔다는 게 의아했다.

"염증 때문에 왔다고?"

"그러게요. 선배님은요?"

할 말은 많지만 참는다는 얼굴로 난우가 물었다.

"뭐, 똑같은 패턴이지. 축주는 보상을 요구하고 공무원은 규정을 내밀어야 하고."

무조건 보상을 요구하는 축주를 설득해 일단 검역원에 부검을 의뢰하는 걸로 합의를 보긴 했지만 연수의 예상대로라면 보상받기는 쉽지 않을 것이다.

"깜희야, 퇴근하자."

어느 구석에 박혀서 자고 있는지 연수가 왔는데 나와보지도 않는다. 깜희는 나이가 드니 대부분의 시간을 잠으로 보냈다. 그래서 나가고 싶다고 조르면 마음이 약해져서 어쩔 수 없이 내보내곤 했다. 기껏 자기가 태어난 모텔 주차장이나 어슬렁거리는 줄 알았는데, 길 건너 부메랑 모텔까지 갔다는 얘길 들은 뒤로는 혼자 내보낼 수가 없었다.

"깜희, 선배님이 데리고 가셨어요."

"누구? 강희?"

"네. 퇴근하고 들르셨어요. 깜희 하네스[14]를 주문했는데, 오늘 도착했다고 전해주러 오셨더라고요."

"하네스?"

연수의 병원은 대동물 전문이라 반려동물용품은 아예 없었다. 그나마 난우가 진료를 하게 된 후에는 미용이나 용품에 대한 수요가 있긴 했지만 난우도 연수도 그 부분에 대해서는 계획이 없었다.

"네. 빨간색인데 되게 예뻤어요. 강희 선배가 채워주는 대로 얌전하게 있더라구요. 예쁜 건 알아가지고. 그러다 강희 선배가 간다니까 저도 데려가달라고 어찌나 애교를 부리던지. 아, 여기 사진 보여드릴게요. 귀엽죠?"

빨간 하네스와 한 세트인 리드 줄을 잡고 있는 강희와 우아하게 꼬리를 말고 앉은 깜희가 서로를 바라보는 사진이다. 까만 옷을 입은 강희와

---

14 Harness, 가슴에 채우는 줄

까만 털을 가진 깜희는 서로를 바라보며 무슨 생각을 했을까.

"완전 소울메이트라니까요."

"그러게."

연수는 고개를 끄덕였다.

"깜희 산책 나갔다. 강희랑."

서둘러 모텔로 돌아온 연수에게 미스터 권이 말했다.

"산책이요? 어디로요?"

"언제 말하고 다니니?"

밖은 벌써 어둑해졌는데, 어디로 갔을까? 주차장에 차가 있는 걸 보니 멀리 가지는 않았을 텐데. 강희에게 전화를 걸었지만 받지 않았다.

"안 받니?"

"네. 아저씨 저 좀 나갔다 올게요."

모텔을 나서며 아름이에게 전화를 해보았다. 도서관으로 갔을 수도 있겠다 싶어서.

— 어, 연수니? 미안한데 내가 이따가 전화할게.

바쁜지 아름이는 서둘러 전화를 끊었다. 혹시 승언이한테 갔나? 승언에게 전화를 걸자 전화가 일방적으로 끊겼다. 받지 않은 게 아니라 차단을 했다.

연수는 하는 수 없이 도서관이 있는 언덕으로 향했다. 보랏빛이 조금 남아 있는 하늘에 샛별이 돋아 반짝였다.

냐아아.

폐가 근처에 도착했을 즈음 어디선가 고양이 울음소리가 났다.

"깜희니?"

연수는 걸음을 멈추고 귀를 기울였다. 분명 고양이 소리를 들었는데. 두리번거리다 집터 한가운데 세워진 승언의 포클레인에서 강희를 발견했다. 포클레인의 삽 안에 들어가 교묘하게 몸을 숨긴 채 무언가를 바라보고 있었다.

"지강희. 여기서 뭐 해?"

"쉿!"

강희가 검지를 치켜들고 연수의 팔을 잡아당겼다. 얼떨결에 엉덩방아를 찧었다.

"왜 그래?"

"가만 좀 있어봐."

강희의 패딩점퍼 가슴 부분이 꿈틀거리더니 지퍼 사이로 깜희가 고개를 쏙 내밀었다.

냐아아.

정전기가 생겨 털이 잔뜩 일어선 깜희는 고양이가 아니라 강아지처럼 보였다.

"저기…… 기분 나쁘게 생각하지 말고 들어줘."

갑자기 아름이의 목소리가 들렸다. 연수도 강희 옆에 쪼그리고 앉아 포클레인 너머 건너편을 바라보았다. 아름이와 마주 서 있는 남자는 승언이었다.

어라? 둘이 같이 있었으면서 전화도 받지 않았단 거네.

"뭔데?"

승언의 손에 연수도 알고 있는 '山' 잡지가 들려 있었다. 아마도 작업을 마치고 도서관에 들른 모양이다.

"내, 내가 도와줄게."

"뭘?"

무뚝뚝한 자식. 다정하게 좀 굴지.

"굴삭기 시험 보는 거."

"……."

멀리서도 승언의 어깨가 굳어지는 걸 알 수 있었다. 얼굴도 그만큼 굳어져 있겠지.

"나…… 자랑은 아니지만 언어재활사 자격증 있어."

"……."

승언은 대꾸가 없다. 기분이 나쁜 게 아니라 언어재활사가 무얼 하는 건지 모를 수도 있겠다는 생각이 들었다. 사실, 연수도 처음 들어보는 자격증이다. 미스터 권의 권유로 해미리마트 아주머니가 호텔객실관리사 과정을 배우러 다니셨다는 얘길 들었을 때만큼이나 생경했다.

"한아름, 자랑해도 돼."

강희가 옆에서 답답하다는 듯 거들었다.

"교생 실습 나갔을 때, 너처럼 난독증 있는 아이들이 꽤 되더라. 그래서 도움이 될까 하고 공부했었는데……."

어떻게든 승언의 자존심을 건드리지 않고 도움을 주려는 마음이 고스란히 전해졌다.

"물, 물론 실전 경험은 없지만……."

아름이가 손가락을 만지작거리며 승언의 눈치를 봤다.

"뭘 저렇게 절절매냐? 안 그러냐? 저 자식은 아름이가 저렇게 도움을 주겠다는데, 튕기는 거냐? 뭐가 저렇게 뻣뻣해?"

강희가 옆에서 부글댔다. 강희가 참견할 때마다 깜희가 강희의 머리카락을 앞발로 잡아당겨 핥았다.

너무 흥분하지 마, 하는 얼굴로.

"너, 되게 오지랖이다?"

연수가 피식 웃으며 말했다.

"내가? 하!"

강희가 어이없다는 듯 콧방귀를 뀌었다.

"야, 내가 세상에서 제일 싫어하는 말이 오지랖이야."

"쉿!"

연수가 강희의 입술을 손가락으로 막았다. 승언이 뭐라고 했는지 아름이의 얼굴이 꽃처럼 피어올랐다.

"이쁜 지지배."

강희가 한숨처럼 속삭이자 연수의 손가락에 온기가 닿았다. 갑자기 온몸의 솜털이 부스스 일어나는 느낌이다.

"그럼 준비되면 연락할게."

아름이는 소녀처럼 승언에게 손을 흔들어주고 도서관으로 올라갔다.

"지강희, 그만 나와."

아름이의 뒷모습을 지켜보던 승언이 잠시 잡지를 내려다보다 갑자기 휙 고개를 돌려 연수와 강희가 있는 곳을 향해 소리쳤다.

"깜희야, 들켰나 보다."

강희가 깜희의 이마에 쪽, 소리가 나게 뽀뽀하고 겸연쩍게 웃었다.

"알고 있었냐?"

강희가 포클레인 삽에서 풀쩍 뛰어내렸다.

"깜희가 울어대는데 어떻게 모르냐? 뭐냐? 너도 있었냐?"

승언이 어이없는 얼굴로 연수를 바라보았다.

"너 뭐라고 했는데 아름이가 저렇게 좋아하냐? 고백이라도 했어?"

"했으면?"

강희가 놀리듯 묻자 승언이 강희를 노려보며 뻔뻔하게 대답했다.

"천연수, 들었지. 얘, 고백했대."

화장을 하지 않은 강희는 영락없이 까불대는 고등학생처럼 보였다.

"뭐라고 했는데? 어?"

모텔로 돌아가는 내내 강희가 승언을 귀찮게 했다.

"아, 쫌."

승언이 팔을 잡는 강희의 손을 털어내며 귀를 막았다.

"진짜, 궁금해서 그래."

"너의 첫 번째 학생이 되어준다고 했다, 왜?"

"……."

강희가 눈을 동그랗게 뜨고 승언을 바라보았다. 붉어지는 승언의 콧등이 어둑한 거리에서도 선명하게 보였다.

"어우야. 무슨…… 되게 야하게 들리는 거 나만 그런 거 아니지?"

강희가 연수의 옆구리를 꾹꾹 찌르며 웃자 승언이 휙 몸을 돌려 모텔로 먼저 들어가버렸다.

"왜 놀리고 그래?"

"말하자면 아웃 오브 포커싱이라고 할까?"

강희는 점퍼 속에서 나오려고 버둥대는 깜희를 꺼내 연수의 품에 안겨주며 말했다.

"그게 뭔데?"

깜희를 받아 들며 물었다. 추운지 연수의 겨드랑이 쪽으로 파고드는 깜희에게서 강희의 냄새가 났다.

"난독증에 너무 관심이 집중되면 승언이가 우울하잖아."

"……."

"저녁 먹었어?"

강희가 지퍼를 올리며 물었다.

"아니."

"시장에 팥죽 먹으러 갈래? 곰보 할머니 아직도 계셔?"

시장에서 팥죽을 팔던 곰보 할머니는 몇 해 전 요양원으로 들어가시고 며느리가 할머니의 가게를 물려받았다.

"할머니는 안 계셔도 맛은 똑같을 거야. 잠시만 기다려. 깜희 두고 내려올게."

"승언이도 데려와."

깜희를 방에 데려다 놓고 싶다는 승언을 억지로 끌고 내려왔다. 세 사람이 시장 쪽으로 걸어가는데, 뒤에서 클랙슨이 울렸다. 한우였다.

"어디 가?"

"죽 먹으러."

강희의 말에 한우는 뭐가 웃긴지 킬킬대며 웃었다.

"기다려. 나도 가자."

넷이서 시장통에 있는 팥죽 가게에 자리를 잡았다.

"어디서 많이 본 아가씬데…… 그래, 모텔집 딸내미…… 아니, 학생 맞지?"

팥죽집 사장님은 강희를 알아보았다.

"학생은 아니고 모텔집 딸은 맞아요."

"아이고 그대로네."

"아주머니도 그대로시네요. 하나도 안 변하셨다. 나이는 우리만 먹었나 보다. 그치."

강희가 선선하게 굴자 사장님은 "어머, 그래?" 하며 자신의 **뺨**을 감쌌다.

"팥죽 맛도 그대로니까 많이들 들어요."

팥죽 사장님이 평상시보다 가득 팥죽을 담아 내왔다.

"진짜 그대로네. 맛있다"

팥죽을 한 술 떠먹고 강희가 고개를 끄덕였다.

"사정이란 게 말이야."

묵묵히 팥죽을 먹던 강희가 뜬금없이 내뱉은 말에 한우와 승언과 연수는 동시에 쿨럭거리며 강희를 바라보았다.

"사, 사정?"

한우가 냅킨으로 입술을 닦으며 물었다.

"오늘 내 머릿속 키워드였어. 근데, 표정들이 왜 그래?"

"표정이 뭐……?"

한우가 말을 흐리며 팥죽으로 시선을 내렸다. 연수도 고개를 숙였다. 승언은 진작부터 팥죽에 고개를 박고 있었다.

"한우 너는 모르겠네. 축제 때 나랑 노인숙이랑 한바탕한 거."

"왜 몰라. 들었지."

"어디서?"

"그게 왜 중요해. 여긴 H읍인데."

한우의 시큰둥한 대답에 강희가 킬킬 웃음을 터트렸다.

"그래. 여긴 H읍이지. 내가 방귀를 뀌어도 똥 쌌다고 소문나는."

"그래서 한바탕했는데?"

"오늘 아름이랑 점심을 먹고 걸어가다가 제법 예쁜 케이크집을 발견했어. 아름이가 우울해하기에 달콤한 거라도 먹자, 하고 들어가려는데 아름이가 인숙이네 가게라는 거야. 미슐랭 쓰리스타급 케이크라고 해도 당연 패스지. 그런데 아름이가 그러더라. 자기는 인숙이 이해한다고. 그날 그렇게 당해놓고도 바보처럼 그런 소릴 하는 거야."

아름이의 얘기가 나오자 승언은 뜨거운 죽을 푹푹 떠먹었다. 입천장이 홀랑 까질까 봐 걱정됐다.

"나도 들은 얘기가 좀 있다. 노인숙 걔…… 고생 많다."

한우가 고개를 끄덕였다.

인숙은 H읍에서도 제법 잘나가는 땅 부잣집의 고명딸이었다. 아버지가 살아 계시는 동안에는 자신이 하고 싶은 대로 다 하고 살던 아이였는데, 아버지가 돌아가시고 상속 때문에 형제들끼리 소송까지 했다. 어머니는 큰아들 편을 들었지만, 그 어머니가 치매에 걸리자 큰아들은 나 몰라라 어머니를 방치했다. 소송으로 앙금이 생긴 다른 형제들도 어머니를 외면했다.

문제는 어머니가 인숙의 몫까지 모두 큰아들에게 투자를 했는데, 큰

아들이 재산을 싹 정리해서 한국을 떠버렸다는 거다. 일본에서 제과학교를 다니던 인숙이 결국 학업을 포기하고 돌아와야만 했다. 어머니의 부양은 고스란히 인숙의 몫이었다. 결혼을 약속했던 남자와도 최근 헤어졌다고 들었다.

"사정은 이해하지만 지가 불행하다고 아름이한테 그러면 안 되지."

승언이 불쑥 끼어들었다.

"내 말이."

강희가 맞장구를 쳤다.

"근데, 걔가 그날은 미안했다고 먼저 사과하더라. 그날…… 안 좋은 일이 있어서 괜히 심술이 났대. 사과를 해야 하는데, 그놈의 자존심 때문에 망설였다나. 걔가 좀 잘나갔냐? 부잣집 딸에다 예쁘고 그랬잖아. 그러니까 또 이해 못 할 것도 없더라. 다 사정이 있겠거니, 하고."

강희가 그렇게 말하고는 백김치를 아삭아삭 씹었다.

"류한우는 소를 키워야만 하는 류한우만의 사정이 있고, 차승언은 주구장창 등산복을 입어야 하는 차승언만의 사정이 있을 테고, 천연수는 천연수대로의 사정이 있겠지."

강희가 연수의 눈을 바라보며 말했다. 그 사정을 꼭 한번 들어봐야겠다는 눈빛이었다.

"나도 늙었나 봐. 나, 옛날에는 안 그러지 않았냐?"

"안 그랬지."

"용서 따위 없었지."

"너, 진짜 인정사정없었다."

강희의 말에 연수와 승언과 한우가 동시에 고개를 저었다.

"어우야. 나, 그렇게 못된 애 아니었어."

강희의 말에 모두 웃음을 터트렸다. 못된 애는 아니었지만 어른들이 원하는 착한 아이도 아니었다. 강희는 지강희만의 법칙대로 살아가는 아이였다. 연수는 그래서 강희가 좋았다.

"쌀쌀한 날 팥죽 먹으니까 좋다. 속이 든든해. 잘 먹었다, 차승언."

굳이 밥값을 내겠다는 승언이 덕분에 가게에서 한참 실랑이를 하고 나와 좁은 시장 길을 걸었다.

"이렇게 걸으니 옛날 생각난다."

한우가 강희에게 어깨동무하며 피식 웃었다.

"늬들 다 내 밥이었는데. 어? 저기 아직도 있네."

더덕공판장 옆을 지나던 강희가 걸음을 멈추었다.

"얘들아, 도넛 먹을래?"

"배부른데……."

미처 대답도 하기 전에 강희가 도넛 가게로 뛰어가 하얀 봉투를 들고 왔다.

"한우 한 개. 승언이 한 개. 연수도 한 개. 사이좋게 나눠 먹어."

강희가 설탕이 잔뜩 묻은 팥도넛을 한 개씩 집어주었다.

"오늘은 팥으로 끝장을 보자는 거냐?"

연수와 승언과 한우는 도넛을 하나씩 들고 서로를 바라보다 웃음을 터트렸다.

연수는 승언과 한우가 웃는 이유가 궁금했다. 녀석들은 무슨 생각을 했을까? 연수는 어느 여름날 강희가 나눠준 모텔 판촉물이 떠오르기도 했고, 코흘리개 시절 나눠 먹었던 도넛도 떠올랐다.

"맛있네."

네 사람은 입술에 설탕을 묻힌 채 아이들처럼 낄낄댔다.

남루한 시장골목에 귤빛 등이 반짝이는 11월의 마지막 날이었다.

chapter 20

강희

"안도 다다오가 와도 꿀릴 거 없겠다."

연락도 없이 불쑥 찾아온 정구가 모텔 외벽을 올려다보며 만족해했다. 누런 타일로 뒤덮였던 외벽을 노출콘크리트 보드로 교체하는 작업이 절반 정도 진행됐다. 주변과는 어울리지 않았지만 비지니스모텔로는 나쁘지 않은 소재였다. 애초에 러브모텔과는 차별을 주고 싶어 했던 클라이언트의 요구이기도 했다.

"외벽공사 하기 전에 비계^{15}를 보강했어요. 와서 보니 허술하게 해놨더라구요."

"잘했어. 괜히 사고 나면 우리만 손해지."

정구가 고개를 끄덕이며 모텔을 한 바퀴 더 둘러보았다. 구석구석 살펴보는 눈길이 꼼꼼하고 빈틈없었다.

"지금 그 눈빛, 며느리 집에 갑자기 쳐들어온 시어머니 같은 거 알죠? 어디 얼마나 살림을 잘하나 냉장고도 막 열어보고."

"왜 자꾸 여자의 적을 여자로 만드는 거야? 내 전 마더 인 로우는 좋은 분이셨는데."

"우리 할머니는 드라마에 나오는 할머니랑 똑같았는데요?"

---

15 飛階, 높은 곳에서 공사할 수 있게끔 임시로 설치하는 구조물

"드라마가 문제야, 하여튼. 드라마를 보고 따라 한다니까."

정구가 혀를 찼다.

"그 팔로 운전하고 오신 거예요?"

"……생각보다 괜찮네. 잘 나올 거 같다."

정구는 못 들은 척 딴소리다.

"그나저나 너무 춥다. 겨울 공사는 이래서 안 좋아."

정구가 날씨 얘기를 하며 몸을 떨었다. 입고 있는 코트가 얇아 보이긴 했다. 브이넥 니트를 입은 목도 휑하고.

"머플러라도 하고 다니시지."

"어? 그러게……. 깜빡했네."

정구가 목덜미를 더듬더니 코트 깃을 세웠다.

"여긴 벌써부터 다 패딩이죠."

"난 죽어도 패딩은 못 입겠어. 거위랑 오리가 불쌍해서."

지난번엔 기러기더니 오늘은 거위랑 오리 얘기다.

"소랑 양은 안 불쌍하고요?"

강희가 정구의 가방과 구두를 가리키며 피식 웃었다.

"그래도 얘들은 산 채로 뜯기지는 않잖아."

"아, 그만하세요. 왜 갑자기 내려오셔서는 그런 소리만 하시는데요?"

"뭐, 그렇다는 거지."

정구가 꼬리를 내렸다.

"주무시고 가실 거예요?"

"아니. 회식 시켜주고 올라갈 거야."

"팔도 불편한데 주무시고 가세요. 밤에 운전하실 수 있겠어요?"

"버스 타고 갈 거야."

"버스 타고 오셨어요?"

"그래. 그러니까 걱정 말고, 한우 먹으러 가자. 지난번에 사주기로 했다가 못 사줬던 거."

"거위랑 오리 얘기하실 때는 언제고. 대표님 진짜 소는 안 불쌍하신가 보네."

"그러게 말이야. 인간은 원래 모순덩어리잖아. 정답을 알면서도 옆길로 새고, 꼭 똥인지 찍어 먹어본다니까."

정구가 피식 웃었다.

"그런데, 여기 샴푸 할 만한 미용실이 있나? 머리를 못 감았더니······."

깁스한 팔을 들어 보이며 정구는 머리를 긁적였다.

"무시하세요? 여기 널린 게 미용실인데. 대표님도 그러셨잖아요. 있을 건 다 있다고."

괜히 기분이 상했다. 뭐 대단한 스타일링을 할 것도 아니고 고작 샴푸인데 말이다. 스스로 후진 동네라고 생각하면서도 남이 그렇게 여기는 꼴은 정말 못 봐주겠다.

"왜 화를 내고 그래. 그냥 물어본 건데."

"저기 교차로 건너에 있는 라라미용실만 빼고 다 가시면 돼요."

"거긴 왜?"

이런. 정구의 눈이 청개구리처럼 반짝였다. 정구가 라라미용실로 간다에, 오늘 저녁에 먹을 꽃등심을 걸겠다.

"언제 가실 건데요?"

"지금. 샴푸 하고 올 테니까 현장 정리하고 있어."

코트를 여미며 교차로를 건너가는 정구를 지켜보았다. 샴푸를 하러 여기까지 온 건 아닐 테고 도대체 왜 왔을까.

"왜 안 오시지?"

현장 정리를 끝낸 강희가 정구에게 전화를 걸었다. 샴푸를 무슨 한 시간씩이나 하는지.

"반장님, 예약해놨으니까 먼저들 가 계세요. 대표님은 제가 모시고 갈게요."

"꼭 모시고 와. 꽃등심 먹었는데, 대표님 안 오시면 큰일 난다."

설비팀 반장님이 농담을 진담처럼 했다.

"네."

강희는 작업팀들을 먼저 보내고 전화를 받지 않는 정구를 찾으러 나섰다. 교차로를 지나 곧장 라라미용실로 향했다.

"에이, 아버지. 이건 못 쓰겠다. 엔진이 다 타버렸어. 엔진오일을 잘 넣고 써야 하는데……."

미용실 맞은편 용수철물, 아니 이제는 용수기계라고 간판이 붙은 가게 앞에서 김용수가 쪼그리고 앉아 엔진톱을 들여다보며 고개를 흔들었다. 김용수가 천연덕스럽게 아버지라고 부르는 사람은 새마을 모자를 쓴 허리가 꾸부정한 노인이었다.

"그럼, 교체해야 하나?"

노인이 물었다.

"내가 보기엔 교체하는 비용이나 새로 사는 거나 비슷할 거 같은데? 나한테 사는 것보다 인터넷에서 사. 그게 더 싸. 나는 가져오면 일이만 원이라도 붙여야 하니까."

"콤퓨타 못 하는데?"

"아드님한테 해달라고 하셔."

"서울 있는 애한테 어떻게 부탁해? 괜히 부담만 주지."

"참 내."

김용수는 난감한 듯 기름이 쩐 작업복 주머니에 손을 찔러넣고 노인을 바라보았다.

"아버지, 내가 인터넷에서 제일 싼 곳 가격으로 맞춰드릴 테니까 다른 사람한테는 말하지 마. 아버지한테만 특별하게 해드리는 거니까."

"아이고, 그래주면 고맙지."

"대신, 현금으로 줘요."

"그려, 그려. 내 바로 농협 가서 돈 찾아올게."

노인이 주름진 얼굴에 미소를 지었다.

"아버지, 여기다 실으면 되지?"

김용수가 노인이 타고 온 사륜 오토바이 뒷좌석에 엔진톱 상자를 단단히 고정했다.

그 모습을 지켜보던 강희가 피식 웃었다. 예전에도 넉살 하나는 좋았는데, 장사 수완도 못지않다. 설마…… 저 시키, 노인네 상대로 사기 치는 건 아니겠지? 다소 의심은 갔으나 말은 많아도 양심 없는 놈은 아니라고 믿고 싶었다.

"여기서 뭐 하세요?"

라라미용실에 들어서자 여자 넷이서 고구마를 먹고 있었다. 파마캡을 쓴 육십 대쯤으로 보이는 두 사람과 라라미용실 아줌마와 칙칙한 자주색 가운을 걸친 정구였다.

"어, 강희 씨."

"전화는 왜 안 받으시고."

"어머. 코트 주머니에 넣어둬서 못 들었나 보다. 시간이 이렇게 된 줄 몰랐네. 원장님, 고구마 잘 먹었습니다. 어머님들도 예쁘게 하시고 가세요."

정구가 고구마를 내려놓고 가운을 벗으려 하자 라라 아줌마가 다가와 가운을 벗기고 코트를 입혀주었다.

"둘이 아는 사이야?"

라라 아줌마의 눈이 먹이를 발견한 하이에나처럼 번뜩였다.

"다들 기다리는데, 대표님이 안 오시면……."

"어머. 대표님이라면…… 사장님이셔? 어쩐지 한가락 하시는 분 같더라니.”

라라 아줌마가 괜히 먼지도 없는 정구의 코트를 톡톡 털어주며 과하게 친한 척을 했다.

“여기 원장님이 너무 친절하고 재미있으셔서 시간 가는 줄 몰랐다니까. 가자.”

미용실을 나서는 순간부터 시작될 라라 아줌마의 ‘황정구 뒷담화’를 듣게 된다면 지금 했던 말은 취소하고 싶을 거다.

“다음에 또 들르세요. 강희 너도 놀러 오고.”

아줌마의 배웅을 받으며 미용실을 나섰다.

“강희 씨가 왜 가지 말라고 했는지 알겠다. 머리카락을 뒤적이더니 흰머리를 보고는 무슨 스트레스 받는 일 있냐부터 시작해서 시장 떡집 아줌마가 쌍꺼풀 수술하고 얼굴이 영 못쓰게 됐다는 얘기까지 들었어. 내 쌍꺼풀 수술 자국 보고 비꼬는 거 같기도 하고. 하여튼 그 떡집 아줌마 한 번도 본 적 없는데 이미 10년은 알고 지낸 듯한 느낌이야.”

정구가 강희의 팔짱을 끼며 목소리를 낮췄다.

“그러게 왜 갔어요?”

“궁금하잖아.”

“호기심이 고양이를 죽인다, 모르세요?”

“그래도 인심은 좋더라. 고구마도 주고. 맛있다니까 싸 가래.”

“싸 오지 그러셨어요?”

강희가 피식 웃었다.

“내일 쉬는 날인데 제가 모셔다드릴게요.”

“아냐. 강희 씨도 쉬어야지.”

정구가 완강하게 고개를 흔들었다.

“무슨 고집이시람.”

"얼른 들어가, 춥다."

"그럼, 조심해서 올라가세요. 도착하시면 연락 주시구요."

"그래. 강희 씨도 고생해라."

회식을 끝내고 정구를 시외버스에 태워 보낸 뒤 모텔로 돌아왔다. 몇 시간 사이 기온이 뚝 떨어졌다. 패딩점퍼의 지퍼를 목까지 끌어올리고 주차장을 가로질렀다. 주차장에 세워둔 차들의 유리에 성에가 끼기 시작했다.

어?

모텔 뒷문을 향해 걷다가 주차장 맨 가장자리에 세워진 춘길 씨의 차를 발견했다. 여행에서 돌아왔나 보다. 모텔로 들어가려다 말고 춘길 씨의 차를 살펴보았다. 바퀴에 흙도 묻지 않았고 세차를 한 것처럼 깨끗했다. 도대체 어디를 다녀온 걸까?

탈칵.

손잡이를 잡아당기니 그대로 열린다. 아무리 똥차라지만 좀 잠그고 다니지. 운전석에 앉아 실내등을 켰다. 오래된 차의 계기판과 낡은 시트를 바라보았다. 춘길 씨가 늙은 것처럼 차도 늙었다.

차 바꿀 돈도 없나?

운전석 햇빛 가리개를 펼치자 무언가 툭 떨어졌다. 실내등에 비춰보니 서울에 있는 S대학병원의 진료카드였다. H읍 사람들은 좀 많이 아프다 싶으면 W시에 있는 종합병원을 이용했다. 아주 큰 병이 아니고서 서울까지 가는 경우는 드물었다.

갑자기 심장이 엇박자로 뛰어댔다.

강희는 글러브박스를 열고 증거를 찾는 형사처럼 샅샅이 뒤졌다. 티슈, 손전등, 비상연락처를 알리는 고무숫자판, 장갑 따위만 들어 있었다. 글러브박스를 닫고 다시 햇빛 가리개를 펼쳐 안쪽을 살폈다. 자동차보험 회사 카드와 S대학병원의 로고가 찍힌 주차권이 꽂혀 있었다. 일주일짜리 정액주차권이었다. 날짜는 정확하게 춘길 씨의 여행기간과 일치했다.

하!

강희는 룸미러에 비친 자신의 얼굴을 바라보며 헛웃음을 터트렸다.

이게 무슨. 설마.

주차권을 점퍼 주머니에 넣고 차 문을 닫았다. 금속 손잡이의 차가움이 섬뜩하게 가슴속을 파고들었다.

"춘길 씨 왔어요?"

"늦었다."

"춘길 씨 왔냐고요."

"그래."

미스터 권이 마지못해 고개를 끄덕였다.

"지금 어디 있어요?"

"방에 계시겠지."

강희가 휙 몸을 돌리려 하자 미스터 권이 강희를 가로막았다.

"왜요?"

"피곤해 보이시더라. 방해하지 마."

"방해는 무슨. 그냥 물어본 건데."

말은 그렇게 했지만 강희는 엘리베이터에서 내려 곧장 춘길 씨의 방문 앞에 섰다. 계단을 뛰어 올라온 것도 아닌데 숨이 찼다. 들숨과 날숨을 열 번쯤 반복한 후 노크를 했다. 아무런 반응이 없다. 문에 귀를 대어보았지만 인기척도 느껴지지 않았다. 손잡이를 돌려보았다.

탈칵.

손잡이가 돌아가고 문이 열렸다. 방문이 열렸지만 선뜻 발을 들여놓을 수가 없었다. 강희는 손잡이를 잡은 채 한참 동안 그대로 서 있었다.

엄마가 떠난 후로 춘길 씨의 방에 들어가본 적이 없었다. 헤아려보니 거의 20년 만이다. 한 번 더 깊게 숨을 들이마시고 걸음을 떼었다.

방은 휑했다. 책상으로 쓰는 화장대에 놓인 몇 권의 책과 노트북, 창가에 세워놓은 기타만 빼면 개인 물건은 찾아볼 수 없었다. 붙박이장 옆에 펼쳐진 트렁크마저 그냥 어디서나 볼 수 있는 흔한 모텔 풍경이었다.

낮은 조도의 조명이 켜진 침대에 춘길 씨는 죽은 듯 누워 있었다. 오래전 엄마가 그랬던 것처럼. 깊게 음영 진 얼굴은 무언가를 참아내려고 안간힘을 쓰는 사람처럼 보였다. 미간의 주름은 더 깊어졌고 입술은 부르트고 피부도 탄력 없이 푸석했다. 베개에 흐트러진 머리카락은 검은색보단 회색이 훨씬 더 많았다.

"춘길 씨……."

속삭이듯 불러보았지만 춘길 씨는 깨어나지 않았다. 정말로 깨우고 싶었다면 더 크게 부르거나 어깨를 흔들었겠지만 강희는 춘길 씨가 깰까 봐 오히려 겁이 났다. 깨어난 춘길 씨에게서 듣게 될 말을 감당할 준비가 되어 있지 않았다.

"도대체 어디서 뭘 하고 다녀서 이렇게 기진맥진인 거냐고."

강희는 창가에 놓인 일인용 소파에 앉아 잠든 춘길 씨를 바라보았다. 후우. 털썩 등을 기대는데 무언가가 등에 닿았다. 손을 뻗어 소파에 걸쳐둔 머플러를 들어올렸다.

이건…….

황정구 대표 생일 때 강희가 선물했던 머플러와 같은 디자인, 같은 브랜드였다. 머플러를 코에 대고 킁킁 냄새를 맡았다. 정구가 즐겨 쓰는 향수 냄새가 났다. 강희는 머플러를 든 채 곤하게 잠든 춘길 씨를 바라보았다.

슬리핑 뷰티가 아니라 슬리핑 올드맨을 두고 복도로 나왔다. 닫힌 문에 기대어 들고 나온 머플러를 들여다보았다. 황정구 대표가 오늘 H읍에 온 건 춘길 씨 때문이다. 아니 어쩌면 두 사람이 함께 H읍에 온 걸 수도 있다.

"거기서 뭐 해?"

고개를 들자 복도 한가운데 연수가 서 있었다. 어딜 다녀오는 길인지 슈트 차림이다. 강희는 연수의 긴 그림자를 바라보았다. 저 늘씬한 실루엣은 볼 때마다 어색하다. 통통했던 연수는 강희가 무슨 짓을 해도 다 받아줄 거 같았는데, 살 빠진 연수에게는 무슨 짓이든 할 수가 없었다.

"늦었네."

강희가 문에 기댔던 몸을 일으켰다.

"모임이 있었어. 교수님이랑 대학 동기들……."

"뭘 그렇게 디테일하게 말해. 그냥 물은 건데."

곰탱이시키.

괜찮은 여자를 코앞에 두고도 한우한테 선수를 빼앗겼다. 웃긴 건 빼앗은 놈이나 빼앗긴 놈이나 둘 다 모른다는 거. 하나는 곰이고 하나는 황소니 어쩔 수 없다.

"혹시…… 아저씨한테 무슨…… 일 있어?"

연수가 강희와 춘길 씨의 방문을 번갈아 바라보며 물었다. 살피는 듯 조심스러운 눈빛이다.

"나야 모르지. 피곤하겠다. 잘 자."

"어. 그래. 너도."

강희가 자신의 방문을 열자 연수도 자신의 방으로 걸어갔다.

"천연수."

강희는 안으로 들어가려다 말고 연수를 불렀다.

"왜?"

연수도 자신의 방 손잡이를 잡은 채 강희를 돌아보았다.

"왜…… 춘길 씨한테 무슨 일이 있을 거라고 생각했는데?"

"뭐?"

꿀꺽 침을 삼키는 소리가 들렸다.

"방금 그랬잖아. '아저씨한테 무슨 일 있어?'라고 물었잖아."

"그, 그야 네가 아저씨 방 앞에 서 있었으니까."

"얘기 좀 하자."

"……."

강희가 팔짱을 끼고 연수에게 다가갔다. 뭔가 냄새가 난다. 이 시키를 닦달하면 무언가 나올 거 같았다.

"무슨 얘기?"

"네 방으로 갈까? 내 방으로 올래?"

연수가 또다시 꿀꺽 침을 삼켰다. 목울대가 올라갔다 내려올 때 하트 모양의 짜장면 점도 움직였다.

"너무 늦지 않았나? 12시가 다 돼가는데."

시간 얘기를 하는 게 아무래도 발을 빼려는 수작이다.

"내 방으로 와."

강희가 방문을 열어놓은 채로 침대에 털썩 주저앉았다. 금방 뒤따라 올 줄 알았던 연수는 오지 않았다. 십 분쯤 지났을까. 연수의 방으로 쳐들어가야 하나 고민할 때쯤 쿵, 하고 문이 닫히는 소리가 나고 헐렁한 면바지와 회색 티셔츠로 갈아입은 연수가 나타났다.

"이거 어떻게 생각해?"

강희가 침대 위에 춘길 씨 차에서 발견한 주차권을 내려놓았다.

"그게 뭔데?"

"S대학병원의 정액주차권. 춘길 씨가 여행을 떠난 날과 돌아온 날, 그러니까 오늘 날짜가 찍힌."

"……."

"짚이는 거 없어?"

"아저씨가 사용했다는 증거 있어?"

"있어. 차 넘버도 찍혀 있으니까."

"……."

연수가 다가와 주차권을 집어 들고 꼼꼼하게 살폈다.

"난…… 잘 모르겠는데."

정말 모르는지 모르는 척하는 건지, 연수는 강희와 시선을 맞추지 않고 주차권만 바라보았다.

"춘길 씨 혹시 어디 아프다는 얘기 못 들었어?"

강희는 더 이상 돌려서 말하고 싶지 않았다.

"뭐 이상한 거 못 느꼈어?"

"……."

연수는 고개를 흔들었다. 여전히 강희를 외면한 채.

"후우. 대체 이 불길한 예감은 뭐지?"

신경을 썼더니 편두통이 오는지 머리통 한구석이 쿡쿡 쑤셨다. 기습 공격을 퍼붓듯 예리하게 찔러오는 아픔에 눈을 질끈 감았다.

"왜 그래?"

"가끔 이럴 때가 있어."

강희는 통증이 오는 부위를 주먹으로 통통 때렸다.

"편두통?"

"앗."

날카로운 통증에 자신도 모르게 신음을 흘렸다.

"여기야?"

연수가 강희의 뒤쪽으로 다가와 머리통을 감싸 쥐고 손가락으로 꾹꾹 눌러주었다.

"으으응."

시원하기도 하고 아프기도 해서 저절로 얼굴이 찌푸려졌다.

"니 머리에서 고기 냄새 나."

한참 동안 지압을 해주던 연수가 불쑥 말했다. 연수의 말에 강희는 찡그린 채 쿡쿡 웃었다.

"냄새나면 하지 마."

연수가 단번에 손을 뗐다.

"야, 그렇다고 진짜 철수하냐? 치사하……."

강희는 정수리에 닿는 이상한 감촉에 말을 잇지 못했다. 이 시키가 무슨 짓을 하는지 뒤돌아보고 싶은데 그러기가 무서웠다. 강희가 앉은 뒤쪽의 매트리스가 꿀렁 가라앉았다.

"설마…… 내 머리 먹으려고?"

연수가 강희의 정수리에 턱을 올린 채 웃음을 터트렸다.

"그래. 아작아작."

연수가 말할 때마다 정수리가 간질거렸다. 덕분에 두통도 가라앉는 기분이다.

"연수야."

강희는 몸에 힘을 빼고 연수에게 기댔다.

"만약에 춘길 씨한테 무슨 일이 생기면…… 어떡하지?"

잠든 춘길 씨를 바라보며 느꼈던 두려움을 털어놓았다. 평생 보지 않고도 살 수 있다고 생각했다. 춘길 씨는 춘길 씨의 인생을 살고 지강희는 지강희의 인생을 살고.

그런데 자신에게 DNA를 물려준 남자가 갑자기 사라질지도 모른다는 생각을 하자 두려웠다. 아니, 막막함에 가까웠다. 언젠가 본 영화 속

주인공처럼 끝도 없는 우주 공간으로 빨려들어가는 기분이었다.

"설마…… 아니겠지?"

목덜미에 따뜻한 숨이 닿는다고 느끼는 순간 연수가 강희의 어깨를 단단하게 감싸 안았다. 강희는 눈을 감았다. 연수가 차라리 오빠였거나 남동생이었다면 얼마나 좋을까.

강희도 연수도 말이 없었다. H읍을 떠도는 바람 소리와 간간이 지나가는 자동차 소리만 희미하게 들렸다.

"왜 아무 말도 안 해?"

"……자라."

연수는 강희의 고기 냄새 나는 정수리를 꾹 눌러주고 나갔다. 강희가 듣고 싶은 말은 그게 아닌데. 연수가 아무 말도 하지 않으니 더 불안했다.

늦잠을 잤다.

깨어보니 10시가 훌쩍 넘어 있었다. 벌떡 일어나 춘길 씨의 방으로 달려갔다. 문은 잠겨 있었다. 춘길 씨에게 전화를 하자 방 안에서 벨 소리가 울렸다. 문도 열리지 않고 전화도 받지 않았다.

"춘길 씨는요?"

– 식사 중이시다. 너도 내려와서 아침 먹어.

프런트로 전화를 해보니 미스터 권이 받았다.

세수만 하고 서둘러 식당으로 내려갔다. 아무도 없는 식당에서 춘길 씨가 신문을 읽으며 식사 중이다. 노안이 왔는지 안경을 쓰고 신문을 읽는 춘길 씨는 조금 낯설었다.

"잘 잤니?"

"어떻게 된 거예요? 아니, 어딜 다녀온 거예요?"

춘길 씨 맞은편에 앉으며 다그쳤다.

"여행 다녀온다고 했잖아."

"어디요?"

"여기저기. 발길 닿는 대로."

춘길 씨는 안경 너머로 강희를 힐끔 쳐다보고는 읽던 신문으로 다시 눈을 내렸다.

"그럼 이건 뭔데요?"

어젯밤에 춘길 씨 방에서 가지고 나온 정구의 머플러를 내밀었다.

"그게 뭔데?"

"춘길 씨 방에 있던데요?"

"내 방에 들어왔었니? 허락도 없이?"

"노크했는데…… 아니, 논점이 그게 아니잖아요. 이건 누구 거냐고요."

"사생활은 서로 터치 안 하기로 한 거 아니냐?"

춘길 씨가 부스럭거리며 신문을 접고 자리에서 일어났다.

"아니, 왜……. 좀 더 드시지. 입에 안 맞으세요?"

주방에서 식당 쪽을 내다보고 있던 해미리 아줌마가 걱정스레 물었다.

"잘 먹었습니다. 제주도 전복이라 그런지 아주 고소했어요. 너도 아침 먹어야지. 애들은 오늘 축구한다고 다들 먹고 나갔다."

"춘길 씨 사생활이긴 하지만 나랑도 상관있는 일이잖아요. 내 직장 보스라구요. 요즘 직장 구하기 얼마나 힘든지 알긴 알아요?"

춘길 씨를 따라 강희도 일어섰다.

"아침부터 먹어. 먹고 아빠랑 어디 좀 가자. 머리가 이게 뭐냐? 다 큰 아가씨가."

"……."

춘길 씨가 헝클어진 강희의 머리를 손가락을 슥슥 빗어주고는 식당을 나가버렸다. 강희는 식당 한가운데 서서 멍하니 춘길 씨의 뒷모습만 바라보았다. 갑작스럽게 역전을 당한 기분이었다.

"어디 가는데요?"

춘길 씨의 차를 타고 호숫길을 따라 이십 분쯤 달렸다.

"다 왔어."

춘길 씨가 국도에서 우회전을 하며 대답했다. 포장이 되지 않은 길을 1킬로미터쯤 더 들어가자 규모가 제법 큰 2층 높이의 목조건물이 나타났다. 좌우 대칭인 똑같은 건물 두 채가 유리온실 같은 복도로 연결되어 있었다.

○○요양원

주차장 입구에 간판이 보였다.

"여긴 왜요? 춘길 씨…… 요즘 요양원 알아보고 다녀요?"

"그래, 인마."

춘길 씨가 웃음을 터트렸다.

"요양원 들어가기엔 너무 젊지 않나?"

"내리기나 해라."

춘길 씨를 따라 차에서 내려 건물을 바라보는데 하얀색과 검정색 푸들이 발발거리며 다가왔다.

"안녕."

강희가 쪼그리고 앉아 손바닥을 내밀자 녀석들은 경계심도 없이 다가와 킁킁거렸다. 사람을 좋아하는 녀석들이었다. 놀아달라는 건지 꼬리를 흔들며 춘길 씨와 강희의 발밑에서 어지럽게 왔다 갔다 했다.

"우유, 연탄 들어와."

건물과 건물을 연결한 복도의 유리문이 열리고 분홍색 카디건을 입은 여자가 소리쳤다. 녀석들 이름이 우유랑 연탄인가 보다. 여자가 부르자마자 우유랑 연탄이는 멀리 줄행랑을 쳤다.

"요것들이."

여자가 슬리퍼를 신은 채로 뛰어나오다 춘길 씨와 강희를 발견하고 멈추었다.

"안녕하세요, 선배님."

춘길 씨를 선배님이라고 부르며 반갑게 인사를 건네는 여자는 조진아였다.

"육아휴직이라더니, 벌써 복직한 거야?"

"네. 애 보는 것보다 일하는 게 덜 힘들어요."

조진아의 스스럼없는 태도로 보아 춘길 씨는 이곳에 자주 오는 듯했다.

"얼른 들어가세요. 아침부터 목 빼고 기다리고 계세요. 참, 정애 언니도 왔어요."

"그래?"

대체 누가 목을 빼고 춘길 씨를 기다린다는 건지. 정애는 또 누군지. 왕따가 된 기분이다.

"강희는? 친구랑 얘기하고 들어올래? 아빠 먼저 들어갈게."

춘길 씨는 강희의 대답도 듣지 않고 건물 안으로 들어가버렸다. 오늘따라 저 아빠 소리가 너무 거슬린다.

"왔니?"

한우축제 때 있었던 일 때문인지 강희를 대하는 조진아의 태도가 데면데면했다.

"여기서 일하니?"

"어."

"좋네. 호수도 보이고."

"그렇지 뭐. 들어가. 난 아까 그 녀석들 잡으러 가야겠다."

조진아는 서둘러 강희와 헤어지고 싶어 했다.

"저기, 누가 춘, 아니 우리 아버지를 기다린다는 거야?"

푸들이 도망간 곳으로 뛰어가려는 조진아를 붙잡고 물었다.

"아아. 넌 모르겠구나. 건빵 아저씨, 여기 계시잖아."

"건빵 아저씨?"

"선배님이 한 달에 한 번 면회 오시는데, 그날만 손꼽아 기다리셔. 들어가봐. 너 보면 좋아하시겠다."

"날…… 기억하실까?"

"몸이 불편하셔서 그렇지 기억은 다 하시더라."

남서쪽으로 커다란 창을 낸 실내는 밝고 따뜻했다. 2층까지 뚫린, 천장이 높은 공간에서 휠체어를 탄 노인들이 해바라기를 하거나 TV를 보고 있었다. 깊숙이 들이치는 햇살이 밝은 만큼 노인들의 무표정하고 주름진 얼굴에 드리워진 그림자는 짙었다.

나무랄 데 없이 쾌적한 공간이었지만 오래 머물고 싶은 마음은 들지 않았다. 바깥과는 전혀 다른 공기가 실내를 꽉 채우고 있어서인지도 모르겠다. 단순히 실외와 실내라는 차이가 아니라 묘하게 다른 냄새가 났다. 늙음과 아픔의 입자로 만들어진 공기라고 해야 할까. 보이지 않지만 확실하게 존재하는 시간이 쌓이고 쌓인 무거운 냄새였다. 희로애락이 부식된 냄새.

춘길 씨는 어디로 갔는지 보이지 않았다. 건빵 아저씨는 어디에 계실까. 한 사람 한 사람 살펴보았지만 강희가 기억하는, 두꺼운 뿔테안경을 쓴 아저씨는 없었다.

으하하하.

어디선가 웃음소리가 들렸다.

강희는 웃음소리를 따라 온실 같은 복도를 걸었다. 복도가 끝나는 곳에 강희가 조금 전 보았던 곳과 완벽하게 대칭되는 공간이 시작되었다. 똑같은 구조였지만 그 안의 풍경은 전혀 달랐다. 실내용 자전거를 타거나, 바둑을 두거나, 둘러앉아 화투를 치거나. 활기가 돌았다.

"엄마, 어떻게 해드려? 네? 안 들리니까 좀 더 크게 말해봐요."

창가 쪽에서 귀에 익은 목소리가 났다.

라라미용실 아줌마가 목에 보자기를 두른 할머니의 귀에 대고 큰 소리로 떠들어대는 중이다.

"뭐? 예쁘게? 언제는 안 예쁘게 해줬나?"

라라 아줌마가 섭섭하다는 듯 눈을 흘겼다.

"응? 너무 짧게 자르지 말라고? 남자처럼 보인다고? 알았어. 아휴. 우리 엄마 남자친구 생겼나 보네. 누군데? 나한테만 말해주면 안 돼?"

라라 아줌마가 깔깔 웃으며 할머니의 머리에 물을 뿌렸다. 스프레이에서 뿜어져 나온 물이 안개처럼 은빛 머리카락에 내려앉았다. 라라 아줌마가 들고 있는 가위가 햇빛에 반짝이기 시작했다.

착각착각.

강희는 멍하니 서서 라라 아줌마를 지켜보았다. 라라 아줌마가 현란하게 가위를 움직일 때마다 은빛 머리카락이 할머니의 어깨 위로 쌓였다. 시간의 부스러기처럼.

"아이고. 이 개새끼들."

조진아가 숨을 헐떡이며 푸들을 안고 들어왔다. 붙잡혀 온 푸들을 바닥에 내려놓자 녀석들은 혓바닥을 길게 내빼고 할머니와 할아버지 사이를 익숙하게 뛰어다녔다. 고스톱을 치던 할머니가 우리 연탄이 왔어,

하며 주머니에서 무언가를 꺼내 내밀자 녀석이 할머니 옆에 딱 달라붙어 애교를 부렸다. 나머지 한 녀석은 바둑 두는 할아버지의 허벅지에 앞발을 걸치고 아는 척을 해달라고 꼬리를 흔들었다.

"라라미용실 아줌마가 여긴 왜 왔어?"

"아줌마? 격주로 한 번씩 오셔서 할머니 할아버지 머리 깎아주시잖아. 말하자면 재능기부지."

조진아는 정수기에서 냉수를 받아 단숨에 마시고는 대수롭지 않다는 투로 대답했다.

"재능기부?"

"응."

뜻밖이다. 강희는 수다를 떨며 할머니들의 머리카락을 자르는 라라 아줌마를 다시 바라보았다.

"왜? 달리 보여?"

강희의 표정에 생각이 드러났는지 조진아가 피식 웃었다.

"생색내고 오지랖에 말 많은 건 그렇지만 시간 내서 이렇게 와주는 건 고마운 일이지. 참, 이거 볼래?"

조진아가 강희를 한쪽 벽면으로 데리고 갔다. 벽면에 A4만 한 사진액자가 바둑판 모양으로 걸려 있었다. 모두 환하게 웃고 있는 노인들의 얼굴 사진이었다. 주름진 살결, 틀니가 분명한 치아, 듬성한 머리카락, 관자놀이를 뒤덮은 검버섯…… 늙음이 완연하게 드러난 모습이었지만 그럼에도 불구하고 좋은 사진이었다. 무엇보다 피사체를 향한 따뜻한 시선이 좋았다.

"영정사진이야. 사용한 것도 있고 사용할 것도 있고."

"사진 좋다. 누가 찍은 거야?"

"김용수."

"뭐? 김용수? 내가 알고 있는 그 김용수?"

"그래. 그 떠버리 김용수."

되묻는 강희에게 조진아가 고개를 끄덕였다. 강희는 다시 한 번 찬찬히 사진을 바라보았다. 놀랍게도 떠버리 김용수는 훌륭한 사진작가였다.

"라라미용실 아줌마랑 김용수랑 이렇게 자원봉사 한 지 꽤 됐어. 놀랍지?"

놀랍다.

타인의 뒷면을 발견할 때는 언제나 놀란다. 그게 좋은 면이든 싫은 면이든.

"아, 가시게요?"

조진아가 강희의 어깨 너머를 바라보며 인사를 했다. 강희가 뒤를 돌아보자 쪽머리를 하고 잿빛 누빔 두루마기 같은 개량한복을 입은, 나이를 가늠키 어려운 여자가 미소를 지으며 고개를 끄덕였다.

여자와 강희의 시선이 부딪혔다. 여자가 걸음을 멈추고 긴 눈으로 강희를 찬찬히 바라보았다. 서늘한 눈매였지만 눈빛은 온화했다. 젊은 시절 미모가 뛰어났을 법한 아름다운 얼굴이었다. 여자가 커다란 천 가방에서 주섬주섬 무언가를 꺼내더니 강희에게 불쑥 내밀었다. 건빵봉지였다.

"……?"

얼결에 받아 들자 여자는 고개를 끄덕이고는 서둘러 밖으로 나가버렸다. 이런 걸 왜 주냐고 물어볼 틈도 주지 않고.

"누군지 모르겠어?"

여자를 배웅하고 온 조진아는 강희의 손에 들려 있는 건빵을 보며 물었다.

"어?"

"정애 언니잖아."

"정애 언니?"

"너희 모텔 옆 무너질 것 같은 집에서 살던 무당 언니."

"뭐?"

강희는 주차장으로 걸어가는 여자의 쪽머리를 바라보았다.

"무슨 사연인지 모르겠지만 건빵 아저씨 여기 오시고부터 한 달에 한 번씩 와서 아저씨 보고 가더라."

"무슨······ 사이인데?"

"아무도 몰라. 건빵 아저씨 딸이라는 얘기도 있고, 애인이라는 소리도 있고, 애인의 딸이라는 말도 있고. 그게 누구든 이렇게 기억해주고 찾아와주는 사람이 있다는 게 좋은 거지, 뭐. 말이 한 달에 한 번이지 그거 쉽지 않다. 여긴······ 몇 년째 아무도 찾아오지 않는 분들도 계시니까."

"실장님. 김정란 할머니가 식사 거부하시고 다이아몬드 반지가 없어졌다고 히스테리세요. 가보셔야 할 거 같아요."

요양보호사가 한숨을 쉬며 조진아에게 SOS를 쳤다.

"아이고. 우리 예민 아씨께서 또 왜 그러실까? 우리 요양원 공주님이신데, 너무너무 예민하셔서 별명이 예민 아씨야."

조진아가 몸을 일으키다 말고 강희에게 귓속말을 한 후 뛰어갔다. 조진아의 씩씩한 뒷모습에서 일상을 살아내는 단단함이 보였다.

"강희야."

춘길 씨가 검정색 뿔테안경을 쓴 노인을 태운 휠체어를 밀며 다가왔다. 건빵 아저씨였다.

"아저씨······."

강희가 다가가자 아저씨가 부들부들 떨리는 손을 들어올렸다. 강희가 아저씨의 손을 잡았다. 힘 조절을 하지 못하는 마르고 딱딱한 손이 강희의 손을 아프게 움켜쥐었다. 얼굴근육까지 마비된 아저씨가 무슨 말인가를 했지만 알아들을 수 없었다.

"어떻게 지냈냐고 물어보신다."

춘길 씨가 통역을 해주었다.

"녹록지 않아요."

강희가 휠체어 앞에 쪼그리고 앉아 아저씨를 올려다보며 대답했다. 아저씨가 일그러진 얼굴로 환하게 웃었다.

"아빠도 무슨 사이인지는 잘 몰라. 정애 생모랑 형님이랑 한때 사랑했던 사이라는 것 정도."

요양원을 나오는 길에 춘길 씨가 말했다.

"진짜요? 그럼, 그 언니가 건빵 아저씨 딸인가?"

"그건 아니고. 딸 같은 아이라고 하더라, 형님이."

춘길 씨는 그렇게만 말하고 차에 올라타 시동을 걸었다. H읍으로 돌아갈 거라고 생각했는데 춘길 씨는 반대쪽으로 차를 몰았다.

"모텔로 가는 거 아니었어요?"

"너한테 보여주고 싶은 데가 있다."

요양원과 그리 멀지 않은, 호수가 내려다보이는 언덕에 춘길 씨가 차를 세웠다.

"여기 어떠니?"

춘길 씨가 호수를 바라보며 물었다.

"배산임수네요."

경사가 완만한 산을 뒤로하고 층층이 석축을 쌓은 언덕은 전원주택단지나 펜션이 들어오면 안성맞춤인 장소였다.

"그치? 역시 우리 딸, 보는 눈이 있다."

춘길 씨가 눈가에 주름을 잡으며 웃었다. 웃으니 더 늙어 보였다.

"아빠…… 모텔 팔았다."

"네?"

분신이나 다름없는 모텔을 팔다니. 수없이 많은 고비를 넘기면서도 악착같이 붙잡고 있었는데 말이다. 좋지 않은 예감이 들었다.

"군청에서 복지관이랑 보건소를 새로 짓는다고 몇 년 전부터 아빠한테 땅을 팔라고 제안했어. 아빠도 이제 늙었고……. 이참에 좋은 가격에 팔았다."

너무 아무렇지 않은 표정으로 얘기하는 춘길 씨가 더 수상했다.

"그 돈으로 여길 샀어."

"뭘 하려고요?"

"요양원이나 해볼까, 하고. 암 환자 전문 요양원."

"암 환자 전문 요양원요?"

설마, 하는 마음으로 되물었다.

"그래. 아빠가 암에 걸리고 보니까, 그런 게 필요하겠더라."

"……."

아씨.

이럴 줄 알았다. 저 웃는 얼굴로 뒤통수를 때릴 줄 알았다. 그래야 지 춘길 씨니까.

"강희야. 엄마가 우릴 떠났대."

하긴. 춘길 씨는 엄마의 죽음도 웃으면서 말했던 사람이다.

심장이 아파야 하는데 머리가 깨질 듯 아팠다. 어젯밤처럼 머리통 한 구석이 송곳으로 찌르는 것처럼 쑤셨다. 더는 춘길 씨를 바라볼 수 없었다. 춘길 씨가 세워둔 차로 뛰어갔다. 핸들 옆에 꽂혀 있는 열쇠를 발견하고 운전석에 무작정 올라타 시동을 걸었다.

"강희야."

춘길 씨를 언덕에 버려두고 강희는 가속페달을 힘껏 밟았다.

모두 한통속이었다.

미스터 권도.

빌어먹을 곰탱이시키도.

chapter 21

연수

5대 1.

개교 이래 앙숙인 H고와 W고의 축구시합은 H고의 완승으로 끝났다. 연수 몰래 둘이서 산삼이라도 캐 먹었는지 한우와 승언이 필드를 날아다녔다. 한우가 롱패스로 꽂아주면 승언은 적진을 돌파해 간결한 동작으로 슛을 날렸다. 한마디로 나비처럼 날아서 벌처럼 쏘았다. H고의 미친 전투력에 W고는 기를 펴지 못했다. 골키퍼인 연수는 너무 가만히 서 있기만 해서 심심할 정도였다.

"아무리 동네 축구지만 도핑 테스트 해야 하는 거 아니냐? 게다가 쟤 졸업생도 아니잖아."

시합이 끝나고 악수를 건네던 W고 주장이 패배를 받아들이지 못하고 깐족댔다.

"추하다. 그냥 인정해라. 쟤가 넣은 세 골 빼도 너희가 졌다."

한우가 땀에 젖은 머리를 털며 비웃었다.

"야, 3년 묵은 체증이 가라앉았다."

내리 3년을 패하다 승기를 잡은 H고 축구팀의 회식은 떠들썩했다. 불판에 고기가 지글지글 익어가고 김용수가 황금비율로 말아준 소맥 잔이 돌고 돌았다.

"아까 들었지? 진학률 잘 나왔다고 깝죽대던 거. 우리보다 개교도 늦은 것들이 까불고 있다, 진짜."

초반 자살골로 오늘 유일하게 실책을 한 김용수가 맥주잔을 내려놓으며 입술을 닦았다. 축구 중에도 쉬지 않고 움직이던 입술이다.

"뭐, 인정할 건 인정해야지."

한우는 오늘따라 무얼 자꾸 인정하라고 한다.

"아닌 게 아니라 걔넨 동문 장학금도 많이 주는 거 같더라."

"동문 장학금이 얼마나 된다고?"

"대학 진학하는 애들 중에서 동문 장학금 꽤 받는다고 하던데?"

"우리도 동문 장학금은 있잖아."

"W고는 규모가 달라."

"나도 들었다. 동문 장학금 받고 의대 졸업한 녀석이 또 기부를 많이 했다더라. 선배님들 덕분에 공부했으니 후배들한테 되돌려준다고. 바람직한 선순환이지."

"맞다. 졸업생들이 잘나가야 후배들도 기가 살지."

갑자기 자리가 조용해졌다.

"우리도 뭔가 지속적으로 후배들한테 도움이 될 만한 일을 찾아봐야 하는 거 아니냐? 일회성이나 회비 걷어서 하는 거 말고. 장학사업이든, 뭐든."

여기저기서 그러자는 목소리가 나왔다.

"동문회 한번 해서 의견 모아보자."

"그러자."

"내가 카페에 공지 올릴게."

떠들썩했던 회식은 숙연하게 마무리되었다. 신나게 소맥을 말던 김용수도 슬그머니 맥주병을 내려놓았다.

"어째 아저씨 안색이 좀 안 좋더라?"

회식을 마치고 사우나에 들렀다 돌아오는 길에 한우가 말했다.

"근래 살도 많이 빠지신 거 같지?"

한우가 동의를 구하듯 돌아보자 승언도 고개를 끄덕였다.

"지난여름이랑 가을에 내내 감기셨잖아. 엇! 조심해……."

승언이 급하게 연수의 팔을 잡아당겼고, 간만의 차이로 은색 차가 모텔 주차장으로 돌진하듯 들어섰다. 하마터면 연수가 치일 뻔했다. 놀란 눈으로 급정거를 하는 차를 바라보았다. 아저씨의 낡은 벤츠였다.

"뭐야. 지강희잖아. 저 자식이……."

운전석에서 내리는 강희를 보고 한우가 눈썹을 치켜세웠다.

"내가 가볼게."

따지듯 강희에게 다가서는 한우의 어깨를 붙잡았다. 싸늘한 강희의 얼굴을 보자 올 것이 왔음을 직감했다.

"○○요양원 근처에 춘길 씨 버려두고 왔으니까 데려와."

강희가 차 키를 연수에게 던지고 어깨를 치며 지나갔다. 언뜻 보기에도 강희의 눈동자가 새빨갛게 충혈되어 있었다.

"지강희."

"……."

강희는 걸음을 멈추고 연수를 돌아보았다. 아무 말도 없었지만 날 선 눈동자에 원망이 가득했다.

"나도…… 며칠 안 됐어, 알게 된 지."

변명 아닌 변명을 했다.

"흥. 누가 뭐래?"

강희는 코웃음을 치더니 주차되어 있는 자신의 차에 올라탔다.

"어디 가려고?"

닫으려는 차 문을 붙잡고 물었다. 대답해줄 리 없다는 걸 알지만 그래도 이렇게 혼자 가게 내버려둘 수 없었다.

"○○요양원 근처에 아저씨 계신대. 모시고 와."

연수는 급하게 강희의 차에 올라타며 아저씨의 차 키를 한우에게 던져주었다.

"내려."

강희의 목소리가 더없이 싸늘했다.

"강희야."

"안 내려?"

"지강희……."

강희는 더 이상 내리라는 소리도 없이 시동을 걸고 차를 출발시켰다. 연수도 어디로 가는지 묻지 않고 안전벨트를 채웠다. 그저 강희 곁에 있어야 한다는 마음뿐이었다. 강희가 화를 내든, 슬퍼하든, 울음을 터트리든, 무엇을 하든 간에 지금은 강희 옆에 있어야 한다는 걸 본능적으로 알았다.

"서울…… 가는 거야?"

"……."

톨게이트를 빠져나와 고속도로에 진입하고서야 연수가 물었다. 강희는 말없이 핸들만 꽉 움켜쥐고 앞만 바라보았다. 한 시간쯤 달렸을까. 한우에게서 춘길 아저씨 잘 모시고 왔다는 메시지가 도착했다. 수고했다는 답장을 보내고 휴대전화를 주머니에 넣었다.

"얼마나 된 거래?"

마침내 강희가 입을 뗐다.

"진단받은 지는 3년 됐대. 할아버지 돌아가실 즈음."

"3년 전. 하!"

강희는 헛웃음을 터트렸다.

"춘길 씨는 암에 걸리고, 나는 실직하고, 너는 할아버지를 잃고, 류한우는 여친이랑 헤어지고. 나름 파란만장했네."

생각해보니 그랬다. 두 번째로 버려진 연수에게 그 해 겨울은 태어나서 두 번째로 추운 겨울이었다.

"그중에 춘길 씨가 제일 불쌍하다. 처복도 없고, 자식복도 없는데 암이라니. 춘길 씨 인생도 참 암울하다."

남의 얘기를 하듯 강희의 목소리는 건조했다.

"그래서 얼마나 살 수 있대?"

"……."

그건, 연수가 대답할 수 없는 영역이었다.

"너한테 묻는 내가 바보다."

강희는 다시 입을 닫았다. 휴일이라 서울로 진입하는 도로는 정체가 심했다. 차는 느릿느릿 움직였고 침묵이 내려앉은 차 안의 공기는 무거웠다. 연수가 침묵에 압사당하기 직전에 강희의 원룸에 도착했다. 강희는 연수에게 내리라는 말도 올라가자는 말도 없이 차에서 내렸다. 다행인 건 연수가 차에서 내릴 때까지 원룸의 자동출입문을 붙잡고 있었다는 거였다.

모텔만큼이나 작은 공간이었다, 강희의 집은.

"들어와. 멀뚱거리지 말고."

강희는 신발을 벗고 안으로 들어가 보일러 온도를 올리고 베란다 창을 열었다. 그리고 거실 귀퉁이에 있는 토분을 싱크대로 가져가 물을 주었다. 적막한 공간에 물 흐르는 소리만 들렸다. 연수도 운동화를 벗고 거실로 들어섰다. 풀색도 아니고 올리브색도 아닌 묘한 색감의 벽에 걸린 그림을 한참 동안 바라보았다. 침대 위에 앉은 여자가 창밖을 바라보는 그림이었다. 밝은 색감에도 불구하고 묘하게 우울했다.

졸졸졸.

물은 멈추지 않고 계속 흘렀다. 강희는 싱크대를 꽉 움켜쥐고 고개를 숙인 채 선인장을 응시하고 있었다. 열린 창으로 차가운 바람이 불어와 블라인드가 창틀에 부딪혔다. 연수는 베란다 창을 닫고 잠시 붉은 하늘을 바라보았다. 같은 노을인데, 서울의 노을은 좀 더 울적했다.

"선인장에 그렇게 물 많이 줘도 돼?"

"……."

연수의 말이 들리지 않는 건지, 아니면 무시하는 건지 강희는 꼼짝하지 않았다. 연수가 싱크대로 다가가 수도꼭지를 잠갔다. 그러는 동안에도 강희는 고개를 숙인 채였다. 물을 잠갔는데도 어디선가 물방울이 떨어지는 소리가 들리는 듯했다.

"왜 화가 나는지 모르겠어."

강희의 목소리가 몹시 떨렸다.

"화가 나서 미칠 거 같아."

말릴 틈도 없이 강희가 갑자기 화분을 들어올려 바닥에 집어 던졌다.

퍽, 하고 화분이 깨지고 자갈과 흙이 산산이 흩어졌다. 몸통에 비해 빈약한 선인장의 하얀 뿌리도 드러났다.

"지강희."

연수가 강희의 팔을 붙잡았다. 강희의 불안하게 흔들리는 눈동자를 들여다보며 달래듯 말했다.

"이럴 땐 슬퍼하는 거야, 강희야."

이 순간 연수가 해줄 수 있는 유일한 말이었다.

슬퍼해야 하는데 언제나 화를 내는 강희였다. 열한 살의 강희도 그랬었고, 열아홉 살의 강희도 그랬다. 울어야 할 순간에 강희는 울지 않았다. 아니, 울지 못했다.

"슬프지 않아……."

아이가 떼를 쓰듯 고개를 흔들었지만 강희의 눈에 물기가 차올라 투명하게 부풀어 올랐다. 표면장력을 이겨내지 못하고 툭, 하고 굵은 눈물방울이 떨어졌다. 뺨이 눈물로 얼룩지고 입술이 바들바들 떨렸다.

연수의 심장도 얼룩지고 구겨졌다. 연수는 강희의 머리를 감싸 제 가슴에 기대게 했다. 지강희는 좀 울어야 한다. 연수의 경험상 울음을 너무 참으면 마음속에서 고이고 썩어서 병이 되고 만다.

"화가 가시질 않아."

강희는 연수의 가슴을 이마로 쿵쿵 찧으며 화를 냈다.

"바보 같은 춘길 씨한테도 화가 나고……."

연수는 강희의 머리를 쓸어주었다. 손바닥에 닿는 강희의 머리가 뜨거웠다.

"죽어버린 엄마한테도…… 엿 같은 내 인생도 화가 나."

가슴에 닿는 숨도 뜨거웠다. 강희는 슬픔을 거부하듯 연수의 셔츠를 움켜쥐었다. 강희의 마음속 불이 모두 타버릴 때까지 기다릴 수밖에 없었다. 어느 순간 연수의 후드 티셔츠가 뜨뜻하게 젖어드는 게 느껴졌다. 강희는 오래도록 울었다. 소리라도 내면 좋으련만 이를 앙다물고 울었다. 이마의 잔머리가 축축해질 정도로 땀을 뻘뻘 흘리며 힘들게 울었다. 맞닿은 가슴이 눅눅해졌다. 울기는 강희가 울었는데, 연수의 기가 다 빨린 기분이다. 어디든 주저앉고 싶었다.

"이제 다 운 거야?"

거실이 어둑해질 때가 돼서야 강희는 눈물을 그쳤다.

"천연수, 나랑 잘래?"

강희가 젖은 목소리로 물었다.

열아홉 살의 연수는 당황해서 기침을 했지만, 서른두 살의 연수는 강희의 팔딱대는 관자놀이에 입맞춤을 했다.

"울면서 그 생각 한 거야?"

강희를 품에서 떼어내 얼굴을 들여다보았다. 벌에 쏘인 것처럼 눈꺼풀과 윗입술이 퉁퉁 부어 있었다. 강희는 눈을 내리깔고 연수가 입고 있는 후드 티셔츠의 끈을 만지작거렸다.

"왜? 하면 안 돼? 남자들은 밤낮 없이 그 생각만 한다며."

어디서 어떤 얘기를 주워들었는지 모르겠지만, 틀린 말은 아니다. 그래도.

"약해진 마음에 이용당하고 싶진 않아."

"약해진 마음? 누가? 내가? 춘길 씨가 암에 걸렸다고 해서 울고불고 할 생각 없어."

강희가 너무 단호하게 나오자 여태 울고불고한 사람이 지강희가 아니라, 자신인 거 같다는 착각마저 들었다.

"후회 안 할 자신 있어?"

"후회는 무슨? 이게 뭐 그렇게 대단한 일이라고. 난, 그냥…… 지금 너랑 섹스가 하고 싶은 것뿐이야. 그리고…… 이용 좀 당해주면 안 돼?"

연수한텐 대단한 일이다. 그리고 소모품처럼 이용당하고 싶지 않았다.

"지금 네 앞에 있는 남자가 누구든 상관없는 거야? 아니면 반드시 꼭 천연수여야 하는 거야?"

알고 싶었다. 강희에게 자신이 어떤 존재인지.

"너라서. 너여서. 너니까."

강희가 들릴 듯 말 듯 웅얼거렸다.

천연수라서. 천연수여서. 천연수니까.

연수의 체온이 급격하게 상승하기 시작했다.

"그러자."

연수가 순순히 대답했다. 강희가 고개를 들어 연수를 바라보았다. 젖은 속눈썹이 불안하게 흔들렸다. 자자는 말은 정작 자신이 했으면서.

"진심이야?"

연수의 진심을 묻는다면 진심이다. 강희에게만은 언제나 진심이었다.

"너는 진심이야?"

연수가 되물었다.

강희는 아무 말 없이 연수의 목을 끌어안고 연수의 입술에 제 입술을 눌러댔다. 연수는 강희가 하는 대로 그저 가만히 있었다. 심장은 터질 듯이 벌렁거렸지만 눈을 감고 온몸으로 귀를 기울여 강희의 마음을 들었다.

강희의 마음은 외롭다고, 슬프다고, 무섭다고, 네가 필요하다고 흐느꼈다.

하아.

연수는 눈물 맛이 나는 강희의 입술을 가르고 도망치려는 혀를 잡아채 빨아당겼다.

피할 수 없다면 차라리 처절하게 해볼 작정이다.

외롭지 않게 안아주려고 했는데, 슬프지 않게 보듬어주려고 했는데, 무섭지 않게 다독여주려고 했는데 완급을 조절할 수가 없었다. 강희가 연수의 손을 끌고 싱글침대 하나만 겨우 놓인, 벽장처럼 좁은 공간으로 데리고 들어간 순간 연수의 몸속 팽팽하게 당겨진 시위에서 화살이 날아갔다.

하얀 목덜미에, 부푼 가슴에, 새침하게 솟은 멍울에 입맞춤을 할 때마다 연수는 울컥 눈물이 솟았다.

"왜 울어. 바보같이."

강희가 연수의 얼굴을 들어올려 눈가를 손끝으로 닦아주며 웃었다. 웃는 강희의 눈매도 축축했다.

"설마. 너 처음이야?"

강희가 연수의 귓가에 부끄럽게 속삭였다. 연수는 대답 대신 강희의 입술을 꽉 깨물었다. 연수의 입속에서 강희가 웃음이 섞인 신음을 터뜨렸다.

처음이다.

천연수의 처음은…… 지강희여야만 했다.

연수는 제 몸에 털이 자라기 시작할 무렵부터 열망했던 몸을 쓰다듬고 끌어안고 입맞춤을 했다. 머리부터 발끝까지. 좁고 뜨겁고 끈적끈적한 몸속으로 파고든 순간, 강희는 고양이 울음 같은 신음을 흘리며 연수를 끌어안았다. 땀으로 젖은 피부가 스치고 부딪힐 때마다 야한 소리가 났다.

서툴렀지만 어떻게 해야 서로가 만족하는지 본능적으로 알았다. 연수의 손길은 점점 대담해지고 그런 손길을 받아내는 강희는 거침이 없었다. 두 개의 몸이 비벼지고 문질러지고 일그러질 때마다 강희는 확인하듯 연수의 이름을 불렀다.

"연수야……."

자신의 이름을 부르는 목소리가 귓속을 파고들 때마다 연수는 더 깊이 강희의 몸속으로 파고들었다. 더 이상 자신을 제어할 수 없었다. 몸이 제 마음대로 날뛰었다. 연수는 32년간 쌓아두었던 에너지를 쥐어짜내 강희에게 쏟아부었다. 그 순간, 강희가 날카로운 비명을 지르며 움직임을 멈추었다. 수축하고 이완하는 강희의 몸은 경이롭고 신비했다.

좁은 공간이 두 사람의 체취와 숨소리로 가득 찼다. 연수는 강희의 몸속에서 제 몸을 빼지 않은 채 모로 누워 헐떡이는 등을 쓸어주었다. 두 사람의 호흡이 천천히 가라앉을 즈음 강희가 연수에게서 벗어나려고 했다.

"조금만 더."

움직이지 못하게 강희의 엉덩이를 꽉 움켜쥐었다. 연수는 이대로 잠들고 싶었다. 아늑하고 따뜻해 강희에게서 빠져나오고 싶지 않았다.

"딱딱해지고 있어서 불편해."

잔뜩 쉰 목소리로 강희가 속삭였다.

"말랑하게 해줘."

"야한 시키."

강희가 킥킥 웃음을 터트렸다.

뭐? 야한 시키?

야한 새끼라는 말을 듣자 야해지고 싶었다. 연수는 몸을 틀어 강희를 눕혔다. 금빛으로 반짝이는 눈을 들여다보며 강희의 몸속 깊이 파고들었다. 강희가 미간을 찌푸리며 고개를 돌렸다. 연수는 강희의 턱을 잡고 자신을 바라보게 했다. 강희에게 자신의 존재를 새겨넣고 싶었다. 몸에든 마음에든. 강희의 손을 끌어와 깊이 결합된 부위를 만지게 했다. 강희는 반쯤 눈을 뜨고 입술을 벌린 채 연수의 체모를 손끝으로 비비고 쓰다듬었다.

"야한 기집애."

연수가 끄응, 이를 악물고 내뱉었다.

강희가 팔꿈치를 세워 윗몸을 일으켰다. 그리고는 약 올리듯 자신의 입술을 핥으며 다리 사이로 손을 넣어 연수 자신도 잘 만지지 않는 곳을 쓰다듬었다. 강희의 손안에서 으깨지고 뭉개질 때마다 백만 볼트의 전기가 몸을 관통하듯 몸을 떨었다.

"제발…… 지강희……."

연수가 헐떡이며 강희의 이름을 불렀다. 그리고 더는 기억나지 않는다. 밤새도록 연수는 애원했고 탐했고 정복하고 정복당했다. 시간과 공간을 잊고 식욕과 수면욕을 잃었다. 세상에 오직 강희와 연수뿐이었다.

"있잖아."

"응."

"인터넷에서 봤는데, 너무 커서 버려진 개가 있었어. 사진도 나왔는데 진짜 시커멓고 커다랗더라."

강희가 땀에 젖은 연수의 가슴에 턱을 얹고 말했다.

"살처분 직전에 구조돼서 보호소에서 지내게 됐대."

"다행이네."

"DNA 검사를 했는데, 회색 늑대랑 시베리안 허스키랑 저면 셰퍼드가 섞인 녀석이었어. 정확하게 기억나진 않지만 회색 늑대의 DNA가 80퍼센트 이상이었던 거 같아. 말하자면 걘 거의 늑대인 거지. 그런데도 개로 살아가야 해."

연수는 강희의 머리를 쓰다듬으며 미간을 모았다. 지금 강희는 무슨 말을 하고 싶은 걸까, 생각하면서. 섹스가 끝난 후 남녀가 나눌 수 있는 대화라는 게 반드시 로맨틱할 필요는 없겠지만, 이런 경험이 처음인 연수에겐 조금 생소한 주제였다.

"나도 DNA 테스트를 하면 어떤 종류로 구성되어 있는지 알 수 있을까?"

알 수 있다. 강희의 침 한 방울이면 강희의 조상이 어디에서 온 사람들인지 밝혀낼 수 있는 사이트도 있다.

"그게 왜 알고 싶은데? 몽골로이드 75퍼센트, 코카소이드 25퍼센트. 이런 게 알고 싶은 거야?"

"자신의 헤리티지를 알고 싶은 건 본능이니까."

본능이라고 말하는 목소리가 시무룩했다.

연수는 자신의 뿌리에 대해서 생각해본 적이 없다. 실향민이었던 할아버지가 종종 하시던 헤어진 가족들의 이야기는 그저 전래동화처럼 느껴졌다. 일찍 부모님을 여의고 가세가 기운 집안의 삼대독자였던 아버지에겐 별다른 친척이 없었다. 연수는 아버지의 부모님, 그러니까 조

부모님의 얼굴도 사진으로만 보았다.

그랬음에도 그분들이 궁금하지는 않았다. 그건 연수가 100퍼센트 몽골로이드여서가 아니라 자신을 존재하게 해준 대상이 명확해서일 것이다. 강희의 외할아버지나, 혹은 외할머니가 미국인이거나 프랑스인이었다는 것만 알고 있었어도 강희는 자신의 DNA를 궁금해하지 않을지도 모른다.

"모든 인간의 DNA는 99.9퍼센트가 일치해."

연수는 강희의 귓불을 만지작거리며 말했다.

"인간이랑 보노보의 DNA가 98.7퍼센트 일치한다는 소리만큼이나 위로가 안 된다."

강희가 피식 웃음을 터트렸다.

"너 그거 알아? 보노보 별명이 에로원숭이래. 걔네는 사람처럼 마주 보고 섹스한다나?"

강희를 제 몸 위로 끌어당겨 자신의 눈을 바라보게 했다.

"어휴. 이 시키. 아주 머릿속에 그 생각밖에 없구나?"

강희가 연수의 이마를 자신의 이마로 쿵 들이박았다.

"지강희. 넌 말이야……."

연수는 강희에게 확신을 주고 싶었다.

너는 너라서 너라고.

"63퍼센트의 굳셈과 17퍼센트의 밝음과 10퍼센트의 솔직함과 7퍼센트의 예민함과 2퍼센트의 편안함으로 구성되어 있어."

강희의 눈을 들여다보며 말했다.

"2퍼센트의 편안함? 흥. 그럼 나머지 1퍼센트는?"

"나머지 1퍼센트는……."

천연수의 사랑.

연수는 강희의 입술을 삼키는 걸로 대답을 대신했다. 연수의 입술 속에서 강희가 가만히 웃었다.

"치워. 나, 샤워할래."

은근슬쩍 가슴을 움켜쥐는 연수의 손을 찰싹 때리고 강희는 몸을 일으켰다.

"같이 할까?"

"그러기엔 내 욕실이 너무 앙증맞다."

강희의 샤워는 꽤 길었다. 오래도록 욕실에서 나오지 않았다. 빗소리 같은 물소리를 들으며 설핏 잠이 들었다.

"춘길 씨가 암에 걸린 게 내 잘못이 아니라고 말해줘."

샤워를 하고 차가워진 몸으로 연수의 품에 파고들며 강희가 속삭였다.

"네 잘못 아니야."

연수는 강희의 붉게 부어오른 눈자위를 손가락으로 쓸어주며 대답했다. 진심을 다해서. 누군가의 잘못 때문에 암에 걸린다면 세상에 암에 걸리지 않을 사람은 없을 것이다.

"어쩌면 좋을까……. 우리 춘길 씨. 엄살쟁이가 얼마나 무서웠을까. 나는…… 할 수 없는데."

강희가 잠꼬대처럼 웅얼거렸다. 뭘 할 수 없다는 건지 모르겠지만 연수도 잠이 쏟아져서 묻지 못했다.

벌이 잉잉거리는 소리에 깼다.

연수는 눈을 뜨고 전등조차 달리지 않은 천장을 바라보다 벌떡 몸을 일으켰다. 매트리스가 흔들리자 강희가 벽 쪽으로 몸을 돌리며 낮게 칭얼댔다. 이불이 벗겨진 어깨에 주근깨가 별자리처럼 흩어져 있었다. 어릴 때 연수와 경포대에서 홀랑 태운 이후로 생긴 주근깨다.

이불을 끌어당겨 덮어주는데 어디선가 또다시 벌이 날아다니는 소리가 났다. 아무렇게나 벗어 던진 옷가지 속에서 휴대전화가 울리고 있었다. 침대에서 내려와 전화기를 꺼냈다. K면에 있는 농장주에게서 온 전화였다. 연수는 휴대전화를 들고 거실로 나왔다.

"네. 천연수입니다. 그래요? 제가 지금 서울이라……. 네. S병원 원장님께 부탁드려볼게요."

연수는 전화를 끊고 선배 수의사에게 전화를 했다.

"네. 선배님. 출산경험이 있는 녀석이라 괜찮을 줄 알았는데, 고생하나 봐요. 네. 감사합니다."

다행히 H읍에서 동물병원을 하는 선배가 선뜻 나서주었다. 전화를 끊고 시간을 확인했다. 강희의 집에 발을 들여놓은 지 정확하게 스물네 시간이 흘렀다. 거실은 화분이 깨진 채 선인장이 나뒹구는 그 상태 그대로인데 연수의 세상은 바뀌어 있었다. 32년 동안 갇혀 있었던 껍질에서 우화를 한 기분이다. 몸 어딘가에 날개가 돋은 듯했다.

깨진 화분을 치우고 자갈과 흙을 그러모았다. 싱크대 선반에서 커다란 머그잔을 꺼내 자갈과 흙을 담고 다시 선인장을 심었다. 청소기를 돌리면 강희가 깰까 봐 꾸부리고 앉아 물티슈와 키친타월로 거실 바닥을 닦고 있는데 강희가 다가와 연수의 목을 끌어안았다. 벗은 등으로 강희의 가슴이 선명하게 느껴졌다. 뾰족하게 선 멍울까지. 강희가 연수의 목덜미에 입술을 비볐다.

"저리 가."

"정말?"

강희가 입술을 떼지 않고 웅얼거리더니 겨드랑이 사이에 손을 넣어 연수의 맨가슴을 쓰다듬자 연수는 끙, 신음을 삼켰다. 배를 쓰다듬던 손이 과감하게 더 아래로 내려왔다.

"지강희."

연수가 강희의 손목을 꽉 쥐었다.

"바보."

강희는 연수의 귓불을 깨물며 더운 숨을 불어넣었다. 온몸의 털이 발기했다. 물론 거기도 함께. 강희가 손목을 비틀어 연수의 손에서 빠져나와 잔뜩 성이 난 연수의 중심을 쓰다듬었다. 연수가 거친 숨을 내쉬었고 강희는 더 대담하게 브리프 속으로 손을 넣어 촉촉하게 젖어드는 연수를 손끝으로 문질렀다. 연수가 고통을 참아내듯 고개를 치켜들자 강희가 연수의 입술을 고양이처럼 핥아댔다.

이제 연수는 죄가 없다. 도발은 강희가 했으니까. 연수가 강희를 등에 매단 채 일어나 업어메치기를 하듯 침대에 강희를 메다꽂았다. 강희가 비명을 질렀지만 연수는 봐줄 생각이 없었다. 강희의 몸을 자신의 몸으로 덮쳤다.

"그, 그만, 터질 거 같아."

강희의 가슴이 연수의 몸에 짓눌러졌다.

"너, 이제 죽었다."

올라간 잠옷 사이로 강희의 머리칼과 똑같은 색의 체모가 연수를 유혹했다. 연수는 천천히 애태우듯 금빛으로 반짝이는 체모를 쓰다듬었다.

으.

강희가 몸을 비틀며 연수의 허벅지를 깨물었다. 연수도 지지 않고 뜨거운 입김을 하아, 쏟아냈다. 강희가 몸을 비틀며 다리를 꼬아 연수에게서 벗어나려고 버둥댔다. 연수는 강희의 허벅지를 붙잡고 힘껏 벌렸다. 반짝이는 체모 사이로 옅은 분홍색 꽃잎이 드러났다.

"하지 마."

"네 꿈에서는 내가 어떻게 했는지 말해봐."

"……."

연수의 물음에 강희는 아무 말도 하지 않고 거칠게 숨만 내쉬었다.

"이렇게?"

연수가 강희의 꽃잎에 천천히 입술을 내렸다. 강희가 고개를 흔들었다.

"아니야? 그럼 이렇게?"

분홍색 돌기를 자근자근 깨물었다.

흐느끼는 소리가 들렸다.

"네 꿈속에서 나는 이렇게도 한 거 같은데?"

연수가 혓바닥으로 꽃잎을 쓸어올렸다. 강희의 허리가 경련을 일으키듯 떨리고 허벅지로 연수의 머리통을 꽉 조여왔다. 연수의 얼굴이 강희에게 온통 파묻혔다. 연수가 강희에게 파묻힌 채 쿡쿡 웃음을 터트렸다.

움찔거리던 강희는 복수하듯 연수의 브리프를 끌어내리고 연수의 그곳에 혀끝을 가져다 댔다.

헉.

역시 과감한 여자다.

강희의 뜨거운 입속으로 연수가 삼켜지고 빨아당겨졌다. 차마 소리를 지를 수 없어 이를 악물고 엉덩이에 힘을 주고 버티는 게 고작이었다. 눈을 꼭 감고 강희가 주는 쾌락에 기꺼이 몸을 맡겼다. 강희가 연수의 허벅지를 베고 숨을 고르면 연수는 강희의 향기를 맡고 입맞춤을 했다. 온전히 강희가 느낄 수 있도록 천천히. 그리고 자신이 만족할 때까지 집요하게. 핥고 빨고 삼켰다.

"미쳤어, 천연수."

강희가 연수의 허벅지를 때리며 흐느꼈다.

그래. 미쳤다.

연수는 몸을 돌려 강희의 다리 사이에 무릎을 꿇고 앉았다. 흐느끼는 입술을 제 입술로 막고 동그란 엉덩이를 들어올려 반들거리는 꽃잎 속으로 미끄러지듯 파고들었다. 강희가 긴 다리로 연수의 허리를 감고 숨을 쉴 수 없을 만큼 강하게 조였다.

"미쳤다. 지강희……."

연수가 귓가에 속삭이자 강희는 연수의 등을 때렸다. 문득 마조히스트가 이해가 되었다. 강희가 등을 때리고 어깨를 깨물면 연수는 쾌감으로 몸을 떨었다.

강희의 원룸을 나선 건 완전히 어두워진 뒤였다.

"내가 운전할까? 피곤해 보인다."

연거푸 하품을 하는 강희에게 운전대를 맡기기가 걱정됐다.

"안 피곤한 게 이상한 거지. 너야말로 눈 좀 붙여. 한숨도 못 잤잖아."

강희가 장난스럽게 눈썹을 씰룩이며 시동을 걸었다.

"배 안 고파?"

"가면서 휴게소에서 먹자."

연수가 컵라면을 두 개나 해치우는 동안 강희는 냉장고 안에서 유통기간이 간당간당한 요거트를 꺼내 먹었다. 그마저 다 먹지 못하고 남겼다.

보조석에 앉아 잠을 자는 건 직무유기지만 저절로 달라붙는 눈꺼풀을 이겨낼 방도가 없었다.

"눈이 와……."

라디오 소리가 아득해지고 강희의 목소리도 사라졌다.

연수는 꿈을 꾸었다.

꿈을 꾸면서도 꿈이란 걸 아는 그런 꿈.

초원 위에 분홍색 기와를 얹은 집이 보였다. 하얀색 담장을 배경으로 고깔제비꽃과 접시꽃과 범의 꼬리와 조팝꽃과 수국과 노루오줌꽃이 계절감 없이 지천으로 피어 있었다. 햇살은 반짝이는데 함박눈이 내렸다. 꿈이려니 이해하려고 했다. 꽃밭에서 검은 고양이 한 마리가 일광욕을 하며 뒹굴거리다 목이 마른지 눈을 받아먹었다. 다시 한 번 이해하려고 노력했다.

깜희니?

가슴에 하트 무늬가 없었다. 대신 배트맨처럼 가면을 쓴 녀석이었다.

춘식이니?

냐옹.

노란 눈으로 연수를 바라보던 춘식이가 파란 문 안으로 사라졌다. 꿈속에서도 연수는 설렜다. 이 문을 열면 강희가 있을 거라는 걸 알기에. 연수가 현관문의 손잡이를 잡아당기는 순간이었다.

꺄아악.

날카로운 비명이 들리고 무언가가 터지는 듯 폭발음이 났다. 그리고 온몸이 빙글빙글 돌았다.

헉.

연수가 눈을 떴을 때, 강희는 운전대를 잡은 채 비명을 지르고 있었고 컨트롤에서 완전하게 벗어난 차는 고속도로 한가운데서 팽이처럼 빙그르르 돌았다. 연수는 유리창에 세게 이마를 부딪혔다.

"강희야."

손을 뻗어 강희를 잡으려고 했지만 쉽지 않았다.

영원 같은 순간이 지나고 차가 멈췄다. 연수는 급하게 안전벨트를 풀고 핸들에 엎드린 강희를 일으켰다. 강희는 완전히 공황상태였다. 동공이 풀리고 깨물어 상처가 난 입술이 바들바들 떨렸다. 눈물 콧물 할 거 없이 엉망이었다.

"지강희. 괜찮아?"

연수가 강희의 어깨와 팔을 쓰다듬었다. 다행히 다친 곳은 없는 거 같았다.

연수는 서둘러 창문을 내리고 주위를 살펴보았다. 연쇄추돌사고였다. 사고차량이 예닐곱 대는 되어 보였다. 덤프트럭과 승용차와 소형 트럭이 뒤엉켜 있고 멀리서 붉은 빛이 번쩍이며 사이렌이 울렸다. 앞이 보이지 않을 만큼 눈이 내리고 있었다. 강희의 차 뒤로 정체된 붉은 자동차 불빛이 길게 늘어서기 시작했다.

다행히 강희의 차는 멀쩡했다. 추돌을 피하려고 핸들을 급하게 꺾는 바람에 급회전을 한 모양이다. 빨리 차를 비켜주어야 현장이 정리될 상황이었다.

"강희야. 일어나봐."

연수는 강희의 안전벨트를 풀고 겨드랑이 사이로 손을 넣어 일으켜 세웠다. 강희는 부러진 인형처럼 연수에게 매달려 힘없이 흐느적거렸다.

강희를 조수석에 태우고 연수는 사고현장을 최대한 빨리 벗어났다. 강희의 상태가 좋지 못했다. 과거의 기억이 패닉을 불러온 거 같았다.

"으으윽."

연수의 예상대로 강희가 자신의 몸을 끌어안고 웅크린 채 신음을 흘렸다.

"강희야."

비상깜빡이를 켜고 갓길에 차를 세웠다.

"만지지 마."

어깨를 잡으려는 순간 강희가 날카롭게 소리를 질렀다. 드러난 목덜미가 땀으로 축축했다.

"지강희……."

"난 괜찮으니까…… 빨리 가자."

여전히 몸을 웅크린 채로 벌벌 떨며 강희가 재촉했다.

"괜찮겠어?"

"제발…… 가자."

강희가 이를 악물고 애원했다.

무언가가 잘못되고 있었다. 연수는 불길함을 애써 떨치며 가속페달을 밟았다. 눈이 쌓이기 시작하는 고속도로를 달리다 연수는 가장 먼저 보이는 휴게소로 핸들을 꺾었다. 기온이 뚝 떨어져 노면이 얼어붙었다. 스노체인도 감고 강희의 상태도 살펴봐야 할 거 같았다.

"도착하면 병원부터 가야겠다."

연수가 땀에 젖어 달라붙은 머리카락을 쓸어넘겼다. 젖은 피부가 싸늘했다. 강희는 미간에 주름을 잡은 채 고개만 흔들었다.

"조금만 기다려. 체인 감고 출발하자."

다행히 트렁크에 스노체인이 있었다. 체인을 감고 연수는 커피매장으로 달려가 따뜻한 우유를 사왔다.

"이거 좀 마셔봐."

"됐어."

강희가 눈도 뜨지 않고 고개를 흔들었다.

"너, 지금 체온이 너무 떨어졌어. 마시자. 응?"

"됐다니까."

연수가 강희의 팔을 잡으려는 순간이었다. 강희가 거칠게 연수의 손을 밀쳐버렸다.

퍽.

뜨거운 우유가 든 컵이 바닥에 쏟아졌다. 회색빛 발 매트 위로 쏟아진 우유가 천천히 스며들어 뿌옇게 흔적만 남을 때까지 두 사람은 아무 말도 하지 않았다. 연수는 창밖만 고집스레 바라보는 강희를 바라보았다.

강희는 소라게처럼 딱딱한 껍질 속으로 숨어버렸다.

함께했던 지난 스물여섯 시간의 모든 순간들이 블랙홀 속으로 빨려들어가는 걸 망연하게 바라볼 수밖에 없었다.

chapter 22
강희

"넌 말이야…… 63퍼센트의 군셈과 17퍼센트의 밝음과 10퍼센트의
솔직함과 7퍼센트의 예민함과 2퍼센트의 편안함으로 구성되어 있어."

연수가 강희의 눈을 들여다보며 그렇게 말했던 순간, 강희는 비로소
지강희가 된 기분이었다.

오래전, 엄마에게 '꽃'을 그려달라고 한 적이 있었다. 엄마는 꽃을 그
려주는 대신 스케치북에 보라색 크레용으로 '꽃'이라는 글자를 써주었
다.

"이게 꽃이야?"

글자를 알지 못했던 어린 강희가 물었다.

"응. 꽃이야."

엄마가 대답했다.

강희는 엄마가 써준 '꽃'이라는 글자를 따라 써보았다. 'ㄲ'과 'ㅗ'와
'ㅊ'을 조합해서 '꽃'이라는 글자를 처음 써본 날의 기억이 생생하다. 스

421

케치북 위에 부드럽게 뭉개지던 보라색 크레용의 질감도.

'꽃'은 꽃처럼 생긴 글자였다.

꽃처럼 예뻤다.

63퍼센트의 굳셈과 17퍼센트의 밝음과 10퍼센트의 솔직함과 7퍼센트의 예민함과 2퍼센트의 편안함으로 구성되어 있다고 연수가 말해주었을 때, 'ㄲ'과 'ㅗ'와 'ㅊ'로 구성된 글자가 '꽃'이 되는 것처럼, 자신이 꽤 괜찮은 사람으로 살아갈 수 있을 거라는 생각도 했다. 그렇게 깜빡 속을 뻔했다. 아니, 속일 뻔했다. 연수가 알지 못하는 나머지 1퍼센트가 무언인지 뻔히 알면서도.

연수는 모텔 주차장에 차를 세운 후, 아무 말도 하지 않고 보닛에 닿자마자 녹아내리는 눈만 멍하니 바라보고 있었다. 바보처럼 착해빠져서 히스테리를 부리는 강희를 보며 제가 또 무슨 잘못을 했나, 마음을 졸이고 있을지도 모른다.

"엄마가 떠나리라는 걸 알고 있었어."

창밖 어둠을 응시하며 강희가 입을 열었다. 잔뜩 쉬고 가라앉아 자신이 듣기에도 이상한 목소리였다.

"나도 데려가달라고 매달렸어. 엄마는 내 어깨를 잡고 널 사랑하지만 데려갈 수 없다고 했어. 사랑? 웃기지 않아?"

강희는 뜨거워지는 눈가를 손바닥으로 거칠게 닦아냈다.

"천연수. 넌, 사랑이 뭐라고 생각해?"

"……."

연수가 강희를 바라보며 입술을 떼었지만 결국 아무 말도 하지 못했다.

"포옹이야."

포옹의 빈도가 사랑의 농도라고 생각했다. 사랑은 대상이 아니라 존재하는 방식이라고 생각했다. 안아주고 눈을 마주치고 말을 들어주고 미소 지어주는 그런 게 사랑이라고 생각했다. 안아주지도 바라보지도 않는 사랑은 사랑이 아니다. 폴라리스 식물원 원장이 아이들에게 뽀뽀를 해주고 안아주는 모습을 보면서 어이없게도 강희는 샘이 났다. 서른이 넘은 나이에 말이다.

"한 번도 제대로 안아주지도 않았으면서, 바라봐주지도 않았으면서 엄마는 날 사랑한다고 했어. 그렇게 말하면서도 엄마는 엄마 치마를 꼭 움켜쥔 내 손을 떼어내고 가방을 쌌어. 한겨울인데, 여름 원피스까지 가방에 챙겨 넣는 엄마를 노려보다가 내가 무슨 짓을 했는지 알아?"

"……."

"내가…… 내가……."

목구멍에 커다란 종양이 자라난 듯 목소리가 나오질 않았다. 바싹 말라 갈라지는 입술을 깨물었다. 강희는 싸늘하게 식어 부들부들 떨리는 손을 겨드랑이 사이에 숨겼고 연수는 그런 강희를 말없이 지켜보기만 했다.

"춘길 씨가 크리스마스 선물로 사준 인형을 쑤셔넣었어. 코란도 배기통에."

"……?"

연수는 미간에 주름을 잡으며 기괴한 물건을 쳐다보듯 강희를 바라보았다.

"그래. 네 아빠 차. 검정색 코란도."

"지강희……."

"영악한 나는 엄마가 네 아빠랑 떠날 거란 걸 알았어."

"……."

"그러니까 그날의 교통사고는 내가 낸 거야."

이가 덜거덕거리며 부딪고 온몸이 미친 듯이 떨렸지만 강희는 연수의 눈을 똑바로 마주보며 말했다. 입안에 날아든 벌레를 뱉어내듯 그렇게.

"너…… 도대체 무, 무슨…… 소리를 하는 거야?"

연수가 더듬거렸다.

"왜 못 알아먹는 척하는데? 다 알아들었으면서! 잘 들어. 내가…… 엄마를 죽였어. 네 아빠도. 너한테서 아빠를 뺏고 춘길 씨한테서 엄마를 뺏은 사람이 나라고!"

강희가 이를 악물고 소리를 지르자 연수는 한 대 얻어맞은 것처럼 휘청거렸다.

"난…… 모르겠다. 네가 무슨 말을 하는지……."

차라리 연수가 자신의 심장을 움켜쥐고 터트려버리면 좋겠다. 머리통을 깨부숴버리면 편안하겠다. 눈알을 파내버리면 행복하겠다.

"내가 살인자라고!"

차마 연수를 바라볼 수가 없어서 눈을 감았다. 연수의 심장 소리가 들렸다. 연수의 심장 울림이 점점 강해질수록 강희의 심장은 오그라들었다.

쿵.

차가운 바람과 함께 문이 닫혔다.

연수는 손잡이를 잡은 채 한동안 눈을 맞으며 서 있었다. 턱이 단단하게 굳어 있었다. 속눈썹 위로 눈송이가 내려앉아도 깜빡이지 않고 정면만 응시했다. 그러다 손잡이에서 손을 떼고 강희에게서 등을 돌렸다. 강희는 멀어지는 연수의 뒷모습을 무표정하게 바라보았다. 예고편을 질리도록 본 영화의 한 장면처럼.

모두 핑계였다.

춘길 씨를 미워했던 것도. H읍 사람들을 싫어했던 것도. H읍에 남아 소문을 뒤집어쓰고 살겠다는 연수를 비웃은 것도.

강희는 도망친 거였다.

섬뜩한 비밀을 숨기려고 필사적으로 달아난 거였다. 서울이 좋아서 가 아니라 서울이라는, 도시의 무관심과 익명 속으로 숨고 싶었다.

강희는 창에 머리를 쿵쿵 짓찧으며 쏟아지는 눈을 바라보았다. 홀로 남아 차 안에서 싸늘하게 굳어갔다. 이대로 빙하기가 되어 매머드처럼 꽁꽁 얼어버렸으면 좋겠다.

"안 들어오고 뭐 하니."

맥없이 눈을 바라보고 있는데 벌컥 문이 열렸다. 미스터 권이 우산을 들고 서 있었다.

"싸웠니?"

연수와 싸울 수 있는 날이 오기는 할까. 강희는 차 안으로 날아드는 눈을 바라보며 생각했다. 어쩌면 연수는 두 번 다시 강희를 쳐다보지 않을지도 모른다.

"그냥 가세요……."

"꼴이 말이 아니다."

강희의 몰골을 꼼꼼하게 살펴보던 미스터 권이 못마땅한 듯 한숨을 쉬었다. 미스터 권이 강희의 팔을 잡고 일으켜 세웠다. 저항할 힘이 남아 있지 않다. 미스터 권에 이끌려 모텔 안으로 들어선 순간, 강희는 자신도 모르게 한숨을 내쉬었다. 따뜻해서. 단 한 순간도 모텔 캘리포니아가 아늑한 곳이라고 생각한 적 없었는데 말이다. 심지어 불과 삼십 분 전만 해도 얼어 죽어버리고 싶다고 생각했으면서.

"올라가 쉬어라."

미스터 권이 프런트 뒤쪽 사무실로 들어가며 말했다.

강희는 프런트 앞에 서서 마치 낯선 여행지의 모텔에 도착한 사람처럼 주위를 둘러보았다. 로비라고 부르기에도 옹색한 공간을 차지하고 있는 지나치게 큰 오렌지색 3인용 소파와 그 옆으로 해미리 아줌마가 정성껏 키우는 야자수같이 생긴 키 큰 관엽식물과 H고 동창회가 선물한, 1년에 오 분씩 늦어지는 괘종시계와 모텔과는 도무지 어울리지 않는 고갱의 그림을 바라보았다.

"무당집에 걸어놓는 그림 같아."

"고갱이야."

"고갱?"

"이 그림을 그린 사람 이름이야. 이 그림 제목이 '우리는 어디에서 왔는가? 우리는 누구인가? 우리는 어디로 가는가'야."

그림이 무섭다고 싫어하는 강희에게 춘길 씨는 비장한 목소리로 그림의 제목을 말해주었다. 제목을 알고 나니 그림이 더 싫어졌던 기억이 난다.

"따뜻한 거 한 잔 마실래?"

미스터 권이 사무실에서 나와 강희를 불렀다. 강희는 뻣뻣하게 굳은 몸을 움직여 미스터 권의 사무실로 들어갔다.

"앉아라."

보안용 CCTV가 돌아가는 모니터와 빈틈없이 정리된 책상과 둥근 테이블이 놓인, 다섯 평도 채 안 되는 작은 공간을 둘러보았다. 어린 시절, 저 둥근 테이블에 앉아 숙제를 하고 미스터 권과 배달된 음식을 먹곤 했다. 춘길 씨를 기다리다 잠이 들면 미스터 권은 사무실과 연결된 자신의 방에 강희를 재웠다.

강희가 테이블 앞에 앉자 미스터 권이 김이 피어오르는 머그잔을 내밀었다.

"마셔봐."

강희는 잔을 들어 한 모금 마시고 나서 미스터 권을 바라보았다. 분유였다. 우유만 먹으면 탈이 났던 강희를 위해 미스터 권은 유당성분이 없는 분유를 구해와 타주었다. 뼈가 튼튼해지고 키가 큰다며. 다른 사람이 알면 젖비린내 나는 아기라고 놀릴까 봐 분유를 먹는 건 둘만의 비밀로 했다. 어느 순간부터 분유를 먹지 않게 되었는지 기억이 나지 않는다. 우유를 먹어도 더는 탈이 나지 않게 되면서부터였는지, 아니면 더 이상 이곳에서 숙제를 하며 춘길 씨를 기다리지 않게 되면서부터였는지 모르겠다.

"아직도 이걸…… 드세요?"

"완전식품이지."

미스터 권은 그렇게 말하고 머그잔을 들어올렸다. 강희도 미스터 권을 따라 분유를 마셨다. 다른 사람이 봤다면 무표정하다 했겠지만 강희는 미스터 권이 웃고 있다는 걸 알았다. 춘길 씨보다 미스터 권과 보낸 시간이 훨씬 더 많았으니까 그쯤은 알 수 있다.

"강희야. 사장님은……."

"춘길 씨 얘기는 듣고 싶지 않아요."

미스터 권이 춘길 씨의 얘기를 꺼내자 강희가 고개를 흔들었다. 아직 준비가 되어 있지 않았다. 춘길 씨에 대한 얘기라면.

"아저씨……."

강희는 머그잔을 감싸 쥐고 미스터 권을 바라보았다. 누구라도 붙잡고 변명을 하고 싶었다. 아저씨라면 의심하지 않고 강희의 변명을 들어주지 않을까.

"20년 전에 사람을 죽게 만든 아이가 있어요."

"……."

"20년이라는 시간이 흐르는 동안 아무도 몰랐어요."

"완전범죄군. 공소시효도 지났을 테고."

미스터 권이 심드렁하게 대꾸했다.

"그래도 벌을 받아야 하잖아요. 사람이…… 죽었으니까."

"벌이라……."

미스터 권이 머그잔을 내려놓고 길게 흉터가 남은 뺨을 손바닥으로 쓸었다.

"죽은 사람은 결코 살아서 돌아오지 못할 텐데. 어떤 벌을 줄 수 있을까?"

"……."

조금은 냉담한 눈빛이 돌아왔다. 강희는 미스터 권의 눈을 바라보지 못하고 시선을 피했다. 맞다. 엄마와 연수의 아빠는 강희가 어떤 벌을 받는다고 해도 돌아오지 못한다. 못된 아이의 심술이었다고. 그저 엄마를 빼앗아가는 사람한테 앙갚음을 하고 싶었다고. 교통사고가 나리라는 것도, 그래서 엄마와 아저씨가 죽을 수 있다는 생각은 단 한 순간도 한 적 없다고 변명하려던 자신의 비겁함에 소름이 끼쳤다.

"어떤 남자 얘기를 해줄까?"

"……?"

"내가 알고 있는 가장 어리석은 남자의 이야기지."

미스터 권이 말했다.

"남자는 바람 많고 돌이 많고 여자가 많은 섬에서 태어났지. 남자의 집은 끝도 보이지 않는 귤밭 한가운데 있었어."

"……."

냉담했던 미스터 권의 눈빛이 아주 먼 곳을 더듬듯 순간 아득해졌다.

"운 좋게 부유한 부모 밑에서 부족함 없이 잘 자랐지. 아기는 소년이 되고 소년은 다시 청년이 되고. 사랑에도 눈을 뜨고. 발레리나가 되고 싶었지만 현실은 귤 수확철이 되면 남의 농장으로 귤을 따러 가야 하는 여자였어. 수줍게 편지도 주고받고. 남몰래 함께할 미래도 꿈꾸고. 밤이 되면 하얀 모래 위에서 달빛을 받으며 춤을 추는 여자의 모습을 사랑했지. 그러다 남자의 부모님이 알게 되면서 남자와 여자는 헤어지게 되었어. 뭐, 드라마에서 많이 나오는 그런 이유들 때문에."

귤밭 한가운데 있는 집에서 태어났다는 남자는 미스터 권일까? 강희는 미스터 권을 새삼 바라보았다. 언제나 그대로일 거 같은 미스터 권의 눈가에도 주름이 깊게 자리 잡았다.

"여자는 나이 많은 남자에게 재취로 시집을 갔지. 줄줄이 달린 동생들과 식구들 때문에. 남자는 여자를 잊으려고 군대로 도망쳤고. 잊으려고 했지. 그런데 여자의 결혼생활이 몹시 불행하다는 얘기를 들었어. 그 소식을 듣고 날뛰다 남자는 군대에서 영창까지 가고. 어쨌든 남자는 제대를 하고 섬으로 돌아왔어. 그리고 보게 됐지. 여자가 남편에게 짐승처럼 유린당하고 폭행당하는 걸. 여자의 몸에 상처가 아무는 날은 없었어. 남자는 결심을 했지. 여자를 데리고 도망치기로. 그런데 여자는 거부했어. 남자의 인생을 망칠 수 없다고. 남자는 생각했지. 여자에게 남자가 해줄 수 있는 단 한 가지 선물은 악마를 없애버리는 거라고. 그리고 치밀하게 계획을 세웠어. 정당방위에 우발적인 사고로 보이도록."

강희는 부르르 몸을 떨었다.

"남자는 계획대로 악마를 죽이고 잠시 감옥에 들어갔다가 쉽게 풀려났지. 죄책감은 없었어. 죽어 마땅한 악마를 죽였으니까. 남자는 자신의 행동에 스스로 정당성을 부여했지. 하지만 감옥을 나와 고향으로 돌아왔을 때 여자는 사라지고 없었어. 집착인지 집념인지 남자는 여자를 찾아다녔어. 처음에는 그리웠지. 잘 살고 있나 걱정도 되고. 그러다 어느 순간 남자는 여자를 원망하기 시작했어. 자신의 인생을 망친 게 여자라고 탓하기 시작했지. 여자를 쫓았어. 사냥꾼처럼. 잠도 자지 못하고 먹지도 못하고."

미스터 권은 잠시 말을 끊고 느리게 눈을 감았다 떴다.

"여자가 H읍에 산다는 얘길 들었지. 남자는 H읍의 한 모텔에 머물며 여자를 지켜봤어. 코흘리개들에게 사탕을 팔며 사는 여자는 행복해 보였어. 남자는 분노했지. 자신은 이토록 불행한데 여자는 웃고 있었으니까. 죽여버리고 싶었어. 누구 때문에 내가 이렇게 되었는데. 남자가 여자를 찾아가 물었지. 왜 나를 피하냐고. 왜 내게서 도망쳤냐고. 여자가 대답하길…… 사람을 죽이고도 아무런 죄책감을 느끼지 않는 남자가 두려웠다고. 남자는 소리쳤지. 내가 죽인 건 악마야. 널 위해서 악마를 죽였어. 그러자 여자가 말했어. 죽여달라고 부탁한 적 없다고. 그날 남자는 두 번째로 사람을 죽일 뻔했어."

강희는 미스터 권의 뺨에 난 흉터가 미세하게 꿈틀거리는 걸 지켜보았다.

"모텔로 돌아온 남자는 욕실의 거울에서 악마의 얼굴을 보았지. 번들거리는 짐승의 눈을 한. 그 순간 남자의 세상은 무너졌어. 남자는 자신이 어떤 사람이었는지 완전히 잊고 말았지. 남자는 자신이 원하는 게 뭔지 도무지 알 수 없게 되어버렸어. 단 하나 명확한 건 사람을 죽인 살인자라는 거. 남자는 죽기로 마음먹었지. 목에 벨트를 걸고 의자에서 뛰어내렸어."

미스터 권의 목소리가 꽉 잠겨들었다. 그리고 아무 말도 하지 않았다.

"남자는…… 죽었나요?"

강희가 겨우 물었다.

"재수 없게도 남자는 모텔 주인 때문에 죽지 못했어. 병원 응급실에서 눈을 뜬 남자는 모텔 주인을 원망했지. 그런 남자를 보고 모텔 주인이 물었지. 사는 게 지옥이냐고."

"……."

"지옥이었지."

미스터 권이 깊게 숨을 내쉬었다.

강희의 지옥이 열린 건 열일곱 살 생일이었다. 빡Q나무의 부엉이 구멍에 선물을 넣어두었다는 연수의 메시지를 받고 눈을 맞으며 빡Q나무로 달려갔다. 어른 주먹 하나 겨우 들어갈 만한 부엉이 구멍에 손을 넣어 선물상자를 꺼내는 순간이었다. 머리통이 쪼개지는 듯 아파 상자를 떨어트렸다. 그리고 찌르는 듯 날카로운 통증과 함께 배기통에 쑤셔넣었던 인형이 떠올랐다. 사고가 난 지 6년이나 지난 후였다. 그날…… 철없던 강희의 세상은 끝났다. 무조건 도망쳐야 된다는 생각뿐이었다.

"사람을 죽여놓고 어떻게 지옥이 아닐 수가 있었겠니. 울부짖는 남자에게 모텔 주인이 물었어. 자네, 모텔 지배인 할 생각 없나? 라고."

강희는 어이가 없어서 입을 벌린 채 미스터 권을 바라보았다.

"남자는 모텔 주인의 제안을 받아들였지."

"왜요?"

"여전히 지옥에 있다는 걸 일깨워주는 곳이니까."

"……."

"늦었다. 올라가라."

멍하니 앉아 있던 강희가 몸을 일으켰다. 결코 지옥에서 벗어날 수 없으리라는 걸 알았다. 엘리베이터를 타고 내리는 동안에도 복도를 걷는 동안에도 진창을 구르는 듯 온몸이 축축하고 무거웠다. 강희는 연수의 방 앞에서 잠시 머뭇거렸다. 연수가 벌컥 문을 열고 무슨 말이라도 해주길 바랐다. 하지만 연수의 방문은 굳게 닫혀 있었다.

강희는 자신의 방으로 들어가 그대로 침대에 쓰러졌다. 눈을 뜨고 멍하니 천장을 바라보았다. 고작 이틀이 지났는데 200년쯤 아득하고 비현실적인 시간을 살다가 돌아온 듯했다.

어디선가 아주 작게 기타 소리가 들렸다. 강희는 벌떡 일어나 춘길 씨의 방으로 향했다. 손바닥으로 얼굴을 부비고 머리카락을 쓸어넘긴 뒤노크를 했다.

"들어와라."

마치 강희가 오리라는 걸 알고 있었던 것처럼 춘길 씨의 목소리가 곧장 들렸다.

춘길 씨는 창가에 앉아 기타를 튜닝하고 있었다.

"서울 다녀왔니? 폭설이 내린다기에 못 올 줄 알았는데."

아무 일도 없었다는 듯 태평한 목소리다.

"얼마나 살 수 있어요?"

강희가 물었다.

대답 대신 띠링, 기타 줄이 울렸다. 기타 줄을 튕기는 춘길 씨의 손가락이 강희의 기억보다 훨씬 가늘었다.

"너는 얼마나 살 수 있는데?"

춘길 씨는 기타에서 고개도 들지 않고 날씨를 묻듯 무심하게 물었다.

"……."

젠장. 이런 춘길 씨가 싫다. 그냥 좀 평범한 대답을 해주는 아빠였으면 좋겠다. 아빠는 괜찮으니 걱정하지 말라고. 우리 딸 결혼하는 거 보고, 손녀 손자도 보고, 손녀 대학 가는 것도 보고 손자 군대 가는 것도 보고 그럴 거라고.

"들어볼래? 요즘 아빠가 연습하는 곡인데."

"됐어요."

몸을 돌려 방을 빠져나오려다 걸음을 멈추었다. 기타 소리가 강희의 뒷덜미를 잡고 놓아주지 않았다. 강희는 손잡이를 잡은 채 문 앞에 서서 춘길 씨의 리베로탱고를 들었다.

"탱고는 원래 남자 둘이서 추던 춤이었대."

언젠가의 크리스마스에 한강이 내려다보이는 호텔 레스토랑에서 춘길 씨가 말했다. 장국영과 양조위가 바퀴벌레가 득실거릴 거 같은 부엌에서 추던 그 춤이 얼마나 디테일한 연출인지, 왜 그곳이 부에노스아이레스의 '라보카' 지역이어야만 했는지 열변을 토했었다.

춘길 씨의 시시껄렁한 이야기를 앞으로 얼마나 더 들을 수 있을까.

기타 연주는 끊어질 듯 끊어질 듯 이어지고 강희는 문 앞에 쪼그리고 앉아 무릎에 얼굴을 묻었다.

"어때?"

연주가 끝나고 춘길 씨가 물었다. 목소리 끝에 기대가 한껏 달려 있다.

"쫌 하네."

하하. 춘길 씨가 웃었다.

"딸."

춘길 씨가 강희를 불렀다.

"왜요?"

"미안하다."

"뭐가 미안한데요?"

강희가 물었다.

"그냥. 아빠가 다 미안해."

하!

바보 같은 춘길 씨.

복도 참 없다. 암에 걸린 춘길 씨가 얼마나 아플지, 얼마나 고통스러울지는 생각하지도 않고 딸이라는 애는 제 걱정만 하고 있는데 말이다. 혼자 남겨지면 어쩌나 하고.

"무섭지 않아요?"

"조금."

"뭐가 제일 무서운데?"

"다른 사람한테 똥오줌 받아내게 하면서도 살고 싶을까 봐…… 그게 무서워.”

“…….”

곧 죽어도 ‘폼생폼사’인 춘길 씨답다고 생각했다. 그래서 더 가여웠
다.

“춘길 씨는 엄마 생각 안 나?”

강희는 고개를 들고 붙박이장의 손잡이를 바라보며 물었다.

“…….”

“왜 엄마를 붙잡지 않았어요?”

“연이 끊어지면 연이 자유로울까, 아니면 얼레를 들고 있던 사람이
자유로워질까.”

춘길 씨는 뜬금없이 연 이야기를 꺼냈다.

“절대 감기지 않는 얼레를 들고 있는 기분이었어. 엄마는…… 처음부
터 내 사람이었던 적이 없었으니까.”

“춘길 씨가 엄마를 방치했잖아.”

“그래…… 그랬지.”

춘길 씨의 회한 섞인 한숨 소리가 들렸다.

“춘길 씨 때문에 아기가 죽었어.”

“…….”

나 때문에 엄마가 죽었고.

차마 할 수 없는 말을 마음속으로 되뇌었다.

슬리퍼 끄는 소리가 나고 춘길 씨가 다가와 강희의 옆에 나란히 쪼그
리고 앉았다.

“인생에서 지우고 싶은 순간이 있다면 바로 그 순간이야.”

춘길 씨가 강희처럼 붙박이장을 바라보며 말했다.

“셀 수 없을 만큼 후회했지만 달라지는 건 없었어.”

맞다. 후회한다고 달라지는 건 없다. 후회보다는 노력을 했어야 했다,

춘길 씨는. 어떻게든 엄마의 상실감을 위로해줬어야 했다. 레오에게 집착하는 엄마의 마음을 이해했어야 했다. 연수네 아빠가 그랬듯이.

"그리고 비겁하게 회피했지."

"최악이네. 남편으로는."

"그래. 인정. 최악이었지. 아빠는 결혼을 하면 안 되는 사람이었는지도 몰라. 그래도…… 엄마를 사랑했던 순간은 진심이었어. 어떻게 사랑하는지 방법을 몰랐을 뿐."

"그래서 실을 끊고 연을 날려 보냈어요?"

"……."

춘길 씨는 말없이 고개를 끄덕였다.

"그것도 사실은 아빠가 자유롭고 싶어서였어."

"……."

"연줄에 매달린 채 더 이상 얼레를 들고 있기가 힘들었거든."

"이기주의자. 내 생각은 안 했어요?"

"응. 너한테는 내가 있으니까."

춘길 씨가 래퍼처럼 자신의 가슴을 주먹으로 쿵쿵 쳤다.

"하! 내가 춘길 씨보다 미스터 권 아저씨랑 먹은 밥이 더 많아요."

"아빠가 노력할게."

"……."

"이번에는 후회하지 않게."

"사람이 갑자기 변하면 큰일 나요."

춘길 씨가 눈가에 주름을 잡고 웃었다.

"하여간. 딸은 딸다워서 좋아. 지강희가 이만큼 커서 이런 얘기를 할 수 있다니. 역시 내가 세상에 태어나서 제일 잘한 일은 널 낳은 거야."

엄밀히 말하면 춘길 씨가 낳은 건 아니지만 강희는 토를 달진 않았다.

"이제 어떡할 거예요? 아무리 춘길 씨라도 계획이란 건 있을 거 아니에요."

"어차피 지금 손님도 없으니까 크리스마스까지만 하지, 뭐. 너희 공사팀도 그쯤이면 철수할 거잖아."

"모텔 말고 치료요."

"열심히 받아야지. 지치지 말고."

"많이…… 고통스럽다던데."

"아직까지는 참을 만했어."

"머리카락도 빠진다는데……."

"난, 두상이 예뻐서 괜찮아."

춘길 씨는 어울리지 않게 씩씩한 척이다.

"돈 걱정도 하지 마. 연수 엄마가 보험 영업할 때 이것저것 들어달라고 귀찮게 해서 들어놓기는 했는데, 막상 닥치고 보니 너보다 더 효자야."

"듣던 중 다행이네요."

살다 보니 수지 아줌마가 도움이 될 때도 있나 보다.

"그리고 이제…… 슬슬 떠나보내야지. 연수도, 승언이도, 한우도. 그리고 나는 미스터 권이랑 해미리 아주머니랑 호수를 바라보면서 우아하게 여생을 보낼 거야. 히야, 생각해보니 지나치게 근사한데?"

강희도 고개를 끄덕였다. 춘길 씨가 세운 계획 중에 제일 그럴듯했다.

"저기, 춘길 씨……."

"딸, 이번 크리스마스는 모텔 캘리포니아 패키지를 이용해보는 게 어때? 괜찮은 생각 아니야?"

"나…… 할 말이 있다구요……."

"아빠 말 먼저 들어봐. 모텔 캘리포니아의 마지막 크리스마스를 아빠랑 딸이랑 보내는 거야. 완벽한 크리스마스, 완벽한 생일 파티. 완벽한 마무리야…… 완벽해."

춘길 씨가 강희의 말을 가로막고 혼자 들뜨고 혼자 감격해했다. 완벽하다고 거듭 네 번이나 말하는 춘길 씨의 모습에 오래 전 근사하다는 말을 네 번이나 반복하던 춘길 씨가 겹쳐졌다.

거기다 대고 엄마 얘기로 초를 칠 수가 없었다. 더구나 춘길 씨는 지금 환자라고…… 스트레스는 해가 될 뿐이라고…… 강희는 또다시 뒷걸음질을 쳤다.

"쉬세요."

강희가 자리에서 일어났다.

"연수한테 잘해."

강희의 뒤통수에다 대고 춘길 씨가 말했다.

"뭘……요?"

문을 열다 말고 강희는 문에 붙여놓은 비상시 대피경로 그림만 뚫어져라 바라보았다. 고개를 돌려 춘길 씨를 바라볼 용기가 나지 않았다.

"지강희가 아무리 앞구르기 뒷구르기를 해도 천연수만 한 녀석은 못 만나."

"그게 지금 딸한테 할 소리예요?"

"아무리 새끼라도 고슴도치는 고슴도치지."

지나치게 객관화가 잘된 지춘길 씨였다.

"연수가 싫다면 싫은 거죠."

"뭐? 연수가 너 싫대?"

춘길 씨가 목소리를 높였다.

"아니, 싫고 좋고의 문제가 아니라 우린…… 서로 안 보고 사는 게 더 나아요."

강희는 그렇게 말하고 자신의 방으로 돌아왔다.

양치를 하고 옷을 벗고 누웠다.

그래. 안 보고 사는 게 서로에게 더 나을 수도 있다. 지금껏 그랬었는데 앞으로 못 할 것도 없다.

강희는 눈을 감고 자신의 눈두덩과 콧날과 입술을 더듬었다. 여전히 연수의 체온이 남아 있는 듯했다. 가슴은 쓸린 것처럼 아팠고 몸속 깊은 곳에선 아직도 연수의 냄새가 났다.

시간이 지나면.

이 모든 것도 무감하게 지워진 청춘의 어느 한순간이 될 수 있을까?

자신이 평생 죄책감의 진창을 구르며 사는 것은 견뎌낼 수 있지만, 연수에게 남긴 상처가 영원히 지워지지 않을까 봐 두려웠다.

강희는 눈을 감았다. 온몸이 아팠다. 심장이 욱신거려서 눈을 감는 것으로 참아낼 수밖에 없었다. 심장에서 시작된 통증이 온몸으로 번져가는 게 느껴졌다. 머리통이 지끈지끈 달아올랐다. 뜨거운 진흙을 짓뭉개 놓은 듯 눈두덩이 눅진거렸다. 숨을 내쉴 때마다 목구멍 속에서 쇳소리가 났다. 누워 있음에도 현기증은 더 심해졌다.

강희는 지옥의 한가운데로 아득히 떨어져 내렸다.

얼마나 시간이 지났을까.

잠이 든 것 같기도 하고 정신을 잃은 것 같기도 했다. 강희는 머리맡에 둔 휴대전화의 진동 소리에 눈을 떴다.

연수였다.

"왜……."

－문 좀 열어.

강희는 몸을 일으켰다. 회색 스웨트 셔츠가 땀으로 축축하게 젖어 있었다. 비척비척 벽을 짚고 걸어가 문을 열었다.

어디를 얼마나 돌아다녔는지 머리도 어깨도 흠뻑 젖은 연수가 강희를 말없이 내려다보았다.

"무슨 일이야……."

강희가 말이 끝나기도 전에 연수가 강희를 와락 끌어안았다.

"천연수······."

강희가 멍하니 복도의 비상등을 바라보며 연수의 이름을 불렀다.

"포옹이 사랑이라며."

연수가 강희를 더욱 바싹 끌어안았다.

숨이 막히도록.

연수에게서 고통을 삭인, 차가운 겨울 냄새가 났다.

chapter 23

연수

"그러니까 그날의 교통사고는 내가 낸 거야."

쏟아지는 눈을 바라보며 강희가 했던 말을 끊임없이 재생해보았다. 그것 말고는 연수가 할 수 있는 게 없었다. 부팅이 되지 않는 컴퓨터처럼 머릿속이 먹통이었다. 연수는 강희의 손을 놓듯 자동차의 손잡이를 툭 놓아버렸다.

강희를 홀로 둔 채 방으로 올라왔다.

냐아아.

인형 위에서 자던 깜희가 기지개를 켜며 연수에게 다가와 몸을 비볐다.

"잘 지냈어?"

연수는 깜희의 엉덩이를 토닥여주었다. 연수가 출장을 갈 때면 종종 그랬듯이 미스터 권이 깜희를 보살펴준 모양이다. 화장실 모래도 깨끗했고 물도 밥도 가득 담겨 있었다.

냐아아.

무슨 일이야, 깜희가 노란 눈을 깜빡이며 물었다.

"모르겠어. 나도."

연수는 고개를 흔들었다. 정말 모르겠다. 개연성 없는 영화를 보고 있는 기분이다. 연수는 침대에 앉아 머리카락을 움켜쥐었다. 강희가 배기통에 인형을 넣은 것과 교통사고와 아버지의 죽음. 언뜻 보면 끼워 맞출 수 있는 얼개였지만 연수의 머리는 아니라고, 절대 그럴 리가 없다고 격하게 부정하고 있었다. 연수는 벌떡 일어나 방을 나섰다. 무엇이 진실이든 강희를 저렇게 놔둬서는 안 되었다.

"금방 올게."

따라 나오려는 깜희를 방 안으로 밀어넣고 주차장으로 내려왔다. 차 안에 강희가 없었다. 미스터 권에게 강희의 행방을 물으려다 사무실에서 흘러나오는 강희의 목소리를 들었다.

"그래도 벌을 받아야 하잖아요. 사람이…… 죽었으니까."

안쓰러울 만큼 무기력한 목소리였다. 마치 단죄를 기다리는 죄수처럼.

연수는 모텔을 나와 무작정 걷다가 눈이 쌓인 교차로를 가로질러 병원으로 향했다. 주차장에 들어서자 여기저기서 고양이들의 눈동자가 반짝였다. 난우가 스티로폼으로 만들어놓은 겨울 집에 고양이들이 옹기종기 모여 추위와 눈을 피하고 있었다. 천막 차고 쪽에서 얼지 않게 틀어놓은 호스를 따라 졸졸 흘러나온 물소리가 들렸다. 자다가 깼는지 당나귀가 부스스한 모습으로 다가와 연수를 보고 키이익, 이를 드러내며 웃었다.

"안 춥니? 안 무서워? 외롭지 않아?"

키이이익.

뭐 이 정도쯤이야, 하는 얼굴로 당나귀는 웃었다.

"그래. 씩씩하다."

연수는 당나귀의 미간을 천천히 쓸어주었다. 손바닥에 닿는 온기가 조금은 위로가 되었다.

고양이들의 밥그릇을 채워주고 다시 걸었다. 걷다 보니 이곳까지 오

게 되었다. 맥없이 허리가 꺾인 거인처럼 승언의 포클레인은 하염없이
눈을 맞고 있었다.

이곳에 집을 짓고 싶었다.

연수는 승언이 닦아놓은 집터를 천천히 돌았다. 자신의 발자국 위에
또 발을 겹치며 걷고 또 걸었다.

연수의 오랜 꿈이었다.

이곳에서 강희와 깜희와 살고 싶었다.

"20년이라는 시간이 흐르는 동안 아무도 몰랐어요."

연수는 무너지듯 주저앉아 얼굴을 감쌌다.

얼마나 춥고, 무섭고, 외로웠을까.

연수는 강희가 어떤 마음으로 H읍을 떠났는지 비로소 깨달았다. 왜
그토록 떠나고 싶어 했는지. 왜 떠날 수밖에 없었는지. 어떤 마음으로
그 오랜 시간을 버티어왔을지 생각하자 가슴 한쪽이 무너져 내렸다.

연수는 뛰기 시작했다. 설사, 배기통을 틀어막은 인형 때문에 아줌마
와 아버지가 죽게 되었다고 해도 연수는 강희가 자책하면서 살게 내버
려둘 수는 없었다.

"무슨 뜻이야?"

연수의 품에 안긴 채 강희가 물었다. 목소리가 잔뜩 쉬어서 쇳소리가
났다.

"왜 다 알면서 모른 척 묻는데?"

연수는 강희가 했던 말을 되돌려주었다.

"천연수……."

강희가 연수의 품에서 벗어나려고 바르작거렸다.

"지금은 아무 말도 하지 말자. 잠시 접어두자. 너무…… 긴 하루다."

정말 힘들었다. 머릿속 전원을 끄고 그저 쓰러져서 잠들고 싶을 뿐이었다.

"그래…… 하루가 백 년 같다."

강희도 한숨을 쉬었다.

"세어보니 여섯 번이나 했어, 우리."

"이 와중에 웃음이 난다. 진짜, 어이없다. 우리 둘."

강희가 맥없이 웃었다.

"그런데 이 땀은 다 뭐야?"

강희의 몸이 몹시 뜨거웠다. 이마며 목덜미며 온통 땀에 젖어 축축했다.

"아파……."

겨우 그렇게만 말하고 강희의 다리가 풀썩 꺾였다.

냐아앙.

"깜희야, 쉿!"

깜희가 끙끙거리다 겨우 잠든 강희의 어깨를 앞발로 톡톡 건드렸다. 제 딴에도 걱정이 되는 모양이었다. 해열제를 찾느라 강희의 방과 자신의 방을 왔다 갔다 하는 틈에 깜희는 연수의 방을 빠져나와 강희의 방으로 숨어들었다. 땀에 젖은 강희의 옷을 갈아입히는데 시커먼 무언가가 침대 위로 홀쩍 뛰어올라 놀랐다.

냐아아.

"알았어. 딱 한 번만 만질게."

깜희는 강희의 머리맡에 자리를 잡고 못된 상사처럼 참견질을 했다.

연수는 깜희의 허락을 받고 강희의 이마를 다시 짚었다. 해열제를 찾아 먹이긴 했지만 열이 쉬이 떨어지지 않았다. 얼음팩이라도 가져와야 할 거 같았다.

"어디 가?"

연수가 일어서려고 하자 강희가 연수의 옷자락을 붙잡았다.

"얼음팩 좀 가져오려고."

"그냥…… 있어. 여기에."

강희는 눈을 감은 채 끄응, 몸을 조금 틀었다. 그리고는 옆에 누우라는 듯 매트리스를 두어 번 두드렸다. 연수는 강희의 옆자리에 누워 강희의 화장기 없는 맨얼굴을 바라보았다. 깜희의 눈치를 슬쩍 보고 강희의 뺨을 쓰다듬었다.

"연수야……."

"응."

"미안해. 용서해달란 말은 안 할게."

잔뜩 쉰 목소리가 작은 방을 떠돌았다.

"이곳에 내 남은 인생을 저당 잡히긴 싫어. 그러니까 우리……."

서울로 가자.

열일곱 살의 겨울, 강희는 오늘처럼 몹시 앓았다. 크리스마스 때부터 몸져누워 앓던 강희가 새해 첫날 연수에게 말했다. 이제 막 열여덟 살이 된 강희의 뺨은 해쓱하고 눈빛은 공허했다.

"미안해, 연수야."

"말을 하지, 바보야……."

연수는 눈을 감으며 깊게 한숨을 쉬었다.

컹컹.

어디선가 개 짖는 소리가 들렸다. 모텔에서 개 소리가 날 일은 없는데. 연수는 들러붙은 눈꺼풀을 뜨지 못하고 더듬더듬 강희의 이마를 짚었다. 다행히 열이 내렸다. 팔베개를 해주며 강희의 몸을 끌어당기자 강희는 순순하게 연수의 품으로 파고들었다.

다시 컹, 개가 짖었다. 제법 가까운 곳에서 들렸다. 연수가 번쩍 고개를 들자 두 사람의 머리맡에서 자고 있던 깜희도 미어캣처럼 고개를 들고 경계를 했다.

"너도 들었지?"

냐아아.

깜희가 침대에서 풀썩 뛰어내려 문 쪽으로 걸어갔다.

연수는 시간을 확인했다. 새벽 4시. 창이 밝아지려면 한참이나 남은 시간이었다.

컹컹컹.

이번에는 확실하게 들었다. 연수는 강희의 이불을 다독여주고 침대에서 내려섰다. 깜희와 함께 강희의 방에서 나오다 막 방에서 나오는 승언과 눈이 마주쳤다.

"왜 거기에서 나와?"

"쉿! 개 소리 들었냐?"

연수가 검지를 들어올렸다.

"나도 개 짖는 소리에 깼어. 근데 왜 그 방에서 나오냐고."

"강희가 아파. 어어, 깜희야, 내려가지 마."

귀를 뒤로 바싹 눕히고 몸을 낮춘 채 경계하던 깜희가 쏜살같이 비상 계단으로 내달렸다. 연수도 깜희를 쫓아 계단을 뛰어 내려갔다.

컹컹컹.

로비로 연결된 비상구 문을 열자 커다란 골든 리트리버가 북실북실한

앞발을 구르고 있었고 깜희도 지지 않고 코앞에서 하악질을 날리는 중
이다.

"쉿! 뭉치야, 그만해!"

뭉치?

빨간색 롱패딩을 입은 여자가 골든 리트리버의 목줄을 잡아당겼다.
머리를 풀어헤치고 퉁퉁 부은 눈을 하고 커다란 개를 달래는 사람은 분
명 아름이었다.

"아름아, 무슨 일이야?"

연수가 다가가자 기가 산 깜희가 기어이 골든 리트리버의 콧등을 할
퀴었다.

끼이잉.

덩치가 무색하게 골든 리트리버는 아름이의 다리 사이로 얼굴을 들이
밀고 꼬리를 말았다.

"연수야……."

여태 울었던 거 같은데 아름이는 연수를 보자마자 다시 눈물을 터트
렸다. 패딩 속에 파자마를 입은 채였다. 게다가 운동화를 신은 발은 맨
발이었다. 대충 봐도 자다가 뛰쳐나온 몰골이다.

"이 새벽에…… 대체 무슨 일이야?"

뭉치에게 달려드는 깜희를 붙잡아 안아 들고 물었다.

"집 나왔어."

이 새벽에 이 눈을 맞으며 개를 데리고 집을 나왔다고? 사춘기도 아니
고. 순둥이 아름이가 이런 일을 저질렀다는 게 이미 대형 사고였다.

"한아름, 집을 왜 나와?"

엘리베이터를 타고 내려온 승언이 어느새 다가와 아름이를 바라보았
다.

"그게……."

446

아름이가 쪼그리고 앉아 뭉치를 안고 울먹였다.

"너 이거 왜 이래?"

승언이 갑자기 아름이의 팔을 잡았다. 손목이 벌겋게 부어올라 있었다. 아름이가 승언에게서 팔을 빼고 소매를 끌어내려 손목을 가렸다.

"누가 이랬어?"

승언이가 스스럼없이 아름이의 머리카락을 쓸어넘기자 퉁퉁 부은 뺨과 찢어진 입술이 드러났다. 분명 누군가에게 맞은 상처였다.

컹.

뭉치가 자신의 주인을 위협하는 줄 알았는지 승언을 향해 짖었다.

"아무것도 아니야……. 뭉치야. 쉿!"

"아름아, 베딩 끝났다니까 어머니 모시고 올라가라."

사무실에서 춘길 아저씨가 작은 중년 부인을 부축하며 나왔다. 아름의 엄마인 정 여사였다. 정 여사는 넋이 빠진 것처럼 멍한 상태였다. 붉게 충혈된 눈동자만 불안하게 흔들렸다.

"사모님, 아무 생각 마시고 올라가서 쉬세요."

"죄송합니다."

춘길 아저씨의 말에 정 여사는 머리를 숙였다.

아름이가 한 손에 리드 줄을 잡고 정 여사를 부축하려고 하자 승언이 다가가 말없이 정 여사의 어깨를 감쌌다. 정 여사가 고개를 들어 승언을 바라보았다.

"모셔다드릴게요."

정 여사는 승언의 부축을 받으며 순순히 걸음을 옮겼다.

승언이 모녀와 뭉치를 데리고 올라가고 미스터 권이 짐가방을 들고 뒤따랐다.

"무슨 일이에요?"

춘길 아저씨에게 물었다.

"눈에 보이는 것들은 진실과 다르고 이면을 지니고 있지."

춘길 아저씨는 그렇게 대답하고 얼굴을 찡그렸다. 잠언 같은 말을 이해할 수가 없어 아저씨의 얼굴만 바라보았다.

"하! 그 고매하신 교장선생께서 가정폭력범이라는 말이다."

"네……?"

"하루 이틀이 아니었나 보다. 아름이가 태어나기도 전부터였다니."

연수는 한 치의 흐트러짐 없이 꼿꼿한 교장선생님, 그러니까 아름이의 아버지를 떠올렸다. 완벽주의자들이 흔히 그렇듯 너그러운 성품이 아니라는 건 알았지만 가정폭력이라니. 정물화처럼 언제나 조용하고 인자했던 정 여사가 폭력의 피해자라니.

"오늘은 도저히 참을 수 없어서 아름이가 작정하고 엄마를 끌고 나왔단다. 개까지 데리고. 아름이는 이혼하라고 성화고, 평생 남의 시선에 갇혀 산 사모님은 여태 이렇게 살았는데 무슨 이혼을 하냐고 그러고. 이혼하면 아름이 시집은 어떻게 보내냐고……."

엄마가 당했던 폭력이 떠올라 순간 자신도 모르게 손에 힘이 들어갔다.

냐앙.

깜희가 깜짝 놀라 버둥거렸다.

"눈에 보이는 것들은 진실과 다르고 이면을 지니고 있지."

연수는 모텔 부메랑의 공사현장을 바라보며 춘길 아저씨의 말을 곰곰이 되새겼다.

아픈 몸으로 출근한 강희가 걱정되어 몇 번 메시지를 보냈지만 강희는 읽고 씹었다. 걱정하지 말라는 뜻으로 알아들었다.

아름이도 퉁퉁 부은 얼굴로 출근을 했다. 승언이 뭉치를 돌봐주겠다고 아름이를 안심시켰다. 다행히 뭉치는 처음부터 그곳에 있었던 개처럼 모텔 로비의 오렌지색 소파를 차지하고 앉아 오가는 사람들을 느긋하게 바라보았다. 강희의 현장팀 사람들이 귀엽다고 머리를 쓰다듬어주면 영혼이라도 내어줄 듯 두툼한 앞발을 내밀며 해맑게 웃었다.

춘길 아저씨는 교장선생님을 만나보겠다고 약속을 잡고 외출했다. 추운 날씨에 감기라도 걸릴까 봐 걱정이었지만 춘길 아저씨를 말릴 수 있는 사람은 없었다.

[○○고속도로 24중 추돌사고 4명 사망 · 18명 부상]

연수가 인터넷으로 찾아본 그날의 기사는 극히 제한적이었다. 하긴 20년 전의 일이다. 만일 강희 때문에 사고가 났다면 그건 자동차에 문제가 있어야 했다. 하지만 연수가 알기로 아버지의 교통사고는 눈길에서 미끄러진 자동차들이 추돌하면서 생긴 사고였다. 배기통과 추돌사고.

진실을 알아야 했다. 그 이면도.

"오늘 같은 날 눈썰매 타면 진짜 죽이겠다. 어릴 때 아빠가 커다란 타이어에 우리 세 자매를 태우고 과수원 언덕에서 밀어주셨는데…….."

난우가 연수 옆에 서서 그리운 듯 창밖을 바라보며 중얼거렸다.

그때 주차장으로 눈에 익은 트럭이 한 대 들어왔다. 운전석의 문이 열리고 한우가 성큼성큼 눈밭을 뛰어와 병원 유리문을 열고 소리쳤다.

"눈썰매 타러 가자."

마치 난우의 마음을 읽기라도 한 듯 한우가 장난꾸러기처럼 웃었다.

"눈썰매요?"

난우의 목소리가 맑게 울려 퍼졌다.

"눈이 쌓여서 방목장이 끝내줘."

"선배님, 우리 눈썰매 타러 가요. 네?"

"둘이 가. 난 볼일이 있어서."

연수는 가운을 벗고 자동차 키를 챙겨 들었다.

"둘이?"

"둘이……요?"

한우와 난우가 서로 마주 보며 말했다. 둘이 뽀뽀를 하라는 것도 아닌데 왜 얼굴을 붉히는지 모르겠다.

"아니면 승언이 데려가든가. 걔 요즘 백수잖아. 아, 뭉치도 데려가."

패딩점퍼를 걸치며 시간을 확인했다. 민원 접수 시간이 얼마 남지 않았다.

"저기 선배님, 제 조카들도 데려가면 안 될까요? 조금 있으면 수업 끝날 텐데."

"그래? 그럼 기다렸다가 우리가 데리러 가면 되겠네."

한우가 선선히 대답했다.

"와아, 쌍둥이들 진짜 좋아할 거예요."

난우가 발그레한 뺨으로 환하게 웃었고 그런 난우를 한우는 눈이 부신 듯 바라보았다.

주차장을 빠져 나오던 연수는 나란히 발자국을 만들며 걸어가는 난우와 한우를 잠시 지켜보다 가속페달을 밟았다.

젠장.

연수는 조사서를 내려놓고 관자놀이를 꾹꾹 눌렀다.

경찰청에 교통사고 조사기록 열람신청을 했다. 그렇게 요청한 교통사고 실황조사서를 세 번쯤 훑어보았다. 연수의 예상대로 추돌사고였다. 더구나 아버지의 차는 사고차량을 피하려다 일어난 2차 추돌이었다. 최초로 눈길에 미끄러진 포터 트럭이 소나타 승용차를 들이받았다. 뒤따라오던 아버지의 코란도가 사고차량을 피하려다 25톤 덤프트럭과 부딪혀 완파된 사고였다. 그 뒤로 스무 대의 차가 더 추돌했다.

냉정하게 조사기록을 살펴보려고 애썼지만 심장이 뛰고 손이 떨리는 건 어쩔 수 없었다. 그 사고로 네 명이 죽었다. 그들 중 아버지와 아줌마가 있다.

"너 때문에 사고가 났다는 증거는 없어."

"아니라는 증거도 없잖아."

어제 점심 때 겨우 얼굴을 보게 된 강희는 갈비탕 국물을 휘저으며 고개를 흔들었다. 강희는 공사현장에서 하루 종일 뛰어다니다 퇴근하면 기진맥진, 곧장 곯아떨어지거나 아니면 아름이와 심각한 얼굴로 머리를 맞대고 있느라 연수와 좀처럼 대화를 나눌 시간이 없었다.

"설사 그렇다 하더라도 네 잘못이 아니야."

"……."

강희는 아무 말 없이 연수의 그릇으로 갈빗살을 죄다 옮겨주기만 했다.

"강희야, 난…… 상관없어."

"네가 뭔데?"

강희가 수저를 내려놓고 연수를 바라보았다. 다시 짙은 화장을 한 강희의 눈매가 서늘하고 날카로웠다.

"네가 뭔데…… 잘잘못을 말해? 네가 무슨 권리로 상관없다고 하는데? 네가 잘못 없다고 하면 넙죽 고맙다고 해야 하나? 네가 상관없다고 하면 있었던 일이 없어지는 건가?"

"……."

"정작 네 죄를 사하노라, 라고 말해줄 수 있는 사람들은 저 위에 있는데.”

강희가 손가락으로 천장, 아니 하늘을 가리켰다.

“네가 날 사랑한다고 내 죄가 없어지는 건 아니야.”

맞다. 강희를 사랑한다고 강희의 죄책감이 사라지는 건 아니다.

연수는 침대에 드러누워 눈을 감았다. 배기통에 박힌 인형 때문에 사고가 났다는 증거도 없었지만 강희의 말처럼 아니라는 증거도 없었다. 연수는 어떻게든 증거를 찾고 싶었다. 강희가 더는 고통스럽지 않게 확신을 주고 싶었다. 너의 잘못이 아니라는.

위이잉.

전화가 울렸다.

손을 뻗어 침대 위를 더듬었지만 휴대전화가 잡히질 않았다. 바지 주머니에 손을 넣어보고 의자에 걸쳐둔 점퍼 안주머니까지 뒤졌지만 없었다. 전화는 끊어졌다 다시 울리기 시작했다. 연수는 눈을 감고 소리에 집중했다. 분명 아주 가까운 곳에서 소리가 났다. 곰 인형 쪽으로 다가가자 조금 더 크게 들렸다.

웅크리고 식빵을 굽는 깜희가 어딘가 이상해 보였다. 전화벨이 울릴 때마다 눈을 깜빡이며 엉덩이를 아주 조금 들썩였다.

“요 자식······.”

깜희를 들어올리자 휴대전화가 깜빡이고 있었다. 어이가 없어 피식 웃고는 깜희 배에 눌려 따뜻해진 휴대전화를 귓가로 가져갔다.

“네. 엄마.”

– 어디니? 출발했니?

“······.”

– 아직 출발 전이니? 설마, 깜빡한 거야?

깜빡했다. 엄마와 이목원 사장과의 저녁 약속이 있었는데 사고 조사 기록을 보느라 까맣게 잊고 있었다.

"죄송해요. 지금 출발할게요."

─ 아휴. 이왕 늦은 거 천천히, 천천히 와. 길도 미끄러운데.

아버지의 교통사고는 엄마에게도 트라우마였다.

"네. 조심할게요."

연수가 W시와 H읍 경계에 위치한 가든식 고깃집에 도착한 건 약속 시간보다 삼십 분이 지난 후였다. 오랜 시간을 들여 잘 가꾼 정원은 눈이 쌓여 운치가 있었다. 크리스마스 장식을 한 구상나무는 반딧불이 내려앉은 듯 반짝거렸다.

"죄송합니다. 많이 늦었습니다."

"어서 와요. 찾느라 고생 안 했어요?"

연수에게 악수를 청하는 이목원 대표는 한우축제 때보다 한결 편안한 표정이었다.

"쉽게 찾았습니다. 가까이에 이렇게 좋은 곳이 있는 줄 몰랐어요. 정원이 운치가 있어요."

"여기 이 대표님이 설계하신 곳이잖아. 무슨 상도 받았대."

"아……."

엄마의 말에 이목원 대표가 쑥스러운 듯 안경을 치켜올리며 웃었다.

"어머, 애는 옷이라도 좀 챙겨 입고 오지. 후줄근하게 점퍼가 뭐니? 명색이 상견례인데."

상견례?

"뭘 놀래? 한두 번도 아니고."

물론 한두 번도 아니지만 매번 낯선 건 사실이다. 아무리 여러 번 반복한다고 해도 엄마의 상견례가 익숙해지는 아들은 결코 없을 테니까.

"딸이 하나 있는데, 호주로 유학 갔다가 거기서 결혼하고 지금 호주에서 살아요. 이번 크리스마스 때 여행 겸 호주에서 만나기로 했는데, 연수 군도 시간 되면 같이 갑시다. 딸아이가 수지 씨랑 연수 군 보고 싶어 하더군요."

"저를……요?"

"우리 같이 살기로 했다."

종업원이 고기를 구워주고 나가자 엄마답게 돌리지 않고 말했다. 옆에 앉은 이목원 대표가 낮게 헛기침을 했다.

"걱정하지 마. 결혼식이나 혼인신고 같은 건 안 하기로 했으니까. 그냥, 친구처럼 살기로 했어."

"수지 씨가 평생 내 친구가 되어주겠다고 해서 나는 너무 좋은데, 연수 군은 어떨지 긴장도 되고……. 어쨌든 잘 부탁해요."

이목원 대표가 다시 악수를 청했다. 연수는 굳은살이 박인 손을 잡으며 엄마를 바라보았다. 언제나 땅에서 10센티미터쯤 떠 있는 사람 같았던 엄마는 비로소 땅에 발을 디딘 듯했다. 편안하고 안정돼 보였다. 이 성실한 손이 엄마를 마지막까지 놓지 않길 바라며 연수는 맞잡은 손에 힘을 꾹 주었다.

"너, 강희 만나니?"

이목원 대표가 전화를 받느라 잠시 자리를 비운 사이 엄마가 목소리를 낮추며 물었다.

"네."

엄마의 아들답게 돌리지 않고 대답했다.

"아휴. 하필 왜 걔니? 나 걔 싫어. 아니, 무서워. 싸늘하게 바라보는 눈매가 아주 그냥……."

"좋은 애예요."

"좋은 애? 설마 걔랑 결혼이라도 할 생각이야?"

"강희가 허락하면요."

"말이 되는 소릴 해. 넌 지금 그게 가능한 일이라고 생각하니? 걔네 엄마랑 네 아빠……. 입에 담기도 싫다."

엄마가 맥주잔을 들어 벌컥벌컥 들이켰다. 그래도 열이 가시지 않는지 손부채질을 하는 엄마의 얼굴에 여러 가지 감정, 원망과 후회와 분노와 연민이 뒤섞여 꿈틀거렸다.

"상관없어요."

"그래. 솔직히 늬들이 무슨 잘못이겠니. 헌데, 사람들이 뭐라고 하겠어? 패륜이다 뭐다…… 벌써 골이 땅긴다."

"뭐라 하든 상관없지만 정 힘들면 떠나면 돼요."

"뭐……? 병원은?"

"다른 곳에 개원해도 되고, 다른 일을 찾아봐도 되고요. 그리고 결혼을 누구와 하든 엄마한테 허락을 구하는 게 아니에요. 엄마니까 단지 알려드리는 거뿐입니다."

"너…… 아주 미쳤구나. 착한 내 아들 천연수 맞니?"

"네. 미쳤어요."

하! 엄마는 헛웃음을 쳤다.

"너 걔가 어떤 앤지 아니? 내가 걔 때문에 죽을 뻔했던 거 생각하면……."

"죽을 뻔……했다고요?"

"할아버지 똥차 타다가 일산화탄소에 중독된 적이 있었어. 어지럽고 멀미가 나고. 그 전에 도로 한가운데서 차가 퍼졌으니 망정이지, 큰일 날 뻔했다."

"할아버지 똥차요?"

"그래. 배기통이 꽉 막혀서."

"배기통……이 막혀요?"

"덜떨어진 애처럼 왜 자꾸 되물어. 연식도 오래됐고, 네 아빠가 타던

차라 별로 타고 싶지도 않았고 겸사겸사 폐차했지. 할아버지도 그러라 하셨고."

"아까는 할아버지 차라고 했잖아요."

"그래. 할아버지 차를 네 아빠가 타고 다녔잖아. 그 검정색 코란도. 너 만날 태우고 다니던. 뭐, 어릴 때라 기억이 잘 안 날 수도 있겠지만."

머릿속에 펑 하고 폭죽이 터지는 기분이었다.

"아버지가 그 차를…… 타고 떠난 게 아니었어요?"

"흥. 꼴에 양심은 있었는지 할아버지랑 내가 사준 거는 양말 한 짝도 안 가지고 떠났더라. 결혼반지도 빼놓고. 약혼식 때 예물로 준 만년필도 두고. 아…… 어디까지 얘기했지? 그래, 폐차를 시켰지. 그런데 폐차 대행업자한테서 전화가 왔어. 배기통에 누가 인형을 쑤셔박아났다고. 세상에. 그 동네에서 그런 짓 할 애가 지강희 걔 말고 누가 있니? 쬐끄만 게 영악해서는……."

"엄마……."

연수가 벌떡 자리에서 일어났다.

"무, 무슨 일이야?"

엄마가 깜짝 놀라며 연수를 올려다보았다.

"급한 일이 있어서 먼저 가볼게요."

"왜? 어느 집 소가 난산이야?"

수의사의 딸로 수의사의 아내로 수의사의 엄마로 살아온 사람다웠다.

"아마도요."

"얘, 그래도 그냥 가면 어떡해. 목원 씨한테 인사는 하고 가야지."

"대신 전해주세요. 축하드린다고."

"연수야."

연수는 문을 열고 나가려다 되돌아가서 엄마의 어깨를 꽉 끌어안았다.

"이번엔 꼭 행복하세요."

"어머, 애……."

연수는 모텔에 도착하자마자 비상계단을 뛰어 올라갔다. 엘리베이터까지 걸어갈 시간도, 기다릴 시간도 아까웠다.

헐떡이며 책상으로 다가가 조사서를 펼쳤다.

[차량명: 코란도. 연식: 19XX]

사고가 난 해에 출시된 차량이다.

아버지가 타고 다녔던 할아버지의 코란도는 적어도 10년은 족히 된 차였다. 그러니까 아버지는 떠나면서 새 차를 뽑았던 거였다.

냐아아.

깜희가 다가와 연수를 올려다보았다.

"깜희야."

연수는 깜희를 들어올려 깜희의 이마에 제 이마를 비볐다.

냐아아.

"그래. 나도 사랑해."

연수는 버둥거리는 깜희를 내려놓고 강희의 방으로 향했다. 조사서를 한시라도 빨리 보여주고 싶었다.

어딜 갔지?

복도가 울리도록 노크를 했지만 응답이 없었다. 분명 들어올 때 주차장에서 강희의 차를 보았는데. 강희에게 전화를 걸었다.

– 왜?

"어디야?"

– 모텔.

"지금 네 방 앞인데."

– 아름이랑 식당에서 얘기 중이니까 이따가……

연수는 전화를 끊고 비상계단을 뛰어 내려갔다.

식당에 들어서자 피아노 옆 테이블에 강희와 춘길 아저씨와 정 여사가 심각한 얼굴로 둘러앉아 있다. 그 옆에 아름이는 잔뜩 화가 난 얼굴로 팔짱을 낀 채 정 여사를 외면하고 있었다. 뚝 떨어진 테이블에 앉아 있는 승언이도 보였다. 이어폰을 꽂고 4절 스케치북에 쓰인 커다란 글자를 들여다보는 중이다. 맞은편 의자에 뭉치가 앉아 승언을 바라보며 고개를 갸웃거렸다. 연수가 들어가자 강희가 자리에서 일어나 연수의 손을 잡고 비상계단 쪽으로 끌고 갔다.

"아줌마가 드디어 졸혼 선언을 하셨어."

강희가 속삭였다.

"졸……혼?"

"춘길 씨가 교장선생님을 몇 번 만나봤는데…… 이혼은 절대 못 해준다고 그랬대. 폭력을 쓴 적도 없다고 딱 잡아떼고. 춘길 씨가 아줌마랑 아름이 진단서 내미니까 한다는 말이 부부 사이라도 훈육과 체벌이 필요하다고 했대. 웬만해서 말문이 안 막히는 춘길 씨도 할 말을 잃었더라."

"이혼소송을 하면?"

"아줌마가 원하질 않으셔. 교장선생님 정년도 얼마 안 남았고, 아름이 결혼할 때까지만이라도 그러고 싶지 않으시대. 내일 강릉으로 가시겠대. 아름이 이모가 그쪽에 계신가 봐. 이 와중에도 동네 사람들이 알까 봐 걱정이신 분이야. 혹시나 아름이가 사람들 입에 오르내릴까 봐."

"그게 중요한 게 아니잖아, 지금."

"뭐, 살아온 방식이 다르니까."

"그런데, 아름이 얼굴은 왜 저래?"

"아름이는 결혼 안 할 거니까, 당장 이혼하라고. 이혼할 용기도 없으면서 자기 때문이라고 핑계 대지 말라고, 아줌마한테 막 쏘아붙였어."

"아름이가?"

"응. 아줌마가 그 안과 의사한테 아름이 시집보내고 싶어 하시는 거 같아. 그래서 이혼도 안 한다고 그러시는 거 같고."

"승언이 자식…… 심란하겠네."

"알고 있었어?"

강희가 놀란 듯 물었다.

알고 있었다. 승언이 잡지를 빌리러 매달 도서관에 가는 이유를.

"내 처지에 무슨. 현실적으로 말이 되냐? 아름이가 네 누나나 여동생이라면 고아에 중졸인 막일하는 나 같은 놈이랑 엮이게 그냥 내버려두겠냐?"

함께 도서관에 책을 빌리러 간 어느 날이었다. 잘해보지 그러냐는 연수의 말에 승언은 씁쓸하게 웃었다.

"게다가 똑똑하고 키 크고 예쁘고 글래머인 애가 뭐가 아쉬워서. 됐다. 난 나보다 키 큰 여자 싫다."

그런 승언에게 아름이가 널 좋아한다는 말은 할 수 없었다. 아름이도 승언이도 연수에게는 소중한 친구였다. 솔직히 말하자면 연수도 섣부르게 끼어들기가 힘들었다. 승언이 상처받는 걸 원하지 않았으니까.

"왜? 무슨 일인데?"

왜냐고?

연수는 오묘한 빛을 내며 반짝이는 눈을 빤히 바라보다 강희의 손에 깍지를 걸고 비상계단을 올랐다. 조용한 곳이 필요했다. 둘만 있을 수 있는 곳.

"왜? 뭔데?"

강희가 깍지 낀 손을 힐끔 쳐다보며 물었다.

"기억나? 우리 둘이 이렇게 비상계단을 올라갔던 밤."

"우리 둘이? 언제?"

모른 척하기는. 연수는 피식 웃었다.

"사실 나…… 그때 되게 설렜다."

"변태니? 불도 안 들어오는 계단을 올라가면서 왜 설레? 계단 페티쉬야? 오르가슴 백 번쯤 느낄 수 있는 계단을 알고 있는데. 잠실에 있는 ○○타워라고……."

하여간.

지강희는 이래서 좋다.

쿵.

방문이 닫히자마자 연수는 강희의 뺨을 감싸고 입술을 삼켰다.

바지 뒷주머니 꽂아둔 조사서가 연수를 흥분시켰다.

"잠깐."

강희가 연수의 가슴을 밀어냈다.

"보자고 한 이유가 뭔데? 설마…… 섹스?"

"하하."

연수가 웃음을 터트렸다.

"음탕한 시키."

"음탕한 건 맞는데, 일단 이거 먼저 봐."

"이게…… 뭔데?"

뒷주머니에서 서류를 뽑아 강희에게 내밀었다.

"여기."

연수는 사고가 난 차량명과 출시연도를 손가락으로 가리켰다.

"차량명…… 코란도, 연식…….."

강희가 미간을 모으고 무슨 뜻이냐는 듯 연수를 바라보았다.

"그날 사고가 난 차는 네가 배기통에 인형을 넣었던 그 코란도가 아니라는 뜻이야."

"……."

강희는 입구를 벗어나 침대 옆의 스탠드를 켜고 조사서를 꼼꼼하게 읽어내렸다.

"그럼…… 그 차는?"

"엄마가 폐차시켰대."

엄마가 일산화탄소에 중독될 뻔했다는 얘기는 하지 않았다.

"폐차?"

"그래."

하아.

강희는 서류를 든 채 긴 한숨을 쉬었다.

"이거…… 가짜 아니지?"

"의심스러우면 경찰청에 가서 네가 직접 교통사고 조사기록 열람 신청해도 돼."

"……."

강희는 멍하니 빈 벽만 쳐다보았다.

"나…… 혼자 있고 싶은데…….."

이윽고 강희가 입을 뗐다.

연수는 강희의 정수리에 입술을 꾹 눌러주고 조용히 문을 닫았다.

chapter 24

강희

열일곱의 겨울.

H읍 시외버스 터미널에서 가장 멀리 갈 수 있는 곳의 차표를 끊었다. 다섯 시간 남짓 달려서 도착한 낯선 고장에서 강희는 성당을 찾아갔다. 종교도 믿음도 없었지만 그 겨울, 강희에겐 그런 곳이 필요했다. 비밀을 털어놓을 곳. 앙코르와트 성전의 돌구멍에 비밀을 숨겨두었던 남자처럼 말이다.

성당의 고해소 앞에서 한 시간쯤 망설이다 H읍으로 돌아왔다. 성당의 신부님은 나이가 너무 많았다. 강희가 비밀을 털어놓았다가는 신부님이 고해소 안에서 심장마비를 일으킬 것만 같았다.

좁은 차 안에서 연수에게 비밀을 말했을 때, 그 겨울 강희가 찾았던 작은 성당의 고해소가 떠올랐다. 연수가 젊고 튼튼한 심장을 가져서 다행이었다. 그리고 이래서 사람들은 고해성사를 하는 걸까, 하는 생각도 들었다. 죄를 털어놓으니 차라리 홀가분했다. 어떤 벌이든 기꺼이 받을 준비가 되었다. 그 벌이 영원히 연수를 보지 못하는 일일지라도.

아니다.

그 벌만은 피하고 싶었다.

"설사 그렇다 하더라도 네 잘못이 아니야."

연수가 그렇게 말했을 때, 상관없다고 말했을 때, 강희는 연수의 연민과 동정심을 이용해서 용서를 받고 싶었다.

[인적피해: 사망 4명 중상 6명 경상 8명 부상 4명]

연수가 두고 간 서류를 처음부터 꼼꼼하게 살펴보았다. 눈물은 나오지 않았다. 한 장 한 장 페이지를 넘기던 강희의 손이 어느 순간 멈추었다. 엄마의 사망진단서였다.

이은이.

엄마의 이름 위로 물방울이 후드득 떨어졌다. 강희는 엄마의 이름이 지워지기라도 할까 봐 황급히 손바닥으로 물기를 닦아냈다. 엄마는 서른네 번째 생일을 앞두고 죽었다. 고작 지금의 강희보다 두 살이 더 많은 나이였다. 고작.

강희는 휴대전화에 저장해둔 엄마의 사진을 열었다. 여전히 엄마는 먼 곳을 바라보고 있다.

"이은이……."

처음으로 엄마의 이름을 불러보았다.

강희는 엄마가 아니라 '이은이'라는, 곧 서른네 살이 될 여자와 마주 보았다.

서른두 살의 강희가 여전히 사람들과의 관계에 서툴고, 감정에 휘둘리고, 결핍된 사랑을 갈구하듯 '이은이'도 다르지 않았을 거란 생각이 들었다.

세상 어디를 간다고 해도 이방인이었을 테고, 버림받은 상처는 무엇으로도 치유되지 않았을 것이다. 지춘길이라는 이해할 수 없는 남자의 일방적인 사랑은 버거웠을지도 모른다. 모나고 예민한 어린 딸은 때때로 족쇄처럼 느껴졌겠지. 망망대해를 표류하는 뗏목에 누워 누군가에게 구조되길 기다렸던 거 같다.

"행복해?"

영원히 서른네 살에 머무를 '이은이'라는 여자는 행복했으면 좋겠다. 가장 행복한 순간을 사랑하는 사람과 함께했으니.

"잘 가. 이은이."

강희는 엄마의 사진에 입맞춤을 했다. 이제야 시간이 되었다. 엄마와 작별을 할 수 있는. 잊히는 대로 잊힐 수 있는 시간 말이다.

휴대전화를 내려놓고 연수의 방으로 갔다. 울고 싶었다. 연수의 품에 안겨서. 강희가 오리라는 걸 알고 있었던 것처럼 노크를 하기도 전에 연수는 방문을 열고 강희를 안아주었다.

"곰탱아……."

연수는 아무것도 묻지 않았다.

'이은이'가 구조되길 기다렸다면 '지강희'는 헤엄을 칠 거다. 헤엄치다 결국 빠져 죽는다고 해도 멈추지 않고 결국에는 원하는 곳에 닿을 거다.

강희는 연수의 목을 꽉 끌어안고 꽤 오래도록 울었다. 깜희가 중간에 강희의 머리카락을 핥지 않았더라면 밤새도록 울었을지도 모른다.

"왜 더 울지?"

강희가 고개를 들었을 때 연수가 강희를 내려다보며 말했다. 연수의 길게 처진 속눈썹도 젖어 있었다. 강희는 엄지로 연수의 눈썹을 빗기듯 쓰다듬어주고 연수의 입술에 입술을 가져갔다. 그리고 구석구석 느리고 정성스레 입맞춤을 했다.

고마워. 곰탱아.

"짜."

가만히 강희의 키스를 받고 있던 연수가 불쑥 말했다. 강희는 연수의 목을 끌어안고 쿡쿡 웃었다. 연수가 강희의 얼굴을 감싸고 키스를 했다. 입술을 가르고 따뜻한 혀가 강희의 혀를 휘감았다. 연수는 강희를 안아 무릎에 앉히고 셔츠 속으로 손을 넣어 가슴을 움켜쥐었다. 브래지어 위로 가슴을 쓰다듬다가 성에 차지 않는지 브래지어를 내리고 드러난 멍울을 잡아당겼다.

"여기선 싫어."

강희가 고개를 흔들었다.

춘길 씨가 지척에 있고 친구들이 득실득실한 곳에서 연수와 섹스를 하긴 싫었다.

"나가자."

연수와 강희는 비상계단을 통해 몰래 모텔을 빠져나왔다. 유리문을 밀치는 순간 차가운 바람이 두 사람을 덮쳤다.

"어디로 가지?"

모텔을 눈앞에 두고 방황해야 하다니. 강희와 연수는 서로를 보며 한숨을 쉬었다.

"물레방앗간이나 보리밭이 '핫 플레이스'였던 게 다 이유가 있다니까."

강희의 말에 연수가 큰 소리로 웃음을 터트렸다.

"그냥 걷자."

겨울바람을 맞다 보면 열기도 식을 테니까.

강희와 연수는 손을 맞잡고 H읍의 밤길을 천천히 걸었다. 연수가 깍지 낀 손을 자신의 점퍼 주머니에 넣었다. 그리고는 주머니 안에서 장난을 쳤다. 강희의 손가락 끝을 꾹꾹 눌렀다 부드럽게 비비고 마디마디를 쓰다듬었다. 손바닥을 간질이고 손가락 사이사이 여린 살점을 꼬집듯 잡았다 놓았다를 반복했다. 느리디느린 동작은 마치 구애처럼 은근하고 집요했다.

466

"야한 시키."

열기가 가라앉기는커녕 강희의 몸속 한가운데서 맹렬하게 되살아났다. 강희를 내려다보는 연수의 눈동자에도 분출하지 못한 불꽃이 일렁였다.

"가자."

연수가 갑자기 강희를 끌고 교차로를 향해 내달렸다. 크리스마스트리 장식이 되어 있는 황금소를 지나 연수가 H가축병원의 문을 열었다. 불도 켜지 않은 채 난방기를 켰다.

위이잉.

히터가 돌아가고 건조하고 따뜻한 공기가 실내를 채워갔다.

"지강희."

연수가 다가와 강희의 눈을 들여다보았다. 여기까지 달려는 왔는데, 강희가 싫어할까 봐 조심스러워하는 눈치였다.

강희는 손을 뻗어 연수의 점퍼를 벗겼다. 후드티도 벗기고 티셔츠도 벗겼다. 지나가는 자동차 불빛에 연수의 가슴에 돋아난 소름이 보였다. 강희는 연수의 가슴돌기를 혀끝으로 쓸어보고 깨물어도 보고 성에 안 차 조금 세게 빨아당겼다.

으음…….

연수가 억누른 신음을 터트렸다. 그 소리가 강희를 더 흥분시켜 시선을 올리니 연수는 고개를 젖히고 온전히 강희가 주는 쾌락에 집중하고 있었다. 움푹 팬 쇄골과 오르내리는 목울대의 그림자가 섹시했다.

강희는 연수를 놓아주고 한 걸음 물러나 천천히 옷을 벗었다. 점퍼를 벗고 헐렁한 티셔츠를 벗고 실내복 겸 잠옷인 조거팬츠도 벗어버렸다. 팬티와 브래지어만 걸친 채 연수 앞으로 다가가 헐떡이는 연수의 벨트를 풀었다. 연수의 바지가 툭 바닥으로 떨어졌다.

강희가 연수를 소파에 앉혔다. 그리고 연수의 허벅지에 올라가 연수의 목을 끌어안았다. 연수가 강희의 허리를 부러지도록 끌어안으며 다급하게 입술을 찾았다. 연수는 목이 마른 사람처럼 강희의 입술을 빨아당기고 강희의 입속에 차오른 침을 빼앗아 삼켰다. 서로의 맨살이 스치며 만들어내는 자극이 좋았다. 활짝 열린 허벅지 사이에 닿은 연수의 단단한 몸이 강희를 긴장시켰다. 강희는 엉덩이를 들고 은밀한 곳에 연수가 닿을 수 있게 했다.

"지강희."

브래지어를 끌어내리던 연수가 엉덩이에 힘을 주며 강희의 이름을 불렀다.

"쉿."

강희는 연수의 귓가에 속삭였다. 그리고 천천히 허리를 돌려 잔뜩 성이나 치솟은 연수의 그곳에 자신의 은밀한 곳을 부드럽게 비볐다. 얇은 천을 사이에 두고 맞닿은 곳이 촉촉하게 젖어들었다. 연수가 엉덩이를 치켜들어 자신의 드로즈를 벗어 던지고 강희에게 파고들려 애썼다.

"아직 아니야."

강희는 연수의 귓불을 깨물고 후우, 뜨거운 숨을 불어넣었다. 연수를 안달 나게 하고 싶었다.

"제발……."

연수가 강희의 팬티를 끌어내리며 애원했다. 강희가 무릎을 들어 팬티를 벗길 수 있게 해주었다. 애태우듯 천천히.

연수가 강희의 엉덩이를 움켜쥐고 제 몸을 부딪쳐왔다. 엉덩이를 뒤로 빼며 도망치자 연수의 목구멍에서 그르렁 야수의 소리가 났다.

"제발 뭐?"

"제발……게 해줘……."

"안 들려."

강희가 다시 물었다.

"제발…… 넣게 해줘."

강희는 연수의 눈을 들여다보며 천천히 엉덩이를 내렸다. 딱딱하면서 말랑한 연수의 끝을 자신의 그곳에 대고 부드럽게 문지르다 마침내 연수를 조금씩 감질나게 삼켰다.

연수가 미간을 찌푸리며 눈을 감았다.

"연수야, 눈 떠."

강희가 강요했다. 연수의 눈을 보고 싶었다. 착하고 야한 눈 말이다.

연수가 눈을 뜨고 강희를 바라보았다. 열기에 젖은 눈동자가 어둠 속에서 야릇하게 반짝였다.

하아.

강희가 온전히 연수를 삼키는 순간 두 사람은 동시에 신음을 토해냈다. 연수의 동공이 커다랗게 열리는 게 고스란히 보였다. 꽉 맞물린 상태에서 연수가 천천히 강희의 몸을 젖혔다. 블라인드 사이로 새어들어오는 불빛에 뾰족하게 솟은 가슴 끝이 반짝였다. 연수는 강희의 가슴을 두 손 가득 끌어모아 베어 물었다.

연수가 강희의 멍울을 혀로 굴리면 강희는 천천히 허리를 움직였다. 여린 점막이 마찰을 일으키며 내는 소리가 좁은 공간을 끈끈하게 채웠다. 연수가 자근자근 씹어대면 강희도 그곳에 힘을 주어 연수를 죄었다.

"못 참겠어."

마침내 연수가 폭주했다. 강희는 연수의 어깨를 끌어안고 연수의 움직임에 완전하게 몸을 맡겼다. 연수가 치솟아 오를 때마다 배 속까지 얼얼했다. 강희는 다리를 최대한 벌려 연수에게 더 깊게 닿으려고 애를 썼다. 서로의 체모가 쓸리고 뾰족하게 솟은 돌기가 연수의 치골에 부딪히면 온몸이 바들바들 떨렸다. 활짝 열린 다리 사이로 솟아오르는 여자와 남자의 원초적인 냄새에 질식할 것만 같았다.

"아아아……. 연수야……."

눈앞이 아득해지고 귓속이 물에 잠긴 듯 먹먹해졌다. 강희의 몸속 깊은 곳에 잡힌 수없이 많은 주름들이 일제히 물결치듯 수축하면서 연수를 깊고 깊은 곳으로 빨아당겼다. 엉덩이를 튕기던 연수가 움직임을 멈추고 강희가 절정을 온전히 느낄 수 있도록 기다려주었다.

하아.

영원히 계속될 것 같은 떨림이 가라앉자 몸이 축 처졌다.

"미안……. 이제 네 마음대로 해도 돼."

연수의 목을 끌어안으며 말했다.

"너…… 실수한 거 같다."

연수가 강희의 귀를 깨물며 낮게 웃음을 터트렸다.

꺄악.

"뭐 하는 거야?"

연수가 갑자기 몸을 빼고 강희를 돌려 소파 등받이를 짚게 했다.

"천연수…… 앗!"

강희가 미처 돌아보기도 전에 연수가 뒤에서 깊숙하게 파고들었다.

"야!"

강희가 팔을 뻗어 연수의 허벅지와 엉덩이를 때렸다. 연수가 그 손을 잡고 볼트와 너트처럼 꽉 맞물린 곳으로 가져갔다.

"만져줘……."

강희는 연수가 쥐여준 은밀한 곳을 천천히 쓰다듬고 일그러트렸다. 연수는 신음을 흘리며 강희의 허리를 잡고 뿌리 끝까지 파고들었다가 다시 몸을 물려 강희의 꽃잎에 문지르기를 반복했다. 나른했던 강희의 몸에 또 다른 긴장감이 차올랐다.

"네가 얼마나 예쁜지 넌 모를 거야."

연수는 엉덩이에서 허리로 이어지는 곡선을 손바닥으로 쓰다듬으며 속삭였다.

"널 생각하며 수도 없이 수음을 했어……."

깊게 결합된 채 상체를 숙여 강희의 척추를 따라 키스를 퍼부었다.

"내 첫 몽정도 이 가슴 때문이야."

연수가 욕심껏 가슴을 움켜쥐고 귓불을 깨물었다. 가슴을 쓰다듬던 손이 천천히 배를 쓰다듬고 배꼽을 휘젓고 체모를 휘감고 꽃잎을 비볐다.

"진짜 미칠 거 같다."

완전히 몸을 일으킨 연수는 밭은 숨을 몰아쉬며 강희의 골반을 꽉 잡고 전속력으로 제 몸을 밀어붙였다. 땀이 배어난 피부가 찰박이며 부딪히고 강희의 가슴이 흔들렸다. 소파에서 삐걱삐걱 소리가 났다. 연수가 몸속 깊이 들이찰 때마다 강희는 이를 악물고 신음을 삼켰다. 그러면서도 연수에게 더 닿으려고 연수의 속도에 맞춰 엉덩이를 추켜올렸다.

"으윽. 강희야……."

연수에게 마침내 절정이 찾아왔다. 연수가 울부짖듯 강희의 이름을 불렀다. 강희는 격려하듯 손을 뒤로 뻗어 연수의 허벅지와 엉덩이를 쓰다듬어주었다. 온몸의 근육이 푸들푸들 떨리는 게 고스란히 느껴졌다.

"아아……."

연수가 몸을 튕기며 울부짖는 순간, 처음과는 완전히 다른 느낌이 강희를 덮쳐왔다. 처음의 절정이 파도처럼 밀려왔다면 지금은 해일처럼 솟구쳤다. 강희의 몸이 전기충격을 받은 것처럼 짧은 간격으로 경련을 일으켰다.

길고 긴 파정이 끝나고 마침내 연수가 강희의 등으로 천천히 쓰러졌다. 귓가에 헐떡이는 연수의 숨이 닿았다. 연수는 강희의 가슴을 부드럽게 쓰다듬으며 결합된 부위를 천천히 돌리듯 문질렀다. 강희는 몽롱한 눈으로 블라인드 틈을 내다보며 연수가 주는 후희를 즐겼다.

"저 우스꽝스러운 황금소를 보며 너랑 섹스하리라고는 상상도 못 했어."

한숨을 쉬듯 말했다.

강희의 목덜미와 어깨에 자잘한 입맞춤을 뿌리던 연수가 쿡쿡 웃음을 터트렸다.

좁은 소파에 누워 어른거리는 블라인드를 바라보았다. 간간이 들려오는 자동차 소리와 연수의 심장 소리와 히터가 돌아가는 소리가 자장가처럼 아늑했다. 서로의 팔과 다리가 나른하게 얽힌 것도 좋았다.

"흔히들 그러잖아. 자신을 사랑하라고."

강희가 발가락으로 연수의 발등을 쓰다듬으며 말했다.

"맞는 말인데…… 도대체 어떻게 하는 건지 모르겠더라, 자신을 사랑한다는 게. 넌 알아?"

"음……. 글쎄. 생각해보지 않아서."

연수가 강희의 머리에 턱을 얹은 채로 대답했다.

"흥. 너는 자존감 높은 사람이라 굳이 찾아내야 할 이유가 없었겠지."

"왜 또 삐죽이야?"

"부러워서……."

꽤 오랫동안 연수를 부러워했던 건 사실이다. 늘 자신이 해야 할 것을 정확하게 알고 있는 연수의 단단함이 부러웠다. 숨길 것도 과장할 것도 없는 투명하고 담백한 연수를 언제나 닮고 싶었다.

하지만 지강희는 지강희였다. 모나고 충동적이고 뒤끝 작렬하는. 칭찬보다 욕을 얻어먹는 게 차라리 마음 편해지는 비뚤어진 아이 말이다. 망가지고 싶은 충동이 일 때마다 강희를 붙잡아준 건 연수였다. 이렇게 형편없는 자신을 곰탱이같이 괜찮은 시키가 좋아해준다는 건 자신에게도 괜찮은 무언가가 하나 정도는 있기 때문이 아닐까, 하고.

돌이켜보면 강희의 십 대는, 적어도 연수가 자신을 좋아했던 순간을 쪽팔려 하지 않기만을 바라며 수위를 조절했던 시간이었다. 누군가를 좋아했던 자신이 부끄러워지는 관계라면 그건 정말 최악이니까.

"깜희를 보면서 깨달았어. 자신을 사랑하는 방법."

"깜희를 보고?"

"응. 깜희가 내가 준 밥을 당당하게 먹고 테디 베어 위로 올라가더니 그루밍을 시작하더라. 얼굴, 앞발, 뒷발, 잘 닿지도 않는 배…… 구석구석. 뒷다리를 하늘로 쭉 뻗고 똥꼬까지 열심히."

"왠지 상상이 된다."

연수가 웃었다.

"쫙 벌어진 깜희의 발가락을 보면서 문득 깨달았지. 저거구나. 자신을 사랑하는 방법이란 게."

"……."

연수는 웃음을 멈추고 강희의 말을 귀담아들어주었다.

"눈치 안 보기."

"눈치 안 보기?"

"응. 깜희는 눈치 안 봐. 그냥 자신에게 집중만 해. 열렬한 집중."

"열렬한 집중……."

"깜희가 나한테 와서 부리는 애교도 당당해. 지가 좋아서 그냥 하는 거야. 상대방에게 사랑을 갈구하는 몸짓이 아니라. 난 깜희처럼 될 거야."

"뭐? 깜희처럼 다리를 들고 똥꼬를 핥겠다고?"

연수가 썰렁한 농담을 했다.

"못 할 것도 없지."

강희가 당당하게 대답했다.

눈치꾸러기였다. 남과 다른 외모 때문이기도 했지만 강희는 남의 말에 쉽게 상처받고 쉽게 분노했다. 무시하는 척, 태연한 척, 강한 척했을 뿐이었다. 귓등으로 흘려들어도 아무 상관없는 얘기들을 제 가슴에 스스로 못 박았다. 따지고 보면 라라미용실 아줌마의 말이나 사람들의 시선이 상처가 될 것도 없었다. 사실은 사실이니까. 인정해버리면 그만이었다.

이제는 그러지 않기로 했다. 깜희처럼 뒷다리를 치켜들고 자신의 상처에 열렬하게 집중하기로 했다. 자신의 상처를 치료하지 않고서는 아무도 안아줄 수 없으니까.

"서울에서 재수할 때…… 처음으로 내 피부색과 머리색과 눈동자색이 예쁘다고 해준 친구가 있었어."

"……남자?"

연수가 강희의 몸을 돌려 자신을 향하게 하고 물었다.

"응."

"나도 늘 그렇게 생각했다구."

몹시 분하다는 목소리다.

"말한 적은 없잖아."

"부끄럽게 어떻게 말해."

"뭐가 부끄러워. 난 만날 너 통통해서 예쁘다고 해줬잖아."

"그거랑 그게 같냐?"

"다를 건 또 뭐야."

"그래서? 그 새끼가 뭐?"

질투하는 연수가 귀여워 강희는 연수의 목에 있는 짜장면 점에다 쪽, 소리 나게 입맞춤을 해주었다.

"그 새끼한테 쿼터라는 얘길 했더니 어느 날부터 그 새끼가 이상하게 변하더라. 날 함부로 대했어. 기분 나쁘게 질척거리더라고. 불알을 까줬지. 스트라이커처럼."

"뭐?"

연수가 소파에 얼굴을 박고 고소하다는 듯 킬킬 웃었다.

"그리고는 비열하게 뒤에서 수군수군. 웃기잖아? 이국적이어서 예쁘다더니 쿼터라고 하니까 돌변하는 거. 그 뒤론 나에 대해서 아무한테도 얘기 안 하게 되더라."

"……."

연수는 아무 말도 하지 않았다. 그저 쓰다듬듯 강희를 바라보았다.

"넌…… 모르는 거야? 모른 척하는 거야?"

연수가 다가와 강희의 이마와 머리카락에 입맞춤을 했다.

"뭘?"

"네 피부. 네 머리카락. 사나운 눈동자. 독설을 뿜어내는 입술이 얼마나 섹시하고 예쁜지."

연수가 강희의 눈을 다시 들여다보며 속삭였다.

"뭘 그렇게 대놓고……."

연수의 눈길이 너무 따뜻하고 다정해서 부끄러웠다. 연수는 고개를 돌리려는 강희의 턱을 잡고 입술을 겹쳤다. 울고 싶을 만큼 따뜻한 입맞춤이었다. 강희가 연수의 목을 감고 소파에 등을 대고 반듯하게 누웠다.

"또 하자고?"

연수가 입술 위에서 속삭였다.

"아까부터 잔뜩 부풀어 있었으면서……."

강희가 딱딱하게 부푼 연수의 그곳을 부드럽게 쓸어올리다 꽉 움켜쥐었다. 연수의 목구멍에서 신음이 터져 나왔다.

강희가 연수의 허리를 휘감았고 연수도 주저 없이 강희의 몸속으로 밀고 들어왔다. 그 순간 연수의 전화가 울렸다.

"젠장."

강희가 몸을 빼려 하자 연수가 강희의 허리를 움직이지 못하게 바싹 끌어안았다.

"받아."

강희의 말을 무시하고 연수는 더 빠르고 깊게 움직이기 시작했다. 전화가 끊어졌다 다시 울렸다. 강희가 바닥을 더듬어 연수의 바지에서 휴대전화를 찾아 통화 버튼을 누르고 연수의 귀에 대주었다.

"여, 여보세요."

연수가 소파를 짚은 채 헐떡였다.

"아, 아닙니다. 운, 운동 중이라……."

강희가 연수의 가슴을 쓰다듬으며 야하게 허리를 돌리고 연수를 죄었다 풀었다 장난을 쳤다. 연수가 질끈 감았던 눈을 뜨고 강희를 노려보았다.

"하아……. 그래요? 네? 이십 분쯤 후요? 하아…… 네. 준비하고 있겠습니다."

"왜?"

"어제 태어난 송아지가 어미한테 깔려서 다리가 부러진 거 같다고. 지금 차에 싣고 이리로 오고 있대."

"지금?"

연수는 강희의 놀란 눈을 지켜보다 입꼬리를 사악하게 끌어올렸다.

"내가 이래서 이 동네를 싫어하는 거야. 이쪽 사정은 듣지도 않고…… 꺄악."

연수가 강희의 비명을 입술로 막으며 막판 스퍼트를 올리는 육상선수처럼 강희를 몰아붙였다.

"미쳤어, 너……."

강희가 연수의 등을 두드렸지만 연수는 멈추지 않았다. 연수의 땀이 강희의 가슴골로 흘러내렸다.

하아…….

언제 사람들이 들이닥칠지 모르는 불안함이 연수와 강희를 더 흥분시

476

컸다. 두 사람은 서로에게 매달려 몸부림을 치듯 절정을 향해 달렸다.

하아악.

사납고 다급하게 치닫는 섹스는 격한 통증과도 같은 쾌감을 가져왔다. 두 사람은 땀으로 젖은 몸을 꽉 끌어안고 부르르 몸을 떨었다. 그러다 결국에는 쿡쿡대며 웃음을 터트렸다.

"뭐니, 진짜……."

강희가 서둘러 옷을 입고 병원을 빠져나오는 순간 주차장에 트럭이 라이트를 비추며 들어왔다. 방한복을 입은 아주 작은 송아지가 주인의 품에 안겨 음매음매 울고 있었다.

H읍의 12월은 포근했고 눈이 많이 내렸다.

깁스한 송아지의 어린 뼈가 붙어가고 있었고, 당나귀 녀석은 폴라리스 식물원 원장의 집으로 입양을 갔다. 입양하기 전 원장과 세 아이들은 세 번쯤 더 찾아와 당나귀와 데이트를 하고 짧게나마 주차장에서 산책도 하며 서로를 알아갔다. 그리고 당나귀 녀석은 '난' 자 돌림이라며 '난감'이라는 난감한 이름도 얻었다. 입양을 가는 아침에 난감이 녀석은 한참 동안 연수의 몸에 제 머리를 들이밀고 버텨서 연수를 난감하게 만들었다. 연수가 난감이의 머리를 부드럽게 쓸어주고 귓가에 무언가를 속삭여주자 그제야 트럭에 올라탔다.

"뭐라고 했는데?"

"비밀."

곰탱이시키가 아침부터 야하게 눈웃음을 쳤다.

강희는 난감이에게 이별선물로 빨간색 목도리를 둘러주었다. 그리고 떠나는 뒷모습을 한참 동안 바라보았다. 난감이가 도착한 곳이 '스위트 홈'이길 진심으로 바랐다.

　궂은 날씨 덕분에 지체된 부메랑 모텔의 외벽공사가 무사히 끝났고 내부공사도 끝을 향해가고 있었다. 페인트 작업도 끝났고 도배도 마쳤다. 조명공사도 흡족하게 끝났다. 바닥 시공도 거의 마무리단계다. 오늘로 카펫 작업을 끝내고 가구가 들어오고 데커레이션팀이 들어와 디스플레이만 하면 오픈 준비는 완벽하게 끝난다. 아, 하나 더. 클라이언트를 모시고 외벽 사인 점등식을 해야 한다.
　무릎을 꿇고 객실에 깐 짙은 오딧빛 카펫을 손으로 쓸어보았다. 조금 튀는 색이 아닌가 싶었는데 잿빛 벽과 잘 어울렸다. 목공팀이 심혈을 기울인 흰색 패널과 몰딩과도 썩 괜찮았다. 앉은 김에 강희는 카펫 위에 드러누웠다. 오늘은 점심을 거르고 잠을 자야겠다.
　"점심들 드시고 하세요."
　강희가 누운 채로 무전기에 대고 점심시간을 알렸다.
　"먼저들 드시고 오세요."
　밥보다 잠이 더 고팠다. 이대로 더는 버틸 수가 없었다. 낮에는 현장에서 시달리고 밤에는 연수에게 시달렸다. H가축병원이 연수와 강희의 물레방앗간이었다. 밤마다 물레방아가 멈추지 않고 돌아갔다. 쌀 다섯 가마니쯤은 찧었을 거 같다.
　꿈속에서도 연수를 만나 섹스를 할까 봐 두려웠지만 눈을 감았다. 작업팀이 점심을 먹으러 떠나고 강희는 꿈속으로 떠났다.

　"지 대리, 여기서 뭐 해?"
　누군가가 강희의 어깨를 흔들었다.
　"제발……. 더는 못 해……."
　강희가 몸을 돌리며 웅얼거렸다.

"뭘 못 한다는 거야?"

"강희 씨."

뺨을 토닥이는 손길에 눈을 떴다. 강희는 자신을 둘러싸고 내려다보고 있는 세 마녀를 멍하니 바라보았다.

"아니, 그사이 왜 이렇게 살이 빠진 거야?"

푸른빛이 돌 정도로 새까만 색으로 염색을 한 황정구 대표가 강희 곁에 쪼그리고 앉았다. 깁스도 풀고 머리색과 같은 색을 칠한 손톱이 반짝였나.

"미안하다. 고생이 많았나 보네."

클러치를 짚은 박 과장이 한 걸음 더 다가왔다.

"설마 기절했던 거야?"

아기를 낳고 더 날씬해진 금 실장이 강희의 어깨를 안아 일으켰다.

"아, 아니요. 졸려서……. 그런데 어떻게 세 분이 함께 내려오셨어요? 아기는요? 박 과장님은 그 다리로 오신 거예요?"

"애기 보다가 미쳐서 24층에서 뛰어내리기 직전에 대표님 전화 받고 달려온 거야."

"나도. 대표님이 내려가신다기에 갑갑하기도 하고 강희 씨도 보고 싶고 현장도 궁금해서 겸사겸사. 그런데…… 지 대리, 공사 진짜 잘 쳤다. 잘 나왔어. 이 카펫도 지 대리 말 듣길 잘했다. 고급스럽다."

짧은 커트머리의 박 과장이 카펫이 깔린 룸을 둘러보며 만족스러워했다.

"박 과장님 디자인이 다 한 거죠. 군더더기 없이 깔끔하고 시원시원해서 공사 치기도 편했어요."

"부메랑 사장님은 두꺼비같이 생기셨는데 은근히 감각이 있으시더라."

정구의 말처럼 두꺼운 체인 목걸이를 두르고 다니는 모텔 부메랑의 사장은 보기와 다르게 눈썰미도 있었고 디자이너의 제안을 과감하게 받아들일 줄 아는 사람이었다. 좋은 클라이언트가 결국에는 좋은 결과물을 만든다는 건 언제나 진리였다.

"모텔 로고도 우리가 밀었던 안으로 결정하시더라고요."

강희가 자리에서 일어나다 비틀거리자 금 실장이 재빨리 강희의 팔을 붙잡았다.

"왜 이렇게 말랐어? 밥은 먹고 하는 거야? 대표님, 우리 지 대리 얼른 고기 먹이러 가요."

"안 그래도 사주려고 내려왔잖아."

"내가 맛집 검색을 해봤는데 고기 숙성이 끝내주는 집이 있대. 빨리 가자."

금 실장이 강희의 팔짱을 끼고 끌었다.

"지금요? 현장 비우고?"

"현장이 문제가 아니다. 지 대리 쓰러지게 생겼다. 가자."

"황금박쥐를 위하여."

"황금박지요."

"그래, 황금박쥐."

네 사람은 미식가인 금 실장이 찾아낸 고깃집에 둘러앉아 사이다로 건배를 했다.

"대표님, 연남동 프로젝트는 어떻게 됐어요?"

강희가 서울 사무실 소식을 물었다.

"우리 아니면 누가 해?"

정구가 잘난 척을 했다.

"그럼, 공사는요?"

"지선 씨가 현장까지 맡아준대."

"그래요?"

"왜? 자기가 하고 싶어서? 지 대리, 은근 일 욕심 있다니까."

금 실장이 파 채를 덜어주며 말했다.

"일 욕심이 아니라 돈 욕심이요."

강희가 엄지와 검지를 동그랗게 맞붙이며 웃었다.

"돈 욕심내다가 과로사하겠다. 가만…… 살이 빠지긴 했는데…… 예뻐진 거 같네? 박 과장 보기에도 그렇지 않아? 뭐지? 이 요상 야릇한 냄새는? 지 대리 연애하니?"

금 실장이 강희에게 다가와 사냥개처럼 코를 킁킁거렸다.

다른 사람의 연애는 어떤지 모르겠지만 밑도 끝도 없이 애틋한 마음이 치솟아 울컥하고, 보고 있어도 보고 싶고, 섹스를 하고 있으면서도 더 닿고 싶어 안달을 내는 게 연애라면 지금 강희는 연애 중인 게 맞다.

"오픈 전날 내려오신다더니 어쩐 일이세요?"

강희가 정구를 바라보며 화제를 돌렸다. 강희의 연애 소식이 테이블에 오르면 '황금박'의 말은 끝도 없이 길어질 게 뻔했다.

"상담 때문에."

"상담이요?"

"응. 암 환자 전문 요양원을 운영하고 싶다는 클라이언트가 계시는데……."

정구가 말꼬리를 흐렸다. 강희는 그 클라이언트가 누구인지 단박에 알았지만 묻지 않았다. 대신 정구의 머리를 쳐다보았다.

"머리 염색하신 거예요? 잘 어울리세요."

"어? 어……. 실연한 기념으로."

"실연이요?"

"대표님, 우리 몰래 연애하셨어요?"

금 실장과 박 과장이 고기를 먹다 말고 정구를 바라보았다.

"내가 진짜 모처럼, 거의 10년 만에 한눈에 뿅 가는 남자를 만났거든. 스타일이며, 눈빛이며, 목소리며. 내가 목소리에 집착하는 거 다들 알지? 하여간 소울이 있는 그윽한 목소리였어. 완전 내 취향. 이름도 로맨틱하고. 그래서 들이댔지."

"진짜요?"

"그래서요?"

"그런데, 그 로맨틱한 남자가 암이래."

"헐."

"네? 요즘 3류 영화도 그렇게는 안 만들어요. 근데, 뭐가 이렇게 슬퍼……."

금 실장이 갑자기 물티슈로 눈가를 찍어댔다.

"애 낳고 이래, 내가."

민망해하며 배시시 웃었다.

"그래, 슬픈 영화지. 왠지 남자가 아프다니까 더 미련이 생기는 거야. 그런데 남자가 담담한 눈빛으로 날 지그시 바라보면서 그러더라. 자신도 마음이 흔들린다고. 자기가 여태 만나본 여자 중에 내가 넘버 쓰리래."

"왜 하필 넘버 쓰리래? 첫 번째도 아니고."

박 과장이 입을 비쭉거렸다.

"그치? 기분 나쁠 만하지? 그래서 자기가 하수인 거야."

정구가 박 과장을 향해 검지를 흔들어 보였다.

"보통은 빈말이라도 내가 여태 만나본 여자 중에 네가 제일 독특해, 쿨해, 섹시해, 이렇게 나오겠지. 그런데 사람 마음이 요상하다? 넘버 쓰리라니까 오히려 남자의 말이 진정성 있게 다가오는 거 있지. 입에 발린 소리 하는 남자는 아니구나, 하는. 그러면서 한다는 말이…… 자기가 다른 암이었다면 나랑 사귀었을 거래. 그런데, 자신은 남자로서 여자를 사랑하고 싶은데 그게 힘들다고. 당신처럼 아름다운 여자를 그냥 바라만 보는 것도 고통이라고."

"어쩜……"

금 실장의 코끝이 빨개졌다.

"이쯤 되면 포기해야 하는데 너무 미련이 남는 거야. 내가 어디서 또 이런 남자를 만날까, 싶기도 하고. 그래서 질척댔지. 친구라도 괜찮다고."

거기까지 말하고 정구는 사이다 잔을 들고 한참 바라보더니 벌컥벌컥 들이켰다.

"그래서요? 친구 하시기로 했어요?"

"딱 잘라 말하더라. 여자랑 남자는 친구가 될 수 없대."

"하. 그분 배운 분이네."

"그러네. 좀 아시는 분이다. 아깝다, 아까워."

금 실장과 박 과장이 사이다 잔을 부딪치며 고개를 흔들었다.

"그러면서 덧붙이길…… 자기 딸도 친구라며 어리바리한 남자애 하나 희망고문 하고 있다고."

컥.

먹던 고기가 목구멍에 막혔다.

황정구 대표가 춘길 씨와 미팅을 하는 동안 금 실장과 박 과장을 상대해주느라 강희는 진이 다 빠져버렸다. 세 사람을 서울로 올려 보내고 기진맥진 모텔로 돌아왔다. 오늘은 물레방앗간이고 보리밭이고 사절이다. 따뜻한 물로 목욕을 하고 전화도 꺼놓고 잠을 잘 테다.

어?

무표정한 얼굴로 앵무새처럼 "왔니? 쉬어라." 하는 미스터 권이 보이질 않았다.

"나 왔는데……."

주위를 돌아보았지만 조용했다. 오렌지 소파 위에 누워 있던 뭉치만 한쪽 눈을 떠 힐끗 쳐다보더니 이내 눈을 감고 태평한 얼굴로 코를 골았다. 아무리 문을 닫을 모텔이긴 했지만 썰렁해도 너무 썰렁했다. 강희는 백팩을 어깨에 걸치고 엘리베이터를 향해 걸었다.

"부끄러워하지 말고 큰 소리로 읽어야 해."

몇 걸음 걷던 강희가 식당 근처에서 걸음을 멈추었다. 낡은 그랜드 피아노 옆 테이블에 아름이와 승언이 마주 앉아 있었다.

"스케치북에 적힌 글을 꼼꼼하게 보면서 동시에 내가 녹음한 걸 들어. 익숙해지면 천천히 큰 소리로 따라서 읽어봐. 여기 빨간색으로 쓴 건, 네가 자주 좌우로 반전시켜서 쓰는 글자들이야."

아름이가 다정한 목소리로 차근차근 설명하는 모습을 강희는 식당 입구에 기대서서 물끄러미 바라보았다.

승언이 이어폰을 꽂은 채 스케치북을 들여다보는 동안 아름이는 턱을 괴고 승언이를 기다려주었다. 테이블 스탠드 하나만 켜놓고 마주 앉은 모습이 너무 예뻐서 괜히 울컥했다.

"책등을 훑, 훑으며 지나가는 손가락은 그을려 까맣다. 내 손톱엔 반달이 떴는데…… 그의 손에서 태양을 본다."

승언이 고개를 숙이고 천천히 또박또박 읽어내리다가 고개를 들고 아름이를 쳐다봤다.

"궁금한 게 있는데, 이게 뭐야?"

"응?"

"이 글…… 뭔데?"

"어? 어…… 시."

"시? 작가가 누군데?"

"왜?"

"어쩐지 간지러워서."

승언의 말에 아름이가 뺨을 붉혔다.

"있어. 너는 잘 모르는 사람. 자, 그럼 이번에는 들으면서 똑같이 따라 써보는 거야. 받아쓰기처럼. 자, 해봐."

아름이 스케치북을 넘겨 승언 앞에 내려주고 급하게 펜을 건네려다 바닥에 떨어트렸다. 아름이가 몸을 굽혀 주우려던 펜을 승언이도 팔을 뻗어 집었다. 두 사람의 손이 닿고 시선이 닿았다.

옴맘매.

그 모습을 바라보던 강희가 속으로 비명을 질렀다. 너무나 뻔하고 부끄러운 클리셰지만 두근거렸다.

어라?

승언이 아름이의 손을 꼭 잡고 놓아주질 않았다. 아름이의 심장 소리가 강희가 서 있는 곳까지 들리는 듯했다. 강희는 황급히 자리를 떴다. 엘리베이터 안에서 괜히 백팩을 끌어안고 비실비실 웃었다.

강희는 방으로 곧장 가다가 잠시 걸음을 멈추고 춘길 씨의 방문 앞에서 귀를 기울였다. 기타 연습을 하는지 같은 구간을 반복하고 있었다.

노크를 하고 문을 열었다.

"나 왔어요."

"그래."

춘길 씨는 기타를 연인처럼 끌어안고 느리게 손가락을 움직였다.

"저녁은요?"

"아주머니가 들깨버섯탕 해주셨다. 너는?"

"고기 먹었어요. 배 터지게."

"잘했네."

"컨디션은요?"

"좋아. 더할 나위 없이."

춘길 씨가 띠링, 맑은 소리를 내며 씩 웃었다. 하여간. 못 말린다.

"여자들한텐 먹히겠지만 나한테는 안 통하니까 그렇게 웃지 말아요."

강희는 쌀쌀맞게 내뱉고 춘길 씨의 방을 빠져나오려다 걸음을 되돌렸다. 갑자기 할 말이 떠올랐다.

"이번에 서울 갈 때, 나랑 같이 가요."

춘길 씨가 기타를 내려놓고 강희를 바라보았다.

"모셔다드릴게요. 딱 거기까지만 할 거예요."

강희는 그렇게 말하고 쿵, 춘길 씨의 방문을 닫았다.

"공부 끝났어?"

방으로 돌아가려는데, 승언이 스케치북을 들고 복도를 걸어오고 있었다.

"오늘 동창회 있잖아. 안 갈 거야?"

승언이 물었다.

"내가?"

"넌 동창 아니야?"

"뭐 그렇긴 해도. 너도 안 갈 거잖아."

"나? 난 가는데?"

'자퇴했는데 동창회를?' 하는 표정을 짓자 승언이 피식 웃었다.

"애들 보고 싶어서 그냥 간다. 너도 언제 또 오겠냐. 여기 있을 때 한 번 얼굴이라도 봐라. 송년회 겸 안건도 있다니까."

"동창회 하기에 너무 늦은 시간 아니냐? 8시가 다 되어가는데. 밥 먹고 술 먹고 회의는 언제 하는데?"

"그냥 차 마시고 간식 먹고 그렇게 한다."

"H읍에 안 어울리게 너무 건전하다?"

"몇 년 전에 술 먹고 싸우고 경찰서 가고 난리 한번 난 뒤로는 이렇게 바뀌었어."

"바람직하네. 근데, 너무 피곤해서 쉬고 싶은데……."

"흥. 피곤도 하시겠지."

승언이 코웃음을 치고 제 방으로 향했다.

"야, 차승언. 그 웃음 뭐냐?"

승언에게 다가가 어깨를 잡았다.

"내가 뭘?"

"누나 연애하는 게 부럽냐?"

"부럽긴!"

승언이 괜한 허세를 부렸다.

"부러우면 너도 해. 너 저렇게 아름이 의사 선생한테 뺏길 거야? 내가 미스터 권 슬쩍 떠보니까, 그 의사 선생 사람이 괜찮대. 어제는 퇴근길에 프런트에다가 마카롱도 두고 갔대. 전해달라고. 아주 지능적인 놈이야. 너무 부담스럽지 않은 선물로 거절도 못 하게 만들고, 아름이가 작고 예쁘고 달콤한 거에 약하다는 걸 노린 거지. 나도 솔직히 너 아니면 아름이가 의사 사모님 되는 게 훨씬,"

"할 거야. 고백."

승언이 불쑥 내뱉었다.

"……?"

"자격증 따고 면허 나오면 그때 진지하게 만나보자고 할 거라고."

승언은 그 한마디를 남기곤 방 안으로 도망치듯 들어가버렸다.

승언이와 아름이에게 붙잡혀서 동창회가 열리는 게이트볼 장으로 끌려 나갔다. 겨울밤, 조명이 켜진 게이트볼 장은 커다란 이글루처럼 보였다.

"총동창회야?"

"아니, 우리 기수부터 아래로 3년까지. 그래봤자 한 삼십 명 정도 오려나? 어? 저건 뭐지?"

아름이가 입구를 가리켰다. 한 남자가 안으로 들어서는 사람들에게 백합을 한 송이씩 나눠주고 있었다.

"여기 H고 동창회 맞냐? 저런 이벤트도 해?"

"아니. 처음인데? 어? 쟤, 최민구잖아."

"그러네."

아름이의 말에 승언이 맞장구를 쳤다.

강희가 입구 쪽으로 다가가자 최민구가 커다랗고 싱그러운 백합 한 송이를 강희에게 건넸다. 한겨울에 이렇게 호사스러운 백합이라니.

"반갑다. 너 일하러 왔다는 얘긴 들었어."

최민구가 여전히 소년 같은 얼굴로 웃었다.

"웬 백합이야?"

"아, 나 백합 농사 지어."

"쪽파 아니고?"

강희의 말에 최민구가 하하 웃음을 터트렸다.

"그날…… 장례식장에서 네가 물었었잖아. 꽃 키우냐고. 그 말이 계속 머릿속에서 맴돌더라. 나도 까맣게 잊고 있었던 내 꿈 말이야."

"……."

"네 덕분에 용기를 냈다."

"덕분은 무슨. 그냥 아무 생각 없이 물었던 건데……."

"융자도 좀 내고 시작했다. 올해 첫 출하했는데, 경매도 괜찮게 받았어. 내년에는 잘하면 수출하게 될지도 몰라."

강희는 물끄러미 최민구의 손을 바라보았다. 앳된 얼굴과 달리 거칠게 갈라진 손으로 백합을 한 아름 안고 있었다.

"최민구, 완전 꽃을 든 남자네. 멋있다."

"멋있긴."

최민구가 쑥스러워했다.

"야, 어쨌든 축하한다. 대박 나라."

"너, 그거 알아? 백합이랑 쪽파랑 같은 백합과라는 거?"

"진짜?"

최민구의 말에 강희가 웃었다. 최민구의 백합은 강희가 지금껏 맡아본 것 중에 가장 향기로웠다.

"그러니까, 푼돈 모아서 어떻게 장학회를 하냐고?"

동창회의 안건은 동창회 이름으로 장학사업을 하자는 거였다. 여러 가지 의견이 나왔지만 신통치 않았다. 이런 자리에 김헌열이 왜 왔는지 모르겠지만 어쨌든 동창이니 딴죽을 걸고 싶은 마음은 없었다. 하지만 의견이 나올 때마다 이죽거리는 김헌열 때문에 강희는 자신도 모르게 불쑥불쑥 치솟는 주먹을 주머니 속에 밀어넣었다. 그러다 문득 예전에 보았던 기사가 떠올랐다. 독일의 한 지방에서 청년들이 만든 캘린더에 관한 기사였다.

"내가 기사를 본 적 있는데 독일에서……."

"거기. 지방 방송 끄고 직접 발언해주세요."

강희가 아름이의 귓가에 속삭이는데, 동창회 사회를 맡은 한우가 불쑥 강희를 가리켰다. 동창들이 호기심 가득한 얼굴로 강희를 바라보고 있었다.

"어. 그게……."

강희가 난감한 표정을 짓는데 누군가가 마이크를 강희에게 건네주었다. 강희는 잠시 망설이다 마이크를 집었다.

"안녕하세요. XX년 졸업생 지강희입니다. 김헌열 동창처럼 능력 되는 동창들이 일회성이 아니라 매년 꾸준하게 기부를 해서 장학사업의 베이스를 만들어주면 정말 바람직하죠. 아마도 김헌열 동창은 그 말을 하고 싶었던 거 같은데, 그죠?"

강희가 건너편에 무스탕을 빼입은 김헌열을 바라보았다.

"그야 뭐⋯⋯."

강희를 지켜보던 시선들이 일제히 제게로 쏠리자 김헌열이 떨떠름한 표정으로 주름이 펴진 이마를 문질렀다.

"장학사업도 여러 가지가 있겠지만, 지속 가능한 방법으로 매년 H고 동창들만의 캘린더를 만들면 어떨까 하는 생각을 했습니다. 독일의 한 지방에서 시골에 대한 이미지를 제고하기 위해서 섹시하고 젊은 농부 달력을 만든 게 히트를 쳐서⋯⋯."

섹시한 달력?

섹시한 농부가 어디 있어?

여기 섹시한 애들 있냐?

여기저기서 웅성웅성 난리여서 강희는 말을 이을 수가 없었다.

"아, 정숙해주세요. 지강희 동창, 마저 발언해주시기 바랍니다."

한우가 중재를 했다.

"일 때문이지만 10년 만에 H읍에 내려오게 되면서 느낀 게 많습니다. 동창들이 살아가는 모습을 보면서 뿌듯하기도 했고, 고생하는 모습에 안타깝기도 했고 뭐⋯⋯ 그랬습니다. 어쨌든 동창들이 살아가는 모습을 담은 캘린더를 제작해서 크라우드펀딩 형식으로 판매도 하고 기부도 받는 거죠. 타지에서 자리를 잡고 살고 있는 동창들도 고향 소식과 동창들 모습을 볼 수 있어서 좋을 거 같고. 다만, 모델로 선정되시는 분들은 최대한 섹시해져야 합니다. 섹시한 케이크 가게 주인, 섹시한 기계 수리공, 섹시한 복지사, 섹시한 도서관 사서, 섹시한 목수, 백합 키우는 섹시한 농부, 섹시한 포클레인 기사, 섹시한 수의사⋯⋯. 무조건 섹시해야 합니다."

으하하하.

게이트볼 장이 아수라장이 되었다. 서로 어깨를 치며 깔깔대고 휴대전화를 꺼내 강희가 말한 기사를 검색하기도 하고, 자신이 모델이 되겠다고 나서기도 했다.

"좋은 의견 같긴 한데…… 촬영이나 디자인이나 제작비용이 많이 들지 않을까?"

누군가가 물었다.

"퀄리티를 유지하기 위해서는 전문가에게 맡기는 게 좋지만 동창들의 재능기부도 많았으면 합니다. 그런 의미에서 포토그래퍼로 김용수를 추천합니다."

강희의 말에 사람들이 워어, 놀라며 김용수를 바라보았다. 떠버리 김용수가 부끄러운 듯 뒤통수를 긁적였다.

몇 가지 추가의견이 올라오고 사업성을 검토한 후 다음 동창회에서 투표로 결정하는 걸로 마무리되었다.

"선배님."

노인숙이 나눠주는 컵케이크를 먹는데 한우와 난우가 나란히 다가왔다. 하얀색 스웨터를 입고 백합을 든 난우는 모습 그대로 '백합을 든 소녀'처럼 맑고 고왔다.

"세미나 있다며? 윤 선생은 안 갔어?"

"네? 세미나요?"

난우가 고개를 갸웃했다.

"연수…… 무슨 세미나 있다고 옷 빼입고 나가던데?"

"아아……. 맞다. 그랬지. 저, 저는 안 갔어요. 별로 관심 없는 분야라."

뺨을 붉히며 말을 더듬는 난우를 바라보며 강희는 민트초콜릿 맛이

나는 컵케이크를 천천히 씹었다.

"여기예요."

춘길 씨는 천천히 방을 둘러보았다. 춘길 씨가 원룸을 둘러보는 동안 강희는 보일러의 온도를 높이고 창문을 열까 하다가 공기 청정기를 틀었다.

"허브 차 있는데……."

선인장에 물을 주고 고개를 돌리자 춘길 씨는 재킷 주머니에 손을 찔러넣은 채 호퍼의 그림을 물끄러미 바라보고 있었다.

"난 이 그림보다 오토맷(Automat)이 더 좋아. 엄마는 여행 중이니까."

"……."

강희는 더 묻지 않고 주전자 버튼을 눌렀다.

"드세요. 윤 선생…… 연수랑 같이 일하는 수의사가 준 차예요. 유기 농 캐모마일."

강희는 춘길 씨에게 찻잔을 건네고 나란히 앉아 그림을 바라보았다.

"호퍼의 고독은 큰 키 때문이야."

춘길 씨가 캐모마일을 한 모금 마신 후 말했다.

"큰 키 때문에 그래스호퍼[16]라고 놀림을 당했대. 호퍼의 키가 거의 2 미터 정도였다지. 열두 살 때 이미 180센티미터가 넘었다니까. 한밤중에 일어나 달을 바라봐야 할 만큼 소년은 외롭고 고독했지."

춘길 씨는 휴대전화를 꺼내 무언가를 검색하더니 강희에게 그림 한 장을 보여주었다. 침대에 앉은 소년이 창밖 바다 위에 떠 있는 보름달을

16 Grasshopper, 메뚜기

바라보는 그림이었다.

"생각해봐. 호퍼의 키가 저렇게 크지 않았다면 이런 그림도 세상엔 없었겠지."

강희는 피식 웃었다. 이런 얘기가 좋다. 이렇게 아무렇게나 찍어다 붙여도 아무 상관없는 이야기를 듣는 게 좋았다.

"전화위복이네요."

"아빠는 외로움이나 슬픔이나 고통 따위가 예술로 살아남는 게 좋아. 인간은 고독하지 않으면 자신의 모습을 알 수 없거든."

춘길 씨와 강희는 겨울 햇살 속에 앉아 차를 마시며 영양가 없는 말을 주고받았다.

"딸이 사는 집을 둘러본 소감이 어때요?"

몇 시간 뒤면 춘길 씨는 2차 항암치료를 받으러 다시 입원해야 한다. 춘길 씨는 입원하기 전에 강희가 사는 곳이 보고 싶다고 했다.

"좁다."

별 기대는 안 했지만 춘길 씨다운 대답이었다.

"그래도 고시원에 비하면 천국이죠."

고시와는 무관한 사람들이 살고 있는, 최저 주거기준에도 못 미치는 공간에서 6년을 넘게 버티었다. 옆방 사람의 숨소리까지 들렸다. 심지어 방귀 소리까지. 마치 함께 잠을 자는 기분이 드는 민망한 공간에서 강희는 이십 대를 보냈다.

"미안하다……."

춘길 씨가 재킷 안주머니에서 봉투를 꺼내 내밀었다.

"이게 뭔데요?"

"집들이 선물 대신."

"새삼스럽게 이런 걸 뭐. 필요 없어요."

"정 필요 없으면 '오토맷'을 사다 나란히 걸어두든가. 그런데 둘이 지내기에 너무 좁지 않나?"

춘길 씨가 봉투를 마룻바닥에 내려놓으며 말했다.

"둘이 지내다니요?"

"연수 서울 오면……."

"걔가 서울엔 왜 와요?"

강희는 지레 찔려 통명스럽게 대꾸했다.

"연수…… 서울 오기로 한 거 아니었어?"

"언제요?"

춘길 씨가 강희를 돌아보았다. 마치 몰랐냐고 묻는 듯.

"아니면 됐고."

"아는 대로 말해줘요. 연수가 뭐요?"

"연수, 지난번에 수의연구사 경력경쟁채용 면접 보러 간 거 몰랐니?"

"그걸 춘길 씨가 어떻게 아는데요?"

나도 모른 걸.

강희는 마지막 말을 삼켰다. 동창회가 있었던 날, 난우가 허둥거렸던
게 비로소 이해가 되었다.

"너랑 같이 있고 싶어서 힘들게 결정한 거니까 너무 몰아세우지 마
라."

"나랑 있고 싶어서요?"

"네가 못 오니 지가 갈 수밖에."

춘길 씨는 그렇게 말하고 다시 그림을 바라보았다.

춘길 씨를 입원시키고 H읍으로 돌아오자마자 곧장 연수의 병원으로
달려갔다.

젠장.

유리문을 연 순간, 난우와 한우가 화들짝 놀라 서로에게서 떨어졌다.

당황한 한우가 헛기침을 하며 약장을 너듬다 괜히 깜희를 건드려 솜방 망이로 얻어맞았다.

"미안. 급해서 그러는데 연수는? 전화를 안 받네."

또 어딘가에 휴대전화를 던져두고서 일을 하는지 연수는 전화를 받지 않았다.

"원장님 지금 계약 농장에서 정기검진 중이신데……."

난우의 뺨은 안쓰러울 만큼 빨갛게 달아올라 있었다.

"어디?"

"J면에 있는 한울 농장이요. 오늘은 아마 늦게까지 거기 계실 거예요."

"주소 좀 알려줘."

강희는 난우가 알려주는 주소를 받아 들고 나가려다 뒤돌아서서 한우를 바라보았다.

"류한우. 입술……."

한우의 입술을 가리키며 엄지로 립스틱을 닦아내는 시늉을 해 보이고 피식 웃었다.

강희는 얌전히 기다리지 못하고 J면으로 달려갔다.

추수가 끝난 옥수수밭을 따라 달리자 사료탱크가 보이기 시작했다. 거대한 마시멜로 같은 건초더미가 장벽처럼 쌓여 있는 걸 보니 규모가 꽤 큰 농장 같았다.

농장 입구에 방역을 위한 바리케이드가 설치되어 있었다. 강희는 차에서 내려 소독 발판에 발을 닦고 손세정제를 문지르며 안으로 들어갔다.

"이 녀석은 정말 예쁘게 생겼네요."

세 동의 축사를 지났을 때, 연수를 보았다.

방역복을 입고 무릎을 꿇은 채, 송아지를 바라보는 연수는 예뻐 죽겠다는 얼굴이다. 송아지들만 모아놓은 축사인지 연수의 주위에 온통 송아지들뿐이었다. 연수가 움직이자 송아지들이 우르르 연수만 따라다녔다.

"하여간 못 말려. 천 선생만 오면 이런다니까. 송아지들의 아이돌이야."

농장주로 보이는 남자가 펜스에 기대어 연수와 송아지들을 바라보며 웃었다.

"천국이 따로 있나요? 이 눈을 보고 있으면…… 여기가 천국이죠."

연수가 그렇게 말하며 송아지의 이마에 제 이마를 쿵 부딪쳤다. 연수와 송아지 뒤로 겨울답지 않게 귤빛 노을이 포근하게 내려앉았다. 강희는 연수의 모습을 지켜보다 가만히 발걸음을 돌렸다.

"깜짝이야."

샤워를 마치고 나온 연수가 강희를 보고 움찔 놀라며 수건으로 몸을 가렸다.

"뭘 가려. 깜희는 괜찮고, 나는 안 돼?"

"하여간, 너는……."

연수는 서둘러 속옷을 챙겨 입고 강희를 돌아보았다.

"아저씨는 병원 잘 들어가셨고?"

"응. 간병인 아저씨가 좋은 분 같더라. 마음이 놓여."

"다행이네."

"곰탱이 이리 와봐. 내가 머리 말려줄게."

강희가 욕실에서 헤어드라이어를 들고 나와 연수를 불렀다.

"갑자기 왜 그래? 너 이러면 무서워. 차라리 화를 내."

"천연수, 좋게 말할 때 빨리 안 와? 하나, 둘, 셋……."

강희가 불량하게 한쪽 눈썹을 치켜올리고 손가락을 까딱였다. 연수가 킬킬대며 강희의 앞에 앉았다.

위이잉.

드라이어를 켜고 연수의 머리를 말렸다. 거의 다 말라가는 머리카락을 부드럽게 쓸어주자, 연수가 나른하게 한숨을 쉬며 강희의 허리를 끌어안았다.

"집 안 짓기로 했어?"

드라이어를 끄고 강희가 물었다.

"승언이 말로는 공사 중단했다며."

"……."

연수가 천천히 눈을 뜨고 강희를 올려다보았다. 올 것이 왔구나 하는 눈빛이었다.

"천연수. 생각해봤는데……."

강희는 드라이어를 내려놓고 연수의 책상에 걸터앉았다. 그리고 H읍으로 돌아오는 고속도로에서 내내 했던 고민을 털어놓았다.

"이제 때가 된 거 같아. 결정을 내릴."

"무슨 결정?"

"너한테 선택할 기회를 줄게. 잘 생각하고 대답해줘."

"……."

"솔직하게 난…… H읍으로 돌아올 생각 없어. 그런데, 넌…… H읍에 꼭 필요한 사람이잖아."

"강희야, 사실."

연수가 강희의 손을 잡으려고 했지만 강희가 손바닥을 펼쳐 보였다.

"아니, 내 말 먼저 들어봐."

"……."

"일주일에 이틀, 일 없으면 더 머물 수도 있고. 이게 내가 지금 할 수 있는 최선이야."

"내가 서울로 이직하는 방법도 있어."

"싫어."

강희가 고개를 흔들었다.

"난…… 우리 관계가 누군가의 일방적인 포기나 희생으로 계속되는
건 바라지 않아. 그게 너든 나든. 넌 네가 좋아하는 걸 하고 난, 내가 좋
아하는 걸 하면서 가보자. 하나씩. 먼저 장거리 연애부터. 어쩔래? 나랑
계속해볼래?"

강희가 악수를 청하듯 손을 내밀었다.

연수가 손을 선뜻 잡지 못하고 강희의 얼굴만 빤히 바라보았다.

"마지막으로 경고하는데, 너 지금 잘 선택해야 해. 이 손 잡았다가 재
수 없으면 넌 주말 남편이 될지도 모르고, 어쩌면 기러기 아빠가 될 수
도 있어."

"지강희…… 지금 프러포즈하는 거야?"

"완벽한 너에게 한 가지 부족한 게 있어. 그건 바로 나야."

뻔뻔한 프러포즈였다.

연수가 일어나 강희의 뒤쪽 벽을 짚었다. 강희는 연수의 품에 온전히
갇혀버렸다.

"물레방앗간으로 가자."

연수가 강희의 입술 위에서 속삭였다.

"거기…… 너무 핫 플레이스 됐더라. 오늘은 여기 보리밭 어때? 춘길
씨도 없는데."

강희가 연수의 목을 끌어안고 눈을 감았다.

모텔의 현판식이 있던 날, 부메랑 사장님은 H읍의 사람들을 모두 초

대했다. 출장뷔페를 부르고 수건도 돌리고 이벤트 업체도 불렀다. 크리스마스캐럴이 흘러나오고 시골 잔칫집처럼 뻑적지근하게 먹고 마셨다.

아이고, 근사하네.
동네가 확 달라 보인다.
요즘은 진짜 자재들이 좋다, 좋아.
영감이랑 하룻밤 자고 싶네.
계모임 여행 갔을 때 묵었던 호텔보다 낫다.
모텔 딸내미가 공사를 했다잖아요.
그러게. 재주가 있네.
아주 애가 야무지더라고.
어릴 때부터 그랬잖아요, 왜.

올 수 있는 사람은 모두 모여 흥청거렸다.
"청소야, 또 하면 되지. 그동안 고생 많았어요, 지 대리."
기껏 세팅해놓은 크리스마스 장식이 흐트러지고 모텔이 사람들로 지저분해져도 부메랑 사장님은 개의치 않아 했다.
"덕분에 무탈하게 잘 끝났어요. 처음에 박 과장 사고 소식 듣고 일이 꼬이는 거 같아서 찜찜했었거든. 내가 좀 그런 걸 믿는 편이라……. 게다가 후임으로 온 지 대리 보고는 속으로 많이 걱정했습니다. 여리한 아가씨가 이 큰 공사를 어찌해내나, 했는데. 대단해요."
부메랑 사장님이 황정구 대표를 바라보며 웃었다.
"어이쿠. 지 사장님. 안 오시나 했는데, 출장 잘 다녀오셨습니까?"
해쓱해진 춘길 씨가 난 화분을 들고 모텔 로비로 들어섰다. 정구는 춘길 씨에게 가볍게 목례를 하고 자리를 비켜주었다.
"축하드립니다."

"아이고, 그냥 오셔도 되는데 뭘 이런 걸 다……. 지 사장님 덕분에 좋은 업체 만나서 아주 잘 끝났습니다. 제가 한번 모시겠습니다."

"모두 사장님 인덕이죠. 모텔이 아주 근사합니다."

춘길 씨는 그렇게 말하고 모텔을 둘러보았다. 모텔의 구석구석을 바라보는 춘길 씨의 눈빛이 쓸쓸했다.

"자, 점등식 합니다."

모두 밖으로 나와 모텔을 바라보았다. 부메랑 사장님이 리본이 묶인 스위치를 눌렀다. 어둑한 겨울 하늘을 배경으로 모텔 부메랑의 사인에 불이 들어오고 크리스마스 장식을 한 조명들도 한꺼번에 꽃처럼 피어났다.

와아.

탄성과 박수가 여기저기 터져 나왔다.

춘길 씨는 오래도록 모텔 부메랑의 간판을 올려다보았다. 춘길 씨의 회색 머리카락이 바람에 날렸다. 그 모습 위로 처음 모텔 캘리포니아의 간판에 조명을 밝히던 까만 머리의 춘길 씨가 겹쳐졌다.

"가요."

강희가 춘길 씨의 팔에 팔짱을 끼웠다. 춘길 씨는 자신의 팔을 잡은 강희의 손을 한참 바라보더니 강희의 손등을 가볍게 토닥였다. 춘길 씨와 강희는 팔짱을 낀 채 모텔 캘리포니아로 돌아왔다.

"잘 다녀오셨습니까."

오늘도 어김없이 나비넥타이를 한 미스터 권이 기다렸다는 듯 정문을 열어주며 춘길 씨와 강희를 맞아주었다.

"이게 다 뭐야?"

로비에 들어선 강희가 소리를 질렀다.

"생신 축하드립니다. 지강희, 생일 축하한다."

아름이가 환하게 초를 밝힌 케이크를 들고 조심조심 걸어왔다. 그 뒤로 연수와 한우와 승언이 폭죽을 들고 기다리고 있었다. 조율도 하지 않은 피아노에 앉아 난우가 '겨울 아이'를 연주했다. 낡은 피아노에서 아직 소리가 나는 게 신기했다.

"얼른 소원 빌고 끄세요."

아름이가 재촉했다.

"아냐, 이런 거 딱 질색이야. 간지러운 거 싫단 말이야."

도망치려는 강희를 춘길 씨가 붙잡았다.

"딸, 완벽한 크리스마스를 망치지 마라."

춘길 씨가 눈가에 주름을 잡고 강희의 손을 잡았다. 강희는 억지로 케이크 앞으로 끌려갔다.

"빨리. 케이크에 촛농 떨어지잖아."

아름이는 케이크가 망가질까 봐 조바심을 냈다. 강희는 춘길 씨와 손을 꼭 잡은 후, 촛불을 껐다.

팡.

폭죽이 터지고, 모텔 캘리포니아의 마지막 밤이 시작되었다.

"미스터 권."

춘길 씨가 기타를 들고 리베르탱고를 연주했다. 미스터 권이 해미리 아줌마에게 다가가 손을 내밀었다. 해미리 아줌마가 쑥스러운 듯 손을 젓다가 마침내 미스터 권의 손을 잡았다. 미스터 권과 해미리 아줌마가 탱고를 추었다.

와아아.

두 사람의 예사롭지 않은 몸놀림에 모두들 입을 딱 벌렸다. 조율하지 않은 피아노에 나란히 앉아 한우와 난우가 킬킬대며 젓가락행진곡을 연주했다. 승언이는 아름이에게 크리스마스카드를 건넸다. 무슨 내용일지 몹시 궁금했다.

연수는······

송아지를 받으러 밥을 먹다 말고 나갔다.

모텔 캘리포니아의 크리스마스 패키지는 우스꽝스럽지도 초라하지
도 않았다. 춘길 씨의 예상대로 완벽했다.

한우가 난우를 데려다주러 나가고 승언이와 아름이도 뭉치를 데리고
밤 산책을 나갔다. 미스터 권과 해미리 아줌마도 뒷정리를 하느라 로비
엔 춘길 씨와 강희뿐이다. 나란히 오렌지색 소파에 앉아 고갱의 그림을
보고 있는데, 일 년에 오 분씩 느려지는 괘종시계가 열두 번 울렸다. 그
리고 마법에서 풀려난 신데렐라처럼 오물투성이의 연수가 돌아왔다.

"송아지는?"

"무사히 낳았어. 금방 씻고 내려올게."

연수가 방으로 올라가자 춘길 씨가 피곤한 듯 얼굴을 문질렀다.

"올라가서 쉬세요."

"그래, 그래야지."

대답은 그렇게 하면서도 춘길 씨는 좀처럼 움직이지 않았다.

"마지막이구나."

"네."

"불을 켜는 날이 있으면 끄는 날도 있어야겠지."

"……."

강희는 춘길 씨의 옆모습을 바라보았다. 지나온 시간을 더듬는 듯 모
텔을 둘러보는 춘길 씨 모습에 켜켜이 쌓인 시간의 흔적이 보였다. 문득
궁금했다. 모텔 캘리포니아가 춘길 씨에겐 어떤 곳이었는지. 춘길 씨에
게만은 스위트 홈이었길 바랐다.

"먼저 일어날게요."

춘길 씨에게 작별의 시간이 필요한 듯했다.

"그래, 쉬어라."

강희는 춘길 씨를 남겨두고 혼자 방으로 올라왔다.

"올라왔어?"

젖은 머리를 털며 연수가 방에서 나왔다. 강희는 말없이 연수의 손을 잡아당겼다.

"왜?"

"그냥…… 오늘 마지막이잖아. 춘길 씨가 혼자 있고 싶어 하는 거 같아서. 조용히 모텔 캘리포니아랑 인사할 시간을 주고 싶었어. 이리 와봐. 여기서 보일 거 같다."

강희와 연수는 복도 끝에 있는 창으로 모텔 캘리포니아 간판을 올려다보았다. 창으로 H읍의 밤하늘이 보였다. 새치름한 눈썹달도 떠 있다.

"달이 예쁘다."

"응."

나란히 서서 달을 바라보는데 툭 하고 'OTEL CALIFORNIA' 조명이 꺼졌다.

이제 정말 끝이다.

"곰탱아……."

강희는 연수를 품에 꼭 끌어안고 등을 토닥여주었다.

"뭐……야?"

"포옹하는 거잖아."

"……."

"왜? 더 세게 해줘?"

강희가 장난스럽게 물었다.

"어. 더 세게."

연수가 심각하게 대답했다.

"이만큼?"

강희가 팔에 힘을 주었다.

"더. 더 세게. 갈비뼈가 부러지도록."

연수가 욕심을 부렸다.

"탐욕스런 시키."

두 사람은 서로를 꽉 끌어안고 쿡쿡 웃음을 터트렸다.

"잘 자."

연수의 뺨에 입맞춤을 하고 문을 닫았다.

목욕을 하고 제일 따뜻한 옷을 꺼내 입고 연수가 아름이 편으로 보냈던 알록달록한 수면양말을 신고 이불 속으로 파고들었다.

하아.

처음으로 달콤했다.

이 조그마한 방이.

깜희

그녀가 오는 날이다.

냄새로 알 수 있다. 그녀가 오는 날이면 내 오랜 동거인인 남자의 몸 속에 어떤 물질이 급격하게 증가한다. 남자에게서 달빛과 별빛에 젖은 달개비꽃 냄새가 나기 시작하고 남자는 흥분상태에 빠져든다. 그리고 정신의 반이 사라진다. 빛을 내기도 하고 이상한 소리가 울리기도 하는 물건을 자주 차에다 두고 오고, 진료를 나갔다가 진료도구를 빠트리고 와서 찾으러 가기도 한다. 지금도 셔츠의 단추를 하나씩 밀려 채운 채 밖을 내다보고 있다.

안 되겠다.

저 꼴을 그녀가 보게 해서는 안 된다. 나는 뻣뻣한 관절을 천천히 풀고 남자에게 다가갔다.

"깼니?"

남자는 다정하다.

"배 안 고파?"

눈빛도 따뜻하다.

돌아가신 엄마는 절대 남자의 곁을 떠나면 안 된다고 했다. 인간의 시간으로 14년 가까이 남자와 살다 보니 엄마의 말이 이해가 됐다. 남자의 다리에 정수리를 문질렀다. 내 나름의 애정표현이다. 남자가 커다란 손으로 날 안아 든다. 나는 셔츠의 단추를 발로 툭 건드렸다.

"컨디션은 어때?"

냐아.

괜찮아. 최근에 부쩍 피곤했지만 눈을 깜빡여 남자를 안심시켜주었다. 다시 툭, 단추를 건드렸다. 둔한 남자는 알아채지 못한다.

냐아아아아.

단추 다시 채워. 답답해서 한마디 했다. 그래도 알아차리지 못한다. 포기하고 만다. 세 번이면 족하다. 네 번은 버겁다. 나도 이제 늙었나 보다.

"깜희야, 왜 이렇게 안 오지? 차가 막히나?"

남자가 내 이마를 긁어주며 낮게 한숨을 쉰다. 나는 남자의 가슴에 얼굴을 묻고 눈을 감는다. 내가 걱정한다고 그녀가 빨리 오는 것도 아니니까.

얼마쯤 지났을까.

쿵쿵쿵. 커다란 북소리에 놀라 깼다. 남자의 심장 소리다. 남자의 심장이 빠르고 세차게 뛰기 시작했다. 그녀가 도착했다는 신호다.

"깜희야."

유리문이 열리고 그녀가 들어온다.

나의 주인.

믿을지 모르겠지만 돌아가신 엄마가 그랬다. 남자의 곁에서 네 주인을 기다리라고. 소년이었던 남자가 진짜 어른 남자가 되어가는 시간 동안 하염없이 기다렸지만 주인은 나타나지 않았다. 고양이의 삶은 짧다. 나는 내 삶이 끝날 때까지 주인을 만나지 못할까 봐 조바심이 났다. 엄마의 말을 의심하기 시작했다. 그러던 어느 날 나의 주인이 나타났다. 엄마의 말이 맞았다. 한눈에 알아볼 수 있다고 했는데, 정말 그랬다. 12년을 기다려 나는 나의 주인을 만났다. 그녀는 나의 눈을 바라보며 엄마를 알고 있다고 말해주었다. 엄마의 할아버지도. 할아버지의 엄마도 알고 있다고. 그녀를 만나 내 삶이 완성되었다.

"잘 지냈어?"

그녀의 품에 안긴다.

"안 보고 싶었어?"

냐아아.

보고 싶었어. 내 이마에 입맞춤을 하는 그녀에게서 바다 냄새가 난다. 지난여름, 태어나서 처음 가보았던 곳. 그녀는 지난 몇 달간 제주도라는 섬에서 일을 했다. 덕분에 묘생 14년 만에 처음으로 비행기라는 것도 타보고 바다도 보았다. 그녀와 남자와 나는 매일 저녁, 아무도 없는 하얀 모래 위를 오래도록 걸었다. 햇볕에 데워진 따뜻한 모래는 내가 매일 똥을 싸는 모래와는 차원이 달랐다. 나는 태양을 삼키는 검붉은 바다를 오래도록 바라보았다. 가슴이 이상하게 울렁거렸다.

한 생명이 다른 생명에게 처음을 경험하게 해주는 순간이 얼마나 벅찬 것인지 그녀와 남자는 알까. 남쪽 바다의 일몰을 바라보며 나는 다짐했다. 이런 순간에 죽으리라. 낮과 밤이 만나 부딪혀 찢어지고 멍드는 찬란한 순간에 말이다.

"나는?"

남자가 질투한다. 남자가 아이처럼 투덜대면 내 주인은 아름다운 눈동자로 남자를 나른하게 바라본다. 두 사람이 교감할 때 나오는 에너지는 나를 행복하게 한다. 그녀가 남자의 입술에 입맞춤을 해준다. 그녀의 품에 더 안겨 있고 싶지만 나는 낄 때 끼고 빠질 때 빠질 줄 아는 고양이다.

냐아아.

"왜? 내릴 거야?"

그녀의 품에서 내려와 창가로 다가간다. 해가 점점 짧아지는 계절이다. 털을 고르며 남아 있는 햇살을 즐길 시간이다.

"일은 이제 다 끝난 거야?"

긴 입맞춤을 끝낸 남자가 그녀의 머리카락을 쓸어넘긴다. 햇볕에 그을린 얼굴에 주근깨가 돋아났다. 남자가 손끝으로 주근깨를 쓰다듬는다.

"응. 공사는 빡셌는데, 바다는 원 없이 봤다."

"그럼 이제 나도 원 없이 봐주라. 얼굴 못 본 지 2주나 됐다."

"그러려고 왔잖아. 어디 보자, 우리 곰탱이……."

그녀가 몸을 뒤로 젖혀 남자의 얼굴을 바라보며 웃는다. 반짝이는 갈색 눈동자가 남자의 뻗친 머리카락과 샤워 후에 아무것도 바르지 않아 건조해진 뺨과 구겨진 셔츠에 닿는다.

"설마 오늘 하루 종일 이러고 다닌 거야?"

그럴 줄 알았다. 눈썰미 있는 그녀가 놓칠 리가 없다.

"뭐가?"

"뭐긴. 단추 밀려서 채웠네."

"아까 샤워하고 급하게 입느라."

"하여간."

그녀가 남자의 셔츠 단추를 풀어 다시 채웠다. 말 잘 듣는 아이처럼 얌전히 서 있던 남자가 갑자기 그녀를 끌어안는다. 달개비꽃 냄새가 더욱 짙어졌다. 남자가 그녀의 허리를 바싹 끌어당기고 그녀의 목덜미에 얼굴을 묻는다. 그녀의 목덜미가 얼마나 따뜻하고 향기로운지 나도 안다.

"아이고 우리 곰탱이. 건드리면 톡 하고 터지겠네."

그녀가 남자의 엉덩이를 토닥이며 놀린다. 나도 눈을 가늘게 뜨고 두 사람 몰래 웃는다. 하여간, 남자들이란.

"가자. 춘길 씨 기다리겠다."

"……."

남자가 끙, 신음을 삼킨다.

"이따가 기대해도 좋아."

그녀가 달콤한 목소리로 남자를 더욱 달뜨게 만든다.

"깜희야, 너도 춘길 씨랑 미스터 권 보러 갈래?"

그녀가 묻는다.

냐아아.

물론이지.

주인의 아버지는 독특한 인간이다. 내 짧은 묘생 동안 만난 인간들 중 가장 이상했다. 두 번째로 이상한 인간은 미스터 권이고. 그렇다고 주인의 아버지나 미스터 권이 싫다는 뜻은 아니다. 굳이 어느 쪽이냐고 묻는다면 좋아한다, 에 돌을 올려놓겠다. 다만 그 사실을 알게 하고 싶지는 않다.

"가만. 우리 깜희도 드레스코드를 맞춰줘야지."

그녀가 나에게 선명한 핑크색 리본을 매주었다.

"봐봐. 예쁘지?"

나를 안고 거울을 보여준다.

냐아아.

거울 속의 내 모습은 내가 봐도 예쁘다.

호수다.

그녀의 품에 안겨 호수를 바라보았다. 문득, 남자가 처음 호수로 나를 데리고 간 날이 떠올랐다. 몹시 추운 날이었다. 그 당시 남자는 털갈이를 하는 짐승처럼 소년과 남자 사이의 어정쩡한 모습을 하고 있었다. 그리고 뚱뚱했다.

깜희야, 다녀올게.

누군가를 만나러 가는지 남자는 몇 날 밤을 설레했다. 그렇게 들떠서 도시를 다녀온 남자는 며칠을 앓았다. 앓고 난 남자는 자전거를 타고 호수로 왔다. 아무도 없는 호숫가에 앉아 날아드는 철새들을 바라보며 혼자 울었다. 두툼한 어깨가 들썩일 때마다 남자의 눈에서 커다란 눈물방울이 떨어졌다. 남자는 주먹으로 눈물을 닦아내며 오래도록 울었다. 나는 남자의 차가운 손등을 핥아주었다. 남자의 눈물에서 칡처럼 쓴맛이 났다.

괜찮아. 괜찮아. 괜찮을 거야.

남자가 나를 품에 안고 스스로에게 다짐하듯 속삭였다.

깜희야, 그 아이는…… 괜찮을까? 괜찮았으면 좋겠다.

나는 남자가 몹시 강한 인간이라는 걸 그때 알았다.

냐아아.

괜찮아?

고개를 돌려 운전을 하는 남자를 바라보며 물었다. 남자가 가만히 손을 뻗어 내 정수리를 쓰다듬어주었다. 남자의 입가에 미소가 스민다. 그날을 추억하고 있는 게 분명했다. 그 호숫가에서 괜찮다고 다짐했던 남자가 정말 괜찮아져서, 행복해져서 나도 행복했다.

"왔니? 아이쿠. 깜희도 왔구나."

우리를 맞아준 건 미스터 권이다. 오늘 미스터 권은 검정색이 아닌 분홍색 보타이를 매고 있다. 딱딱했던 얼굴이 어딘가 모르게 말랑해져서 어색했다.

"아저씨, 축하드려요. 거봐요. 예쁘잖아요. 새신랑은 무조건 핑크라니까."

그녀가 미스터 권의 어깨를 꼭 끌어안더니 분홍색 보타이를 매만져주었다. 분홍색 타이를 맨 미스터 권의 뺨이 씰쭉 움직였다.

주인의 아버지가 옮겨간 새로운 영역에는 넓은 잔디밭이 펼쳐져 있고 꽃들이 흐드러졌다. 연못이 있어 개구리도 폴짝거렸다. 여치도 나비도 귀뚜라미도 많다.

"깜희, 여기서 놀래?"

냐아앙.

좋아, 좋아, 완전 좋다구.

그녀가 잔디밭에 놓아주자마자 나는 조금 전부터 눈여겨보고 있던 두꺼비메뚜기를 향해 달려갔다. 녀석이 잡힐 듯 말 듯 잡히지 않아 애가 탔다.

헉헉. 숨이 찼다. 다리도 아팠다. 이런, 진짜 늙었나 보다. 메뚜기 한 마리도 잡을 수 없다니. 헉헉. 좀 쉬어야겠다. 심장이 터질 거 같다.

나는 양지바른 곳에 털썩 주저앉아 숨을 골랐다. 일광욕을 하면서 몸단장이나 해야겠다. 도깨비바늘 씨앗과 누런 잔디가 털에 달라붙어 꼴이 말이 아니다. 그녀가 매어준 리본도 어느새 사라져버렸다. 고양이는 어느 순간 어느 때고 품위를 잃어서는 안 된다고 엄마가 말씀하셨는데 말이다.

사람들의 웃음소리가 들린다. 주인의 아버지가 연주하는 기타 소리가 바싹 마른 공기 속으로 퍼져나간다. 햇살은 따뜻하고 공기는 청량하다. 털 정리를 끝내고 눈을 감는다. 한 달 치의 운동을 했더니 몹시 나른하다.

"저기…… 임신한 거 같아."

응?

한쪽 눈을 떠서 소리가 나는 곳을 응시했다. 노랗게 물든 자작나무 아래 벤치에서 귀에 익은 목소리가 들렸다. 응차. 노곤한 노구를 일으켰다. 누군가 그랬지. 고양이를 죽이는 건 호기심이라고. 아니 호기심이 고양이를 죽인다, 였나? 어쨌든. 나도 고양이다, 호기심 많은. 벤치로 다가가자 분홍색 원피스를 입은 여자가 보였다. 역시 익숙한 뒷모습이다.

"8주 정도 된 거 같아. 그날…… 너 합격한 날."

분홍색 원피스를 입은 여자는 주인의 친구다. 합격한 날, 이라고 말하는 동그란 어깨가 긴장으로 굳어 있다. 주인의 친구 옆에는 남자인간이 앉아 있다. 남자인간 역시 내가 아는 얼굴이다. 남자와 알고 지낸 지 꽤 오래되었다. 가끔 남자가 나를 귀찮게 하긴 하지만 악의가 없다는 걸 안다. 게다가 귀신같이 내 입맛을 알아서 제일 맛있는 간식을 챙겨주는 인간이기도 했다.

"뭐라고 말 좀 해봐."

"무, 무슨 말을 해야 할지 모르겠다."

남자가 더듬거렸다.

"그래도 해봐."

"그날…… 우리 피임하지 않았나?"

"했지."

"그런데 어떻게…….."

"그러게. 나도 모르겠어."

여자는 땅을 내려다보고 남자는 하늘을 올려다보았다. 바람이 불어와 여자의 원피스 자락이 흔들렸고 남자의 머리카락이 흐트러졌다. 남자가 머리를 쓸어넘기고 여자에게로 고개를 돌렸다. 남자의 까만 눈동자를 나는 한참이나 바라보았다. 이상하게 남자의 마음이 모두 보였다. 막막하고 짙은 회색 장벽 같은 마음이.

"넌…… 괜찮아? 애 아빠가 나 같은 사람이어도?"

"그게 무슨 말이야?"

여자가 고개를 들어 남자를 바라보았다.

"무슨 말인지는 네가 더 잘 알잖아. 너희 부모님이 절대 허락…….."

"승언아."

여자가 남자의 말을 막았다.

"나, 네가 생각하는 것만큼 순진하지 않아. 물론 내가 얼빠…… 아니, 얼굴을 좀 밝히긴 하지만 나도 잴 거 재고, 따질 거 따져서 널 선택한 거야. 세상에 너 같은 남자는 이제 남아 있질 않으니까."

"……."

"차승언. 넌, 진짜야. 오리지널이라구."

"한아름……."

남자의 눈에 눈물이 고였다. 단단한 회색 벽 한구석에 아주 작은 균열이 생기기 시작했다.

"그래서…… 낳겠다고?"

"안 낳을 이유가 하나도 없는걸."

"한아름, 현실을 봐."

"현실? 좋아. 현실적으로 따져보자. 차승언은 집도 있고, 퇴직 걱정 없는 직업도 있어. 게다가 십만 구독자가 있는 인기 유튜버야. 심지어 잘생겼어. 포클레인계의 달인이자 아이돌이라구. 단 하나 걸리는 건 '지강희'라는 사나운 시누이가 있다는 거."

"……."

"사실 나도 무서워. 하지만 우린…… 꽤 괜찮은 부모가 될 수 있을 거야. 난, 한아름이라는 나 자신을 믿고 차승언이라는 너도 믿어."

남자의 눈에서 커다란 물방울이 떨어졌다. 남자가 여자의 무릎에 얼굴을 묻고 어깨를 들썩였다. 들썩이는 남자의 어깨를 쓸어주는 여자의 눈에도 눈물이 맺혔다.

"우리 셋이서 안나푸르나에 가자. 네 꿈이라며."

여자는 부드럽게 속삭였다.

바람이 불었다.

남자는 울었고 여자는 그런 남자의 어깨를 한없이 쓰다듬었다. 남자의 회색빛 마음 한 귀퉁이가 쩍 소리를 내며 갈라지고 벌어진 틈으로 따뜻한 불빛이 새어나왔다. 남자가 고개를 들었다.

"화장 다 지워졌다."

코끝이 빨개진 남자가 소매를 끌어당겨 여자의 눈가를 조심스럽게 꾹꾹 눌러주었다.

"그런데…… 정말 믿어지지가 않는다. 아기라니."

"나도."

여자가 한숨을 쉬었다.

"만져보면 알 수 있을까?"

"안 돼."

배를 만지려는 남자의 손을 여자가 밀어냈다.

"왜?"

"부끄럽잖아."

여자가 뺨을 붉히자 남자가 퉁퉁 부은 눈으로 웃었다. 사랑을 하는 인간은 아름답다.

쏴아아아.

바람이 불어와 자작나무의 잎사귀가 황금 조각처럼 날렸다. 내 분홍색 리본이 바람에 섞여 날아가는 게 보였다. 낚아채려고 펄쩍 뛰어봤지만 역부족이다.

"기쁜 마음으로 신랑 권도훈과 신부 양해미의 결혼을 여러분 앞에 선언합니다."

주례가 끝나자 잔디밭에 모인 사람들이 박수를 치고 꽃가루를 뿌렸다. 주인의 아버지는 오늘도 몹시 바쁘다. 사회를 보고 주례를 서고 축하연주까지.

결혼이라.

인간의 짝짓기란 다소 번거롭고 귀찮아 보인다.

"와. 미스터 권 아저씨의 이름을 오늘 드디어 알았다."

내 주인의 또 다른 친구인 남자가 박수를 치며 말했다. 남자에게선 언제나 건초 냄새와 소똥 냄새가 난다.

"지배인 아저씨랑 딱 어울려요."

그런 남자가 뭐가 좋은지 내 동거인의 후배인 윤 선생은 남자를 사랑스럽게 바라본다. 얼마 전에는 소똥 냄새 나는 남자가 윤 선생의 손가락에 반짝이는 고리를 끼워주었다. 아무짝에도 쓸모없어 보이는 고리를 끼고 윤 선생은 울었다. 많이 속상했던 모양이다. 그날 나는 윤 선생에게 조금 다정하게 대해주었다.

"어머니도 이제 많이 풀리셨다며?"

내 주인이 소똥 냄새 나는 남자에게 물었다.

"어. 다 윤난우 덕분이다."

"왜? 네 주제에 이렇게 예쁜 애랑 어떻게 사귀었니, 하시디?"

"와아. 지강희! 우리 엄마 말이랑 토씨 하나 안 틀린다. 네 말대로 하나밖에 없는 아들 총각으로 늙어 죽을까 봐 더 반대하셨단다, 소 키우는 거."

"뭐야? 난우가 너랑 결혼이라도 해준대?"

"난우 논문 끝나면 할까 해."

남자가 윤 선생의 손을 잡았다. 윤 선생의 손가락에서 쓸모없는 고리가 반짝였다.

"잠깐, 잠깐! 윤난우, 잘 생각해야 해. 진짜 류한우랑 결혼할 거야?"

이번에는 윤 선생에게 물었다.

"네."

윤 선생이 대답했다. 부끄러워하면서도 확신에 찬 목소리다.

"그런데 언제 하게 될지는 모르겠어요. 둘째 언니가 자기 결혼한 다음에 하라고 해서. 순서 밀리는 거 용납할 수 없다고⋯⋯."

"헐. 류한우, 쉽지 않겠다."

"윤난아라. 난공불락인데."

"하지 말라는 소리보다 더 무섭다."

"뭐야? 윤난아가 결혼 안 하면 너흰 결혼 못 하는 거야?"

"야, 말이 되는 소릴 해라."

소똥 냄새 나는 남자가 꽃가루를 친구들에게 던지며 투덜거렸다.

"그래, 그래. 일단 축하한다. 축하 정도는 윤난아가 용납해줄 거 같은데?"

사람들이 두 사람에게 꽃가루를 뿌리고 박수를 쳤다. 그런 두 사람을 바라보는 내 동거인의 눈빛에 부러움이 가득하다.

나는 테이블 밑에 앉아 사람들의 이면을 바라본다. 누군가는 다정하게 서로의 손을 잡았고, 누군가는 걱정 말라는 듯 허벅지를 토닥였고, 누군가는 발로 서로 장난을 친다. 그중에 외로운 발 하나가 눈에 들어온다.

"컨디션은 어때요?"

그녀가 아버지와 나란히 앉아 호숫가에 내려앉는 노을을 바라본다.

"좋아."

"하긴. 사회에 주례에 축하공연까지⋯⋯. 나보다 컨디션이 더 좋아 보여요."

그녀의 아버지가 눈가에 주름을 잡는다.

"약속 잊지 말아요."

목소리는 쌀쌀맞아도 아버지 어깨에 담요를 둘러주고 내 몸을 감싸는 손길은 따스하다.

"뭘?"

"유치원에서 유학까지."

"……?"

"뭘 모른 척이야. 춘길 씨가 그랬잖아요. 내 딸, 유치원에서 유학까지 책임진다고."

하하하.

그녀의 아버지가 소리 내어 웃음을 터트린다.

"임신했니?"

"아, 아니. 낳으면요."

"그래. 낳기만 해라. 아빠가 다 키워줄게."

"약속해요."

"그래. 약속할게."

"셋 정도 낳을 건데, 다 키워줄 거죠?"

"셋쯤이야."

"깜희야. 네가 증인, 아니 증묘다."

냐아아.

내가 대답해주자 주인이 내 이마를 쓰다듬어주었다. 그녀와 아버지는 말없이 노을을 바라본다.

"예쁘네."

"춘길 씨는 아직도 예쁜 걸 보면 눈물이 나나?"

"그럼."

"못 말려."

두 사람의 목소리가 편안했다. 그녀를 따라 고개를 돌려 호수를 바라본다. 황금빛으로 반짝이는 물결은 돌아가신 엄마의 눈빛과 닮았다. 엄마가 보고 싶은 날이다.

"쟤, 난감이 아니야?"

집으로 돌아가는 길이었다. 주인의 목소리에 놀라 잠에서 깼다.

"그러네."

남자가 갓길에 차를 세웠다. 그녀의 품에서 고개를 들고 창밖을 바라
보았다. 구절초가 가득 핀 언덕에 작년 겨울 H가축병원에 잠시 머물렀
다 떠난 당나귀가 보였다. 카키색 장화를 신은 여자와 산책을 하는 당나
귀는 살이 올라 엉덩이가 토실토실했다. 당나귀가 어리광을 부리듯 여
자의 팔에 제 코를 비벼댔다. 여자는 그런 당나귀의 콧등을 부드럽게 어
루만졌다.

"녀석, 여전히 태평한 얼굴이네."

그녀의 목소리에 안도감이 퍼진다.

"보고 갈까?"

남자가 물었다.

"아니. 왠지 방해해서는 안 될 거 같다."

그녀가 고개를 흔들었다. 샛별이 막 돋아난 하늘을 바라보며 구절초
가 핀 언덕을 느릿느릿 걸어가는 여자와 당나귀의 뒷모습은 어딘가 모
르게 애잔했다. 우리 셋은 당나귀와 여자가 언덕에서 완전히 사라질 때
까지 한참 동안 바라보았다.

"가자."

"응."

집으로 달려가는 남자에게서 또다시 짙은 향기가 났다.

라일락이 피는 계절에 남자는 모텔을 떠나 사람들이 '아파트'라고 부
르는 지금의 영역으로 옮겨왔다. 모텔과 별로 다르지 않은 공간이었다.
조금 더 넓은 것 말고는. 침대와 그녀가 만들어준 캣타워 말고는 아무것
도 없었다. 남자는 옮겨온 영역에 별 애착을 갖지 않았다. 가구도 없이
횡한 공간을 마지못해 청소만 간간히 할 뿐이었다. 남자가 애착하지 않

는 공간이어서 나도 정이 가지 않았다. 커튼을 달지 않은 베란다 창으로 새를 바라볼 수 있는 것 말고는 아무런 장점이 없는 곳이었다.

쿵.

문이 닫히자마자 남자에게 내 주인을 송두리째 빼앗겼다. 익숙한 일이기에 나는 놀라지 않는다. 남자가 그녀를 머리부터 발끝까지 탐하고 집어삼키는 동안 나는 내 곰인형 위에 올라가 부족한 잠을 잔다.

달이 떴다.

남자와 여자가 사랑을 나누는 밤이다.

아낌없이 서로에게 자신을 고스란히 내어준다.

욕심껏 서로를 욕망한다.

달빛에 젖은 두 몸이 부딪히고 쾌락에 흐느낀다.

은밀하고 달콤하고 관능적인 밤이다.

"우리…… 다음 스텝으로 넘어가는 건 언제?"

남자가 그녀의 등을 쓰다듬며 속마음을 털어놓는다.

"다음 스텝? 어떤 거?"

그녀가 고개를 들고 남자를 바라본다.

"말하자면 결혼 같은 거."

"지금…… 좋지 않아?"

"좋아."

"그런데 왜? 결혼을 하면 지금과 뭐가 달라지는데?"

그녀가 물었다.

"뭐가 달라질까?"

남자가 몸을 굴려 천장을 바라보며 스스로에게 묻듯 되물었다. 그런 남자를 그녀가 가만히 바라보았다.

"서류 작성할 때 기혼에다 체크 표시를 하는 정도일까? 그러고 나면 카드 회사에서 배우자 생일을 알려주는 메시지 같은 걸 받겠지. 호텔 패키지 할인쿠폰 같은 것도."

남자의 말에 그녀가 피식 웃는다.

"아, 또 있겠다. 만약 내가 수술할 일이 생기면 네가 서명을 하겠지. 보호자로."

"……."

"그리고 네가 낳는 아이의 생물학적, 법적인 아버지가 되겠지."

"……."

그녀는 눈을 내리깐 채 침묵했다. 남자는 그런 그녀를 다그치지 않는다. 그저 기다린다. 기다리는 건 남자가 제일 잘하는 일이다.

"생각해볼게."

그녀가 마침내 시선을 들어 남자에게 말했다. 남자가 그녀에게 미소를 보낸다.

남자가 잠이 든 뒤에도 그녀는 잠들지 못했다. 팔베개를 한 채 잠든 남자의 얼굴만 쓰다듬듯 하염없이 바라보기만 했다. 그러다 가만히 손을 뻗어 남자의 머리카락을 넘겨주고 눈썹을 더듬었다. 이불 밖으로 빠져나온 남자의 손을 만지던 그녀의 미간에 주름이 잡힌다.

"로션 좀 바르라니까."

찬 바람이 불기 시작하면 남자의 손은 더 거칠어진다. 독한 소독약에 혹사당한 남자의 손등은 터서 까칠했다.

에휴.

그녀가 침대에서 일어나 자신의 가방에서 핸드크림을 꺼내 들고 돌아왔다. 그리고는 남자의 손등에 크림을 듬뿍 짜서 천천히 마사지를 하듯 꼼꼼하게 발라주었다.

"손톱을 이렇게 바싹 자르면 안 아프나?"

손가락 사이사이, 손톱 하나하나 크림을 발라 문지르며 중얼거렸다.

"손도 예쁜 시키."

남자의 손등에 쪽, 입맞춤을 하며 그녀가 피식 웃었다. 남자가 몸을 뒤척였다. 좋은 꿈을 꾸는지 새벽빛이 닿은 남자의 얼굴이 평온하다.

잠들기를 포기한 그녀가 일어나 찻물을 끓였다. 찻잔을 들고 베란다 창 앞에 오도카니 서 있는 그녀에게로 다가갔다.

"잘 잤어?"

냐아아.

그다지 숙면을 취하진 못했지만 잘 잤다고 대답해주었다.

"이리 와."

그녀는 거실 바닥에 책상다리를 하고 앉아 허벅지를 두드렸다. 나는 냉큼 그녀의 무릎 위로 올라갔다.

"서리가 내렸어."

그녀가 속삭였다. 그녀의 숨에서 옅은 꽃향기가 났다.

"반짝반짝 예쁘지?"

냐아아.

서리가 내린 단풍잎이 가로등 불빛에 유리가루를 뿌린 듯 반짝였다.

"깜희야, 우리 산책 갈까?"

냐아앙.

좋아. 좋아. 좋아.

그녀가 비니를 쓰고 두툼한 외투를 입었다. 그리고 늘 그랬듯 외투 속에 나를 넣고 집을 나섰다. 그녀의 품속에서 세상을 바라보는 걸 나는 좋아한다. 몸은 따뜻하고 이마와 코끝은 차가워 상쾌하다. 아늑한 모험이라고나 할까. 나이 든 고양이에겐 더할 나위 없다.

짜각짜각.

서리가 내린 길은 설탕을 밟는 소리가 난다.

"많이 올라갔네."

황금소 교차로 한가운데 서서 그녀가 건너편에 새로 짓고 있는 건물을 올려다보았다. 지난봄 라일락꽃이 지는 날, 내가 태어나고 그녀가 자란 모텔이 허물어졌다.

냐아아.

슬퍼하지 마.

나는 그녀의 뺨을 핥아주었다.

"슬프긴. 그냥…… 시원섭섭하다. 뭐, 시작이 있으면 끝도 있는 거니까."

그녀는 내 이마에 입맞춤을 해주고 교차로를 지나 다시 걷기 시작했다.

하아.

우리가 도착한 곳은 도서관 아래 폐가가 있던 곳이다. 토목공사를 하다 만 검은 땅에 서리가 내려 하얗게 반짝였다. 그녀가 널찍한 집터를 향해 걸어갔다.

짜각짜각.

걸음을 뗄 때마다 작은 얼음입자가 발아래에서 으깨졌다.

"깜희야, 우리 이런 집을 지을까?"

그녀가 나뭇가지를 주워 들고 서리가 내린 땅에 길게 선을 그었다.

"여기는 곰탱이 서재, 여기는 내 작업실……."

선을 그릴 때마다 하얀 땅 위에 검은 선이 돋아났다.

"커다란 창을 내고 밖이 제일 잘 보이는 곳은 우리 깜희 자리. 또 여기는…… 아가 방. 어때?"

냐아.

새가 잘 보이는 곳이라면 나는 무조건 좋아.

"깜희야, 동생 태어나면 예뻐해줘야 해."

냐아아아아.

뭐? 동생? 동생이라고?

"어때? 우리, 여기서 시작해볼까?"

냐아아.

그녀와 남자와 함께라면 나는 어디든 좋다.

"깜희야, 행복하니?"

냐아아.

물론 행복하다.

"나도."

커다란 창 앞에서 그녀가 나를 꼭 안고 눈을 감았다.

이제 곧 11월이다.

온몸으로 귀를 기울여 조용히 외로운 것들의 소리를 듣는 계절.

– fin.

낭만과 삽질 사이

언젠가는 로맨스 코미디를 쓰고 싶다는 바람 또는 희망을 가지고 있었습니다. [숨은 봄]을 출간한 이후로 더더욱 '로코'에 대한 야망을 남몰래 불태우고 있었죠.

사실, 이 생각은 제가 도시를 떠나면서 시작되었습니다. 도시에서 태어나 도시에서 자랐지만 늘 자연에서의 느린 삶을 꿈꾸었던 저는 몇 년 전, 겁도 없이 시골살이에 도전했습니다. 도시가 아닌 전원을 배경으로 유쾌하고 즐거운 글을 써볼까, 하는 아주 가벼운 마음도 한몫했고요.

그. 러. 나.

녹록지 않았습니다. '저 푸른 초원 위에 그림 같은 집'을 짓고 사는 일도, 시골을 배경으로 글을 쓰는 일도.

탸샤 할머니의 정원이나 제인오스틴 영화들의 '낭만'만 생각했던 저에게 시골생활은 처절한 '삽질'의 연속이었습니다. 뒤돌아서면 무성하게 자라나는 잡초와 이름도 알 수 없는 많고 많은 벌레들과 쎄비(함께 사는 진돗개)가 물고 온 뱀들과 119대원들이 제거해준 말벌집과 산책길에 들려오는 멧돼지 소리는 낭만과는 거리가 먼 것들이었으니까요. 멧돼지 얘기를 하니 새삼 또 서운해지네요. 그날, 멧돼지 소리에 놀란 쎄비는 주인을 버리고 혼자 살겠다고 도망가버렸습니다. 다른 개들은 주인을 구해주고 지켜준다는데 혈통이 아까운 녀석입니다. 게다가 외지인에 대한 이웃들의 과도한 호기심과 부풀려진 소문들은 '전원생활의 낭만'에 차가운 물을 끼얹기 안성맞춤이었죠. 당연한 결과이겠지만 삽질을 하느라 로맨스 코미디는 우선순위에서 저만치 밀려났습니다.

땅벌에 쏘여 물 채운 고무장갑처럼 부푼 손을 하고 응급실에 갔던 날, 심각하게 고민했습니다. 이 '삽질'을 여기서 멈춰야 할지.

스테로이드와 항생제 주사를 맞고 집으로 돌아오던 길에 차를 세웠습니다. 생각지도 못한 곳에 케이크 가게가 생겼더군요. 시골마을에 케이크 가게라니. 무작정 들어가보았습니다. 심심하다 싶을 정도로 심플한 가게의 주인은 젊은 여성이었습니다. 젊은 주인이 권하는 대로 도지마 롤 한 조각과 홍차를 주문했습니다.

그. 런. 데.

부드러운 생우유 롤케이크가 마법을 부렸을까요.

처음 시골로 내려왔던 봄, 안개가 내린 숲을 뚫고 나오던 빛을 바라보며 감탄했던 순간이 떠올랐습니다. 세상에 존재하는 모든 초록색의 향연이었습니다. 두텁게 쌓인 낙엽 사이로 고개를 내밀던 알록제비꽃과 고사리순이 돋아나는 숲길과 고독하게 피어나는 산벚꽃과 루비처럼 매달린 산딸기와 서리가 내려 설탕가루를 뿌린 듯 반짝이던 여뀌꽃과 순식간에 황금 숲으로 만들어버리는 생강나무의 단풍들을 차례로 떠올려보았습니다. 수없는 '삽질'의 보상을 이미 충분히 받고 있었다는 생각도 들었습니다.

그. 러. 다. 문. 득.

젊은 케이크 가게 주인을 바라보았습니다. 오픈한 지 얼마 되지 않은 가게에 동네 친구들이 찾아와 도와주고 있었습니다. 그중의 몇은 가끔 들르는 읍내의 가게에서 본 얼굴들도 있었습니다.

그. 순. 간.

아득하게 사라질 뻔한 '로코'에 대한 야망이 되살아났습니다. 도시가 아닌 곳에서 살아가는 청춘들의 이야기를 써보고 싶었습니다. 상대적인 박탈감이나 소외됨을 담담하게 받아들이고 주어진 현실을 묵묵히 살아내는 '건강한' 청춘들의 이야기 말입니다. 낭만과 삽질 사이에서 고군분투하는 사랑 이야기, 그러니까 강희와 연수의 이야기는 이렇게 시작되었습니다.

때. 때. 로.

영화나 드라마 속에서 시골 청년들의 모습이 너무 과장되고 희화화되는 것이 안타까웠었기에 더 조심스러웠습니다. 제가 지켜본 시골 청년들의 모습을 왜곡시킬 수도 있으니까요. 그래서일까요. 그 어떤 주인공들보다 연수와 강희를 더 따뜻한 시선으로 보아주셨으면 하는 마음이 간절합니다. 덧붙여 강희와 연수가 있는 H읍은 순수하게 제가 만들어낸 공간인 점을 말씀드립니다.

삽. 질.

'엉뚱하거나 쓸데없이 시간을 낭비하는 짓을 비꼬아서 이르는 말'이지만, 오늘도 저는 여러모로 삽질을 하고 있습니다. 그러나 그 삽질이 낭만에 조금 더 다가가기 위한 삽질이길, 그리고 그 삽질을 바지런히 즐겁게 해낼 수 있길 바랍니다.

마지막으로 이 글을 쓸 수 있게 도움 주신 모든 분께 감사의 말씀을 전합니다.

2019년 가을
심윤서 드림

reference

참고자료

〈아름다움은 힘이 세다〉, 피에로 페루치 저, 윤소영 역, 웅진지식하우스, 2009년
〈탱고 인 부에노스 아이레스〉, 박종호 저, 시공사, 2012년
〈Fundación Pablo Neruda〉
〈La Sebastiana Museum House History〉, https://fundacionneruda.org
〈The Edward Hopper House〉, http://www.edwardhopperhouse.org
〈'식용견'에서 '실습견'으로 수의대 개는 어떻게 사나〉, 한겨레 2018.04.02. 기사
　　참고